"好之"和"乐之"

——往事漫忆之三

邓进深·著////////////////

中国出版集团　现代出版社

图书在版编目（CIP）数据

"好之"和"乐之"：往事漫忆之三／邓进深著. — 北京：现代出版社，2023.5

ISBN 978 - 7 - 5231 - 0320 - 3

Ⅰ．①好… Ⅱ．①邓… Ⅲ．①散文集 - 中国 - 当代 Ⅳ．①I267

中国国家版本馆 CIP 数据核字（2023）第 082389 号

"好之"和"乐之"：往事漫忆之三

著　　者	邓进深
责任编辑	杨学庆
出版发行	现代出版社
地　　址	北京安定门外安华里 504 号
邮政编码	100011
电　　话	010 - 64267325　010 - 64245264（兼传真）
印　　刷	北京建宏印刷有限公司
开　　本	880 毫米 ×1230 毫米 1/32
印　　张	15. 75
字　　数	410 千字
版　　次	2023 年 5 月第 1 版　2023 年 5 月第 1 次印刷
书　　号	ISBN 978 - 7 - 5231 - 0320 - 3
定　　价	98. 00 元

序

何万贯

　　看到邓进深先生的书稿《"好之"和"乐之"——往事漫忆之三》，感到非常亲切。他笔下所写的一些语文研究和教学活动的经历，可以说是我和他的共同经历，令我回忆起来有一种"历历如在目前"的感觉。不错，我们的语文研究和教学活动之路，就是这样一步一步走过来的。

　　我和邓先生是为一个共同目标而结缘的。1992 年，我在香港中文大学教育学院任职副教授，从事语文教育研究和师资培训工作。1996 年，获得香港教育署优质教育基金委员会拨款约 100 万港元，为成绩稍逊的中学生撰写中文教材，并进行实验，以提高他们的语文水平。随着计划的推展，需要聘请一位研究员协助研究。我看了邓先生的履历，知道他毕业于中国人民大学，曾当报社主编，选编过"世界著名作家作品大系"丛书（《世界著名作家处女作》《世界著名作家成名作》《世界著名作家代表作》），选注过《历代名人日记选》，著有《帮你提高思维能力》《爱情心理透视》等。他的作品见解精辟，思路清晰，说理明白，文章结构完整，文字浅显易懂。可以看出，他是语文教学研究的难得人才。邓先生对我们的研究课题也甚感兴趣。得他加入，我的研究团队如虎添翼。工作之余，我常要为中学生和小学生进行阅读和写作方面的培训，收到不少额外的报酬。我把这些报酬全数上

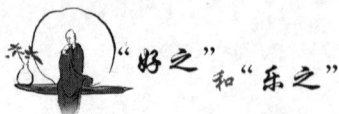

交给大学，大学也就帮我积累起来作为以后的研究经费。上述研究结束后，凭着大学积累的这些经费，加上不时得到有关机构的资助，令我得以继续在邓先生的协助下从事其他项目的研究工作。我和邓先生前后共事近20年，为帮助香港中小学生提高中国语文水平这个共同目标，在学术研究中紧密合作。对于我们两人来说，这都是十分难得的经历。

这些年，在结合教学进行学术上的一些理论研究的同时，我花了大量时间和精力，进行应用性的研究。同前面所说为成绩稍逊的中学生撰写教材一样，目标便是提高香港中小学生的中国语文水平。多年来，香港中学会考中国语文科的阅卷员报告书都指出，一般考生的语文水平未如理想。在学生的作文卷中，内容贫乏、思想混乱、语法错误等问题比比皆是。如何帮助这些学生提高中国语文水平？我们的研究显示，多读多写是一条根本途径。为此，这些年，在邓先生的协助下，我们围绕"多读多写"这个议题，在香港各中小学推行了一系列教学计划，诸如"联校小作家培训计划""小作家培训深造计划""小作家网上培训计划""关心社会、坐言起行'飞鸽行动'计划""星火计划"以及"'每日一篇'网上阅读计划"等，边研究，边总结，边实践。其中具有标志性意义的是"小作家网上培训计划"和"'每日一篇'网上阅读计划"。"小作家网上培训计划"的电子网页开放给参与培训的学生，成为他们发表文章的园地。小作家的作文连同批语在网页的"文章展览馆"中的"新秀馆"中展览，"缤纷馆"展出的优秀作品，再转至"优秀馆"珍藏。文章的批改、上网，为大家制造了成功的机会，令大家增强了写作的兴趣。计划的推行，在社会上产生了较大的影响。"'每日一篇'网上阅读计划"，全港约有80%的学校参与。为推行"'每日一篇'网上阅读计划"，我创办了香港首个网上阅读平台"每日一篇"网站。这个网站深受老师、学生和家长欢迎，2006年获雅虎"搜寻最大奖"，又前后两次获评为"香港十大健康网站"。以20世纪90年代"联校小作家培训计划"作为起点，20多年来，我们推行的这些教学计划，不但深入各所中小学，而且深入各个家庭。通过这些计划的宣传推广，在今天的香港，我们提出的"读好书，做好人""天天阅读，天天进步""多读多写是提高语文水平的根本途径""多写多快乐，越写越快乐"等口号可以说是家喻户晓，社会上形成了一种学习中国语文的良好风气。多个测试表明，目前香港中小学生的中国语文水平有了较大的提高。这一切都说明，我们有关"多读多写"问题的研究和教学计划的推行十分成功。有关研究和计划推行的成功，和邓先生的努力分不开。

我们从事的许多语文研究项目，不但对提高香港中小学生语文水平有重大的现实意义，而且在学术研究领域也有所创新。2007年至2012年，我们获教育局资助从事的三项有关读写困难问题的研究便是一个代表。读写困难也称读写障碍。有读写障碍的学生，在读写过程中会遇到各种问题，如记忆力问题、视觉处理问题、听觉处理问题以及专注力问题等等，因而语文水平比较低。有什么客观的标准，可以及早甄别出有读写困难的学生，对他们因材施教？这是当时语文教育界所面对的一个重大问题。我们通过一个大型研究，制作出一套香港中学生中文读写困难测量工具，供全港中学使用。利用这套工具，可以甄别出有读写困难的学生。在这基础上，我们分别推出了对有读写困难问题的小学生和中学生学习中文的支援计划，为他们撰写和制作了《〈读写易〉初中中文读写辅导教材》《〈读写易〉高小中文读写辅导教材》及其"家长版"三个光碟。利用这套教材施教，通过严谨实验，对比实验组和控制组同学的成绩，结果显示，运用我们所制作的测量工具，有效地甄别出有读写困难的学生，再利用有关教材对他们进行辅导，可有效地提高他们的中国语文水平。以前，只有心理学家从心理学的角度从事有关读写困难问题的研究，我们的研究以中文学科为本，在这方面取得了重大成果，因而为读写困难问题的研究开创了新局面。邓先生参与之功，功不可没。

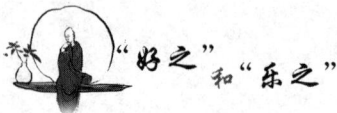

为了着实帮助中小学生提高中国语文水平，除了进行教学研究，为广大语文教师寻找适当的教学方法，我们也努力为香港中小学语文教育做一些基本建设类的工作。中学语文课本的编订，便是其中的一项重大工程。2001 年，香港课程发展议会公布了《中国语文课程指引（初中及高中)》和《中学中国语文建议学习重点》，推行语文教育方面的改革。配合这一改革，很需要编一套新的中学语文课本。这一年中，朗文出版社便邀请我负责中学中文科教科书的编订工作，并拨出 100 万港元供我调配。有了邓先生的积极参与，历时两年，最后编出了一套优质的教科书。由于教材思想新颖，质素上佳，它深受老师欢迎，赢得全港三分之一学校选用的佳绩。朗文出版社是香港著名的出版商，以出版英文书籍见称。它出版的许多英语工具书，不但在香港很受欢迎，而且被引进内地，成为畅销书。然而，多年来，这个出版社并没有出版过中文书籍。凭借这套《朗文中国语文》教科书，朗文出版社顺利地进入中文教科书市场。可以说，我们编写的这套教科书，为朗文出版社创造了一个奇迹。这套教科书的出版，也是邓先生为香港教育所做的一项不可多得的贡献。

一个人的成就不在于金钱的获得，不在于名利的成就，而在于他付出了多少努力，获得了哪些于社会有贡献的成果。多年来，我策划的研究计划，取得了一定的成果。我在语文教育上取得的成果，也是邓先生在语文教育上取得的成果。

邓先生为人忠实，生性豁达，不计名利，思路清晰，分析力强，且学问根基深厚，见识广博。邓先生曾长期从事新闻工作，注重实际，对研究工作要紧密结合实际的问题有足够的敏感。邓先生是位作家，散文、诗歌、人物传记等各种体裁多有涉猎，擅写杂文，具有深厚的语文功底。邓先生相当长一段时间负责编辑报纸的理论版，在政治、经济、历史以及心理学方面也多有研究，除了写有许多理论文章，也出版有理论专著，在学术探讨方面很有经验。所有这些，都给他从事语文教育问题的研究提供了极为有利的条件。实际调查也好，资料分析也好，教材设计也好，文章写作也好，他都能胜任。论写作，大至研究报告、理论长文，小至只有几百字供小学生阅读的篇章，写起来他都能得心应手。其实，他的能力在我之上，但他却默默地从旁协助我从事语文研究工作。在工作中，他全身心投入，埋头苦干，不怕累，不怕难，可谓任劳任怨。他事事严格要求，一丝不苟，在写作时字字句句认真推敲，从不马虎，表现出一个科研工作者的敬业精神和可贵品格。这一切，都给我留下了深刻印象。

邓先生的这本书，记述了他参与上述一系列中国语文教学研究活动的全过程。书中所讲的中心问题是中国语文的教和学。教者如何帮助学者提高中国语文水平？学者如何提高自己的中国语文水平？这些人们普遍关心的问题，书中都有详细的描述。为什么说提高中国语文水平是人们普遍关心的问题？这是因为，中国语文不但是中华文化的核心，而且是每个人都必须掌握好的工具。在我们国家，从事任何脑力劳动，都必须掌握好中国语文。脑力劳动者要通过中国语文来表达自己的思考成果，用口头表述也好，用书面表述也好，都要文理通顺，合乎语法，合乎逻辑，都要观点正确、新颖、鲜明，为读者所接受。一句话，都要运用好中国语文。中国语文水平太低的人，难以称得上是个好的脑力劳动者。即使我们从事的是体力劳动，也要进行思维，也要写作。写个报告，写封信，写个申请书，发个电邮，也要用语文，也要具备驾驭语言文字的基本能力。中国语文的运用，在我们的社会生活中几乎无处不在。运用中国语文能力的高低，影响到每个人事业的成就，关系到我们每个人生活的幸福。每一个人都关心提高中国语文水平这个话题，谁都希望提高自己的中国语文水平，从这个意义上来说，邓先生的这本书适合所有人阅读。书中所述，不但反映了我们这个研究团队的研究成果，也融入了他自己多年来从事中国语文工作的经验，弥足珍贵。

本书是作为邓先生散文体自传系列"往事漫忆"之三出版

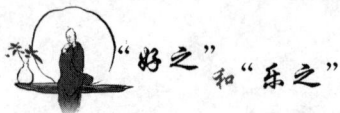

的。它不但记述了邓先生参与中国语文研究活动的过程，而且涉及作者的其他生活领域，内容非常丰富。从这本书中，我们可以看到作者和各个不同阶层人士不同的生活画面，可以了解作者的兴趣和爱好，对社会对人生的思考，以及对工作、学习的心得体会。我希望读者们除了从作者那里学习到如何提高中国语文水平的经验之外，更能学习作者的为人风格和待人处世之道，被他豁达和幽默的性格所感染。这是本书的又一个精华所在。

我写的序文，只可作为本书的一个注脚。书中的每章每节，散逸着作者的深思和睿智，可读性甚高。我相信读者在阅读过程中，一定会被邓进深先生别出心裁的写作内容、巧妙的文章布局和饶有趣味的文字所吸引。

2021 年 12 月 29 日

目　录

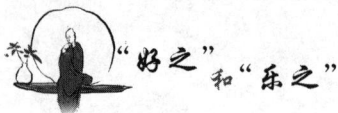

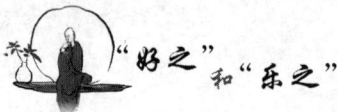

第一章 从拟题开始

2001 年年初，学校寒假期间，我受香港中文大学何万贯教授委托，为"中国语文科电子家课先导计划"准备阅读策略教材。我在广州组织中山大学、暨南大学、华南师范大学的一些学生编写，主要任务是拟题。

在广州找大学生编写教材，这大概属于文化方面"对外加工"的一种编写方式。所谓"对外加工"，也叫"三来一补"，那是来料加工、来样加工、来件装配及补偿贸易的统称。由于劳动力价格比较低廉，内地对外开放初期，不少港商给内地一些地方提供设备、原材料、货品样板，由当地提供土地、厂房和劳动力进行加工、生产，产品全部外销。当时，珠江三角洲不少村镇，利用仓库、祠堂、食堂办起了"三来一补"工厂，出现了"镇镇办厂，村村冒烟"的景象。影响所及，文化方面，资料整理和分析，以致稿件撰写等许多研究前期或后期的"生产任务"，也有在内地实行"来料加工"的。比如我们这次的阅读策略教材编写，以及以后的许多教材及其他稿件的撰写工作，就属于这一情况。我生活在广州，在本乡本土帮助何教授在当地组稿、编稿，既节约了研究成本，撰稿的人也得到一些收入。后来，在别的研究项目中，何教授还在湖南长沙，通过中学退休老师孙裕华，物色一些"对外加工者"。孙老师于是每天在湖南师范大学门口等，寻找合适人选。他从中文系的在读生中选了几位同学，

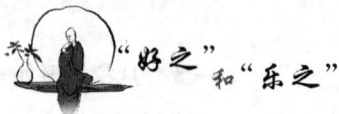

专门从事这项工作。"他们都来自湖南的山区，非常贫穷，没有钱交学费，没有钱吃饭。他们是靠这份工资完成大学课程的。"有一次谈起这个问题时，何教授对我说。"看来，你这个倒是一项扶贫工程哩。"我说，"你不是'授人以鱼'，而是'授人以渔'，这经验值得推广。"何教授听罢，不禁笑了起来。这是后话。

似简单，不容易

我找来的都是在读博士和硕士研究生。

"不要以为找你们研究生拟题是用牛刀杀鸡。"我说，"拟题看似简单，其实并不容易，需要多动脑筋，备尝艰苦。"

这一点，我有亲身体会。

我长期从事新闻编辑工作，以笔耕为业，2000年8月中旬退休。我本来应该调整一下生活节奏，像一般退休人士所讲的，从以工作为中心转到以健康为中心，过得"悠闲"一点、"潇洒"一点。用他们的话来说，叫"一个中心、两个基本点"。当然，生活本来是无法完全"悠闲"和"潇洒"的，我过的却是"退而不休"的生活。

令我退而无法"休"下来的，是可以继续从事我感兴趣的工作。2000年10月，我应聘到香港中文大学香港教育研究所，协助何万贯教授为中文学习成绩稍逊的中学生撰写中文辅助教材。我想，从事了那么多年的文字工作，如今转到教育工作上来，帮助青年学生提高语文水平，这倒是一件很有意义的事。

当时，香港中文大学香港教育研究所获香港教育署优质教育基金委员会赞助，开展一项中学生语文阅读理解力及写作能力问题的研究，为中文学习成绩稍逊的中学生撰写教材。

这项工作由何万贯教授统筹。何万贯教授曾获香港中文大学、香港大学颁硕士、博士学位，在香港教育署任职 10 多年，1992 年进入香港中文大学，在教育学院和香港教育研究所从事中文教学和研究工作。他任职副教授，人们都叫他何教授。我们见面时，正值中午。他中等个子，不胖不瘦，穿着一套浅灰色的西装，结着暗红色带花纹的领带，穿着黑色的皮鞋，外表看来非常得体。他前额宽广，眼睛炯炯有神，戴着棕色边框的眼镜，微带笑容，显示了他的平易近人，令人感到亲切。何教授向我介绍了这次研究的要求、意义和方法。据他介绍，在这次研究工作过程中，要调查程度中等或偏低的初中一年级学生在中文阅读和写作过程中所遇到的问题，比较程度偏低的学生与一般程度的学生在中文阅读和写作能力方面的差距，然后根据调查结果，制定出有效的教学策略，编制出合适的辅助教材和练习项目，在学校进行教学实验，借以提高一般程度及程度偏低的学生在中文阅读和写作方面的能力。同时，根据研究结果，向中文教师提供有效的阅读和写作教学方法，借以提高中文教学的素质。这次研究工作选取 12 所中学进行阅读和写作教学实验，其中 6 所为程度中等学生的学校，6 所为程度偏低学生的学校。

"请你帮我拟题，为教学测试准备一批题目。"何教授说。他向我介绍了题目的种类、数量、拟写要求，然后说："拟题看似简单，其实却不容易。因为每个年级所用的题目一定要切合学生的语文程度，在草拟题目前要弄清楚不同年级学生的学习目标，每道题都要细心揣摩。这次研究的规模很大，参与测试的学校多，所以需要大量的题目。题目的类型也有很多，每道题目要写出答案，所以工程很大。"

拟题前，我当然要做些功课，比如看香港课程发展议会编订的《课程指引》《目标为本课程——中国语文科学习纲要》及中学语文课本，了解香港中学的语文教学要求；看中学生的作业，

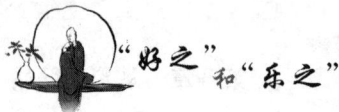

了解他们的语文水平；也看了坊间的一些"教学辅助教材"，望能操斧伐柯，借鉴他人经验。在这个过程中，收获不少，也感到拟题并非小事。

我记得，一本 1991 年 5 月出版的"中学适用"《语文辅导练习》的"阅读理解"，给学生"奉献"了一篇题为《乡下人家》的散文。文章最后一段是这样的："您若是在夏天傍晚出去散步，那么乡下人家的晚饭，每比都市中人吃得早，便会瞧见他们把桌椅饭菜搬在门前，天空地宽地吃起来。"

说是"阅读理解"，但我阅读来阅读去，就是无法"理解"。"您若是……吃得早"。"您"出去散步，"那么"乡下人才吃饭吃得早的？这些乡下人也有意思，见我散步就"把桌椅饭菜搬在门前"。"天空地宽地吃"，我没见过，究竟是一种什么样的吃法！

在这篇散文后面，编者给学生出的题目中有这样的一条："除了南瓜、丝瓜外，你还知道些什么瓜有认识，将它写出来。"对这题目，我也无法"理解"，我哪里"知道什么瓜有认识"！瓜就是瓜，它会有什么认识哩！

看完这本小册子，我感到好笑，也感到担忧，让一些没有语文知识的商人编一些语文教材去"辅导"学生，让他们编一些不知所谓的题目去考学生，会辅导和考出什么水平的学生来。

语文工作者有责任帮助学生，大学教育专业的语文教师就是这样的语文工作者。着实，这些年来，有关研究进行得如火如荼。

拟题，看似简单，却不容易，这一点何教授自己也曾有过切身的体会。那故事，我是后来在他写的一篇散文中看到的：

那是 1978 年的事了。当时，他在香港中文大学修读教育文凭课程。一天傍晚，他在学生饭堂吃过饭，便匆匆赶去教学楼，帮助萧炳基教授拟定阅读理解测验题，为他的中文研究工作尽一份力。教学楼静悄悄的，萧教授办公室的一扇门敞开着，亮着灯。萧教授正在聚精会神地做研究工作。敲门进去后，萧教授交代了任务，给了纸和笔，他就开始拟题了。"拟选择题，那是简单不过的事。"他高兴地想，"先想好问题，再给出四个选项，其中一个是正确的，不就这么回事？"不到一个钟头，他就按数量把题拟出来了。他想，萧教授一定满意他的工作速度。结果完全出乎他的意料，他所拟的题，全部过不了关。萧教授一一向他解释："拟题有特定的要求，每道题都有一定的测试目的。考分析能力？考推断能力？考应用能力？同一个年级的学生，测试目的不同，题目的深浅、难易程度就不一样。"他说，"在选择题四个选项中，正确的那项容易拟，但其他三个'干扰选项'要拟好就不容易了，因为它们的内涵既不能跟正确的选项交叉重叠，又不能有'天渊之别'，让学生一看就能识别出来，否则题目就没有甄别力了。"在那篇散文中，何教授说，如果平时在课堂上听老师讲同样的道理，或许印象不会那么深刻，但当时面对自己的任务，听萧教授这么一说，他就颇为震撼。他恍然大悟，决心把所拟的题推倒重来。他拟出第一道获萧教授通过的题目时，已经是晚上 11 点了。

萧教授跟何教授所说的问题，我在拟题时也遇到过。开始的时候，我拟观念选择题，列出文章题目及文章写作要点，让学生选择其中的几个写作要点，使文章的内容切题。有这样的一道题：

《郊区月色》

（1）我们这些住在郊区的人特别注意月色

（2）古往今来，不少人歌颂过太阳

（3）农历每月十五的月色特别美

（4）住在海边的人更关心的是潮汐的情况

（5）沐浴着月光，使人有一种独特的感受

（6）我爱月色好的晚上

A. 只选（1）、（3）、（5）和（6）

B. 只选（2）、（4）和（6）

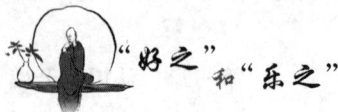

C. 只选（2）、（3）和（6）

D. 只选（3）、（4）、（5）和（6）

答案：A

我对所拟的这道题目进行了分析，觉得它太容易做，该选择的项目与不该选择的项目，区别过于明显（类似萧教授所讲正确选项与干扰选项关系的问题）。在这里，正确选项是四个要点，而干扰选项中有两项只有三个要点，学生一看就很容易排除。这样一来，这道题的甄别力就降低了。于是，我在 B 和 C 两个选项中各增加一个要点，其中 B 项增加（3），C 项改为（2）、（4）、（5）和（6）。这样一来，每项四个要点，"干扰"作用增强，题目的难度增加，甄别力就提高了。

有一次拟排列组合题，即要求把题目中的句子重新排列，组合成通顺而又合理的段落。有一题我是这样拟的：

（1）他既然肯改过自新

（2）我们就看他以后的行动吧

（3）浪子回头金不换

答案：（3）、（1）、（2）

这道题是考学生推断能力的，由（3）到（1）再到（2），是一个逻辑推理过程，要掌握这个过程，首先要对每一过程的内容有正确的了解。然而，（3）的"浪子回头金不换"这句谚语，对于中一学生来说，显得比较深，如果改用一般词语来表达，就可避免学生因对谚语的熟悉程度而影响其选择。于是，我作了改动：

（1）但是既然肯改过自新

（2）我们当然应该对此表示欢迎

（3）他虽然过去犯过罪

答案：（3）、（1）、（2）

同一项目中，有这么一题：

（1）姑母就被我们接来参加家庭晚会

（2）姑母从英国来探望我们

（3）我们全家人高兴得什么似的

（4）我们家里的人多

（5）他们一下飞机

（6）每人表演一个节目

（7）确实给了姑母一个人一个惊喜

（8）就热闹了一个晚上

答案：（2）、（3）、（4）、（1）、（5）、（6）、（8）、（7）

这种排列组合题，4 到 5 句就可以了，6 句以上排列组合，对中一学生来说，有点力所不及，他们还未达到这样的程度。于是，我把（5）、（6）、（7）和（8）删去，答案改为（2）、（3）、（4）和（1）。

题目不但要讲究内容、深浅程度，而且要讲究形式统一、规格一致、字数相近。排列组合，其中一题是这样拟的：

《相思鸟》

（1）小林送给我家一只相思鸟

（2）小林家养的鸟很多

（3）相思鸟的样子很可爱

（4）我家本来养了一只猫，现在又多了一只相思鸟，可热闹了

（5）讲述相思鸟唱歌的情况

（6）我家的猫生了小猫后，准备送一只给小林作为答谢他的礼物

（7）我们为养了这只相思鸟而高兴

A. 只选（1）、（3）、（5）和（7）

B. 只选（1）、（4）、（5）和（6）

C. 只选（2）、（5）、（6）和（7）

D. 只选（3）、（5）、（6）和（7）

答案：A

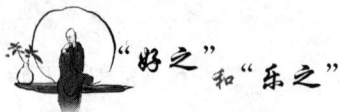

拟完后，看看题目，我觉得有点别扭。"这道题目选项中有些句子太长，应该删掉一些字，使各个句子的字数比较接近。"对了，我觉得"别扭"，就在这个地方了。于是我对题目进行了修改，定稿如下：

《相思鸟》

（1）小林送给我家一只相思鸟

（2）小林家所养的鸟种类很多

（3）那相思鸟的样子很可爱

（4）我家本来养了一只小花猫

（5）我们都喜欢听相思鸟唱歌

（6）将来我会回赠小花猫给小林

（7）我们为养了相思鸟而高兴

这时候看题目，没有"别扭"的感觉了。

从理论上来说，为什么说拟题不容易呢？就从测验题的角度来说吧。测验，是一种评估方法；测验题，则是一种测量媒介。要拟定一份能够达到预期测量目的的良好测验题，需要花很多心思。香港课程发展议会编订的《小学课程指引》指出，评审测验题拟得是否好，有两个标准，一个是信度，一个是效度。前者是指测验的一致性，即一项测验经同一批学生在同样的情况下再做一次后得到相同结果的程度。它指的是测验的可靠性。多次测验结果保持一致，这才可靠。比如，要测定一个人的性格，第一次测出是内向，第二次测出也是内向，第三次测也是如此，这个测量工具的可信度就高。如果第一次测出是内向，第二次测出外向，第三次测出是中性，那这个测量工具的可信度就低。测性格如此，测学科成绩亦然。如果一份测验卷或者测验题，有个学生测验得的是 100 分，同一个学生在同样的情况下，得到相近的分数，这份测验卷或这道题的可信度就高。如果第一次测验得 100 分，在同样情况下再测得 50 分，这份测验卷或这道题的可信度就低。后者是指一项测验是否达到预期结果。也就是，一项测验可否及如何准确地测量到应当测量到的结果。能测出想测量的东西的程度，则效度高，测不出来，则效度低。例如，想测量一个人的体重，测量工具是秤。这个人是50公斤，这台秤测出是50公斤，那这台秤的效度就高；如果测出是40公斤，那效度就低。同样的一份试卷或同样的一道题，一个优等生测验的成绩50分，不及格，这份测验卷或这道题的效度就低。反之，这个优等生得的是好成绩，效度就高。每一项测验，当然具体到每一道测验题，是否做到有信度与效度，也要通过测试。测试以后，与其他测验题组成试卷，交给前线老师进行预试。我们所拟的题目，经测试、预试后，又被刷了一大批。

信度与效度是对同一程度的学生来说的，所以题目的难度首先要根据学生的语文程度而定。能否做到这一点，不光凭感觉，还要经过测试。"一段/一个/曾经/他/孤儿/痛苦/流浪/生涯/是/度过/的/不堪"，要求重组成这样的句子："他是一个孤儿，曾经度过一段痛苦不堪的生涯。"在中一语文程度中等的学生测试时发现：1.题目难度偏高，但甄别力强；2.题目较长（12单位），增加了题目的难度；3.减短句子程度，降低难度。难度高的题目，叫"深"，反之叫"浅"。什么叫"深"，什么叫"浅"？不能一概而论，而是要从具体情况出发。不同年级的学生，同一道题，低年级的同学会觉得"深"，高年级的同学会觉得"浅"。就是同一年级的学生，同一意思的一道题目，如果考应用能力，会觉得深，如果考分析能力，就会觉得浅。一道题，成绩好的学生都不能答对，就太深，成绩差的学生都能答对，就太浅；如果优生都能答对，中等生大部分能答对，差生少数能答对，这道题可算难易适当，不深不浅。至于甄别能力，除了题目的难易程度，正如前面所说，还包括其他很多因素。我拟的题目，有的如上例，"难度偏高，但甄别力强"的，有的则是"难度偏高，但甄别力低"的，有的存在这样那样的另外一些问题。根据测试情况，还要再拟一批题目，进行再测试。几个月下来，这样的题目就积累了一大堆了。

"剔句"和"连句"题的设计很有趣。所谓"剔句"，就是

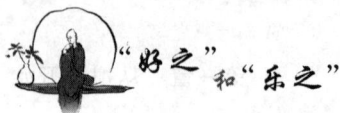

要学生剔除各题目中的多余句。所谓"连句",就是分别按顺序把句子连接起来(字数可加减)。有一题我是这样拟的:

(1)过去寮屋区常发生房屋倒塌事件

(2)过去寮屋区常发生山泥倾泻灾害

(3)现在寮屋区内房屋倒塌的事也很少发生

(4)屋邨不会发生房屋倒塌的事

(5)现在区内山泥倾泻的情况有所减少

(6)寮屋区外围路边山泥倾泻的情况有所增加

(7)港府决定增加拨款

(8)修缮道路两旁的斜坡

(9)屋邨的房子则要加强保养

题目是跟答案一起来设计的,答案如下:

过去寮屋区不但常发生房屋倒塌事件,而且常出现山泥倾泻灾害。现在区内山泥倾泻的情况已有所减少,房屋倒塌的事也很少发生,但寮屋区外围的路边山泥倾泻的情况却有所增加。因此,港府决定增加拨款,以便修缮道路两旁的斜坡。

题中(4)、(9)两句为多余句。

题目(包括答案)设计得好,心里真的有几分"成就感"。以上面的这一类例子来说,要把若干个句子用关联词连接起来,还是要费一番工夫的。什么时候用"不但……而且",什么时候用"虽然……但是",什么时候用"却",什么时候用"因此",确实要推敲一番。最后,把句子连接起来了,把多余句找出来了,心里确实很高兴,以致"连续作业",一口气拟了好几题。

这次拟题本来就要求数量多。为了保证题目的质量,每类题还要另外多拟一批,然后在这基础上进行挑选。多,也是一个难题。拟好几题,相对比较容易,但该项要求拟100题加一倍,那就是200题。开始拟的时候,进度比较快,不久就写下了第10题。往下再拟,拟到100题,就显得难了,觉得一切可以写的内容都写遍了，似有"江郎才尽"的感觉。不但有量的要求，还有质的要求，还是硬着头皮拟下去，直到200题拟出来为止。

每一道题，都要反复推敲，一字一句地修改。有个项目叫作"正反引申"，先拟出一个观点，然后要求学生从正反两方面的横线上填上文字。我拟了其中的一道题：

人生要有志向。

1. 有了志向，人的生活才有个目标

就不会浑浑噩噩地过日子

遇到挫折时就有了动力

才能把自己的"小我"同社会的"大我"连在一起

才能生活得有意思

2. 没有了志向，人的生活就没有了目标

就会浑浑噩噩地过日子

遇到挫折时就没有了动力

不能把自己的"小我"同社会的"大我"连在一起

生活就不可能过得有意义

拟出来后，我还要回过头来认真考虑，"人生要有志向"这个提法是否正确。细想了一下，我就觉得这提法有点问题。我们平时都说，什么人有志向，这是对的，讲"人生"有"志向"，搭配就不恰当了。然后再想，作为正反两个方面，"有了志向"和"没有了志向"是相对的，"有了志向"有个"了"字问题不大，"没有了志向"有个"了"字则不够准确。因为"没有了志向"表示原来"有"，后来"没有了的"，这道题目应该表述为"没有志向"才比较恰当。接着，再考虑答案里的句子。"一个人的生活才有个目标"意思表述不够明确，应改为"人在生活的道路上才会有明确的目标。"。"就不会浑浑噩噩地过日子"，"浑浑噩噩"字太深了，应改为"就不会无所事事地过日子"。"遇到挫

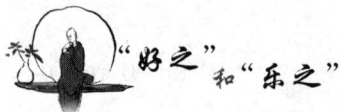

折时就有了动力",字数太少,应改为"遇到挫折时才可能有继续前进的动力"。第四句太长了,应压缩为"能为社会做出应有的贡献"。最后一句改成"他的生活才能过得有意义"。改完之后,觉得比改之前好多了。如果每一道题拟完后,不回头做修改,就不可能有这样的效果。

拟题工作持续了很长一段时间。题目拟好以后,便到原先预约好的几所中学进行测试,以及进行后续研究工作。

"拟题是不是看似简单,其实不容易?"我跟中山大学、暨南大学、华南师范大学的博士、硕士生讲了我拟题的经历后说。

"是的,我们决不会轻视拟题这件事,一定尽力把它做好。"他们很积极地回应我的话。

讲求一个"活"字

跟我此前所拟测试题不同,这次所拟的是阅读理解方面的题目。原先的测试,是为了测试成绩稍逊的中一学生的语文水平,现在是要为他们提供辅助教材了。何教授提供了一大批阅读篇章,要求他们在每一篇文章后列出题目,引导学生理解每一篇文章的意义。

工作开始前,何教授提出了拟题要求,欧佩娟老师给我准备了一个"样板"。欧佩娟老师是何教授的夫人。她是一位资深语文老师,后来任中学校长,当时也在义务协助何教授做研究工作。她雍容大度,和蔼待人,诲人不倦。她拟的题目,也透露出她循循善诱的为人师者品格。以下是"样板"中的阅读篇章和篇后的题目。

细阅下文,回答文章后面的问题。

让我们剪掉辫子

等候电梯的时间虽短，沉闷起来却可以一秒等于一世纪，有时真想拉着其他等候者聊上两句。

身旁这位看似是优皮士的洋汉向我扫描了一眼，我立即意味到有事要发生。果然，他开口了："你屋地上的树都清理了吧？"

这样谈论社会新闻，真是别具一格。于是我答道："我爱护树木。事实上，假如有时间，我会参加植树运动。"

"你的大屋图样画好了吧？一定把每寸土地都用尽了。"

"我哪有这样多的时间打扫地方。"我漫不经心应道。

"都装修好了？柚木地板、云石窗台、古铜水喉、花梨木家具……"

这时，电梯来了。踏进电梯时，我迅速地推敲他说这些话的动机。他看来不像为了打发时间而闲聊几句，也似乎没有向我推销什么的打算。那么，他到底为了什么呢？

在电梯里各自站定以后，我按了到地下的那按钮。对于那个"装修"的问题，我觉得无须作答，于是只朝着他谨慎地笑了笑。不料，他穷追不舍："你的商场也改建好了？找风水专家看过了？"

我立即明白了这是怎么一回事，于是直截了当地回答他："我并不那么富有。"话刚说完，电梯到了地下，电梯门打开，优皮士头也不回，扬长而去。

这个洋汉对我发泄的，是本地人目睹香港富裕移民购房置产而产生的那种既羡且妒加上憎厌和抗拒的复杂心情。但为什么我成为发泄的对象呢？因为我刚从一位律师朋友的事务所出来，手上提着公文包。

朋友是陶永强，虽然是位律师，可是我找他并非购置房产，而是交还一沓文稿，因为他是我的文友。

滥伐树木、建造巨宅、豪华装修、迷信风水……这些都是本

"好之"和"乐之"

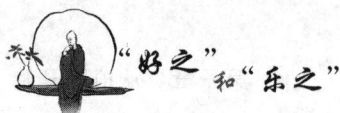

地人对香港新移民的认识，浅薄、类型化，就像100年前洋人漫画里头华人都拖着辫子一般。

让我们把辫子剪掉！

（潘铭燊）

甲	事实性的问题
1	洋汉一共问了作者多少个问题？
2	辨别下列哪些句子符合篇章中的内容：
	A. 作者移民美国
	B. 作者得到朋友的热情招待
	C. 作者想在等待电梯时和人闲聊
	D. 文中所指的洋汉是一名穷光蛋
	E. 洋汉和作者攀谈是友善的表示
	F. 洋汉关心作者是否适应新生活
	G. 洋汉希望替作者做装修生意
	H. 作者被洋汉误会是因为作者的衣着华丽
	I. 作者有位律师朋友
	J. 作者因犯上官非而找律师
	K. 所有的香港移民都迷信风水
	L. 作者认为洋汉对香港新移民存有敌意是对的
	M. 作者希望早日得到洋汉的谅解
3	按文中的发展次序排列下列情节：
	A. 作者盼望中国人早日剪掉辫子
	B. 洋汉和作者一同进电梯
	C. 作者和洋汉同在电梯外等候电梯
	D. 作者最终明白洋汉向他发泄的原因

甲	事实性的问题	
		E. 洋汉和作者攀谈
		F. 作者在思考洋汉为什么向他发泄
	4	洋汉是本地人，作者又是什么身份？
乙	文章深层意义的探讨	
	1	文中所谓"社会新闻"究竟是指什么？
	2	电梯门打开，优皮士头也不回地扬长而去，优皮士这行为传递了些什么信息？
	3	何以见得本地人对香港富裕移民既羡且妒加上憎厌和抗拒？
	4	洋汉对作者有何误会？
	5	关于本地人对香港新移民的认识，作者有什么看法？
	6	作者引述100年前洋汉漫画里头华人的辫子，这事实与本文的主题有何关系？
	7	本文篇末呼吁我们剪掉辫子，有什么意义？
丙	你对与文章有关的背景资料的熟悉程度	
	1	加拿大政府今年接受大量香港移民的申请
	2	加拿大本地人追求的生活状态
	3	香港新移民的经济能力
	4	本地人对香港新移民的行为的回应
	5	由文化差异而引发的社会问题

工作开始，我先向大家交代了拟题要求。为了让大家掌握拟题方法，对这篇文章的"样板"题目，进行集体讨论。

"那些题目，所提问题目的明确，以文章内容为依据，所拟

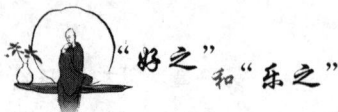

题目有助于学生记住篇章的内容。"有位同学说。

"提问的语言准确、通俗易懂，便于学生理解。"有位同学说。

有的同学分析了那些题目的类型。他们说，甲类"事实性的问题"是记忆型的题目，需要学生阅读时凭自己的记忆来回答。乙类"文章深层意义的探讨"是理解型的题目，它需要读者做分析，进行反复的思考。丙类"你对文章有关的背景资料的熟悉程度"是运用型的题目，要求学生把平时所了解的新闻资讯知识运用到阅读中去，加深对文章的理解。

"这些题目所涉及的内容比较全面，可以引导学生进行全方位的独立思考。"有位同学说。

"我们平常拟的题目，诸如'本文主题思想是什么?''本文用了什么写作手法?'，如此等等，比较呆板、'死'。'样板'的题目比较'活'。有样板可以学，我们拟出的题目就会活得多。我们这次拟题，要讲求个'活'字。"我说。

讨论完后，我还给大家找了一篇文章，作为"试点"，一起来给它拟题。文章的题目叫《一个臭词儿》，全文如下：

一只小熊进了荆棘丛生的灌木林而走不出来，一位樵夫路过，把它救了。

母熊见到这件事，便说："上帝保佑你，好人。你帮了我大忙，让我们交个朋友吧，怎么样?"

"嗯，我也不知道……"

"为什么?"

"怎么说呢? 是不能太相信熊吧。虽然肯定地说，这并不适用于所有的熊。"

"对人也不能太相信。"熊回答，"可这也不适用于您。"

于是熊和樵夫便结成了朋友，他们过从甚密。

一个晚上，樵夫在树林中迷了路。他找不到地方睡觉，于是到了熊窝。熊安排他住了一宿，还以丰盛的晚餐款待了他。翌晨，樵夫起身要走。熊吻了吻樵夫，说："原谅我吧，兄弟，没有能好好招待你。"

"不要客气，熊大姐，"樵夫回答，"招待得很好，只是有一点，也是我唯一不喜欢你的地方，就是你身上那股臭味。"

熊听了快快不乐。它对樵夫说："拿斧头砍我的头。"

樵夫拿斧头轻轻打了一下。

"砍重一点，砍重一点！"熊说。

樵夫使劲砍了一下，鲜血从熊的头上迸了出来。熊没有哼一声，樵夫就走了。

若干年后，樵夫有一次不知不觉地到了离熊窝很近的地方，就去看望熊。熊衷心地欢迎他，又以丰盛的食品来招待。告辞时，樵夫问："伤口愈合了吗，熊大姐？"

"什么伤口？"熊问。

"我打你的头后留下的伤口。"

"噢，那次痛了一阵子，后来就不痛了，伤口愈合后，我就忘了。不过那次你说的话，就是您用的那个词，我一辈子也忘不了。"

（兰·波西列）

我给大家念了上述文章后，让大家先分析分析这篇文章，看它内容上有什么新颖的地方，主题是什么，写作上有什么特点，等等。在谈到这篇文章的主题时，有位姓刘的同学不大明白。

"母熊跟樵夫是朋友，母熊叫樵夫用斧头砍自己，第一次嫌他砍得不够重，要他砍重一点，究竟作者要说明什么？"

"我问你，母熊为什么叫樵夫砍它？"李同学这样问。

"那是因为他不喜欢母熊身上的臭味，说它臭。"他说。

"那不明白啦，文章的主题就体现在最后母熊的那段话上。它说，你砍我，是对我肉体上的伤害，你说我臭，是对我精神上的伤害。对我肉体上的伤害，伤疤好了我就忘了，对我精神上的

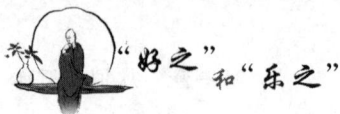

伤害，'那个词'，我一辈子也忘不了。这主题不就清楚了吗？"李同学说。

"我同意这个分析。文章写到，当樵夫说它身上臭之后，母熊就快快不乐，可见这句话对它的伤害之深。"曾同学说，"樵夫说那句话的时候可能是无心的，但说者无心，听者有意，问题就出在这里。"

"俗话有说，'平常一句话，入耳便生根'。特别是伤人的话，听者的确是怎么也忘不了的。"我接着说，"好比在树干上钉钉子，把钉子拔出来，树干上还会留下伤痕。这里还有个故事哩。"

于是我讲了这么一个故事。在一个村子里，有个年轻人，对人总是出言不逊，伤害了别人，别人批评他，他不听，说："这有什么大不了的，不就是几句话么，有什么值得大惊小怪的？"有一天，有位禅师从口袋里掏出几颗钉子，对年轻人说："你去把这几颗钉子钉在树上。"年轻人照着禅师的话去做。禅师又说："你把钉子取下来。"年轻人费了好大的劲，才把钉子取下来。禅师对年轻人说："钉子是取下来了，那又能怎么样呢？树干上不是已经留下了深深的伤痕了吗？对别人有所伤害的话，就像钉子一样，尽管你能取出来，可是你留给别人的伤害就像钉子留在树干上的伤痕一样，很难消除。"年轻人听了，恍然大悟。

"这个钉子故事跟《一个臭词儿》一样，讲的是同样的道理。"讲完上述故事，我说。

"母熊的身上臭是事实，樵夫不过是实话实说而已。"刘同学说。

"有时，特别是对朋友，不是实话实说就是好的，讲的时候一定要注意分寸，要照顾对方的感受，不能拿起机关枪乱扫射。"李同学说。

在讨论过程中，大家一边谈体会，一边提出了各种各样的问题。最后，我要求各位同学根据讨论的情况，把问题整理出来。

"刘同学，你把事实性的问题写一下。"我说，"李同学负责篇章线索，曾同学整理深层意义的题目。"

不一会儿，他们一一写出来了。刘同学整理出的事实性的问题如下：

1. 母熊为什么提出跟樵夫做朋友？

2. 樵夫和母熊成为朋友后经历了什么？

3. 辨别下列哪些句子符合篇章中的内容：

A. 樵夫救了受伤的小熊

B. 母熊因为樵夫救了小熊而跟樵夫交朋友

C. 樵夫不相信熊，也不相信跟他交朋友的母熊

D. 母熊不相信人，但相信樵夫

E. 在树林里迷路的樵夫受到母熊的热情接待

F. 樵夫说母熊的招待很好，但不喜欢它身上的臭味

G. 母熊不介意樵夫说自己身上有臭味

李同学写的"按篇章线索排列情节"部分：

A. 樵夫说母熊身上臭，并且用斧头砍母熊

B. 樵夫救了灌木林中的小熊

C. 熊和樵夫成为朋友

D. 母熊因樵夫救了小熊而提出跟他交朋友

E. 母熊忘了樵夫斧头的伤害却忘不了他言语的伤害

曾同学写的"关于文章深层意义的探讨"部分：

A. 樵夫说不喜欢母熊身上的臭，这是有意的吗？母熊听了，为什么怏怏不乐？樵夫当时注意到母熊的感受了吗？

B. 母熊身上真的很臭吗？如果樵夫说的是实话，为什么母熊听后会不高兴呢？

C. 母熊第一次叫砍它的头时，樵夫为什么只是轻轻打一下？

D. 樵夫使劲砍，母熊头上流血了，为什么却不吭一声？

E. 伤口愈合以后，母熊为什么还是盛情款待樵夫？

F. 文章最后所写母熊跟樵夫说的那段话告诉我们什么道理？为什么说这段话揭示了文章主题？

看了大家所拟题目样稿后，我说："大家写得很好。下面，大家可以按照这个方式，拟出各篇章的题目。'样板'只是给大家参考的，不要求千篇一律，篇篇都是这个样子。第一部分可以出选择题，也可以拟填充题，也可以出关系连线题，可以用图示，也可以用表格，形式丰富一些。关于背景资料一项，有的篇章要有，有的篇章不要，看情况。比如刚才那篇寓言，就可以不要。"

接着，把各篇章拟题的任务落实到各人，分工负责。

"引导"的作用

晚上，看到书桌上放着的《一个臭词儿》的题目，妻子杨卫红说："看这样一些题目，字数跟文章的字数差不多了，为什么要给一篇文章配那么一些题目呢？"

"'为什么要给一篇文章配那么一些题目呢'，这个问题提得好。"我说，"打个比方吧，平时我们常会说，人生是一本书，但这本书有时比较深奥，要多提些问题加以引导，采动莲花牵动藕，有些事情才能看得明白。今天来找你的那个年轻人，是妹姐的儿子吧，他母亲的一生是一本书，出一些思考题，好好看她人生这本书，便可以从中接受一些教益。"

妹姐是卫红以前的老街坊，住在大新路的一条街上。她出身于一个贫寒的家庭，小时候没正式起过名字，人们随口叫她阿妹，年纪大了，比她年纪小的人就叫她妹姐。她嫁的丈夫穷，自己又没什么技能，生活一直很困难。丈夫早逝，更令她陷于绝境。她捡了个孤儿抚养。由于缺乏教养，孤儿长大后吊儿郎当，像二流子似的，不但不能帮助她解决困难，反而增加她的负担。

一家虽只两个人，生活却往往难以为继。结婚前，卫红一家人跟妹姐住在一条街。卫红跟街坊邻里相处很融洽。她勤快，乐于助人。见楼梯没人清洁，她就主动去打扫干净，她还常常帮邻居做家务，帮他们解决生活上的问题。结婚以后，卫红搬离那条街了，但还关心着那些邻居。看到妹姐生活有困难，卫红常常会给她一些接济。"我们没钱买米了，你借我100元吧。"这时卫红或许会给她一些钱，或许就带她到市场，帮她买好柴米油盐，一起送到她家。她最近去世了，留下的这个儿子境况也很差，当天他也是来求助的。

"给她人生这部书出什么思考题？"卫红笑着问。

"可以像《一个臭词儿》那样出一串题目，前面事实性的问题、篇章线索这里先不说，深层意义的问题就可以列出许多。现在摘其要者拟几个题目吧。"我说，"第一个，你不是说她丈夫死了以后，有人建议她再嫁，并且给她介绍对象，她却不愿意吗？那就在这个问题上出个题目：对于她和她的家庭来说，再婚是否会好一些？再婚，她感情上有所寄托，不像后来那样无依无靠，不会那么孤独，经济上找到一个新的支柱，也不会像后来那么清苦。"

"那倒是。"卫红说，"第二个呢？"

"第二，她丈夫与前妻是生有子女的，但妹姐跟他们都没有联系，有一段时间有一个儿子叫她去帮忙带孩子，她也没有去。平时她跟他们联系也很少，关系疏远。不然，她在困难的时候也许能得到他们的帮助，不会出现后来那么大的困难。"

"那第三是什么？"

"第三，就是她收养孤儿，除了养，还要不要教？怎样教？这也是一个问题。教育得好，她这个养子在她在世时就可以成为家庭的主力了，实际上呢，倒是社会的一个负担。"

"是呀，当时我年纪小，不懂得人生的道理，不懂得为她设这些问题，她自己文化水平低，也不会为自己设想，所以才会出

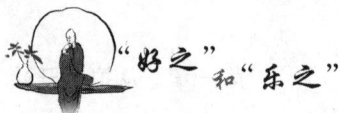

现后来这样的局面。"卫红说，"现在，只能由别人看她的文章来吸取教训了。"

人要终身学习，令自己成长。从哪里学？归根结底，是从经历中学习。一是从自己的经历中学习，自己总结出经验教训，促使自己进步；二是从他人的经历中学习，借鉴他人的经验和教训，令自己受益。他人的经历，有些写进了书中，我们可以通过书本来学习；有些未写入书本，我们也可以从中学习。

"当然，妹姐的一生不都是负面的教训，也有正面的经验。比如，她能交上你这样的街坊朋友，也未尝不是幸运的事。你多次在她困难的时候伸出了援手，就是她后事的经费也是你帮她垫付的。她的儿子现在已经从民政部门领到了抚恤金，那天他来找你，是还你钱的吧？"

"是的，他那样的人，哪会办他母亲的后事？不但要帮他垫钱，而且要帮他办理后事。"卫红说。

帮人帮到底，送佛送到西。妹姐去世以后，卫红继续帮她的儿子。妹姐的儿子没地方住，卫红的一个朋友买了房子，准备退出公租房，卫红立即帮妹姐的儿子跟房管部门联系，让妹姐的儿子用很低的租金续租了进去。后来那座楼要拆迁，他被安排住上了保障房，还得了一笔补偿金。再后来，他找到了工作，还找到了女朋友，生活完全可以自立了。这是后话。

"人生一世，草长一春。我们人生这本书，是由一章一节构成的，每一章完结以后，自己也可以提出问题，好好回读一下，从中总结经验，写好书的下一章。"我转换了一下话题的角度，"现在，人生这部书，我写完了在工作岗位上的一章，退休了，这下一章怎样写？要过怎样的日子？也是要认真思考的问题。许多人因为老了，对人对己对事物都视如落花流水，觉得一切都是过眼云烟，什么拼搏、奋斗都没什么必要，要学会放弃，什么都不要去想，什么都不要去做，随心所欲，想吃就吃，想穿就穿，想睡就睡，想玩就玩，人生苦短，抓紧时间好好享受。但很多人却不这样看，他们主张生命不息，奋斗不止，把自己的余热奉献给社会。在这两种价值取向中，我们应该怎样选择呢？这不就是一个问题吗？"

"你当然选择后一种了，看你现在'奋斗'的样子就知道。"卫红笑着说。

"我是主张要贡献余热，但兼顾娱乐和休息。人家退休生活要坚持'一个中心'（以健康为中心）、'两个基本点'（悠闲一点、潇洒一点），我觉得作为生活的指导方针，应该积极一点。"

"怎样积极一点？"她问。

"我是想要让退休生活过得有意义、有价值。两个'有'，暂且叫'两有原则'吧。"我说。

"那倒好。"卫红说。

生命，一般都要经过发育、成熟和衰老等几个阶段，这是客观的自然规律。人到了退休年龄，各器官组织的机能开始减退，人也就逐渐老化。老化是一个渐进的过程，而且个体差异很大。特别是生理性的老化，有的人40岁就开始显老，有的人六七十岁还充满活力。跟身体生理上的老化比起来，精神方面老化的个体差异更大。有些人年纪轻轻，但饱食终日无所事事，精神老化的表现很突出；有些人虽然一把年纪，但"老骥伏枥，志在千里"，雄心壮志不减，创造力很强。医学资料显示，人的大脑神经细胞从20岁开始减少，每天有10万个左右的细胞死亡。大脑神经细胞减少最多的时候是50岁左右，以后的缩减会逐渐降低。一个健康的老年人，如果60岁时智力仍保持得好，到了八九十岁时头脑仍然好用。日常所用的脑神经细胞，只占人脑细胞的十分之一左右，一些脑细胞死亡，许多备用的细胞可以顶上。经常动脑的人，即使到了很大年纪，可以使用的脑神经细胞的数目仍然能保持充足的数量，智力仍保持得很好的，大有人在。他们到了退休年龄，但还坚持工作，把自己毕生的知识和技能献给人类和社会。在鲁迅那个年代，据说人的平均寿命是36岁，鲁迅活

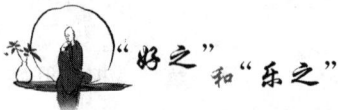

了 55 岁，算是高龄了，可是他一直没有退休。在去世前，他还带病翻译果戈理的《死魂灵》；去世的前 3 天，还为别人翻译的小说集写序言；去世的前两天还在写《因太炎先生而想起的二三事》的文章；去世的前一天还写了日记。活了 76 岁的德国物理学家爱因斯坦，在临终前仍在改写科学著作，在去世的几个小时前，他让陪伴他的亲人去休息，并说："我在这里还有许多事情要做呢。"享年 67 岁的法国女科学家居里夫人，在临终时用不连贯的话语说着："各章的分段应该一样……我一直在挂念着那部书……"人要生活，就要工作，退休前如此，退休后也如此。这既有益于社会，也有益于个人。当然，工作也不应该过度。工作过劳，会使人早衰；同样，好逸恶劳，会促使人老化。有些人退休后过于悠闲，作息不规律。闲则生闷，闲则生病。他们情绪也不稳定，时而狂喜，时而感到空虚和沮丧，没有多久，就百病缠身，老得不像样子了。经常用脑，不但不会使它加速老化，反而会延缓它老化。人在工作，生活有明确的目标，就会感到有一种精神力量在支撑着，不但会心情舒畅，头脑也会显得灵活。退休后的生活，最好还是按照自己原来的生活规律，根据老年人的特点，合理地安排工作、运动、休息和睡眠，坚持好的生活习惯。我主张作为老年人生活的指导方针，不能只是强调悠闲和潇洒，而应该积极一点，让生活过得有意义、有价值，就是这个原因。

"读人生这部书或人生的某一篇文章，提问题不但有助于思考，得出正确的认识，而且有助于下一篇文章的书写。刚才讲的退休生活，就是我开始写的下一篇文章。"我说，"同样，阅读纸上、网络上的文章，提一些问题，不但有助于思考，了解文章的真谛，对学习写作、提高自己的写作水平也有帮助。"

阅读不是以理解字词、句子和段落为目的，而是要通过适当的阅读技巧来从文章中获取最大的信息量，达到对文章深刻、透彻的理解。要达到这个目的，就要与作者进行思想交流。我们为篇章拟思考题，就是帮助读者掌握有关阅读技巧，帮助他们与作者进行思想交流。为此，我们所拟的题目，要有利于引导读者正确、快速地捕捉资讯和理解文章的内容。读者在阅读过程中，可以边阅读边检查自己的理解情况，对这些题目认真思考，寻求答案。找不到答案的，可把问题暂时搁下，继续读下去。读完以后，再回头回答这些问题，加深理解。在阅读时，不同的人可以采取不同的方法。如理解文章各部分之间的关系、猜测文章的意义、利用标题推断文章内容等，而读前、读中、读后提问题，通过回答问题去加深对文章的理解，则是最常使用的方法。有的读者会觉得，文章读完了，好像什么也没记住。要解决这个问题，最好的方法就是用问题来引导阅读。问题从何而来？可以自设问题，也可以由别人来提问题。我们在提供给学生阅读的篇章中，附上思考题，则是方法之一。为了对读者真正有所帮助，所拟的题目一定要启发读者思考，激发他们的兴趣。

"这就可以正面回答你的问题了，为什么要给一篇文章配那么一些题目呢？这些就是答案。"我给卫红讲述了上面道理以后，对她说，"如果不看那些题目，你能理解《一个臭词儿》这篇文章的意思吗？"

卫红一边听我讲，一边把文章和题目浏览了一遍，然后说："如果不看那些题目，我真的理解不了。熊叫樵夫砍它的头，为什么？乍一看，真令人摸不着头脑。"

"现在摸得着头脑了吧？"我问。

"现在明白了。"她笑着说。

这次拟题的篇章很多，拟好后，我分批发给香港的何教授。中国互联网 1994 年正式接入国际互联网以后，各网络公司纷纷成立，邮箱普及，网络传输十分方便。这为文化方面的"对外加工"创造了有利条件。由于准备得好，讨论得充分，所以拟题进行得比较顺利，也十分成功。

接着，何教授设计了"中文教学资讯科技高速公路"的网页，供中小学校的中文科老师、学生和家长使用。教师可以用这

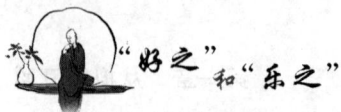

些网页的内容作为教学的参考教材，学生可以开启有关网页进行学习，家长也可以进入网页了解其子女的学习情况。网页上的一个项目叫《阅读策略》，需要大量的阅读篇章。阅读篇章需要附上思考题，以助读者了解篇义。为此，我又开始组织一些人拟题。经过几个战役，我们俨然成了"拟题专家"了。

第二章　写作·修改·编辑

在拟题之前，我们曾为何教授撰写过书稿。1998 年初，何教授准备主编一系列初中学生语文多媒体课外读物，其中一套以中国文化知识为内容，由我负责撰稿和约稿。读物以光碟形式出版，除了写出文章，还要撰写配套的文字。

香港《中国语文科课程纲要》提出的教学目标有几个方面：第一，增强阅读、写作、聆听、说话等语文能力及思维能力，培养自学能力；第二，丰富知识，尤其着重增进本科的语文知识，以及对中国文化的认识；第三，提高对本科的学习兴趣，培养良好的学习态度和习惯；第四，启发思维、培养品德，并加强对社会的责任感。在这些教学目标中，虽然"对中国文化的认识"被列入"丰富知识"的范围，中学语文课的课文，确实也涉及许多中国文化知识。然而，语文课学习的主要是语文知识，至于一般文化知识，老师只会粗略地讲一讲。学生要对这些知识有更多的了解，就要自己去翻书本、找资料，中国文化知识这一多媒体课外读物，就是为适应初中学生在语文课中学习中国文化知识的需要而编制的。

"语文课题是学习母语的工具，也是文化的载体。配一套以中国文化知识为内容的辅导教材，为学生提供一些课文的背景资料，可以令学生拓展视野，感受到课文的生命力，感觉到学习课文的乐趣，从而增加感情的投入。"何教授说，"为了把中国文化

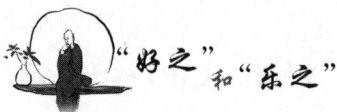

知识和有关语文知识的学习结合起来，我们要为这些中国文化知识篇章设置一些语文知识框架。比如每一篇章要有两三个成语，要运用某种写作技巧，要运用某种修辞手法等，令学生看了有关光碟后，通过潜移默化，掌握这些知识。我们要把这套产品制造好！"

"这种产品在其他地方似乎还没有见过，可以说是独树一帜。"我说。

中一至中三的语文课本 6 册，共有 60 篇精读课文。每篇课文，所涉及的文化知识很多，我从中挑出了 300 个主要项目，每个项目写一篇短文，每个年级的短文分两辑。中二和中三的项目，约大学和出版社的朋友撰写，我除了负责中一两册的撰写任务，全套读物最后由我负责编辑，由何教授定稿。

"瓶口小容量大"的"瓶子"

介绍文化知识，可以写成说明文，也可以采用描写、记叙、议论等形式，因为考虑到通俗性和趣味性，我决定大部分用杂文、随笔、小品这些大众化的形式去写，短小、精练，写成千字文。

我多年来写的大多属于这一类千字文，也就是说，写千字文是我的"老本行"。现在写起来，看似可以驾轻就熟，事实上并非如此。写好千字文，要下很大功夫。精心写作好每一篇，一点也不容易，特别是要在有关篇章中把语文框架设置好，要把成语、修辞手法和写作方法运用好，像一些人所说，要拿出看家本领才行。

"写短文章难还是写长文章难？"有一次，我问一位作者。

"各有各的难处啦。"他说,"写又短又好的文章不容易。"

"写短文章确有它的难处。"我说,"有一家美国杂志曾以3000美元的奖励征求文字最简短、情节最曲折的故事,不少人绞尽脑汁应征。要绞尽脑汁,难吧?结果,有一篇故事获得头奖。"

"它简短到什么程度?"

我从资料中翻出了这个故事,念了它的原文:"伊莉薇娜的弟弟费莱特伴着她的丈夫巴布去非洲打猎。不久,她在家里接到弟弟的电报,说'巴布猎狮身死。——费莱特。'伊莉薇娜悲伤不自胜,回电给弟弟:'运其尸回家。'三星期后,从非洲运回了一个大包裹,里面是一头狮尸。她又赶发了一个电报:'狮收到。弟误,请寄巴布尸。'很快就得到了非洲的回电:'无误,巴布在狮腹内'。"

"够简短吧?"念完了,我问,"写这样的短文不容易吧?"

"不但短,不蔓不枝,简洁流畅,而且很有故事性。"他说,"要构思出这样的故事,确实要绞尽脑汁。"

写长文、短文各有各的难处。长篇大论固然费笔墨,不容易,在某种情况下,写短文章更难。我们在编报纸理论版的时候,约一些作者写头条文章,洋洋洒洒三四千字,他们写起来很顺手。该版有一篇杂文,千字以下,许多人却写不好。一些教授、学者写的短稿,到了编辑手上,也要改得一塌糊涂。这可以说是短文章难写的明证。

千字文,文章短小,但要内容丰富。短文章好比一个瓶子,它口子小,但里面的容积大,可以装很多东西。口子开得太大,一千几百字无法把它收拢。因此,短文章所要说明的观点不能太大,只能从大观点中选取一个侧面、一个角度,找出一个小观点来写。为了阐述这个小观点,作者可以引用许多杂七杂八的材料,加以说明,令人感到有东西可看。为配合中一《水的希望》这篇课文而写的《梅花》一文,我就是按这个原则去写的。以梅花为主题,要全面介绍梅花,可以写成一本书,或者几万字的长

文，但我不可能全面地写，只能选取一个角度：专门写梅花的可爱之处。为了表达这个主题，我运用了许多材料。开题引用"梅花香自苦寒来"这一诗句，说明这是梅花使人另眼相看的地方。接着讲梅的品种，指出梅分果梅和花梅两大类。讲到果梅时，引用了"望梅止渴"的故事，指出因为这个故事，"令梅子的名气大增"。说着，笔锋一转，讲到"论起名气，梅花比起梅子来，可以说是有过之而无不及"，历史上有许多诗是赞颂梅花的，历史上还有"爱梅花爱到'不得了'的'梅痴'"。文章讲到北宋时的林和靖。他拒绝做官，隐居在杭州西湖的孤山上，以读书为乐。他在那里种了许多梅花，养了两只仙鹤。读书读得累了，就以赏梅、放鹤作为消遣。人们用"梅妻鹤子"去形容他和梅花、鹤的关系。"把梅花形容成他的妻子，可见他爱梅的感情之深。"承上，文章来了一个过渡，"为什么梅花那么令人喜爱呢？"接着做出回答，"首先，还是像前面所说的，因为梅花耐得'苦寒'……不畏冰雪，不惧风霜，体现出一种不怕困难的坚忍不拔精神，其次，是因为梅花开放时灿烂似雪、高洁暗香，体现出一种脱俗高雅的品格"。最后，以人们爱梅，许多地方都养成一种赏梅的风气作结。全文从一个角度去写，但材料多，基本上做到了"口"小"容积"大。

像《史记》《汉书》那样的班马文章，吸引了无数的读者；像匕首、投枪一样的鲁迅短文，同样令许多人受惠。长文章耐看，但耐看的文章不一定长。鸿篇巨著固然要耐看，千字文，不长，同样要耐看。"巴布在狮腹内"的故事短，但耐看。一些千字文，可能是议论性的杂文，或者说明文，而不是记叙文，所以不会像记叙文那样有故事，但同样要耐看。比如，配合《陋室铭》写的《古代的陋室》和《"有龙则灵"》，配合《木兰辞》写的《关于"赏赐"》及《"袍"和"裳"》，配合《风雪中的北平》写的《北京的城门》和《各种各样的雪》等，我都力求达到耐看的要求，因而对中学生来说，都具有不少吸引力。《关于

"赏赐"》一文，主要围绕着两个问题来选材：第一，木兰"壮士十年归"时，天子为什么给她"赏赐百千强"；第二，天子赏赐给木兰的"百千强"究竟是什么。第一个问题，我主要引用曹操的话，"军无财，士不来；军无赏，士不住"，以此说明奖励对鼓舞士气、提高战斗力有十分重要的作用。在这里，要特别指出，给予奖励的，一定是有功之人。所以，曹操又说："明君不官无功之臣，不赏不战之士。"作为为国家出生入死而"壮士十年归"的木兰，天子给她"赏赐百千强"，体现的就是这种精神。第二个问题，主要从历史过程来叙述。在中华民族的历史上，一个相当长的时期是没有"钱"的，要"买东西"的时候，只能拿布、谷、粟这些"东西"去换。东汉建武年间铸过一次铜钱，但没有延续下来。十六国时期，曾铸造过"丰货钱"，也没有流通开来。北魏太和年间，孝文帝曾铸"太和王铢钱"，但推行起来很困难，人们仍旧以布帛做交易。南朝所在的江南的实物货币是盐和布。木兰只是文艺作品中的艺术形象，不是历史人物，假设木兰生于《木兰辞》所产生的魏晋南北朝时期，宫廷奖励给百官的多是实物，一般不是钱。郡太守王宏发展农业有功，晋武帝司马炎给他奖励谷千斛，就是一个例子。从这些历史情况可以看出，天子给木兰赏赐的"百千强"，一般应该是谷物或布匹。"百千强"表示很多，并不是实数。以上这些，也是长知识时期的中学生所感兴趣的材料。

事后，我把这篇文章拿给一个中学生看，请他谈谈感想。他说，看了之后长了很多知识。"天子赏赐给木兰的是什么？我一见这个问题，就觉得很有意思。我原来猜，皇帝奖励给木兰的应该是钱和金银珠宝，想不到可能是谷物或布匹。"他说，"你说是谷物或布匹，不是凭空说的，是有历史事实作为根据的。这些，我以前都未听说过，所以觉得新奇。"

"如果这篇文章让你来写，你怎样写？"我问。

"我会写，木兰立了大功，天子奖励她，这是理所当然的，

我不会像你那样，引到曹操的话。"他说，"我也会写到天子奖励了木兰很多东西，至于什么东西，可能分析不出来。"

"你这样写，就显得一般化，过于浅，吸引力就小了。"我说。

事实胜于雄辩，一个事实要比千言万语强，要做到文章短而有内容，令人觉得耐看，形象性是一个重要条件。有则新闻报道了这么一件事：有一次，某旅游景区缆车的缆绳断了，缆车骤然从高空摔下。有个年轻母亲立马将出生两个月的婴儿用一双手高高举起，婴儿被两只手撑在半空中，当缆车重重摔下山谷的一刹那，缆车内所有游客都当场摔死了，只听见一个婴儿的哭啼声。当搜救人员沿着婴儿哭声找到缆车，打开缆车门的时候，都被眼前的画面震呆了，在一堆尸体中竟冒出直直的硬邦邦的两只手，撑着这个号啕大哭的婴儿。平时讲母爱伟大，可以讲很多抽象的话，而上面形象性的叙述，比千言万语的泛泛而谈，都要耐看。在千字文中，或叙写人物、事件，或引述资料，或写景状物，都应该尽量做到活灵活现、栩栩如生。记叙性的文章要形象性，配合《卖油翁》写的《欧阳修二三趣事》，配合《中山先生的习医时代》写的《孙中山二三事》，配合《陋室铭》写的《诸葛亮》，配合《傅雷家书》写的《克利斯朵夫》等介绍人物的短文，我都不以综合性的手法去写，而是以讲故事的形式去写，力求通过典型事例的描绘，给读者留下深刻的印象。说明性的文章也要形象性。像为配合《荒芜了的花园》而写的《园林》《江浙的私家花园》以及《"别业"和"田庄"》这些说明性的文章，也有形象性的描绘，令读者感兴趣。为配合《蜘蛛（节录）》而写的《盘丝洞的秘密》更是通过简介或直接引用《西游记》中有关情节去说明。开头第一段写道："当读到《蜘蛛（节录）》这篇课文时，有些同学或许会想，著名神话小说《西游记》中，不是有个讲盘丝洞蜘蛛精的故事吗？那写得可精彩极了。"第二段介绍《西游记》第七十二回开头唐三藏化斋被七个女子捆了吊在梁上的情况。接着，照录《西游记》以下这么几段：唐三藏见蜘蛛精"一个个腰眼中冒出丝绳……把庄门瞒了"。孙悟空发现"师父遇着妖精了",决定前去救他。见了蜘蛛网,举棒欲打,又怕打不断,反而惊动了妖精,不大好办。于是,他招来土地,问个究竟。土地告诉他,盘丝岭下有盘丝洞,洞里有七个妖精。引用完上述文字后,我写道:"上面几段文字,有什么特点呢?同学们一定会说,里面对蜘蛛精吐丝织网的过程描写得很逼真,对蜘蛛网的样子也作了生动的描绘。"在分析了这些描绘之后,我写道:"以上讲的是表现手法。从思想内容来说,上述几段文字除了表现出盘丝洞蜘蛛精的狡猾,同时表现出孙悟空的机智。他在人地生疏的情况下,不是见到蜘蛛网举起金箍棒就打,而是反复考虑一番,并把土地招来问话,把情况了解清楚再行定夺,可见孙悟空粗中有细。"文字接着介绍小说的最后结局:"孙悟空将尾巴上毛拔下七十根变做七十个小孙悟空,各拿一根叉儿棒,站在蜘蛛网外面,将叉儿搅那丝绳,一齐着力,打个号子,把那丝绳都搅断……里面拖出七个蜘蛛。"孙悟空用金箍棒,"把七个蜘蛛精,尽情打烂"。文章结尾写道:"故事的结局是蜘蛛精一败涂地,唐三藏一行安然无恙。想知道详情,不妨找《西游记》原书来看看。"全篇以引文为主,以形象性为特征,很适合中一的同学阅读。

　　短文要吸引读者,一定要注重文采。语言不但要清新、有生气,而且要富于变化。在写每一篇文章时,要按有关框架的要求,使用恰当的成语和表达方式。这样做,除了可以激发同学们的阅读兴趣,也可以帮助他们学习和运用这些表达方式。配合《陋室铭》的《古代的陋室》一文,就同时运用了几种表达方式。第一段概括古代陋室的情况,用的是总分的方法。第二段讲古代最早的房子,以陕西省西安市半坡新石器遗址中的三十九号房作例子,使用的是引例的表达方式。第三段讲这些早期的房子同我们对陋室所下的定义是一致的,用的是比较法。第四、第五段讲秦汉时代的高门大宅和民居,引用了"富丽堂皇""一无所有"

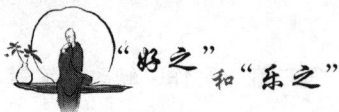

等成语，第五段讲从明清到现代的房子，运用了并列的写作手法，如此等等。这些手法的交替使用，增加了文章的可读性。

我们不但要学会写短文，而且要提倡写短文。把文章写得短小精悍，节省了读者大量的时间，无形中提高了读者的阅读效率，文章的作用就得以发挥。报纸杂志及其他传播媒介，应该多发表短文，青少年读物也应该多一些短文。

"理发师"和"工程师"

中一部分的篇章写好后，中二和中三的约稿也已收到，于是我开始做这些文章的修改工作。

有一次，我跟一位朋友讲起修改文章的重要性，说："有时只要稍加修改，即使改改标点符号，也可以改变一篇文章的面貌。"

"有那么厉害？"他有些不信。

我给他讲了纪晓岚改唐诗的例子：

纪晓岚是清代乾隆年间的进士，十分聪明，很有才华。相传有一次，乾隆命他书写折扇，他写了唐朝诗人王之涣的《凉州词二首其一》一诗，乾隆看了之后说："写漏了一个字。"本来，臣下奉命写字，如此粗心大意是不行的。纪晓岚看了看，灵机一动，镇定地说："这是一首词，不是一首诗。"乾隆很惊讶，说："如是词，你读读看。"这首诗原作是："黄河远上白云间，一片孤城万仞山。羌笛何须怨杨柳，春风不度玉门关。"纪晓岚将"间"字写漏了。改为词，怎么改？他念道："黄河远上，白云一片。孤城万仞山，羌笛何须怨，杨柳春风，不度玉门关。"乾隆听罢，哈哈大笑，跷起大拇指说："聪明得很！"

"你看，纪晓岚改了几个标点符号，就把一首好诗改成一首好词，是不是面貌大变？"讲完这个故事后，我说。

"是呀，纪晓岚不简单。"他说。

有人认为，修改文章，只不过是在文字上"修剪修剪"，做些"理发师"的工作，其实并不尽然。写作是一个过程，可分为三个阶段，也就是构思阶段、写作阶段和修改阶段。从写作过程着眼，修改是写作过程中不可缺少的环节，是写作阶段的继续。修改文章有时做的是"理发师"的工作，有时做的则是"工程师"和"建筑师"的工作。长期在新闻出版部门工作的编辑都知道，即便具有很强写作能力的作者的作品，有相当一部分仍然要进行修改。送来的稿子，对作者来说已经是成品，但在编辑看来还只是半成品，需要进行加工；有些稿子甚至只是原料，要重写。我这次收到的稿件，大体也是这样的情况。有些稿件内容比较好，可以用，但或者主题不集中，或者结构不严密，或者思想不完善，或者引用的事实不准确，文字上有毛病等，需要进行修改。另外有些稿件，主题、结构、事实、辞章方面没有大的问题，但为符合出版的要求，要做一些必要的修改。比如，考虑到该篇稿件跟其他稿件的关系，需要突出某一部分，删去某一部分，或者作适当的压缩等。许多好文章是反复修改的"最后成果"，如果不作修改，就会出现错误，达不到出版的要求，书的质量就难以保证，这是不言而喻的事。

中二第四册有篇课文《邹忌讽齐王纳谏》。课文中写道，齐王下令："群臣吏民，能面刺寡人之过者，受上赏；上书谏寡人者，受中赏；能谤讥于市朝，闻寡人之耳者，受下赏。"齐王极力鼓励臣民进谏议政，可见进谏十分重要。那么，什么是进谏？古代有哪些著名的谏官？《历史上几位著名的谏臣》讲的便是这个问题。

这篇文章原稿指出，谏，从周朝以来就是一个为巩固政权而制定的制度。古代有"谏议大夫"这一官职。唐朝分左谏议大

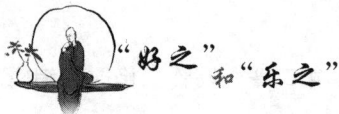

夫、右谏议大夫，分别属于门下省和中书省。谏议大夫的日常事务，就是呈上规劝皇帝的奏章，谏诤皇帝的缺点，改善政令。接着，重点介绍了姚崇、魏徵等历史上著名的谏臣。文章总的来说符合要求，但仍有不少毛病，需要修改。

一是要增补材料。文中讲到魏徵敢于犯颜直谏，说他"军国大事，知无不言，先后进言共二百余事"，但说得不够具体。

"具体"很重要。文章要写得实实在在，切忌飞机上聊天——空谈。修改文章时，我想起几天前见到的一位朋友。他曾在香港惩教处工作，我们便聊起"在囚人士"的问题。他说："惩教处十分重视在囚人士的伙食，并且以公平公正的原则处理有关问题。"我听了很感兴趣，但觉得不够具体，于是问："怎样重视？公平公正原则是怎样的？"他于是具体地给我讲开了："在囚人士每餐的饭菜分四个号，一号以米饭为主食，二号以薄饼为主食，三号以面包、马铃薯为主食，四号全素餐，每个星期变换菜单。这些饭菜，每餐都由高级惩教主任试食过才派食。分饭菜时，用秤称过，不会一份多一份少，造成不公平现象。派饭菜的窗口是扁的，领饭和派饭的人互相看不到面孔，不会徇私。"

朋友的这段话给我印象很深，原先他跟我说的是"重视""公平""公正"等几个抽象的概念，是不是真的？令人生疑。后来把这几个概念具体化，"有事实为证"，就不得不令人信服了。朋友谈在囚人士生活情况，须具体化，讲魏徵怎样犯颜直谏，也需要具体化。因此，在修改时，我给它补充了唐太宗要去泰山封禅，魏徵极力进谏，直至唐太宗取消了原有决定等资料，令文章内容显得更为丰富。

二是要压缩。有些文稿八斤獾肉七斤油，有些材料马屁股上打掌子——离蹄（题）太远，就得压缩。压缩，就是删除原稿中的多余部分。文章的标题是《历史上的几位著名谏臣》，只要把几位谏臣的事迹介绍清楚就可以，与此无关的内容则可以删节。比如什么叫进谏，进谏有什么意义，进谏官职演变的历史稍微一提未尝不可，但讲得太多，离题太远，就没有必要了。文章的篇幅有限，压缩一些多余的文字，补充的文字才有地方放。文章讲几位谏臣的事迹，主要讲他们在进谏方面的事迹便可，并非这些谏臣的所有事迹都要在这篇文章里讲。比如姚崇，在进谏方面有很多事迹。武则天当政时，重用来俊臣等一批酷吏，滥施酷刑，制造冤狱，姚崇大胆进谏。唐玄宗当政期间，他向唐玄宗建议禁止宦官亲戚干政等，都可以写。至于他和同朝宰相张说的矛盾，与进谏无关，则可以不写。

　　姚崇和张说这两个人的故事是很有趣的。他们一起当宰相，却一直合不来，经常互相针对。姚崇说张说贪财，张说说姚崇假道学，甚至姚崇临终前吩咐儿子，"整"张说一下："我死后，你一定得请张说给我起草墓碑文。"他如此这般地给儿子布置了一番。姚崇死后，满朝文武都亲临相府吊唁，皇帝还下令张说主祭。张说看见灵前摆满了古玩书画，都是稀世珍品，不禁爱不释手。姚崇的儿子马上说："这些是父亲生前喜欢的东西，叔叔喜欢，就送给你做个纪念吧。"张说喜出望外地说："老夫何以为报！"姚崇儿子说："先父墓碑还空着，如果能得到叔叔的大手笔，我们活着的子孙和故去的父亲都会很感激的！"张说马上要来纸笔，一挥而就。可是回到家里想来想去觉得不妥，平日他百般诋毁姚崇，如今却在他的墓碑上写了好些谀辞，不是违心吗？于是他命家人把珍物全部送回姚府，并取回那篇稿子。但姚家早有准备，在张说走后已经把碑文送到皇帝那里盖上信玺了。张说家人只好空手而回。张说很后悔，说："死姚崇还能够支使我给他撰碑，我不如姚崇多了。"这个故事说明张说利令智昏，姚崇很有智慧，令张说贪财的本性原形毕露。如果写姚崇的全传，这个故事写进去无妨，但这篇文章写的是姚崇进谏方面的事迹，上述故事与主题无关，可以不写。

　　"改章难于造篇"（刘勰《文心雕龙》）。修改自己写的文章不容易，修改别人写的文章更不容易。这是因为，修改的人没有

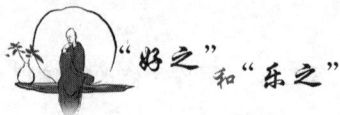

参与作者的构思和写作，掌握的材料有限，对作者的具体感受理解不多，而修改时又得尊重作者的原意。但只要重视困难，并认真想办法克服困难，就能把文章改好。在具体操作上，跟我在报社时所做大同小异，除了上面所写完善主题、增删材料、调整结构和文字的修改方面下的功夫比较多，我特别注意推敲文章的准确性和科学性。

这些文章写的是文化知识，这就要求文章表达有关知识时要准确。所谓文化知识，泛指一般的知识。博古通今，从自然科学的一般知识到社会科学的一般知识，从政治到经济，从历史到地理，从语言文字到宗教信仰，只要是一般的知识，而不是专科的知识，就属于文化知识。既然是知识，就有一个表述是否准确的问题，如果表述不准确，就谈不上是什么知识了。比如，《哪吒的故事》讲述哪吒的经历，包括他打夜叉、战敖丙以及削骨还父、割肉还母等，不了解真相的人，以为哪吒是真人，所写那几件事是真的。其实，这一切都是虚构的，所以，在文章的开头要交代清楚："哪吒，是神话小说《封神演义》中的人物形象。"这样表达，就清楚准确了。《我国古代的说书艺人》讲到，明末清初的说书艺人柳敬亭说书技艺精妙，极为传神，"被说书艺人敬奉为祖师爷"。这样叙述并不准确。说书作为一种艺术，在唐代已经形成，到宋、元已发展成熟，到明清时代更不用说了。因此，在柳敬亭之前，已有很多著名的说书大家。在唐代，光是汴京，就有说三国故事的霍四究，说五代史的尹常卖，说小说的李千造；在南宋，有说小说的小张四郎；等等。在这些名家面前，柳敬亭只是后辈，什么人称他为"祖师爷"呢？是江南的评话艺人，所以，柳敬亭"被说书艺人敬奉为祖师爷"应改为"江南的评话艺人把他敬奉为祖师爷"。

同类的例子有很多。出现问题，有各种各样的原因。发现有怀疑的地方，就要细心斟酌、查找资料、认真核对，一一加以改正。

　　文化知识篇章所写，许多涉及科学问题，有的本身就是科普文章，因此必须讲究科学性。但因作者不是有关学科的专家，有差错在所难免，在修改过程中，要细心推敲，消灭有关差错。比如有一篇讲贺兰山的短文，说贺兰山主峰有3556米高。山峰有多少米高，这不是地理学上科学的表达方法。说山有多高，一般给人的印象是从山脚到山顶的高度，实际上一般很少这样去算。如果用这种算法，贺兰山也没有那么高。这里的高度是指海拔高度，应表述为"贺兰山主峰海拔3556米"。科学资料，一定要认真核对，不能认为，作者在写作时已经找过资料，我们修改时就可以不核对。一是因为，作者写作时虽然有参考资料，但也可能引用时出错或出现笔误，修改时再认真核对一下，就可以避免出错。二是因为，写作时所引用的资料和我们所核对的资料可能不同，这样一来就可以互相补充或者互相纠正。同一个问题，不同的资料可能有完全相反的说法。在这种情况下，可以引用一种学界大多认可的说法，或者在引用这种说法的同时稍稍交代其他说法。

　　文章写作手法等有关框架的设置和运用以及成语的运用是否恰当，也常常要做些修改。这些修改以及辞章的修改，比如改错别字，纠正语误，以至文章的增补、压缩、修修剪剪，这大都属"理发师"的工作无疑；为文章修修补补，以至添砖加瓦或更大规模的加工，戏台上勾面谱，把原文改得面目全非，那就属于"工程师""建筑师"的工作了。所谓更大规模的加工，改写就是其中之一。原稿常有这样的情况：材料不错，但写得不好，或者不符合要求，这就要对原稿进行改写，或者改变角度，或者改变体裁，或者改变结构。为了把文章写好，编者不只要面对原稿，而且要重新去找一些资料，重新规划。当然，如果时间来得及，可以提出意见，由原作者去找材料进行改写。

　　有一天，一位叫小燕的作者来访，见到我正在处理一篇"更大规模的加工"的稿件，里面有改写过的，有剪贴过的，有许多是新增的材料，保留的部分也是改得较多，"一纸红字"。

"这篇稿改动很大呀。"她吃惊地说。

"我是把一座不大稳定的木桥改成水泥桥。"我笑着说。

"水泥桥?"她有些不解。

于是,我给她讲了个故事。

一个只有5户人家的彝寨,不够办间学校,孩子们便到14公里以外的摩梭寨去上学。从那寨子出来走4里路,便看见坐落在山梁一侧的摩梭寨,那一栋栋带楼的土掌房,依着山势形成台坡形。在"台坡"的一侧,便是学校。小孩子上学,得沿着又长又深的蛤蟆沟走好几里路。出了蛤蟆沟口,经过一块草坪,又沿着蛤蟆沟的对岸爬几公里,再从对面的山路横抄过去,才到摩梭寨。想抄近路的急切心情,使一个名字叫普飞的小朋友产生了幻想:人比鸟聪明,为什么鸟能飞过这条深沟,而人却不能呢? 办法到底是想出来了。他从深山里割来两根长长的藤子,用一根拴住对岸的一棵树,人攀住藤子一纵,便荡到横沟另一边的一棵歪脖子树上去了;在歪脖子树上拴住另一根藤子再一纵,便荡到了沟对岸。最后,把两根藤子的藤尾巴分别拴在歪脖子树上和沟对岸的一棵树脚上,以便放学回家解开藤尾巴纵回去。他把这种纵来纵去的"桥",称为"藤桥"。寨里的农民说藤桥又费力又不安全,便砍了4根木头,两根并排搭到歪脖子树上,另外两根从歪脖子树并排在一起搭到沟对岸,成了木桥,但仍叫藤桥。后一年,县上的教育局局长到摩梭寨,看到学生在这座桥上走来走去,惊讶地说:"这多么危险啊。我们得为他们造一座桥!"不久,拖拉机沿着盘山公路,从县上把钢材和水泥运到摩梭寨来,蛤蟆沟上就造起了一座配有栏杆的小型水泥桥,用的还是藤桥这个名字。

他一边听我讲故事,一边翻那篇文章原稿(我用来修改的是原稿的复印件)和修改稿。

"这座小型水泥桥,是不是比原来的藤桥好一些?"等他看完后,我问她。

"好得多了。"她说。

畅谈"第一次"

6册篇章定稿以后，接着便做光碟各个项目的编写工作。按要求，每篇文章有如下一些项目：一是"作法焦点"，介绍该篇文章的写作手法；二是"阅读锦囊"，介绍该篇文章的阅读方法；三是"阅读理解题目"，每篇有4道选择题。此外，还有词语解释等。虽然项目不算很多，却很花时间。虽然费时费力，却很值得，因为通过这些项目，学生在学习文化知识的同时，也学习了语文知识。

所有这些项目的内容，都收集在光碟的"文化篇章"中，学生在使用光碟时，操作很方便。比如，要找《风雪中的北平》的文化篇章《景山和北海》，按一下，打开笔记簿，将资料贴上或直接输入文字，便可以找到该文章。点击将该文章"标记"，便可直接在"编辑室"中查阅。点击已突出显示的文字"复制"出来，便可贴在"笔记簿"中。点击"列印"，便可将文化篇章列印出来。点击"作法焦点"，文字便会显示出该文比较突出的一个写作手法，并有声音讲解。点击"阅读锦囊"，也有文字和声音讲解本文对理解有关课文的关系。点击"相关课文"，便会显示与本文相关的课文。点击"阅读理解"，便会显示有关题目。点击"小小词典"，便可找到有关词语解释。点击"文化游踪"，便可以看到有关图片，等等。

除文化篇章，文字、图片、作法焦点等项目，具有标记及笔记簿等编辑功能外，在光碟中，每一篇课文也包括文字、图片、朗读、词语解释及预习题等项目，还有标记及笔记簿等编辑功能。除此之外，光碟还设有"文化擂台"，让学生在学习过程中

进行趣味性文化常识问答比赛。既可个人答题，也可进行二人比赛。个人答题，可查看过往答题成绩。两个人在一台计算机上可以进行抢答式比赛，可评估双方的学习成绩，因而更富趣味性和挑战性。一些学生使用了光碟后，兴奋地说，一篇精读课文配了5篇文化篇章，我们等于多读了5篇文章。在这5篇文章中，我们又学习到有关成语、修辞手法和表达方式方面的知识，收获确实不少。

多媒体电子出版物是以电子数据的形式，把文字、图像、影像、声音、动画等信息储存在光、磁、硅片等非纸张载体上，并通过计算机或网络供人们阅读的出版物，是计算机、视频、通信等高技术与现代出版业相结合的产物，内容丰富，形式多样。它的传播形态，包括软盘、只读光盘、图文光盘、照片光盘和集成电路卡等。其中光盘便是多媒体电子出版物的主要载体。另外，多媒体电子出版物可用超文本格式制作成"无纸光盘"的网络联机版，通过互联网在线发布。

多媒体电子出版物提倡"无纸"，是一种顺应时代潮流的"绿色产物"。光盘版，联机版出版物的开发，可节省大量木材资源，有利于保护地球生态。同时，无纸出版物大大降低了出版物的成本，缩短了出版周期，增强了出版的时效性。另外，光盘介质存储量大，携带方便。还有，多媒体的信息保存、检索方式，极大地丰富了出版物的内涵，观赏性和娱乐性大大增强，读者阅读时可产生浓厚的亲切感和强烈的参与感。因此，多媒体电子出版产业前景广阔。专家预测，今后全球多媒体产业将以年均24%的增长率发展，多媒体电子出版物在出版物中所占份额将越来越大。

这一套《中国文化知识光碟》共分6辑，由香港中文大学教育学院、香港教育研究所策划，由何万贯、欧佩娟主编，列入"中国语文多媒体系列"，1999年由香港中文大学出版社和迪威多媒体有限公司出版，文字内容的版权属香港中文大学，光碟的程式及界面设计版权属迪威多媒体有限公司所有。这套光碟同时配备了印刷本，每一篇章后面"阅读理解"一栏，配有多项选择题和短答题，里面留有练习位置，需要学生书写，教师也可运用这些题目对学生进行阅读理解训练。

这是香港首套真正配合中国语文科课程的多媒体互动教材，它帮助学生配合课文学习中国文化。教材采用互动式的学习方法，可以增添阅读乐趣，出版后销售情况不错，受到读者欢迎，各方面反映也很好，在中国文化教育协会 2000 年年会暨网络教育研讨会上，荣获网络课程与多媒体大奖"在网上进行阅读文化知识教学"优秀奖。

光碟出版后的一天，我和几位退休的朋友茶聚，顺便带了一套给老刘，他的孙子正在读初中，用得着。

"这是纸质印刷的书，就是我们平常看的书。"我把印刷版本的书递给他，然后从其中一辑的封底拿出一个光碟，"这是这本书的光碟版。"然后跟他讲了"光碟书"的阅读方法。

"这个光碟书，不但可以节约纸张，而且携带起来也轻巧。"老刘说，"古人写书，把字写在竹简上，一片竹简写一行字，许多竹简编在一起，叫作册，许多册捆在一起，叫作篇，一部书要用一辆车去装。现在一片光碟，重量还不及那时的一片竹简，真是不可同日而语。"

"那倒是。把书写在竹简上，是先秦时期的事。在那之前，人们把文字刻在甲骨上、青铜器和石头上，搬起来就更费劲了。"我说，"在竹简书之后，人们把文字写在绢帛上，出现了绢帛书；西汉时有了造纸术，人们把字写在纸上，出现了用纸写的书。一直到魏晋时期，纸写的书才逐渐取代了竹简书和绢帛书。"

"雕版印书大概产生于唐朝。"老刘对出版史很有兴趣，"盛于两宋，以致明清。对吧？"

"对，北宋毕昇发明了活字印刷。因此北宋以后，雕版印刷和活字印刷的书都有。"我说，"但不管活字不活字，用的都是

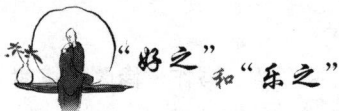

纸，这段时间一共经历了1000多年，以100年为一代吧，也就是10代人使用了同一出版媒介。"

"随着西方凸版印刷、平版印刷、凹版印刷等现代印刷技术的传入，中国的印刷技术有了突飞猛进的发展，但同样是以纸为载体。"老刘说，"现在歌星用光碟出专辑，又出书，这是新媒体。"

"这是我的作品第一次用光碟出版，也是我第一次参与光碟出版物文字部分的编撰工作，很有意思。"谈起这套光碟的出版时，我说，"光碟出版是出版历史上的一个里程碑。"

"第一次"这个概念引起了在座所有的人的兴趣，他们纷纷谈了自己"第一次"的感受：第一次使用计算机，第一次使用大哥大，第一次使用互联网……

"在刚刚过去的这些年，太多东西改变了我们的生活，在未来，还有更多的东西会改变我们的生活。"老李带有点激动地说。

"我们或许可以经历一下'第一次'太空之旅。现在人类登上月球了，在不久的将来便可以探索火星，下个世纪可以踏上冥王星的旅程。"老张说，"看什么时候可以办太空旅行，乘宇宙飞船观赏火星落日，是最好不过的选择。"

"生物工程是当今了不起的一门科学，人们觉得生孩子辛苦，会逐渐选择试管婴儿的方式制造后代，还会请专家修改一下后代的基因，来消除他们的遗传病，还让他们更漂亮更聪明。"老陈说。

"你的孙子那么大了，试管婴儿该是你的曾孙或曾孙的儿子咯。"老刘说着，大家哈哈地笑起来。

"还是生物工程咯。"老李说，"科学家在千方百计解决人们的健康长寿问题。努力破解人类衰老之谜的科学家最近的研究表明：一小部分，或许不超过十个基因控制着动物的生命节律。或许21世纪的科学家会知道如何利用这些基因，并研制出长寿药物和蛋白，让人永葆青春。我看过一篇资料，说2050年出生的那一代人，平均年龄可以到 120 岁，2100 年出生的可以活到 200 岁。"

"活那么多岁，也会衍生出问题的，其中一个是离婚的人太多。"老刘笑着说，"现在的人活不到 100 岁，离婚率就那么高了。活 200 岁，双方都会厌倦，还不闹离婚？"

"据说这有办法解决。"老李一本正经地说，"美国埃默里大学的科学家最近发现，大草原田鼠的 DNA 链中有一种基因，专门负责使它们一辈子只忠于一个配偶。把这种基因转移到普通老鼠身上，这些原本见异思迁的家伙居然也浪子回头，变成了忠实的伴侣和有责任感的父母。也许有一天我们能够科学地解释为什么有的人总是朝秦暮楚，而有的人可以一辈子不变，并进行基因治疗。到那时候，人们的离婚率就不会那么高了。"

"如果大画家毕加索还在，首先拿他来进行基因治疗，他是个多情种子，一生钟情于 8 个女人。"老张说，"20 岁出头，他跟一个叫费尔南德的女子同居，开始玫瑰红时代的创作。过了两年，他结识了马蒂斯，进入他的创作'立体主义'时期。36 岁时，他邂逅一个叫欧嘉的舞女，他的创作进入古典主义时期。46 岁时，他跟 17 岁的玛丽好上了，创作进入超现实主义时期。5 年后，认识了他的金发情人瓦宋特；80 岁时，他跟 35 岁的奎琳结婚，92 岁去世时，他的艺术形式都有新的变化。毕加索是不是属于'朝秦暮楚'那种人？"

"你怎么对毕加索的历史那么清楚？"老李好奇地问。

"我很喜欢毕加索的画，所以熟悉他的历史。"老张继续说，"他是了不起的画家，全世界前 10 名高拍卖价的画作，毕加索的作品占据了好几幅。"

"这里有一个问题。你说他的创作跟女人有很大关系，如果把'朝秦暮楚'这条基因治了，那他也画不出那么多杰出的作品了。"老李说。

"那把其他人的基因都改一改，改得跟毕加索一样聪明，都

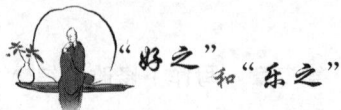

画得一手好画，不就得了？"老黄说。

"人人都是毕加索，把世界上的人都弄成一个样子，那就没什么意思了。"老刘说。

"当事人愿不愿意去改，这也是一个问题。你认为他朝秦暮楚，喜新厌旧，他认为不是；你认为他要改基因，他认为不要改，难道强迫他去改吗？"我说，"当前离婚率高，有各种各样的原因。一是到了年龄，家里催婚催得紧，没有找对人，婚姻质量低，来得快去得快。二是一些年轻人不懂婚姻，婚前不会选择对象，婚后发现问题多多。三是人们观念的变化，以前离婚被视为道德上有问题，感情破裂也不会提出离婚；现在社会进步了，观念发生变化，过不下去不会强忍。这些问题，显然不是靠改基因去解决的。"

"那倒是。"老李说。

"至于人的寿命，著名哲学家罗素讲过，关于某一个人要如何才能长寿，我所接受的第一个忠告是，必须审慎地选择祖先。那是在他那有名的《回忆录》中讲的。"我说，"生命出现以后，就成了一个独立系统，有自己的运动规律。这种规律是内在的，我们要尊重它。生命是一个过程，它是向前的、有限的。一个人的寿命有多长？是他祖先给他的遗传密码，也就是基因所决定的。这是规律性的东西，规律性的东西是不能随便改的。人会生老病死，你不可能改成长生不老、永远不死；一个人有 100 岁的生命历程，你不能随意改成 1000 岁。我们平时都会讲，事物发展的规律是不以人的意志为转移的，就是这个问题。人可以造许多机器，但永动机却造不出来，因为能量守恒定律改变不了。养生，就其本质来说，就是令基因所决定的一个人的生命历程得到保障。基因决定一个人有 100 岁的寿命，可能因为伤病而减少了两年，因精神困扰而减少两年，因劳逸不适度而减少两年，结果100 岁的寿命就剩下 94 年了。将来人的生活水平提高了，医疗水平提高了，就可以少减或不减，基因治疗已成为医学中最有前景的领域之一。许多遗传性疾病、癌症和传染病有望通过这个疗法得以有效治疗。一些本来无法治愈的病治愈了，人的寿命就得以保障。"

"这个，我倒相信，只要不违反客观规律，没有什么科学解决不了的问题。"老陈说。

"那大家好好保重，健康长寿，多经历一些'第一次'，长长见识。"老刘笑着，转而对我说，"到时你的作品，不知又用了什么新媒体来出版了。"

"我们说这些'第一次'，都是享受型的，像毕昇发明活版印刷术，拉塞尔发明光碟，他们的'第一次'都是贡献型的。希望大家除了多一些享受型的'第一次'，也多一些贡献型的'第一次'。"

"好!"大家笑着说。

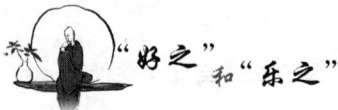

第三章 苏沪之行

在撰写《中国文化知识》书稿的时候，何教授曾邀请我参加过他的一次访问活动。1999年4月，何教授应周忠继先生的邀请，参加香港苏浙同乡会访问团到上海、江苏访问，何教授邀请我以香港中文大学香港教育研究所特约研究员、"小作家网上培训计划"研究员的名义随行。

周忠继发明了纵横汉字输入法。他跟苏州大学纵横汉字信息技术研究所合作研发了纵横输入法系统软件，并且正在当地推广应用。在此基础上，他准备在上海进一步开展研究和推广。为了以后在香港研究和推广这种输入法，周先生找到了何教授，探讨合作的可能性。何教授表示有兴趣，此行正是为了考察这种输入法在当地的推广情况的。当然，我们也会参加访问团其他的一些活动。

一项创新成果

4月15日中午12点20分，我们跟访问团全体成员一起乘东方航空公司航班前往上海。我们坐的是头等舱，宽敞舒适。

坐在我旁边的便是香港著名企业家周忠继先生。1950年，他跟其兄长周文轩，友人安子介、唐翱千、张叔成等从上海来到香港，开设了华南染厂，继而开设了永南纱厂、中南纱厂，组成南联实业有限公司，后发展为集团公司。这是亚洲颇具规模的纺织制衣联合企业，是香港的上市公司。安子介是董事局主席，周文轩为首席常务董事，周忠继、唐翱千为常务董事。周忠继是个企业家，不但经营有道，而且博学多闻，兴趣广泛。1984年，他在"四角号码查字方法"的启发下，决心研究出一种易学便捷的计算机汉字输入法，为人们使用计算机提供方便。经过多年的努力，他发明了纵横汉字输入法。

"南联又出了个安子介！"听了关于周忠继发明纵横汉字输入法的事迹后，我不禁这样说。作为南联董事局主席的安子介，业内成就突出，业外成果也颇丰。他利用业余时间对汉字进行深入的研究，写成《解开汉字之谜》《劈文切字集》等专著，还创造了安子介汉字电脑编码法。现在，作为南联董事的周忠继，又在这个方面出了成果，殊不简单。

自从计算机问世以来，汉字如何输入？这个问题一直为编码专家所关注。他们做了大量的研究和实验工作，设计了各种各样的汉字编码输入法，包括音码、形码、音形码和数码，论数量，可以说是数以百计。在20世纪八九十年代，仓颉输入法、汉语拼音输入法、五笔输入法等，已被人们广泛使用。

"现存的输入法有那么多，为什么你还要设计另一种输入法呢？"我想向周忠继提出这么一个问题，但我立即感到，这个问题不该问。

前些时候，我在写一些文化知识的篇章。如果有人问我：《梅花》《古代的陋室》《关于"赏赐"》这些题目过去有人写过，现在也有人在写，你为什么还要写？面对这个问题，我会怎样回答？

事实上，同样题材的文章可以不断地写，同样对象的科学问题可以不断地进行研究，有了解决问题的方法还可以寻找新的方

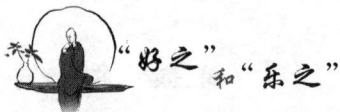

法。问题不在于要不要写，要不要研究，要不要寻找。而是在于，比起前者写的文章来，后者所写的文章是否有新意，是否有自己独特的体会和感受；比起前者的研究来，后者有没有取得新的成果；比起此前人们所用的方法，后来所寻找的方法是否有优越之处，是否别开生面。

"比起其他输入法来，纵横输入法有什么优越之处呢?"我从新的角度提出了问题。

"取形比较自然，口诀比较简单，覆盖率高，重码率低。"周忠继说。这是对该输入法优越性的精确表述。

当时，人们正在使用的一些输入法，有优点，也有不足之处。例如，汉语拼音编码容易学，只要学过拼音，就会输入。但它单字输入重码较多，不认识的字无法输入，读音不准也会给输入造成困难。又如五笔编码，重码少，输入速度快，不会读或发音不准确的字也能够输入，但它有一套汉字的拆分和编码规则需要记忆，字根在键盘上分布规律要记忆，那"25 句口诀，55 个编码，200 个字根"的要领，记起来很难。周忠继根据当时国家汉语言文字委员会颁发的国家标准汉字 6763 个简化字和港澳台地区流行的 10000 多个汉字，逐一编码，编写出纵横编码码本。为了使用方便，决定用汉字四角取码，单纯用数字小键盘输入，分别运用 0 至 9 共 10 个数字表示笔形，通过"一横二竖三点捺，叉四插五方块六，七角八八九是小，撇与左钩都是零"的口诀记忆。这个口诀比其他输入法的口诀易记，用小键盘数字输入，重码率低。学生打字的同时，可以熟悉字的写法，犹如默写，有助于学生在写作时克服"执笔忘字"的现象。

周忠继介绍了纵横输入法软件的研究过程。1993 年，在苏州大学工程院计算机工程系主任钱培德支持下，纵横汉字信息技术研究室（后发展为研究所）在苏州大学成立，《纵横汉字系统》《纵横汉字编码法教学演示软件》《纵横汉字编码法教学训练软件》《纵横汉字编码法教学测试软件》等先后问世，并开始进行纵横汉字输入法教师培训。1994 年 9 月，《纵横汉字信息处理系统》和《汉字编码法演示制作工具》两项成果通过了技术鉴定。1998 年 12 月，《纵横汉字 Windows 套件》项目通过技术鉴定。

听了周忠继的介绍，我们觉得，周先生是香港人，他所发明的纵横汉字输入法又有创新之处，帮他在香港推广是应该的。正因为这个理由，何教授考虑跟他在这一方面合作。

在香港，何教授是利用资讯科技推动中文教学的先行者。当初，政府投入不少经费在学校推动资讯科技教学。当时，大部分同学都不懂中文输入法。为了改变这种状况，何教授在大学组织资讯科技与中文教学研讨会的同时，在多所小学义务教授中文输入法。经过三个月的学习，不少同学平均每分钟能打 30 ~ 60 字。这事，报章做过广泛报道。在推动中文输入法教育的同时，何教授还发明了两种中文输入法：妙笔中文输入法和中文测试输入法，前后取得了发明专利。香港中文大学 40 周年校庆期间，面向社会展示大学的资讯科技最新发展成果，何教授的两项专利发明，获得大学工程学院审定，成为展品之一。新加坡的华文学校，曾邀请他到当地进行有关中文老师利用资讯科技提高中文教学效能的培训。何教授很乐意跟周先生在中文输入法方面进行合作，因为他自己也是这方面的专家。

由于各种原因，周忠继先生和何万贯教授的合作最后没能顺利展开。2004 年，香港大学教育学院中文教育研究中心成立"纵横系统教学应用研究室"与周先生展开合作，为该校师生及香港其他教育工作者开设纵横输入法培训课程，并协助华南地区推广该输入法。这是后话。

香港苏浙同乡会访问团于 15 日下午 2 点 30 分到达上海虹桥机场，江苏省侨联副主席郁美兰在机场迎接。一行人前往南通，入住文峰酒店。晚上 6 点，南通市主要领导人会见并宴请访问团全体成员。

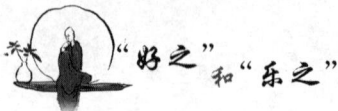

一路兼程

　　1999 年 4 月 16 日早餐后，由南通市政协副主席张楷祖、江苏省侨联副主席郁美兰陪同，访问团全体成员前往通州。南通，是江苏省的一个地级市，位于江苏省东部、长江三角洲北翼。南通是中国首批对外开放的 14 个沿海城市之一，东临黄海，南望长江，西、北与泰州和盐城接壤，"据江海之会，扼南北之喉"，被誉为"北上海"。南通拥有长江岸线 226 公里，集黄金海岸与黄金水道优势于一身。通州市是南通市属下的县级市（后为通州市通州区），俗语中的"南通州"。通州市滨江临海，河道纵横交错，江岸线有 15 公里，海岸线有 16.27 公里。南通拥有的黄金海岸和黄金水道优势，通州同样拥有。早春时节，这里莺飞草长，一派生机勃勃的景象。

　　出访前，主人了解过访问团成员的生肖，在赴通州车上，赠每人生肖红木雕像一个，大家很高兴。我属虎，送我的虎木雕很有生气的样子，我也很喜欢。通州红木雕刻久负盛名，讲究美术造型，具有结构精巧、木纹清晰、做工精致的特点，技艺超今冠古，曾于 1993 年荣获联合国国际旅游联合会颁发的"国际红木雕刻艺术最高金奖"。青年工艺师朱宇曾荣获联合国教科文组织颁发的"一级民间工艺美术家证书"。

　　我们先到小海中学参观。

　　"这是方肇周先生捐资建立的中学。"走在我旁边的一位团员向我介绍说。

　　"方肇周先生，这是香港著名的企业家。"我随即说。

　　此前我从有关资料得知，方肇周是江苏南通通州小海镇人，原香港肇丰纺织有限公司董事长。1948年，他从上海迁到香港，创办了香港方氏集团有限公司，成为香港最大的纺织品制造商之一。多年来，方氏集团公司一直是纺织业诸多品牌的供货商。从20世纪60年代开始，他支援内地建设，为家乡捐赠11000纱锭整套棉纺设备，自行承担近20万元的陆海运输费，将共计276箱、重达580吨的全套设备运到小海镇，创办了"朝阳纱厂"。在此期间，他先后为内地捐资达300多万元人民币，直到1990年不幸逝世。

"作为中学，论校舍，论环境，论设施，都不错。"我一边参观一边说。

"是的，方先生是凡事讲求高质量的人。他说在江苏这样经济发展不错的地区建学校，质量不能差，要同这里日益发展的经济水平相适应。"他说，"为了把这所中学建得更好，他的儿子也付出了很多财力和精力。"

"在捐资建设中学的同时，方肇周还捐资扩建了小海小学。"停了一停，他又说。

"他支持家乡建设，不忘支持家乡教育事业的发展，这一点值得称道。"我说。

"这一点，大家都有比较明确的想法，因此都学方肇周的样，帮助各自的家乡办好学校。"他说，"等一会儿我们去参加姜灶初级中学教学大楼落成典礼，这座教学大楼就是我们的会员捐资兴建的。"

"你们为家乡的教育事业做出了贡献。"我说。

"比起我们的名誉会长邵逸夫爵士，这些都是小的捐赠。"他说。

他所说的也符合实际。从1985年起，邵逸夫设立的邵氏基金会每年都会捐赠数以亿计的资金，支持内地的教育及其他公益事业，比如捐资兴建的宁波大学的邵逸夫图书馆、云南大学的东陆园图书馆、曲阜师范大学的邵逸夫教学楼、河南省偃师市实验

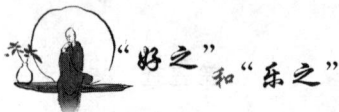

中学邵逸夫教学楼等。20世纪90年代初，江浙一带遭遇罕见台风和洪涝灾害，不少学校被淹。邵逸夫参与灾后重建，创下一次性捐助150多所受灾中小学重建的纪录。邵逸夫先后16次向内蒙古地区捐赠善款，总额达1.37亿元港币，建了104所学校。据统计，邵逸夫历年捐助社会公益、慈善事务超过100亿港元，办了6000多个教育和医疗项目。

"1990年，中国科学院紫金山天文台为表彰邵逸夫对中国科学教育事业的贡献，将中国发现的2899号小行星命名为'邵逸夫星'。"我说，"这是紫金山天文台首次以当代知名人士命名小行星。"

小行星是太阳系内类似行星的天体，环绕太阳运动，但体积和质量比行星小得多。太阳系中大部分小行星的运行轨道有两个，一个是"小行星带"，在火星和木星之间，另一个是"阿伊法带"，在海王星以外。在太阳系中，这种小行星可以说是无穷无尽的，但要发现一个并不容易。有的天文学家专门从事小行星的观测，当观测到一个小行星后，不能马上确定它过去是否被发现过，只能给它一个临时编号。当这颗小行星在不同的夜晚被观测到并报告国际小行星中心，确认了它是个新的小行星后，便会得到国际统一格式的"暂定编号"。同一颗小行星在至少4次回归中被观测到，并且它的运行轨道被精准确定后，国际小行星中心将给它一个永久编号。至此，小行星才算发现成功。这中间一般要经历好几年的时间。小行星是各类天体中唯一可以根据发现者意愿进行提名，并经国际组织审核批准从而得到国际公认的天体。

在"邵逸夫星"命名的时候，我跟一位朋友曾就此进行过一些讨论。

"用一个人的名字去命名一颗小行星，对那个人来说，是极大的荣耀。"朋友说。

"当然咯，因为这个荣耀是国际性的，永久性的。"我说，

"彩云容易散，宝物难久留。邵逸夫的这个荣耀可以久留，难得。"

"还有唯一性、不可更改性。"他说，"那'邵逸夫星'在世界上只有一颗，而且永远都叫'邵逸夫星'。"

"古人传说，每一个人在天上都有一颗星，但具体是哪一颗，谁也说不上来。"我说，"现在邵逸夫知道天上有一颗以他名字命名的星，而且有'2899'这个编号，别说有多高兴了。"

当时，我以《一颗小行星》为题，写了一首诗，诗的开头写道：

在太阳系中有一颗小行星，
它不再像以前人们说的那样飘忽不定。
紫金山天文台发现了它的居所，
也了解它每时每刻的行程。
它不再是嗷嗷待哺的孩子，
天文台给了它 2899 的编号，
现在还把它命名为"邵逸夫星"。

这时，同乡会访问团成员来到小海中学实验室参观，但我还在想"邵逸夫星"的事，我把过去跟一位朋友的议论同刚才跟我对话的那位团员讲了之后，说："邵逸夫的荣耀还在于，他是属于南京天文台第一个以当代知名人士命名小行星的人。这个天文台过去主要以地名命名小行星，并不给予普通人命名，邵逸夫是第一个。你说光荣不光荣？"

"对，他是第一个，以后才有第二个、第三个，后天又多了一个了，那是'曹光彪星'。"他说。

"是的。"我说，"我们的访问行程表中有一项：4 月 18 日上午 10 点出席'曹光彪小行星命名仪式'。"

那天的命名仪式是在上海希尔顿酒店举行的。命名为"曹光

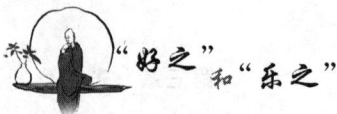

彪星"的小行星的永久编号为 4566 号。在命名仪式上，中科院院长、上海常务副市长等到会祝贺，气氛非常热烈。与此同时，举行了曹光彪捐助上海教育基金会仪式。会后，曹光彪还在上海希尔顿酒店宴请了访问团全体成员，宴会上杯觥交错，一派和谐热烈的气氛。

"曹光彪也是你们同乡会的会员咯?"在小海中学参观时，我问那位团员。

"是的，他祖籍浙江宁波，出生于上海。"那位团员说。

曹光彪是香港知名企业家，是世界上最大的毛衣生产商香港永新企业有限公司董事长，有"世界毛纺大王"之称。他在德、美、法以及葡萄牙、毛里求斯等国建有工厂，经销业务遍及全球。除纺织业外，他还设立了 40 多个机构，发展了包括电子、计算机、贸易、旅游等多领域的生意。他还是港龙航空公司的创立者和董事局主席。曹光彪是第一个到内地投资设厂的企业家。20 世纪 80 年代，他就与上海合资组建了当时被誉为"上海第一号工程"的永新彩色显像管有限公司，在珠海投资创办了香洲毛纺厂。他在内地投资 30 多个项目的同时，又在香港成立永新技术发展有限公司，负责为内地引进技术。对捐助内地的教育事业，他也不遗余力。他先后在浙江大学捐资 1000 万港币设立大学曹光彪高科技发展基金，捐资 1800 万港币建造曹光彪高科技大楼。

"以他的名字命名一颗小行星，他是当之无愧的。"我说。

我们一边聊，一边上了车。不久，车子在姜灶初级中学的校门前停了下来。全校师生列队在操场，举着鲜花，喊着"热烈欢迎，热烈欢迎"的口号，迎接同乡会访问团。代表团成员参加了他们捐赠的综合教学大楼落成典礼。会上，会长徐国囶、副会长张作鑫讲了话。

那位团员正在我的身边，我们把刚才的话题接着聊了下去。

"像邵逸夫、曹光彪那样的大捐赠，是对内地教育事业的支持。你们对小海中学、小海小学、姜灶初级中学的捐赠，同样是对内地教育事业的支持。"我说，"据说，你们还通过捐赠的方式，设立了'苏浙沪家乡教育专款'，资助苏浙两省及上海市推广计算机教育，现在累计捐助的金额已达港币1600多万元了。"

"是的，我们设立了这个专款。周忠继先生在这里推广纵横输入法，这也是推广计算机教育计划的一部分。"他说。

"这很好啊。"我说。

离开姜灶初级中学，我们参观了通州城区。中午12点，通州市有关官员宴请访问团。下午2点，参观南通职业中等学校。2点半，观看纵横输入法比赛。比赛的奖品是普通文具，并不丰厚，但学生们参赛的热情都很高。3点半，召开部分师生座谈会。同学们在座谈会中谈到，纵横输入法学起来入门快，打起来速度快。有的同学只学习了一个多月的时间，在比赛中却取得了不错的成绩。有些同学指出，打起来简码多、重码少，这是纵横输入法的优胜之处。一键的字、词简码，二键的字、词简码，用起来不但方便，而且快速。许多同学都认为，纵横输入法简单易学，即学即会，只要想学，不难学会。

没有参加座谈会的成员前往南通港开发区参观。4点半，全体团员会合，由南通前往上海，入住上海希尔顿酒店。

一个题目

1999年4月17日上午，我们在上海交通大学参观了纵横计算机教育中心成立揭牌仪式。交通大学校长、访问团正副团长在会上讲了话。揭牌仪式结束后，我们参观了计算机机房、网络中心。下午，访问团参观上海交通大学闵行分校，周忠继、何教授

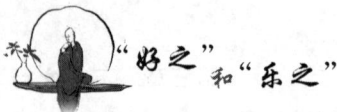

和我则前往苏州市参观苏州大学，以及设在校内的纵横汉字信息技术研究所。

走进苏州大学校园，引起我们注意的是一座有 3 个圆拱门的东吴大学校门。正面刻着"东吴大学"字样的校门，背面刻着英文的校训，门柱上则竖刻着"养天地正气，法古今完人"的中文校训，显得简朴而庄严。

"100 多年前，东吴大学就诞生在这里。苏州古称'东吴'，是 2000 多年前战国时吴国的都城，所以这所大学叫东吴大学。"周先生说，"东吴大学以宫巷书院为基础，再与苏州博习学院、上海中西书院合并，在苏州天赐庄博习书院旧址上扩建而成。东吴大学旧址位于苏州大学内。这里东临葑门内城河，与古城墙隔河相望，是个办学的好地方。"

"苏州大学把东吴大学的校门保存了下来，等于保存了它的历史，学生也好，游人也好，一看到这个校门，就会想起苏州大学的历史。"我说。

"许多大学都有过辉煌的历史，但能把历史活生生保存下来的不是很多。"何教授说，"比如这样的校门，在学校的不断改建中，往往被拆掉，不知去向了。"

校园内树林葱茏，环境优美。说着说着，一座钟楼式建筑矗立在我们面前。据周先生介绍，这座钟楼叫林堂。它建于 1901 年，为纪念该校奠基者之一林乐知得名。建筑上面的钟塔位于校区的中轴线上，顶部有报时大钟，所以"林堂"又被称为钟楼。林堂的墙为青砖建造，以红砖勾勒框架和窗楣，柱式、线脚和花饰则用石制。

"这座楼落成后，成为当时苏州地区规模最大的西式建筑。"周先生说，"钟塔优雅挺拔，青砖红墙与石材条带组合，沉着而明快。"

"这倒是一座标志性的建筑。"何教授说。

接着，我们参观了教学楼。教学楼叫孙堂，为纪念东吴大学第一任校长孙乐文而命名。它始建于 1908 年。

"孙堂的平面布局与立面构图都很好看，建筑风格细腻，施工工艺精良。"周先生说，"风格上以英国哥特复兴式为主，入口门廊便是哥特式尖券造型。"

门廊高两层，门洞上面有精美的石雕。孙堂立面爬满了藤蔓，显得有些野趣。

"过去，一提起苏州，我就想起它的古典园林建筑。校园也是一种园林，我想象，苏州大学的校园，虽不一定像拙政园、留园那样，但起码像北大，里面传统建筑居多。"我说，"来这里实地看一看，其实不然，这里的建筑大多是西方建筑风格。既有建校初期的英国维多利亚时期的建筑风格，也有后期的现代西方建筑风格。"

"这是由学校的历史背景决定的。"周先生说，"东吴大学是美国基督教在中国建立的教会大学。"

"苏州有许多传统的建筑，又有苏州大学这种引进的西方建筑，两种风格搭配，就显得别有韵味了。"何教授说。

接着，周先生带我们到了他与苏州大学合作建立的纵横汉字信息技术研究所。周先生 1984 年开始研究纵横汉字输入法。1989 年，他编著的纵横汉字输入法简体码本在香港出版。1991 年，苏州市电脑教育基金会成立。1992 年，他便与苏州大学合作建立了上述研究所（初为研究室），发展纵横码软件。此前，《纵横汉字系统》《纵横汉字编码法教学演示软件》以及《纵横汉字信息处理系统》《汉字编码法演示制作工具》等软件，都是在这里问世的。研究所负责人向我们介绍了研究工作的进展以及碰到的问题，周先生也讲述了自己的意见。

晚宴后，7 点 45 分，我们三人从苏州回到了上海。第二天，在参加"曹光彪星"命名仪式后，部分团员乘东方航空公司航班由上海返港。下午，在周先生的安排下，我跟何教授到华东师范大学教育科学与技术学院，跟有关老师举行了座谈会。华东师大

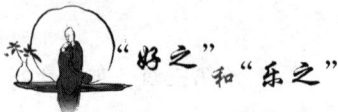

教育与考试中心主任祝智庭教授、课程教学与比较教育研究所石伟平教授和倪文锦教授、教育科学与技术学院副院长汪莹教授等参加了座谈会。

晚上 7 点 35 分，周先生、何教授和我从上海乘飞机返港。

从香港回到广州以后，我跟一班老朋友茶聚时，见到一个在园林部门工作过的朋友，跟他提起参观苏州大学校园的观感，谈到我关于校园也是一座园林的体会。

"你这'校园也是一座园林'的观点，看似普通，却是一种创见。"他说，"关于中国园林类型的划分，园林界目前虽然仍有不同的看法，但一般认为，应该分为四大类型：皇家园林（如北京颐和园）、宅第园林（如苏州拙政园）、寺庙园林（如扬州大明寺）、风景名胜园林（如杭州西湖），你现在提出校园园林（如苏州大学）加以补充，成了'五大类型'派，很有见地。我也赞成这样来分类。"

"我是园林学的门外汉，刚才所说，只不过是'班门弄斧'罢了。"我说，"各类园林有各自的特色，皇家园林建筑富丽堂皇，气势恢宏，体现出皇家气派，且具有真正山水地貌，园中有园，名园荟萃，在宏伟中融入了质朴自然、典雅清新的诗情画意。宅第园林规模较小，多设有围墙，它们往往是宅第的后花园，前宅后园，形成一个有机整体。庭园作为住宅的补充，通过借景、叠山、理水、花木配置等各种巧妙手法，使建筑物与自然山水互相融合，体现出一种自由浪漫的意趣。寺庙园林一般建在有山有水风景优美的地方，里面除了园林，还有宗教活动场所和各类生活用房。风景名胜园林倒以独特的自然景色和历史文物古迹取胜。校园园林有什么特色？它的造园思想如何？有什么艺术风格？似乎很少有人研究过。"

"那你可以研究研究咯。"他说，"以参观苏州大学校园为起点。"

"不，我现在在做语文教学的研究工作，已经有任务在身了。

而且，刚才说了，我是外行。"我说，"我是给你出个题目。"

"我?"他对我笑着。

"是呀。你现在退休了，在忙些什么?"

"没什么呀，跟朋友饮饮茶，逛逛街。"他说。

"除了休息，可以做些有意义的事。"我说。随即，我向他介绍我退休后"有意义、有价值"的"两有"原则。

"研究一下校园园林，那倒是算'有意义'。"他说，"你出的题目，我考虑一下。"

"我研究教育，不时会有机会走访校园，到时会给你提供些资料。"我极力说服他。

"好啊!"他说。

我常常劝说退休的朋友做些研究工作。原来做研究工作的，退休后可以继续做一些力所能及的研究，以求有新的成果。原来是做实际工作的，现在也可以尝试做些研究工作。除找其他有兴趣的课题外，还可以从自己过去的经验出发进行相关研究，把原来的实践经验提升到理论的高度。工作了几十年，有了不少经验，我们不要做经验的保管员，而要用科学的眼光，回头看看这些经验，了解所有事实后面的奥秘，找出支配它们的法则，提炼出某些有用的东西，供自己和他人借鉴。这是有利于科学、有利于社会的事。许多退休人士说要把余热贡献给社会，这应该是一个不错的选择。

第四章　一项基本工程

2000 年末，何教授跟我说，香港的中学语文教学即将进行改革，准备配合改革的需要，编一套新的中学语文课本，要我准备参与。在此之前，香港多家大型出版机构的负责人都来找何教授，请他为其撰写教科书，并应允给予较高的稿酬。何教授提出有关编写教科书的设想，说有别于过往学者凭经验撰写的做法，需要一定经费，多聘请一些人从旁协助。最后，朗文出版社决定请他负责这套教科书的编撰，并拨出 100 万港元供他调配。中学语文课本的编撰，是中学教育的一项基本工程。

从"过程"着眼

为此，何教授做了一系列的准备，写了《关于编写中学语文课本的初步设想》《语文教学设计》《传统课文设计与新设计比较》等计划，呈送有关当局审阅。根据这些设想，初步确定以语文认知心理学作为编写语文教材的依据。认知心理学探讨的是，人如何获得讯息，讯息如何被表征、储存并转变为知识，以及这些知识如何引导人们的注意和行为的所有心理历程，包括知觉与学习及儿童的认知发展这些心理历程。语文认知心理学是认知心理学在语文教学和学习中的具体运用，强调"认知过程"和"学习过程"。过去，语文教师在语文教学中大都专注语文能力培养这一"最后成果"（product），认为要改进语文教学就得在这"最后成果"上想办法，而语文认知心理学则认为，听、说、读、写等语文能力的培养是一个过程（process），语文教学必须是一个过程教学。过程教学，实际上是一种群体间的交际活动，而不是教师或学生的单独行动。它将教学的重点放在学生的学习过程上，充分培养学生的思维能力，教师的指导也始终贯穿于整个教学过程之中，以达到提高语文水平的目的。学生只有重视对整个学习过程的掌握，才有好的学习成效。我们编写语文教材是为教学服务的，因此一定要注意从"过程"着眼。在安排课文时一定要有顺序，逐渐增加文章的长度、广度和内容的深度，令学生每一经验建立在前一经验之上。哪一篇课文该让初中一年级的学生学习，哪一篇课文该让初中二年级、三年级的学生学习，都要经过严格的验证。除此之外，一定要考虑到学生对"整个学习过程的掌握"，使之能适应"过程教学"的需要。一年级学习什么知识，二年级、三年级学习什么知识，都要安排得十分恰当。后来，我们在整个教科书编写过程中，从课文的选择到辅导材料的撰写，都是从学生的认知过程着眼的。

何教授对"过程教学"课题有深入的研究，对前人的研究成果既有继承，也有发展，成一家之言。在写作教学方面，外国专家海斯和傅劳尔创立了写作过程的有关学说，何教授在这个基础上创立了"第二写作过程"的理论，指出在老师的评语引导下，学生自己修改作文，可以有效地提高写作水平。有关研究的论文在广东外语外贸大学主编的《外语教学与研究》上发表，被编入《第二写作过程研究精华》一书。该论文被誉为"第二写作过程研究领域的最高端、最前沿的研究成果"，"对未来研究有重要的启示和引导作用"。何教授对"课程教学"和其他学术问题的研

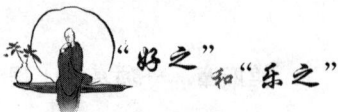

究，在学界有较大的影响，为各种媒体广泛报道，在香港知名度很高。朗文出版社邀请他负责编订语文课本，是十分恰当的选择。

"以前的教科书往往以传统问题引入课文，从老师的角度出发，以教为主。我们编的教科书要有所不同，要以学生为本，以引导为主。"何教授说。

"怎样体现以学生为本，引导为主？"我问。

"我们可以在每个单元前面把需要学习的写作技巧列明，在精读课文前设计不同的环境，让学生从具体事物中去掌握规律。"何教授说。

"怎样设计不同的环境？"我问。

"过往的教科书，往往是让学生在某个句子中学习某种修辞手法，但我们明白，单独一个句子，不一定有这种修辞技巧。那怎么办？我们就设计一个句群，让学生在句群中去了解。这个句群，就是我们设计的环境。"何教授说。

2001 年，香港课程发展议会公布了《中国语文课程指引（初中及高中)》和《中学中国语文建议学习重点》，教改方向已定，语文课本的编写工作便正式开始。我负责组织一批人在广州撰写稿件，改定后发到香港，由何教授和曹绮文、李玉蓉老师及义务协助工作的欧佩娟老师负责编订，然后交出版社编辑出版。找什么人撰写稿件？何教授说，找专家，不但要价高，对他们要卑辞厚礼，而且不一定能写好，不如找大学生，他们的思想活跃，文字虽然不怎么样，改一改或许能用。于是，在暑假期间，我从广州几所大学找来一批研究生，开始工作。

一个原则："多读"

工作于 2001 年 6 月正式开始。当初，我们在广州的一个公司租用了一间房子，后来迁到一个住宅大厦。那里有三房一厅，地方比较宽敞。

如何促进学生有效地学习，是编写语文教材必须考虑的问题。给学生提供听、说、读、写的机会，引导学生多实践，这是提高语文水平的基本途径。参天大树是一株一权长起来的，只有通过大量阅读、大量写作，才能有效地提高读和写的能力。在内地，国家教委 1986 年在《语文教学大纲》中要求，中学生每年需读（包括精读和略读）课文 50～60 篇，命题写作长文约 18 篇。在香港，1990 年课程发展议会在《中学中国语文科课程纲要》规定，初中学生每年精读课文 20～24 篇，命题写作长文 8 篇。两相比较，内地语文教学中"多"的特点就表现出来了。我们编的新课本，应该有意识地弥补香港过去语文教学中这方面的不足。

新编课文，在阅读范畴分 3 部分：一是精读课文；二是略读课文；三是自读课文。所谓精读课文，也就是教师需要精教的课文。这样的课文，每个单元应该有两篇，一个学年 12 个单元，就是 24 篇。以 1∶1∶0.5 计，应编入略读课文 24 篇，自读课文 12 篇，总数为 60 篇。这样一来，课文总数比现行教材大大增加了。教师每个学年讲读课文 24 篇，教学负担并不重。至于作文训练，则配合课程单元作出安排，每个星期约安排 6 篇，另课外自由命题作文两篇。除此之外，在一些课程上，安排"仿写"之类的写作练习，为学生提供较多"写"的机会。聆听和说话也"多"作

安排。听、说、读写都要多，学生当然得努力才行。"成人不自在，自在不成人"，要在语文方面"成人"，是不能"自在"的。

编撰课本，首先要选好课文，特别要选好精读篇章。所谓精读，那就是反复仔细地阅读，阅读时，逐字、逐句、逐段地仔细咀嚼、分析和体味，以求更好地掌握文章的内容、中心思想和写作特色。

"通过精读，不但能更好地掌握文章的内容、中心思想和写作特色，有的甚至能一字一句地记下来。"在讨论选取精读篇章课文时，我跟一个同学说。

"这就是背诵嘛。"他说，"我们读书的时候，像欧阳修的《醉翁亭记》、范仲淹的《岳阳楼记》、朱自清的《春》等课文，都是能背诵出来的。"他说。

"讲到精读、背诵，我想起一个人，堪称背诵冠军的人士。"我说。

"谁?"他对此很感兴趣。

"蔡文姬。"我说。

"就是著名的历史故事'文姬归汉'那个蔡文姬?"他问。

"对。"我说。

于是，我给他讲了话剧《蔡文姬》所讲的故事。

蔡文姬的父亲蔡邕是东汉时的朝廷大臣和著名文学家，著作甚多。汉灵帝去世后汉献帝即位，董卓专擅朝政期间，他和卢植、韩说等人合撰《补后汉记》。因为当时社会秩序极不安定，未能完成，只写过《灵帝记》以及包括《律历意》《礼意》《乐意》等部分的《十意》，此外还有42篇列传。蔡邕生前和董卓比较接近，对董卓的所作所为也进行过规劝。董卓被司徒王允用计杀害时，蔡邕流露出了悲戚之意，池鱼林木，王允认为他是董卓的党羽，坚持要将他处以死刑。蔡邕再三请求，愿意受"黥首刖足"的重刑，俾以刑余之身，继续完成《补后汉记》的工作。王允却一意孤行，并说当初汉武帝没有杀司马迁实属失策，以致出现像《史记》那样的"谤书","贻害"于后世，因而坚持要把蔡邕杀掉。蔡邕被杀害后，郑康成叹息道："他一死，现在再有谁来考订核对汉代的历史呢？"蔡邕不仅《补后汉记》没有写完，经过李傕之乱，已经写出来的篇章也逐渐散失了。东汉末年，蔡邕的女儿蔡文姬被匈奴掳走，嫁给了匈奴左贤王，并生了两个儿子。曹操统一北方后，派人携重金出使匈奴，把蔡文姬赎回中原时，问蔡文姬："你们家中本来有很多文献，不知道还能见到否？"蔡文姬说原来家中所藏文献多至 4000 卷以上，父亲的著作，她自己能背诵的还有 400 多篇。曹操就叫她把这 400 多篇能背诵的文献记下来。蔡文姬的工作做得十分认真，用了 8 年时间，把那 400 多篇文章忆述出来。这些文献经过当时的宿儒耆老们核对，都认为正确无误。

"蔡文姬'博学而有才辨'，精读父亲蔡邕的文章，能背诵下来的有 400 多篇，这很不简单。"讲完上面的故事后，我说。

"正因为蔡文姬，我们今天才能看到蔡邕当年一些散失了的作品。"那位同学说。

"一方面可能是因为蔡文姬有超凡的记忆力，另一方面可能因为蔡邕是她的父亲，所以她下了特别的功夫，熟读其 400 多篇文章，并背诵下来，当然，从今天的角度看来，精读一个作家 400 多篇作品，既不大可能，也没有必要。"我说，"现在跟蔡文姬所处时代不同了，世界上的作品浩如烟海，一个人的精力有限，就只能选取一部分来阅读。其中选来精读的不多，选来背诵的更是少之又少。有些求知欲旺盛的人总是希望博览群书，把所有好书都细细背诵，这根本不可能做到。不要说全世界的书，就是一个作家的书，我们也只能严格审慎地、有选择地阅读。据说西班牙作家洛卜·德·维加一生中写了 1820 多部剧本，我们没有时间去看完他的作品，不妨读一读他的经典之作《羊泉树》。即使是像《羊泉树》这样经典的作品，真正闪光的可能只是其中某几个章节，值得我们花时间去精读，去背诵的，或许只有那么

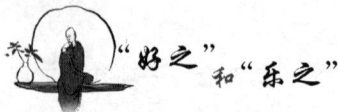

一两段。蔡邕的作品那么多，当然也是这样的情况。面对那么多文章，精读哪些？这需要我们作出明智的决定。"

"编语文课文，首先就要帮学生选好精读篇章咯。"他说。

"对，对，这是前提。"我说，"现在精读篇章已经由何教授和曹、李、欧几位老师以认知心理学、过程教学理论为依据，从教育署建议的篇章中初步选出。选得是否妥，我们可以提意见，然后由他们跟出版社的编辑商定。课文定了以后，我们这些人首先要精读这些文章，只有这样才能把教材编好。"

"那一定。"他说。

"当然，略读篇章和自读篇章，我们也要认真读。我们读懂了，才能引导学生读好。"

各类课文大部分在香港教育署建议的 600 篇参考选文中选取。因为这 600 篇文章出版商会已买了版权，使用较为安全。出于各种考虑，有的选文也由其他地方选取，由出版社再去商议版权问题。当中有一些遇到麻烦，比如有的作者要求版权费每年以版税形式支付，因觉不合理，因此选用其他文章。

教材以教学单元来组织。每个单元是一个自我完备的教学单位，有明确的教学和学习目的、多层次的内容组织及配合目标的评估方法。教材分为"分项单元"和"基础单元"两部分，由教师灵活地组合施教。互有关联的单元由浅入深、由简至繁，使学习循序渐进。每个单元都包括听、说、读、写 4 个范畴。"阅读范畴"包括"精读篇章""略读篇章"和"自读篇章"。每一精读课文，须编写如下一些项目。

一、学习重点：提出课文的学习要点，包括内容和形式方面，主要是写作方面的特点。

二、作者小档案：介绍作者的概况，包括生卒年月、籍贯、生平事迹、代表作等。与课文内容有关的履历，包括逸闻趣事，则重点介绍。

三、题解：提供课文体裁和写作背景方面的资料。有些课文没必要介绍背景的，则解释课文的题目。

四、注释：解释课文中比较深的字词、词语。解释时结合课文的上文下理，必要时作应用举例。生僻的字词附粤语注音和普通话注音。

五、想深一层：于精读课文后设计富含启发性的思考题，以培养学生的思考能力。

六、活学活用：设计适量针对学习重点的练习题，帮助学生巩固所学知识。

七、阅读策略：讲解阅读方法，帮助学生掌握篇章内容。

此外，还根据精读篇章内容，设置不同的学习栏目，以促进学生的全面发展，其中包括《创意思维网》《学科新界线》《品德情意》等。

关于写作范畴、聆听范畴和说话范畴，则设有如下项目。

一、学习重点：标明单元的学习重点。

二、知识速递：教授写作、聆听和说话的技巧。

三、活学活用：设计有关练习。

每个单元都设有"自我评估"栏目，让学生了解自己的学习情况。

以上是分项单元，初中一套 6 册，每年级两册。另自习篇章 3 册，每年级 1 册。

基础单元一套 3 册，每个年级 1 册，每册分 7 个独立单元，分别是语文基础知识、阅读、写作、聆听、说话、中华文化、品德情意。

人员集中以后，我跟他们讲述了编写教材的要求、编写项目，并向他们提供了精选课文《卖油翁》、略读课文《宋定伯捉鬼》和自习课文《没意思的一百分》等篇章的撰写样板。同时，向他们讲述了有关注意事项。

一、本书的对象是初中学生，编写时注意选材及练习的深浅程度，某些地方要说明学习步骤。

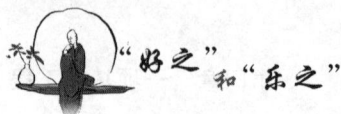

二、定出合适的学习重点，重点不宜太多。注意全书的重点分布和比例。

三、注意所教内容是否配合教学时间的安排。

四、练习必须环绕学习重点而设。练习要有趣、省时、达标，形式宜多样化。除问答题、选择题外，可加入其他形式，如填表、填图、配对、看图答题等。

每一"注意事项"，我们都举出了实例，供大家参考。

为了按时完成任务，我们公布了每个单元的编写进度表，以便检查和督促。为了保证完成任务，营造好的工作环境，我们还订立了如下工作守则。

一、按时上下班，不迟到早退。

二、抓紧时间工作，按时按质完成任务。

三、保持办公桌整洁，不放与工作无关的杂物。

四、用完的图书资料放回原处，不要堆放在桌子上，也不要锁进抽屉。

五、节约开支，打私人电话要简要、下班要熄灯，人少时不开空调。

六、不要在办公室内吸烟。

七、不要高声说话，以免影响他人工作。

八、做好保密工作，单元教材不要外拿，字条要撕碎用塑料袋装好才扔进垃圾桶。

要求很具体，有样板，有实例供参考，但要令编写人员能着实按要求去做，也确实不容易。编写项目中有"注释"一栏。我看了一些初稿，发现有一个普遍现象，就是过于简单。比如，在注《大明湖》"开发了车价酒钱"一句的"开发"时，只注"支付"两个字。"开发"这个词今天是常用的，比如"中国正在开发大西北"。在这个句子中，"开发"这个词的意思大家都能理解，为什么在《大明湖》却注解"支付"呢？我想到，在教材编写中如何体现"认知过程"的问题。阅读是一种从书面语言中获得意义的认知过程。所以，在阅读教材中，应该多提供一些背景知识和有关资料，以便学生能把背景知识和有关词语、段落以至篇章本身的意义联系起来，从中领悟出道理。"开发"是一个多义词，"开垦""开采"是它的基本义，这是人们最容易联想到的"开发"这个词的常见意义；"支付"，还有"发落"（如"把他们开发了吧！"），"开拆"（如"此函不许私自开发"）等一样，是它的转义，是从"开发"的基本义转化出来的意义。它和基本义有联系，又有相当大的区别。从学生认识词的过程来看，也是要先认识"开发"一词的基本义，然后认识它的转义。因此在词语解释时，有必要交代它的基本义和其他主要的转义。基于以上道理，注解在某种情况下应该具体一些。我查了一些工具书，把该课文中"开发"这一条目做了如下注释。

开发：支付。一般指用开垦、开采等方法充分利用荒地或自然资源，如"开发大西北"，但有时也解作发落，如"把他开发了吧！"有时则解作开拆，如"此函不许私自开发"。

我把这一注释条目作为例子跟大家说了。但有些人觉得注释这样写似乎不大必要。我把道理跟他们说了，他们终于接受。出版社的编辑也同意这个意见。编辑说，有些词语注释还可以从字词结构方面去讲。比如讲"骄"字，可以讲这是形声字，"马"是形旁，表示字的意义；"乔"是声旁，表示这个字的读音。

课本第一册《珍珠鸟》中有这么一句话："我轻轻抬一抬肩，它（珍珠鸟）没醒，睡得很香。还呷呷嘴，难道在做梦？"对"呷呷嘴"这个词语，我们作了如下解释："嘴里发出'呷呷'的声音"。出版社编辑看了，给何教授发了一个电邮，问"呷呷"是什么词？为什么"嘴里发出呷呷的声音"可以写作"呷呷嘴"？何教授叫曹绮文老师查字典。曹绮文老师回复说"呷呷"是象声词。编辑在电邮中说，"我也就'呷呷'一词查过字典，但如解作象声词，如何与下文的'嘴'一起解释呢？由于这个字较生僻，所以希望解释它的意思和读音。"何教授把电邮传给我，我

做了如下答复：

"呷呷嘴"，是指嘴里发出"呷呷"的声音。"呷"，普通话gā，粤语"甲"，象声词，鸭子和其他一些禽类的叫声。这里是象声词活用作动词。这种情况，我们在别的课文中有时也会看到。如"妇拍而呜之"（《口技》）。"秦王与群臣相视而嘻"（《廉颇蔺相如列传》）。建议"呷呷嘴"这一条目修订时，除加上普通话和粤语注音之外，再加上这么一句："这里是象声词活用为动词。"

对我的回复，何教授和编辑都很满意。

我在广州时刻跟何教授保持着密切的联系。我发过去的稿件，包括每一练习、每一修改，他都反复看，反复修订，再行确定。

中三第五册有篇课文叫《明湖居听书》，选自《老残游记》第二回《历山山下古帝遗踪，明湖湖边美人绝调》，其中有个短语"余音绕梁，三日不绝"，王同学所加的注释是：形容歌声悦耳，令人回味的意思。

这是一类来自典故的词语，应该怎样注解呢？我想起我自己念初中时的一个故事。

有一天，休息时，李同学在班里不知怎么的，讲起"割股疗亲"这个词语来。

"古人'割股疗亲'，给父母治病，以为这样就可以把病治好。其实这种做法十分荒唐。"李同学说，"所谓'割股疗亲'，就是子女割下自己屁股上的肉，用来煎药给生病的父母吃。"

"'割股疗亲'的'股'是指大腿，不是指屁股。'割股'是指割下自己大腿上的肉，不是指割下屁股上的肉。"有个同学说。

李同学却肯定地说："'股'明明是指屁股，如果'股'是指大腿，怎么不说是'割腿疗亲'？"

"不对，不对，不是指屁股，而是指大腿。"几个同学齐声说。

"应该是指屁股。"李同学说。

"'股'是指大腿。老师跟我们讲过'头悬梁，锥刺股'的故事。苏秦读书勤奋，晚上温习，打瞌睡了，就用锥子刺自己的大腿，把自己弄清醒，继续读下去。这里讲的是用锥子刺自己的大腿，当然不是刺自己的屁股。"有个同学说。

"这是对词义不同理解的问题。'割股疗亲'的'股'，你可以理解为大腿，我也可以理解为屁股。'屁股'简称'股'，为什么不行？"李同学说，"况且大腿和屁股，差不多的，反正割的是自己的一块肉。"

有一天，我也跟李同学讨论起这个问题来了。那天课外活动之后我刚巧碰到了他。

"你那'屁股论'很有趣。"我跟他开玩笑。

他笑了笑。接着我们就讲开了。

他还是那个观点："对'割股疗亲'这个词的'股'，每人理解不同，你理解成大腿，我理解成屁股，不行吗？"

"前提要理解得对，理解得有根有据才行。"我说，"'割股疗亲'是一个词语，其实也是一个典故。它出自《宋史》。那句话原文是这样的，'上以孝取人，则勇者割股，怯者庐墓'。前几天查字典，我把这句话背下来了。字典上有'割股'这个词条，它是这样解释的：古人所认为的一种至孝行为，割下自己的股肉来治疗父母的重病，而字典对'股'的解释是'大腿'。也就是说，按这个典故来解释，'割股'就是'割大腿肉'，不是割屁股肉。你看，'割股疗亲'是有典故的，解释就要根据这个典故来解释，根据字典来解释，不是谁想怎样理解就可以按自己的理解来解释的。解释得有正确的方法；想问题，也得按正确的方法去想。"

"屁股为什么不可以简称股？"他还是有些不服气。

"'屁股'简称'股'，这个观点似乎说不过去。我查过字典

了，'屁股'在生理学上叫'臀'。"此前，为了弄清楚这个问题，我真的到学校图书馆查了一通字典词典，"如果'屁股'有简称的话，那就简称'臀'。大腿叫'股'，不等腰直角三角形那条较长的直角边此前也叫'股'，如果屁股也叫'股'，那就把这些概念混淆了。"

他认真地听着，没吭声。

"你跟一些同学说'大腿'跟屁股差不多，这也不对。"我说，"字典上讲'屁股'是人体后面、大腿的上端和腰相连接的隆起的部分，支撑屁股的是髋骨。大腿是屁股以下、小腿以上的部分，由股骨也就是腿骨支撑。股骨下端跟胫骨相连，股骨下端、胫骨和髌骨一起组成膝关节；上端叫坐股骨头，跟髋骨的髋臼相连，成为髋关节。髋骨跟股骨相连的地方，我想这就应该是屁股跟大腿的分界线了。由此看来，大腿跟屁股界限分明，不能说差不多。古人说给父母治病要割大腿肉，你却割屁股的肉，割错了，不还得割另一块？"

"听了你的解说，我完全明白了。我当初对这个词语也只是一知半解，"他说，"有些同学说我不对，却没有说出具体理由，不像你，为了弄清楚这个问题，查了那么多资料，而且有词典作根据。"

看来，我是把他说服了。

"你说'余音绕梁，三日不绝'，这个短语该怎么理解？"我讲了上述故事后，问负责为这篇课文撰写"注释"的黄同学。

黄同学不假思索地说："当然要交代这个典故的由来咯。"停了一停，他便给这个词条写下注释："余音绕梁，三日不绝；战国时，歌手韩娥雍门唱歌卖艺，以换取粮食，走了以后，歌声仍然绕着屋梁，三天不散，后以此来形容歌声悦耳，令人回味无穷。"

"注释得很好啊！"我说。

学·想·用

在"多读"的过程中，除了通过词语解释等手段，帮助学生掌握词义，还要帮助他们很好地掌握句义、段义和篇义。"想深一层"是设计思考题的项目，目的在于帮助学生更好地掌握篇义。

在"想深一层"的设计过程中，我们强调不要停留在"表层"上，要引导学生进行深层理解。

什么叫"表层"，什么叫深层？我想起前些时候"中国语文科电子家课先导计划"阅读策略教材拟题的情况。

当时，何教授提供了一批阅读篇章，要求在每篇文章后列出题目，引导学生理解每一篇课文的意义。我在广州组织华南师范大学、中山大学的一些学生拟题，现在参加编写教材的几个学生，当时也有参加。

"当时给你们提供的一篇叫《让我们剪掉辫子》文章的拟题样板，里面有'事实性的问题''文章深层意义的探讨'和'文章有关背景资料'三类题目。在讨论时，大家分析了那些题目的类型。你们说，甲类像'洋汉一共问了作者多少个问题'这样的事实性问题，是记忆型的题目，需要学生阅读时凭自己的记忆来回答；乙类像'洋汉对作者有何误会'这样的'文章深层意义的探讨'是理解型的题目，需要读者做分析的功夫，进行反复的思考；丙类像'加拿大追求的生活形态'有关的背景资料，是运用型的题目，要求学生把平时所学的新闻资讯知识运用到阅读中去，加深对文中的理解。"我说，"你们所说的记忆题，就属于'表层理解'，你们所说的思考题，就属于'深层理解'。我们现

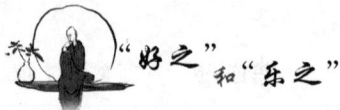

在课文中的'想深一层'这个栏目，就是要拟一些思考题，引导学生对课文进行'深层理解'。"

"对。当时我们还讨论了一篇叫《一个臭词儿》的文章，给它出了这两类题目。"几位同学都想起来了，"我们明白什么叫'想深一层'了。"

议论完以后，我便让大家分析当下拟出来的一些题目。

有一篇课文叫《水的希望》。这是一篇寓言，描写在花瓶里的水不想过失去自由的生活，因而极力挣扎，结成了冰，冲破了花瓶，实现了自己的愿望，对外面的世界有所贡献。对这篇课文，小林拟出了三个"想深一层"的题目：一是水为什么不愿意停留在花瓶里？二是花瓶怎样劝告水？水有什么反应？三是在瓶里的水有什么希望？

"这些都属于表层理解的题目。"我说。

"为什么这么说呢？"他有些不明白。

几个同学走了过来，我对其中的小李说："你看看回答这些问题是不是属于'表层理解'？"

小李看了一回，用一个老师的口吻，笑着说："是表层理解无疑。"

"你给他讲一讲为什么。"我说。

"为什么？就是答案可以直接从课文中找到，用不着'想深一层'就可以交卷嘛。"他认真起来，接着说，"比如第一题，水为什么不愿意留在花瓶里？因为花瓶狭窄得像个牢狱，水在那儿没有自由，课文第二段讲的，一眼便能看出来。"

"花瓶怎样劝告水？水有什么反应？这第二题也是从课文上可以直接找到啊！"正在翻看课文的小蒋说，"花瓶劝水要知足一点，安静地住下来，因为花瓶自己是书房里最珍贵的东西，而且还有高雅芬芳的梅花和水做伴。可是水没有安静下来，反而叫喊着一定要出去。这是课文第五、第六段讲的。"

"第三题，花瓶里的水有什么希望？"小李说，"花瓶里的水希望变作云，在天上游行；变作雨，滋润大地，让植物高高大大地生长；变作河水，供船只航行；变作海水，唱出洪亮的歌声；变作溪水，给人洗衣服、淘米；变作蒸汽，转动引擎。这是课文第八段讲的。"

"啊，我明白了，'想深一层'的题目是不能从课文中直接找到答案的，要经过自己的思考。就是说，这是思考题。"小林说。

"那你另想两个题目看看。"我说。

他想了一会儿，拟下了两个题目：一是水和花瓶分别代表了哪一类人？作者赞扬的是哪一类人？二是我们可以从《水的希望》中得到什么启示？

"你说一说答案。"我说。

"第一题。有些人不满足于现状，努力追求自由，为社会做贡献，水是代表这一类人。有些人安于现状，满足于丰裕的物质生活，不思进取，花瓶便代表这类人。作者赞扬的是前一类人。"他说。

"第二题。水的生活态度积极主动，性格坚强。它不断挣扎，冲破花瓶这件事，使我很感动。我要学习他积极、主动、不怕困难以及服务人类的精神。"

"答得都很好。"我说，"'想深一层'就是要求阅读这篇文章的人掌握篇义，领略文章的要旨。能够回答'想深一层'的题目，可以说是达到阅读这篇文章的目的了。"

这时候，正在撰写《陋室铭》一文阅读稿的小张，递给我一沓稿，第一页上面画着一份表格，问我这样设计行不行，表格内容是这样的：

项目	具体情况	作者的品性 （此项由学生填写）
陋室环境	"苔痕上阶绿，草色入帘青。"	作者不慕富贵

项目	具体情况	作者的品性 （此项由学生填写）
陋室里来往的人	"谈笑有鸿儒，往来无白丁。可以调素琴，阅金经。"	作者只与同样有渊博学问的人交谈，不与浅薄的庸人交往，爱好调素琴，阅读佛经，可见他的高清、淡薄，不追名逐利
陋室里的活动	"无案牍之劳形。"	作者不愿与权贵同流合污

几个同学在围着看，我问："大家觉得这'想深一层'题目设计得怎样？"

"这样列表显示问题和答案，比较清晰，学生容易理解。"小朱说。

"我说的是题目内容，符不符合'想深一层'的要求。"我说。

"基本符合要求。"他说，"'苔痕上阶绿，草色入帘青'这句诗表现了作者什么样的品性？这个问题是要经过思考才能找到答案的。"

"这虽然算是'想深一层'的题目，但不太理想。"小蒋说。他正在看《陋室铭》这篇课文，文章很短，一会就看完了。停了一停，他接着说，"问题是问一句话什么意思，比较简单直接，比较浅，不够深。"

"你说到点子上了，问题浅，不够深。"我说，"小张你想想，大家也想想，拟什么样的题目比较适合？小蒋，你有什么好的想法？"

小蒋一边看课文一边想，不一会就想出了一题："为什么作者认为只要住在屋里的人品德好，就不会感到居室的简陋？"

"这题目就有一定深度了。"我赞赏地说。

"我也想到了一题。"小张说。

"你说说。"我鼓励他。

"作者在开头写着'斯是陋室',最后却写道'何陋之有?',这两句是否有矛盾?为什么?"

"这题目很好嘛!"我高兴地说。

看着他原先设计的表格,我又对张同学说:"这种表达形式有它的特点,但我们设计的'想深一层'这个栏目,统一用问答题的形式出现。表格式或填充式的题目,以至连线题等,可以运用到'活学活用'这个栏目中。"停了一停,我问:"《陋室铭》这篇课文的'活学活用'题目,你设计了吗?"

"设计了,就在那另外几页稿子中。"小张指着我手里拿着的那沓稿子。

我翻了几页,下面便是该课文"活学活用"的题目。

"活学活用"是引领学生学习课文写作技巧的栏目。

《陋室铭》属中一上学期"借物抒情"单元的精读课文。借物抒情又叫托物言志,指借用客观事物的特性加以引申并抒发主观情感的写作手法。运用借物抒情手法时,最重要的是所借之物的特性,能配合所抒之情。刘禹锡借陋室外表简陋而内涵丰富的特征,抒发自己不慕富贵、追求平淡生活的情怀,就是一个例子。

张同学所设计的第一道题目是:

试根据作者所抒之"情",从下面框内选出所借之"物",写在表格内,然后写出"物"与"情"的关系。

青草 案牍	丝竹 苔藓 金经	鸿儒 素琴 白丁

所借之"物"	所抒之"情"	"物"与"情"的关系
	向往自然的生活环境	
	追求高雅的生活志趣	
	追求闲适的生活情趣	

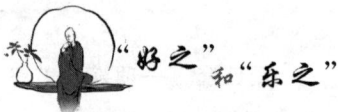

围在一起看的几位同学，异口同声地说："这道题设计得好！"

跟着的几道题，大家也都说设计得不错。

最后一道题是语文基础知识：《陋室铭》一文除 "南阳诸葛庐" 这一句运用有关诸葛亮的典故外，还运用了什么典故？要求学生回答后，再找出下面句子用典的地方。

1. 你考试得了 60 分，他考试得了 59 分，你和他是五十步笑百步，一个样。

2. 张建自从那次考试失败后，奋发图强，努力学习，现在的他已非吴下阿蒙。

五十步笑百步：比喻缺点错误的程度不同，但本质是一样的，典故出自《孟子·梁惠王上》。

吴下阿蒙：比喻学识浅陋的人，出自《三国志》。

很快他写下了几题。我看后，问大家觉得怎么样。李同学说："第一题可以，第二题太深，因为 '吴下阿蒙' 这个典故，一般中学生很少接触到。"

"那么，保留第一题，取消第二题，另拟几题。" 我对张同学说。

1. 经过多年奋斗，他终于碰到赏识他的伯乐。

2. 面对现实吧，别再做阿 Q 了。

3. 任你有鲁班之奇技，也无法做出这样高超的制品。

4. 别再做愚公了，还是放弃吧！

"这样一改，就适应了中一学生的水平了。" 我说。

课文资料的编写，就是在这种互动式的氛围中完成的。互动，就是互相交流，共同讨论。西方近年流行 "协作式学习"，强调将学生分组，鼓励学生在课堂内外多做交流和研究，其成效比传统的一人交一份功课的做法更好。我们编写教材的过程，其实也是学习过程。通过互动，吸取别人的意见，可以令稿件改得更好，做到精益求精。通过互动，自己的稿件写得如何，可以得到即时回馈，根据大家的意见即时修改，使之完善，也使自己的写作能力得到提高。

编写资料时，不能孤立地只顾一个篇目，还要有兼顾全面的观点，考虑篇与篇之间的联系。撰稿者必须考虑如何安排各学习重点在单元内的分布、所属篇章设定、所属工作纸拟题形式与附件配套，以及评估形式等。"文化知识"及"品德情意"两方面应以逐级分层递上的模式设定搜集资料及撰写方向，如建议以中一"文化知识"为物质，中二为制度，中三为精神。以中一"品德情意"为个人，中二为亲友，中三为中国及世界。"学习活动"拟题应多元化，在阅读部分应多运用视听传媒及资讯科技等。这些都要在互动的过程中得到完善。

在工作过程中，发现问题，及时通告一些注意事项。如关于语文基础知识的修订建议：一是浅化；二是趣味化；三是多些解说（浅显）；四是不要搬太多术语。诸如此类。

在工作过程中，我们发现有什么好经验，也及时推广。有一段时间，我发现一些撰稿者拟题拟得好，便把资料搜集起来，整理成"好题齐欣赏"的资料，供大家参考。比如：

1. 把蝙蝠、海参、蜗牛、癞蛤蟆、青蛙历史上最长的睡眠时间列成一表，你能看出这里是什么说明顺序吗？

答：

动物	蝙蝠	海参	蜗牛	癞蛤蟆	青蛙
睡眠时间	四五个月	四五个月	三个月至二十个月	一百万年	两百多万年

依照上表可以看出，本文用的说明顺序是根据动物历史上最

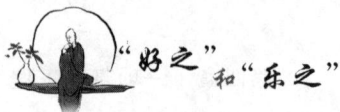

长睡眠时间的长短，由短至长地依次说明。

2. 细读课文，填写下表。

动物	麋	驴	鼠
错误行为	依仗势力，触犯异己	使出拙技，惹怒强敌	趁着机会，任意横行
下场	被野狗吃掉	被老虎咬断喉咙，吃掉	被新屋主赶尽杀绝

受欢迎的教科书

2001 年 7 月，出版社给我们拟定了交稿时间表：7 月 18 日交齐所有中一的稿（包括分项单元和基础单元）；7 月 31 日交齐所有中二分项单元的稿；8 月 3 日交齐所有中二基础单元的稿；8 月 15 日交齐所有中三分项单元的稿；8 月 17 日交齐所有中三基础单元的稿；8 月底最后两星期预留作补充及修改资料。

全部稿件交给出版社后，出版社很快完成排版工作，版样出来后，我负责最后的修订。这时候，稿子虽已成书，但毛病还有很多，我的后续任务不轻。

首先是订正工作。2002 年 5 月 6 日，何教授转来 Phyllis 编辑的电邮：

中一单元十一《敕勒歌》注释 5（修订稿第 131 页）写了"野"的粤音和普通话读音。这读音是依照作者原稿出的，请问这些读音是否属于古音？在哪里可以找到出处？

收到电邮后，我查了《辞海》《现代汉语词典》和有关书籍，并找当时的撰稿员做了了解。弄清情况后，便给 Phyllis 做如下回复：

1. "野"的普通话读音 yǎ 是根据内地中学的教科书注的（见人民教育出版社初级中学语文课本第一册，1987 年版，第175 页）。据广州市的一位中学老师说，以前的教科书都这样注，教这课时，这个字都是按这个音来教的。因内地的教科书并无粤语注音，有注粤语读音的工具书如《中华新字典》等也只注"冶"一个音。现在"也"的粤语注音是当时编者根据普通话"yǎ"议定的。

2. 翻查一些权威工具书，如《辞海》《现代汉语词典》等，"野"字只有"yě"一个读音，并无"yǎ"的读法，不知内地教科书的注音所据何典。

3. 查一些课外参考书，也有不理会这个注音的，比如广西民族出版社的"文言助读"丛书《中学古诗文对照注释》（1983 年出版，1996 年修订，1999 年印刷的版本）第 56～57 页所选的《敕勒歌》对"笼盖四野"就没有加注音，大概意味着"四野"的"野"和"野茫茫"的"野"读音一样（普通话"yě"，粤语"冶"）。

4. 根据以上的情况，"笼盖四野"可只做词义解释，把注音的部分删去。

最后，出版社根据这一意见对版样做了修改。

还有就是核实。2002 年 4 月 12 日，修改中一基础知识单元的文字篇。该篇有《认识偏旁和部首》一节。在讲到"部首是某些字的共同偏旁"，"作为独体字起笔笔形的部首"时，书稿写道："由于独体字不能拆分出偏旁，所以字的起笔笔形，如点、横和竖等，便作为部首"，跟着举了"永"（丶作部首）、"不"（一作部首）、"中"（丨作部首）为例，并作了电版（部首用红

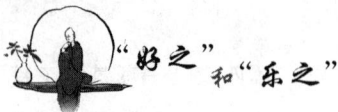

笔表示）。

有几天，请华师大几个研究生来帮忙，找文稿的错误，以便改正。这个地方，看稿的麻同学没有提出问题。

当看到这个地方时，我却想到应该找字典核实一下。

找港版《中华新字典》一查，没错。找内地版《辞海》一查，"不"字属于"不"部，"中"字属"中"部，于是想以内地书和港版书部首分法不同，"以防混淆"为由，把"不"字改为"丁"，把"中"字改为"且"，并同麻同学讲了这一情况："内地工具书是否一样？请你帮忙查一下。"

麻同学找来《现代汉语词典》一查，与《辞海》不一样，却与港版书相同。

"看来《辞海》词条多，才分出'不'部、'中'部，不然还是把'不'归入'一'部，把'中'归入'丨'部的。"我说，"'丁'和'且'因为字数不多，不然也可以分出个'丁'部、'且'部来。这个例子不改，恢复原样算了。"

麻同学笑了，说："你很细心，能这样反复推敲。我当时看到这个地方时，只是看看文字顺不顺，没有想到去查字典。"

完成任务后，我到出版社送完中二、中三的更正稿，是下午4点多，便到伍姨处坐一坐。伍姨叫我吃了晚饭再走。我说："不啦，回去还有事，吃完晚饭回去太晚了。"

"那好吧，"她说，"我买了一些鱼，已经煎好了，拿一些回去吃吧！"

"不啦。"我说，"我一个人，随便吃一点便饭就可以了。"

"有点鱼吃也算便饭呀。"她感到有些奇怪。

"我这便饭比一般的便饭更'便'。"我说，"不煮鱼，不煮肉，泡点速食面，喝点牛奶，吃个水果，就行。"

"速食面？吃多了不好。"

"我不吃面袋里的汤料，把面条泡好了，捞上来放在碗里，把牛奶往碗里一倒，这就叫牛奶汤面。面是热的，牛奶是凉的，一拌，刚好能吃，两下子就吃完了。"

这是我在"吃"上节省时间的一种方式。在吃上花少一点时间，多把时间花在工作上。有时面条、牛奶也没有，弄点残汤剩饭，随随便便，也算一餐。来到购物天堂，什么锦衣佳肴没有？我却满足于草衣木食。食的时间比较少，但吃一餐饭的时间有时却可能比较长。比如昨天一边吃饭，一边看书稿，一下子看到稿子中有道题，讲"火车轨"下面的石子有两种作用："一、把路轨的压力均匀地传给路基；二、疏导雨水，防止路基被雨水冲刷后变得疏松。"跟着总结道："有了它们，路轨下陷的机会就能大大减低了。"一下子看到这句话有三个毛病："机会"应改为"危险性"；"能"字应删去；"减低"应改为"降低"。改完这里后，顺手把同一页其他地方的毛病都改正，本来凉了的面更凉了。这牛奶面，吃了一个钟头。

"你这样吃没营养啊。"伍姨说。

"营养不差的。"我说，"牛奶面营养很全面的，比鱼、肉都要好。"

2002年4～7月，根据出版社的要求，教师用书须补充一些资料，比如阅读范畴，精读篇章《失犬记》，"题解"中要补充散文的特点，"作法欣赏"中要补充修辞手法运用方面的说明；《杨修之死》的"题解"中须补充讲一下章回小说的特点，"作法欣赏"中须补充讲述"结构紧凑"的问题，"品德情意"中须补写关于要有宽广胸怀的问题。写作、说话和聆听范畴，同样要补充一些资料。此外，还有一些单元的文章要替换。

2002年3月，一边补充教师用书的资料，另一边，教科书的有待更正版已经印出来，送教育署审批，并且送到各学校征求意见，但扫尾工作还很多，比如文字修改、补充资料等。3月中旬，教育署审查通过，提了一些修改意见，由出版社编辑根据意见做修改，但有些地方要我们帮助修订。

基础单元阅读部分讲到《桃花源记》的写作背景时说：《桃

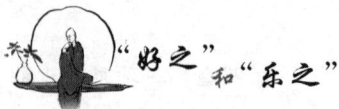

花源记》"写于南宋永初二年"。陶渊明是东晋人，生于公元365年，死于公元427年，他死后500多年才有北宋。至于南宋，已是他死后700多年的事了。所以，这个错误是显而易见的。早前曾把初稿交湖南的一个退休教授看，他发现了这个问题，改为"写于南朝宋永初二年（公元432年）"。我去查《中国历年纪年表》，发现公元432年是永初九年，永初二年应为公元421年。这样看来，这位教授肯定有个地方弄错了，不是错在"永初二年"，就是错在"公元432年"。于是我去查其他书，发现《桃花源记》确实写于永初二年，那位教授写的"公元432年"应为"公元421年"。

中华文化部分讲"中国名胜"，有一篇写故宫的文章。文中写道："故宫的主要建筑由南而北，依次为午门、皇极门、太和殿、中和殿、保和殿、乾清门、乾清宫、交泰殿、坤宁宫、御花园和北门。"在文后的活动设计有这么一条题目：在故宫的地图上，用数字标示游览的先后次序，并写下每个地方的用途。地图上的地名"由南而北"地把地名列出来，名称同文中一致，只是"皇极门"被写作"太和门"。"皇极门"同"太和门"是否一回事？还是其中一处写错了？查《辞海》"故宫"的词条没有讲到这个门，手头上又没有其他资料，只好又去找其他书来查找，最后弄清楚，"太和门"是对的，"皇极门"是误写。

中二单元三聆听范畴有这么一道题："试聆听另外两段提供证供的录音，要求先归纳出'证供'的内容，然后回答问题。"下面是两个表格，一个是"李先生的口供"，一个是"王小姐的口供"。我对这个"口供"的提法有怀疑，于是查《辞海》。该书第812页"口供"的条目所给的定义是："刑事被告人就其被指控的犯罪行为所作的口头供述（包括对其他人的揭发检举）。""李先生"只不过在"案发时间"看到"贼人"的外貌，"王小姐"只不过知道"疑犯"的姓名和职业，并非"刑事被告人"，所以称他们所说的话为"口供"并不恰当。同样，称"证供"也不恰当，因为有"供"的意思。该用什么提法？证词？证言？我查《辞海》的"证"这一条目，发现下面并无"证词""证言"的条目，但"证人"的条目下讲，"知道案件情况并且到案作证的人"叫作"证人"，"证人应尽可能出庭作证，确有困难不能出庭的，经人民法院许可，可以提供书面证言"。"李先生"和"王小姐"口头讲述"案件情况"，称"证言"便可，于是把有关词语作了改正。

香港使用繁体字，内地使用简体字。在内地编教材时，写稿的人写的是简体字，打字的人打成繁体字。打字的人对繁体字已经很熟练，一般都能掌握，有个别字打得不对，编辑一看也能看出来，但也有例外。比如"算术"和"技术"打字员打成"算術""技術"，这是对的。然而，在中二精读课文《新奇的医院》中讲，"每到端午，人们还常点燃用艾叶、苍术、白芷、雄黄等制成的烟熏剂"，其中"苍术"一词，打字员打成"苍術"，这就不对了。然而，很多人看过都没有发现有什么问题，到印成彩色的有待更正版本时，我查了《辞海》，才发现这个错误。原来，"算术""技术"的"术"用"術"，但所有草木名，如"苍术""白术"等的"术"都写作"术"，从古至今都如此。但内地用简化字以后，"術"已经作为繁体字而弃用了。

2002年3月，《朗文中国语文》以朗文香港教育集团公司培生教育出版亚洲有限公司的名义出版。一开4版本，中一、中二、中三的分项单元各2册，基础单元各1册，自习篇章各2册，教师用书各2册，加起来一大摞。我专门量了一量，有18.5厘米厚，总重8220克。3月6日，出版社召开了研讨会，展出了教材。会后，出版社投放大量人力资源进行推广。是年暑假，销售17000套。这套课本思想新颖，质素高，深受学校教师和学生的欢迎。朗文出版社是一家大型出版社，以出版英文工具书而闻名。它出版的《英语语言辞典》，在世界上拥有难以计数的读者。20世纪七八十年代，朗文的《实用基础英语》《新概念英语》

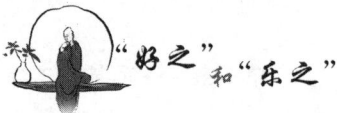

《朗文当代英语辞典》不但在香港畅销，而且被引进内地，成为畅销书。20世纪90年代，受联合国教科文组织委任，朗文出版社与内地人民教育出版社合作，为内地编写的义务教育阶段的初、高中教材，到现在还一直被采用。朗文出版社凭借《朗文中国语文》这套教科书，首度打入中文出版市场，赢得香港三分之一中学选用这套教科书的佳绩，这对朗文出版社来说，具有开拓性的意义。

我专门到书店跑了一趟，看着不少学生和家长高高兴兴地选购这套教科书的情景，心里不免产生一种由衷的喜悦。不知怎么的，我忽然想到我关于退休生活的"两有"原则。我想，你要是重视自己生活的意义，就得令自己的生活对社会有意义；你要是希望自己生活得有价值，就得给社会创造价值。何万贯教授在总结这次语文课本编撰工作时对我说："我们编写的这套教科书，为朗文出版社创造了一个奇迹，这也是你对香港教育事业做出的一个不可多得的贡献。"这是对这次教科书编撰工作意义和价值的充分肯定。两年的辛苦工作，有这样的意义和价值，虽然牺牲了一些"悠闲"和"潇洒"，那也值得了。

还有一件令我高兴的事是，我的被选进课本作为精读课文的《课室里的春天》受到了好评。

鉴于长期以来语文教材缺乏以学校生活为内容的范文，现在选择课文的时候，何万贯和曹、李、欧几位老师与出版社商定，把我的《课室里的春天》选为中一人物描写单元的精读篇章。

为了推广这篇课文，香港《语文教学双月刊》2002年第16期"课程"专栏发表了何教授的长篇评论。

评论认为，"邓进深的《课室里的春天》是一篇优秀的散文，《朗文中国语文》把它列为香港中学语文教材的精读篇章（中一级教材），这是十分正确的选择"。评论相信，"中学语文老师和学生一定会喜爱邓进深的《课室里的春天》这篇课文。随着教学工作的展开，这篇课文将会被越来越多的学生以及读者所传诵"。

评论指出,《课室里的春天》写了一个"虽然普遍存在却不大引人注意或人们熟视无睹而又很有意义的题材"。老师向学生提问"你们最喜爱哪个季节"这个问题时,明明是希望同学们回答"我最喜爱春天"的,可是却没有人这样回答。"我最爱夏天""我最爱秋天""我最爱冬天"都有人回答了,却偏偏没有一个人回答说"我最喜爱春天"。老师要大家往左,大家偏偏往右,老师想让大家向前,大家却偏偏向后,这种"一窝蜂"地恶作剧的行为,可以说在学校里普遍存在。难怪一些老师和同学看了这段描写后,都不以为然地说:"是啊,是这么回事!"评论认为,"人们虽然'司空见惯'这种现象,却很少有人在文章里描写这种现象的产生和存在,分析这种现象的发展,指出它的结局,从而给读者有益的启示,而《课室里的春天》的作者邓进深却这样做了。他所选择的材料是生动、新颖、富有特色的,也是典型的、真实的。它源于生活,具有普遍意义"。"当然,决定这篇文章质量的首先不是题材,而是主题"。在这篇课文中,"作者明确地告诉我们,学生'一窝蜂'的恶作剧并不可怕,它只不过是健康师生关系成长过程中的一个环节而已。任何事物的成长都需要一个过程,良好的师生关系的建立也是如此。当初,同学们的'热烈'与'目中无师',曾令李老师觉得'紧张''无奈与失望'。然而,当在'觉得实习老师的处境实在值得同情,却不知怎样去帮他'而又在'恍然大悟'之后的'我'的配合下,他便顺利地展开了课堂教学。在听讲的过程中,同学们得知,黑板上所贴描画春天景致的图画是实习老师'昨天晚上深夜两点钟才画好'的,便'不禁对他肃然起敬'了。此刻,'大家也顿时静了下来,仿佛是对先前一窝蜂地恶作剧的一种无声的忏悔'。如果说当初的师生关系不协调的话,这时候就变得融洽和谐了。师生关系就是学校内的社会关系。师生关系的和谐,有利于调动教师教学的积极性和学生学习的主动性,有利于'教学相长'。邓进深的《课室里的春天》在这方面确立主题,无疑具有积极的意

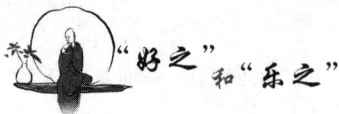

义"。"课堂气氛活跃，是良好的师生关系的重要标志"。"《课室里的春天》不但提出在建立良好师生关系的过程中学生如何做，同时也指出教师在教学中成长的方向"。"邓进深的《课室里的春天》无论从题材的选择和主题的表达方面都十分成功。善于从生动、新颖而又富有特色的题材中提炼出有重大意义的主题，正是本文的一大特色"。

在结构和写作技巧方面，评论指出，"以时间为进程的概括记叙与场面展开的细致描写这两部分的交错与结合，也是记述时间与描摹空间存在的交错与结合，二者的紧密配合共同构成了《课室里的春天》的脉络，并使之疏密相间，相映成趣"。评论认为，《课室里的春天》在人物外貌描写和行动描写方面十分成功，"它采用了以主人公实习老师为中心、按时间先后次序为记叙线索的纵式结构展开层次。全文共有 19 个自然段，可分为 5 个层次，即 5 个部分。这 5 个部分层层递进，层次分明，连接自然，前后呼应，有机地组合成完美的整体"。评论认为，"《课室里的春天》最重要的写作技巧是它的细节刻画生动传神"，"语言极为老到，看似平实但颇耐人咀嚼"。

在总结中，评论认为，"总之，邓进深的《课室里的春天》一文，无论从其立意、结构，还是从其写作视角、艺术特色、语言表达各方面而言，都有其独特的风采，有让人反复品味的无穷魅力"，比起一些语文教材传统篇目来"毫不逊色"。评论指出，"对于广大青少年学生来说，这是一篇值得认真学习的优秀范文。尤为可贵的是，《课室里的春天》以学校生活为题材，这一点会令老师和学生们感到格外亲切。长期以来，我们的语文教材缺乏以学校生活为内容的范文，现在，《课室里的春天》被选进语文课本，值得我们大力加以推介"。

以上的评论，当然有过奖之处，但它的目的是引导老师讲好这篇课文，学生学好这篇课文，从而发挥它应有的作用。事实正如何教授所料，这套教科书发行多年以来，中学语文老师和学生都喜爱这篇课文。随着教学工作的展开以及香港教育图书公司出版的《新视野初中中国语文》也把这篇课文选为"自读篇章"，这篇课文被越来越多的学生及其他读者所传颂。这篇课文真正发挥了一些有益的作用，我当然感到高兴了。

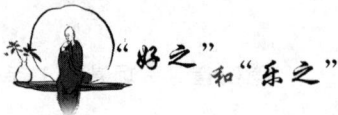

第五章　走路和写作

悠闲，潇洒，是一种生活状态。我不能天天悠闲、潇洒，但我不忘悠闲、潇洒，《朗文中国语文》出版以后，我决定好好悠闲一下，潇洒一回了。

2002年10月下旬，我决定同妻子卫红、女儿洁莲去旅游，休息一下，目的地是北京周边的承德、山海关和秦皇岛。洁莲的朋友丽莎很想到这些地方玩玩，便邀她与我们同行。

故地重游

我们是23日到达北京的。八月暖，九月温，十月还有个小阳春，心想这时去北京旅游还是挺合适的。秋高气爽，在广州时只是觉得有一点点凉爽而已，然而到北京一下火车，就觉得寒气逼人，冷得很了。

"我记得当年在北京读书时，10月下旬没这么冷的呀。"我说。

我们在广州带来的衣服不顶用了，于是在东城区的一个宾馆住下来后，立即赶到王府井百货商店买衣服御寒。

我买了一件厚厚的绒毛衣，即时穿上了，全身立刻暖和起来。这件衣服，在以后十多年中，竟成了我御寒的"一线衣物"。在南方，也有寒流侵袭的时候，朔风凛凛，这件绒毛衣就会马上派上用场。

第二天早上，洁莲和丽莎要去游万里长城。长城我已游览过了，所以我决定到原先学习过和工作过的地方"故地重游"一番。卫红决定陪我。

首先到海运仓原先的工作单位中国青年报社。

"大学毕业以后，我进入中国青年报社工作。这是我的第一个工作岗位。"我对卫红说，"在这里，我参加思想理论版《接班人》的编辑工作；作为报社的记者，参与王杰英雄事迹的采访、安徽省青年妇女学习积极分子大会的采访；在评论部跟主任级评论员们一起撰写评论；跟全报社的人一起到河南共青团中央五七干校劳动……在这里，我留下了各种各样的回忆。"报社大院里，原来的编辑部大楼还是老样子，只是在它和印刷厂之间的空地上建了一座新的采编大楼，比原来的气派了，但显得有点拥挤。

在报社，我见到了当年青运部的尤编辑。他跟当年一样，眉目清秀，脸上总是挂着笑容，给人一种和蔼可亲的感觉。他把我们带到办公室，找来几个我当年熟悉的同事，坐在一起，聊聊别后的情景。

"小邓，你是1971年离开干校的吧？快30年不见了。"尤编辑说。1969年4月，中国青年报停刊，全体人员"一锅端"到了河南潢川共青团中央五七干校。

"是啊，这些年来，大家都好吧？"

"都好。"他说，然后给我讲述别后报社的情况。据他介绍，自我1971年4月调离干校，到南方日报社工作以后，其余的人也有个别调走的，但绝大部分人都留在那里，直到1978年中国青年报复刊了，全体人员才回到北京。

"年纪大的人有的调到了别的单位，年纪更大的则已退休，

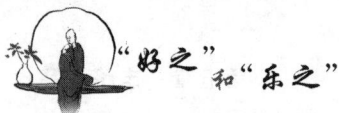

当年那些人现在还在工作岗位上的不多了。"他说。

谈了一会后，我们就告别出来。到了街上，我说："离开一个单位几十年，'沧海桑田'，变化是很大的，所谓'桃花依旧，人面全非'，讲的就是这种变化。不过这次来，见到几个熟口熟面的，还算不错。"

"下次再来，这几个'熟口熟面的'退了休，你就一个也不认得了。"卫红说。

"到那时候，就不会再回来探访了。没有一个认识的，人家问你找谁也说不出来，多没意思。"我说。

"那倒是。"

接着，我们穿过几条大街小巷，从东四北大街进入铁狮子胡同（现在的张自忠路）东口。在冷风吹袭下，胡同两旁的槐树已经开始落叶，太阳映红了瓦灰色的围墙，给人一种沧桑的感觉。我带着卫红径直向路北的一个院落走去，那就是我的母校中国人民大学二部的校址"铁一号"，我曾经在这里度过了三年半的时光。

"看样子，很有气派！"当看到朱红色的大门和门前的两尊巨大石狮子时，卫红说。

"当然啦，作为清朝时期的和亲王府，它的规格要比《红楼梦》的荣国府和宁国府高几个级别。辛亥革命以后，袁世凯在这里就任中华民国大总统。后来，它成了段祺瑞政府所在地，孙中山也曾在这里谋商召开国民会议等重大国事。这个时期，'铁一号'是政权中枢，有人说它的地位跟伦敦的唐宁街、美国的白宫差不多。这样重要的地方，怎能没有气派？"我一边说，一边带卫红通过大门，进入了大院。

"清朝的和亲王府，到现在有多少年历史了？"当我们从宽敞的甬道，走到钟楼前，观赏那座主楼的时候，卫红问。

"有200多年了。但这宅院的历史，比这要久远得多。以前跟你讲'铁一号'时，只不过是从清朝康熙时代讲起罢了。"

于是，我给她讲了"铁一号"康熙前的历史。

这个院子，在元朝时，就是一个贵族居所，但这个贵族姓甚名谁，史上并无记载。当时大门外摆着一对铁狮子，铁狮子胡同这个名字就是这样来的。到明朝天启年间，这个院子成了太监府，主人是司礼监的大太监王体乾。他的同伙魏忠贤倒台以后，他被抄家。后来，这个府邸变换了几个主人。明思宗在崇祯年间把它送给了他的丈人，也就是他的妃子田贵妃的父亲。田贵妃的父亲买了名妓陈圆圆，在这里过着花天酒地的生活。后来，李自成攻进北京，他的大将刘宗敏占据了这座皇亲府。明朝灭亡后，这里成了清朝的恭亲王府，主人是康熙帝的五弟常宁，随后转赐给康熙的第九个儿子胤禟，成为贝子府。在争夺帝位的大搏杀中，胤禟被雍正杀死，贝子府便成了和亲王府，由弘昼居住。民国时，这里也十分显赫。成为中国人民大学校舍，那是1950年的事。

我带卫红参观完钟楼后，从西边通道往北走，参观了红楼、旧图书馆楼，来到小花园。

"我们读书的时候经常来这小花园散步。当年我跟高玉宝，就是在这里聊天的。"我跟卫红说。

从东莞来到北京读书，我要坚持课余写作。摆在我面前的问题是写什么内容。在中学的时候，我写诗、写散文。来到这里，已经离开了当年的生活，该写什么呢？我觉得应该好好想一想。我想到，先向有关人士请教。我打听到，作家高玉宝正在我们新闻系读四年级。当时，他的自传体通俗小说《高玉宝》风靡全国，名噪一时。一些千里之外的读者也热情地给他写信，跟他交流学习心得，我想，我现在跟他近在咫尺，何不抓住这个难得的机会，向这位同学取取经呢？一天傍晚，夕阳的余晖把图书馆大楼染上一层金黄，柔和的凉风穿过红楼向小花园吹来。我正在浓密葱郁花草衬托下的小道上穿行，正好碰上了高玉宝，便向他请教写作上的问题。

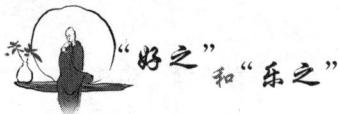

"在跟高玉宝取经以后，我决定了自己写作的方向和计划，一方面写短文，另一方面进行专题研究，写书。短文以杂文为主，以青年思想修养为突破口。专题研究，一是结合《古典文学课》，编著《历代名人日记选》，二是结合《世界文学》课，编著'世界著名作家作品大系'《世界著名作家处女作》《世界著名作家成名作》《世界著名作家代表作》。这一决定，对我写作生涯具有重要意义。"我说，"自此以后，我便把课余时间投入写作中，一有时间就钻在图书馆里。"

"你说过那时正是'三年困难时期'，人家都在休息，你却钻图书馆，形成鲜明对比，是吧?"卫红问。

进入"三年困难时期"，粮食紧张，副食品奇缺。学校为了让我们吃饱，派出得力的老师，去采集和制造代食品，譬如人造肉精、小球藻。但是，那些东西根本就无法充饥，我们整天肚子饿得"咕咕"作响，吃了这顿等下一顿。

"因为生活上比较困难，系里提出了'关心同学，保存热量'的口号，对学生的学习抓得比较松，有让大家'休养生息'的意思。一年级，专业课程还未开始，只有一些通识课、基础课，比如《形势与任务》《中国现代文学》《语法修辞》等，以《形势与任务》课为主。我记得，每天早上，我们全班同学都集中在一个大宿舍里读文件，读完之后就讨论，类似于一般的政治学习。每天上午有课，下午、晚上都没什么事。我们这些从高中过来的同学就觉得很轻松。不少同学就趁机想好好地休息。在这样的情况下，坚持写作，钻图书馆，好不好? 我还跟一些同学讨论过哩!"

这时，我脑子里闪现出当时讨论的情景:

"你老往图书馆跑，还动那么多脑筋干什么?"在一次去图书馆的路上，小余同学这样对我说。

"为什么不能动脑筋?"我问。

"系里不是提出'关心同学，保存热量'的口号吗?"

"不错，我听说了。"

"保存热量很重要。"他跟我讲他自己对系里所提口号的理解，"少动脑筋是一个好办法。"

"怎么这样说？"我对他所提的问题也感兴趣。

"在人体的各个器官中，大脑所需的能量是最多的。那些没有脑的生物，所需的能量很少。比如水母，它没脑，只凭对光的感应浮到水面去吃浮游生物，所费的能量很少。人有大脑则不同，每动一下脑筋，就需要大量的能量。"他说，"在资源有限的情况下，用脑是很不划算的。"

"啊。"我感到他的见解很新奇。平时，我听到的都是一般性的话，他的这段话，倒颇有新意。我想跟他继续"探讨下去"："人体很多器官都是需要能量的，活动得多，也很耗能。"

"是。你不见现在学校很少组织学生活动了么？义务劳动没有，参观没有，体育课也没有田径、球类活动，每节课都是打太极拳。"他说。

"没有田径、球类活动，对我们的影响似乎不大。但不动脑，脑子的功能可能会衰退，智力会丧失。"我说，"不用的刀会生锈，常用的刀亮闪闪。"我还觉得，学习是我们的使命，就算没有饭吃，也不能成为不去图书馆的理由。

"到资源丰富时，再重新开发智力好了。"他说，"况且，现在打打拳、跳跳舞，除了可以活动，对身体也有好处。"

"我怕脑子弃置不用，时间一长，零件坏掉，无法替换，智力也无法再'开发'了。为了避免这种情况出现，我决定还是让脑子继续正常运转。"我说，"看书，虽然多费一些能量，但它对大脑的刺激想来比跳舞更直接。"

"当年，我就是那样我行我素，在困难的情况下坚持写作的。"我讲完上面的故事后说，"不过，皇天不负有心人，那些年的写作是有成果的。"

"你从北京调回广州时，发表的短文剪报有一大摞，《历代名

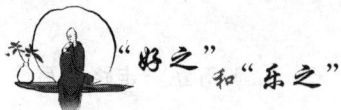

人日记选》和'世界著名作家作品大系'的书稿装了两大尼龙袋,可见你当时花了多少心血。"卫红说。

"在物质条件匮乏的情况下,人的意志的作用非常重要。"我感慨地说。

把西院游了个遍后,我们转到我读书时居住和上课的东院。

"这些都是三层楼的青砖楼,一层和二层间的腰线都是砖雕,雕饰以花卉树木图案为主,显得大气。"我向卫红介绍说,"每层楼四周有一个大回廊,我们休息时可以在这些大回廊里活动。"

"在建亲王府时,这些青砖楼大概都是公子哥儿或者小姐、丫鬟住的。"卫红说,"你们青年学生,住在这样的房子里,好像有点……"

"人和环境的关系,人占主导地位。"我说,"亲王府时,公子哥儿、小姐、丫鬟演绎的是公子哥儿、小姐、丫鬟的故事,我们青年学生演绎的是青年学生的故事。"

"有什么好听的故事?"卫红笑着问。

"三班宿舍的老郑到外面谈恋爱,每天很晚才回来,宿舍的同学便整蛊他。睡觉前把门半开着,上面放一个苕帚或者放一本书什么的,他回来把门一推,那些东西便砸下来,吓他一跳。有一天晚上有同学在上边放了一小盆水,他回来一推门,水往下泼,弄得他落汤鸡似的,大家可乐了。"我说。

"这样玩似乎过分了点。"卫红说。

"怎么不见有什么学生的?"卫红发现了问题。

"现在这里不再作校舍用了。红楼还是教工宿舍,西院是中国人民大学清史研究院;这个东院,社会科学院一个研究所在这里搞研究。地方是租给他们的还是直接给他们的,不大清楚。"

"怪不得啦,不像一个学校,无声无息的。"卫红说,"不过说实在的,像这样的古董建筑,做研究所很合适。"

"对,对。"我说。

从东院出来,我们在大门口徘徊了一会。

"铁狮子呢？哪去了？"卫红问。

"那铁狮子是元朝成宗年间铸造的，但后来不见了踪迹。有人估计，早已被熔掉，变成一些人家的铁锅、菜刀之类了。"我说。

"可惜，这是历史文物哩。"卫红说。

"我们刚才从中国青年报社过来时，见到的几条胡同都很小，这铁狮子胡同却是一条大胡同，车来车往的，很宽。"她说。

"这是扩宽改建过的，名字也改了。"我说，"现在以抗日英雄张自忠的名字来命名，'胡同'也变成了'路'，叫'张自忠路'啦。"

我们在"铁一号"东边的东四北大街对面马路的饭店吃了饭——那是读大学时我们经常光顾的饭店，然后到西郊中国人民大学校本部参观。

"这里同'铁一号'完全是两个天地。"一进学校大门，卫红就说，"'铁一号'像一件古董，这里像一个现代工艺品。"

"那当然咯。这是一个只有几十年历史的校址，面貌是全新的，不像'铁一号'的历史那么悠久。"我说，"中国人民大学的前身是陕北公学，后来是华北联合大学、北方大学、华北大学，1950年才把校址定在北京，定名为'中国人民大学'。"

"你考大学时，中国人民大学在全国是排第一的，然后是北京大学、清华大学。现在人们好像常常提清华、北大，不怎么提人大似的。"卫红说。

"人大、北大、清华都是教育部直属的全国重点大学。人大的文法、哲学在北京领先，以培养领袖人才和社会精英为宗旨。"我说，"论校址，人大的'铁一号'历史悠久，论学校，人大却不如北大、清华悠久，历史的长短，对一所学校来说是很重要的。"

我们在校园里逛来逛去，参观了教学楼、图书馆大楼，也参观了新闻系。

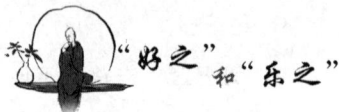

我们在学校的大道、小径上闲逛，只见一栋栋高楼掩映在绿树丛中，显得非常清幽。道路两旁种着各种花草，流散着一股清新的气息。建校初期种的许多树已长得很高大了，玉兰树、银杏树尤其令人注目。

"校园很漂亮。"卫红说。

"你说得对，这校园真的很漂亮，像一个大公园。"我说，"校园是园林的一种，同公园并列的，我正在叫一个朋友研究这个课题哩!"接着，我给她讲了参观苏州大学校园后叫一个朋友研究校园的事。

"研究校园，那倒是个很有意义的课题。"卫红说。

"校园是很漂亮，但每座标志性的建筑、每个'景点'，我们都讲不出多少故事。不像'铁一号'，它的故事一天也讲不完。"我说。

"明白。你比张比李地说了这么多，讲的也就是历史悠久不悠久的问题嘛。"卫红笑着说。

"一切都变了，跟'铁一号'一样，一个熟人都没见着，脑子里只留下回忆。"我感慨地说。

"除了刚才讲的在校生活，中国人民大学给你留下最深刻的记忆是什么?"卫红问。

"是人，许多人和事，其中吴玉章校长给我的印象特别深。"我说。

吴玉章是著名的革命家、教育家。他很早就参加革命，参加过南昌起义。20世纪40年代，他与董必武、林伯渠、徐特立、谢觉哉一起，被誉为"延安五老"。1950年，中国人民大学正式命名组建时，他担任校长，直到1966年去世，长达17年，为中国人民大学的创立和发展做出了不可磨灭的贡献。他学识渊博，道德高尚，诲人不倦，虚怀若谷，严于律己，是一名冰清玉洁之士。就是这样一位可钦可敬的人，在北京庆贺81岁寿辰的时候，题了那份名言放在案头，策励自己。

　　那份名言，我曾抄在笔记本上，有一次翻查资料时，卫红曾经看过。铭文是这样写的："我志大才疏，心雄手拙！好学问而学问无专长，好语文而语文不成熟！无枚皋之敏捷，有司马之淹迟，是皆虚心不足，钻研不深之过！年已八一，寡过未能。东隅已逝，桑榆非晚，必须痛改前非，力图挽救！戒骄戒躁，勿怠勿荒！谨铭。"

　　"我当时看到这篇铭文，觉得很特别。"卫红说，"有些人写座右铭，都是一些豪言壮语，他却像在检讨自己。"

　　"这叫鞭策自己。空洞的话，那不叫鞭策。这种从自己出发的检讨，才叫鞭策。"我说，"很多人读了这座右铭，都深受感动。不少人还抄在本子里，借以自勉。吴玉章的这份铭文后来广为传抄，产生了深远的影响。作为他的学生，所受影响更深。"

　　"看来他是很认真的。"卫红说。

　　"他这样写，也是这样做的。虽然年事已高，但时刻严格要求自己，切实履行了'勿怠勿荒'的诺言。"我说。

　　"你刚才回忆了许多往事，讲出许多故事的细节，这说明了你的记忆力很好。"卫红说。

　　"对从事写作的人来说，记忆力是一个十分重要的条件。我们要写作，必须积累大量的资料。积累资料，一靠文字记录，二靠大脑记忆。二者比较起来，后者更为重要，因为从大脑索取比任何文字检索都要快。因此，从事写作一定要有良好的记忆力。"

　　"你们天天这样写，脑子哪能记下那么多东西？"卫红问。

　　"科学家计算过，一般正常人的记忆储存量为 10^{12} 至 10^{15} 比特（信息储存单位），比信息储存量为 10^7 次方的计算机高 10 万倍。人的记忆容量相当于 5 亿册书的知识总量。"我说，"一个人的大脑神经细胞多达 140 亿个，目前一般人只使用了 10% 左右，还有 90% 的潜力还没发掘出来。在记忆方面，我们还大有可为。"

　　"看来，我们虽然不搞创作，也应该挖掘一下这些潜力。"她说。

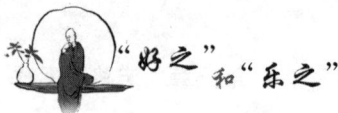

　　记忆力是从事任何脑力劳动的基本能力，当然也是从事写作的人的基本能力。记忆力强的人，脑子储存的资料多，写作时，面对题目的刺激，便能快捷地在记忆系统中找出所要表达的内容和线索，激活相关资料，就会出现"思如泉涌""心游万仞"的情况。在思维活跃的情况下，灵感会不断来敲门，作者写起来便会得心应手，不但写作速度会加快，而且文章的质量会提高。

山庄故事

　　25 日一早，我们四个人乘车去承德，游览避暑山庄。对我来说，昨天是故地重游，今天就开始游"新地"了。

　　"承德避暑山庄，一天可以看完吧？"卫红问。

　　"要看你怎么'看'了。你去过颐和园吧？在那里玩一天可以，但三天五天也'看'不完。我在北京读书时，平时去游颐和园，只是在前面几个景区玩，其他许多景区并没有去看。"我说，"承德避暑山庄比颐和园大一倍，有 72 个景点。算你一天看 8 小时吧？一个钟头要看 9 个景点，怎么看得了？一天下来，一共看 10 个景点左右，还差不多。"

　　"那我们只好看看重点了。"大家说。

　　到了山庄门口，只见等待进庄的游客很多，有独行客，有三三两两的，有成群结队的。许多导游在那里招揽生意，我们便雇了一个导游，买了门票，进了"庄区"，开始了"重点游"。

　　山庄分为宫殿区和苑景区，苑景区又由湖洲区、平原区和山峦区组成。

　　导游先带我们进入宫殿区。

　　"宫殿区是避暑山庄的主体，包括正宫、松鹤斋、万壑松风和东宫四组建筑。这是清朝皇帝处理朝政和生活起居的地方。"导游说，"康熙、乾隆以及他们以后的几代皇帝，每年有五六个月在这里处理朝政，接见少数民族王公及外国使节。"

"这不像宫殿，倒像一般民居。"当看到青砖素瓦、古朴淡雅的一座座藏在参天古松中的建筑物时，卫红说。

"这正是避暑山庄宫殿的特色。"在带我们进入正宫的时候，导游对我们说，"这正宫是由九进院落组成的。它依宫廷体制建造，既威严又简朴，跟北京故宫那些宫殿大不相同。"

据导游介绍，正宫设有几个殿。正殿叫澹泊敬诚殿，是举行隆重庆典的地方。它全部用楠木建造，所以人们叫它楠木殿。正殿后面是五间大殿，乾隆定名为"四知书屋"。

"什么四知书屋？"丽莎好奇地问。

"所谓四知，是指知微、知彰、知柔、知刚，语出《易经》。微表示幽微，彰即彰明，藏和显的意思。四知是讲皇帝应当刚柔并济、藏显并用。用今天的话来说，就是既要懂得用硬的一手又要懂得用软的一手，既要懂得用阳谋，又要懂得用阴谋。这是封建统治者的所谓治国之道。"我说。

"呵呵。"丽莎笑了。

"四知书屋是皇帝在大典时休息、更衣以及平时召见大臣、处理军务的场所。"导游介绍说。

"书屋不是用来读书什么的？"卫红问。

"宫殿区北部有一组建筑，主殿叫作'万壑松风'，那才是皇帝的书屋，那是皇帝读书、批阅奏章的地方。"导游说着，带我们进入正宫后面的烟波致爽殿，那是皇帝的寝宫。康熙说这里"四围秀岭，十里平湖，致有爽气"，因而得名。寝宫的东西两侧有称为东西所的两个小院，那是"东宫"和"西宫"，是后妃居住的地方。正宫的东面，有松鹤斋，专门给皇太后居住。

"皇帝一家人住那么多地方，像一个村子似的。"洁莲说。

"光是那东、西两个院落，就有许多套房子。"丽莎说，"要

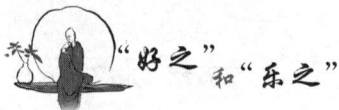

不，皇帝那么多妃嫔，怎么住得下呢?"

"那些妃嫔，大多数是住在北京的皇宫的，只有少数会带到这里来，要不这个地方也住不下。"卫红说，"一个妃子不只是住一套房子的，她下面有丫鬟，一大群人。"

"那边是东宫，我们就不去了。"导游指着宫殿区东部的一组建筑，对我们说，"那里有一座勤政殿，是皇帝处理朝政的别殿。还有一座叫卷阿胜境，是乾隆奉母进膳的地方。还有一座清音阁，那是演戏的戏台。戏台原来有三层高，现在已不存在，只有一个台基。"说着，她便带我们转向宫殿区北面的湖洲区。

湖洲区占地58公顷，其中水面占26公顷，原有9湖10岛，现存的只有7湖8岛。7湖总称塞湖，湖水来自附近的泉水、山谷瀑布和雨水。据说这些湖是人工湖，但湖岸自然曲折，有多种草木遮蔽，没有人工斧凿的痕迹。一眼望去，绿绿的、亮亮的湖水，舒展于千草万木之间。塞湖湖面宽阔，被洲、岛、桥、堤分割为7个湖区。从一个岛到另一个岛，除了走湖堤，个别地方还可以乘船。我们站在湖堤上，可以看到岛与岛间晃动着的船只，以及船上轮廓不分明的人影，只见那衣服斑斓的色彩，红的、白的、黑的，还可以听见那朗朗的笑声，甜美的、高亢的，轻柔的，充满活力。横穿湖中心的芝径云堤，是仿杭州西湖而建的。长堤连着如意洲等三个岛。那湖的水、那堤的树，那岛上的色彩，美得像一幅无与伦比的图画。我们乘船到了如意洲。

"这是山庄的重要景点之一。"导游说。这个岛是清朝皇帝接见蒙古王公贵族、举行宴会的地方。原来有很多建筑物，现在存下来的，主要有无暑清凉殿了。船靠上如意洲西边的码头，我们上了岸，迎面是五间门殿。穿过门殿，经过镜水云岑殿，我们登上一个小山阜的平台。平台上建有金山亭。

"这座亭处在湖区的最高点，如意洲除了三间殿，就是这个金山亭。这个亭呈六角形，有三层，建筑很有特色，因此成了山庄的一个有代表性的景点。"导游说。

"那金山亭为什么不叫六角亭或三层亭?"洁莲问。

"如意洲东侧湖中有一座用石砌筑的假山,是仿照镇江金山寺建造的,因此叫作金山。这个亭与金山遥相呼应,所以叫金山亭。"导游说,"其实,金山亭是个俗称,它真正的名字叫上帝阁,里面供着玉皇大帝。至于六角亭这个名字,已经被别的亭用了。如意洲北边的青莲岛上有一座烟雨楼,楼的东南建有一个四方亭,东北有一座八角亭,西南有一个六角亭。"

"啊,原来如此。"洁莲说。

离开金山亭后,导游带我们往北走,参观了延熏山馆和它东边的一组建筑,名为"一片云"。除门殿和两层楼的建筑物,那里还有戏台,那是清朝皇帝宴赏少数民族和王公大臣时看戏的地方。导游说,如意洲南段有一座亭式水殿,名叫观莲所。水殿四面开窗,窗外的湖上种满荷花,是赏荷的好地方。

在湖洲区的洲岛上,开有多间商店,售卖各种商品,每到这样的店铺,导游一定带我们进去购物。每有人购物走出门口之后,店员便会给导游一些钱,那是游客购物的回扣。在一个商铺,店员和导游极力向我们推荐一种玉石枕,说这种玉石枕可以刺激人的穴位,改善血液循环,提高睡眠质量,延年益寿。在他们的怂恿下,我买了一对,价钱是 260 元。

从避暑山庄出去后,我们曾到承德市区逛街。我们注意到,很多商店都摆卖着和山庄内店铺一样的商品,其中便有这种玉石枕。

"这种玉石枕头多少钱一对?"我们问一个店家。

"20 元。"对方答。

20 元!我们在山庄内买的是 260 元一对!

"18 元,怎么样?"丽莎给店员还价。

"好吧。"于是,丽莎买了一对。

"要知道市区这么便宜,刚才在景区不买就好了。"卫红说。

"刚才我们不知道才上的当。"我说,"他们卖高价,骗了游

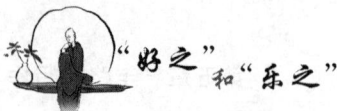

客的钱，然后跟导游分赃。通过这件事，我们应该吸取教训，以后不要在旅游景区内随便买东西了。"

回到广州后，我和卫红反反复复对这对玉石枕头进行"鉴定"，总觉得玉石枕头上面的玉不是玉。我们平常见到的玉是绿的或是白的，不然就是白中带绿的。可是这对玉石枕头的玉却是黑的，玉石也没有玉石的质地。查一查资料，才知道那是假玉石，通常是一些普通石头，抑或是合成塑料，因其通气性不好，质地差，还可能给人体带来损害，比如塑料假玉石跟人的脖子摩擦产生大量热量而又不能很快地散去，会令人失眠。疑点重重，我们只好把那玉石枕头"束之高阁"了。

如果说重游报社、校舍得到一些思想上收获的话，游避暑山庄得到的或许是防假防骗的教训了。

不过，大家回想起来，比起金钱损失这一小事，游览收获还是要大得多。"看一看皇帝的'夏都'，看到这里的'秀岭''平湖'，领略一下这里的'爽气'，什么都值得啦!"大家这样说。这是后话。

宫殿区和湖洲区以外，还有平原区和山峦区。"平原区占地64公顷，差不多是宫殿区的2.5倍;山峦区更大，占地422公顷，等于山庄面积的80%，是宫殿区的40多倍。这么大的地方，你们一天时间是走不完的，因此就不带你们游览了。"参观完湖区后，导游对我们说。停了一停，她还是简略地向我们介绍了这两个区的情况。

她说，平原区有几个主要景点，一是万树园，占地80公顷，里面种植着各种名贵树木，经常有野兽出没。二是试马场，是赛马和放牧的地方，里面除了蒙古包，什么建筑物都没有。三是文津阁，仿照浙江宁波天一阁而建，是当时皇帝七大藏书楼之一。此外，还有一座永佑寺，里面有一座九层六角舍利塔，至今寺已经没有了，塔是乾隆年间重建的。听她说到这里，大家说，那么一大片地方，要是每人骑一匹马，"走马观花"才有诗意。

"山峦区有连绵起伏的山峦，有四条幽深的峡谷。"导游说。著名的景点有梨树峪，种有许多梨树。在西北部的一座山峰上，有一座四面方山亭，是清朝皇帝在重阳节与百官登高望远的地方。山峦区北面和东面的山麓，还有一片雄伟壮观的寺庙群，那就是著名的'承德八大庙'。"

"听导游这么一讲，我好想亲自去游了一趟了。"卫红说。

"早知道你这样说，在来北京之前，跟你讲一讲承德避暑山庄的情况，那你就整个山庄都不用来游览啦。"我笑着说。

"带我们去游一次，要收费多少？"卫红转问导游。

导游笑了笑，准备回答时，我说："你回家'准备'好游的'时间'再说吧。"

大家都笑了。

"最好明年夏天来，既然来避暑山庄，趁着夏天来避避暑。"洁莲说。

"这个地方就是避暑好。之所以避暑好，全因为这些山山水水。承德四周都是山，好像一道天然屏障，阻挡了冬季来自内蒙古高原的寒风，全年有一半多的时间处于静风状态。夏季，森林绿地和湖水，有效地改变了这里的小气候，显得非常凉爽。"我说，然后转身问导游，"那边是不是有座罗汉山？听说有个民间传说是讲这座山的。"

"是呀。"导游听我这么一说，有点兴奋，"那个故事很有意思。"

于是，她扼要地给我们讲了这个故事。

古时候，大肚弥勒佛出家时，非常忠实，全无私心。他每天出去化缘，所得钱财，自己分文不要，全部交到寺中。后来，玉皇大帝把他超度成神，派到承德来看守天庭的一个金库。

大肚弥勒佛来到承德，背靠东山，抚膝而坐，把手中的磬锤抛向北边，把木鱼抛向西边，把头上的帽子抛向南边。他自己化成罗汉山，磬锤、木鱼和帽子化成棒槌山、元宝山和僧冠山。

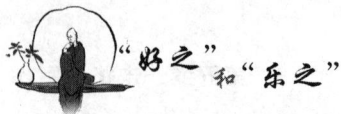

大肚弥勒佛看守金库尽忠职守，对承德的百姓也非常体恤，每隔 60 年就送给人们一把打开金库的钥匙，让百姓打开山门取些金子，所以承德人都非常富足。

有一年，罗汉山下有一个村民在梦中拿到了金库的钥匙，领着乡亲们来到罗汉山前，把山门打开了。只见里面有一座用金砖金瓦盖的金房子，房子里面有一盘金磨，一头金毛驴在拉磨，它正磨金豆子哩。每人在磨上抓了一把金豆子，就出来了。可是，有个叫吴二的人，抓了一把又抓一把，身上的衣兜都装满了还不走，还想爬上房顶揭几块金瓦。他没法爬上去，就又去抠墙上的金砖，可是没抠动，最后他盯上了那头金毛驴。他心想，毛驴会走，把它牵出来，不就得了？于是他去牵金毛驴，可是金毛驴不跟他走。这时，只听见山门"咯吱咯吱"地响。吴二一着急，打了金毛驴一下，金毛驴一脚把他踢出了山门，他被摔死，山门一下子就关上了。打这以后，山门就再也没有开过。

"这个故事告诫人们不要贪心。"讲完故事，导游说。

"棒槌山好像还有另外的传说。"我提出一个问题。

导游听了，说："对，对。早在 1400 多年前，郦道元曾经游览到那里。他把棒槌山叫石梃。它的资格可够老了。关于它，还有很多传说。其中的一个故事说，龙王的一个美貌女儿与附近的一个青年渔夫结了婚。一天，龙女正在为小伙子洗衣服的时候，被一条妒忌的黑龙抢走了。龙女哭得天昏地暗，棒槌落在地上，变成了棒槌山。"

听导游这么一说，大家一下子沉寂了下来，鸦雀无声。丽莎打破了沉寂，说："龙女被抢走了，渔夫呢？这个故事的结局令人不开心。"

"我们可以把故事演绎一下嘛，说龙女坚决不从，在棒槌山旁边化成一座山，渔夫想念龙女，也化成一座山，紧紧靠在她的旁边，这样就大团圆结局了。"我说，"反正，民间传说，我们这一'说'一传开，那就变成传说啦。"

"是呀，我们把故事情节变得曲折一点。"大家笑着说。

"罗汉山的故事说棒槌山是大肚弥勒佛的磬锤变的，这个故事又说棒槌山是龙女洗衣服的棒槌变的，究竟它是什么变的?"丽莎提出了问题。

"棒槌山也好，罗汉山也好，同其他山一样，是自然界的产物，不是什么东西可以变的。"我说，"磬锤、棒槌变成山，这不过是传说而已，是作故事的人想象出来的。"

"这么说来，怎么想象都可以了。"她说，"比如我说棒槌山是孙猴子的金箍棒变的，是我们村子里刘大叔的锄头柄变的。"

"只要你编出来的故事合情合理，没有什么不可以的。想象的天地无比广阔。"我说，"你按照上面的想象编的故事讲出来印出来，说不定会成为畅销书哩。"

任何一种发明创造都要借助于丰富的想象力。有了腾云驾雾的想象，人们才发明了飞机；有了在宇宙间行走的想象，才创造出了宇宙飞船。在科学领域如此，在文学领域也如此。有了腾云驾雾的想象，才有《西游记》；有了在宇宙间行走的想象，才有《环形世界》。想象常常是发明者手中的蓝图，创造者飞翔的翅膀。想象是推动知识进化和更新的动力，写作是一项创造性的劳动，想象力不可或缺。作者要张开自己想象的翅膀，在广阔的天地里翱翔，才能写出好的作品。

进出山海关

26 日上午，我们到达山海关。

"山海关为什么叫山海关?"洁莲一下车就问。

"这里是万里长城的一个重要关隘，北靠燕山，南临渤海，

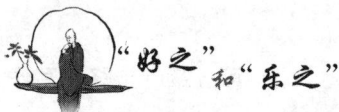

所以叫山海关。"我说，"今天我们来这里，可以看到山，也可以看到海，同时也可以看到关。山——海——关，一条龙。"

"先看什么？"丽莎问。

"先看看山吧。"我说，"刚才我们在车上都看到了，燕山山脉位于河北平原北侧，东西走向，由潮白河谷起，一直延绵到这里。主峰在兴隆县，叫雾灵山，海拔有2000多米高。"

"看这山势是很陡峭的。"卫红说。

"它的特点是隘口多。比如北古口、喜峰口、冷口等，山海关这里也是一个口。"我说，"洁莲和丽莎，你们前天去的八达岭长城就是北口，古时属居庸关管辖，称'居庸外镇'。以前人们认为，那里南去北京，北通延庆，西往宣化、大同，四通八达，所以叫八达岭。山不是一直陡峭的，隔一段山，有个隘口，就像山海关这里一样。北边和南边的关内、关外，车辆可以从隘口出入，所以人们把这些隘口称作'南北交通孔道'。"

"什么叫孔道？"卫红问。

"孔道就是大道、通道的意思。"我说。

"我以为孔道就是像一个小洞那样的通道呢。"卫红笑着说，"我们平时在书上看到'孔'，就把它解作小洞，笛孔就是很小的。"

"'孔'有时解作'小'，但有时又解作'大'的，'孔洞'等于'小洞'，'孔道'则解作'大道'了。"我说，"汉语言文字就这样厉害，一个字可以作完全相反的解释。"

"这个山海关被称作'万里长城第一关'，万里长城有许多关口，比如居庸关、嘉峪关等，相比起来，数这个山海关最重要。因为从北方来，过了这个关，很快就可以到达北京了。"我说。

说着说着，我们很快就进了"关"。

"我们看完山，现在就看这个关吧。"大家齐声说。

据资料介绍，关城高14米，厚7米，周长4公里多，有4个城门。东为镇东门，西为迎恩门，南为望洋门，北为威远门。我带大家先去看镇东门。

"这是四个城门中最重要的一个门。因为它朝向关外，进出关内关外的，主要是这个门，所谓'天下第一关'，指的也就是这个门。"我说完，大家便仔细观察起城门内外的特点来。

城门当然不是简简单单的一扇门。它一共有三道防线，第一道叫罗城，第二道叫瓮城。也就是说，在山海关大门前有一道防线叫瓮城，瓮城之前还有一道防线叫罗城。13 米高的城台上，建有 12 米高的两层箭楼，城楼上悬挂着一个巨大匾额，上面刻着"天下第一关"5 个行楷大字。

"这个匾额有一米半高，是明朝一个叫萧显的进士写的，字迹端庄大方。"我说，"这个匾额是一件复制品，原匾陈列在箭楼楼下，楼上还收藏了一块，那是清朝光绪年间重刻的。"

"为什么关前不挂原匾，而挂一件复制品？"洁莲问。

"挂在外面风吹日晒的，很容易坏掉，原匾是一件珍贵的文物，是无价之宝，一定要好好保护。"卫红说，"听说整个山海关便是全国重点文物保护单位。"

参观完 4 个城门后，我们来到城南 4 公里外的渤海之滨。

"这里是万里长城的最东端了。"我说。

"前天我们去看过八达岭长城，现在来到了它的最东端，什么时候再去最西端看看就好了。"丽莎说。

"还有，你们现在来到山海关，什么时候再去'居庸外镇'、居庸关，那么万里长城的'三大雄关'都算去过了。"我说。

"'居庸外镇''居庸关'在哪里？"丽莎问。

"居庸外镇在八达岭位于北京西北的延庆区，距北京 60 公里。居庸关在北京西北的昌平，南口镇以北的关沟，距北京 50 公里。关沟那一带，高山耸立，山谷很深，到处是怪石，景色非常漂亮。那里有关沟七十二景，你们下次去，不去八达岭，而去关沟，那里可以玩一整天。"我说

"下一次，下一次是什么时候？"丽莎问，"刚才说，下一次

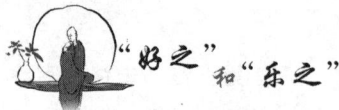

去嘉峪关嘛，那关沟是下下一次。"

"那是老龙头！"正说话间，洁莲高声说。

"老龙头是用石头砌成的，有10米高，伸入海中20多米。古人把万里长城比作一条翻山越岭的巨龙，这个高台好比一只伸入大海的龙头。老龙头的名字就是这样来的。"我说。

"老龙头上有座楼，我们去看看。"卫红说着，我们几个就小跑着朝前跑去。

那是澄海楼，始建于明朝末年，竖碑上刻着"天开海岳"四个大字，是戚继光题写的。

我们登临澄海楼，望着老龙头，望着云水苍茫的渤海，蓝蓝的海水，波涛汹涌，白色的云团，慢慢移动。天，无边无际；海，无边无际。碧海青天，天水相连，互相辉映。

"大海真好！"大家齐声说。

离开山海关，我们驱车前往秦皇岛北戴河风景名胜区。

车上，我脑海里还翻动着山海关的影子，想了很多。

这山海关，不但是万里长城的一道关口，而且是历史的一道关口。我想起明朝末年发生在这个地方的历史故事：当年，李自成率农民起义军占领了西安，之后，便向北京进发。他拿下代州、大同、宣府等要地后，直取京师的大门居庸关。崇祯皇帝不愿投降，自缢在景山的一棵大树上。李自成率军从德胜门入城，转承天（天安）门进入皇宫，坐上了崇祯皇帝的宝座，具有200多年历史的明朝被推翻。李自成进入北京以后，派人招降驻守山海关的宁远总兵吴三桂。吴三桂打算投降清军，所以拒降。在这样的情况下，李自成便亲自率军攻打吴三桂。正在吴三桂不支的时候，清军突然出现，令李自成措手不及，终于被打败，狼狈地退出了北京。清军被吴三桂放入山海关以后，长驱直入，镇压了农民起义军，荡平了南明，建立了清朝。李自成农民起义的失败，清军问鼎中原，可以说是从山海关开始的。如果李自成能拿下山海关，把清军挡在山海关之外，明朝之后就不是清朝，而是李自成的什么朝，历史就要改写了。说山海关是历史的一道关口，一点也不为过。

国家、民族的历史上有许多关口，个人的历史上也会有许多关口。这些关口，有些是思想上的，有些是学习上的，有些是工作上的。袁隆平做杂交水稻试验的过程，就是一个跨过一个个关口的过程。研究杂交水稻，从何着手？这是他碰到的第一道难关。1964年，他在试验中找到一株"天然雄性不育株"，经人工授粉，结出了数百粒第一代雄性不育株种子，于是攻破了这第一道关。接着，他在14000多个稻穗中找到6株不育株，并在此后两年播种中，共有4株成功繁殖了1~2代，通过培育雄性不育系、雄性不育保持和雄性不育恢复系的三系法途径来培育杂交水稻，攻下了第二道关。后来，他通过测试找到了恢复系，攻克了"三系"配套的难关，终于育成第一个杂交水稻强优组合男优2号。他的攻关之战没有停止。1975年，袁隆平攻克了"制种关"，总结出一套制种技术。1985年，他提出杂交水稻育种的战略，将杂交水稻从选育方法上分为三系法、两系法和一系法三个阶段，育种程序由繁至简，效率越来越高。1997年开始"中国超级杂交水稻"的攻关研究，1999年在云南永胜创造了亩产高达1137.5公斤的纪录，2000年实现了第一期大面积示范亩产700公斤的指标。目前，袁隆平正在指导选育大面积示范亩产800公斤、米质优良的第二代超级杂交稻，走在新的攻关路上。不少人，包括工人、农民、科学家、文学家、医生、教师及其他行业的人士，跟袁隆平一样，一直走在攻关路上，披荆斩棘，过了一关又一关，无往而不胜。也有不少人，其职守在于把关。比如，国家边检人员把好维护国家主权、安全和社会秩序的关，工厂质检人员专把产品质量关，编审把好出版物的关，如此等等。他们各司其职，坚守岗位，攻下一关有功劳，守住一关有贡献……

"爸爸，你在想什么？"正在我浮想联翩的时候，洁莲的话打断了我的思路。

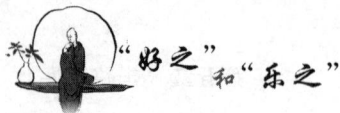

"我在想攻关和守关的事。"我把上面所想，略略地告诉了她。

"你这是联想，从山海关这个'关'联想到日常生活中的'关'。"她笑着说。

"对，是联想。"我说，"那你看了山海关，会联想到什么?"

"我呀?"她神秘地说，"我想起狼外婆的那个故事。狼外婆去拍小白兔的门，说'小白兔乖乖，快把门儿打开'，小白兔说'你不是我外婆，你是狼，我不能把门打开'。她就是不开门，不放那个狼'入关'。"

"我呀，还联想到……"丽莎也凑上来了，"小白兔报警，警察来了，把狼捉走了。"

"你们各位的联想力都很强。"卫红笑着说。

联想力是从事写作的一种不可或缺的能力。客观事物是互相联系着的，要客观地认识事物，就要从它们之间互相联系这一普遍规律作为着眼点。事物间的联系有纵向联系，有横向联系。循着前者的轨迹进行联想，即依照事物的产生、发展、结局这些发展过程中各个阶段的顺序进行联想，这是纵向联想。循着后者的轨迹，从一种事物推及其他事物的联想，是横向联想。运用联想法构思文章，有助于了解事物发展的脉络，揭示事物的本质、发展规律及其普遍意义，写出有思想深度的文章。

看看秦皇岛

"看完了山、海和关，我们现在要去看看岛了。"卫红说。

"秦皇岛是一个市，山海关也在这个市的辖区内。它不是一个岛，我们去是看不到岛的。"我说，"我们现在去的是秦皇岛北戴河区，那里有著名的24景，有没有一个景是岛，不大清楚。"

"那我们看看加引号的岛，秦皇岛的'岛'也行。"大家说。

26日晚上，到了北戴河度假区，找个地方住下，提早吃了晚饭，便迫不及待地走向海滨。

"海滩中有许多礁石。"洁莲说。

"因为那些礁石像一群老虎伏在那里，所以叫老虎石。"我说，"现在潮水退了，所以有些人从沙滩走到老虎石上，在那里看海景或者钓鱼。但潮涨时，四面都是水，一般没有人上去。"

"四面都是水，到上面玩，那才刺激。"丽莎说。

"那涨潮时，我们租条小船到上面玩玩好了。"洁莲说。

"好啊。"卫红说。

"不过，找条船是不容易的，况且，在这里我们人生地不熟，还是不要冒这个险为好。"我说，"其实，来这里的'皇牌节目'是游泳。突出于海中的山岬角围起来的海滩，曲折平坦，潮平浪不大，沙滩的沙细软，海水含盐率高，浮力大，是天然的海水浴场，是最佳的游泳场所。"

"可惜，我们都没有带游泳衣裤来。"卫红说，"划船去老虎石玩不成，看来游泳也要落空了。"

从老虎石海滩的海滨往北走，我们到了金山嘴。那地形好像鸟嘴一样突出海面，形成一个半岛。

"大家看不到'岛'，现在看看'半岛'也行呀。"我说。

"既然来到这里，那什么都要看看。"大家说。

于是，我们在那里逛了很久，什么南天门、海神庙的，全都看了一遍，然后再往前走。

走了一会，一看，只见海滨的东北端有一座石山耸立着，光秃秃的，那些石头裸露着，那悬崖峭壁就好像用刀削成的一样。

"资料上讲的鹰角石，大概就是这些石山了。大家看看它像不像一只老鹰站在那里？"

"倒有点像。"卫红说。

"我们要不要爬上去看看？"洁莲问。

"那陡峭的样子，怎么爬？"丽莎有点犯难了。

"鹰角石是很难攀上去的。据说由于海浪的冲击，鹰角石有许多缝隙，人很少去得到，许多鸽子却在那里筑巢，所以那里又叫'鸽子窝'。"我说，"但那附近的山崖，建有一个亭，叫鹰角亭，听说那是看海、观日出的地方。明天一早我们去那里观日出，看看海，可好？"

"好。"大家表示赞同，接着赶回住处。

我们住的地方很幽静。北戴河气候温和，日夜温差较小。夏天，日间受海风影响，清凉湿润；晚上，凉风习习，凉爽宜人，因此吸引了不少人来这里避暑。"北戴河海滨避暑胜地"的名声不胫而走。我们来这里住一住，切身体会到，确实"名不虚传"。

"这里的气候类型属于暖温带，气候比较温和，不但春季少雨干爽，夏季无酷暑，秋季凉爽多晴天，而且冬天不会太冷，这主要是受海洋影响。"我说，"有一股从赤道流过的、水温达30℃的暖流，经过这里时，把热量传给这里的海水，使水和沿岸的温度升高。在冬季，在北方同一纬度，江河都结冰了，秦皇岛的海水却不会结冰，温暖如春。"

"这就叫得天独厚了。"卫红说。

"我们找个冬季来旅游，体会一下这里的冬天是怎么温暖的。"丽莎说。

第二天一早，我们就起床，赶往鹰角亭。

"在鹰角亭观日出，会感到很壮观的。到北戴河游览、休养的人，大都不会错过这壮观场面。"我说，"观日出，要着重这个'观'字。观察是人的智力因素之一，学会观察，可以训练我们的智力。"

"那我们今天就去参加训练咯。"洁莲说。

"心理学研究证明，人的大脑所获得的信息，85%来自视觉，只有11%来自听觉，4%来自触觉和嗅觉。你们一定要很好地看。"我说。

"那当然咯,看日出就是要看嘛。"洁莲说,"哪里还用得着听觉、触觉、嗅觉。"

天还未亮,但通往鹰角亭的路上已经人声鼎沸,非常热闹了。大路两旁有不少摊贩叫卖贝壳做的工艺品。我们加快了脚步,赶到亭前,找了个好的位置,静静地等待日出。放眼看去,只见大海静悄悄的,海面上一点一点的渔船灯火在闪烁着。

"东方发亮了,太阳快出来了。"看到东方露出的一片鱼肚白,卫红说。

"大家不要说话,好好看,好好观察。"丽莎说。

周围的人好像听从丽莎的指挥似的,一下子静了下来。

太阳从远方的海湾里慢慢升起来了。

太阳高高升起来了。

"还说看日出很壮观哩,一下子就看完了。"当太阳升到几丈高的时候,洁莲说。

"日出虽然只是一刹那,但如果你细心地去看,还是很有看头的。"我说着,转而问他们,"太阳刚露出来时,远处的海面像裂开了一条大裂缝,到太阳全露出来,光色有什么变化?"

"开始时出现浅红色的霞彩,过了一会,出现一道红光,把天边和海边映红了。"洁莲说,"又过了一会,半边太阳露了出来,光线比刚才更红了,叫通红,后来太阳升高了,红光又变成金色,对不对?"

"看来你还是看得很细致的。"我说,转而问卫红,"这个时间段,海面有什么变化?"

"我们刚来时,海面平静,灰暗灰暗的,只见那些渔家灯火一点一点的。太阳刚露出海面时,灰蒙蒙的海面涂上了一层红色,接着金色的阳光把海面照得一闪一闪的,就像有人在文章上写的,'波光粼粼'。"她说。

"说得也很对。"我说。

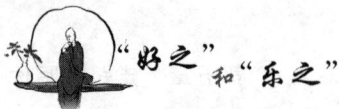

"观众呢？他们的动静有什么变化？"我问丽莎。

"我们刚到的时候，亭子的四周一片喧闹声，找位置的，找人的，像一个圩市。太阳出来了，我叫了一声'大家不要说话'，大家一下子就静了下来，鸦雀无声。"丽莎得意地说，"人们有的站着，有的坐着，有的拉着手，都在紧紧盯着东方的尽头。"

"看来，你们的观察力都很不错。"我高兴地说。

观察力很重要。观察力既表现为一种能力，也表现为一种态度。我们要有能力去观察所要了解的东西，同时必须用正确的态度去观察我们想要了解的东西。观察时要全神贯注，不要心不在焉，要观察全面，不要片面；要观察入微，不要粗枝大叶。只有这样，我们才能看到别人看不到或忽略的东西。这种观察中的态度，就是感受。观察者对于客观事物，要真正从身到心临其境，闻其声，设身处地，感同身受，合理想象，有了这样的感受，才会使自己的观察力敏捷，观察所获内容丰富。否则，对观察的事物无动于衷，置身事外，身心不投入，就会熟视无睹，就会一无所获，或者收效甚微。

看完日出，我们站在那里停留了好一会。在那里看海，碧波万顷，浩浩荡荡，气势磅礴，比起在老龙头看海，别有一番风味。

接着，我们去看了北戴河的著名景点东西莲蓬两座山，东莲蓬山有莲蓬山公园、观音寺，西莲蓬山有对语石、海眼、通天洞。

"北戴河的风光已经深刻地印在脑子里了，真令人难忘啊！"游览完后，丽莎这样说。

"你在抒情！"我说。

"抒情？"丽莎感到很有趣。

"是呀，抒情。写文章或说话的人用各种方式表达自己的情趣和情感，这就是抒情。"我说，"在重游故地时，在游避景山庄时，我们都说过抒情的话，这都是抒情方法。"

大家都笑了。

从海滨回来，我们在附近的街道走了一遭，27 日吃过午饭，就折回北京，在北京稍作停留，便返回广州了。

从写作中学习写作

在从北京到广州的火车上，我们聊起这次旅游的事来。

"爸爸，你这次回去，可以写很多文章了吧?"洁莲说，"你经常讲，读万卷书，行万里路，可以充实写作的资料库。这次走了那么多路，搜集了许多资料，写作的资料库可以充实起来了。"

"对，所谓充实了写作资料库，就是增加了写作物资的储备。半斤荞麦皮，榨不出四两油。写作是一种'支出'，增加了储备，才能保证'支出'的需要。不然，就会入不敷出了。我们这次旅行，是一个积学储宝的过程，是一个'聚材'的过程。"我说，"聚材为写作铺路，根深才能叶茂。"

"这样说来，聚材是写作过程的重要组成部分，不断写作，就要不断聚材咯。"洁莲说，"但你出来旅游并不多，不会人不敷出?"

"行万里路，这是泛指的，不光是指走路。我们可以把走路理解为人的实践活动，一切经历。人每天在做许多事情，有各种各样的经历，这等于走许多各种各样的路。随着阅历的增多，许多生活经验的积聚，都是写作资料的储备。"我说，"所以我们不但要多旅游，而且要多参加各种类型的活动，开拓自己的生活空间，增加自己对生活的认识，丰富自己的感性知识。"

"那我们在单位做事，也算是'走路'的一种咯?"丽莎问。

"可以这样理解。所有实践活动，都可以归结为'行万里路'，这是直接的知识储备。"我说，"与此同时，还要有间接的

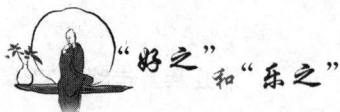

知识储备，就是'读万卷书'。要多读书，多读不同时代、不同体裁的作品，增加知识，然后融会贯通，为己所用。"

"这次行万里路，回去有许多材料可以写文章了。"丽莎说。

"行万里路之后便是'记'，首先可以写几篇游记。"我说，"我还要为'小作家网上培训计划'网页的'阅览室'写稿，我是'小作家网上培训计划'的特约研究员哩！"

"'小作家网上培训计划'？"丽莎听了，好奇地问。

"那是香港中文大学教育研究所推行，由何万贯教授策划的一项活动，目的是帮助青少年提高写作水平。"我说。

香港的语文老师感到最难的是写作教学，学生也觉得写作最难。语文成绩好的学生觉得自己不用学，语文成绩中等的学生不知从什么地方学，成绩差的学生没有信心学。何教授觉得有责任对学生进行写作培训，让成绩差的学生变成中等生，让成绩中等的学生变成优等生，让优等生变得更加优秀。这是何教授策划"小作家网上培训计划"的初衷。

"小作家网上培训计划"于1998年1月正式揭幕，任何人缴120港元年费就可以随时到"小作家网上培训计划"网站，在"小作家网上培训计划"电子网页上阅读所有资料，参与培训。

"小作家网上培训计划"的推行有一个过程。最初举办的是"联校小作家培训计划"。在此期间，举办了各种类型的写作活动，两届小作家培训班，参加的中一及中二学生来自40多所中学，超过150人。"联校小作家培训计划"的推展，取得了很好的成效，香港传媒对此做过广泛的报道。接着推展的是"小作家培训深造计划"，为热爱写作的中二及中三级学生提供进一步的培训。后来又利用资讯科技作为培训的辅助工具，把培训范围进一步扩大，这就展开了"小作家网上培训计划"。可以说，"联校小作家培训计划"是"小作家网上培训计划"的前身，"小作家网上培训计划"是"联校小作家培训计划"的继续和发展，三者的目标是完全一致的。

"小作家网上培训计划"电子网页分前言、计划要点、栏目设置、会员和非会员、版权及附录6个部分。

"小作家网上培训计划"的电子网页开放给参加培训的学生，成为他们发表文章的园地。"小作家会员"的作文连同批语在"文章展览馆"中的"新秀馆"中展览。"缤纷馆"中的优秀作品，还会转至"状元馆"珍藏，或介绍到报纸和杂志发表。发表后的作品专门在"菁华馆"中收藏。作文的批改、上网和发表，为大家制造了成功的机会。网页的设计可以让大家在实际中真正感受到，"多写"是通向"成功写作"的道路，因而不懈地练笔，把自己的笔锋磨利。

"小作家网上培训计划"除了为大家提供理想的写作园地，还为大家提供了"阅览室"。"阅览室"中的"文章展览馆"收藏着大量会员的作品，供大家阅读。为了方便大家阅读，"文章展览馆"下面开设了许多分馆，除了前面讲到的，还有按体裁分别收藏各种作品的"抒情馆""描写馆""记叙馆""论说馆""综合馆"等。以上各分馆所收藏的文章，会员可以根据自己的需要，有选择地进行阅读。至于名家的作品，不同时代不同体裁作品的阅读，则通过互联网去解决。"文章展览馆"专门搜集了有关网站的资料，如"华人社会教育文献资源中心""中国文学电子图书馆计划"等，会员要阅读什么作品，都可以通过互联网去索取，有选择地阅读。

电子网页还编成一本简介式的印刷本，以香港中文大学教育学院和香港教育研究所的名义印行。封面除书名外，还印上关于"多读多写"的一句口号："多读多乐趣，越写越进步。"同时印上"小作家网上培训计划"的网址。

"小作家网上培训计划"的推行，得到香港中文大学教育学院和香港教育研究所的大力支持。先后任教育学院院长、香港教育研究所所长的卢乃桂教授一直关注着计划推行的情况。

计划的推行，在社会上产生了较大的影响，报纸、电视、电

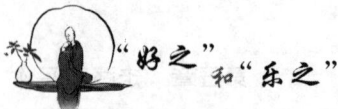

台广泛报道过该项计划。《星岛日报》于 1999 年 3 月 12 日专门以《少年笔耕》为题，发了一个专版。

见洁莲和丽莎对写作很有兴趣，我便把推行这个计划的事告诉她们。

"这项计划主要通过网上作文批改的方法来培训学生。学生中的'小作家会员'须每 10 天作文一篇，然后用网上传递或邮递方式把作品送至香港中文大学教育学院'小作家网上培训计划'秘书处。所有作品由计划执行委员或研究助理评阅。评阅后，有关作品及评语同时上网。"

"你们怎样帮会员批改作文？"丽莎问。

"评卷者从宏观角度着眼，针对学生作文中的思想内容、布局谋篇、思路发展等较深层的问题，提出修改意见，以利于作者写作水平的提高。"我说，"至于错别字和语法错误等一般问题，会有专人分阶段在网上集中向会员讲解。除此以外，计划还定期举办写作研习班，请著名作家、语文专家和资深的语文教师主讲，以加深会员对写作规律的认识。与此同时，还定期举办写作比赛、参观等不同类型的写作活动，让学员可以在轻松的环境下学习写作，与同学交流写作心得，享受写作的乐趣。"

"还有呢？"洁莲问。

"除了每篇作文的评语，学员交 15～20 篇作品后，会收到一份那一阶段的写作评估报告。"我说。

一般学校的老师是逐篇评改作文，何教授的小作家培训，除了逐篇评改作文，还对学生的写作进行阶段性的评估，写出评估报告，从宏观角度指出学生在写作上的总体表现，指出其进步之处和存在的问题，学生看过之后就知道自己的努力方向。评估报告送到每个家庭，既面对学生，又面对家长。这样一来，不但引起了学生的重视，而且引起了家长的重视。为了帮助子女提高写作水平，有些家长还带子女到网站找何教授咨询有关写作的问题。

"这样参加培训，就可以提高写作能力，写好作文了吗？"丽莎有些不明白，"我作文不大好，过去总是认为自己脑子不大好，要喝些艾罗补脑汁才行哩。"

丽莎说起艾罗补脑汁，令我想起一个关于艾罗补脑汁的故事。我有个朋友，他的儿子在读中学，学习很用功，每天放学回到家，总是抓紧时间复习，做功课，到了废寝忘食的地步。家长怕他把脑子用坏了，想买些艾罗补脑汁给他喝，征求我的意见。我建议他帮助儿子定好作息计划，合理安排时间，把学习、娱乐、休息兼顾好。学生正在长身体时期，保证足够的营养是必需的，在外面买补药给他吃，没有必要。接着我给他讲了关于艾罗补脑汁的"历史"：20世纪初，上海土洋汇聚，是"冒险家的乐园"，一些人醉生梦死，通宵达旦地赌博，弄得头昏脑涨，认为自己神经衰弱。有一个姓黄的人针对这种情况，找了几种病人吃了不会好、好人吃了不会病的西药，融入糖浆和防腐剂，起了"艾罗补脑汁"的名字，着力推销。他还找了一个洋人，冒充艾罗的儿子，签署一份协议，说交过一笔钱后，艾罗补脑汁的专利归黄某独家所有。黄某拿着这张协议书四处宣传，说艾罗补脑汁为洋人所创，黄某是这种补脑汁的唯一专利人。许多顾客信以为真，于是，补脑汁的销量大增，金钱源源不断流进黄某的口袋，其实这种补脑汁一点效用也没有。听了我的讲述，那位家长没有给小孩服用补脑汁，帮孩子安排好作息时间，继续用功学习，学习成绩保持优秀。

"写好作文，不用喝补脑汁的，多写多练倒是切实可行的办法。就参加'小作家网上培训计划'好了。"我讲完上面的故事后说。

经验是成功的参谋。如果把写作能力的提高看作一种成功的话，必须依靠自己丰富的经验。经验来自哪里？来自自己的写作实践。多写了，经验多了，等于给自己当参谋的人员多了，他们就会给你出许多好的点子，指引你提高写作能力。"人要在走路

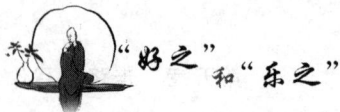

中学会走路，在游泳中学会游泳。写作也一样，要在写作中学习写作。车在马前，必须见习。多写是提高写作水平的唯一途径。推行'小作家网上培训计划'的目的就是引导大家要多写。"我说。

"小作家网上培训计划"是何教授主办的多读多写教学活动的组成部分。活动以联校方式进行，共有 30 多所学校参与。他鼓励中文老师共同合作，互相交流。实验证明，参与的学校比对实验前后的成绩，学生的中文水平有显著的提高。

"你刚才说参加培训要 120 港元?"丽莎问。

"是的。"我说。

"有点贵。"她说，"我们想提高写作水平，不如你帮帮我们，我们把作文交给你，你帮忙修改。我们按照培训计划的要求，多读多写好了。"

"没问题。"我笑着说，"这是'小作家网上培训计划'培训方式和'邻舍第一计划'辅助方式相结合咯。"

香港青年协会在香港推行的"邻舍第一计划"，推动邻里互相帮助，"有时我帮你，有时你帮我"，我帮她们在"小作家网上培训计划"精神指导下，学习写作，大概就属于这一类吧。

对这种"计划外"的免费培训，大家都很感兴趣。回来以后，可能因为忙，丽莎写的作文不多，洁莲倒是写了不少。以下是其中的几篇:

《周敏二三事》，写她读小学时一个班组长周敏做的几件好事，赞扬她服务大众的精神。我在批改时写的批语有这么一句:"本文通过写事件来反映人物的品格，所写的事典型，感染力强。"

《我的小邻居》，写读中学时与以前的小邻居重逢的故事，写得比较生动。我在批语中说:"写同小邻居在中学重逢时，对他的外貌进行了直接描写，写得比较细致。"

《我和小灰兔》，写自己以前所养的一只小灰兔的故事。我在批语中表示赞赏："一个小朋友对小灰兔的感情跃然纸上。"

……

旅游回来以后，跟宋捷茶聚。宋捷是中国人民大学比我高几届的校友，也是中国青年报社的旧同事。我调到南方日报社工作后，她随丈夫到部队辗转到了广州，在广州师范学院（后合并到广州大学）中文系执教。我向他讲述了这次旅游的情况，特别向她讲述重访母校和中国青年报社的情况，她都很感兴趣。当讲到"小作家网上培训计划"时，她说："我们都是新闻工作者，最后都当了老师。"我说："你是名副其实的老师，我呢，可以叫辅导老师吧。""什么老师都好，一起为教育事业服务。"她笑着说。

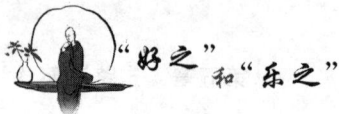

第六章　"飞鸽行动" 和 "星火计划"

2002 年 11 月上旬的一天，华南师范大学的谢同学和林同学来我家，见我桌子上放着许多有关 "飞鸽行动" 的资料。

"书信不会消失"

"香港中文大学有许多信鸽吗？你们是要研究'飞鸽传书'的有关数据？"谢同学问。

"不，不，这不是从人文学或动物学方面研究飞鸽传书，而是'小作家网上培训计划'的一项活动，一方面从思想上培养学生'关心社会，坐言起行'的意识；另一方面让他们通过写信提高自己的写作能力。"我说，随即向他们介绍了这项活动。

1999 年 9 月，在 "优质教育基金" 资助下，香港中文大学教育学院和香港教育研究所推展了一项名为 "'关心社会　坐言起行'飞鸽行动计划" 的活动。在活动中，组织一些中学生通过写信的方式，感谢曾经帮助过自己的人；关怀一些遇到困难和挫折的人；表扬一些优秀人物和良好的行为；或者向有关当局提出各种建议，如此等等。参与活动的是德兰中学、东华三院李嘉诚中学、保良局胡忠中学、沙田循道卫理中学的中六学生，计划的推行由何万贯、欧佩娟负责。

在活动期间，学生每 10～14 天写一封信，由研究员、研究助理或该学生所在学校的语文老师审阅，然后交由秘书处把信件寄给有关机构。为了帮助大家写好信，秘书处不时举办培训班，邀请专家学者、专业人士定期为学生举办专题讲座，组织学生进行座谈，介绍经验。此外，还开设了专门的电子网页，举办公开展览会，向社会推介这一活动。

为了反映活动成果，行动计划秘书处分阶段出版了《关心社会、坐言行动"飞鸽行动"计划》专辑。2000 年 9 月，活动结束，再把这些专辑中的稿件精选，编成上下两卷出版。谢同学和林同学来我家探访时，我桌子上放的正是这两卷专辑和其他资料。

"'关心社会，坐言起行'这个活动很好。"林同学说，"我们每个人谁也不能超然物外，都得关心社会。"

"那些书信是用鸽子去送的吗?"谢同学问。

"不，是邮寄，'飞鸽行动'的'飞鸽'不过是借用而已。"我说。

"用飞鸽传送，那才好玩。"林同学说，"据《山海经》记载，西王母的身边有 3 只青鸟。它们能够飞越千山万水传递信息，把幸福、吉祥、快乐的声音，传递到人间。据说西王母曾给汉武帝刘彻写过信，就派青鸟把信送到汉武帝的宫殿中。后来，民间根据这样的传说，便利用鸿雁这种鸟进行传书，这就是古人之间的一种联系方式，再后来就变成了飞鸽传书。这飞鸽传书，将信件系在鸽子的脚上送给收信的人，我们只是从书上看过，但还没亲自见识过。如果能'实践'一下，一定很有趣。"

"有趣倒是很有趣，但操作起来很困难。"我说，"同学们是给有关机构写信，鸽子怎么知道是哪个机构? 那就要把鸽子先送到有关机构，让他们熟悉，然后再回来负责送信，这就涉及人事

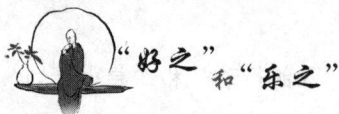

和工作的安排问题。这是一对一的事项，涉及许多机构。还有，到时鸽子满天飞，是怎么回事？事前也得知会有关部门才行。"

"传说汉高祖刘邦被楚霸王项羽包围时，就是以信鸽传书，引来援兵脱险的。张骞、班超出使西域，也用鸽子与皇家互传信息。国外利用信鸽传递消息的最早文字记载，是公元前的事了，当时利用信鸽传送奥林匹克运动会的成绩。"谢同学说，"这是古代的书信传递方式。古代还有许多其他传递信息的方式，如烽火台、鱼传尺素、风筝传书、急脚递、邮驿传递等，随着时代的进步，都一一被淘汰了。目前要寄信的话，就靠邮递了。"

"这邮递，也许会有一天被淘汰。"林同学说，"1987 年，中国引进第一代模拟移动通信技术，即 TACS 大哥大，1994 年底引进第二代移动通信技术 GSM 网络，1995 年中旬成网运营，今年中国电信无线局开始推动预付费 GSM 业务，移动通信进入千家万户。这种传递方式一推广，邮递这种慢节拍的通信方式越来越少人使用。你们说，是不是也有一天会被淘汰？"

提起邮递，我想起在北京上大学时校园的邮筒。

那是"三年困难时期"，平时没多少事，大家几乎天天都给以前的同学或亲戚朋友写信。在我们宿舍附近，有一个绿色的邮筒，圆柱形，一米来高。它没有特别惹人注意之处，但每个同学都注意到它，和它结了缘，它成了大家不可或缺的伙伴。不少同学写了信，都会径直走到它身边，把信塞进它的嘴里，再轻轻一弹，听到"叭嗒"一声，才怀着期待的心情离开。

有一次，我快走到邮筒身边的时候，一个穿着绿色制服的邮递员骑着绿色的自行车"煞"的一声，停在邮筒的前面。我没有把信往邮筒里塞，站在旁边看邮递员收信。只见邮递员把邮筒的门打开，里面的信塞得满满的，邮递员把邮包口对着邮筒口，用手往外拨。不一会，一个邮包就装得满满的了。

"好多信啊。"当邮递员锁好邮筒，我把几封信交给他后，笑着说。

"有时比这还多。"邮递员接过我的信，扔进邮包，一边把邮包锁紧，一边笑着说，"你们是不是吃饱饭没事干，专门写信呀？"

"不至于达到这样的程度，但写信成了我们每天的一项必做工作，那倒是真的。"我说。

"我们这一代代人是写信写过来的。"我跟他们说了上面的经历后说，"现在的人通过邮筒寄信的越来越少了。"

"我嘛，还算写信写得比较多的人。从读初中的时候起，除给旧同学和亲朋好友写信外，我还喜欢给一些作家写信，请教一些写作上和生活上的问题。"林同学说，"我还给邓老师你写过信，你还给我回过一封很长的信哩。你还记得吧？"

"记得。"我说。那是五六年前的事了。那是我的《帮你提高思维能力》出版后不久，小林作为读者给我写信，信是由出版社的编辑转给我的。"好像讲的是快乐的问题。"

"是呀，信的内容我现在还记得。你在信中讲，香港有个著名的电视节目主持人叫沈殿霞。她在主持电视节目时，总是给人乐观愉快的印象，因此人们叫她'开心果'。她说：'幕前的形象就是真我。'她不但在演出时'开心'，而且在日常生活中处处表现得'开心'。您叫我向她学习。"林同学说。

"俗话说：'不如意事十常八九'。从何来的'开心'？'开心'是一种精神状态，它是'开心'的客观现实在人们头脑中的反映。面对'不如意'的事，却能够'开心'，这里就有个如何看待'不如意'事的问题。举例来说，现在的女孩都不喜欢胖，动不动就要减肥。沈殿霞生来就胖，怎么减也减不下来（她的艺名就叫'肥肥'）。人家问她：'会不会因为肥胖而不开心？'她说：'没有什么不开心的。我觉得自己好灵活，别人做得到的事我都做得到！'"林同学说，"胖，如果从'漂不漂亮'的角度看，会不开心。但换一个角度，觉得'别人做得到的事，我都做得到'，就不会不开心了。其实，对漂不漂亮，也是有不同观点

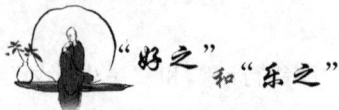

的。有人觉得长得胖难看，不开心；但有些人觉得长得胖会比长得瘦好看一些，要为此开心才对。这些话，对我也很有启发。"

"当然，有时候不开心，不会是为长得胖一些或者瘦一些这一类的问题。你说：'我们有很多五彩梦，又时刻在努力将美梦变真，但又总做不到。'往往为此而烦恼。在这个问题上，我在思想认识和思想方法上都给你提了一些意见。"我说，"我在信中写，在这方面，沈殿霞也有一些经历可供我们借鉴。沈殿霞年纪很小的时候就当演员了，那时候当然演的是配角，没什么名气，在电影制片厂里也没什么地位。有一次，妈妈要她带一位朋友去参观制片厂，但厂长却不批准。沈殿霞很不高兴，便说：'为什么肖芳芳、陈宝珠的影迷可以参观，我们却不行？'厂长说：'你怎么能同她们比？她们是肖芳芳、陈宝珠，是大明星！'沈殿霞被奚落了一顿，越想越不开心，便大哭了一场。有一位化妆师见了，便对她说：'别哭，你自己争气，将来当一个像肖芳芳、陈宝珠那样的明星，就没有人敢同你说这种话了。'沈殿霞听了，觉得很有道理，便发奋用功，苦学苦练。经过长期的努力，终于成为同肖芳芳、陈宝珠一样有成就的演员。我想，一个人既然有了'五彩梦'，就应该像沈殿霞那样下决心去实现它。为达到一个高尚目标而奋斗，这不是一件很开心的事吗？"

"您接着对我讲，然而，事业的成功，除了主观努力，还要客观条件和机遇。如果通过自己的主观努力，还不能把自己的'五彩梦'实现，这时候，像您在来信中说的那样，就应该'顺其自然'了，有十个人去争取当一间工厂的厂长，但一个工厂只需要一个厂长。那么，一个人实现了当厂长的'五彩梦'，那就意味着九个人的'五彩梦'要破灭。但是，天下有才能的人，并不一定非要当厂长不可，世界上高尚的职业不是多得很吗？这样一想，大概也就少了许多烦恼了。这些话，鞭辟入里，我都记得。"林同学说。

"哦，你们在书信里竟然谈那么细致的问题！"小谢听到这里，沉不住气了，"像写文章似的。"

"邓老师这封信就是一篇很好的文章，将来可以收进他的文集里。"小林说，"书信的题目就是《给林某某同学的信》。"

听他这么一说，我和小谢都"哈哈"大笑起来。

"话说回来，你那时候读初中，为什么会跟一个作家探讨快乐问题的呢?"小谢好奇地问小林。

"那还不是因为那时候很多'五彩梦'嘛，想不通就有烦恼，因此想请老师解闷嘛。"小林说，"后来考上大学，离邓老师家近，有事可以直接请教，就不用写信那么麻烦了。"

"是这么回事，我在读中学时，还写写信，上大学以后就很少写了。"谢同学说，"现在收信，主要是过年收一些贺卡，信很少收到了。将来书信可能会消失。"

"邮递寄的信可能会消失，但书信本身并不会消失，只是传递书信的媒介有所变化而已。"我说，"正如书本，以前出版的是纸质书，后来电子书出现。现在纸质书与电子书并存，即使将来光碟代替了纸质书，也不能说书本消失了，只不过改用另一种媒介来传递而已。书信也是这样的情况，现在互联网开通了电子邮箱，这个电子邮箱就是收信的嘛，不过这些信不是邮递员骑车送来，而是通过互联网传递罢了。"

"你说得有道理。"谢同学说，"我们没钱买计算机，电子邮箱暂时没用上，跟亲戚朋友的联系主要是打电话。"

"许多电话的内容记录下来，就是一篇很好的书信。"我说，"所谓书信，无非是表达跟对方说的话。以前的人为什么要用纸写信? 由于距离远，要说的话对方听不到，所以写下来，送给对方。现在有了电话，距离的问题解决了，不用写了，干脆返璞归真，用原来的说话方式来表达了，谁说电话中说的话不是书信的一种表达形式呢?"我说，"我们平时学习语文，包括听、说、读、写四个范畴，写是，说也是。"

"按你的说法，书信可以'万岁'，不会消失的了。"他说。

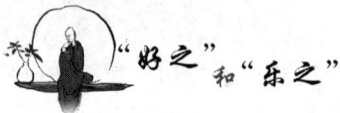

"是的，现在许多人写的电邮、讲的电话，都是很好的书信。"我说，"当然，由于传递的方式变了，信的内容、形态便会有所改变。比如，电邮篇幅一般较短小，中间会有互动，在电话中你讲几句、我讲几句，就是即时的互动，这可以看作两人许多封书信的往还。现在通信是即时的，还不用贴邮票，不用给钱，几句话就当一封信，不用像以前写信写得那样长，信的开头和结尾也都删掉了。"

"书信不会消失，但传递方式有变，中文大学这个'飞鸽传书'活动就颇有'振兴书信'的味道了。"谢同学说。

听到"振兴书信"这个概念，我和林同学都点了点头。

写信和练笔

"这次'飞鸽行动'，同学们一定写了许多好的书信吧?"林同学说。

"很多。"我说。

文集编选过程中，我在分析活动成果时，看了大量中学生写的书信。其中不少书信，便收在文集中。

我顺手翻了几篇给他们看。那是讲香港环境污染问题的。德兰中学有位学生在致环保署负责人的信中讲，香港的空气污染严重，"街道上过多的车辆所排出的黑烟、废气，工厂所排放出的工业废气等，都是空气污染的源头"，"在没有风的日子里，污染物不能及时被吹散，加上香港高楼大厦林立，污染物更容易积聚在市中心，使空气质素变差"。"要改善空气质素，就要加强检控车辆喷黑烟的工作，制止工厂随便向空气中排放废气的行为"。另一位同学对环境污染问题也提出了一些建议。"在惩罚喷出黑烟的'墨鱼车',对喷出废气的工厂作强制性监管的同时,要加强环保宣传工作,教导市民保护环境。"还有一位同学提出,政府应增加环保设施。他说:"以石油气的士为例,政府大力推行石油气的士。但直到现在,只有 4 个石油气站给的士加油。的士需要四处载客,当遇到燃料不够,而附近又没有石油气站,那怎么办?这样又怎能鼓励的士司机改用石油气呢?""很多年以前已有电动车出现,可惜价钱太贵,性能未及柴油车。政府如果能够大力支持电动车在一定范围内行驶,能够对改用电动车的司机给予一些优惠,那就能够使空气污染的问题得到改善。"

环保问题是当前香港社会面临的一个重要问题。收到这几位同学的来信后,环保署署长给他们复信说:"得悉同学们十分关心保护环境问题,我们感到非常鼓舞。你们在信中所提及的措施,我们正在积极地推行。"

在小林、小谢看完那几封信以后,我把环保署长的那些复信翻给他们看。

据复信讲,环保署自 1988 年起执行车辆黑烟管制计划。根据计划,认可的黑烟检举员如发现有车辆喷出过量黑烟,便会填写报告,交回环保署。环保署核实情况后,会发出废气测试通知书,要求车主在指定日期内,将车辆送往指定的车辆测试中心,接受测试。如于指定日期内,车主未送车辆去测试或测试不及格,环保署会建议吊销该车的牌照。在 1999 年,该署共有超过1600 名黑烟车辆检举员,处理超过 58000 份黑烟车辆报告,发出废气测试通知书超过 37500 份,被吊销牌照的车辆 1401 辆。

"环保署长在复信中说,为了解决车辆废气问题,检举员会加强检举喷黑烟的车辆,并且改用较为先进的测试方法,对这些车辆进行测试。至于石油气和电动小巴的推广计划,也正和运输部门合力展开。"我向他们介绍,"他还对同学们有关环保教育的建议表示肯定,说环保署社区关系组正努力向市民推广环保知识。"

"这些信既提出问题，又提出解决问题的办法，不错。"谢同学说。

"这是一组言之有物的信件，所以我们把它收入文集中。"我说，"这一类善于提出问题，并提供解决问题办法的信件还有很多。你们看看这位同学写的信。"我找出了一位陈姓同学写的信，让他们看。

陈同学就图书馆计算机普及一事，给康乐及文化事务署署长写信。他在信中说："政府目前正在大力推行资讯科技，但贵署所属各区图书馆仍未能很好地推行。""最近我看过亚视本港台播放港台制作的《蓝图2000》，内容讲述一位女士到公共图书馆找寻人工受孕资料时，却花了大半天时间仍未能找到。""据我所知，不是各区图书馆都设有互联网服务。纵使如九龙中央图书馆，亦只是各层提供一部至两部计算机供读者使用。""即使每层设了一部至两部计算机，也不足以给那么多的读者在网上寻找资料。我有一次要使用计算机。两部计算机，其中一部坏了，另一部有人在使用，我等了大半个小时也未能用上。据说在新加坡，这样的图书馆一层楼可以提供20多部计算机给读者使用，可见我们跟人家的差距有多大。"最后，陈同学还对图书馆如何改善互联网服务提出了建议：第一，增加计算机数量的供应，让读者节省等候使用的时间，为免引起使用时造成混乱，可设立如专门使用计算机的"计算机角"，不至于使用者令其他读者不便。第二，图书馆内职员要经常留意计算机设备有否出现故障。第三，亦希望各区图书馆增设自助借书机，以提高借阅图书的效率。"由这个例子可以看出，一些同学在关注社会上存在的问题，并积极地进行思考。"等他们看完这封信后，我说，"'飞鸽行动'给他们提供了一个渠道，让他们将对社会上有关机构的意见表达出来，增强了社会责任感。增强学生的社会责任感，这是公民教育的任务，也是价值观教育的目标。"

"作为一个中学生，能写出这么一封信是不错的。"林同学说，"互联网服务的推广是当前的一个重要问题。"

谢同学一边听林同学说，一边看着一封关于吸二手烟问题的信，那是德兰中学的黎同学写给香港吸烟与健康委员会执事的信。信中说：

从 2000 年 3 月 24 日的《明报》得知，贵会将本年 5 月 2 日定为"工作间不吸烟日"，并考虑向政府建议立法禁止工作间吸烟，以改善雇员在工作场所吸入二手烟的问题。本人认为，吸烟人士数量不少，一下子禁止所有人在工作间吸烟，不一定能做得到，弄不好所订法令会成为一纸空文。我认为香港应该效仿一些国家的做法，在工作间内另设一处"吸烟间"给吸烟人士使用。这方法不但能解决雇员在工作间吸入二手烟的问题，而且能节省监管工作间违例吸烟方面的人力。希望贵会考虑一下上述建议。

"这建议也切实可行嘛！"谢同学说。

我们说话时，林同学在看东华三院李嘉诚中学一个学生给该校刘老师写的一封信：

老师，您好！这次给您写信，是要给您道歉的。本来应该亲自对您说的，但总觉得难以启齿，因此写了这封信。

我一直想向您道歉的，是我常常迟交功课，虽然尽力以求改善，但无奈我总是感到有点吃力。

自从开学后不久，我家出现了财政问题，身为家中长子的我，不得不出一点力。于是，我找到了一份星期一至星期五，每日个半小时的补习班，替几个小朋友对功课、默书等，得到一些收入，以支持学费和个人开支。初时，由于功课和测验还不算多，并不觉得有压力。到了 10 月初，功课多了，测验也密了，我开始感到吃不消了，不但无法好好预习，还因此常常迟交功课。对此，我深感抱歉！

但我不会一直这样子的。最近我已渐渐适应这种生活方式，安排好学习和工作的时间，做到既帮补家庭生活，又不影响学习，也不会再出现迟交功课的事了。

"在分析社会上各种事物和现象的同时，学生们也学会了理性地分析、反省自己。他们做了不恰当的事，在'飞鸽行动'中会致函有关机构或人士道歉。"我说，"这种理性地分析、反省自己的做法，对一个学生的成长具有重要意义。除了老师和家长的教育，从某个意义上来说，每个学生都是在克服自己身上的缺点和错误的过程中，取得思想上的进步的。"

"这就是'吾日三省吾身'嘛!"林同学说，"一个人能否进步，问题不在于有没有缺点和错误，而在于对待缺点和错误的态度。如果不反省自己，缺点和错误就会成为一块前进的绊脚石。如果及时反省自己，分析缺点和错误的性质及产生的原因，从而把缺点和错误改正，人就会不断进步。"

"在'飞鸽'行动中，学生们给有关人士和机构写信，每10～14天一次，无疑增加了他们写作的次数，得到了多写的机会。"谢同学说："这样一来，学生们在活动中增强了对写作的兴趣，写得多了，写作水平就能逐步得到提高。"

实用文写作教学，向来效果不理想。何教授认为，其中的一个原因是，实用文写作练习，脱离实际。以书信写作来说。老师经常这样给学生出题目：假设你是甲，现在以什么名义致函丙，讲述某个问题。因为情景是假设的，作者的身份也是假设的，这个练习与同学们没有切身的关系。他们写这样的书信，不过是虚构故事。"飞鸽行动"计划则不同。它以真人真事作为写作对象。同学们就生活中所见所闻，或从报章上得悉有关人或事，从而有所思有所感，发而为文，以书信形式写作。在信中，表扬值得被表扬的人，关心应该被关心的人，或者向有关机构或部门提出一些批评或建议。书信是由同学以个人名义写的。他们自然会注意书信的格式：上款、下款、日期和通信处。当然，他们更会重视书信的措辞。在信中，他们要把事情的来龙去脉和事件的详情交代清楚，令对方明白。他们写了信寄往有关机构部门或有关人士后。很快，他们便会在学校收到对方的回复。在这过程中，同学会感到文字的力量。同学把寄出的信和对方回复的信件送给我们。我们把双方的信在"飞鸽行动"网站刊登。大家受到很大的鼓舞，写信的积极性更高了。这些同学在"飞鸽行动"中要写作十几封书信。他们不但多写，而且是有目的地写，把参与活动的同学在前期与后期所写的信作一比较，也可以看到他们在写作上的进步。实践证明，为学生创设真实的情景，鼓励学生写作，可有效地提高实用文教学的效能。

"通过这次活动，同学们不但实用文写作水平有所提高，整体写作水平也有所提高。这一点，我们是验证过的。"我说，"在活动前和活动后，同学们须参加作文测验。他们的作文，由两位资深会考阅卷员评分。然后，利用统计分析，研究他们的前测、后测的写作能力表现。研究结果表明，参与活动的同学，后测的成绩都比前测好。"

"看来，多写、多练笔，对我们确实有好处。"谢同学说。

"说到多写、多练笔，一是写日记，二是写信，这是最容易落实的。每天写日记，每天给亲戚、朋友、同学或有关机构、有关人士写封信，那每天就写了两篇文章了。"我说。

"这是个好提议，坚持写日记、写信。"林同学说。

"许多人都有写日记的习惯，但写信的习惯还没有养成。"我说，"其实，从写作的角度看，写信比写日记对自己写作水平的提高可能更有帮助。"

"那是为什么？"小谢问。

"那是因为信件有了读者。日记是自己给自己写的，写完后放起来，别人看不到。而书信是写给别人的，写完要寄出去，收信人收到信，他就是读者，读完后会回信，这是他对那封信的反

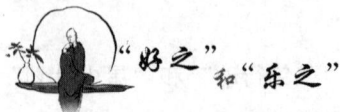

馈，这等于读者对来信的反馈。读者的反馈，可以令写信的人有被重视、被接受、被认同的感受，从而认识到写作的社会功能，增强写作兴趣。对写作的社会功能有充分的认识，写作时能为读者设想，就能写出更有针对性的更好的文章。"

"这说得有道理。"小谢说。

参加这次"飞鸽行动"计划的同学，在一年期间，共给有关机构和人士发出 885 封信。经过一段时间精选，我们选出其中较优异的，收入所编的书信集中。书信类型分为 7 种：亲情友情、师恩莫忘、人间有情、生活素质、文化教育、道德公义、社会问题。从内容来分，包括如下 5 类：表扬信、关怀信、建议信、感谢信、道歉信。书信集收录了何万贯教授、欧佩娟老师的《关心社会，坐言起行"飞鸽行动"计划》的实验报告。报告分理论架构、实验目的、实验步骤、实验结果和总结五个部分，对整个计划都有详尽的分析。

"飞鸽行动"活动结束后，香港各大报章、电视台、电台均报道了这个活动。活动秘书处表示，"现在这项活动虽然结束了，但这项活动的做法还可以继续推行"。事实上，那些参加过这一活动的同学还在继续给有关机构和各方面人士写信，关注社会，关心他人，让"飞鸽"继续起作用。

"传书"与"社会情怀"

有一次，在跟何教授讲到华南师范大学两位同学关于"振兴"书信的说法时，我开玩笑地说："你在'振兴'书信中起了突出的作用。"

"怎么这么说?"他笑着问。

第六章　"飞鸽行动"和"星火计划"

　　"一者，你策划了'飞鸽行动'计划，在学生中形成了写书信的风气。"我说，"二者，你自己也喜欢写信，带了个好头。"

　　何教授本人平时也是喜欢发挥"飞鸽"作用的人。

　　有一次，大学校园来了一部流动邮车，他去寄一封挂号信。当他走到邮车前面不远处的时候，天上突然下起雨来。他没有带雨伞，看来就要被雨淋湿了。正在他不知道如何是好的时候，邮车上的一位工作人员带着雨伞向他奔来，然后把他引上邮车。待他安定下来，就热情地问他要寄什么邮件。然后，很快地帮他办好了手续，并且帮他在信件上贴好了邮票。

　　事后，他很激动地说："这个邮递员的服务态度实在好，我要写封信向邮政局局长表扬表扬他。"

　　我说："他把你迎上邮车，帮你贴邮票，这是好事，向邮车负责人表扬他一下，或向沙田邮政分局负责人反映一下，没问题，但直接给香港邮政局局长写信，层次是否高了一些？"

　　他说："不，不，这个邮递员很不简单，如果所有的邮递员都跟他一样，有这样好的服务态度，那邮政这个行业就是一个了不起的行业，这件事我一定要让香港邮政局局长知道。"

　　他这样讲，也就这么做了。那天是8月24日，给邮政局局长的信寄出了，第三天一早，他一进办公室，映入他眼帘的便是邮政局局长的复信。打开信一看，回信的日期是8月24日。他看了，非常兴奋地说："我给局长级的人写信，他能当天拆信当天回复，这是很高的效率。我要再给局长写一封信，表扬他这种办事效率。"

　　我逗他，说："局长可能昨天刚好坐在办公室，你的信刚好送到，他处理起来就比较快。"

　　他说，"这种情况也有可能。我表扬他高效率，就是为了批评低效率。据我所见，办事速度慢、效率低的情况，较为普遍。你发一封公函到一个机构，要求解决一个问题，来往需时十多天，那是常有的事，这种情况应当改变。"于是，表扬局长的信

139

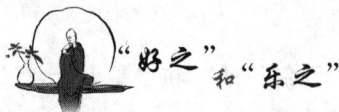

很快便寄出，同样，局长对这封来信处理得也很快，当天回复，何教授也是第三天便收到了复信。收到复信后，他还要给局长再写信，再次表扬他。

"好得很，你碰到托尔斯泰，而不是法郎士。"我说。

"什么？"何教授有些不解。

"俄国的著名作家托尔斯泰给那些给他写信的人复信，可以说是逢信必复。罗曼·罗兰年轻时籍籍无名，曾给他写信请教关于写作的问题，托尔斯泰热情地给他写了 38 页纸的复信，令他很受感动。法国作家法郎士则不同，除了知心朋友的信件，其他一律不复。"我说，"你遇到的邮政局局长属于托尔斯泰那样的人。"

"那倒是。"他说。

"你在'飞鸽行动'中带了头，也在关心社会方面带了头。"我讲了上面的事后，对何教授说，"给邮政局局长写表扬信，是你关心社会的一种表现。"

写了一封表扬信，同"关心社会"有什么关系呢？这个问题，我那天跟小林和小谢议论过。

问题是从一封表扬永安公司职员的信件讲起的。那封信讲述的是写信人跟她的妈妈有一次到该公司尖沙咀分店购物时的见闻。一个老妇人在地库女装特卖部选购太空外衣时，"一而再再而三地要求"职员减收款项，原来她很想买挑中的那件衣服，但身上所带款项不够，差 21 元。姓何的女职员得知情况后，便到其他柜位同事处取来 20 元的赠券，再自掏腰包，垫上 1 元，使老妇人买到了自己喜欢的衣服。写信者在致该公司人事部的信中写道，自己"目睹这件充满人情味的小事，甚为感动"，因此"妈妈嘱我致函阁下，希望能对这位姓何的女职员加以表扬"。"如贵公司有最佳服务员奖，我们都希望推荐何女士作为得奖者之一。"

"这封信写得怎么样？"谢同学看过后，我问他。

他考虑了一下，回答说："这封表扬信写得很真切，文字也很流畅。"

"这封信给我印象比较深，是因为信的最后一段话：'当天，妈妈在贵公司购了一些衣物。为证明本人叙述无误，谨把购物的签账单副本一并送上。'说明这封信不是在作文课上'作'的，而是实实在在，'无误'的。"我说，"写信者想得多周到。"

"这位同学关心社会，这封信是她'社会情怀的表达'。"林同学说。

"她这封表扬信写得好，这没问题，但通过这封信可以看出这个同学关心社会，至于说什么'社会情怀'，这未免牵强了一点。"喜欢刨根问底的谢同学表示异议，"从理论上似乎也说不过去。"

"先不说理论，先看一下'实际'。"林同学是个有耐心的人，她拿起那封信，慢慢地解说，"你看，她这一段是怎么写的？她写何女士的这种行为是在功利社会的大背景下发生的。她认为，在这样的背景下，公司职员的这种'人间有情'的行为，令人'有如沐春风'的感觉，是一种难得的新风尚。你说，这位同学是不是在关心社会？她这种情怀是不是'社会情怀'？"

"林同学刚才从那封信的'实际'进行了分析，我再说一说'理论'。"我说，"表扬社会上的新风尚，这是关心社会，这从理论上也可以说得通。一个人如果用很多精力去研究一个社会问题，著书立说，提出治理这些社会问题的办法，这无疑是关心社会。但作为普通民众中的一员，他不一定全方位地去研究社会问题，他可能只从一时一事中看出社会的某些利和弊，赞扬利的，批评弊的。他的做法，无形中推动了社会前进。"

"你们这样分析，也在情在理。"谢同学说，"我原来只注意这件事的过程，没有好好注意写信人所表达的想法。"

"我特别喜欢这种表扬社会新风尚的信。"我说，"社会是一分为二的，有好的风气，也有不好的风气。表扬好的风气，一方面有利于好风气的树立，一方面对坏风气也起了遏制的作用。有

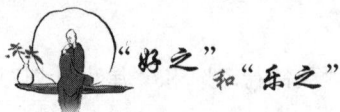

些人'人间有情'，乐于助人，赞扬他们，让大家向他们学习，那些自私自利的人看了人家的事迹，也会问心有愧，慢慢会进步。羞愧之心，人皆有之，问心无愧的毕竟是少数。"

"邓老师，你也给人家写过表扬信？"他们异口同声地问。

"写过写过，还写过不止一封哩。"我说。接着，给他们讲了其中一个故事。

在报社工作的时候，有一年春节，我外出采访，在一个前不着村后不着店的地方，摩托车突然"死火"了。我只好推着车往前走，想找个修理的地方，但在那郊野地方，无法找到修理店。到了广州化工厂门口，我向传达室的一个工作人员说明情况后，他十分热情地说："我们司机班有人，找他们也许能想一想办法。"说着就找人把我带到司机班。司机班几个当班的师傅二话没说，立即动手帮我检修，弄了快一个钟头，终于把摩托车修好了。他们是厂里开汽车的司机，可以说修理摩托车并不十分在行，他们却热心帮我。那时还没有手提电话，无法向单位求助，要是他们不帮我，我推着摩托车回到家可能是深夜了。见到"死火"的摩托车重新发动起来，我对他们的感激之情，是难以言喻的。"我要写封信，向他们表示感谢"。当天晚上回到家，马上把信写好，第二天就寄出。事后，还专门写了一篇题为《赞"热心人"》的文章，在报上发表。

"你给他们写了信，还在报上发表文章赞扬他们，在社会上起的作用就更大了。"谢同学说。

"我在报上发表了许多有关社会问题的杂文，多是针对一些不良现象、不良思想而写的，但我写作时往往从正面着墨，多在赞扬好的思想、好的风气上做文章。社会上出现的一些良好的风气，我会热情洋溢地加以赞赏。"我说。

"你这叫以表扬为主，以赞赏为主。"林同学说，"在学校里，老师也是这样对待我们的。"

"当然，以表扬为主，以赞赏为主，这不等于不要批评，不要提意见。"我说，"该批评的就要批评，提意见、建议该鼓励。"

"两点论，你这样一说，就全面了。"林同学说。

"这次编的'飞鸽行动'文集，各类别的书信，有表扬类的信件，也有批评类的信件。"我说着，再挑了几篇给他们看。

"这是一篇给邮局负责人的信，不但表扬，还有批评和建议。"谢同学说，接着把信念给大家听。

您好！我是一名参加了"飞鸽行动"的学生，一星期要寄出两三封信。而像我这样参加了"飞鸽行动"的学生，全港还有许多呢。此行动得以顺利推行，为我们送信的邮差也有不少功劳。请向为我们送信的邮差，表达我们的谢意！

近来天气有点反常，十分热，相信邮差的工作会更辛苦。邮差派信时要弯腰垫脚，而且要拿着邮袋走来走去，体力劳动真不少。我所见的邮差不但很尽责任，绝少有派错信的情况，而且很有礼貌。在辛劳的工作中保持礼貌的态度，正是香港各服务性行业人员需要学习的地方。

每天到我家送信的邮差，都有手推车运送邮件，但很多邮差还要背很重的邮袋。长期下去，邮差身体上的劳损之大，实在令人担心。尽责的员工，正是一家公司的最大本钱。我相信对于政府及社会也是如此。希望有关部门能替邮差多争取些福利，例如全面使用手推车，甚至每年健康检查等。

"还有邮政局负责人的复信。"谢同学说着，又念了起来：

首先，非常感觉你对我们派信邮差服务水平的赞赏及认同。香港邮政一向致力于成为一个公认出色的服务机构，因此无论在服务质素及态度上都力求完善。你对我们的正面评价，正是一个最大的鼓舞，使我们继续努力，不断求进。

至于你对派信邮差工作上的提议，正如你信中所说，人力资

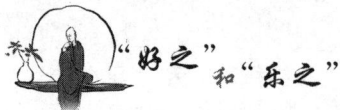

源是我们最重要的资产之一。因此，我们非常重视他们在日常工作环境中的种种问题。首先，我们有明确的内部指引，要求所有邮差邮袋的负荷重量不应超过18公斤。其次，为减轻他们的负担，我们也不断在各区选择合适的地点设置"补给邮箱"，使同事可以把邮件暂时寄存在邮箱之内，当他们到达就近地点执行派递工作时才到"补给邮箱"，分批取回信件派发。

除此之外，我们也关注到派信同事所使用的装备及辅助工具，例如邮袋、皮鞋、手推车等，我们不断研究并尽力为邮差提供一套最切合本身需要的配套装备。以邮袋为例，我们在去年才委任一所专业的顾问公司，以人体功效学原理重新设计邮袋，意在减轻邮差的负荷，改善职业健康。

最后，我们也致力提升同事本身对职业安全的知识，举行各类型的职业安全运动，成立地区职安健小组，策划及执行改善职安健活动，目的是使他们清楚如何在日常工作中保障自己的安全及健康。当然，上述种种并不代表我们已经最完美，我们在改善员工职安健环境上仍会不断努力的。

"这位同学给邮政局负责人的信表扬了邮政员，对邮政部门的工作则有批评，有建议，邮政负责人的复信既有感谢也有决心，这是一种良性互动。"林同学说。

我们谈了许多。最后，两位同学说，回去以后，他们也要写些信，关心社会，坐言起行，"从现在做起，从我做起"。

后来，有一次我同何教授讲到内地学生"从现在做起，从我做起"的提法时说："'从现在做起，从我做起'，其精神实质与'关心社会，坐言起行'的提法是一致的。"

也是一封信

一天，何教授跟我说，《星火》创刊以来，在热爱写作的同学支持下，在各届主编的努力下，正在逐步成长，办得越来越好，已经拥有了数量相当可观的读者。总的来说，情况令人高兴，但也并非一帆风顺。比如，有些人总是给他们泼冷水，说发表的文章质量不高，主编的水平低。作为策划者，应该站出来支持他们。他想写一篇文章，为他们说说话，但因为比较忙，希望我帮他起草一下。

在推行"小作家网上培训计划"的同时，香港中文大学教育学院和香港教育研究所推行了"星火"计划，由何教授策划，创办了《星火》中学生网上文学月刊。

《星火》是一个网上中学生学习写作的平台。中学生要提高自己的写作水准，不能光靠"培训"，主要还是多写。中学生学习写作，需要练习的园地，《星火》便是这样的一片园地。我们过去在学校出的墙报、黑板报可以是班级的，也可以是全校性的。《星火》产生于网络时代，它面向全港的中学生以及其他读者。它刊登中学生的作文。这些文章的发表，既可以推动学生的阅读活动，也鼓励了同学们的写作热情。在创刊当初，就有不少家长来信反映，他们的子女阅读了这份月刊的文章，或者给这份刊物投稿之后，显得越来越喜欢写作，成绩也有所进步。这说明，《星火》已经充分发挥了写作平台的作用。

《星火》是中学生自己的写作刊物，不但写稿的是中学生，而且当主编的也是中学生。我多次参加过他们的聚会活动。

有一次，那是《星火》创刊不久，《星火》历届编辑在一家酒楼聚会，坐在我旁边的是一个当时任主编的同学，我便同他聊

了起来。

"当了主编,有什么想法?"我问,当时他新上任。

"主要是信心不足,怕水平不高,办不好刊物。"

"还是要增强信心。中学生主编好一份刊物,完全没有问题。"我说。

我想起我中学时办刊物的事。

那是我读初中时的事了。学校办了份刊物,我负责筹划这件事。当时,决定由一个同学作主编。

"由中学生当一份刊物的主编,行吗?"他问,"社会上那些报纸杂志主编,都是很有资历的人。"

"当一份刊物的主编,那算什么,你看古时候'甘罗十二为丞相'哩。"我说。

"甘罗真的 12 岁就当了丞相?"我那句话倒引起了他对甘罗的兴趣。

"他没当丞相,但当了上卿。春秋时,上卿就是周朝及诸侯国的高级长官,分上、中、下三级,即上卿、中卿和下卿。甘罗所处的战国时代,上卿是授予劳苦功高的大臣的爵位。论级别,上卿相当于丞相。'甘罗十二为丞相'这个典故就是这样来的。"

"他是怎样当上上卿的?"他问。

"当然是有本事,为朝廷立了大功啦。"我说。

于是,我给他讲了甘罗的故事。

甘罗是下蔡(现在的安徽寿县北面一带)人,是战国时期秦国大将甘茂的后代,12 岁时在丞相吕不韦府中当少庶子,做打杂之类的差事。有一次,吕不韦要派张唐出使燕国,与燕国结盟,合力攻打赵国。张唐害怕路过赵国时会有危险,坚决不干,吕不韦为此闷闷不乐。甘罗向吕不韦表示,有办法使张唐接受使命。但吕不韦没有把甘罗放在眼里,不把他的话当一回事。甘罗说:"从前项橐 7 岁就做了孔子的老师,我现在 12 岁了,你就不能让我试一试么?"吕不韦听后,同意让甘罗去见张唐。甘罗和张唐见面后,一开始没有说明来意,而是谈到从前白起因为没有遵照秦相范雎的布置去攻打赵国，最后被严刑处死的事。张唐感到很害怕，因为他也知道吕不韦是个比范雎更厉害的人，而自己的功绩则根本比不上白起，如果他违抗命令，很可能也弄得个不好的下场。最后，他决定出使燕国。接着，甘罗又征得吕不韦的同意，利用燕、赵间的矛盾，到赵国会见赵王，说张唐出使燕国以后，赵国会陷入孤立的境况。最后，赵王割了河间等5个城池给秦国，秦赵两国联合，一起打败了燕国。甘罗立了大功，于是秦国封他为上卿。

"甘罗12岁，比我们年纪还小，可是干了那么多大事，不简单。"听完我的讲述后，那个同学说。

"甘罗能做那样的大事，首先是有个'敢'字。"我说，"他不认为干外交只是老臣子的事，敢闯，成功就有了开始，不敢去做，就谈不上成功。"我说。

"没错。"他说，"比起甘罗，我办刊物还是小事，我们一定能把它办好。"

我还跟他讲了过去我和我的一些同事办报纸的故事，当中讲到《南方日报》总编辑刘陶。作为总编辑，他热爱那份报纸，为办好那张报纸呕心沥血。他的女儿经常说："爸爸一天到晚就为了一张报纸！"由此可见他对那份报纸的感情之深。"这位总编辑能把那份报纸编好办好，原因之一是心中有个'爱'字，喜欢这份报纸，为办好它尽力。"我说。

"我们也喜欢《星火》，乐意为办好它尽力。"他说。

"这就好了。"我说。

结果，这刊物办得很出色。

"你们现在比我们当年的中学生水平高得多，更有能力胜任这一工作。"在讲述了我们当年读书时办刊物的情况，讲完上面的故事后，我对《星火》主编说。

"是的。我前面几届主编都做得很好，我也不甘落后，努力完成任务。"他说。

我赞同何教授的意见，并根据他所说的内容，起草了一篇以

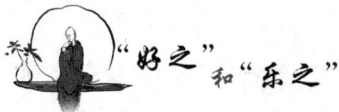

《为〈星火〉说一些话》的稿子，以何教授的名义，在月刊上发表。

针对"月刊"文章质量不高的说法，《为〈星火〉说一些话》指出：

既然写稿的是"中学生"，这就意味着作者不大成熟。不大成熟的作者，写出的作品就难免会有疏漏。比如，有时主题不大明确，有时结构不够紧凑，甚至有时词不达意，等等。但是，这些都不会对刊登在《星火》的文章的质素带来根本性的影响。人的成长要经过由不成熟到成熟的过程，文章是伴随着作者成长的。随着中学生一天一天地长大，他们作文中的缺点就可以逐步地克服。文章的读者大都和作者是同龄人。他们都可以从作者的成长过程中获得教益，也可以从他们写作水准的提高过程中去吸取营养。

关于主编水平低的问题，文章指出：

至于担任《星火》主编的中学生，有的可能来自名校，有的则可能来自一般的学校；有的可能来自语文水平比较高的学校，有的则可能来自语文水平比较低的学校；有的可能来自高年级，有的则可能来自低年级。这样一来，他们的能力就不同，再加上他们看问题的角度有区别，取舍稿件的标准不大一致，那么，导致各期刊物的质量出现参差不齐的情况也就在所难免。但是，我们看《星火》，应该全面地看，从整个发展过程来看，看到它在坚定地踏着每一步，走向未来，走向成功，而不应该把某一期或某一篇文章看作最后成果。在刊物的成长过程中，主编们也在成长，有不同程度的进步。实际上，一些原来能力比较差的主编，经过几年的锻炼，已经今非昔比。这种情况，实在令人鼓舞。

文章写出了策划者的心里话：

作为策划者，我非常关心《星火》的成长。《星火》有什么缺点、错误，我愿意承担责任。但是，我相信，从整体来看，《星火》是成功的，成绩是主要的，我对主编们的工作十分放心。我每天都上网，关注着《星火》的动向：不但反复地看一些作品，而且会看一些读者的留言、主编的回复。我会多给他们鼓励，有时即使发现他们的处理手法有错，我也不会马上站出来，"指手画脚"地教他们如何做才正确。我相信，他们会在实践中学习，不但会从正确的经验中学习，还会从错误的教训中学习。通过学习，他们会不断进步。如果我整天对他们指指点点，不留给他们足够的空间，那他们就会失去自信，失去热情，他们的主动性就不能很好地发挥了。

这样说，不等于主张人们不要给《星火》的出版工作提出批评意见，也不等于说《星火》的主编们可以不接受任何批评。有批评、有指责，表示他们还有进步的空间。批评得对了，自己应该进行反省，想办法改正、补救；批评得不对，可以把批评作为对自己的鞭策。和鼓励一样，批评意见也应该成为他们进步的动力。

文章最后指出：

《星火》是在没有得到任何机构资助的情况下创办的，能够一直办到今天，确实不容易。在办的过程中，我们获得了许多经验。凭着这些经验，我们一定可以坚持"读好书，作好文，做好人"的宗旨，把这份刊物办下去，而且越办越好。让我们为此共同努力吧！

这篇《为〈星火〉说一些话》的文章，其实是一封信，一封给《星火》读者的公开信。

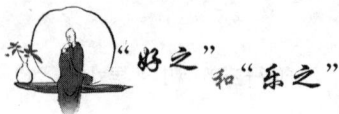

第七章 十八般武艺

2003 年 9 月下旬，我进行了一次庐山、黄山之旅，游的都是山。卫红与我同行。

横看和侧看

我们是从广州抵达南昌，在那里稍作停留后，于 9 月 23 日下午抵达庐山的，下榻于庐山牯岭的一家宾馆。载我们去的士司机给我们介绍了一位导游。我们见了面。那是一位年轻的姑娘。她长得漂亮，口齿伶俐，冰雪聪明。她说可以全程陪我们游览庐山，并约好第二天开始游览的时间，到时她来酒店找我们。

晚饭后，时间尚早，我们便外出逛街。牯岭是庐山上的一座"雾中城镇"，处于海拔 1000 米的牯牛岭上，有一万多常住人口，每天来游览的"流动人口"有三四万。它三面环山，一面临峡谷，林木茂盛，风景秀丽，十分清静。休闲、服务设施完善，宾馆、商店以及影剧院一应俱全，不但适宜旅游时暂住，也适宜长期休养。事实上，来这里休养的人不少。据说，这里供应的蔬菜很新鲜。山上有两个生产队专门种菜，以供所需。来吃一下庐山上种的菜，也是一件很有意思的事。

我们把几条主要街道逛了一遍，还到一个市集上去看了看。

"这个市镇为什么叫牯岭？"从一间商店出来，卫红问。

"那是因为这个市镇在庐山的牯牛岭上。这个山岭的样子像一只牯牛，所以叫牯牛岭。"我说，"牯牛，就是公牛；牝牛，是母牛。"

"为什么这个岭叫牯牛岭而不是叫牝牛岭？"

"据说，因为这个岭像仰天长啸的牛，很威武，像雄性的牛。"我说，"我们乡下有个猪牯岭，说像公猪，也是'公'的。"

"我们现在根本看不出这个山岭像牛，更不要说是公的还是母的了，简直是重男轻女。"她笑着说。

"我们现在在这个岭上面，尺寸千里，只能看到远景，当然看不出山的本身是什么样子了。要到山下去看，而且要有一定的距离。"我说，"从不同地点、不同角度去看，山的形态是不同的，变化无穷。'盲人摸象'的故事讲了，几个盲人去摸象，摸到象腿的说大象像棍子，摸到大象耳朵的说大象像扇子，摸到尾巴的就说大象像绳子。"

"那是因为他们是盲人，看不见。"卫红说。

"假如大象像庐山那么大呢？你有眼睛，但只看到一条腿，你也会以为大象像棍子的。"我说，"苏东坡游庐山写过一首诗，'横看成岭侧成峰，远近高低各不同。不识庐山真面目，只缘身在此山中'。你是'不识牯岭真面目，只缘身在牯岭中'，只缘见到一条象腿了。"

"在庐山中还不识庐山，那还要从哪里看？"她认真地说。

"山外呀。坐直升机在庐山上空盘旋几圈，整个庐山的真面目便会一览无遗了。"我说。

"现在我们哪来的直升机？开玩笑！"卫红笑着说，"苏东坡更不用想了。"

"我们没有直升机，只好在山中看了。'横看''侧看'，多

从几个角度看看，收获会多一点。"我说，"找到一个最佳角度，就可以看到事物最美的方面。当年拍摄影片《柳堡的故事》，导演王萍到处物色扮演二妹子的演员，最后选中南京前线话剧团的陶玉玲。摄影师为了拍出陶玉玲最美的样子，从不同角度拍了无数张照片加以比较，最后发现以45°角拍的样子是最美的。二妹子在影片中第一次出场，就是从45°角拍的镜头。观众看了，无不为她的美丽所倾倒。"

"看来，观察的角度确实很重要。"卫红说。

"明天导游带我们游览的时候，我们要注意每个观察角度。找出最好的角度多看几眼。"我说。

"那倒是。"她表示赞同。

第二天一早，导游已在宾馆的餐厅等我们。吃过早饭，我们便出发了。

先去看五老峰。我们是坐专线车前往的，这里有专线车通往各主要景点。

"五老峰是庐山的主要山峰，海拔1436米。"导游向我们介绍，"山峰陡峭而且多，不但各自成峰，还连成一片，气势十分壮观。"

我们顺着山峰的南面走，一眼望去，云雾一会儿聚一会儿散，变化多端，令人称奇。

"从山脚的海会寺仰视，好像五个老人并排坐在那里，所以叫五老峰。"导游说。

"五个老人？从这里看，不像。"卫红说。

"人家说从山脚的海会寺向上看才像，你在这里看当然不像了。从这里看去，像五尊菩萨。"我说，"据说，游览的人从各个角度去看，山的姿态不同，有的说像和尚在静坐，有的说像学生在念书，有的说像渔翁在钓鱼，说什么的都有。"

"那就'横看'像'学生'，'侧看'像'渔翁'了。"卫红说，"有时候一个人说它像什么，其他人跟着也说像。其实，像

152

什么，有时很难说。"

"'像'，在修辞学上叫作比喻，即'打比方'，是利用事物之间的相似处，把某一事物比作另一事物。"我说，"事物间的相似处并非只有一个。它某些地方像甲，某些地方可能像乙，或者像丙。比如，月亮是圆的，你可以说它像大饼，也可以说它像脸盆，当然也可以说它像蛋黄什么的。"

导游对这话题也很感兴趣。她说："从背面看，各个陡峭的山峰连在一起，耸向鄱阳湖，有的说它像大灵芝，有的说它像一把大掌扇，也是各说各的。"

"你说的比喻法，小孩子也会用。"卫红对我说，"有一次，我们5岁的小孙子大便了，我问他怎么他的大便是红色的。'我吃了火龙果呀。'他说。我去帮他冲厕所。我按了水开关，大便却冲不下去。这时，孙子说：'奶奶，它吞不下去呀！'他不说冲不下去，而说'吞不下去'，把'冲'比喻成'吞'。"

"他这用的不是比喻，而是拟人法，把马桶当作人去写。"我说，"中学生上语文课，老师会给他们讲拟人法的。拟人跟比喻是两种不同的修辞手法。"

"是吗？"卫红笑了。

"山峰背面有什么可以看？"卫红转换了话题。

"五老峰背后山谷有座青莲寺，是李白当年隐居的地方。青莲是李白的号。"导游说，"李白曾经写过一首诗，'庐山东南五老峰，青天削出金芙蓉。九江秀色可揽结，吾将此地巢云松'。"

"李白找了那么个地方隐居，算找对地方了。"我说，"现在庐山游客多，在他那个时代，青莲寺那个地方大概很少有人到的，没有什么人会去打扰他。"

"李白隐居的地方，长林丰草，风景是很好的。"导游说，"五老峰东面有三叠泉，西南有庐山松、一线天，山脚有海会寺，都是庐山的胜景。"

"那我们去看看三叠泉吧。"卫红说。

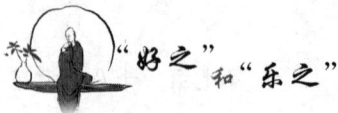

"算你会挑，庐山的瀑布名闻天下，而三叠泉则是庐山瀑布的代表。"我说。

"你说对了，三叠泉被称为'庐山第一奇景'，不能不看。"导游说。接着，她讲，庐山的瀑布多，是因为庐山是由冰川作用形成的断层造成的。溪流遇到断层，河床突然中断，便形成瀑布。除了三叠泉外，黄花潭瀑布、乌龙潭瀑布、石门洞瀑布、伍家坡双瀑、王渊潭瀑布等都很有名。三叠泉从大月山峭壁上飞泻而下，分三级跌水，总落差150米，终年倾泻不绝，非常壮观，令人印象深刻。

我们来到瀑布下，站在岩石上细心观赏。只见水流从崖口落在大盘石上，被石激散，喷洒在第二级的大盘石上，再被激散，然后又聚合起来，曲折回绕往下倾泻，落在第三级的大盘石上，飘逸而去，发出潺潺的响声。

"有人说，从三叠泉的第三叠抬头仰望，瀑布好像一群白鹭在飞舞，有人说像一匹匹冰做的绸缎在那里抖动，有人说像无数的明珠从天上倾洒下来。"导游说，"你们看像什么？"

"还是那个'比喻'！卫红笑着说，"我说像一匹白布从上面拖下来，被风吹着一飘一飘的。"

"那就同冰做的绸缎差不多。"我说，"我觉得，三叠泉是个了不起的乐师，弹奏着动人的音乐。"

"你这是暗喻。"导游笑着说，"在学校读书时，老师跟我们讲过，比喻有三种：明喻、借喻、暗喻。用'是'字做比喻词的，是暗喻。"

"你不简单，语法知识记得那么牢固。"我说，"你是一个导游，也是一个老师。"

"你这个句子也用了'是'字，但不是比喻，而是陈述句。'你是一个导游'，这讲的是我的职业。'也是一位老师'，这我可不敢当。"

她这么一说，我们都笑了。

"那我们到五老峰那一面看看鄱阳湖，好不好？"我问。

"要看鄱阳湖和长江，到五老峰西面的含鄱口最好，它就因为地势含鄱阳湖、气吞长江而得含鄱口这个名字的。"于是导游带我们来到含鄱口。

这里山势高峻，形凹如口，岭口建有一座石牌坊，上面写着"含鄱口"几个字，左右各刻"湖光"和"山色"两字。过了石牌坊，有一座伞形的圆亭，上题"望鄱亭"三个字。我们在那里远望鄱阳湖，只见湖水浩渺，壮阔异常。

"这里是看鄱阳湖日出的最好地方。晨早，曙光初露，水天一色，表里山河，看到一轮红日喷薄而出，是非常壮观的。"导游说，"月夜的含鄱口，也是赏月的最佳地点。"

"现在不是早上，也不是月夜，而是大白天，既看不到日出，也看不到月亮。"卫红说。

"要紧的是看到鄱阳湖，也看到了含鄱口。我们看到了这两个景点，就达到'到此一游'的目的啦。"我说，"还有，我们看到了'云海'。"

"对了，云海是庐山的奇景之一。"导游说。接着，她做了一番介绍。她说，庐山相对湿度大，特别是春夏之交，常常云雾弥漫。秋冬时节，云层较低，山峰常常高出云层。从山上看下去，云海就在我们的脚下。我们一边听她讲述，一边细心欣赏那茫茫云海。只见一团团、一块块、一捆捆云雾在山谷间飞奔，追逐嬉戏。含鄱岭像浮在海上的船，四周的山峰若隐若现，那树林像在大海中又浮又沉。

"好漂亮。"我们齐声说。

"这里的云属于'乱云'。"导游说，"在庐山看云，还有许多好去处，汉阳峰一带有'玉带云'，喇叭塔一带有'瀑布云'，龙首岩、牯牛背有'云梯'，很多。"

"什么叫乱云？"卫红问。

"你就看嘛。眼前的就是乱云。"我说。

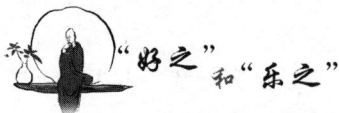

放眼向山腰看去，浅黑、絮白的云团在四周浮起，围着含鄱岭飞舞狂奔，就像一群野孩子在那里捣乱似的。

"不守秩序、飞来飞去的野孩子，就是乱云咯。"我对卫红，转而向导游说，"'不守秩序、飞来飞去的野孩子'，这属借喻咯，本体和比喻词都没有出现，直接用喻体代替本体，用'野孩子'代替'乱云'。"

"今天我们游了三个地方，也学习了语文的比喻修辞法。"卫红笑着说。

走了许多地方，累了，我们准备回去休息。

"庐山有三绝，那就是云海、瀑布和绝壁。我们今天看了两绝，明天就带你们看第三绝。"导游说。

绝，奇绝

9月25日早上，导游先带我们到牯岭附近的锦绣谷。那是由天桥到仙人洞前的一段山谷，长着奇花异草，四季花开如锦绣，所以人称锦绣谷。山谷有千丈深，导游领我们顺着绝壁悬崖修的石级便道走，只见山谷中有许多山岩、石林，还有无数峭壁、断崖。

"这里就有许多绝壁咯。"我说，"悬崖峭壁，它们不是一般的峭，简直成90°角，垂直了。"

"有个说法，叫'绝壁天成'。有人考证，在7千万年前，庐山这个地方发生过一次强烈地壳运动，断块突起，形成断裂岩层。锦绣谷便是大自然那次的杰作。"导游说。

说着说着，我们便来到佛手崖下的"仙人洞"。这是悬崖绝壁上的一个天然石洞，洞口圆门上刻有"仙人洞"三字。洞口上面是绝壁，从门外一米处向下望去，也是绝壁。绝壁旁边一块横石悬空，叫蟾蜍石，上刻"纵览云飞"四字。

石背裂缝处长着一棵古松，那就是庐山有名的"石松"。我们走进了石洞，石洞有 10 米深，据说可以容纳 300 人。

"这里是吕洞宾修炼成仙的地方，所以叫仙人洞。"导游说着，指着洞中的石像，"这便是吕洞宾的石像。"

"就是八仙过海那个故事里的吕洞宾?"卫红问。

"是的，传说他当过这里的浔阳县令，后来修炼成仙，许多人以为历史上真的有这个人，其实没有，也根本没有升仙这回事。这只不过是神话传说中的人物形象而已。"我说，"这个石像便是按神话故事上的描写去雕塑的。"

"那个地方滴水。"卫红指着一个滴水的地方说。

"那叫滴泉，一年到头就这样滴水。"导游说，"这水含多种矿物质，比重大，将硬币放在水上，会浮起来。"

走过去一看，有几个游客拿着硬币在试验，果然如此。

出了仙人洞，向左步行几米，那就是锦绣峰顶，那里有一个白鹿升仙台。

"吕洞宾骑着白鹿在这里升仙?"卫红问。

"那个骑白鹿升仙的，不是吕洞宾，是一个叫周癫的和尚。"导游说，"跟朱元璋有关。"

接着，她跟我们讲了这个和尚的来历。话说，元朝末年，朱元璋参加黄巾起义，攻占了建康（今南京市）。与此同时，在建康西边起义的有徐寿辉的红巾军。几年后，陈友谅杀了他的首领徐寿辉，自立为皇帝，国号大汉，并攻占太平（今安徽省马鞍山市当涂县），直入建康。至正二十三年，即公元 1363 年，朱元璋与陈友谅在鄱阳湖会战，陈友谅中箭身亡，全军被打散。陈友谅的儿子向朱元璋投降。传说在这次会战时，有个叫周癫的和尚在南昌要饭，口唱"太平歌"，说朱元璋可以做皇帝定天下。朱元璋得知后，便邀请他同行。一天，打仗时狂风暴雨，他站在船头

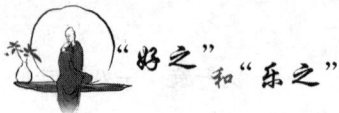

向天呼叫，便风平浪静。途中，和尚向朱元璋告辞，归隐庐山竹林寺。朱元璋做了皇帝定都南京后，派人去庐山寻找周癫，但找不到他。据说，他乘白鹿升仙去了。于是，朱元璋便在这里建了白鹿升仙台和御碑亭。

"这块御碑有几千斤重。当年，为了把这个石碑运上山，朱元璋下令专门修了一条登山路，那就是起自庐山西北麓的九十九盘左道。"导游说，"这条左道是去庐山风景区最好的一条路。"

"故事是朱元璋或他的手下编造出来的。编这个故事，建御碑亭，是为了制造舆论，说明他当皇帝是天命所归，为了巩固他的统治。"我说，"但他借此建的这条盘左道，对后人来说，倒是一件好事。"

洞北的小路，叫作"仙路"，两旁都是悬崖和一些竹林。石上刻着"竹林寺"三个字，据说，那就是周癫和尚当年所在的寺。然而我们始终没有见到这座寺。事实上，这座寺只是传说，"有影无形"，现实中并不存在。

离开仙人洞这些"仙境"后，导游带我们去看龙首崖。它位于大天池附近，拔地千尺，像高高悬挂在空中一样，是绝壁的代表，被形容为"奇绝"。

导游带我们到悬崖左边的石亭中，在那里细细观看。

龙首崖，像两块巨石，一块直立，深不见底；一块横卧在上面，直插天池山腰，上面长着青松，下临深不见底的山谷，好像一条青龙高昂着的头。

"因为它像龙头，所以叫龙首崖，是吧？"卫红问。

"是的。"导游说，"崖下石隙中长着的青松，被风吹得一飘一飘的，有人说像龙须。"

导游带我们走上龙首崖，凭栏俯瞰石洞山谷，一一向我们介绍所见风景，有狮子岩、方印石、万丈梯等。

"那些景点我们没有时间去游，在这里远观一下也不错。"我说，"最有意义的是我们今天看了'奇绝'的绝壁。"

用得上这个"绝"字的，在同类事物中最典型、最完备、最具代表性。绝奇、绝美、绝妙之类的事物令人注目，令人心向往之，接触之后令人叹为观止。这样的事物，应当受到人们的赞赏。

上　课

游览完龙首崖后，我们便折回牯岭住处，下午抵九江，参加当地旅行团到黄山游览。9 月 26 日出发，晚上下榻黄山宾馆。

9 月 27 日早上，导游带我们开始登山。黄山位于安徽省，为"三山五岳"中"三山"中的一山。明代旅行家徐霞客游览黄山后写道："薄海内外，无如徽之黄山。登黄山，天下无山，观止矣。"后人将此话演绎成"五岳归来不看山，黄山归来不看岳"，成为赞美黄山的千古名句。"黄山以奇松、怪石、云海、温泉'四绝'闻名天下。云海、温泉当然要看一看，但我们重点是看看奇松和怪石，看它们'奇''怪'在哪里。"我说。

经过宾馆附近的温泉和"人"字瀑，到了慈光阁，我们一边看山景一边听导游讲述黄山的情况。他说，黄山被誉为"中国第一奇山"。它属南岭山脉，盘踞于安徽省南部，横跨 4 个县，范围相当大。以光明顶以西的平天釭为界，以南为前山，以北为后山。前山雄伟，南侧以陡峭的斜坡直插逍遥谷底。后山秀丽，北侧悬崖陡峭，直落低丘盆地。黄山重峦叠嶂，有大小山峰 72 座，其中莲花、光明顶和天都 3 大主峰，海拔都在 1800 米以上。每座山峰都像刀削一样陡峭，劈天摩地，常年云雾缭绕。登黄山各峰的山路，都是沿着悬崖峭壁开凿出来的，曲折崎岖，非常险峻。

"这些路确实陡得很。"我说。陡峭的山路上，除了旅游的

人，还有运送物资的工人。他们有的背着砖头、水泥之类的建筑材料，有的背着粮油食品，有的背着日用百货，吃力地爬着，气喘吁吁的。爬得累了，他们就停下来，用一条棍子支撑着背上的货物，自己喘一下气，然后收起棍子，继续赶路。"我们空手爬山都很费劲，他们负重行军，可见多辛苦。"卫红说。

走呀走呀，我们来到了天都峰下。

"天都峰是黄山三大高峰中最险峻的一个。它直冲天斗，被称为'天上都会'，是鸟瞰黄山全景的好地方。"导游说，"有'不上天都峰，等于一场空'的说法，大家今天来到黄山，当然要上天都了。但上去有一定难度，峰顶'鲫鱼背'的一段险路'百丈云梯'往往使游人胆战心惊。这是通往天都峰顶的必经之路，大家要有心理准备。当然，历险，也可以为大家带来无穷乐趣。"

"上吧!"导游还没讲完，许多人已跃跃欲试，走在前面开始登峰了。我和卫红也不甘落后，赶紧跟上。跟其他游人一样，我们在山下已买好了手杖，就是准备在攀登"百丈云梯"时使用的。

到"百丈云梯"了，真的好陡，几乎直上直下。山路长10米，宽1米，四周是石脊，两侧是万丈深渊。当初，古人要历经艰险，才能通过。后人凿石开路，在两旁装上石柱、铁索等扶栏，走起来已很安全，但仍然惊险处处。我们每攀登一步，就停下来，欣赏一下四周景色，峰顶是鸟瞰黄山全景的好地方，途中也可以从不同角度欣赏黄山的美景。

我们来到了天都峰顶。上山一路崎岖，山顶却平如手掌，有"登峰造极"石刻的山顶，是游览的好地方。那里有许多天然怪石，"仙人把洞门"，像一个个横卧着的醉汉，在一天然石室外屹立着，十分生动有趣。此外，"松鼠跳天都""童子拜观音""二僧朝佛"等也十分传神。"松鼠跳天都"立于耕云峰上，酷似活泼逗人的小松鼠，拖着尾巴，像要越过万丈深谷，跳上天都峰似的。从天都峰看这情景，令人浮想联翩。

从天都峰下来，不久，我们通过一个名叫"一线天"的景点。那是一条狭长石巷，中间盘道有 80 多级，0.5～2 米宽，人在上面行走，天空就像一条线似的。回首俯视，远处石峰林立，近处也有各种各样的怪石。

"怪石真的很多。"卫红说。

"无山不峰，无峰不石，别的名山石头都很多，但论怪，还是数这里的石头。"我说。

我们来到了玉屏楼。玉屏楼后面有玉屏峰，像一座屏风一样。玉屏楼原来叫文深院，在万历年间，普门和尚见这个地方跟他梦到的文殊菩萨坐石台的情景相似，于是在这里建了文殊院。院左有文殊洞和狮石，院右有象石。

"我们现在来欣赏一下黄山的奇松吧。"导游带我们来到玉屏楼东侧，面对着文殊洞顶石狮面前的迎客松。"这就是黄山第一奇松迎客松了。"

黄山到处长着松树。它们或屹立，或斜出，或弯曲，或仰，或俯，或卧。有的状如黑虎，有的形如孔雀，可谓千姿百态。黄山的松树以它的天然造型称奇。对黄山的松，徐霞客在《徐霞客游记》中是这样写的："绝巘危崖，尽皆怪松悬结，高者不盈丈，低仅数寸，平顶短髮，盘根虬干，愈短愈老，愈小愈奇，不意此山中又有此奇品也！"虽说黄山松"愈小愈奇"，但大的松毕竟更引人注目，这棵破石而出的迎客松就是一个代表。它高 10 米，已有 800 多年的树龄。它挺立在山崖中，姿态优美，枝干雄劲，虽然饱经风霜，却依然郁郁葱葱，充满生机。它一侧的枝丫伸出，好像一个人伸出手准备同远道而来的人握手一样。

"人们评论迎客松，说它不但姿态优美，而且雍容大度，颇有主人热情待客的风度。"我说。

"文人多大话。"卫红笑着说。

"对面那棵，是陪客松，在陪同客人观赏黄山风光。"我指着

玉屏楼对面的那棵像巨人一样的大松树，然后又指着迎客松对面象石前枝干盘曲的松树说，"那是送客松。它姿态独特，像向山下伸出长长的手臂，向游客挥手，依依不舍地道别。松树会陪客、送客，这也是人们想象出来的。"

"玉屏楼也是一个看云海的好地方。"导游带我们回到玉屏楼前面，"这里是全玉屏峰下最佳登高观景点，左有天都峰，右有莲花峰，前有南海云雾。"

黄山临近东海，水汽很多，在峰峦间形成云雾，整个山区常常被云雾笼罩，只见到一个个山峰露出来，像一座座小岛一样，因此黄山的云雾被称作"云海"，统称"黄海"，并被按区域分为东海、南海（前海）、西海、北海和天海。黄山每三天中两天有雾。看来今天大家运气不大好，所见云雾比较少。

正在我们远眺南海的云向，准备离开时，忽然间，漫天云雾悄悄地涌到南海，像海水涨潮般排山倒海，白浪滔滔，原来清晰可见的岩石、山谷，全被淹没了，只露出了一座座的"小岛"。

"好漂亮呀！"游客们欢呼起来。

"看来你们的运气还是来了。各区域的云海各有特色，东海秀，西海幽，北海奇，前海雄，天海阔，你们现在看到的前海，呈现的就是雄壮的气势。当然，这个时候所看到的景色还不是最漂亮的。"导游说，"最好看的是日出或日落时看到的'霞海'，金波滚滚，光华绚丽，色彩斑斓，壮观极了。"

从天都峰下来，经过半山寺，看过奇石"金鸡叫天门"，我们来到了莲花峰下，向上攀登。莲花峰是三大主峰中的最高峰，海拔1864米。它主峰突兀，周围的怪石像莲花瓣一样的莲蕊峰围绕着它，形成一朵莲花的样子，所以叫莲花峰。从莲花岭到莲花峰顶，有1.5公里的路程，这段路叫莲花梗。沿途我们看到了"飞龙松""倒挂松"等奇松，来到了莲花峰顶。那里有一丈方圆，从那里向下望，是茫茫云海，一座座的山峰，如仙境一般。"要是天色再好一些，从这里可以望很远，向东可以望见天目山，向西可以望见庐山，向北可以望见华山和长江。"导游说。

从莲花峰下来，我们看过海心亭附近的凤凰松。在离岩石地面半米高的地方，它分成两条枝干，然后又分成四条平整的枝丫。整棵树就像凤凰展翅。这时，天色渐晚，我们便就近下榻于天海宾馆。

第二天，9 月 27 日早餐后，我们开始向第三主峰光明顶进发。沿途见到怪石"喜鹊登梅"，经过的道路崎岖，但到了山顶，顿觉空旷而平坦。据说，这里面积有 6 万平方米。这样宽广，对一个山顶来说，可以说是少见。这里是看云海的理想地点，东、南、西、北和天海的烟云都可以看到。

从光明顶下行，我们到了北海宾馆前，导游指着一方巨石，对我们说："这就是'梦笔生花'了。"一看，只见那巨石平口耸立，下圆上尖，像书法家的一支斗笔。巨石峰尖的石缝中，长着一棵古松，就像一朵盛开的鲜花。峰下有一奇石，像一个人在那里睡觉。两方巨石构成一景，叫"梦笔生花"，很有诗意。

"听说，山顶上那古松因为年代太久远，就要枯萎了。黄山管理处曾邀请专家进行抢救，延长它的寿命，但没有结果。"导游说。

看完"梦笔生花"，导游又指着不远处的山峰对我们说："那叫始信峰。黄山被称作中国第一奇山，有人不相信，进了黄山，看到这个山峰，才相信了，因此后来人们把它叫作始信峰。"接着，他给我们介绍了黄山这座名峰的情况。他说，那里有许多怪石奇松。上面有渡仙桥，桥畔石缝中长有一棵像接引仙人们渡桥一样的松树，这就是有名的接引松。此外，什么连理松、黑虎松、卧龙松、龙爪松等都在那里。古代文人雅士喜欢登临始信峰，在峰顶平台上饮酒弹琴、吟诗作画，因此人称那里叫琴台。

"罗苏民 20 多次上黄山，据说每次都来始信峰，可见始信峰在黄山的地位。"我说。

"罗苏民？香港摄影家嘛，我记得这个名字。"卫红说。

那是 1990 年的事了。一天下午，我同我的朋友利先生到香港九龙一家公司参观后，正在弥敦道上的一个交通灯路口准备过马路。突然，一个像东山大汉一样的人，一边高叫着一边"扑"向利先生，趋前紧握着他的手。这突如其来的一幕，把我吓了一跳。

正注视着马路上交通灯和车辆的利先生，好一会才反应过来。他一边热情地向对方问候，一边向我介绍："这是罗苏民老先生。"

"啊，罗先生，久仰大名了。"我紧紧地和他握手。

寒暄了一阵，告别了罗苏民，我和利先生沿斑马线过了马路。一路上，他跟我说起了罗苏民："罗苏民是香港著名的摄影家。他祖籍开平，生于香港，今年 80 岁了。20 岁时，他迷上摄影，46 岁的时候，在港首次举行个人摄影展，几年后出版了《罗苏民摄影集》。后来，他成立了罗苏民摄影学院，从事摄影人才的培养工作，培养出不少著名的摄影师。"

"黄山摄影，是罗苏民创作生涯的里程碑。"利先生接着说，"68 岁时，罗苏民去黄山旅游，迷上了黄山。此后 10 年，他 18 次登上黄山，体验生活，被摄影界称为'黄山痴客'。他每次从黄山归来，都有大量作品问世，他的作品先后在香港艺术中心、北京美术馆、台湾历史博物馆举行影展，并且出版了《七访黄山》《黄山颂》等摄影集。"

"刚才见到有个大汉向你冲来，我以为他是要打劫你哩。"我这么一说，利先生不禁笑了起来。

"他为人很豪爽。"利先生说。

"看他那矫健的样子，听他那洪亮的声音，一点也不像 80 岁的老人。"我说。

"他还要继续去登黄山哩。"利先生说，"他说他最大的心愿，是能够第 20 次登上黄山。"

"看样子，他会千方百计去实现这个心愿的。"我说，"因为他爱摄影，爱黄山，很执着。"

"你可以写一写他呀。"停了一停，利先生说。

"可以呀，把刚才见到他的情景和我们的谈话记下来，就是一篇供小学生读的短文。"我说，"但要写出有一定深度的散文，材料还不够，如果有时间访问他一下，挖一些料，就不成问题。"

"要采访他，可以，我帮你约他。"利先生说。

见到罗苏民的当天晚上，我跟卫红讲述了这件事，所以她记得。由于各种原因，不是因为他到内地了，就是他忙于摄影展，好几次都没约成，这件事就搁置了下来。

然而，我一直关注着他的情况。

"他 80 岁时不是下决心要第二十次登黄山吗？后来有没有实现？"卫红问。

"实现了，报纸上的报道讲，他先后 20 多次上黄山，成为黄山的常客。20 多次，'多'多少，不清楚，但 20 次，那是肯定的。他被黄山旅游局列入'黄山名人榜'的三位老人之一。香港《一周》杂志编印的《香港百人志》，罗苏民被列为近代有影响的人物之一。他钻研影艺 50 多年，被香港摄影界尊称为'罗公'，并被编入辽宁美术出版社出版的《世界艺术名人肖像录》。《黄山魂》是他的摄影代表作。"

"罗苏民，不错，我听说过这个名字。"导游说。

接着，我们经西海饭店转到排云亭。导游说，排云亭是西海观赏黄山怪石的好地方，被称作"巧石陈列馆"。放眼看去，怪石林立，形态各异，目不暇接。

在排云亭稍作停留后，我们沿着另一条山路，与石床峰、石人峰、云门峰等擦身而过，一步步下山来。在石床峰附近，我们又看到了黄山的一块著名的怪石"飞来石"。

飞来峰上，有一块高 12 米的巨石，孤零零地耸立着，底部和山峰分离，上尖下圆，"人们说它是从天外飞来的，因而叫飞来石。"导游说。

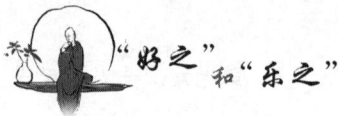

"'从天外飞来的'，这可不是比喻咯。"卫红笑着说。

"这不是比喻，是想象。'天上飞来的'，不是一个具体的东西，没有像不像的问题。这块石头，跟山峰像分开似的，不像地球上生成，像从天上丢下来的仙桃。仙桃是不存在的，更没有仙桃会从天上掉下来。"我说，"把松树说成迎客松、接引者，这都是想象。平时生活中也需要想象，人们借着丰富的想象力可以得到无穷的乐趣。"

"我们这次游黄山、庐山，上了几堂语文知识课。"卫红说，"几堂课？比喻、拟人、想象！"

"比喻、拟人和想象的区别，许多中学生甚至大学生都弄不清楚，其实界线是很清晰的。"于是我简单地讲了三者的区别：比喻句就是利用事物的相似性打比方，比如那5座山峰像5个老人，它的基本结构分三部分，本体、比喻词和喻体。拟人是把非人类的物，包括生物和非生物人格化，比如把马桶拟人化，所写事物有人的特点，不能出现比喻词，不能出现表示人物的词语。比喻和拟人，都是修辞手法，而想象是一种思维方式，是人在头脑中对已储存的形象进行加工、改造，形成新的形象。那块石头是表象，把它加工成天上飞来的，那就是想象。

"我中学时学过，有些知识都忘了，除了比喻、拟人，还有什么对偶、排比、夸张、借代什么的，平时都很少用，变得生疏了。"卫红说，"除了修辞手法、思维方式，语文知识还有很多。"

"那倒是，听、说、读、写都有很多知识需要掌握，比如写作知识，就有题材的选择、主题的提炼、结构以至表达方式等。"我说。

"不是说多读多写就可以写得好了吗？还要学那么多写作知识？"她问。

"多写，不是随便写，得掌握方法。把十八般武艺掌握了，写起来才能得心应手。读、听、说也一样。"我说。

"要掌握十八般武艺？"导游听了，也十分感兴趣。

"是的，多读多写是提高写作水平的根本途径。'读书破万卷，下笔如有神'，这是讲多读的重要性。当然，读书不是随便乱读，要明确读书的目的，多读一些优秀作家的经典作品、时下出现的好文章之外，还要读一些文学理论的基础知识，读一些有关写作、语法、修辞和逻辑知识的书。读的时候，还要注意方法，把精读和略读结合起来。袁枚在《随园诗话》中所讲，要'破其卷，取其神'，这是讲多读。跟多读一样，多写也不等于乱写，同样要选择好写的范围和写作的方法。写作范围可以很广，可以选择既有意义又新颖而且自己有兴趣又熟悉的题材来写。至于方法，就是要掌握写作的十八般武艺了。"我说，"十八般武艺可以详细列出来，从方法上概括起来不外乎5大类：一是观察的方法，二是分析的方法。生活是本源，文章作反映，会观察，会分析，才晓得怎么写，写什么，如何选材、提炼主题等。三是结构的方法，要会进行文章的整体设计，包括布局、谋篇、开头结尾、层次段落、过渡照应等。四是表达的方法，包括如何记叙、描写、议论、抒情，以及如何运用语言等。五是修改的方法，文章是改出来的。怎样改？大有学问。'文无定法'，每个人的武功流派各不相同，但'文有定则'，武功的基本规律一定得遵循。只有广泛地学习各门各类的知识，才能做到兼容并蓄，融会贯通；只有有所学习、有所继承，才能有所创新。"

"听你这么一讲，我对写作更加感兴趣了。"导游说，"我真想跟你回去，当你的助手，学学这些武艺。"在交谈中，她知道我现在不时需要找人协助工作。她这样说，不是随便敷衍，是认真的。

"你现在当导游，这工作不错，到我们那边工作需要时，告诉你，你再作考虑，好吗？"我说。

"好的。"她说。

"无论是专门写作的人，还是只求掌握一定写作技能以适应本职工作与生活需要的人，都要学习写作知识。"我转而向卫红

说，"你在学校学过的知识，如果忘了，现在就补一补课。"

"好呀，每逢补课就来旅行。"卫红笑着说，"就像今天一样。"

"你可想得美。"我也笑着说，"这样吧，我们去年3月至9月参与编写，由何教授主编的'作文技巧多媒体系列'之一《高中作文技巧》光碟已经由中文大学出版社出版了，送你一张光碟，放来听听，补补课，也就可以了。"

"那好吧!"她趁势落篷，不再提出过多要求了。

《高中作文技巧》作为香港会考、高考的写作指导光碟，在封套上标示为"首套真正配合高中写作课程的多媒体教材"，适合老师教学、学生自学之用，内容包括审题、确立主题、文章布局、表现手法等，附录有作文常见的十大错误、限时作文须知、网上写作介绍，同时辑录了一批香港中学生的作文作为范文。

"能送我一套吗?"导游问。

"好的，也送你一套。"我说。

第八章　六个"一百篇"

2003 年暑假，庐山、黄山之旅前，何教授叫我请一些大学生为"每日一篇"网站写供中学生阅读的文章，分中国名胜、地理知识、古人智慧、古代名人、古代奇案、科学小品 6 个方面，每方面写 100 篇，一共要写 600 篇。这是一个较大的工程。

第一个收费学习平台

中小学生的语文水平比较低，何教授认为，要提高他们的语文水平，根本的方法是"多读多写"。"多写"要跟"多读"结合起来，因为"多读"可以充实自己脑海中的资料库。为了实现这个想法，何教授才策划了一系列有关"多读多写"的教学活动，在推行"小作家网上培训计划"的同时，于 2000 年 9 月创办了由香港中文大学教育学院和香港教育研究所主办的"每日一篇"网站。

"每日一篇"网站实施会员制，接受以学校的名义报名的学校成为会员，每所学校一年收费 3000 港元，学校的语文教师可凭会员编号及密码进入网站，了解学生的阅读情况，学生则凭密

169

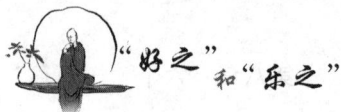

码进入网站阅读文章。网站每日都有 4 篇内容不同、深浅不一的文章，分别为小一及小二、小三及小四、小五及小六，以及初中的学生而设。每篇文章都附有 3 条阅读理解题。网站的文章每日更新，旧的文章不会保留，因此学生必须每日都及时阅读文章，学生阅读文章后，须回答 3 题阅读测验的问题。网站会积累学生已阅读文章的字数，并为各校学生设立阅读龙虎榜，以鼓励学生阅读。

在政府推动电子学习的背景下，坊间出现了很多学习平台，网站的设计十分精美，互动功能亦佳。可惜，一般人认为，这些平台不应该收费，大家也都不愿意付款。何教授创办的"每日一篇"网站，是一个学习中文的平台，这是香港第一个学校作为会员愿意为学生付费的学习平台。

一般的电子平台，都由电子工程师负责策划和设计，网站设计水平较高。何教授认为，一个学习平台，只有由学科专家主持设计和策划，才能切合教学和学习的需要，并决定亲自动手。当时，大家都不相信他可以做到，因为他不是电子工程师，但是他办到了。他制订了一个周详的计划，找到了一个醉心于计算机软件设计，在香港中文大学读二年级的理科学生王天行，按照计划的要求，设计出一个非常实用而精美的学习平台。结果，会员学校越来越多，这些学校都愿意交付每年的费用。

创办"每日一篇"网站的主要目的，是使学生养成阅读的习惯。"每日读一篇，每篇三百字，每年可读十万字，十年可读百万字，欲求真进步，每日读一篇"，这是它的宗旨。网站每天刊登 6 个等级的文章，照顾不同年级同学的阅读需要。同时，准许同学阅读较低一级或较高一级的文章。这样可以照顾学习差异。每篇文章，只能当天阅读，翌日，旧的文章便不见了，读者不可以再翻看。对此，大家曾有不同的看法。有人认为，几乎所有电子平台的文章都可以翻看，为什么"每日一篇"网站的文章不可以？何教授认为，不让人家翻看，这样可以避免同学们在同一时间阅读大量的文章，培养他们天天阅读的习惯。根据问卷调查，大部分坚持在这个网站阅读的学生，都能够初步养成阅读的习惯。

一般来说，要开创一个供数十万同学每天登录学习中文的平台，启动费用至少需要数百万港元。何教授只用了十多万港元，便启动了"每日一篇"网站。这个网站全年网络稳定，各方反映良好，这算是一个奇迹。

网站在第一年试运行期间，有 10～20 所学校参与。因经费有限，网站的稿件都由何教授和他的太太欧佩娟义务撰写。2001年，其他学校陆续报名参与，网站开始收费以后，才开始向外约稿。作为网站的 6 名工作人员之一，我的任务就是不时为网站组稿。此前，我已多次完成组稿任务。这一次组稿，数量比较多，任务比较重，所以专门研究了一番。

一个"硬性规定"

何教授给我交代了组稿任务后，我们一起商量了具体操作办法。

他主张还是按照老办法，把人集中起来编写。除了利用我的藏书，还可以去书店买一批有关方面的书，让写稿的人参考。写稿的人在稿件后注明参考书目的页码，以便核对。对有关资料，作者只能参考，不能抄袭，这是一个硬性规定。

把不能抄袭作为"组稿"的硬性规定，这是十分必要的。现在相同内容的书很多，网上的文章更是不计其数，他从哪里抄来，根本无法查到。有些学生很过分。他们把网上的文章下载下来，打印好，加上练习题就交来。钱照样拿走了，他什么功夫也没花到。到他的文章放上网后，人家就揭发他是抄袭的，找来一

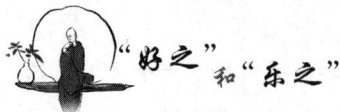

对，果然一字不差。

"我们把写稿的人集中起来，就等于让他们进入考场，不能作弊，不能抄袭。"我说，"书上、网上的文章，只能在内容上作参考，不能照抄。鼻是鼻，眼是眼，如果抄袭，一对照就知道。"

在防止抄袭方面，我有过经验教训。2001年底至2002年初，何教授也曾叫我为"每日一篇"网站组织一些供小一、小二学生阅读的作文。为了防止抄袭，他叮嘱我，要他们每篇作文都说明"出处"，每篇稿收到后都要查一下是否抄袭。于是我便在广州组织一些人编写。在向撰稿者交代任务之前，我"三令五申"关于不许抄袭的规定，然而抄袭行为却屡禁不止。一天，有位作者交来10来篇稿，我一看，大都属"抄袭"来的，当即向他指出。以下是其中一篇：

汽车后面的灰尘特别多

汽车在行驶时，车后面会扬起很大的灰尘。为什么会这样呢？原来这与汽车向前行驶有关。

汽车的车身有一定的空间，当汽车向前运动时，就要排开与汽车相同体积的空气，同时车身两旁和后面的空气又会拥上来填充空间，这样就形成一股旋转的空气流，将路面的灰尘卷起来。所以汽车在行驶时，车后面会有一股灰尘跟着。

我在他所参考的少年儿童出版社小学版《十万个为什么》中找到了它的出处：

为什么汽车后面的灰尘特别多？

汽车开动时，汽车后面会卷起一阵阵灰尘，并且一个劲儿地从打开着的车窗往车厢里蹿。

汽车后面的灰尘多与车身飞速向前移动有关。车身总是占据着一定的空间，那里的空气也要被车身排开，车身向前移动时，要排开与自身相同体积的空气，于是，车身刚离开的地方立刻会被车身两旁和后面的空气拥上来填充空当，形成一股旋转的空气流。这股旋转的空气流不断地让路面上的灰尘卷起来，像一个大灰柱，紧紧跟随在车身后面，这就是我们常看到的汽车后面飞扬的尘土。由于这是一个无法克服的难题，便只能让汽车后面的玻璃窗委屈一下，成为永远打不开的窗子。

"你只是把《十万个为什么》的文章'像一个大灰柱'后的文字删掉，再作一些文字上的改动，如第一段把'开动'改成'行驶'，'卷起'改成'扬起'等，就算你的作品，这样可不行。"我说。

"那有什么办法？你们要求每篇文章80~100字，不这样写还能怎样写？"他不服气。

"我们是要求你自己写，有关资料只供参考，不能抄。"我说。

"我是自己写的呀！他那样写，我也那样写，这样的文章不那样写还能怎样写？"他说。

"人家这样写，你要用别的写法才行。你照着人家的抄，改动几个字，连改写都说不上，不用说创作了。照抄，每千字抄写费三五元；现在写作，每千字给你80元，按货给价，论功行赏，怎么同？"我显得有些严肃。

"我认为像这样的题目只能这样写，不会有别的写法。"他有些生气的样子，"不然，你写一篇给我看看。"

我也气不打一处来："我请你写文章，已讲清楚有什么要求，不合要求就不收货。出版社、报社都是这个规矩。你写不出来可以不写，但不能说"我不能按这个要求写，不然你写一篇给我看看"。我或许没这时间，或许不会写，写不出来。因为负责组织文章的人不一定会写文章。但现在我愿意写一篇出来，同你探讨这类文章的写法。"

于是，我匆匆地起草了一篇"草稿"：

小旋风和灰尘

汽车在奔跑时，为什么后面会扬起一股灰尘呢？

汽车是把空气往两旁排开才能往前奔跑的。每前进一步，两旁被排开的空气便往回拥，并同后面一样涌来的空气汇成一股小旋风。如果马路不干净，小旋风就会卷起一阵阵灰尘，就像船在航行时卷起一朵朵浪花一样。

如果有兴趣，你不妨到马路边观察一下这种现象。

写完后，我交给他看。待他看完后，我说："因为时间关系，可能写得不好，但可以肯定地说，没人会指责这篇文章抄袭《十万个为什么》的那一篇，因为从标题、结构到语言都不同。"

"可能超过字数。"看完后，停了一停，他说。

"字数不成问题，删一删就可以了。"我说，"我们现在探讨的是抄袭问题。你说，我写的这篇同你的那篇，哪一篇抄袭的嫌疑大？"

见他不作声，我给他看他写的题为《夏天中午为什么不宜给花浇水？》的文章，那也是跟前面那篇一样，把《十万个为什么》中的一篇文章稍加改动而成的。

夏天的中午，烈日当空，热不可耐，人们通常用凉水洗澡来降温；或者喝一杯冷饮，消除体内的热量，从而达到防暑降温的目的。

花儿呢？在骄阳下，叶片卷缩，枝条耷拉，显得萎靡不振。这时候，有人就会迫不及待地给它浇水，企图把花儿挽救过来。结果，适得其反，花儿却被活活折磨死了。

然后翻出另一位作者参考上述文章写的一篇稿子让他看：

花

一个夏天的中午，太阳像火一样烧着大地。放学后的小明，汗水淋淋地逃进了屋里。有空调的房间凉快多了。小明刚歇了一会忽然想起，阳台上的花儿一定渴坏了，勤快的小明给花儿灌满了清凉的水。

第二天，妈妈说："花儿怎么都蔫了？"

小明说："奇怪，昨天中午我浇水时还好好的呢。"

妈妈说："责任就在你身上。中午的气温那么高，你突然把凉水浇在花上，温度会骤然降低，娇嫩的花儿怎能经得起这种刺激呢？"

"原来是我的好心害了它们呀！"小明说。

待他看过以后，我说："这位作者看了《十万个为什么》那篇文章以后，构思了一个故事，把夏天中午不适宜给花浇水的道理讲了出来，不但文体不同，结构不同，而且行文、文字也不同。他这样写，有谁会指责他抄袭呢？这位作者写文章是花了心思的。我想通过这样的比较，你大概可以分清抄袭同参考的区别了。"

"是呀，我明白了。"他说。

关于抄袭的事，在编写教科书时也碰到过。有个女撰写员，稿子写得很通顺，练习题设计得很好，答案也恰到好处。开始时我觉得她不错，是个人才。后来找人一查，原来她写的东西都是从另外一家出版社课本的教师版上抄来的，为此我严肃地批评了她，并通报全体撰写人员，从中吸取教训。

有了以上的经历后，我完全理解为何这次编写工作何教授特别强调防止抄袭。

我开始在广州物色人选。往年帮我们写的学生，已经毕业了，经他们介绍，找了另外一些研究生，基本没有找本科生。按

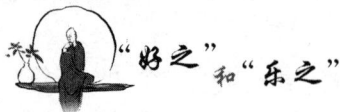

道理，研究生写文章给中学生看，并不难；要他们不要抄袭，大概也可以做得到。结果，却大大出乎我的意料。

"文章写得好不好是其次，前提是不要抄袭。"我对来"见工"的学生说，还跟他们讲了利害关系，"文章是你们写的，文责自负，抄袭，便侵犯了人家的版权，让人告了，你们要负责任的。"

来"见工"的学生，每人写文一篇，以便"择优录取"。第一天，中山大学来了4个人，每人写了一篇，经对照，全是"抄袭之作"。他们把参考文章摆在桌上，人家每一段写什么，他就每一段写什么，每段的文字也大体相同，只是中间加减一些字而已。

第二天，暨南大学来了4个人，也是这么一种情况。

第三天，华南师范大学中文系的研究生来了，总结前几次的经验，我再次强调不能抄袭，而且讲得更具体了。

"你们找一些文章做参考，写成另一篇文章，应该重新构思过，主题、结构，有时甚至连表达方式、体裁等都应该同所参考的文章有区别。比如，人家原来是说明文，你可以写成记叙文，甚至写成童话。人家用说明文讲鸭嘴兽的特点，你可以用童话的体裁，讲述鸭嘴兽与一只小鸭子对话，通过对话讲述它的特点，这也是避免抄袭的一种方法。"我说，"况且，我们要求是创作，不是改写。你们每写一篇文章时，要多看一些资料，把有关资料综合起来，加以分析，再结合自己平时观察所得进行写作。"

这样一说，效果好了一些。会编故事的首先入选，虽然是三选一，四选一，也选到了3个人，于是开始写作。

我给他们每人发了"单张"，讲明写作要求。

1. 阅读对象：中一、中二、中三

2. 字数：650～800字

3. 各写100篇

4. 每篇文章附上5道选择题（题目内容比例：事实性2题，

主题1题，技巧1题，综合1题或字词1题)

5. 写作要求：

（1）古代名人（名将、名臣、名医、帝皇、文学家、思想家）事迹：

1）以事实为基础

2）不宜以流水账记事式概括其一生事迹

3）每篇只集中写一件事至两件事

4）每个人物只写一篇（如写文学家，可酌量介绍其名篇或名句）

5）要有趣味性

6）可用传统观点，能用现代观点分析则更佳

（2）中国名胜：

1）以事实为基础

2）每篇只集中写一个景点至两个景点

3）每个景点可写一篇至两篇

4）应有趣味性

（3）古代奇案：

1）以事实为基础（若为传说，则在文章中加上"传说"二字）

2）故事线索不宜太复杂，出现的人物不宜太多

3）每宗案件宜具悬疑性，不宜平铺直叙

4）内容避免迷信成分

（4）古人智慧：

1）以事实为基础（若为传说，则在文章中加上"传说"二字）

2）故事应突出古人的智慧或幽默感

3）内容应具思考价值或启发性

（5）科学小品：

1）以事实为基础（若为传说，则在文章中加上"传说"

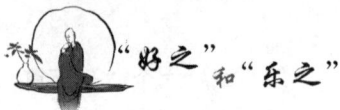

二字)

2）题材应为学生所熟悉

3）内容浅显

4）可用纯说明技巧，亦可用文学笔触

（6）地理知识：

1）以事实为基础（若为传说，则在文章中加上"传说"二字）

2）题材应为学生所熟悉

3）内容浅显

4）可用纯说明技巧，亦可用文学笔触

与此同时，我还给了他们一篇中一级的文章示例：

可怕的温室效应

最近常常听到别人说温室效应加强了。原来空气中有些温室气体，控制地面温度，能令天气变暖。听到这个消息，我感到十分兴奋呢！因为我最害怕冬天了，如果天气变暖了，不是很好吗？

但当对温室效应了解更多，我才发觉，我的想法错了。因为四季是大自然的调节机制，没有冬天，大自然中的生物哪有休息和冬眠的时间呢？

此外，地球变暖了，会使北极的冰川和南极的冰块开始融化。因为冰块的体积比同容量的水大，所以这会导致海水膨胀、水位上升。长此下去，近岸的地区可能受到海水威胁，一些小岛更可能会因此消失。

你说，温室效应是不是很可怕？

练习：

1. 温室效应最明显的特征是什么？

A. 海水水位上升

B. 天气变暖

C. 冰块融化

D. 小岛消失

2. "我"对于了解温室效应之前和了解温室效应之后的反应是怎样的？

A. 前后相反

B. 前后相同

C. 相辅相成

D. 没有反应

3. "受到海水威胁"的意思是什么？

A. 害怕还是

B. 海水太淡

C. 海水水位下降

D. 海水水位上升

人手不够，再招了3个。其中一个男同学，是二年级硕士研究生。他以少年儿童出版社的《十万个为什么》十一分册《工程科学》中的一篇文章作参考。该书文章的题目叫《未来的安全汽车是什么样的》，是说明文，全文如下：

全世界的汽车数量多达数亿辆，其中的大部分集中在一些大城市中。由汽车行驶造成的交通事故，给车辆、行人带来极大的不安全因素。据统计，我国每年因汽车交通事故伤亡的人数就有约5万人。因此，汽车驾驶的安全性一直是汽车重要的技术性能指标之一，在目前，它主要是通过汽车的转向可靠性和制动有效性来实现的。

那么，随着交通设施建设和功能的不断完善，未来的汽车将如何来提高安全性能呢？

对于汽车驾驶者来说，许多设计巧妙的安全汽车，将使驾驶汽车变得更轻松、安全。例如，有一种装有弹射椅的汽车，汽车

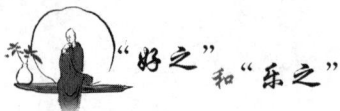

座椅用特殊的方式与强力弹簧助推器连接在一起，座椅内配备有降落伞。当汽车遇到险情并危及驾驶人员生命时，只要一按开关，车顶盖板即自动打开，强力助推器能将人连座椅迅速抛到数十米的高空，同时，降落伞迅速打开，使驾驶员连人带椅子一起缓缓降落着地。

汽车工程师还设计了"长翅膀"的汽车。这种汽车具有特殊的滑翔功能。当汽车发生坠崖或冲出高速公路路沿等险情时，只要一按开关，两侧车门便迅速展开呈机翼状，同时启动翼上的发动机，使汽车加快滑坡速度，汽车能像飞机一样平稳地安全着落。

还有一种反冲击力汽车。这种汽车除了原有的发动机外，还装有一套类似火箭的喷气装置。当疾速行驶的汽车即将发生碰撞事故时，只要启动喷气装置开关，汽车就能喷射出强大的气流，将汽车往反方向推进，从而及时避免车祸的发生。有人还设计了一种能改变形状的汽车。这种汽车的外壳用特种塑胶制成，能变形、伸缩。当汽车将发生车祸时，汽车的轮子能立刻缩到车"肚"里，车子的外形瞬间就变成了封闭的甲壳状，柔软而有弹性的车辆外壳，使车辆即使翻滚坠落也不会危及驾驶人员的生命。

在目前，汽车工程师主要靠先进的电子技术、红外线技术等来解决汽车的安全问题，特别是随着计算机控制技术的发展，汽车的安全性能将得到大大的提高。

以下是他的文章：

未来的安全汽车

小强直盯着电视，显得很伤心。

妈妈觉得很奇怪，问道："怎么了？发生了什么事？"

"电视刚报道了一则特大交通事故新闻，"小强回答道，"死伤了好多人呢。"

"噢，"妈妈恍然大悟的样子，说："原来你是为这个伤心呀！不过，现在汽车那么多，是非常容易造成交通事故的。"

"难道就不能设计出一种安全汽车吗？"小强问。

"这个想法不错，但那是汽车工程师的任务，我们可设计不出来。"说完，妈妈就忙着做家务去了。

小强听了，不高兴。心里想道："怎么能只是工程师的任务呢？难道我们不能帮工程师出出主意，设计出一种性能更安全的汽车吗？对，我可以试一试。"小强为自己的这个好主意，不禁叫好起来。

小强拿出笔纸，说干就干，开始认真地构思起来。

如果汽车发生追尾相撞事故，汽车司机该怎样逃生呢？刚一开始，小强就碰到了难题。不禁皱起眉头，怎么办呢？

于是小强放下笔，离开书桌，想在沙发上休息一下。刚用力一躺，身体就随着弹簧一上一下地震荡起来，真是舒服极了。

忽然，一个灵感从小强脑海中涌出。对啊，我可以设计出像沙发那样有弹性座椅的汽车，在汽车座椅的下面安装一个强力弹簧助推器，并且在座椅内配备有降落伞，如果发生险情，按一下开关，电脑自动打开车顶盖板，司机就会立刻被强力助推器推向高空，同时，降落伞迅速打开，使司机降落到安全地带，这样司机就可以逃生了。而这一切都必须在几秒钟内迅速完成。

小强为难题迅速解决，兴奋地从沙发上弹跳起来。重新拿起笔纸，按照自己刚才头脑中的构思，迅速画出草图。

小强拿起画好的草图，得意地摇了摇头，"这种汽车应该给它取个名字，叫什么好呢？"小强沉思了一会儿，"对，就叫它'弹射椅'汽车。"

晚上，小强做了一个梦，梦见自己驾驶着自己设计的"弹射椅"汽车，安全地行驶在高速公路上。往四周一看，全是自己设计的汽车，它们都非常地安全，没有发生一起交通事故……

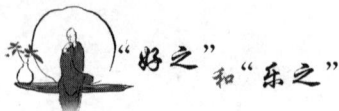

小强不禁在梦中笑了。

根据我的提议，他把原来的说明文写成"小强"的故事，体裁变了，抄袭的"嫌疑"可以大大减少，但他把原来说明文中整段整句的话当成"小强"的话，还是有"抄袭"的"痕迹"。告诉他，在写的过程中，要尽量消除这些痕迹。他答应这样去做。

文章是按篇数计酬的。按我原先估计，每天每人只能写两篇，快的写 3 篇，但个别同学为了多拿钱，每天写五六篇。

"大家写的时候要注意质量，写好一篇是一篇，不要草率，写不好是要你们重写的。"我对大家说，重点是说给个别同学听。

我说："不要为了赚钱而不顾文章质量。大家来这里，除了赚些钱，在写作上也是一种锻炼。平时在学校写作文，老师批改，最多给大家写个评语，不会具体地叫你们改。现在不同，我们是按出版水平来要求你们的，写得不行，还是要大家再修改，到那时，想快反而慢了。"

我还说："就说赚钱，现在一个研究生刚毕业，在社会上找工作，最多只能找到一份月薪 2000 元左右的工作，甚至只有 1000 来元。你们每天写两三篇，收入已经达到这个水平了。你们还没有毕业，有这么一项收入，已经相当高了。一天写五六篇，月入等于一个毕业研究生两倍的工资了。你们不可能达到这样的水平。"

为了防止抄袭，我叫小陈当专门的"抄袭稽查员"。

因家务事多，编写工作任务繁重，这一年的 2 月 18 日下午，我到一个家政服务中心，想聘请一名家务助理。因为时近傍晚，家政服务中心的人不多，除工作人员外，大厅里的长凳上只静静地坐着一个年轻女子。她身材苗条，神态沉静，留着短发，身上穿着一件橙红色的外衣，一条灯芯绒长裤，没有打扮。她姓陈，18 岁，初中毕业。从那一天起，她成了我的助理。她聪明伶俐，任劳任怨，责任心强，除了帮我处理好家务，同时帮我处理编写工作上的事务。

　　小陈不喜欢抄袭行为，对侵犯知识产权的做法很是反感。有个电视台早晨的时事节目叫《××早晨》，另一个电视台跟着又叫《××早晨》。她愤愤不平："人家叫什么早晨，他也叫什么早晨，跟着人家叫，真没出息。"有个电视台想了一个新招，用"瞬间"的形式报世界各地的天气，比如讲到纽约的天气，屏幕就显示纽约的情况，同时显示天气、温度、湿度等。另一个电视台见了，连忙又推出同样的节目，题目差不多，图片差不多一样，形式也差不多，甚至背景音乐也差不多。她见了，十分反感："我们应该去控告它！"一到这个节目播出时，她就要转到别的台看，用"罢看"来表示抗议。有一次播这个节目时，她把自己关在厨房里："耳根清净！"

　　见她对事这么认真，有一次我便逗她："有的电视台用一个卡通人物形象预报天气，这是抄袭另一个电视台的，人家那个'天气先生'便是卡通人物。'天气先生'，你知道'天气先生'吗？"

　　"知道，我最近打喷嚏声音很大，就像'天气先生'。"她说，"'天气先生'预报晴天时，会对着太阳打一个喷嚏。"

　　"你学它打喷嚏？"我问。

　　"是呀。"她说。

　　"这算不算抄袭？人家打喷嚏的风格，是有版权的。"我说。

　　"……"她笑了。

　　说实在的，真正要查抄袭行为，需要她这股认真的劲。

　　小陈把学生写的每篇文章与参考文章仔细核对。每篇文章的段落、架构与参考文章是否一样，她会格外留意。有个别作者，人家参考文章分多少段，每段讲什么，他也分多少段，每段也照讲什么，而且每个段落中的语句也与原文基本相同，不过中间改几个字而已，这些她会毫不客气地指出。什么句子抄自原文，小陈在核对时，一一用荧光笔画出。

"好之"和"乐之"

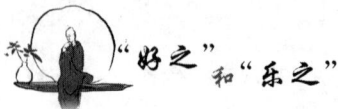

有一篇关于磁卡电话的文章，原文叫《磁卡能打电话》，在《十万个为什么》第 105 册 160～161 页：

磁卡为什么能打电话

你有没有发现，在街边大帽子式的电话亭里，安装了一种公用电话，它不让你投入硬币，而是要你插入一种磁卡打电话。这就是能自动计费和收费的磁卡电话。

你也许奇怪，为什么用磁卡能打电话呢？磁卡可以付电话费么？

实际上，磁卡是一种由硬质塑料造成、涂有磁性材料的卡片。大小如同一张名片，在磁卡上可以写入或读出信息和资料。当它预先储存一定的币值，输入接通电话的防伪密码数据之后，就成为一张磁卡电话。人们将其插入磁卡电话机中，它就像一把能够开启电话机的钥匙，接通电话电路，并起到现金币值的功能，及时支付电话费用。一般电话磁卡面值有 10 元、20 元、50 元、60 元、100 元几种。电话磁卡分为地方性磁卡和全国通用磁卡。比如，上海电话局发行的上海市通用的电话磁卡，只能在上海市内使用；邮电部发行的全国通行电话磁卡，可在全国各地有磁卡电话的地方使用。购买时，要注意是否与你所要用的磁卡电话机相同。

磁卡电话机是一种由计算机控制、能自动收取电话费的新型公用电话。当你插入磁卡打电话时，磁卡电话机上的磁卡读写器，首先把记录在磁卡上的磁信息准确地读出来，检测出磁卡有效后，方可接通电话电路。用户拨通电话后，它按用户所拨打的地点、实际通话时间，将磁卡上的储值依次递减，同时在话机的液晶显示屏上不断显示磁卡内所储有的余额。当磁卡储值将要减到零时，磁卡电话机将发出催促音，提示使用者尽快完成通话，一旦催促结束，通话就自动中断。如果在 20 秒内迅速插入第二张有效磁卡，就能继续通话。通话完毕后挂上话机，话机会自动停止计费，并在磁卡相应的标价处打下孔后退出磁卡，和孔对应的标记就是剩余金额。

磁卡电话为人们拨打长途电话提供了极大的方便。磁卡轻便、易于携带，一卡在手，便能走遍神州。此外，电话磁卡设计精美，已经在世界各地成为人们热点收藏品。

有个学生写成的文章如下：

磁卡电话

我是磁卡电话，是电话家族中的新成员。如果你细心的话，你就能在大街小巷发现有一种大帽子式的电话亭，我就在那里面。如果你们想打电话，我不需要你们的硬币，我只要你们插入一张磁卡就可以，我会自动计费和收费，非常方便。

可能你们会奇怪，磁卡为什么能够打电话呢？

其实，磁卡的大小就像是一张名片，是由硬质塑料造成的，并在上面涂有磁性材料，这张磁卡的信息和资料就能够在磁轨上写入或读出。当顾客预先储存一定的币值，再把防伪密码数据输入到接通的电话上，电话磁卡就形成了。

人们只要把磁卡插入我身上的磁卡入口，磁卡就会成为打开电话机的钥匙，把电话电路接通。同时磁卡又起到及时支付电话费用的作用。

可能现在你还不明白我是怎样具体操作的，那我就马上告诉你。

我是由计算机控制的能够自动收取电话费的新型公用电话。当你打磁卡电话时，我身上的磁卡读写器，会立刻准确读出记录在磁卡上的磁信息，对磁卡进行检测，磁卡检测有效后，才可以接通电话电路。用户拨通电话后，控制的计算机就会根据用户所拨打的地点、实际通话的时间，依次扣去磁卡上的磁储值，同时我身上的液晶显示屏上还会不断地显示出磁卡内剩余储值。当磁

卡内的剩余储值不够时，我就会向用户发出催促音，提示用户需尽快完成通话，当磁卡内的储值没有时，我就会自动使通话停止。但是只要用户能够在 20 秒内迅速把第二张有效的磁卡插进去，通话就能够继续。通话完毕后，挂上话筒，电话就会自动停止计费，并在磁卡相应的标价处打下孔，表明这是剩余的储值，然后退出磁卡。

现在你明白了我是怎么工作的吗？因为磁卡的轻巧，方便携带，所以我也遍布各个城市，给人们拨打长途电话带来了极大的方便。

"这位同学写的文章不但每段话的意思跟参考文章一样，而且每一段的句子都一样，不过改动个别字而已。开头第一段，就同原文一样，而第二段过渡段，人家说，'你也许奇怪，为什么用磁卡能打电话呢？'他就说，'可能你仍会奇怪，磁卡为什么能够打电话呢？'第三段，人家说，'实际上，磁卡是一种由硬质塑料造成、涂有磁性材料的卡片。大小如同一张名片，在磁卡上可以写入或读出信息和资料'。他也说，'其实，磁卡的大小就像是一张名片，是由硬质塑料造成的，并在上面涂有磁性材料，这张磁卡的信息和资料就能够在磁轨上写入或读出'。"小陈这样说。她一一用荧光笔画出来，让作者进行修改。

"抄袭"行为需要稽查，是有原因的。如果不与原稿对照，有时还不容易看出是在抄袭。因为抄袭的文稿不通顺的地方随处可见，词语搭配不当、成分残缺、多余和累赘等毛病不少。因为他们在抄袭时也加上或减去几个字，恰恰这些属于他们自己"创作"的地方却出现毛病，怎么说好呢？

在找来写稿的这些研究生中，写的稿子有抄袭毛病的只是少数，大部分人还是老老实实认真写稿的。有个别作者作品有抄袭毛病，经过检查也能得到及时纠正。在作者中还出现了互相帮助的现象。

在写稿的人中，有一位来自中学的语文老师。他是上一年从师范大学研究生毕业分到某中学任教的。前年暑假编课本时，他来应聘过。这个暑假开始后不久，他找我，问我有什么工可做。原来他供了楼，找了对象，准备结婚，手头紧，希望我关照关照。我说："这次是写中学生的阅读篇章，跟上次编课本不同。"

"写这些短东西，我最在行了。"他说。

"也好，但要认真写，不能抄袭。"我说。

"不会抄袭的，我知道。"他答应。

因为他是个老师，平时会给他些面子，不大检查他写的东西。但最后看他写出的稿子时，跟参考资料原文一对照，也有抄袭的问题。

"你这些稿子，有不少地方有抄袭的问题，你自己把它修改好。"他已经回学校备课了，我把他找来，把用荧光笔画了不少横线的稿子放在他面前。

按要求，要来上班，跟其他同学一起写作，但他除了备课，还因为私人的事忙得不亦乐乎，来不了。

鉴于他现在的情况，同意他把稿子拿回去改。

给他半个月时间，几经催促，他才把稿子送回来，改了大部分，因为太忙，少部分还未改。

"余下的这些稿子，我们帮你修改吧。"听他讲了有关情况后，在场的一位研究生说。

"我们每人帮你改两篇，你回去把自己的事情处理好就是了。"其他写稿的人也表示支持。

互相帮助，问题就这样得到了解决。

在广州，我们为稿子把好关。稿件到了香港，何教授还要详细核查，再次把关，保证有抄袭问题或其他质量问题的稿子不会出现在网上。

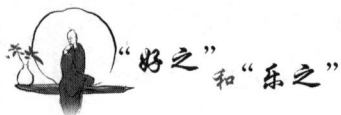

"稽查员"

在那里写稿的都是一些研究生，但助理小陈和打字员小谢只有初中的学历，文化水平不高。有一次，我对他们说："你们不要迷信学历，也不要迷信博士、硕士的头衔。洛蒙诺索夫说，第一个教大学的人，必定从未上过大学。事实上，历史上许多作家并没有读过什么大学。你们虽然没有高的学历，但只要自己肯学肯做，说不定会比一些博士、硕士强，将来要当一名作家也不难。"

"读书少，总是吃亏一些。"小谢说。

"读书少，可以补救的。你们现在不一定专门找时间读书，可以在做的过程中读，比如可以学习写一些短文章，在写的过程中遇到什么问题，就找书来看。这样既增长了知识，又有了劳动成果，一举两得。"我说。

"真的可以？"小陈问。

"可以，只要你们肯学，这里有很多机会。天天阅读，天天进步；天天写作，天天进步，锻炼几年，等于读完了大学。文章写得好不好是一回事，起码可以养成不抄袭的习惯。"我说。

"我是反对抄袭的。"小陈说。

在这暑假期间，来自几所大学的研究生写了许多质素高的稿子。当然，他们大都是新手，稿子会存在这样那样的问题，词语错用、搭配不当等语误更是常见。这些，我都会一一向他们指出。为了增强大家对语文的感性认识，我常常跟他们谈一些语文问题。平时，我常常关注着随处可见的有关文字是否通顺、是否规范的问题。碰到一些有趣的事，在闲谈中也会谈起。这样的闲谈，小陈和小谢也常常会参与。

　　见到一家医院在宣传单中印有醒目的口号："疾病——医院为你解除，服务——我们使你满足。"有一次，跟该医院一位熟人谈起这件事，我说："这句口号的意思很好，但文法上不通。"

　　"什么地方不通？"他觉得有些奇怪。

　　"你虽然大学念的是医科，但中学是学过语法的。语法讲，句子中各种词语要搭配得当。'疾病'可以说'医治'，可以说'消灭'，但不能说'解除'。'禁令'可以'解除'，'职务'也可以'解除'，而'疾病'并非'禁令'，也不是'职务'。"我说。

　　他笑了笑。

　　"还有，'满足'是针对'欲望''要求'而言，医院的'服务'只能令患者'满意'，而不能令他们的'欲望''要求'得到'满足'，所以'服务'和'满足'搭配也是搭配不当的错误。"我说。

　　"你说得有道理。"他又是一笑，"医院的人不是搞文字的，几个领导开个会，说提个什么口号，有个人一提出来，其他人附和，就通过了，不像你们秀才那样去推敲。"他说。

　　"你们医院也算是一个大单位，像口号、机构名称什么的，应该通顺，自己不去推敲，也应该请语言方面的专家推敲一下，不然就会闹笑话。"我说，"有家医院的一个大招牌写着'×××心脏中心'，这个名字就不通。那明明是医院的一座大楼，怎么会是'心脏中心'？应该写作'心脏疾病治疗中心'才对。"

　　我把上面这件事说了，来自华南师范大学的小江说："你讲得对，不但在医院看到这些不通的标语口号，在商店甚至街头巷尾都可以见到。"

　　"是呀。"我说。

　　于是我们一起举例子。

　　有一家售卖灯具的商场叫作"×××照明中心"，应写为

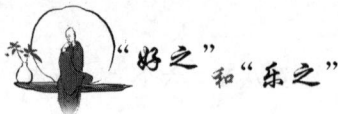

"×××照明用具销售中心"，简单些可以写成"×××灯具销售中心"，或"×××灯具店"。

"有一家医院叫作××省中医院"应写作"××省中医医院"，说明他是"医院"而不是"研究院""疗养院"或什么别的院。

有一个机构叫作"×××计算机培训中心"，也应写作"×××计算机操作技术培训中心"，说明它不是"培训计算机"，也不是"计算机销售技术培训"，同时也不是"计算机制造技术培训"。

有个地产公司的广告牌是这样的："一个令心情盛开的地方，一个典藏的江景单位，欢迎品鉴。'心情盛开'，'心情'可以说'好'还是'不好'，不能说'盛开'。心情怎样'盛开'？有'心花怒放'这个词。在这里，'怒放'的是'花'，不过不是一般的'花'，而是'心花'而已。'典藏''品鉴'用得也有毛病。"

有个展览叫《人体解构展览》。"解构"是不能"展览"的，应改为"人体解构图片展览"之类。

2002年冬至2003年春，香港和内地一些地方一样，暴发了SARS传染病，死了很多人，成了疫区。2003年冬至2004年春，内地个别地方又出现SARS病例，但香港没有出现。当地电视台、报章杂志上有这样的话："据专家统计，今年大规模暴发SARS的机会不高。"在谈到这件事时，我说："他们好像很希望香港成为疫区似的。"

大家都笑了。

我说："我们平时讲希望得到'升职的机会''加薪的机会'之类，用上'机会'这个词是对的，因为'机会'是褒义词。像SARS暴发这种事是人们不愿见到的，不应该用褒义词，而应该用'厄运'之类的贬义词，或者用'可能'这样的中性词也可以，用'机会'这样的词与之搭配不合适。"

"是这么回事。"小谢赞成我的意见。

"这样用词不当的例子在传媒上也比比皆是。就说'机会'这个词，几乎天天可以见到不当的用法，什么'失业的机会''通货膨胀的机会''收入剧减的机会'等。传媒人士是做文字工作的，不应该出现这种情况。"我说。

有时，我们还会探讨一些较为"深奥"的问题。

那一段期间，内地相继成立了一些企业集团，比如××文化传媒集团、××出版集团。"集团"后没"公司"一词。我曾打电话问一位朋友这是怎么回事。他说，一些相关单位成立"集团"，去工商局注册时，人家说要加上"公司"二字。他们说，他们是文化产业，高雅的，不能叫公司。"我觉得好笑。"他说。

其实，要用"公司"二字才对。抗战期间，有集团军，现在有集团公司，只说"集团"，那是什么集团？社会上用"集团"二字的，有"犯罪集团""拐卖儿童集团""翻版碟集团"等，这里的"集团"是指一伙人，不是一个注册单位。注册单位一般是企业，集团是指一个企业群，并不指一个单位。《辞海》没有"集团"而只有"集团公司"这个词条。企业集团公司"是指一个企业集团中起控股、投资、协调等作用的核心企业。相当于母公司。一般由集团中资产实力、资金实力或技术力量最雄厚的大型企业或控股公司组成。在企业集团的资产、经营和生产中处于中心地位"。从这定义也可以区分集团和集团公司。以一个出版社来说，它下面设有许多小出版社，还有印刷厂等。这些小出版社和印刷厂是一个群体，也可以说企业集团，但这里的集团不是单位名称，不过是"企业群体"的另一个叫法而已。在这个群体中，那个大出版社是核心企业，资产、资金实力和技术力量最雄厚。它可以成立一个集团公司，成为它下面一系列单位的母公司（不成立也行，因为其他企业原来就是它的下属单位）。原来叫出版社，要成立集团公司，首先它要公司化，成立事实上的出版社

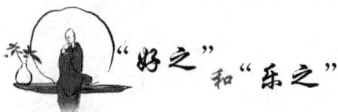

有限公司，然后改制成出版社（集团）有限公司。可能当时的做法并非如此，上级单位认为该出版社可以成立"出版集团"，这个"集团"似乎是指它下面的所有成员，并非指那个大出版社，而集团也并非一个单位，难怪注册时工商局要叫他们加上"公司"的字眼。所谓改制，就是说这个出版社原先是某领导机构的一个单位，是某组织的一个部门，现在要改成一个商业运作模式的公司。性质变，公司结构、人事安排也应变。总负责人原来叫社长，公司化后应改成董事长（下设总裁），可是有些地方的出版集团成立后，社长还叫社长，也没有设总裁。

"这些事我也不明白。"听完我的讲述后，小陈说，"但你一讲，我似乎学习到一些新知识了。"

我见小陈、小谢都对语文有兴趣，便叫他们学习写作。小谢打字比较忙，我叫她下班后自己练习。在"稽查"工作之余，我分配给小陈一些比较简单的写作任务，比如造句、段落写作之类。

有一次，小陈用词语"劳燕分飞"造句："不自然地，我又想起了那天与奶奶劳燕分飞的一幕。"

我说："这个句子不妥。"

她问："为什么不妥？"

"不错，'劳燕分飞'是比喻离别的，问题是比喻什么人离别，怎样离别。"我说，"这个成语出自古乐府《东飞伯劳歌》：'东飞伯劳西飞燕，黄姑织女时相见'。伯劳是一种鸟。这个成语一般用来比喻夫妻的离别，你现在用来比喻自己跟奶奶的离别，在人家看来，这是闹笑话。你回去查资料看看。"

她一查，说："《成语词典》说大多指夫妻离别。"

我说："这就对了。"

"大多数指夫妻离别，还有少数呢？"她有些不解。

"那是指恋人、情人之类，这类人跟'夫妻'接近，所以讲到他们的离别时也用'劳燕分飞'这个成语。"我说，"这个

'度'要掌握，不宜再扩大使用范围。有'妻离子散'这个四字词语，形容'妻离'可以用'劳燕分飞'，形容'子散'就不能用。"

她一听，有所悟，笑着说："明白了。"

我说："在另一个地方，你也有成语使用得不准确的问题。"她用"车载斗量"这个成语造了两个句子，一个是："在香港，经商的人车载斗量。"一个是："每天，乘坐地铁的人车载斗量。"我先提出问题让她思考："这两个句子有什么毛病？"

"'车载斗量'是形容数量极多。"她说。

"这没错，问题是形容什么的数量？"我说，"说一些没有生命的物质，比如稻谷，可以用这个成语去形容，一些不具体的概念，把它具体化，比如'感情'，用上这个成语也未尝不可。但你写的是人，'车载'可以，比如你写的第二个句子，他们乘坐地铁，就是'车载'，但是你怎么用'斗'去'量'他们呢？读者叫你量一量给他们看，你就没有办法了。"

她一听，恍然大悟："原来这么回事。"

癸未年（2003 年）羊年春节，"每日一篇"网站发表"利是"（红包）篇章"家长篇""学生篇"，分别向家长和学生恭贺新年，其中年初一版"利是"4 封，年初二版"利是"4 封。学生和家长只能分别选取一封"利是"。他们用"鼠标"选中心中的"利是"后，银幕便会出现一篇短文，供他们阅读。新春祝福，移风易俗，"利是"篇章短小精悍、浅显，内容有趣，配合当地风俗，很受欢迎，给家长和学生带来了惊喜。文章在祝福学生和家长的同时，也要求对方有所行动，实现祝福语中所提的目标，也给了他们前进的动力。

猴年（2004 年）春节前还有一个月，何教授就要我准备新的一年的利是篇章了。经考虑，决定了如下题目：

"家长篇"：《万事如意》《东成西就》《添丁发财》《猴年吉祥》。

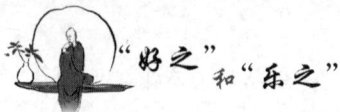

"学生篇"：《心想事成》《万事如意》《一本万利》《出入平安》。

一天上午，题目定下来后，我叫小陈试写一两篇来看看。第一篇是"学生篇"的《万事如意》，她写了出来，文如下：

万事如意

万事如意，这是大家心里所求的。作为学生，怎样才能万事如意？

在学校，要与同学、老师和睦相处，互相尊敬，互相帮助，建立良好的师生、同窗关系。在家里，要与家人沟通好，体谅、孝顺父母和长辈。在社会，要多为他人着想，乐善不倦，给人留下好印象。这样，无论在哪里，你都会很受欢迎，自己也会高兴起来。

有了高兴这动力，你就干劲十足，事半功倍。这不就是万事如意了吗？

看了这篇初稿，我说："这篇稿子最大的特点是一般化，既没有哲理性的语言，也没有深刻的道理，不能吸引读者。"说完请她再写一篇。

二稿写出来了：

万事如意

"你希望自己在新年里万事如意吗？"

"希望！"一定会有许多学生这样回答。是啊，有谁会不希望自己万事如意的。

要做到万事如意，并不难，只要知足，就行了。

俗语说："知足者常乐。"乐，则如意也。做人要懂得满足，不要人心不足蛇吞象地向别人要求这要求那的。过分地要求，会使别人讨厌你，你也就不如意。

只要事事知足，那就事事如意，万事如意了。

看过二稿，我对她说："一般化的缺点还没得到克服，另外还增加了一个新的缺点，就是观点不大正确。我们平常说知足常乐，作为一种修养，这没什么问题，但说知足就是如意，则不大恰当，一个人没有什么追求，意在'知足'，就不存在如意不如意的问题了。"

"你以前写得少，能写出这样的稿子，就很不错了。不少人都说写短文章容易，其实并非如此。正因为它短，每一句都要有一定分量，所以短有短的难处。"我说，"但是，比起长篇巨著来，写短文章还是稍微容易些。你以后就从写短文章开始练习吧。"

我又说："为了争取时间，我来说你来写吧！"

"好的！"她说。不一会，一篇短文就出来了。

万事如意

新年期间，大家一见面，都会互祝"万事如意"。"意"是指一个人的愿望、意愿。要所有事情都按自己的意愿发展，这本身就是一个美好的愿望。

"万事"之所以能够"如意"，首先是因为自己的"意"符合客观实际，符合事物的发展规律。一个人，异想天开，任"意"妄为，不顾实际地盲干，总会碰壁的多，"如意"的少。反之，考虑问题从实际出发，尊重客观规律，做起事来就会无往不利。

"万事"之所以能够"如意"，往往还因为主事者做了不懈的努力。天上不会自动地扔下馅饼来，守株可以待兔的事也不常有。只有努力过，流过汗水，才会"如意"。

"天下不如意事十之八九"，要碰到"万事如意"并不容易。当有些事情不"如意"或不大"如意"的时候，要想得开。另

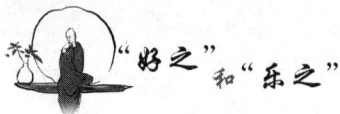

外，"万事"也要分主次。在一段时间内，抓住主要目标，抓住主要的事去做，令这一件事"如意"就已足够。

在新年到来的时候，许多人或许都在打着一个"如意算盘"。这个"算盘"该怎么打，看来很有学问。

写完后，我说："这稿子虽然还不算很好，还得修改，但基本上可以了。跟你前两篇稿子比较一下，你觉得怎么样?"

"这篇文章主题新颖，虽然字数不多，但把'如意'问题说得比较透，把读者心里想的都说出来了。"她说，"而且每段都是格言式的，包含着深刻的道理，令人很受启发。通过这篇文章的写作，我学到了很多东西。"

"通过这样对比去学还不够，最重要的是多写。"我说，"你来了以后常常听我说这么一句话啦，'从走路中学习走路，从游泳中学习游泳，从写作中学习写作'。什么都是要从实践中学习，比如人从打铁中学习打铁，从捉鳖中学习捉鳖。"

"从捉鳖中学习捉鳖?"她好奇地问。

"那是一个鳖王给我们报社的一个记者讲的故事。"我说。

于是我跟她讲了鳖王捉鳖的故事。

博罗县铁场渔业大队的吴有福，是一个懂鳖性的人。如果是旺季，他到河里巡一会，就可以捉到几只鳖。吴有福说，鳖春季逆水而行，从东江口游到上游繁殖产卵，秋冬顺水流，返回江口。它们平时一般潜伏在浅水沙滩，尤其是河湾的湾头湾尾。每小时鳖会浮出水面透气三四次，如果路过河边，就很容易发现它们的踪迹。鳖怕热，要是夏天，又遇河床窄小的沙滩，它便藏在有烂泥、水草的地方，两个鼻孔露出水面，听到人的脚步声，鼻子又缩回水里。刮风的时候，鳖不停脚，风停了，它才潜伏在烂泥和沙子里。鳖钻泥时，水面会起水泡，这是捉鳖的一个很好的线索。一旦发现了鳖的踪迹，又怎样去捉呢? 吴有福说，人潜入水里时，双手轻轻摸，有鳖的话，沙或泥很实手，硬邦邦的，这时便可掰开泥沙，左手捉住鳖的背，右手封住它的口，双手把它捧出水面，这样可以防止被鳖咬伤。由于吴有福熟悉了鳖的生活规律，所以成了捉鳖能手。一次，他和几个同事落队。路过河边时，他发现有几只鳖在浮头，便停了脚步，下河捉了三只上来，同事们都又佩服又惊奇。

讲完故事，我说："吴有福就是从捉鳖中学习捉鳖的。他捉鳖捉得多了，摸透了鳖的生活规律，才能手到擒来。"

"鳖王的故事令人懂得在实践中学本领的道理，但我不想学习捉鳖，想学的是写作。我要从写作中学习写作。"她笑着说。

她是这么说的，也是这么做的。在往后十多年的工作中，她有时负责校稿，有时负责打字，但我会不时分配她一些写作的任务。她负责写的稿子，有不同的体裁，篇幅有长有短。每次写完后，如果能通过，我会指出文章有什么优点，在哪些方面符合要求。如果不能通过，我会告诉她怎样修改。一次修改不行，再作修改，一直到通过。为什么稿子通不过？为什么要这样修改？她都不厌其烦，从中总结经验。在写作中，她养成了严谨的作风，既能注意体裁的选择和主题的提炼，也能注意文章结构的构思和表达方式的选择。所写文句比较通顺，用词不当、词语搭配不当、重复累赘等语误比较少。就这样，她坚持练笔，写作水平不断提高。为"每日一篇"网站和其他研究项目写了些不错的文章，其中一篇以澳门为背景、题为《龙须糖中的父爱》的短文，她是这样写的：

小时候，我很喜欢吃龙须糖。因为家境不好，我很少有吃龙须糖的机会。吃龙须糖的一次经历，令我毕生难忘。

那是我的 10 岁生日快要到来的时候，我在班上考了第一名。爸爸知道后，高兴地对我说："为了奖励你考得好成绩和庆祝你的生日，爸爸决定请你吃佑记龙须糖。"说完，爸爸就用粗大宽厚的手牵着我细嫩的小手，向高士德大马路与罅些喇提督大马路

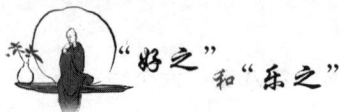

交界的红市街走去。

在我的印象中，爸爸和我站在制作龙须糖的老板面前，看着龙须糖的整个制作过程。爸爸说，龙须糖入口速溶，和它的制作过程有关。听了爸爸的话，我仔细地观察，看老板是怎样把糖制作成龙须形状的。老板首先把煮好的糖胶和糯米粉融合成一块软胶的样子，接着一次又一次地将它拉长，直至拉出一根根细长的白色糖丝，凑成一簇，然后在糖丝簇中加入由花生、芝麻、椰蓉做成的馅料，最后包好。这样一来，整个龙须糖的制作过程就完成了。看着一颗颗做好的龙须糖，我垂涎三尺。爸爸看出我嘴馋，立刻付钱给老板，买下一包龙须糖。

在回家的路上，我高兴得像一只雀跃的小兔，蹦着跳着，而爸爸则拿着一包龙须糖沉稳地走在后面。我回过头，看了看爸爸，只见他平时严峻的脸，露出了几分笑意。

长大后，每当吃龙须糖，我就会想起爸爸，感受爸爸的爱意。爸爸对我的爱就像那"龙须"，一丝丝地付出，甜蜜我的童年。

这篇文章通过龙须糖去写父爱，父爱"就像那'龙须'，一丝丝地付出，甜蜜我的童年"，写得既形象又真实。父爱的甜蜜，很多小朋友都有切身的感受，《龙须糖中的父爱》把这种感受表达了出来，抒发了对父亲的感激之情，因而容易引起读者的共鸣。

话说回来，在"六个一百篇"的写作过程中，我把防抄袭作为重要一环来抓，经过一段时间的整顿，工作逐步走入正轨，只要小陈查出哪一篇作文有抄袭之嫌，就按正常程序处理，保证了文稿的原创性。这批文稿上网之后，读者反映很好。

在大家的共同努力下，"每日一篇"网站办得相当成功。2001 年网站建立时，网站的会员学校只有 10 所，2002 年增至 150 所，2004 年更增加至 516 所。2003 年 4 月 12 日，根据 Alexa

的网页流量统计,"每日一篇"在世界网站排名第 3146 位。根据 2004 年 2 月 15 日计算机显示的数据,"每日一篇"每天的浏览量为 550 万人次。高峰期每秒点击率达 1 万人次,每天定时登录网站阅读的约有 30 万人,每天测验合格的有 13 万人。这是香港网站发展史上的新纪录。这个纪录保持多年。2006 年,"每日一篇"网站获得香港雅虎颁发的"全年搜索次数量多"大奖。目前,"每日一篇"网站已经家喻户晓。据问卷调查数据,有 90% 的受访学生表示,他们喜爱"每日一篇"的学习模式,并且通过这个模式养成了阅读习惯。

阅读习惯养成以后,许多学生开始阅读其他课外书籍,形成一种良好的学习风气。我跟小陈试着做了一些有意思的统计:《史记》有 520000 字,《资治通鉴》有 3000000 字,《西游记》有 866000 字,《红楼梦》有 1137000 字,《水浒传》有 925000 字,《三国演义》有 717000 字,俄国列夫·托尔斯泰的《复活》有 441000 字,日本村上春树的《海边的卡夫卡》有 410000 字,德国奥得弗雷德·普鲁士勒的《鬼磨坊》有 170000 字;美国玛格丽特·米切尔的《飘》有 1600000 字。如果一个学生一天看 300 字,一年就可以看 109500 字,那么他只需要花 8 年时间就可以看完《西游记》,花 15 年就可以看完《飘》。如果一个学生一天看 600 字,一年就可以看 219000 字,4 年就可以看完《西游记》,7 年半就可以看完《飘》。

"把式要常踢打,算盘要常拨拉。一要多写,二要多读,多写要同多读结合。你一天看他个 1200 字不成问题,那么两年就可以看完《西游记》,不用 4 年就可以看完《飘》了。"我对小陈说。

"那我争取一天看 1200 字,每日坚持。"她说。

第九章　特殊课题

2006 年九十月间，内地有关部门准备在某地召开一个关于中华文化问题的研讨会。何教授说："我准备去参加。"

"文化知识也是语文教育的一部分，你是研究语文的，去参加一个中华文化问题研讨会，这没有问题。你准备去谈什么呢?"

"我想讲'慎终追远'的问题。"他说。

我知道，"慎终追远"这个词语出自《论语》，原文是："慎终追远，民德归厚矣。"于是我说："讲这个问题有一定意义。所谓'慎终'，是指父母去世的人要认真办理父母的丧事，要虔诚地祭祀祖先。'民德'归厚矣，是说民众的品德就会变得更加厚道了。把'慎终追远'跟'民德'联系起来，也就是说从道德的层面上来讲孝道，这应该属于中华传统文化。"

"我要讲死亡教育问题"

他说："我不准备光从道德的层面上来讲，我要讲死亡教育问题。"

"死亡教育?"我似乎是第一次听到这么一个概念，感到好奇。

"是的，所谓死亡教育，是指死亡、濒死与生命关系的历程教育。它的意义在于帮助人们以虔诚、理解及庄严的态度面对死亡及死亡的准备，宗旨在于使人掌握健康及积极的生命观，以创造积极而有意义的人生。"何教授说，"这是一个死亡教育家下的定义。"

"死亡教育看来应该属于世界观教育的一个分支。"我说，"那位'死亡教育家'研究的问题够'专'的了。"

"在我们这里，谈死亡教育，是一个特殊课题。"何教授说。

听到"特殊课题"这个词语，我心里立刻明白了。

在华人社会，死亡教育之所以成为一个"特殊课题"，这是因为，人们不大讨论这个问题，或者确切点说，人们不大愿意谈论这个问题。事实上，人都是不想死的，也不想自己心爱的人死，因此不想谈什么死亡问题，不想与死亡有任何牵扯。在华人传统中，人们对死亡非常忌讳。在日常生活中，一般人也不会讨论"死"这个问题。人死了，忌讳说个"死"字，便用"走了""气尽"等来代替，"丧事"也叫"白喜事"，埋葬的坟墓叫"阴宅"。在粤语方言里，"4"跟"死"同音，所以在广东的一些地区，不少新建楼房都没有第4层，发展商逢"4"便用"3A"或"3B"去代替。我住的屋邨，有个区，有一座、二座，有三座、五座、六座，就是没有第四座。不然，第四座、第四层以及四号之类的住宅就不容易销售出去。类似这样的情况，到处可以碰到。看到何教授给我参阅的那堆书的书名上都是"死亡""死"字，助理小陈也显出愕然的神色："怎么研究这样的问题?"

"这些书都是外国和台湾的一些专家写的。"我指着那些书说，"他们是死亡问题教育专家，可能一辈子都在研究这个问题。"

"哼……"她头也不回，"噔噔噔"地走开了。

"禁忌是一种社会层面上的民俗信仰。人们忌讳谈论'死

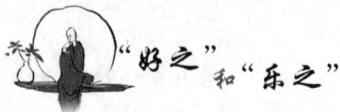

亡',主要出于害怕因谈论死亡而招致死亡这样的心理,反映了人们祈求平安吉祥的愿望。这种心理是根深蒂固的。"我对何教授说,"人家不愿意提死亡,你却在研讨会上大讲特讲'死亡',他们会不会'轰'你出去呢?"

"不会,不会。"何教授说,"我跟会议的组织者说了,他们说很欢迎我讲这个题目。内地人不是说要与传统观念决裂吗?这种忌讳谈死亡的观念就应该跟它决裂。因为这一观念除了带有愚昧性,还带有主观性,主观上不想死亡,但现实还是有死亡这回事。死亡问题,不管人们如何忌讳,始终都要面对。与其回避,还不如把它作为一个科学问题来研究,让大家掌握这方面的知识。"

我知道,"与传统观念决裂"这一点,何教授是做到了的。在此之前,他跟我闲谈时,有几次也谈到死亡问题。有一次,谈到死后如何安葬的事,何教授说:"人死了,为什么非要弄个坟墓呢?我想生前在什么地方找一棵大树,我死了,叫家人在树下挖个洞,把我的骨灰撒进去就是了。到什么节日,他们到树下聚一聚,怀念一下。这是我们的这一代人和下一代人的事,再过一代,他们就不一定会去了。"

"你这个方法,似乎暂时不应该'宣传'出去,要不大家'捷足先登',都到大树下挖洞去了。"我开玩笑说。

"怕什么,大树那么多,可以增加肥料。"他说,"况且,大家现在还没有真正跟传统观念决裂,大部分还是习惯使用那个'阴宅'。"

"事实上,内地有些园林部门已经把这作为一门生意做了。"我说,"有个公园把一个林区辟为'树葬区','顾客'交一笔钱后就可以把先人的骨灰'挖个洞'葬在树下,然后在树上挂一个牌子,像墓碑似的。"

"挂上碑牌,那就不好了,影响风景。"何教授笑着说,"要'无碍观瞻'才好'。"

　　是啊，死亡问题是完全可以像何教授这样说，也这样去面对的，有什么好忌讳呢？

　　"话说回来，你到内地谈死亡问题，不是面对普罗大众，而是面对专家学者，他们怎么也不会'轰'你的。"我说，"相反，他们会觉得这个问题不但'特殊'，而且'新'，所以欢迎你去讲。"说着，转到演讲的内容上来。

　　"'慎终追远'，讲的就是对自己的父母，对自己的祖先纪念的问题。死亡教育是对活着的人来说的，怎样把两者联系起来，要动一动脑筋。"我说。

　　"我想，我们讲'慎终追远'，可以从两方面来说，一方面对去世的父母和其他先人要'追远'，另一方面是对自己要'慎终'。每个人都是要死的，都有一个'慎终'的问题。"何教授说。

　　"《论语》和其他有关《论语》的解释，'慎终追远'都是从'礼'的角度来说的，并没有你所说的这种意思。"我说。

　　"人家没有说的，我们可以说嘛。人家那样讲，我们可以这样去发挥，这叫作创意。"他强调"创意"，也就是强调个"新"字。

　　"那这篇论文该怎样写？"我问。

　　"我还没完全想好。我初步考虑，大概可以分三部分；第一，从道德的意义上讲慎终追远的问题；第二，讲如何对故人'慎终追远'；第三，讲如何对自己'慎终追远'。"他说。

　　"这样写好像是三块孤立的东西，如果有一个观点把它们串起来，似乎好些。"我说。

　　"你帮我考虑考虑。"他把皮球踢给了我。

　　回家以后，我左思右想，不得要领。第二天早上，到公园去跑步，突然灵感浮现，思路顺畅，想出了论文的题目《慎终与死亡教育》。中间正论的三个小标题也想好了：第一，要克服对死亡噤若寒蝉的心态，以健康的观点谈论死亡；第二，克服哀伤与

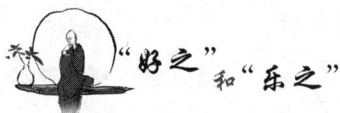

恐惧情绪，以正确的态度面对死亡；第三，通过思考死亡，评价生前功过，培养积极的价值观和人生观。

我立即打电话把这个思路和提纲跟何教授说了，他连说："好，好，好!"后来论文就是照这思路写的。

不久，何教授出席了研讨会，在会上宣读了那篇论文。开完会后，回到家里马上给我打电话。他兴奋地说："这篇论文在会上很受欢迎，他们都说以前从来没有听过这样的论题，很受启发。很多人跟我要论文的复印稿，有的人还把我讲话的录音带回去，准备播放给他们单位的人听。"听他这样说，我当然很高兴。

形式和内容

这次研讨会后不久，何教授的母亲去世。何教授是按照研讨会上宣读的论文中的观点来正确面对这件事的。那篇论文讲，人面对自己的死亡，会"感到恐惧"，"对亲人的死亡，丧亲者会有一种哀伤情绪"。跟如何克服恐惧情绪一样，克服哀伤情绪，以正确的态度对待死亡，"是'慎终'的一个重要问题，也是死亡教育的一个重要问题"。"丧亲者要以坚强的毅力去保持情绪的稳定，勇敢地面对现实，想方设法治疗心理创伤，继续前进"。他为母亲举行了追悼会，并请至亲好友参加。在追悼会上，他讲了母亲生前的贡献、所表现出的优秀品质，以追忆、纪念母亲。他很快从哀伤情绪中解脱出来，挥别过去，再度拥有美好的感觉，开始新的生活。

说来也巧，何教授的母亲去世不久，小陈的祖母也去世了。有一天，她请假回家奔丧。

"太突然了。前些时候，你不是说她老人家从医院出来，身体还好吗?"我说。

"她进医院几天,花了好多钱,还没弄清楚什么病,就嚷着回家,说年纪大了,总要死的,不要花那些冤枉钱了,于是便回家了。"小陈说。

"怎么能为了省钱就出院呢?有病总要治呀,就算她要出院,子女也要阻止她。"我说。

"这也是没办法的事。大家经济困难,看不起病,都说祖母80多岁,年纪那么大,随她了。"她说。

我感到一种无奈。

死亡的事接二连三。2007年8月2日(农历七月初九)凌晨,我的弟弟进滔打来电话,说母亲辞世,享年88岁。我立即赶回东莞,为母亲办理后事。我们的心情很沉重,但那天天气好,是个晴天。父亲是1995年农历四月二十去世的,也是个晴天。

我想跟何教授一样,为母亲举行追悼会,但进滔已准备好,按照乡下的传统方式,为母亲举行葬礼。我想,母亲长期生活在家乡,用乡下的方式纪念她,也符合她的愿望。"买水"(到河涌边投币买水为逝者沐浴)、"出厅"(把沐浴后的逝者从偏宅移于正厅)、"服孝"(子孙及其他眷属换穿孝服)、"小殓"(为逝者穿寿衣)、"大殓"(逝者入棺)、"出山"(送殡),都是为逝者"慎终",只要悼念、追思的目的达到,是可以不拘形式的。

在送别母亲的过程中,我的脑际不时闪现父亲和母亲生前在日常生活中的画面:

在我的印象中,母亲是一个闲不住的人。我七八岁的时候,每天早晨一起床,就见到母亲忙里忙外,洗衣服、扫地、烧火做饭,等父亲吃过早饭外出打鱼。早饭以后,收拾一会,她就背着弟弟下田去了。农忙的时候,母亲会带着我和弟弟到田里。我有时会帮忙背着弟弟,减轻母亲的负担;不用我背的时候,我就帮些小忙。农忙时节,父亲一般不外出打鱼、做工,便跟母亲一起

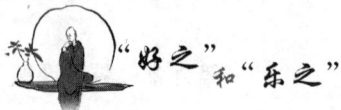

下田，收割时，背着弟弟的母亲负责割禾，父亲负责打禾。母亲把割下来的禾一扎一扎地放在田上，父亲把禾往一个大禾桶上甩，稻谷脱落在禾桶里，剩下一扎一扎的稻草立放在田上。打禾是一种很花力气的活，我当然帮不上什么忙，但我常常会拿着镰刀，跟母亲一起割禾。母亲割禾，速度是很快的，"嗖——嗖——嗖——"三两下就割了一行，割下一扎一扎的禾就排在她后面了。我呢？拿着镰刀，半天割不下一棵。母亲笑我："看你不像是割禾，倒像是锯树一样哩。"说是这样说，她对我参加劳动是鼓励的。她七八行一排一排地往前割，叫我在旁边负责收割五行。当然，不一会儿，她就把我甩在后面了。这时候，她就不再继续往前割，而是迎面割回来接我。又不一会，我和母亲又站在同一"起跑线"上了……

父亲家境不好，日子过得非常困难。但他是个不怕困难的人，相信通过自己的努力可以改变现状。粮食不够时，煮一锅粥，加上几根葱，就可以过一天。1943 年大饥荒，家里就要揭不开锅了，他向别人借来一斗红米（那时候的红米是劣等米），说好一年后一斗还两斗，然后父亲只身到罗浮山下的砖窑打工去了。我、母亲及出生不久的弟弟三人就靠这一斗红米支撑了整个冬天。有时日子实在过不下去，父亲就会向别人借一些钱。父亲借钱很讲信用，到期一定还。如果暂时没能力还，就用"东借西补"的办法。父亲是一个多面手。农闲时，他便出外搞副业，在糖厂当伙夫，帮人建屋，在外面打鱼捞虾。有一天夜里，黑漆漆的，母亲带着我挨家挨户拍门，问他们见到在外面打鱼的父亲没有，但没人知道。过了很久，快到半夜 12 点，我困了，母亲就铺床给我睡觉。忽然，门响了，父亲走了进来。母亲立即放下手中的被子，我也顿时觉得困意全消，立即迎了上去。母亲和我一看，不禁异口同声地大叫起来："你怎么了？"父亲全身湿透，站在我们面前。他剪的"陆军装"平头，头发很短，但可以看出一些被水弄湿过的痕迹。方正的脸有些清瘦，但宽广的前额、高高的颧骨，却令他显得很有精神。他穿着一件浅黑色的唐装，阔大的短裤湿透了，不时还在往下滴水。父亲去打鱼，每次下水之前都会脱去衣服，作业完毕再穿上。眼前他这副湿漉漉的模样，我们从不曾见过。父亲一边把打鱼的工具和渔获交给母亲，一边给我们解释。他今天打鱼的地方比较远，打完鱼又到附近的市集卖掉了一部分渔获，到晚上八九点钟才往回赶。周围黑沉沉的，一点亮光也没有，路也看不清。突然，脚下踏空，他一骨碌掉进了一个深水坑。"从水坑爬上来，像落汤鸡似的。"他笑了。"还笑哩？都不知道人家多担心你。"母亲说。母亲把留给父亲的饭菜摆在桌子上，催促他换过衣服赶快吃饭……

1960 年，我高中毕业，参加高考。"我考入了中国人民大学，要去北京上学了。"父母亲刚好从地里回来，我平静地对他们说。"很好呀！"父亲说。他面上显出十分高兴的神色。母亲站在旁边微笑着，看来她也在为我考上全国名校而骄傲。第二天早上醒来，只见母亲一个人在院子里打扫，不见父亲的影子。"父亲呢？"我问。"他半夜就起床，拿着渔具出去了。"母亲停下手中的活，"说你要上北京了，家里也没有什么钱，他要赶早出去打一些鱼，看能不能卖几个钱。"不一会儿，父亲提着渔具回来了。"怎么样，打到鱼了吗？"母亲问。"打到几斤，到附近的村子卖了。"父亲说着，从口袋里把钱掏出来，交给母亲点算。生产队敲响了钟，父亲便跟着社员出勤了。父亲每天早上出去，到生产队出勤前回来，终于凑够了买火车票的费用。与此同时，他们也为我打点了北上的行装。有一次，父亲卖鱼的时候留下一条让母亲吃，母亲舍不得吃，又让给父亲，我说："你们两人都吃吧，等我以后赚到钱，就多买一些鱼，你们也就不用让来让去了。"

大学毕业之后，我被分配到中国青年报社工作，1971 年调回广州，在南方报社任职。报到以后，回家探望父母。从广州回家，应该给父母带点吃、穿、用的东西。在这时候，我忽然想起1960 年离家上北京读大学时的情况，想起父母亲为吃那一条鲢鱼

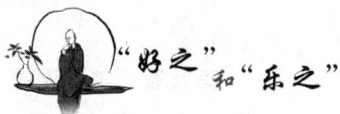

你推我让的情景，想起我自己"等我以后赚到钱就多买一些鱼"的诺言，竟产生了一个念头："买条鱼回家!"从广州乘火车，带一条鱼回去，本来不是什么难事。但那时候，没有自由市场，买鱼不但要天亮前很早去排队，而且鱼凭票供应，一张鱼票只能买那么一小块鱼，到哪里去找可以买一条鱼的鱼票呢？

吃晚饭的时候，我讲起父母亲关于吃鱼互让的往事，讲起我想买条鱼回家的事情。父亲说："想吃鱼呀，我明早去打些回来。"

第二天一早，我便跟父亲去打鱼，我争着下水塘，他不让，自己提起虾篓就下水。他推着虾篓，贴着水底的泥巴前进，然后把进入虾篓的鱼虾收集起来。父亲是 60 岁的人了，虽然身子健朗，但干这样的活，仍然费劲。看着父亲在水中劳作的背影，我不禁流下了眼泪……

我想起 1992 年夏天跟宋捷的一段话。

"大爷、大娘都好吧？"宋捷问。她前一年到我家乡吃荔枝时，见过我的父母亲。

"他们都很好，现在住在东莞市原来的'莞城'内，跟我弟弟一起生活。"我给她讲了父母亲的情况，"是到广州来跟我一起生活，还是在'莞城'跟弟弟一家生活？我们让他们自己选择。最后他们选择住在'莞城'，因为那里离老家近，不时可以回去看看。而且，长期以来，他们跟弟弟一家生活在一起，习惯了，不大想变。"

"你和你弟弟都有一份好的工作，有一定收入，要赡养他们想来不成问题。"

"是的，目前在还有工作的情况下，两老事实上还可以自食其力。母亲在弟弟家做家务，不支工资，一日三餐，粗茶淡饭，开支不大，应该不成问题。父亲自己工作有些收入，如果需要，还可以给弟弟家一点伙食补贴。另外，按照当地生活水平的标准，我每月给他们一笔生活费（因为我们回去不多，大多是一个季度凑起来给），也算他们的一部分收入，可以作两个人伙食以外的其他生活的费用。如有节余，他们可以存起来，以备不时之需。到他们没有工作能力以后，我还是每月给他们一笔生活费，至于零用多少，要不要给弟弟家补交一些'伙食费'，由他们根据情况去决定。"我说，"他们治病的费用，我和弟弟的单位各为一位老人报销一部分。"

"老人是宝，老人跟你弟弟同住，他应该高兴。"她说。

"是的，我母亲帮他照顾小孩，料理家务，把家弄得井井有条，令他们夫妻两人都可以去工作，无后顾之忧。父亲虽然年纪大了，但也不愿闲着，总要找工作做。有一段时间，他在一个建筑工地帮人看地盘哩！"我说，"从理论上来说，他现在还在工作，没有进入退休状态。"

"中国的老人都是这样的。农村的一些人，快百岁了，还下地。"她说。

"他们有的为生活所逼，不做就没有生活来源；有的是养成了劳动习惯，不做就不舒服。我父母属于后者。叫他们不要做得那么辛苦了，他们不听。"是的，他们是生命不息，劳作不止。

送别母亲的仪式结束后，众亲友一起吃饭，饭桌上，大家自然地又谈起了对我父母亲的印象。他们说，我的父亲邓润华虽然是一个普通农民，但品格高尚，为人正直，他为乡亲建房子，找草药，为村里丈量田地、算账，乐于助人，而且多才多艺，是个才德兼备的人。母亲袁田喜和父亲一样，只是一个平凡的农民，一生默默无闻，但几十年如一日地做好自己的本分工作，勤俭持家，穷且益坚，任劳任怨，体现出高尚的品格。在人生道路上，父母亲克服了无数的艰难险阻，接受了生活中不幸的折磨，在极端困难的条件下，把一双子女培养成全村历史上最早的两个大学本科毕业生。在大家心目中，他们是了不起的人。他们的高贵品格，令人敬仰。一个人是否令人敬仰，不在于地位的高低，而在于品格是否高尚。生命会逝去，品格的影响可以永久留存。

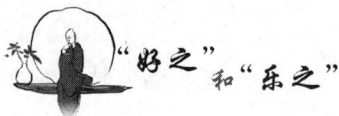

"感悟"

　　有位死亡教育问题的专家说过："丧亲者往往在丧亲经历后感到重生。以往的人生目标常常以名与利为上，但面对亲人离世，丧亲者才明白人生苦短，对人生重视的优先次序再作评估，更懂得珍惜与家人相处的时间，更懂得珍惜健康。""与家人相处的时间""健康"等都是人生目标的重要部分。

　　之所以要"珍惜与家人相聚的时间"，是因为"人生苦短"，若不珍惜与他们相聚的时间，让时间飞走，回过头来想相聚或许就没有机会了。1995 年农历四月二十，我可以和父亲相聚，第二天就没有机会了。2007 年的七月初九，我可以和母亲相聚，七月初十就失去这个机会了。夜深人静，我想起父母亲时，也常常会想起失去的弟弟和妹妹。

　　那是 1955 年，我正在读初中。农历四月的一天，星期日，我从学校回到家。一进门，只见全家人都聚在屋里，托叔也在，大家都默默无言。父亲难过地低着头，母亲在抹眼泪，屋里弥漫着愁云惨雾。

　　"有什么事吗？"我觉得有点奇怪，靠近母亲身边。

　　"进波，他……"母亲吞吞吐吐地说。

　　"进波怎么了？"我有点紧张，急急地问，"究竟发生了什么事情？你快说啊！"

　　在我的追问下，她断断续续地说：他跟福叔的女儿有弟在平岭附近的一个水凼边放牛，两个人玩着玩着，进波掉到水凼里去了，一直没有爬上来……

　　这一夜，全家人是在悲痛中度过的。我翻来覆去睡不着，弟弟进波的生活画面一幅一幅地在我的脑海中闪现。

进波平时留着小平头，喜欢笑。小孩子换牙，他的门牙还没长出来时，每一笑，便露出缺牙的"小洞洞"。我对他说："进波呀，让我帮你看一看，你的门牙什么时候才能长出来。"这时候，他就会挨到我身边，认认真真地让我帮他看。看完以后，我便说："快了，快了!"每次这样说完，他便高高兴兴地走开了，就像我的话给了他信心似的。

进波自小很勤劳，就像我们这些农村穷人家的小孩子一样，年纪很小就能帮家里做事了。看到大人做什么，他便跟着学什么。父亲帮人家砌房子，他也跟着去，要帮上一手；母亲煮饭，他帮着往灶里送柴火。大人下田割禾，他也拿起镰刀一棵一棵地"锯"。大人割下来的禾一堆一堆地放着，让"打禾"的人来脱稻粒子。他自己割下来的，不跟大人的放在一起，要独自一堆一堆地放，说割完以后可以"点算"自己的成绩。大家见了，都赞许地说他勤快又聪明。

5岁时，家里让进波去放牛。每天起床后，他就拿着一条棒子，牵着那头水牛出门去放牧。有时跟村子的其他小朋友一起去，有时自己去。

1955年出事前几个月的一个星期天，他要我跟他一起去。我轻轻地拍了两下水牛的脑袋，牛把头低下了，我便扶进波从牛脖子上骑到牛背上，我自己则从后面骑上去，然后拉着绳子，在后面拍打了两下，牛便往村边水井旁的大路走去。

走了不多几步，牛看看路边，就停下来吃草了。进波用棒子敲敲它，说："就顾着吃!我们要找个你有草吃，我们又好玩的地方哩!"

"找什么好玩的地方?"我问。

他迟疑了一下："到什么地方才好玩呢?"

"今天我跟你做伴，就走远一点，一边走一边看有什么地方好玩的，好吗?"我说。

"好呀!"他说。

我们从大路横过大凼地,到猪牯岭边,再斜插到沙塘围村后侧的山坡上。

"我小学四年级是在这个村子里念书的。"我指着沙塘围村说。

"我以后是不是也来这个村子里念书?"他问。

"听说我们村会办初小,四年级前可以在自己村子里念,五六年级就要去培兰小学读了。"

"为什么我们村子的小学没有五六年级的呢?"

"我们村子小,又穷,办不起大的学校。"

"啊!"

"是的,培兰小学在保安圩,属蔡边村,也就是姨妈那个村子。蔡边村比我们村子大 10 倍哩!它一个村子等于我们 10 个村子。"

"姨妈家,母亲带我去过,听说好像叫盘古庙……"

"盘古庙是蔡边村的一部分,就像我们的'中心围'、新围、旧围都是土地坑的一部分一样。光是盘古庙,就比我们村大。"蔡边村除了盘古庙,还有天心围、狗屎凳、鸡岭头等地方。

"蔡边村那么大,一定好玩了。"

"当然。光是培兰小学就大得很,里面有很大的运动场,可以做操、做各种运动……"

"那我以后也要去培兰小学读书!"

"当然可以了,明年就可以上学读初小,再过 4 年就可以进培兰小学读高小了。"

他高兴地笑了。

说着说着,我们来到河边的一片草地。从这里可以看到近处的佛子岭和远处连绵的宝山,看到莞樟公路上来往的汽车。

我们从牛背上下来,让牛尽情地吃草。我们在那里玩了一会后,在一棵大树旁边坐下来了。

"那些汽车，都从哪里来，往哪里去呢？"进波指着公路上的汽车，这样问。

"这条公路，左手边的一头叫樟木头，右手边的一头是莞城镇，那么，往左边走的汽车可能是去樟木头的，往右边走的汽车可能去莞城镇。"我说，"但不一定。樟木头那边又有公路和铁路通往别的地方，莞城镇也有公路通往石龙和太平，石龙和太平那边又有别的公路……"

"那么有的汽车就会开到很远的地方了。"

"乘汽车的人要到什么地方，就有车会开到什么地方。货物要运到什么地方，就有车开到什么地方。"

"我很想坐一坐汽车。"

"去培兰小学读书，莞樟公路经过那里，本来可以乘汽车去的，但我没钱，所以没有乘过。到现在为止，我还没坐过汽车哩！"我说。

"你还没坐过汽车，那我要等到什么时候呀！"

"等我有机会坐汽车时，也叫你一起去，不就可以快一些了吗？"我说。

"好呀！"他很高兴。

该回家了。

"要是知道我们来这么远的地方放牛，父母亲会不会不高兴？"进波忽然担心起来。

"我们保守秘密好了。"我说。

我们勾了勾手指，表示"协议"得到确认。

回到家里，进波仍然谨记公路、汽车，还有佛子岭的事。

"那佛子岭的佛子是什么佛呢？"他在家忽然问我。

"什么佛子岭？你到佛子岭那么远的地方放牛啦？"母亲听了，瞪着进波。

这时，正巧叔母在外面唤，母亲出去了。

"你自己不保守秘密，可不关我的事呀！"我笑着说。

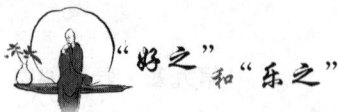

进波伸了伸舌头，笑了。

以上这一幕情景，是几个月前的事，但历历如在目前。我很后悔，那次难得跟他出去放牛，为什么要跟他谈那些公路、汽车的事，而没有跟他讲"欺山莫欺水"的道理呢？如果能教他学学游泳，学学潜水，使他不至于遇溺，就是在遇溺的时候也能自救，不是更实际一些吗？事实上，不只是我，我们全家人都疏忽了一个小劳动力，一个到处跑的男孩不能不会游泳这个问题。我们为什么不关注这一点呢？

八十老人桥头站，三岁顽童染黄泉。失去进波，全家人难过了很长时间。祸不单行，就在那一年的冬天，只有两岁的妹妹群笑也因病而离开了人世。失去进波后，母亲很后悔没有按时让进波入学读书。在小妹群笑夭折后，大妹群芳成了母亲的掌上明珠。年仅6岁，还没有到入学年龄（当时规定入学年龄为7岁），就让她进入本村的小学读书。全班年龄最小，但她成绩最好。时任班主任的老师邓炳坤对人说，这个小女孩聪明过人，说不定将来读书成绩会超过她的两个哥哥。可是，谁也没想到，在进波离开3年之后，7岁的群芳因病无钱医治，也夭折了。

这接连发生的几件事对我打击很大。我喜欢弟弟，也喜欢妹妹。星期天回到家里，两个弟弟会围在我身边，给我讲一周以来他们碰到的趣事；两个妹妹会走过来，玩着大人为她们制作的小玩意。自那以后，只留下一个弟弟，五兄妹同聚的情景不再，也失去了与全体弟妹相聚的机会了。

过去工作忙碌，对亲人关心得不够。自父亲去世，感到应珍惜与家人相聚的时间之后，不管多忙，我也要找时间去探望母亲，探望弟弟一家，或回乡下祖居步云园看看其他的亲人。我的祖父邓新贵自小生活在农村，家境不好，自己没有多少田地，过着"耕人田地使人牛，交了租谷捱芋头"的日子。他生下六子一女（其中第五子在10岁左右得病早逝），儿女像一群蔗地小鸟似的。蔗地小鸟，那是我们乡下的一种不起眼的小鸟。村里有人背

214

后说爷爷："看新贵有什么办法把这群蔗地小鸟养大吧！"但他靠自己的努力支撑着这个家，这群"小鸟"长大了。步云园的老长辈、我的祖父去世以后，如今，当年的"五小鸟"中的3人已经离世，到20世纪末，只有其中最小的两个，也就是我的叔父闰福和闰托健在。

2001年初，在一个晴朗的日子，我回乡下探望他们。

回家路上，经过常平，顺便去探访一下香港商人周觉先生。

20世纪80年代，内地对外开放以后，大批"三来一补"企业的开办，令东莞闻名全国。周觉先生是最早回常平投资设厂的一批香港厂商之一。1980年，他以来料加工的形式在桥梓村办起了第一家手表加工厂。随后，又开设了另外3家来料加工厂和一家合资企业。与此同时，他又穿针引线，引领许多港商回乡办厂。据常平区的干部说，在全区现有的87家来料加工厂中，经他牵线的便有30多家。由于有一定贡献，他当上了东莞市的政协委员。当初，他住在荔香楼，这是他和其他港澳同胞捐资兴建的一家酒店。他在二楼开了两间房，以此为家。后来，他在常平中学的对面建了一栋园林式别墅，在那里定居。

"时间过得真快，我们已经10多年没有见面了。上次见面，还是1986年，你那年刚好60岁，现在已经70多，看你身体还很硬朗，可喜可贺。"我说。

"喜什么，看我这身材，肥尸大只，走起路来也不像当年那么利索了。"他指指自己硕大的身材。

"你是应该减减肥，人家说难得老来瘦，你却发福了。"我说，"看来你不能老是经营你那些公司、工厂什么的了，要经营一下自己的身体，身体是工作的本钱。"

"你说得对，身体不但是工作的本钱，简直是根本的根本。我开了那么多公司、工厂，赚了那么多钱，如果没了身体，还有什么意义？钱够用就行了，反正死时又不能带走。"他说。

"看得那么透？"我笑了，看着他。

"我不但这样想，而且把想法付诸行动了。"他说，"我已把公司、工厂交给儿子打理，自己乐得逍遥自在，过退休的生活。有人来找时，我跟他们聊聊天，打打麻将；没人来时，叫司机开车载着我到各个地方走一走，看一看，前些天，我还去过你们乡下土地坑村哩。"

"你的路子走对了，我见过香港的一个老板，他的目标是 40 岁前赚够钱，40 岁退休，到各地旅行，做一些自己感兴趣的事情，享受生活。你没有提前退休，但可以享受退休生活的日子还长。"我说，"你以前天天打麻将通宵达旦的，这种生活方式要改一改。"

"改，改，争取像你一样，早睡早起。"他说。

"当然，退休，不等于什么事也不干了，应该有一些兴趣，找些事做一做，脑筋还是要动一动。"我说，"手脚也好，脑子也好，用进废退，完全不用老得更快。"

"对。"他说。

跟周觉道别，离开常平，回到土地坑村，探望叔父闰福和闰托。闰福生于 1913 年，今年 89 岁了。从 20 世纪 50 年代起，他曾任土地坑村村长 10 多年，历经土地改革、"大跃进"和人民公社化运动。闰托比闰福小 6 岁，时年 83 岁，从 20 世纪 60 年代起，他接着闰福成为土地坑村村长。闰福叔不在家，我只见到闰托叔。提起村子的往事，他很感慨。

土地坑村变化很大。近年来，乡里办了不少工厂，污染严重，村边原本清澈的小河已变成臭水沟。村子前面建了一些厂房，租给外来的加工企业使用，剩下的农地已很少。跟叔父见面，很自然地谈到我们的村子。

"回来兜了一圈，看不见一只蜜蜂。"我说。

"蜜蜂？"闰托叔想了想，说，"真的不见踪影了。"

"没有了蜜蜂，谁来传播花粉呀？"我有点担心。

"现在我们这个地方没有什么花粉可传了。这些年我们除了种一点点水稻，已经不种什么经济作物了。种一点菜，菜籽是可以从外面买来的，也不用什么传播花粉。"闰托叔说，"我们村的果树只有龙眼和荔枝，现在已经不大结果了。"

"荔枝花上喷满农药，蔬菜上喷满农药，这些年来靠杀虫药杀虫，虫都死了，蜜蜂哪能不死？"托叔母说。

"那现在要采取措施，保证荔枝不患不育症呀。"我说。

"什么措施？"闰托叔问。

"人工授粉呀。"我说，"四川有个地方，这些年也是农药用得太多了，没有了蜜蜂，他们那里种了许多梨树，就靠人工授粉。"

"在我们这里可行不通。梨花大朵，花与花的间隔不太密，人工授粉容易。这荔枝，那花密密麻麻的，怎么授粉？蜜蜂那么有本事，也感到头痛，何况我们人哩。"闰托叔说，"况且，四川那个地方可能工资水平比较低，雇人去人工授粉还合算。这里那么多外资工厂，工资少，雇不了人；工资多，就不合算。用文雅的话说，这叫成本太高。"

"这也是。"我也感到他们为难，"这样下去，我们以后除了稻米，什么荔枝、龙眼都可能吃不到了。"

"没那么严重吧？我们这里不产荔枝，别的地方还有哩。"闰托叔笑着说。

"问题确实严重。"我说，"前些时候我看到一些资料，说据科学家观察，世界上的蜜蜂正在大量消失。当时，我还不大在意，现在联系我们村子的情况来看，按这样的趋势发展下去，蜜蜂灭绝的可能性确实存在。到那时，除了水稻、玉米这些不用蜜蜂传粉的粮食，我们什么也吃不上。目前，世界上有四分之三的作物靠蜜蜂传播花粉。"

"听说到那时，人只要每天吃几颗营养丸就可以了，不靠什么农作物啦。"托叔母说。

"那生活便没有什么意思了。"闰托叔说。

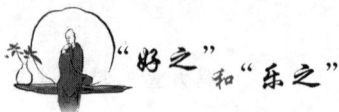

说话间，杨帝提着一条大鱼，从门口经过。

"好大的鱼，从哪里弄来的？"闰托叔问。

"亲戚帮买的。这是松木山水库的鱼。"杨帝说。

"松木山水库的鱼，应该很少污染的，那里水质好一些。"闰托叔说。

"水质好，从表面上看好像干净一些，但不等于没有污染。"我突然想起汞污染问题，"有些有机汞农药可能污染到水源，许多工厂，比如烧煤的发电厂向空气中排放了大量的汞，随空气飘往各个地方，遍布地球的每一个角落，其中也沉积在表面上看来是干净的水中。这些汞经过微生物和其他因素的作用，变成一种叫甲基汞的东西。甲基汞被鱼吸收后，沉积在体内。人吃了鱼，就会汞中毒，表现为精神异常、震颤、恶心、呕吐、腹痛，引起循环障碍，严重的会引起胃肠穿孔、胃衰竭。"

"那么严重？"他们惊住了，"那怎么办？"

"按专家讲，越大的鱼，野生的鱼，汞含量越多，因为它们在水中生长时间长；肉食的鱼汞含量多，因为它把其他鱼或生物体内的汞都吃进去了。"我根据看过的资料，回答说，"所以吃鱼应该多吃养殖的鱼，草食的鱼和小鱼。"

"污染问题，大意不得的。种植节瓜（葫芦科冬瓜属下的一个变种），虫害很多，有些村民反复用一种剧毒的农药，长出来的瓜，农药残留很多。卖不掉的那些大家宁愿扔到河里，自己也不敢吃。"有位村民说。

"既然这样，为什么还拿去卖？"我问。

"什么蔬菜不用农药？他们不卖节瓜，别的菜也要卖。"他说，"这些年，我们东莞号称'世界工厂'，散布了无数毒，我们这地方，水污染，空气污染，泥土也严重污染，即使不用农药，种出来的蔬菜也有毒。"他说。

"尽量选一些污染少的食物吧，健康要紧。"闰托叔说。转而，他看了看提着鱼站在旁边的杨帝，"回家炮制你的鱼去吧。

你这是养殖的鱼，又是草食的，也不算太大，应该污染少。"

"好的，一会你们来我家饮一杯。"杨帝拎着鱼，回家去了。

"环境污染问题越来越严重，看来非整治不可了。"我说。

"有关部门会重视这个问题的。"闰托叔很有信心。

10 多年以后，进入 21 世纪 20 年代，东莞市有关部门"正视生态环境欠账"，连续发起了多场"污染防治攻坚战"，取得了良好的成效。全市以大兵团作战形式全力进行重点流域的综合治理，从 2019 年 8 月起水质逐渐好转，综合污染指数逐步下降，治水设施逐步完善。至 2020 年 5 月底，全市已建成一个 6000 多公里的截污管。与此同时，进行臭水体系及内河涌的整治，包括我们村边小河在内的多条河涌污染得到治理，河涌周边的违法建设项目、建筑物得到整治。另外，东莞有关部门还发动了"蓝天保卫战"，持续加大大气污染防治的力度。2019 年，除臭氧外，主要大气污染物指标均已达到国家二级标准。工业污染治理力度也在加大，落后产能的企业关停搬迁或停产整顿，许多污染源也就消失了。有了蓝天白云，蜜蜂等昆虫，以前消失了的一些动物也就出现了。这是后话。

"人要健康，当然要进食少污染的食品。"托叔母回到健康的话题上来。

这不但是农村人的看法，也是城里人的看法。

"出去买食品，真不知什么东西可以吃。"有一天，卫红说。

食品污染，除了来自养殖环节，还来自加工环节。

想买白饭鱼（广东人对文昌鱼的呼称）煮粥补钙，一查才知道，在白饭鱼中检验出高水平甲醛，每公斤达 1200 毫克。这可能是渔民捕获白饭鱼后，在运输和保存期间刻意添加进去专用来防腐的。人吃下大量这种鱼，会致癌，会肠绞痛、呕吐、昏迷、肾脏受损甚至死亡。食品中的甲醛，人可耐受的是每公斤 0.2 毫克。一公斤的鱼，含量为 1200 毫克，超标多少倍？

食品，除了添加剂问题，还有假冒伪劣问题。

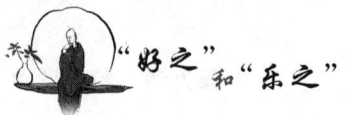

有一天，看到一份食物中胆固醇含量表，上载海参胆固醇为零。中医认为，海参味甘，性温，归心、脾、肺、肾四经，具益精血、补肾气、润肠燥、抗衰老等功效。现代营养学研究证实，海参拥有 50 多种天然营养成分，干海参蛋白质含量高达 61.6%以上，含有钙、铁、碘、锰等多种微量元素。海参确实是一种不可多得的食品，尤其是它不含胆固醇，对我这个血脂高的人来说，更加适合。

有一次，我跟卫红讲到了这个问题。"以后多吃一些海参。"我说。

"自古就说鲍参翅肚是最名贵的食品，应该很贵的，舍得吃？"她笑着说。

"怎么不舍得？"我说，"现在我怕胆固醇高，怕尿酸高，吃肉很少，每天花在伙食上的费用有限，节约下来的钱买些海参吃，一点也不为过。"

过了两天，傍晚时分，正在菜市场买菜的卫红给我打来电话，说市场上有一种海参出售，每斤 13 元。

"怎么这么便宜？"我问。

"市场上的人说就这么个价钱，我问这是不是干海参浸泡出来的，他们说是新鲜的海参，要不要买一点？"她问。

"先买一斤左右试试看吧。"我说。

海参买回来跟猪瘦肉一起煮马铃薯，弄了一大钵。

平时很少吃海参，也没有多少这方面的知识，但吃的过程中，却提出了许多问题。

"我们吃的这种海参有的是黑色的，有的却是棕黄色的，怎么会这样？是有两种颜色的海参？有一些海参褪了色？会有褪色的海参吗？"

"这些海参洗的时候一提就碎，但吃的时候却像嚼橡皮筋一样，嚼成一粒一粒的橡胶粒。"

我们吃的是什么？为了弄清原委，叫小陈上网找一找有关资料。

一沓资料摆在桌子上，一看，就真相大白了。

当时市面上销售的一种"海参"，表面可见晶亮的细砂，浸泡后清水变黑汤，搅一下就碎，据说由胶体纤维素、黑色染料混合制成的，根本不能吃。有一些虽然是海参，但是已经腐烂变质，一些不良商贩便把这些海参用福尔马林浸泡后出售。

"我们吃的那些，肯定是福尔马林浸泡过的腐烂海参了，怪不得口感不好，吃起来怪怪的。"我说。

"按资料讲，买海参要分出真假优劣，方法是一看、二摸、三闻。首先要看海参的外观是否完整，表皮有无损坏；其次要用手轻摸海参，感觉干海参的体内是否有异物及刺头，是否容易脱落；最后要闻一下泡在水中是否有火碱的刺激性味道。我们没有这些知识，结果上当了。"小陈说。

我想起冰箱里还有几条干海参，那是几个月前买的。我把它们取了出来，分辨一下真伪。摸了摸，手上一层黑灰，用水浸泡，水变黑，第二天，参体膨胀起来，发出臭味。

"这是假货。"大家异口同声地说。于是，把它倒掉。

"买这种假货，多少钱一斤？"我问卫红。

"280 元。"她说。

"这个价钱就说明它是假货。"我说，"按网上资料讲，新鲜海参在海边售价是每斤 130 元。市场上优质的盐干海参每斤 3000 元，低于 2000 元的就要考虑是否有假。这 280 元的，那就不用考虑也知道是假的了。"

"昨天我在一家大公司的商场看到一些新鲜海参，跟我在菜市场见到的不同，280 一斤。"她说。

"280 一斤，而且在大公司的商场，那可能是真的了。"我说。

"要不要买些回来吃？"她问。

我突然想起之前吃过的那些假海参的样子，感到一阵恶心："不要了，一朝被蛇咬，十年怕井绳。不论是真是假，在相当长

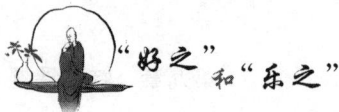

的一段时间内，都不想吃这种东西了。"我说，"其实饮食均衡就可以，不一定非选贵的食品不可。饮食均衡是我的健康问题基本政策之一。"

谈到这些食品安全问题，闰托叔也有自己的看法。

"在食品安全问题严峻的情况下，要光顾可靠的食肆和食品零售商。只选新鲜的食品。"他说，"食品要多样化，除可以满足身体的营养需要外，也可以避免因偏食几类食物而摄入过量化学物。要尽可能把食物当药物，而不要把药物当食物。"

跟环境污染问题一样，后来经过有关部门的整治，食品安全问题也逐渐得到解决，人们在饮食上也可以放心了。

"除了注意饮食，还要坚持运动。"我说，"一天，一位朋友黄小姐跟我讲到运动问题。她家婆风湿骨痛，常去做物理治疗。家婆不爱运动，好得慢；有个邻居，70多岁，也有这个毛病，但坚持运动，病很快就好了。她说，有一个人中风后，成了半残废，走路一拐一拐的，手也弯曲了。有个朋友对她的家人说，有个办法可以把她的病治好。叫她拖地，不然就洗碗。洗不干净也不要紧，就是要动。结果她坚持活动，现在不瘸了，手也不弯了，不细心就看不出她有毛病。一个有钱人家的少奶，有一次去外地，她丈夫的司机驾车来接她，踏错油门，向她儿子撞去，她为了救儿子，把儿子推开，自己被车撞坏了盆骨，平时要坐轮椅出入。但她很乐观，一定要站起来。她说，我有钱，要人服侍没问题，什么都不用我做，但我要生活，一定要自己站起来。她坚持锻炼，现在不用轮椅，像正常人那样走动了。"

"对的，生命在于运动。我年纪大了，但每天都要动一动，充一充电。"闰托叔说。

"你这'充一充电'的说法，很形象，也很有道理。"我想跟他多讲一些关于运动的知识，"研究生理学的专家讲，人体每个细胞都是一台微型发电机。大脑思维、血压升降、肌肉收缩、胃肠蠕动，这些生理功能都离不开生物电。如果体内生物电消失，生命也就完结了。所以，我们要不断'充电'，体内要保持足够的生物电。'充电'的办法有很多，运动就是其中一个重要方法。运动可以增强细胞的活力，发电能力更强，从而增强人体的生物电流。"

"你说得很有道理。"闰托叔说。

接着我还跟闰托叔谈到许多老年保健方面的知识，谈到情绪问题。我说，美国著名的研究人类老化的专家露芙贝亚博士的一项最新调查显示，一个充满爱意与快乐的童年，幸福的婚姻，对生命感到满足……这些，都是决定一个人能否长寿的关键因素。他曾就以上问题访问过 20 名百岁以上的老人，发觉他们有很多共同点："其中最普遍的现象，是这些老人的心境都非常宁静，他们对一生的所得，都感到十分满足。"所有这些老人，都有一个幸福愉快的童年，而且有一种被父母宠爱的感觉。他们童年时学业的成绩并不太突出，只是普通而已，这象征着他们在童年时并无太大的功课压力。这些老人，在童年时有良好的纪律精神，而且得到父母的悉心指导，"其中 19 名老人在童年时候，都被父母教导与其他儿童和平相处，要有自己的原则，而不是委曲求全。"20 人中有 17 人曾经被父母鞭打，但没有一个被重打。这些老人，都有一种应付恶劣环境的能力，他们往往都是面对恶劣形势却仍可无所畏惧的人，任何问题、困难都不能使他们气馁。大部分接受访问的百龄老人，都喜欢他们周围的人。他们不仅令自己忙碌，而且设法令自己感到有价值，"在这 20 名百龄老人之中，有 7 人目前仍然不断积极参与帮助别人的工作，有 12 人则仍然不断参加进修班。"在 20 人中，其中 17 人都坦言，自己一生中的婚姻都相当美满，而且，其中大部分老人，甚至上一代的婚姻生活亦美满。贝亚博的结论是："总之，在这些老人的大部分访问个案中，我们发现，他们其实一生都活在'光辉岁月'中，快乐，就是令他们长命百岁的最主要因素。"

"是的，是的，我们都要活在'光辉岁月'中。"闰托叔说。

第十章 历史和地理

　　紧张地工作了一段时间，我们决定去旅游一下，松弛松弛。目的地是欧洲国家：意大利、梵蒂冈、瑞士、法国、比利时、荷兰。

　　2007 年 5 月 29 日晚上，我和卫红随旅行团于香港国际机场搭乘英国航空公司的飞机出发了。飞机穿过云层，窗外是一片漆黑，午夜过后是黎明时分，从机舱向外张望，视平线处出现一片银白色，继而拉起一块橘红色的天幕，一轮红艳艳的太阳升起，把四周染得通红。飞机徐徐下降，到达伦敦希思罗机场。稍事停留后，转飞意大利首都罗马。5 月 30 日午餐后到"永恒之城"观光，游览了卡拉卡拉浴场废墟、"许愿池"等著名景点后，前往市中心参观罗马斗兽场。卡拉卡拉浴场建于 206 年，虽然名叫浴场，实际上是一个大型的体育和娱乐活动场所，里面有运动场、图书馆、花园、艺廊等。每逢夏季的夜晚，这里会上演露天歌剧。"许愿池"又称特拉维喷泉。喷泉宽 20 米，高 26 米，非常壮观。这里原是 19 年古罗马总督为罗马浴场修的一条水道，传说有一童贞少女在这里为渴不可耐的罗马战士指点水源，所以这个喷泉又叫"少女泉"。喷泉旁有石像，上面刻着这个动人的故事中女孩的形象。

"复习世界史"

"作为世界八大名胜之一的'罗马斗兽场'是罗马时代帝皇和贵族用来让奴隶和奴隶、奴隶和野兽、野兽和野兽进行搏斗，以供他们取乐的场所。"在斗兽场前面的广场集合时，导游便向我们介绍，"它于80年开始，强迫几万名犹太俘虏，历经10年修建而成。"

"那是古罗马的一个人兽表演场所咯。"团友刘先生说。放眼望去，斗兽场像一座露天球场，有很高的看台。现在，部分围墙已经倒塌。我们在看台上来回走动，四处参观。看来，四周的看台还保存得相当完好。

我们在一个看台的座位席上观看。

"看表演，我们站在这里还可以看得清楚，后面的就不怎么样了。"卫红说，"前座票价应该贵些，后座便宜，这里应该是中等票价了。"

"那时是奴隶社会，不是谁想买前座、中座就可以买的，一切按等级安排。"我说，"观众席几十排座位，逐排升起，分为5个区，前面一区是荣誉席，最后那一区是下层人士的席位，我们现在站的中座，那是骑士等地位比较高的公民的座位。"荣誉席比场中间的"表演区"高5米多，下层观众席位和骑士席位之间也有6米多的落差。

"前面的荣誉席应该很高级咯。"卫红说。

"那当然，据说皇帝的包厢和贵族的座椅，都用大理石砌成，就像戏院的高级包厢那样。"我说。

"一会我们去看看。"卫红说。

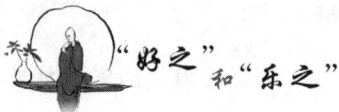

"好啊!"同行的几个人表示赞同。

在看台的长廊上,可以看到兽窟的铁栏和囚禁奴隶角斗士的地牢。据历史记载,这个角斗场开幕时,各种表演持续了100天,总共有5000只狮子、老虎和其他猛兽,以及由3000名奴隶、俘虏组成的角斗士,在比武场上生死搏斗,不少奴隶和动物都被活活打死了。

"人和动物斗,必有一死,这是肯定的;奴隶和奴隶斗,双方都是人,也要把对方打死吗?"李小姐问。

"打不打死对方,有时要看观众的反应。"这时候,导游正走了过来,听到李小姐的问题,这样回答。他说,奴隶跟奴隶,有时候奴隶跟犯人,有时犯人跟犯人,他们的决斗分许多种。在一般的情况下,决斗的一方持三叉戟和网,对手是刀和盾。带网的要用网缠住对手,再用三叉戟把他杀死;手持短剑、盾牌的则拼命追赶想战胜他的对手,最后,失败的一方要恳求看台的人大发慈悲。看台的人假如挥舞着手巾,他就可以免死;假如人们手掌向下,那就意味着要他死。"那些观众都要寻求刺激,要看个痛快,在这种情况下,失败者就难免一死了。"

"那些奴隶真惨。"李小姐感叹着。

"正因为悲惨,所以奴隶被迫起义呀。我们中学时读的世界史,就讲到这个地方的奴隶起义。"我说,"公元前一世纪,一个名叫斯巴达克的奴隶带领了一班奴隶,冲出了角斗场,进行了历时3年的武装起义。这就是有名的斯巴达克奴隶起义。"

当年上这节世界历史课时的情景,一下子闪现在眼前。我记得,这节课下课后,我们几个同学曾经议论过一番。

"斯巴达克领导的奴隶起义是古罗马最大的一次起义,在世界历史上有重要意义。"有位同学说:"不过可惜的是,在罗马军队的疯狂围攻下,6万名起义者全部战死,斯巴达克也牺牲了。"

"斯巴达克当角斗士,也会在角斗时死掉的。为罗马贵族取乐而死,没有意义;在起义中牺牲,那是为自由而死,有价值。"

另外一个同学说。

"如果我当时是角斗士，我也会参加起义，像斯巴达克那样。"有一位同学说。

"你？那么文弱，不行。人家斯巴达克，生得英俊健美，勇毅过人，富有教养，在斗兽场中，他就是以他的勇敢和智慧成了角斗士们的精神领袖的。"有人说。

我把上述的情况讲了一通，导游听了说："你是当年学习世界史，今天来这里复习一遍咯。"

"是的，复习一遍。"我说。

"我们汉民族好像没有经历过奴隶社会。"李小姐走上来，还是要跟我讨论历史问题。

"在史学界，有两派。你的这种看法被称为'无奴派'。还有一种看法认为，汉民族经历过奴隶社会，人称'有奴派'。有奴派的人认为，从公元前21世纪夏朝建立开始，到公元前476年春秋时期结束，汉民族处于奴隶社会。"

"古希腊、古罗马在农业生产中自耕农所占份额小，所以大量使用农业奴隶；而在汉民族聚居地区，自耕农在农业经济中占主导地位，一般很少使用奴隶，就形成不了奴隶社会。"李小姐说。

"这是持平之论，我赞成你的意见，汉民族没有经历过奴隶社会。这除了你讲的理论上的原因，主要是没有什么证据。证明古希腊、古罗马有奴隶社会，是它有罗马斗兽场这样的历史遗迹，有斯巴达克奴隶起义这些历史记载，而汉民族则没有这些东西，要讲个故事也讲不出。"我说，"不能认为别的民族经历过这么一个历史阶段，我们的民族就也一定经历过。"

我们一边聊一边往下层的券廊走去。

刘先生的兴趣还是在斗兽场的建筑技术上。

"在建筑史上，罗马斗兽场庞大雄伟又壮观，闻名于世，虽然现在一副断壁残垣的样子，但那气势仍在。斗兽场围墙高57

米，相当于现在楼房 19 层高，中间的表演区有足球场那么大，看台可容 9 万观众。底层的 80 个出口，可以在半小时内使全部观众疏散离场。"刘先生说，"看台采用阶梯式，逐层向后退。这种设计，直到今天还被采用，一些大型的体育场馆，都可以看到罗马斗兽场设计的痕迹。"

"那斗兽场的建筑师叫什么名字？"李小姐问。

"建筑师是谁，现在还没弄清楚。"陈先生说，"有人认为可能是后来建造多米斯亚诺宫的建筑师托比利奥，那只是推测，没有实证。"

"可以这样说，这位建筑师创造了一段建筑史，就像斯巴达克创造过一段奴隶起义的历史一样。"我说，"可惜，斯巴达克的名字留传下来了，罗马斗兽场的建筑师的名字却无从查考。"

"你说得对。"陈先生说。

"复习地理"

午饭后，我们前往梵蒂冈城国，参观了这个世界上最小的国家。

这个国家虽小，但影响很大，全世界天主教信徒数以亿计，这些宗教信徒，据称都是它的"宗教居民"。梵蒂冈，国内有圣彼得广场、圣彼得教堂、梵蒂冈宫、博物馆、公园和几条街道，这是它的全部建筑，也是它的全部领土。一进梵蒂冈"大院"，只见右边一列房子前面有人排队，导游对我们说："这是梵蒂冈全国仅有的公用洗手间，有需要的便去排队，不去的，在外面等候。"

"你刚才在斗兽场复习了历史，来这里可以复习地理啰。"卫红开玩笑地对我说。

"是呀，可以复习下地理。"我笑着说，"先考下你有关这里的地理知识，梵蒂冈处于什么地理位置？有多大面积？有多少人口？"

"刚才路上导游讲过了嘛，梵蒂冈位于意大利首都罗马市内的西北角，面积0.44平方公里，只有1000多人口。"卫红说。

"0.44平方公里，等于4万多平方米，面积很小的。"李小姐接过了话题，"大的足球场就有1万平方米左右，它一个国家就4个足球场大。"

"国家虽然小，但同一些大国家，比如英国、法国、德国等，地位是平等的。"导游说，"意大利曾同教会签订过条约，承认梵蒂冈是政教合一的主权国家，其国土神圣不可侵犯。"

"4个足球场大小，里面没有田可以种，也没有矿山、工厂，国家靠什么收入来维持？"刘先生问。

"旅游，邮票，教徒的捐款等，这些都是收入来源。梵蒂冈有个银行，资本很宏厚，盈利很多。它有很多外汇储备，利息不少。国内虽然没有什么空地方，但在意大利、澳洲以至北美许多国家拥有不少房地产，还投资了很多实业，有不少收入。"导游说，"据1994年的数字，梵蒂冈财政年收入为17428万美元，支出为17387万美元，有40多万美元盈余。"

"梵蒂冈是意大利的国中国，够特别的。"刘先生说。

"特别是特别，但在意大利，并非独一无二。"我说。

"意大利还有别的国中国？"刘先生好奇地问。

"有呀，圣马力诺就是。"我说，"它是世界上第五小的国家，面积只有61平方公里，人口2万多，它在意大利半岛东部的蒂塔诺山上，全国就那么一座高耸的山头和三座堡垒以及依山而建的房子。整个国家被意大利包围着。"

"是的，它和意大利的边境之间只有一块写着国名的牌子，那里没有边防检查，和意大利可以自由往来。邮票、集邮是那里

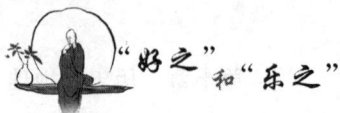

主要的收入，它是世界上最早发行邮票的国家。"导游说，"现在游客每年有 300 多万，每个人在那里买一枚邮票寄信回去，就是 300 多万枚。"

"那个国家地方很小，居民之间往来完全靠步行，有人买汽车，只有出国时才用。"我说。

"在那里，好的职位，主要职业都是圣马力诺人占有，不好的工作都由外来工做，这个小国雇有 4500 名外来工。"导游说，"你别看这个国家小，却有完整的国家机构。它有 8 个政党，议会有 60 个席位，选出的执政官任期为半年。"

"这么小的地方，怎么会建起国家来？"刘先生问。

"世界史讲到啦，圣马力诺资格很老了，它建立在罗马帝国时期。"我说，"301 年，一位叫马力诺的人带着一群石匠逃到亚平宁山脉东北部的山中，在蒂塔诺山山顶建立了石匠公社，慢慢发展成一个小城邦。马力诺被称为"圣者"。他的后人，叫圣马力诺人。1263 年，圣马力诺人建立了共和国。现在，它是欧洲最富裕的国家之一。"

"有机会，我们也去那里旅游，看看那里的风景。"李小姐说。

"可惜这次行程上没有安排，要不，花上一半天的时间就可以多游览一个国家了。"我说，"欧洲还有几个这样的小国，像安道尔、卢森堡、摩纳哥、列支敦士登。这些小国没有贫穷，没有失业，有国旗，有国徽，有自己的历史。"

上洗手间的人回来了，导游把大家召集起来，去参观圣彼得广场。圣彼得广场是椭圆形的，被两只巨臂一样的贝尔尼尼圆柱廊环抱着，气势不凡。柱廊有 284 根圆柱，88 根方柱。广场很大，两边有两座喷泉，中央有埃及方尖碑，可容纳 50 万人。每当元旦或其他重要宗教节日，数以十万计的天主教徒便聚集在这里，向教皇欢呼。

据导游介绍，广场有个奇妙的地方；在两个喷泉之间的石砌地面上有一块圆形的白色大理石，站在那里观望，原来分成 4 排的 284 根圆柱会变成一排，也就是只看到前面的一排，后面三排都看不到了。我们找到了那块大理石。站在上面一看，果然如此。我想，站在特别的角度观察事物，才能看到它的特别之处。

在广场溜达了一圈后，我们便进了圣彼得大教堂。

圣彼得大教堂是世界上最大的天主教堂，能容纳 5 万人。它于 1450 年开始兴建，1626 年最后完成，前后建了 176 年。教堂长约 200 米，最宽处有 130 米，上有穹隆大圆顶。教堂内有许多壁画、镶嵌画和雕塑，其中不少是艺术大师的杰作，如米开朗琪罗的《母爱》、乔托的《小帆》等。

从圣彼得大教堂出来，导游说："我们今天游了圣彼得广场和圣彼得大教堂。除了这两个地方，梵蒂冈的领土还有梵蒂冈宫、博物馆和几条街道等，今天就不去参观了。整个梵蒂冈城国大致是三角形，国界以梵蒂冈古城墙为标志。"他领我们走出梵蒂冈国门，到了罗马的街上，说："由于国土很小，所以城国的日常生活用品及水、电、煤气等都由罗马供应，要请客吃饭什么的，就要走出国门，到罗马街上的饭店解决。理发也要到国外进行，因为它国内没有理发店。"

"你今天来看了梵蒂冈，学习了什么地理知识?"卫红提起参观前的话题。

"啊，梵蒂冈是罗马境内的城中之国，它境内没有山川河流、田野村庄，没有农、林、牧、渔业，没有工业。它没有别的国家通常都有的自然地理风光，只有人文地理的景观。"我说，"我第一次看到这样的国家，开了眼界。"

晚上在罗马住宿。第二天早上，驱车前往水都威尼斯。途中经佛罗伦萨，在米开朗琪罗广场稍作停留，鸟瞰全市景色。广场上竖立的一尊大卫雕塑是米开朗琪罗原作的复制品。到达威尼斯时是傍晚，在这水都的酒店住宿。

"马可·波罗也从这里出发"

　　用中学生作文惯常使用的"文雅"的话说，"从出发的那一刻起，我的心就飞到我向往着的威尼斯了"。那是因为我写的《探险·历险·冒险——世界探险家传奇》一书中，首篇所写的探险家马可·波罗，他的家乡就是威尼斯，他就是从这里出发到东方探险的。到威尼斯一游，那是我的一个愿望。

　　6月1日早晨，我们在逐代卡水道岸边集合，准备乘游艇到市区的圣·马可广场等著名景点游览。威尼斯位于亚得里亚海海滨，四周被海洋环绕，只有一条长堤与大陆相通。要到圣·马可广场，一般都要乘船。我们一行人多，乘的是一艘较大的游船。

　　船在水道上航行。年轻时作诗的激情竟回来找我，构思了以《威尼斯的游船》为题的一首诗：

威尼斯的游船

阳光洒进船舱

抛下一朵朵金花

贴在游人的脸上

雪白的牙齿

白色的

黑色的

黄色的脸庞

船头

导游指指点点

船尾

闪着白花花的水浪

到了

到了

钟楼

圣·马可广场

执政官宫

金教堂

我们从远方来到这里

威尼斯商人却从这里

走向世界

马可·波罗也从这里出发

走到我的故乡

"马可·波罗也从这里出发走到我的故乡",我把最后一句诗念了出来。

卫红看着我,笑了笑,没说什么。马可·波罗,她应该记得,探险家传记那本书的文稿,是她帮我抄写的。

"马可·波罗,是的,这是他的故乡。"坐在我对面的王先生说,"他是有名的旅行家。"

"当年,马可·波罗从这里到内蒙古,花了 3 年半的时间,我们从差不多远的地方来这里旅游,一天就到了。"

"当年他们走路,而且走不熟悉的路;我们坐飞机,不能比的。"王先生说。

"他当年经叙利亚、两河流域、伊朗高原、中亚细亚,途中要翻越帕米尔高原,长途跋涉,那是很难的。我们今天乘飞机,就没有这方面的问题。"我说。

游船在码头靠岸后,我们一起走进了圣·马可广场。

"这里是威尼斯的心脏。威尼斯每年的大型活动比如庆典、游行、狂欢以至斗牛、猎猪都在这里举行。每到举行活动时,这

里都人山人海，挤得水泄不通。"导游跟我们讲解，"这里也是威尼斯的主要旅游景点，是人们来威尼斯旅游必到的地方。"

我一边听导游讲解，一边观察四周的景物。出发之前，我认真看过关于威尼斯的资料，对圣·马可广场这个景点有了初步的了解。广场东北面那个庄严的教堂，一定是圣·马可教堂了；教堂左侧，是著名的钟楼；广场东侧的那座宫殿建筑，肯定是执政官宫了。走呀走呀，钟楼的大钟响起，广场上的一群正在觅食的鸽子突然受到了惊吓，忽地齐齐飞了起来，在广场上兜了一圈，又飞回广场的另一角觅食了。

9点时，教堂还未开放，导游带我们先参观钟楼。

"钟楼99米高，是威尼斯最高的建筑，分4层。顶端那个大钟，两旁各有一个毛利人钟像，手持大锤。他们等于两个机械人，每个钟头正点时便会自动敲钟。刚才的钟声就是他们敲出来的。"

导游讲完后，便带我们一层一层地去参观。地面一层是供人通行的，第二层是一个大钟盘，盘面的时间用罗马数字标示，这都没什么好看。导游带我们走上第三层，那里有一座铜雕作品。

"这座铜雕作品是镀金的，叫《圣母和圣婴》，是15世纪的杰作。作者是一个金匠，叫亚历山德罗·利昂帕尔迪。"导游说。

看过雕像以后，我们到了第四层，那里有一座带翅飞狮抱着《马可福音》一书的雕像。

"这是威尼斯的城徽，也是《马可福音》的作者圣·马可的象征。他被奉为威尼斯的保护神。"导游说，"这个城徽标志在威尼斯随处可见，据说差不多有两千个。"

"威尼斯人为什么那么尊崇圣·马可？"有人问。

"相传他是耶稣的大弟子，人们当然尊崇他啦。"导游说，"据说当年圣·马可的遗体葬在埃及，后来两个威尼斯商人把他的遗体偷运回威尼斯，专门建了圣·马可教堂来安放。"

参观完钟楼，圣·马可教堂开放的时间到了。于是导游带我们参观教堂。据导游说，圣·马可教堂现在既是教堂，又是博物馆。

"圣·马可教堂被称作'金教堂'。"走进圣·马可教堂，导游说，"教堂的镶嵌画是用威尼斯独有的黄金玻璃烧制的玻璃砌成的。'金教堂'名不虚传。"

大家的目光都投放在那些镶嵌画上。

"这些镶嵌画由一小块一小块的黄金玻璃拼成，那是很花时间的。据说前后共用了 200 年。"

"200 年?"有几个游客不禁同声惊叫了起来。

"艺术杰作嘛，当然不是三下两下就弄好的。"导游笑着说。

教堂四处都是镶嵌画! 于是，我们便一幅一幅地去欣赏。

画作讲的都是耶稣和圣徒的故事。比如《头罩光环的基督》《最后审判》《耶稣复活》《耶稣升天》《童贞女和先知》，等等。在一个大的拱顶上，有一幅题为《圣·马可遗体移至圣·马可教堂》的画作，描述的就是导游刚给大家讲过的圣·马可的故事。那是 13 世纪的作品。

以上画作艺术水平很高，人物形象栩栩如生，其精美程度可以说是"举世无双"了。

接着，我们来到执政官宫。作为古迹，威尼斯有 40 多座宫殿建筑，执政官宫是最著名的一座。它过去是政府和法庭的办公宫邸，现在是一个展览馆，展出的是艺术品和兵器。

按照行程安排，参观执政官宫后，是自由活动时间，于是我们便分开四处走走。威尼斯名为"百岛之城"，由纵横交错的 180 条大小河道将全市分割成 120 多个岛屿，由 400 多座大大小小的桥梁，把这些岛屿连接起来。这里没有公路，没有汽车，由此到彼，除了走路，只能坐船。我们今早到圣·马可广场是乘大游船。在小河道通行的，大都是那种黑色平底、首尾翘起的小木船，名叫"贡多拉"。我们初到，对这里不熟悉，不敢随意走动。看看地图，里阿托桥离那里不远。那是威尼斯著名的古桥，古桥

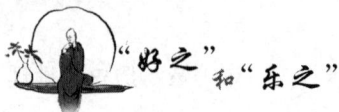

附近是威尼斯最繁华的购物中心。我们几个人都想去看一看。据说，马可·波罗家族就住在那座桥附近，所以我也特别感兴趣。几个人跟导游一商量，他答应带我们去看看。

很快就到了。那是一条横跨市中心大运河的桥梁，造型美观，桥梁两边的雕刻也很精细。桥上开设有许多小商店，也有不少摊贩在摆卖商品。我们站在桥上凭栏远眺，欣赏四周风景。

"从11世纪开始，大桥这一带就是商业和贸易中心，各国商人在这里进行香料、丝绸和黄金等商品的交易。"导游说，"现在这一区域还是一个商业中心，主要出售水果、蔬菜，经营的商品品种跟当年已经不同了。"

"那一带有威尼斯历史上各个时期的建筑。"导游指着东南方向对我们说，"比如日耳曼栈房、阿里托大楼等。据说大旅行家马可·波罗的故居，就在那个地方。那是一座三层高的楼房。"

"我们去看看吧！"我连忙提议。

"时间来不及了，我们很快要集合啦！"导游说。

可惜。

"马可·波罗在世时，有没有这座桥？"在回广场路上，我问。

"这座桥据说建于1591年。"导游说。

"马可·波罗生于1254—1324年，"这次出发前，我看过马可·波罗的资料，所以记得，"也就是说他在世，这座桥还没有建。"

"那是的，"导游说，"然而，我们今天所参观的景点，有些是马可·波罗在世时已经有了的。"

是的，圣·马可教堂始建于829年，执政官宫始建于814年，都比马可·波罗早出世。但是那座钟楼建于1496—1499年，那是马可·波罗去世后100多年的事了。

"现在威尼斯是意大利的一个城市，马可·波罗出生于威尼斯的全盛时期。那时威尼斯是意大利境内的一个最富强的海上国家，叫威尼斯共和国。这个国家是 1866 年才被意大利王国吞并的。"我对卫红说，"当时不但威尼斯的兵船威震地中海，威尼斯的商人足迹也遍及欧、亚、非三大洲。"

"我记得，威尼斯有两个特点嘛，一是水上交通十分便利，二是经商的人多嘛！"她说。"两个特点"我是在马可·波罗传记中第一段写的内容。

"当时，威尼斯商人真的以事业为重，他们终年在外做生意，可以说是不顾爱情、不顾家庭、不顾一切的。"我说。马可·波罗的父亲尼古拉·波罗和叔父马窦·波罗用一艘商船运载货物出外做生意，9 年没有回家。出远门时，他的儿子马可·波罗才 6 岁，到他回家时，这个儿子已经 15 岁，而且他的妻子已经离世了。两年后，马可·波罗跟他父亲、叔父再出远门到东方，更是 24 年没有回过一次家。回到家时，不但"儿童相见不相识"，连马窦的妻子也认不出他们了。当然，这一次出远门，不全是做生意。他们是去给忽必烈当差。讲了上述情况后，我说，"他们可以出外经商 9 年不回家，24 年不回家，是不是不顾爱情，不顾家庭，不顾一切？"

"那是有点过分，事业、家庭还是要兼顾嘛！"李小姐说。

"威尼斯人可不是这么看的。马可·波罗的母亲对于丈夫长期在外经商，不但没有怨言，而且把丈夫视为孩子学习的榜样，她常常鼓励他们像父亲一样，做个精明的商人。"我说。

"她的丈夫一次外出离家 9 年，她鼓励儿子学父亲，她的儿子听了她的话，离家 24 年；如果她在世，孙子长大了，还不知怎样鼓励她的孙子哩。"卫红说，"她的想法，令人很难理解。"

"威尼斯人养成那样的性格，大概跟周遭的环境有关吧。威尼斯四周被海洋环绕，这里的人心胸可能特别开阔，想得开。"我说。

卫红笑了笑。

"想得太开了！"李小姐还是觉得不可理解，"他们是生命诚

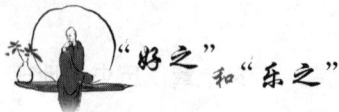

可贵，爱情价更高，若为做生意，两者皆可抛。"

自由活动结束后，导游带我们乘船到威尼斯北部的穆拉诺小岛参观玻璃厂。这个岛以生产玻璃和制作玻璃器皿而闻名，人称"玻璃岛"。在玻璃厂展览室，我们参观了各种各样的玻璃制品，在生产车间，还观看了玻璃吹制能手的表演。

参观完毕，到一间中国餐馆午餐。有米饭，有面条。这是用各种调料拌和的面条。

"这是马可·波罗面条，很有名的。"我对卫红说。

"跟我们平常吃的面条差不多嘛。"卫红说。

"据说是马可·波罗从上都学回来的，从意大利人的角度来说，是'洋货'。"我说。

"在罗马斗兽场复习了历史，参观梵蒂冈学习了地理，那游览威尼斯又上了哪一门课？"卫红开玩笑地说。

"历史和地理。"我说。

"啊？"坐在旁边的李小姐瞪大了眼睛。

"这没什么奇怪呀，其实我们到每个地方，看的都是历史和地理。在罗马斗兽场，我们看的是历史和地理，不过偏重一下历史；在梵蒂冈，我们看的也是历史和地理，偏重一下地理。在威尼斯，我们看的也是历史和地理，没有偏重而已。"我说。

"我们不但看了历史，还看了当下，而且主要是当下呀！"李小姐说，"我们不只看了地理，还看了政治、经济、文化、社会，多方面的呀！"

"不错，你当时看的是罗马斗兽场，梵蒂冈、威尼斯的'当下'，但从那一刻起，你所看的已成历史了。我刚才讲的这句话，一讲完，就是过去，过去了就是历史。一切都会成为过去，一切都会成为历史。"我说，"至于地理，分为自然地理、经济地理和人文地理三部分，下面再分次级科学。自然地理包括地貌地理、水文地理、土壤地理、生物地理、气候地理等，经济地理包括农业地理、商业地理、交通运输地理、旅游地理、企业地理、城市地理等；人文地理包括人口地理、社会地理、宗教地理、语言地理等，你刚才说看的政治、经济、文化、社会，不是学术意义上的政治、经济、文化、社会，而是地理意义上的政治、经济、文化、社会，我们说学习地理，就把它们包括在里面了。"

"这个看法，我也同意。我们来旅游，其实所看十分皮毛，还算不上严格意义上的历史和地理，只不过勉强说得上学了一些历史和地理知识罢了。要把这些地方的历史和地理学好，回去还得好好搜集资料，反复研究才行。"刘先生说。

"照你们这样说来，这历史和地理倒是十分重要了。"刘小姐说。

"那倒是，从宇宙范围来说，什么都是有限的，只有时间和空间无限。宇宙在空间上无边无际，在时间上无始无终。对地球来说，随着时间过去的是历史，在空间穿梭的是地理。所以，我们每到一个地方，都要关注它的历史和地理。"我说，"我们写记叙性的文章，就要把时间和地点讲清楚。匈牙利作家、诗人裴多菲有名的游记《旅行札记》，记述了作者 1845 年春天在国内的一次长途旅行的情况。他 4 月 1 日从佩斯出发，晚上住在沃塔斯客尔客栈里，次日黎明到达格多洛城。一路上，走走停停，游览了许多地方。作者每到一个地方，都耳闻目睹一些情景，引发起自己对某些经历、人物的回忆，引起情绪的波动，从而有了自己的切身感受。什么时间到了哪里，见到了什么，总之，历史和地理写得清清楚楚。"

要了解一个人或事物，先要了解其历史背景和地理背景；要让人了解你所讲述的人和事，先要交代相关的时间和空间线索。

"你回去也写《旅行札记》之类的文章吧？"林小姐问。

"写。我会写，5 月 29 日从香港出发，5 月 30 日早上到达伦敦转飞罗马，游览完斗兽场等著名景点后，转到梵蒂冈，然后到威尼斯……"我还没说完，林小姐就会意地笑了。

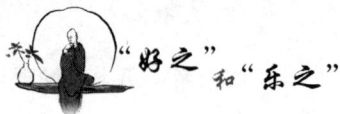

第十一章　与众不同

　　午餐后，乘专车前往米兰，在那里游览多奥莫大教堂、斯卡拉歌剧院、埃马努埃尔拱廊。

　　多奥莫大教堂位于市中心多奥莫广场，和梵蒂冈圣彼得大教堂、西班牙塞维利亚大教堂一起，是欧洲著名的三大教堂。它始建于1386年，直到1965年才宣告竣工，前后经历6个世纪。教堂有15座歌德式大理石尖塔，每个塔尖都有跟真人一样大小的雕像，中央的八角亭尖塔，高107米，塔顶的玛利亚铜像，有4米高。乘电梯可以登上塔顶，在那里可以远眺阿尔卑斯山的风采。斯卡拉歌剧院是意大利最大的歌剧院，大舞台装饰豪华，包厢美轮美奂，音响效果举世无双。西方许多音乐家和歌剧演员将它视作歌剧圣地，称其为歌剧的"麦加"，以在此演出为荣。埃马努埃尔拱廊是一个拱形建筑物，呈"十"字形，宽约100米，地面铺的是大理石，有一尊狼与狼孩的雕像，讲的是罗马城起源的故事。

特别的国度

第二天早上，前往瑞士度假胜地英格堡高地，乘吊车游览铁力士雪峰。

铁力士峰海拔 3000 多米，撑天柱地，终年积雪。我们乘缆车登山，缆车线路顺着山势倾斜而上，但座位还是保持水平位置。向四周一望，只见白雪皑皑，一望无际。随着缆车不断提升，视野更加广阔了。山下村镇的房屋，远处的山峦呈现在眼前。很快，我们便来到半山的中途站，一辆辆缆车的乘客下车，转到一辆圆筒形的巨大缆车车厢上，几乎垂直地被提到山顶上去。缆车的底部是可以旋转的，站在车厢里，可以观赏到四周的雪景。这时正在下雪，雪花纷纷扬扬的，非常壮观。到达山顶后，我们步出车厢，走进一家酒店。我们在那里一边吃早餐，一边看雪景。早餐后，我们到瞭望台，用巨型望远镜眺望四周景色。

从铁力士峰下来后，我们到卢塞恩市游览。这是一座建在森林和湖泊中的小城，人口只有 7 万多。城市虽小，但名气很大，被大文豪大仲马称作"世界最美的蚌壳中的明珠"。它四面环山，山色很秀，有一个卢塞恩湖，湖水很美。

我们在湖滨集合，那里有一个卖零食的摊档，大家赶紧去买吃的。周先生买了好多，档主给他找回的是瑞士法郎的零钞。

我记得介绍瑞士的书上讲过，瑞士是一个没有统一语言的国家，主要语言为德语、法语、意大利语和拉丁语。如果在瑞士各城市间旅行，在车上，乘务员会一会儿说德语或意大利语，一会儿说法语或拉丁语。钞票上干脆把四种文字都印上。想到这里，

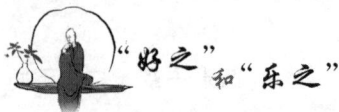

我便对周先生说："把那瑞士法郎拿来研究研究。听说瑞士法郎上有好几种文字，拿出来印证一下。"

"不错。"他给我拿出一张 20 法郎的钞票，一一指给我看。

"这 20 法郎面额是法文和意大利文。"他指着正面的 "Vingt Francs" 和 "Venti Franken" 不假思索地说，然后把纸币反过来，指着 "Zwanzig Franken" 和 "Vantg Francs"，这是德文和列托·罗马文。

"不是拉丁文吗？为什么是列托·罗马文？"我问。

"列托·罗马文属拉丁语系，讲拉丁语的瑞士人，从某种意义上可以说是讲列托·罗马文的瑞士人。"周先生说。

"是这么回事。"我说。之所以这样说，是因为我知道历史背景。

瑞士没有瑞士民族，只有日耳曼、法兰西和意大利等民族。5 世纪时，瑞士被古罗马占领，拉丁语是官方语言。日耳曼人的一个分支占据了瑞士的西部和南方部分地区，和当地居民融合，讲的是法语。另一个分支进入东北部和北部地区，和当地居民融合，讲的是德语。还有一个分支进入东部地区，保留了罗马占领时代的拉丁语系，被称为列托·罗马文的方言。瑞士东南端本是意大利移民区，说的是意大利语。

"瑞士没有统一的语言，不拘一格，这是它的独特之处。"我说。

"话不统一，交流起来会比较困难。"有位小姐说。

"这是一个问题。比如我们国内，虽然不像瑞士有那么多语种，但方言很多，比如广东话、闽南话、客家话，各说各的，互相听不懂。中国有七大方言，在湖南省，有'十里不同音'的说法。福建省有个连城县，地广人稀，全县面积差不多 2600 平方公里，只有 33 万人，却有 130 多种方言，这个村庄的人讲的方言，别的村子的人听不懂，要找人翻译，后来推广普通话，年轻人交流没有问题，但一些老年人，不会讲普通话，交流还有困难。"我说。

"在瑞士，这个问题不大，瑞士大部分居民都会讲多种语言，他们学讲话时，就学几种语言。"周先生说。

"我们国家方言多，但文字是统一的，如果不会讲普通话，用文字交流不是问题，但瑞士，文字也不统一。"那小姐说。

"是啊，你看这货币，'瑞士国家银行'的国名'瑞士'也是四种文字并列的。"周先生说。

"你这法郎上面的头像是什么人？"我问。

"大概是什么国家元首之类的吧。"有人说。

"不对，这是18世纪的物理学家兼地质学家梭修。"周先生说，"在这一点上，瑞士也是与众不同的。钞票上不印国家元首，而印科学家和工程师的头像。10法郎印的是18世纪数学家欧亦乐，百元钞印的是意大利建筑师巴罗米尼的头像，他还不是瑞士人呢。"

我们在湖边漫步，然后参观一座大桥。湖面呈"十"字形，把小城隔成南北两区，中间有桥梁相连。我们参观的是其中的一座大木桥。全桥用古木造成，桥上有盖，形状似屋顶，所以这桥也叫大木屋桥。桥上有许多油画，描述的是建桥的历史，还有一些民间故事。

"这座桥也很有特点，与众不同。"大家说。

"讲起瑞士的特色，还有很多。"陈先生还是紧扣刚才谈话的主题，"保持中立，全民皆兵，便是特色之一。瑞士既不参加联合国，也不同任何国家结盟，1815年巴黎和约签署以后，瑞士一直保持中立。为了防止外敌侵略，宪法规定，20岁至40岁的健康男子都要服兵役，役满即为后备军人。后备军人把制服和武器都放在家里，一有需要，穿起制服，拿起武器就上战场。因此，瑞士人家家有武器，这也是与众不同的地方。美国人也可以买枪，几乎家家都有武器，因此常常发生枪击事件。瑞士却不会发生这类事件，因为他们不会'公枪私用'。"周先生说。

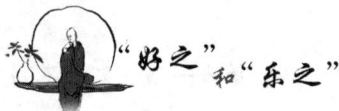

"还有，世界上各国元首任期一般为 4 年，而瑞士则为一年，每年要进行换届选举，有能力的人都有机会陈力就列。世界上一般国家国内的学制一致，但瑞士却与众不同，比如小学，有的是六年制，有的是五年制，有的则是四年制。有的州 6 岁可以上学，有的州要到 7 岁才能上学，'百花齐放'。"李先生说。

世界上的万事万物千差万别，比较起来，各有特点。写一个事物，要写出它的特点；要认识一个事物，就要了解它的特点。无论面对何种事物，我一定要在它身上找到不一般的特征，以至提起这个事物，这一特征就在脑海中出现。在瑞士，通过耳闻目睹，了解到这个国家许多与众不同之处，我对瑞士留下了深刻的印象。

"瑞士国家虽小，但声誉很高，不同凡响。在这里，人民生活水平高，它的工业产品在世界上享有盛誉，比如巧克力、手表、工艺品等。"林小姐说，"还有那著名的瑞士军刀，据说每两个到瑞士的人中，便有一人会买这种瑞士军刀做纪念。"

"那瑞士军刀可厉害了。据说美国现代艺术博物馆收藏的一把瑞士军刀，除小刀外，还有什么开罐器、指甲钳、剪子、锯子、钳子等，一共 60 多个部件，30 多种功能。"年轻小伙子徐先生说。

"那不是得好几斤重？"有人问。

"哪里，总重量只有 180 多克。"徐先生说。

"啊？"对方伸伸舌头。

"好呀，我们买手表去，买瑞士军刀去。"大家说着，往街上走去。

游览过卢塞恩市后，我们经瑞士边界巴素市进入法国，在著名葡萄酒产区波车品尝法国蜗牛猪扒餐后直趋花都巴黎。晚餐后，夜游花都，乘玻璃船漫游塞纳河。巴黎这个素以美丽著称的都市，它那形形色色的建筑，美不胜收的街景，黄昏时候让人陶醉的景象，令我们感到一种神奇的魅力。

巴黎圣母院和《巴黎圣母院》

第二天上午，前往巴黎圣母院参观。

"又是一个教堂！"一到圣母院，卫红就说。

"教堂多，的确是欧洲的一个特点，我们到的每一个地方，都有很多教堂。"我说，"这几天，我们游览过的有梵蒂冈的圣彼得大教堂，威尼斯的圣·马可教堂，米兰的多奥莫大教堂；大部分教堂我们还没去游览，光是威尼斯就有 120 座教堂。"

说着，我们走进了巴黎圣母院的底层。并排的三个桃形方洞，门洞周边、石柱上、墙上到处是浮雕艺术品，有的表现圣经故事，有的展现天界、天堂和地狱的景象，有的刻着圣徒和天使的雕像，给人庄严肃穆的感觉。

"好华丽！"卫红说。

这时，导游正在介绍教堂的概况："这座教堂是 1163 年动工兴建的，1345 年才基本落成，差不多建造了 200 年。"

"一间教堂建造了 200 年噢，当然华丽啦！"我随口回应刚才卫红的话，"圣彼得大教堂也差不多建造了 200 年，所以也非常华丽。不但华丽，而且规模大。圣彼得大教堂能容纳 5 万人，巴黎圣母院顶层的大厅就可以容纳差不多 1 万人。建这样的教堂，要花时间，不能操之过急。"

"这些墙上的浮雕所刻内容跟我们之前看过的其他教堂的差不多。"我旁边的一个游客说。

"大都是有关圣经和天堂之类的故事。"游客的同伴说。

他们所说是对的。圣彼得大教堂殿堂内的壁画如此，圣·马可教堂的镶嵌画也如此。《最后的审判》《耶稣复活》《耶稣升

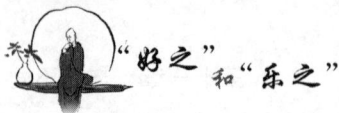

天》等题材也都可以从巴黎圣母院里看到。可以说，这些都是天主教的宣传画。

"跟其他教堂不同的地方，就是在三个门洞之上有一个长条壁龛，叫'国王长廊'，排列着以色列和犹太国历代国王的 28 尊雕像。"导游说，"也就是说，这里除了天上诸神的位置，也有人间诸王的位置。"

导游说完，便带我们进入教堂中间的一层。在两个门洞之间，有一个直径约 10 米的花窗，窗下是圣母玛利亚怀抱耶稣像，两边立着天使的雕像，两侧则是亚当和夏娃的雕像。

接着，我们登上第三层，那里有一排雕花石柱，支撑着一层阳台，把两侧的塔楼，连成一个整体，中间有一口大钟。从正门入内，是长方形的会堂。塔顶有十字架。

"这就是《巴黎圣母院》描写的卡西莫多敲打的那口大钟了。"导游指着大钟跟我们讲解。

我脑子里立时闪现出法国作家雨果《巴黎圣母院》中所描写的画面：

1482 年"愚人节"那天，吉普赛女郎爱斯梅拉达在广场上表演歌舞。巴黎圣母院的副主教克罗德·弗罗洛对她着了迷，想把她占为己有。于是，他命令教堂的敲钟人卡西莫多把她抢来。英俊的卫队长弗比斯正好带领士兵途经那里，把她救了出来。爱斯梅拉达爱上了弗比斯。在他们两人幽会时，弗罗洛行刺弗比斯，把他刺伤后逃跑了。法院却因此断定是爱斯梅拉达谋杀弗比斯，判她死刑。临刑时，卡西莫多劫法场，把她救了出来，藏在巴黎圣母院内。法院发现后，决定逮捕她。巴黎的流浪汉、乞丐等下层民众闻讯，纷纷前去营救。在政府军攻打圣母院时，弗罗洛在混战中把爱斯梅拉达劫持出圣母院，胁迫她就范，遭到拒绝后，弗罗洛把她交给官兵，最后，无辜的女郎被绞死了。卡西莫多见此情景，非常愤怒。他把弗罗洛从教堂的顶楼上推下来摔死了，然后抱着女郎的尸体自杀。

"小说中的巴黎圣母院副主教弗罗洛外表上目空一切，不可一世。他企图把吉普赛女郎占为己有，多次对她进行迫害，表现出来的是一副蛇蝎心肠，是坏人；敲钟人卡西莫多面目虽然丑陋，但心地善良，不顾一切为救女郎而献身，是好人。"王先生说。

"小说《巴黎圣母院》所描写的故事，是作家雨果的虚构，实际上圣母院并没有发生过那样的事。"导游继续他的讲解。

"我有个法律上的问题想请教你一下。"我对王先生说。王先生是个律师，"巴黎圣母院并没有发生过那样的事，可是雨果却虚构那样的事。圣母院的当事人可否控告雨果诬陷？要知道，在雨果笔下，巴黎圣母院是弗罗洛策划阴谋的巢穴，是丐帮攻打的魔窟，是蹂躏万众命运的宫殿，这对圣母院的名誉有不利影响。雨果还把圣母院的副主教写得那么坏，要知道，副主教是圣母院的领导人啊！"

"人家雨果写小说，是虚构的嘛，被控的一方可以这样辩解。"王先生说。

"虚构当然可以，副主教、敲钟人的名字都是虚构的，但圣母院的名字却不'虚构'，用了人家的真名字，容易令读者混淆真假。"我说。

"你说的也有道理。如果圣母院当事人现在去起诉，可能没有什么结果，因为被告雨果已经去世那么多年了；如果雨果在世时，圣母院方面去起诉，结果如何，就视法官怎么判了。那案一判，或许就会成为一个有名的判例。"王先生说，"法律史上有一些判例真的视法官怎么判。在判决之前，人们不会想到竟然那样判的。美国那个离开驾驶座而出了车祸的司机却胜诉，就是一个例子。"

"这案例，我曾经在杂志上看到过。"我说。

那案件，大概是这样的：

有个人买了一辆新车，有一天他驾车出游。行驶途中，他离

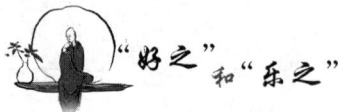

开司机座到后座喝咖啡，结果出了车祸。他状告汽车制造商，没有在说明书上列明，不能在行驶途中离开司机座去后座喝咖啡。后来，他胜诉了，获赔75万美元的新车一辆。这个案件发生后，美国的汽车制造商吸取了教训，据说都在说明书上作出了这样的说明。

据说，许多国家是执行"遵循先例"的法律原则的。也就是说，以前案例这么判，以后同样性质的案例也可以这么判。那些美国汽车制造商"亡羊补牢"，是完全必要的。

"这圣母院案件跟那车祸案件不同。从'表面证据'来看，圣母院的理由比较充足，而那喝咖啡司机，乍看起来，倒有点像无理取闹，不足为据。"我说。

"如果巴黎圣母院状告《巴黎圣母院》的作者获得胜诉，可以鼓励很多人去打这样的官司，比如曹操（或他的后代）就可以状告《三国演义》的作者，因为《三国演义》完全歪曲了他的形象。"王先生说。

"所以我主张，写真人真事，应该用传记之类的体裁去写；写小说，既然是虚构，那就把人名、地名也'虚构'，这就没有问题。人名、地名不虚构，事却虚构，似乎就有点问题。"我说。

我这"主张"，当然不会有人听从，因为作者都崇尚创作自由。你三国时代有个曹操，我在《三国演义》里虚构出那个人物形象也叫曹操，这有什么不可以？有什么规定只许你叫曹操，别人就不可以叫曹操？为什么只许你叫巴黎圣母院，我虚构的场景就不能叫巴黎圣母院？既有真的曹操，也有虚构的曹操，这是客观存在的。作为普通读者，我们只要分清何者是真实的，何者是虚构的，也就可以了。尤其要注意的，是不可将虚构的人物形象和故事当作真人真事。《巴黎圣母院》里面的巴黎圣母院是不是现实中的巴黎圣母院？《三国演义》的曹操，是不是历史上的曹操？《木兰辞》的木兰是不是真有其人？如果明白事实和虚构的区别，就不会因上述问题争论得面红耳赤了。

　　我想啊想啊，想到这里，导游已带着大家往下走了，于是赶紧跟上。

　　从巴黎圣母院出来，我们乘车游览凯旋门、协和广场、埃菲尔铁塔等名胜。当年拿破仑为纪念法军战胜俄澳联军而建的凯旋门，屹立在香榭丽舍大街的尽头，神圣庄严；协和广场位于市中心偏西塞纳河北岸，焕发着迷人的光彩。埃菲尔铁塔矗立于塞纳河右岸的战神广场上，是巴黎的最高建筑物和游览中心，它跟凯旋门同被誉为巴黎的象征。傍晚，享用法国大餐。

　　6月5日上午游欧洲迪斯尼乐园，下午从法国东北部前往比利时首都布鲁塞尔。布鲁塞尔位于比利时中部的塞纳河畔，有"小巴黎"之称。它是欧盟总部所在地，因此被称作"欧洲的首都"。

撒尿男童和撒尿女童

　　"这就是著名的撒尿男童咯！"在布鲁塞尔市中心大广场附近的埃杜佛小巷，领队指着一座小孩青铜塑像对大家说，"这是雕塑大师捷罗姆·杜点斯诺的作品，很有名，到布鲁塞尔的游客都要来参观的。"

　　大家蜂拥到雕像前。人像雕塑并不大，身高约半米，小男孩雕像赤身露体，叉着腰，凸着肚子，旁若无人地不断撒尿。当然，撒出来的是自来水。

　　"这个雕像是很有来历的。"领队说。然后，他讲了有关传说。在古代，西班牙发动了侵略比利时的战争。有一次，他们要把布鲁塞尔这座城市摧毁。在他们点火引爆炸药离开现场的时候，一个叫于连的小男孩发现了，连忙撒了一泡尿，把导火线的

249

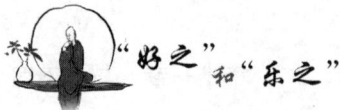

火浇灭了，令这座城市得以保存。为了表彰这位小孩，市政府在1619年竖立了这座雕像。

领队讲完，到别的地方招呼团友去了。大家连忙以雕像作背景，"咔嚓咔嚓"地拍照留念。

"这是撒尿男童，那撒尿女童呢？在什么地方？"在大家拍得差不多时，我问。

"什么撒尿女童？"大家停止了拍照，望着我。

"邓先生真会开玩笑，撒尿女童。"李先生笑着对我说。

"我不是开玩笑，真的是有一座撒尿女童的雕像。"我说，"当初，比利时的女权运动者向政府提出，说这个地方只有撒尿男童的铜像，没有女童的铜像，不公平，要求建一座女童撒尿的铜像，体现男女平等，1987年，市议会决定，新建了一座女童撒尿的铜像。"

"那铜像在哪里？我们也要看一看。"大家不约而同地说。

"我也不知道在什么地方。问问领队吧。"我说。

大家找来了领队。

"的确有那么一座雕像，就在那小巷子里。"他指着撒尿男童对面不远处的一个小巷口，"因为那雕像不像这边的雕像有名，所以一般很少带团友去参观。"

"带我们去看看吧！"大家说。

"好啊！"领队说着，便向那小巷子走去，大家连忙蜂拥着相跟而行。

那是一条不到30米长的小巷。那里真的有一座撒尿女童的雕像。那是现代雕塑师德布瑞的作品。女童的名字叫珍妮克。于连是光着身子站着撒尿，珍妮克是光着身子蹲着撒尿。有意思！大家围上去，左看右看，接着又是"咔嚓咔嚓"地拍照。

"你怎么知道有这么一座雕像呢？我还是第一次听说这么一回事。"李先生拍完照，走到我的身边，问我。

"我是从一本书上看来的。"我说，"撒尿男童知道的人多，确实很少有人知道这撒尿女童。"

"来旅游前你都看很多有关旅游目的地的书?"他问。

"是的,每到一个地方游览,事前我都会看很多有关资料,从读中学起,就养成这个习惯了。"我说。

"你这样旅游,收获会比别人多。"他笑着说,"今天也连带我们也多了一些收获,看到女童撒尿的雕像。"

是的,多看书学习,多搜寻资料,就会多一些收获。从书本上搜集资料也好,从实际生活中搜集资料也好,我力求找到不一般的、特别的、意想不到的东西。当找到这样的东西时,我内心会有一阵惊喜;当转述给别人时,别人会有一种长了见识的感觉。

"比起男童的雕像,女童的雕像不是那么有名,所以拥趸不像前者多。"我说。

"是吗?"他瞪着我,显出探询的表情。

"于连被称为'布鲁塞尔第一公民'。因为他光着身子,所以许多来访宾客都送衣服给他。其中有 1698 年巴伐利亚总督送的一套刺绣的名贵礼服。"我说,"据说,市政府专门在附近建了一座博物馆收藏这些服装。"

"能去这个博物馆看看也好。"他说。

"看服装博物馆,我也有兴趣。"在旁的林小姐说。

"现在的问题是,于连有许多衣服,但珍妮克却一件衣服也没有。据说,到现在为止,还没有人捐过一件衣服给她。"我对林小姐说,"你能不能给她捐一件呢?"

"好啊!"林小姐一听,不禁兴奋起来。

"要马上行动才行啊!"陈先生说。

"现在时间那么紧,回到家里再说吧!"林小姐说,"把衣服邮寄过来也可以呀!"

"也得快才行,要不人家会捷足先登,你会失去'第一'这顶桂冠的。"我说,"可不,于连的第一件衣服是巴伐利亚总督送

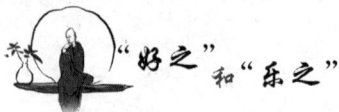

的,珍妮克的第一件衣服是你林小姐送的,多光荣!"

大家一听,都笑了。

晚上下榻于布鲁塞尔的一家酒家。第二天,即 6 月 6 日上午,到比利时北部水上都市布鲁日,午餐后乘马车前往荷兰阿姆斯特丹。阿姆斯特丹被称为"世界上最值得去的 50 个地方之一",紧随伦敦、巴黎、罗马,稳坐欧洲最受欢迎城市第四把交椅。

"逼"出来的创新

首先到达的是位于阿姆斯特丹郊外 15 公里处的一个小镇,那里有著名的民俗村。一进村,我们就看到了屹立着的风车,一数,四周一共有 8 部。荷兰是一个"风车之国",民俗村就是一个缩影。

奶酪和木屐是民俗村的特产。导游带我们参观了奶酪厂,见证了奶酪的生产过程后,便参观木屐厂。在工厂门口的广场上,摆放着各种各样的木屐模型。大大小小的,有的像一条小船那么大。大家很高兴,小的穿在脚上,大的坐在上面,照了很多相。然后,进入厂内参观,不但参观木屐的制作过程,还参观了展览厅,那里有各种各样的木屐出售。

离开民俗村,我们到了市内,游览了达姆广场,然后参观王宫。

在宫外,我们观赏了王宫的外貌,接着进入大厅,观看了庄严的"法座"、精美的雕刻作品。接着沿楼梯而上,参观壁炉上方的荷兰历史名画。然后站到公民厅的阳台上,观看阿姆斯特丹的市景。在这里,远近景物一览无遗。

"我们会不会看到荷兰女王?"王先生问。

"见到也不奇怪。"林小姐说，"据说女王是很亲民的，有市民见过她挎着菜篮到市场买菜。"

"我估计看到女王的可能性不大，她很少住在这个地方。"我说。

"为什么?"卫红好奇地说，"女王不住在王宫?"

"女王常住海牙，这个王宫只是她的行宫，她很少回来住的。"

"为什么?"她问。

"阿姆斯特丹是荷兰的首都，是王宫的所在地，但中央政府设在海牙，女王也住在海牙，这在世界上是独树一帜的，是荷兰的一个创造。"我说。

"为什么中央政府不设在首都?"有人问。

"那还不是因为这个城市地方不够大!"我说，"阿姆斯特丹是一个'水下城市'，比海平面低 1~6 米。人称'北方威尼斯'。这里早期的房屋几乎都用木桩来打地基，据说这座王宫的光地基就用了一万多根木桩，整座城市就像用木桩撑起来的。它跟威尼斯一样，到处是水道，陆地很少，没地方建房子，很多人住的是河面上的'船屋'。中央政府是个很大的机构，总不能让那些公务员都在'船屋'上办公吧!"

"那为什么又把这里定为首都?"有人问。

"那是历史。"这时候，导游走进来，听到这个问题，随即答道，"阿姆斯特丹是在中世纪发展起来的，那时，荷兰在大力进行东方贸易，这里因为水路交通便利，在 12—15 世纪已经成为一个重要港口。它有悠久的历史，所以在 19 世纪时被定为荷兰的首都。"

"后来为什么不把首都迁去海牙?"有人问。

"定都阿姆斯特丹，那是写在宪法上的。在荷兰，宪法是非常神圣的。要修改，程序非常复杂，也非常困难。"我说，"况且，现在首都在一个地方，政府机构在另一个地方，也未尝不是

一个办法。有一些国家还打算效仿荷兰的做法哩。"

从王宫出来，导游带我们去租了游览船在一条城中河上"游船河"。据说全市有160多条大小河涌，纵横交错。我们的游览船穿梭于一条条较大的河涌上，可以尽情观赏两岸的景致。

"小河两旁的房屋好靓。"林小姐说。

"这是一种西欧情调。"陈先生说。

"我看过有关资料，据说这里市区房屋有个特点：一窄二长。门面很窄，但里面'深不可测'，从前门进去，走半天到不了后门。这是阿姆斯特丹人的另一个创造。"我说。

"这样的房子有什么好？为什么要把房子建成这个样子？"林小姐说。

"因为历史上国王曾经颁布法令，要按房屋宽度交税，为了少交税，所以人们都把房子门面建得很窄。"我说，"正像香港，征地时，农地上的果树是按棵计算的，所以有些农夫就在农地上密密麻麻地种满荔枝树苗。其实荔枝树苗种得太密是不大结果的。"

"这房子太窄也不大好住，搬东西进去也很麻烦。"她说。

"为了解决这个问题，当地人又在建房问题上想了办法，在两边纵深的墙上开上很大的窗子，窗子上方还有挂钩。要搬大件的东西，他们不会从前门进，而从窗子往里吊。"我说，"把窗子当大门用。"

"真有趣。"她说。

"游船河"1小时后，我们齐齐上岸。前去参观钻石加工厂。阿姆斯特丹的钻石工业很有名，那里的钻石加工技术世界一流。卫红订购了一副钻石耳环，其他女士也订购了各种各样的钻饰。

接着，导游说带我们去看欧洲最著名的红灯区，自由参加，女士都不大想去，男士都出于好奇，相跟着看热闹去。红灯区一带有不少性商店，妓女坐在好像橱窗一样的小房间里向街上的游客招手，人们把那种小房间称作"金鱼缸"，颇形象的。溜达了一圈，大家便跟导游回到住处。

第二天上午，钻石加工厂派人把加工好的钻石首饰送到酒店，女士们戴上了这些首饰，都很雀跃。

接着我们乘车前往机场，准备转飞英国伦敦。

"这个国际机场在海平面4米以下，非常现代化。"导游说，"机场下面还有高速公路和铁路。"

"这也是荷兰的一个创造。"我说，"这个创新也是地少人多这个'形势'逼出来的。"

"'逼'出来?"李先生问。

"可不是，地方不够，才想出政府办公机构设在首都以外的地方，也才想到让飞机在高速公路和铁路上面起飞。"我说，"实际生活中的创新往往都是被逼出来的，好的作品也往往是被逼出来的。"

"怪不得荷兰出了许多了不起的艺术家。"他笑了。

"对。许多艺术家的杰作也是被逼出来的。"我说。"就说梵高吧。梵高是荷兰最伟大的印象派画家之一。24岁之前，他当过画店店员，后来成为传教士。在矿区传教时，他过着极度贫困的日子，后来改行学画。他面对种种困难，还得了精神分裂症。但他没有倒下来，坚持不懈地创作，可以说，他的《向日葵》《鸢尾花》《吃土豆的人们》，在一定意义上来说，都是被困境逼出来的。"

7日下午，我们从阿姆斯特丹转飞英国伦敦。抵达伦敦时是傍晚时分，晚上自由活动，大家去坐伦敦地铁观光，游览唐人街。

6月8日早餐后，我们在伦敦市内游览。先到威斯敏斯特教堂。教堂的平面图为拉丁十字架形，双塔高耸，柱廊凝重，装潢精致，金碧辉煌，被认为是英国歌德式建筑中的杰作。这是英国历代皇帝登基或加冕的教堂，地位最高。

从教堂出来，我们参观了泰晤士河上的塔桥。这是泰晤士河

255

上著名的景点。中间桥墩上的两座四方形高塔高 60 米，四周有 4 座小塔和 4 座尖阁相衬，设计得很优美，外形壮观。桥分上下两层，下层桥面可以开合，合起来的时候通车，开启的时候可容万吨船只通过。上层的人行道两旁设有商店和酒吧，行人可以在桥上观看四周景色，也可以在那里购物、进食，很有特色。

接着，我们到大罗素广场，参观了大英博物馆。它是英国最大的一家博物馆，占地 67 万平方米，有 100 多个陈列室，藏品极为丰富。

稍后，我们经过唐宁街十号首相府，经国会大厦，见到了著名的大本钟，最后参观了白金汉宫。

白金汉宫是英国的王宫，我们在门外参观了王宫的景观后，正巧 11 点半，于是观看了禁卫军换岗仪式。穿着特别的制服的禁卫军，个个高大威猛，红色的上衣，白色的腰带，黑色的裤子，色彩鲜艳。他们头上戴着很高的黑色貂皮帽，遮住了半边面孔，几乎把眼睛都遮住了。换岗以后，他们站岗时一动不动，像机械人一样。游客逗他，他也不动。许多游客站在他旁边，一起照相。我跟卫红也照了一张。

"1981 年，英国王子查尔斯和戴安娜耗资 10 亿英镑，举行轰动世界的婚礼就在这个地方了。"离开白金汉宫，准备乘车去温莎堡的时候，我跟卫红说，"查尔斯和戴安娜携手从白金汉宫步行到圣保罗大教堂，沿途挤满了人，看热闹。"

"我记得这回事，当时电视台转播过婚礼的隆重场面。"卫红说，"圣保罗大教堂我们没有参观过。"

"没有，我们刚才参观的是西敏寺，威斯敏斯特教堂。伦敦大主教是在圣保罗大教堂居住的，因此也很有名。"我说。

"听说当年沿途看热闹的人有近百万。"殷小姐搭话说，许多商人趁此机会做生意，有的卖印有王子和王妃照片的 T 恤，有的卖印有王子和王妃图像的盒装糖果，有的卖纪念章，有的卖蛋糕、冰棍，什么都有，其中一个卖望远镜的挣得最多。"

"是有这么回事，据说他挣了近100万英镑。"我说，"当时，礼炮声响了以后，一对新人隐隐在远处出现，但马路两旁挤得水泄不通，人们无法看清楚，心里非常着急。在这紧急关头，那商人所雇的一大批儿童，拿着用硬纸板做成的望远镜叫卖。一英镑一个望远镜，人们争相抢购。一些急着去看王子王妃的人，扔下10英镑不等找钱就拥入人群中了。大批望远镜一下就被抢购一空，这个商人一下子赚了近100万英镑。"

"据说这个商人为这单生意是费了不少心思的。"殷小姐说，"王子王妃婚礼前，各个商人都在动脑筋，想什么样的商品会在这个场合受欢迎。他们想到的，无非是平常吃的穿的那些东西，只有这个商人眼光独到，想到人们争看王子王妃需要望远镜这一点。"

"他肯动脑筋，想出了这个好点子，这说明多想出智慧，出点子。"我笑着说。

"你在阿姆斯特丹时讲到那里的创新，刚才讲的那个商人想出的点子，可以说那都是创造性思维的成果吧？"有位团友说。

"可以这样说。"我笑了。

找块地兴建机场，没有合适的地就填海来建，这是习惯性思维；在高速公路和铁路网上建机场，这是反向思维。在查尔斯和戴安娜从白金汉宫到圣保罗大教堂的路上卖纪念品，这是习惯性思维；在沿途贩卖望远镜，这是反向思维。反向思维是创造性思维的一条重要思路。许多人在解决问题时所出的好主意、好办法，往往是通过反向思维想出来的。善于进行反向思维，撇开固定思路，另辟蹊径，往往会导致创新。世界上的万事万物都是从无到有地发展过来的，是不断推陈出新的发展过程。只有打破习惯性思维的束缚，进行反向思维，才能反映这个过程。固守习惯性的思路，对旧事物习以为常，做法老套，社会就无法发展了。在工作中也好，在生活中也好，我们每个人都要学会包括反向思维在内的创造性思维，做到有所发现，有所创造。写文章，人称

创作，创造性思维更是必备的武器，非掌握好不可。

　　6月9日上午，参观温莎堡。温莎堡是英国皇室的行宫，位于伦敦市区以西30多公里的温莎镇。温莎堡内分下、中、上三区。下、中两区是英国皇室的正式国务活动场所和私邸，中层有古炮垒，下层中部有著名的圣乔治小教堂，上层一些展厅，收藏有不少皇家的名画和珍宝。

　　下午，我们结束整个访欧行程，乘搭飞机经港返穗。

第十二章　从芝加哥到波士顿

游过欧洲，再游美洲。

湖泊和喷泉

2009 年 7 月 23 日，在香港国际机场，我跟卫红乘美国大陆航空公司客机前往美国纽约转飞著名的旅游和避暑胜地奥兰度。这里的"迪斯尼世界"是世界最大的游乐场。我们体验了"未来世界""世界橱窗""神奇王国""动物王国""米高梅影城""冒险群岛"等，"玩乐"一番之后，7 月 28 日，转飞芝加哥。

卫红的几位朋友开车到机场，直接把我们送到密歇根湖边。

"到了芝加哥，先来游一游密歇根湖。"他们说。

密歇根湖位于芝加哥市区东面，是北美五大湖之一。通过伊利诺伊—密歇根运河与密西西比河相连，是芝加哥的重要旅游景点。该湖水域为 57000 多平方公里，平均水深 84 米，在蓝色的天幕下，一望无际，气势非凡。

"这样的景象令人心胸开阔。"当坐上一艘游船，在烟波浩渺的湖面上观光时，我说，"令我想起洞庭湖。"

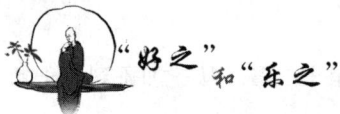

湿润的风吹在脸上，顿时感到心旷神怡。

"看来你游览过洞庭湖了。"阿勇说。

湖水拍打着游船，发出"哗哗"的响声，不远处，传来海鸥的鸣叫声。

"游览过，登岳阳楼看洞庭湖。"我说，"对洞庭湖印象深刻，还因此反复读过范仲淹的《岳阳楼记》。"

"洞庭湖跟密歇根湖相像？"卫红问。

"是呀。'衔远山，吞长江，浩浩汤汤，横无际涯，朝晖夕阴，气象万千'，那是在岳阳楼上面对洞庭湖的'大观'；密歇根湖也'衔远山'，'吞'密西西比河，至于'浩浩汤汤，横无际涯'，还有那'气象万千'，同样有的。"

"'朝'来游览，跟'夕'来游览，'气象'是不同的。"阿东说，"我们今天下午来游览，跟上午相比，景观也不同。"

游船飞出湖面，在一个湖湾以中速行驶，船长是让我们在欣赏湖面风光时也欣赏一下岸边的风景。

"根据范仲淹所讲，游览洞庭湖，春天最好。"我说，"那时春风和煦，阳光明媚，天色湖光相接，一片青绿色，无边无际，沙鸥有的在展翅飞翔，有的停在那里歇息，美丽的鱼儿在湖里游来游去，那景象真美。"

"我们现在夏天来游览密歇根湖，景色也很美呀。"卫红说。

"据《岳阳楼记》所叙，在下雨天去游览洞庭湖最不好。不但阴雨霏霏，浊浪排空，而且山岳潜形，虎啸猿啼，令人有不寒而栗的感觉。"我说。

"下雨天我来游览过密歇根湖，并不觉得那么差，晴天有晴天的特点，雨天有雨天的特点。"罗壁说。他是阿东的朋友，一同来玩，"至于虎啸猿啼，那可没有。如果有，更有意思咯。"

"范仲淹觉得下雨天去游湖不好，同他当时的心情有关。因为'登斯楼'的人'去国怀乡，忧谗畏讥'，所以才会'感极而悲'。"我说，"范仲淹所说的那些'迁客骚人'，'居庙堂之高，则忧其民，处江湖之远，则忧其君'，他们'进亦忧，退亦忧'，看来很少有开心的时候。"

"时代不同咯，我们今天'进亦乐，退亦乐'，高高兴兴地过日子。"有位朋友说，"所以在我们看来，湖光山色什么时候都是漂亮的。"

正在我们说话的时候，却听见湖中水响。不远处，漂来了一只小船，冲动了碧绿的湖水，荡起了一串涟漪。船上是几个年轻男女。一个小伙子背着一架照相机，对着远处的蓝天、白云和飞翔着的海鸥在拍摄；有一个穿着裙子的少女拿着画板，对着湖上的游船在写生；有一个穿玫瑰色短衫的姑娘坐在船边，用手拨拉着湖中的水，默默地注视着什么。看来，他们正在享受游湖之乐。

游湖结束以后，我们驱车参观了水族馆，游了游乐场。这时，已是傍晚时分。罗壁开着车，在马路上兜来兜去。"还去看什么景点？"同行的人都不知道他的底细，先后问他。罗壁没有回答，笑吟吟地开着车。他沉潜刚克，不苟言笑，但在行动中往往表现出幽默。不一会，他在一条马路边停了车，对我们说："看夜景！"只见不远处，有一座喷泉，无数的水柱在向上喷涌，在灯光照耀下，艳丽无比。

"这是格兰特公园白金汉喷泉。"醒悟过来的阿勇对我和卫红说，"喷泉用大理石建成，是20世纪30年代白金汉女士捐赠给芝加哥市的。这是芝加哥市著名的旅游景点之一。"他说时，大家纷纷往喷泉的方向走去。

"喷泉高达40米，中央泉池占地60平方米，周边有一个个小池环绕着。"阿东说，"中央水柱喷出时，周围几百道水柱同时喷出，形成水帘，这时来看特别适宜，有灯光照着，比白天好看。"

这时，我们已走到喷泉跟前，罗壁问我："刚才游密歇根湖时，你说有古人写过'衔远山，吞长江'那诗一般的句子形容洞

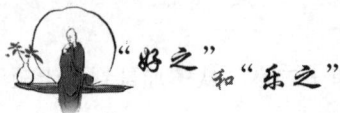

庭湖；关于喷泉，有没有人写过好的诗句？"

"有，有。"我忽然想起，有一首关于趵突泉的诗，"渴马崖前水满川，江心泉迸蕊珠圆。济南七十泉流乳，趵突独称第一泉。"

"听来不错。"罗壁说，"那趵突第一泉在哪里？"

"在中国山东省济南市。趵突泉同千佛山、大明湖并称济南三大名胜。趵突泉的泉水分三股，昼夜喷涌，澄澈清冽，水盛时喷出几尺高的水柱，附近分布着金线泉、漱玉泉、柳絮泉等30多个名泉，构成一个泉群。"我向他作了介绍。他在当地出生，没到过中国旅游。

"它的水柱喷出几尺高，这个白金汉喷泉好像喷得比它高。"罗壁说。

"不能比的，这个白金汉喷泉，用电力使水柱喷出，趵突泉是天然喷出的，没有人工因素。"我说。

"啊，天然的，那就更有诗意了。"罗壁说。

接着，罗壁载我们去观光市容。

芝加哥以摩天大厦多著称。我嘱他重点带我们看看那些摩天大厦，像当时世界最高的、110层的西尔斯大厦，100层高的约翰·汉考克大厦，第一国家银行大厦，水塔广场大厦，89层高的石油公司大厦等，他都带我们去了。

"还有曼哈顿中心大厦呢？"我提醒他。

"啊，对的。"罗壁说，"曼哈顿大厦始建于1889年，1891年完工，比其他大厦都要早。它是近代摩天大厦的活标本，实际上skyscraper（摩天大厦）这个英文单词就是那时在芝加哥被首次使用的。"

"当今，世界上摩天大厦很多，人们已经不觉得有什么特别了。"我说，"但据说，当曼哈顿大厦要建成高层大楼的时候，普罗大众还很担心这种大楼是否安全。"

"是那么回事。"罗壁说，"所以，设计师Jenney运用了水平分层的设计，目的是淡化大楼的高度，消除人们的恐惧感。"

"为了取得这样的效果，还加添了收进式的结构，在用料、装饰以至开窗方案等方面都动了很多脑筋。"我说，"据说，里面的窗由三个条块组成，中间一部分是不能动的，只是作为一种装饰，两边的条块才可以打开。这样一来，从外面看，窗子跟其他大厦一样大，实际却很小，里面的人无法从窗子往下看，畏高的人就不会害怕。这种窗子很特别，所以曼哈顿大厦又叫芝加哥之窗。"

正在议论间，罗壁说："到了！"

他放慢车速，指着旁边的一座大厦给我们看。

"能上去看看窗子就好。"我观赏着大厦，低声说。

"看窗子？可以呀。"罗壁说，"现在曼哈顿大厦已经改做公寓，可以租个房间来住，但租金很贵。"

"算啦。"我说，"还有一座大厦的窗子很特别。叫哈利维斯的大厦，是关押犯人的监狱。据说，最初当局要求在窗子上装铁栏杆，但讲人道主义的设计师没有照办。他为这座建筑设计了一种喇叭形的窗口。从外面看上去，同一般建筑物的窗口没有两样，但越往里越小，一直小到不用铁栏杆也不必担心犯人会从窗口里逃跑的程度。这些窗子很有特色。"

"那座大厦与曼哈顿大厦隔街相望，不远，要不要去看看？"罗壁问。

"去看看吧。"不等我说，其他几个人都这样说。

看过哈利维斯大厦后，准备回住处了。罗壁问："刚才看的湖、喷泉，都有诗，关于大厦的，有什么诗？"

"同样有诗的，不过我不在这念了。我倒想回去写一首关于芝加哥摩天大厦的诗。"我说。

"好呀，写好后给我看看。"

"好的。"

回到住处后，我写了《芝加哥组诗（三首）》，第一首叫

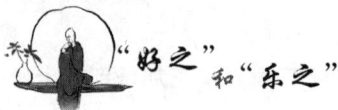

《摩天大厦》：

> 市内摩天大厦林立，
> 以市中心的卢普区居长。
> 西尔斯大厦一百一十层，
> 有四百四十三米高度，
> 在世界上举世无双。
> 八十九层的标准石油公司大厦，
> 高三百四十六米，
> 三百三十七米高的汉考克大厦有一百层，
> 高度也不寻常。
> 第一国家银行大厦高耸入云气势宏伟，
> 水塔广场大厦拔地而起直指穹苍。
> 伟大的时空艺术在这里展现，
> 建筑艺术的表现力在此不断增强。
> 为实现人类通天的宏愿带了好头，
> 为城市扩张寻找方法做出了榜样。
> 一个城市总要有它的过人之处，
> 一个人总得有个特长。

事后给罗壁看过，他说："很有意思。"

在《摩天大厦》这首诗中，没有提到曼哈顿大厦，我想，我必须在这里给它补上几笔。论高度，曼哈顿大厦当然排不上队了。人家西尔斯大厦有110层，443米高；而曼哈顿大厦却只有16层，68米高，颇有点像"小巫见大巫"的样子了。然而，我们不要忘记，曼哈顿大厦是在1891年出生的，我们应该拿它跟当时周围的大厦比，而不应该跟如今的西尔斯大厦比。在它出生时，楼房以两三层的居多，10层以上的还没出现。16层的大厦，已经被形容为"令人惊讶"的高度了。在曼哈顿大厦诞生31年之后，即 1922 年，中国才出现了第一座高层大厦，即广州的南方大厦，也只有 12 层，50 米高。芝加哥的西尔斯大厦建于 1974 年，即在曼哈顿大厦诞生 83 年之后。在这 83 年间，大厦的高度纪录不断被打破，但曼哈顿大厦的"全球现存最古老的摩天大厦"这个历史地位却无可取代。所以，我们在歌颂西尔斯大厦的同时，不要忘了曼哈顿大厦的"历史贡献"。对任何事物，我们都应该用历史唯物的观点，采取客观分析的态度。

下榻唐人街

我们下榻在唐人街，住进小梅先生家。他们家人很热情，专门腾出一个大房间给我和卫红住，在生活上，也对我们照顾得很周到。

唐人街在芝加哥南部，规模较大，历史比较长，是美国第二古老的华人社区。芝加哥唐人街最早为四邑梅姓华侨所开辟，地点在靠近市中心区的克拉克街，人称第一唐人街。后来发展到永活大街，人称第二唐人街。自 20 世纪 70 年代以后，随着新移民的增加，以西阿吉利街为中心，形成了第三唐人街。我们入住的是第二唐人街。

第二天早晨，朋友请我们到茶楼饮茶，除了阿勇、阿东、罗壁这些昨天陪我们游览的朋友外，苏先生和他的太太也参加。饮茶时，叫的都是粤式菜和点心，比如烧卖，凤爪等。"跟我们在香港，广州饮茶差不多。"我和卫红说。

"我发现，美国人吃得很简单。就大家都是中等收入的家庭来说，吃得不像中国人丰富。"我说。

"是这么回事。"苏先生说，"一块牛排，一块烤鱼，一块烧

鸡，都可以作为主菜，外加一些蔬菜沙拉，一盆清汤或浓汤，一块甜点心，就是一顿丰盛的晚餐了。中午饭一般是在办公室里吃的，通常是几块夹肉面包，或者一个汉堡包，再来一杯咖啡，总之能塞饱肚子就行。"

"自从中国餐馆在美国的大街小镇普遍开张以后，美国人的口味也慢慢多样化起来了。"阿勇说，"什么红烧海参、烧鹅、烧鸭、菜心炒虾球、麻婆豆腐、炸生蚝、冬瓜盅、酸辣汤……稀奇古怪的菜式，都列入美国人的食谱了。一般美国人所欣赏的中国文化，倒不是中国文学、中国歌舞、中国绘画、中国音乐……而是中国菜式。"

"美国人不大讲究吃，也不大讲究穿着。"苏太说，"不论是大银行家，还是达官贵人，或是专家学者，从他们的穿着来看，都没有什么特别的地方。反正你爱穿什么就穿什么。盛夏季节，穿一条短裤或者短裙，一件短袖运动衫，在大街上大摇大摆的大有人在。"

"这一点我们也见识到了。在旅游胜地奥兰多，男的只穿一条游泳裤，女的只穿一件游泳衣，甚至只戴着文胸，在大街上走，大家都司空见惯，不觉得奇怪。"我说。

"冬天，不论男女老少，一件暖和的太空大衣，就可以应付一切场合了。"阿东说，"至于衣冠不整，美国人并不以为失礼，他们很少戴帽子；戴了帽子的，又故意把它戴歪。"

饮茶后，我们去逛了店铺。那里有很多专卖中国货品的店铺，药材、海味、腊味等，都可以在这里买到。逛了一会，我们一行便转到市区购物。

同行的人购物，都使用信用卡。

"用信用卡购物，有很多优惠吧？"我问。

"是有许多优惠。比如我用的这部手机，现金买要 25 美元；用信用卡，只要 20 美元。买东西有优惠，日常生活中许多地方，使用信用卡都有优惠。"罗壁说，"这种手机月费 29.9 美元，可免费在东部七八个州每月打 650 分钟，非常划算。"

"那你们来到美国，第一件事就是赶紧申请信用卡咯。"我问其他朋友。

"刚到美国，没有信用记录，是申请不到信用卡的。换句话说，我们在美国还没有借钱、还钱的记录，得不到人家的信任，就与信用卡无缘。"阿勇说。

"那怎么办？"卫红问。

"这好办。"阿勇说，"那就是老老实实逐步建立信用记录，诸如按期缴纳电话费、用商场的购物卡购物再按期把支票寄去，尽量多和外界发生些还钱的交易，等等。信用卡公司大概从某个渠道查明你是位有着良好信用的良民，就会让你使用他们的信用卡，给的限额也越来越宽了。"

"在美国的日常生活中，很讲求信用。"罗壁说，"一些展览节目、游乐设施，62 岁以上的人可以享受优惠。你去买优惠券，售票员并不查看你的任何证件，甚至也不打量你是否真老，他们奉行的是一个'信你'原则。"

"是的。几乎所有公共场合，凡有老人或儿童减价优惠，均无须出示证件，全凭你自己说，人家就信了。哪怕有的老人长得很年轻，或有的儿童看上去很高大。"阿东说。

"这种事我也听说过。一个从我们国内来美国旅游的人说，有一次去某大商场复印一本书，共 200 多页，复印完去结账，收银小姐并不查验所有页数，只凭他报的数去收款，没有人怀疑他少报少交。"我说，"那位游客还说，去美国各个商场购物，出口处从未见过任何检查或防盗装置，更未见到把门的保安。商场总是竭力避免任何对顾客不信任的痕迹，因此即使有人监视，也会非常隐蔽，常常是挂一漏万。但是，在美国偷盗的成本是相当高的，哪怕是偷一件小东西，一旦败露，其记录将跟随那个人一辈子。"

我们逛了几个商场，大家买了一些生活用品，我和卫红买了

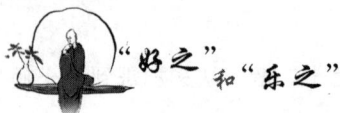

一些衣服和纪念品，高兴而回。

唐人街坐落在一条小河边，那是芝加哥河的一条支流，具有乡间特色。紧靠小河有一个小公园，叫谭继平公园，是当地一名华侨富商谭继平捐建的，华埠广场也由他捐建。早上，我便到小公园里晨运。有一天晨运后，我还以《芝加哥唐人街公园》为题写了一首小诗：

> 这里的早晨是悠闲的
> 不像中国内地的公园
> 晨运的人那么多
> 太阳出来了
> 树叶染上橙黄色
> 金水装满了小河
> 几百米以外
> 一座铁桥被吊了起来
> 一艘大船驶过
> 有人跟我打招呼
> 我抬头一看
> 大船甲板上一个黄皮肤青年笑着

逛大学

往后的几天，其他朋友带我们游览了芝加哥的其他景点。8月3日，我们临时决定到波士顿探望朋友。

在波士顿，我们住在小梅先生的伯父梅先生家。那是郊区的一座别墅，离市区较远，到唐人街也有一段距离。在美国的一些大城市，许多在市区工作的人都住在郊区，进出市区靠私家车。

梅先生跟他的太太是在广州退休，申请移民到这里跟儿子团聚的，现在跟儿子、儿媳和一个孙子、一个孙女住在这栋别墅里。

"您二老来这里时间不长，对这里的生活是否适应？"我问，"这里环境很幽静，看来很适合你们过退休生活。"

"我们不适应的就是这个'幽静'。"梅先生说，"我们在广州，住在市区，约个朋友饮茶，一会就在茶楼见面了。现在住在这里，一个熟人也没有，要去唐人街饮茶，公交车少，自己又不会开车，所以我们大部分时间只好自己闷在家里，是名副其实的'赋闲'。"

"在生活习惯方面，有哪些不适应吗？"我又问。

"毕竟到了另一个国家，生活习惯肯定跟我们原先的不同，只能入乡随俗咯。"他说，"比如，在广州，只要在家里，什么时候都可以穿睡衣的。但在美国不行，睡衣只在晚间穿，有朋友来访，就是晚间，也不应该穿睡衣见客。曾经有人穿睡衣去门口的信箱取信，邻居见了，便过来问候，以为他患病，因而在家休息。"

"在这里，也不应该将衣服晾出窗外。"梅太太说，"衣服要晒在后花园，如果没有后花园，就用干衣机，把衣服弄干后挂在房内。在窗外晒衣服，会被人投诉。也不要在前花园晒太阳。有前后花园的，就不要在前花园活动，因为前花园是给人欣赏的。如果在前花园聚集，势必引人注目，当怪物看待。私家泳池或网球场，多设于后花园，请朋友回家烧烤或聊天，也在后花园进行。没有人在前花园举行游园会的。"

这几年，我们国内一些人移居美国。到一个自然环境和国情不同的地方生活，最要紧的是记住"入境问禁，入乡随俗"这句话。"入境问禁，入乡随俗"，就是要在实际生活中，随时注意观察，充分了解和遵从所移居国家的各种制度、风俗习惯、人情世

故，认同新的环境给自己的约束力。香港有家出版社出版的《各国生活丛书》中的《美国生活事典》提出几个必须加以注意的问题，很具参考性。一是不破坏自然生态。美国居民以酷爱自然风景和宁静和谐的生活著称，住所周围都种满各种花草树木。新移民到了美国，千万不要破坏这种环境。二是要有社会公德心。在公众场合大声叫嚷，在美国人看来是没有礼貌的。新移民应注意说话音量。另外，走路、驾车、泊车等，都要守秩序。三是加强自身的文化涵养。美国是多元文化的开放国家，要注意对人家的文化有一种尊重的态度。当然，也该具一定的中国文化修养，免得外国人问及而瞠目结舌。四是家财是很私人的事情，不必到处炫耀，引人反感，尤其要尽量克服那种拼命中饱私囊的心态，注意商业道德，多考虑为当地社会做出贡献。

当我谈到这本书所讲的"注意事项"时，梅先生夫妇频频点头，不时说："对，对，我们就是这样做的。"

梅先生的儿子在唐人街开餐馆，梅先生带我们到餐馆吃晚饭。我们坐了一会，他的孙子、孙女也到了。

"爷爷，我们这一餐是不是 AA 制？"梅先生的孙子问。

"不，不，我的客人来了，是我请客。"梅先生笑着说。

这一顿是梅先生付的款。

AA 制，分摊费用，是美国人出外就餐时通常采用的方式，这未尝不是他们的一个"俗"。

"时间允许的话，到哈佛大学和'麻省理工'看看。"到什么地方看看？当梅先生征求我们的意见时，我这样说。

波士顿被称为'大学城'，有 70 多所大学，哈佛大学和麻省理工学院在世界上鼎鼎有名。来波士顿，何不去参观参观？梅先生体会到我们这种心情。安顿下来以后，他和太太就带我们驱车来到市西北坎布里奇的哈佛大学门前。

"这就是著名学府哈佛大学的校门？"面对不大起眼的校门，我感到有些奇怪。说实在的，校门很简朴，我们国内有些中学的校门，都比它还要"壮观"得多。

"别看它的门面一般，它的业绩却不一般。"梅先生说。

"那倒是。"我说。哈佛大学有 300 多年历史，培养了近 20 万毕业生，其中有 30 多人获得诺贝尔奖奖金，有 7 人担任过总统，它是全球首屈一指的大学，在世界大学排行榜中，经常被有关机构排在第一位。

"它的医学院和商学院在市区，其他院系都设在这里。"梅先生说，"有差不多 10 个研究生院，40 多个科系，100 多个专业。"

我们走进校园，在一片草地上见到了一尊雕像。

"这就是用他的名字来命名这间大学的'哈佛'的雕像了。"梅先生说。

"听说，哈佛本人并不是这个样子的。这是一个模特，是哈佛大学里一个长得很帅的学生。"我说。我看过有关的资料。

"为什么不找哈佛本人的样子来雕塑，要找一个学生来做模特?"卫红显出很惊奇的样子。

"因为哈佛本人没有留下任何影像资料。"我说，接着给她讲了有关故事。15 世纪末，哥伦布发现美洲新大陆后，欧洲人纷纷来到美洲。17 世纪初，一批英国移民来到波士顿这个地方。其中有一批清教徒在这里建立了一所学院，当时，只收了 9 个学生。这批建校的人不少毕业于英国剑桥大学，因此把这所学院命名为剑桥学院。有一位叫哈佛的牧师，去世前把他一生一半的积蓄 779 英镑和 400 本图书捐给这所学院。后来，波士顿议院投票决定，把这所学院改名哈佛学院。后来，哈佛学院又改名为哈佛大学。"建这尊雕像时，找不到任何关于哈佛样子的资料，所以只好找模特了。"

"这也难怪，那时候照相技术大概还没出现，不然怎么也会留下一两张照片。"梅太说。

"这校园好像没什么特别。"在校园内逛了半天，卫红说。

"哈佛大学的特别不在校园，而在它的教学理念、教学方法。

271

还有，它所培养的是创新人才。"我说，"这些都是一般游览者从外表看不出来的。"

"啊?"卫红表示很感兴趣。

"比如哈佛学术研究的3A原则，学术自由、学术自治、学术中立这三个原则的英文词第一个字母都是'A'，这是我们在校园里看不到的。"我说，"又比如在教学上的哈佛模式：选修课程、小班授课、入学考试，这也是我们今天看不到的。"

"当然，我们没有到课堂上去。"梅太说。

"不过，有些可以看到。"我说。

"什么?"卫红问。

"我们刚才看到的哈佛大学校徽，上面用拉丁文印着一个词：'真理'。"我说，"哈佛的校训是：'以柏拉图为友，以亚里士多德为友，更要以真理为友。'和校徽所写精神一致，哈佛的办学宗旨是求是崇真。"

"为什么能得诺贝尔奖？因为获奖者在发现真理的道路上获得了一些进展。哈佛大学那么多毕业生获奖，同它的教学理念有关。有那样的教学理念，才能培养出那样的人才。"梅先生说。

"我特别欣赏'要以真理为友'这句话。"我说，"'近朱者赤，近墨者黑'，所以看一个人怎么样，可以先看其友。以酒为友，便是酒徒，以毒品为友，便是瘾君子。一个人，要紧的是找对朋友。来哈佛读书，可以帮助我们找对朋友。"

"这些年，中国内地出现了'出国热'，许多人都把子女送来美国留学，这哈佛就是他们的首选。"梅先生说。

"是的，这'出国热'的热度很高。我们单位有个职工，他有三个儿子。大儿子先来美国读书，毕业后，留在这里。接着，二儿子也来了。他留下一个小儿子在身边，不让他来。怎知小儿子去年自己找门路，在这边要了学位，要他的一位前辈帮他说服他父亲。那位前辈对他父亲说，这种事，该怎么处理呢？孩子不想去，不要勉强，孩子想去，还是让他去吧，勉强把他留在身边，他会怨你一辈子的，何苦呢？反正现在交通方便，有什么事，就打个电话，他回来也很方便。最后，该职工同意小儿子去了。如果家长反对，大使馆是不给发签证的。"我说，"子女来美国留学，特别是来哈佛这样的大学留学，家长应该支持。孩子成材，是很重要的事。"

"是呀，可惜我年纪大了，不然也争取进哈佛念书。"梅先生说。

"你可以设法去上一些哈佛的课程，或者用哈佛'求是崇真'的理念去自学，生活也可以去以'真理为友'。"我说。

"你讲的也是道理。"他说。

"'求是崇真'，'求是'，'是'是通过'求'得来的，所以哈佛的教授常以一些成功人士的故事勉励自己的学生，其中一个是杜邦公司总裁研究蜂鸟的故事。"

"杜邦公司总裁研究蜂鸟？"卫红和梅太都表示惊奇。

"是的，杜邦是世界上最大的化学公司，有一任总裁叫格劳福特·格林瓦特。作为这么大的公司的总裁，他平常都是很忙的，但在这样忙的情况下，每天抽出一小时研究蜂鸟。这是世界上最小的鸟，他把研究所得，写成书出版。这本书被权威人士称作自然历史丛书中的杰作。"

"他是每天坚持用一小时去'求'，'求'得了真知。"卫红说。

"对。"我说，转而对梅先生说，"在你那别墅外面常常会见到什么鸟？可以研究一下它。"

我们每一个人，自学也可以"求是崇真"，生活也可以"以真理为友"。

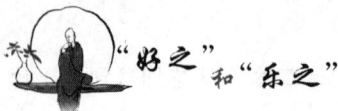

第十三章 纽约之行前后

"带你们看看纽约去!"梅先生对我们说。

参观世贸大厦遗址

4日早上,梅先生便带我们乘火车去纽约,抵达后首先去参观世界贸易中心大楼的遗址。原世贸中心,由两座高110层并立的塔式摩天楼和一座8层大楼、两座9层大楼、一座22层、一座47层大楼组成,始建于1966年,1976年竣工。其中一号楼和二号楼是纽约最高的建筑物及标志性建筑。2001年9月11日,两架遭恐怖分子劫持的飞机分别撞向世贸中心一号楼和二号楼,两座大楼在两小时内相继坍塌,导致世贸中心其余5座大楼以及德意志银行在内的多栋建筑物严重受损,造成大量人员伤亡。那天晚上,我们在广州家中看电视,看到这座大楼被毁的情景,那惨状至今还历历在目。时隔快8年了,中间不时传来有关重建的消息。现在那个地方情况如何?我们也着实想去看看。

"大厦被毁以后需要做清理工作,一天24小时运作,足足弄了八个月。2002年5月3日举行清理工作结束仪式后,虽然世贸中心怎样重建，各方面还在争论，但那座新的 7 号楼已经在建了。"梅先生介绍说，他指一指世贸中心原址北面的一座楼说，"因为 7 号楼不属于原址总工程范围内的项目，加上它的下层需要重建一个电站，保证曼哈顿下城的电力供应，所以要优先重建。一号楼的重建，直到最近才开始。"

"世贸中心是一个建筑群，由 7 座大楼组成，我们通常说的世贸中心大厦是指一号（北楼）和二号楼（南楼），也称'双子星'大楼。当初，7 号楼是最后建成的；重建，它最先建成。"我据资料向卫红解释。

"其他新的大楼怎么建呢？"卫红问。

"世贸中心被毁后，如何重建，有过许多争议，比如有的主张建更高的楼，有的主张不要建那么高，有的主张干脆什么都不要建，让它作为一个遗址，供人参观。为这些争论，重建问题就耽搁了许多时间。意见没有统一，重建就无法进行。"我说。

"经过不断征求意见，最后决定重建了，而且有一个设计方案已经被选定，包括重建 5 座大楼、一座纪念馆和一个宏伟的交通枢纽。新建的大楼有 1 号、2 号、3 号、4 号、5 号，已建好的有 7 号，缺 6 号楼。"1 号楼高 541 米，比原来的高，现在已经开始建了，7 号楼不算，1 号楼的重建是世贸中心大厦重建的标志。即将建造的纪念馆叫'9·11'国家纪念博物馆。"梅先生指了指正在施工的工地说。

"现在准备建的新一号楼比原来的高，很好。"卫红说。

"这个方案是经过反复研究才定下来的，当然有它的理由。"我说，"不过我觉得，从实用性来考虑，大楼还是不要建得太高为好。在那么高的楼上办公，上上下下就很麻烦。碰上像'9·11'那样的事，要逃走也没办法。据说，在大楼被撞时，最高楼层的人大多数死掉了，个别在顶楼从楼梯逃走的人，走了两三个钟头也走不到地面。"

"吸取这次教训，以后选择一些特殊建筑材料，飞机撞不烂

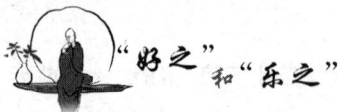

的。"她说。

"那导弹呢?"我说。

"不是有拦截导弹系统吗?"她反问。

"你能拦截,敌方也有办法'反拦截'呀!"我说。

"这你不用担心,人家美国应该早考虑过这个问题了。"她说。

"当然。"我说。

我们站在被围起来的大厦遗址旁看了许久。

"当初建了7年的世贸大厦,恐怖分子劫持的飞机一下子就把它毁了,现在重新把它建起来,连计划恐怕得十来年,真的是甜的变苦易,苦的变甜难啊。"我说。事实上,世贸中心全部重建完成,花了20多年。1号楼自由塔是2014年11月30日重建完成投入使用的。4号楼和"9·11"国家纪念馆以及交通枢纽,也在这之前或之后完成重建并对外开放。3号楼到2018年完成重建,2号楼据说要到2022年前后才能重建完成。

"是的。"梅先生说,"甜的变苦易,苦的变甜难。类似的话还有很多,诸如花钱容易赚钱难,由俭入奢易,由奢入俭难,破坏容易,建设难。"

为什么说破坏容易建设难呢?我想,这可以用事物的质量互变规律加以解释。建设,是一个事物从量变到质变的过程。量变是一种逐渐的变化。在量变的过程中,会引起部分质变,再通过许多部分质变完成整个质的飞跃。这个过程往往是漫长的,中间要付出无数艰苦的努力,所以说建设不容易。破坏,特别是对抗性矛盾性质的破坏,它是针对事物的质来进行的,因而不是渐进的形式,而是采用爆发的形式,就像恐怖分子用飞机撞世贸大厦一样,一"爆发",就令世贸大厦的"质"一下子发生变化,倒塌了,看起来似乎比建设"容易"得多。破坏,也有非对抗式的。假如世贸大厦没有被恐怖分子破坏,只是它的主人对他不爱护,让它在不知不觉间逐渐由量变到质变,慢慢损毁,这也完全有可能。这就提醒建设者，要爱惜自己的建设成果，在加强保护措施的同时，防止恐怖分子的破坏。

"建一座比原来高的大厦，我们下次来美国时，可以看到新的世贸中心大厦，也等于看到当年世贸大厦的样子了，不然就很难想象原来的世贸中心大厦是什么样子的。"卫红说。

"不必想象。原来世贸中心大厦的样子，有资料记载的。"我说，"原来的世贸中心大厦高 110 层，411 米，当时是纽约市最高、层数最多的大厦，外墙全是玻璃幕墙，刮风下雨时，像一条蛇在动。好些鸟雀弄不清楚这是大厦，撞在大楼上而死亡。"我说。

"如果不是被毁了，进去参观参观多好。"她说。

"在被撞之前，每天有 10 万人进去参观，连在里面上班的 5 万人计，每天有 15 万人进进出出。"我说，"在第 107 层里的瞭望台，可以看 70 多公里那么远。"

"等大楼重建好后，我们还是再来看看吧。"她说。

建筑工地在围蔽施工，见不到建筑工人的奔忙，听不到机器的轰鸣，这样一个大型工程，可以用"安静"二字来形容。

离开世贸中心大厦遗址以后，我们参观了华尔街、联合国总部，帝国大厦、百老汇、市政中心等。

访老人公寓

下午，随梅先生一起到唐人街，探访了他那住在老人公寓的姑婆。

纽约唐人街位于曼哈顿岛的东南部，离华尔街、纽约市政厅和世界贸易中心不远，整个街区面积约 9 平方公里，大约居住着

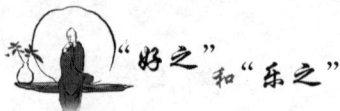

6万华裔人士。从格兰街的车站出来，首先映入眼帘的是一条像香港旺角那样的街道，那里有小亭式的电话亭，成行成市的小贩，挤不过的行人堆，五花八门的招牌，上面写着歪斜的中国字，不伦不类的美国货品的中文译名。

那是一幢五六层高的楼宇。梅先生敲了一个单元的门，出门迎接我们的正是梅先生的姑婆。她请我们进屋，在客厅里坐下。客厅很宽敞，左边摆放着一条长木沙发，对面是两张布沙发。我们坐在木沙发上，主人则坐在布沙发上。梅先生问起她的生活状况。她说一切都好，生活得很安乐。

"美国的老人福利很好，她住在老人公寓，生活可以说无忧无虑。"梅先生说。

老人公寓，我了解。我认识一对夫妇，他们给我讲过住老人公寓的情况。

他们原来在广东省工作，儿子在美国，他们退休以后以亲属关系的名义申请来了美国，开始时住在儿子家。有一天，听说可以申请入住老人公寓，便申请了。申请入住的房子有限，是要摇号的，但刚巧他们被摇中，很快便入住了。他们住的房子50平方米左右，里面家私以及电话、平安钟等设备一应俱全。每月租金100多美元。

"要收租金的？"我问。

"要收。这是很便宜的租金，如果在外面租，这样的面积要1000美元。"他们说。

"你们现在还有什么福利待遇？"

"医疗可以免费，每月还可以领800多美元的生活补贴。"

"800多美元？很顶用的啊！"

"是的。100多美元房租；吃的，一个月100多美元就够了，就算200美元吧，还有五六百美元可以用，去赌场、去旅游都可以。"

"那还是过得很惬意的啊！"

"不错。"

"那你们的儿子有地方给你们住，有收入，政府怎么还会给你们这些福利呢？"

"在美国，子女的经济状况跟父母是分开的。"他们说，"在经济上，只计我们夫妻两个。"

"申请到美国，以儿子的名义申请；申请来了讲福利又说跟儿子无关，你们倒是很合算的啊！"

他们笑了。

想起上面这个例子，我问眼前梅先生的姑婆："这房子是50平方米左右吧？"

"是。一个老人或夫妻两人一般都住这样规格的房子。"梅先生代为回答。

我想问老人家有没有子女在这里工作，但没有问。

说着说着，有人在外面敲门。姑婆把门打开后，一个中年妇女提着饭盒走了进来。

"这是给我送饭的阿姨。"姑婆向我们介绍。

"有人给住在公寓的人送饭的？"我问。

"年纪太大，自己煮不方便，政府便雇人给我们做饭。"

"政府雇人？"

"是的，我们自己不用付钱。"

看来，已到晚饭时间，我们便向老人家告辞了。

我们在一家唐人餐馆就餐。据说，在唐人街，80%的华人从事餐馆、制衣和洗衣这三个行业，其中从事餐馆业的尤其多。在唐人街，有150多家由华人开的餐馆。餐馆多，竞争大，饭菜就相对便宜，一般的菜要比其他地方便宜一两美元，而质量却不比其他地方的差，可谓物美价廉。

晚饭后，梅先生带我们去预订的宾馆休息，他自己则到朋友家住。我们在宾馆放下行李后，便下楼到街上逛一逛。店铺、小贩摊档、跳蚤市场，什么地方都去看看。唐人街除了餐馆，杂货

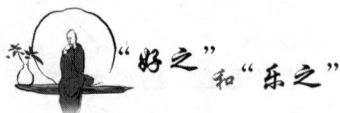

铺也很多。在那里，可以买到在超级市场买不到的东西，比如豉油、腐乳、冬菇、蚝豉等中国风味食品，光顾的华人不少。

"在这里逛逛，像回到了内地似的。"卫红说。

语言问题

我们原先订的回程机票起点是芝加哥，因此我们于8月6日返回芝加哥。在那里停留了两天，8日从芝加哥乘飞机到纽约，再从纽约转机返香港再回内地。

飞机从芝加哥起飞后，到差不多转机的时间，飞机要在机场降落了。作为乘客，飞机的起飞和降落，是心情特别紧张的时刻。据说，飞机起飞后6分钟，降落前7分钟，最容易出意外，被称为黑色13分钟，许多空难都在这个时刻发生。这些年，空难频发，以至美国56%的人有飞行恐惧症，有6%的人下决心不再乘飞机。还好，平安无事。飞机停定后，我跟卫红站起来准备下机。但我们感到很奇怪，所有人坐在飞机上不动，并无打算下机的样子。

空中小姐见我们提着行李准备下机，连忙前来阻止。她"伊伊哦哦"地说了很多，但我和卫红都不懂英语，听不懂她们的话。机上没有一个会讲中文的，没有人给我们做翻译，扰攘了一会，机上一位乘客帮忙，接通了一个手提电话，原来他在当地找到了一个会讲汉语的人，跟我们沟通。从通话得知，飞机现在没有飞到纽约，停在另一个城市的机场了。

我一听说，不免有些紧张，因为"9·11"恐怖袭击发生后，美国随时有再次发生恐怖袭击的可能。我们的飞机竟然中途飞到别的地方停下，是否跟恐怖袭击有关呢？于是，我向对方追问飞机飞到我们所在的地方的原因。

"不因为别的，完全是由于天气。"对方讲的是普通话。

飞机再起飞，到达纽约时，已是下午4点多钟。晚到了几个小时，原先要转乘的飞机早就飞走了。我和卫红知道，我们误机了，应该办理有关手续。然而，到窗口一问，没有人懂得汉语；看看候机室的旅客，没有一个华人；看看四周，没有一个汉字的标志，怎么办？我们真的一筹莫展。

终于看到一个华人了，我和卫红都十分兴奋，连忙迎上前去："先生，我们误机了，要办理手续，请问到哪里办理手续？"

"你们要到什么地方？"

"香港。"我们跟他讲了我们今天的遭遇，现在误机了，要改乘下一班飞机。

"你们回香港？"他很高兴地说，"我姓李，也是香港人，来这里很多年了。"

他说，这里是纽约国内航班的机场。我们去香港，要到国际机场那边办理手续。他在国际机场那边开了一个餐厅，可以顺路带我们去。他说；"航空公司的服务是很周到的，你们误机了，他们会安排好，让你们乘坐下一班机；行程耽误了，会补偿你们的损失。"

他一边给我们介绍情况，一边带我们乘地铁，到国际机场。他很热情，到达机场后，又带我们到一个售票窗口，办理改乘手续。工作人员说，到香港的大陆国际航空班机，是隔天飞行的。同一航班，要后天才有；想明天走也可以，可以乘大陆航空的班机到东京，到那里再转乘另一架大陆航空的飞机到香港。当时我归心似箭，便选乘了从东京转机的那一航班。

误机期间，航空公司安排我们住在附近的希尔顿酒店，并发给我们餐票，可以在机场任何一间餐厅就餐。

"我们就到你那间餐厅就餐吧！"我向李先生提议。

"好呀，欢迎！"他说着，还告诉我们饭后怎样乘车到希尔顿

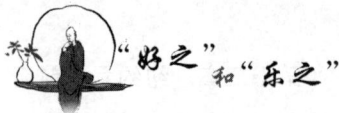

酒店,并带我们到乘车的地方看了看。

到李先生的餐厅吃过晚饭,依李先生原先的指引,我们到了希尔顿酒店下榻。

酒店很豪华。卫红说:"这么高级的酒店,可以免费住,如果你不是急着回去,多住一晚,后天才走,那多好!"

"已经定了,得回去了,除非又发生什么特别的情况啦!"我说。

"还会有什么特别情况?"卫红问。

"会有什么特别情况?有些事是很难预料的。"我说。

世界是永恒运动着的世界。运动是物质的不可分离的属性。物质的任何一种形态都存在于运动之中。自然界、社会和人的思维在发展过程中,自始至终存在着矛盾。矛盾无时不在,无处不在。所以,一切都在变化之中;特别情况时刻都有可能出现,可以预料的,难以预料的,"很难预料"的事都常有。

"我给你讲一个故事吧。"我对卫红说。

于是,我给她讲了这么一个故事:有个在纽约留学的香港青年人就要回香港了。在一个大雪纷飞的夜晚,他已买好机票准备飞回香港,他要约在美国认识的女朋友在曼哈顿南端的海旁的一个小公园见面,决定两个人的关系。他们两个人相爱,但男的在香港本来有个女朋友,家里催他回去结婚。然而,他爱上了美国的这个女子。因此,那天晚上的约会很重要。约会的时间到了,男的在那个地方等了两个钟头,却不见女的来。原来这天曼哈顿中城发生了异乎寻常的地下水管爆裂事故,她在地下铁路上被困了。当她赶到公园时,男的已坐上的士赶往机场了。女的马上致电男的家,却没人接听,于是决定到男的楼下等。说来也凑巧,这天纽约不但地下水管爆裂,因为韩国那边天气异常,纽约到香港的班机也不能起飞。那个青年人马上打电话到女的家,没人听电话,于是决定到女的楼下等。结果,女的在男的楼下等,男的在女的楼下等,一直等到天亮。

"他们都给对方的家里打电话，为什么不打手提电话？"我刚讲完故事，卫红就"质疑"。

"故事发生在20世纪五六十年代，那时还没有手提电话这玩意哩。"我说。

"你不是在这里认识了什么女子吧？"她开玩笑地说。

"我在这里能认识什么女子？你紧跟着的。"我笑着说。

"那明天就是韩国那边天气异常，纽约航班不起飞也没什么意思咯。"

"怎么没意思？多住一天希尔顿酒店呀。"

然后我们说起这一天的遭遇。

"要是我们懂英语多好，不会弄得那么尴尬。"卫红说，"你中学和大学为什么不学英语，倒学的是俄语？"

"那时候国家亲苏，大家都称苏联老大哥，所以大家都学俄语。"我说。

"你学的俄语，似乎都没有用上。"她说。

"我的工作跟俄罗斯没多大关系，当然用不上。去旅游，除了俄罗斯，其他国家也没有讲俄语的，比如今天，我们讲汉语行不通，讲俄语同样行不通。"我说。

"我们学外语，应该先学一种世界比较通用的语言，那就是英语，去欧洲用得着，来美洲也用得着。"她说。

"现在说以前应该学英语，这属于放马后炮。现在学，迟了。学一种语言，不容易的。况且，已经有人设想，发明一种环球语言转换器，将来出来旅游，买一个带上就行，用不着那么辛苦。"我说。

"什么？环球语言转换器？"她感到好奇。

"是一篇小说的主人公在发白日梦之后设想出现的一种器具。按他的设想，这种环球语言转换器可以是耳坠、项链、手镯，或者手表、戒指、眼镜，再给每人配上一副微型耳塞；你讲的是汉语，日本人听到的是日语，英国人听到的是英语，法国人听到的

是法语，西班牙人听到的是西班牙语……依此类推，妙无穷尽。"

"要发明这种环球语言转换器很不容易的。世界上有那么多种语言。"她说。

"据说世界上有八千多种语言，也有人说1万多种。"我说，"光是联合国目前就有170多个国家，据说联合国组成人员光是译员就占一半以上。有了这种环球语言转换器，就可以精简一半以上的人了。"

"不过，如果真的发明了这种转换器，就像手机一样普及起来，那可就不得了了。"她说。

"据小说的作者讲，环球语言转换器的出现，将彻底改变整个世界的风貌，改变全人类的生活。拥有环球语言转换器发明专利的公司、个人，将成为世界首富，亿亿万富翁。这亿亿万富翁的遗产，可以设立多项人类文明大奖，其荣誉规格、奖金数目，都将大大超过瑞典皇家学院一年一度颁发的那项奖金。"我说。

"如果等这种转换器发明，我们下次不知什么时候才能再来美国了。"她说。

"不要紧的。如果下次来美国，环球语言转换器还没发明出来，我们还是去请李先生帮忙不就得了吗？"我说。

"哈哈哈……"我们不约而同地笑了起来。

"如果有条件，我想到世界各个地方都去旅游一下。"卫红说。

"这不难呀。我们生活在亚洲，去年去了欧洲，今年来了美洲，明年去一趟澳洲，然后去非洲。"我说，"要不去一趟南极洲，那世界各个洲都去过了。"

"南极洲？怎么去呀？"她问。

"要去南极洲，先到'世界的尽头'——乌斯维亚。"

"乌斯维亚在哪里？"她问。

"南美洲最南端的火地岛，由阿根廷和智利瓜分。乌斯维亚在阿根廷的一侧，本来是阿根廷的囚犯流放地，现在已成了一个旅游城市。那是地球最南端的城市，人口有 6 万。那里离南极大陆有 1000 多公里，坐小型飞机半小时就可以到达。"

"那我们得先坐飞机到阿根廷。"

"目前还没有航班从香港或中国内地直飞阿根廷。"我说，"从香港到乌斯维亚，不从太平洋这边走，得先坐 15 小时的飞机到欧洲法国巴黎，然后从那里坐 14 小时的飞机到阿根廷的首都布宜诺斯艾利斯，再乘 5 小时的飞机才能到达乌斯维亚。从布宜诺斯艾利斯到乌斯维亚，如果不坐飞机，也可以坐汽车，两个城市间有一条近 4000 公里长的公路。乌斯维亚市内有一条观光铁路，可以走到这个'世界的尽头'城市的'尽头'。"

"那阿根廷使用的是什么语言？"

"西班牙语，南美洲除了巴西说葡萄牙语，阿根廷、巴拉圭、乌拉圭、哥伦比亚、智利、厄瓜多尔、玻利维亚、委内瑞拉、秘鲁都说西班牙语。"我说。

"那要等到有了语言转换器才能去咯。"卫红笑着说，"到了一个说西班牙语的地方，该怎么好？"

"等语言转换器发明，那是遥遥无期的事，到'世界的尽头'旅游的愿望可能会成为泡影。"我说，"等，不是办法，还是行动起来，自己想办法。"

"什么办法？自己学西班牙语？到哪里学？"卫红问。

"到广州外语外贸大学，找个西班牙语专业的学生做家庭教师，学一些基本用语就行。"我说，"如果学得不好，稳妥一些，我们就参团去旅行，导游会讲西班牙语就行。"

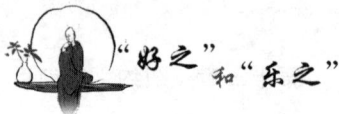

主旨居首

从美国回来后，便全力投入了"我写新作文"系列丛书的编辑工作。这是一套向中学生讲授写作知识的丛书，由何教授主编。它的特点是，通过范文来讲授写作知识。首先，何教授把有关写作知识分成各种各样的专题，比如大的专题有文章主题、文章结构、文章取材等。大的专题下面又分成若干个小专题，比如文章结构下面又分成段落和层次、开头和结尾、过渡和照应、主次和详略等，每个小专题下还有若干个知识点，再从这些知识点出发，设计出若干个题目，然后由湖南的孙老师组织手下的那些大学生结合有关知识点写出范文，再交由我做编辑工作。范文后附有评语，简介该范文是否符合设计要求。这样一来，读者在阅读范文的过程中，可以学习到有关的写作技巧。这样编辑的好处在于，学生在阅读过程中、在学习写作理论的时候有了参照文，从而使理论学习具体化，不会感到枯燥。一个大专题编成一本书，所以每本书在内容上也有一个中心。比如关于文章表达方式的这一本书是《我的母亲》，关于文章结构的这一本书是《我的父亲》，关于主题的这一本书是《爱情如蜜》，关于语言的这一本书是《友情如海》，关于记叙文的这一本书是《我的老师》。因此，读者除了会在这些书中学习到有关写作知识，还会从范文的内容中受到思想教育，或者从意识上受到熏陶，再或者从思想方法上受到启迪。编辑工作除了一般的文字修改、写评语，最要紧的是使范文达到写作技巧的要求。如果范文不符合要求，就要作者重写，要是几经修改，还是觉得不满意，就得自己动手再加工；有时候则要在设计上做些修改。丛书由商务印书馆（香港）

有限公司出版。《我的父亲》《我的母亲》已于 2009 年 2 月印行，此前作最后修订的《友情如海》《爱情如蜜》拟于六七月出版。现在正在编辑的《我的老师》也将于此后不久面世。

《我的老师》属丛书的记叙文篇，全书结合具体篇章，讲述记叙文的基础知识，包括记叙文的主题、题材、结构、文采等，令读者加深对记叙文写作有关问题的理解。里面讲到，写记叙文要注意完整交代六大要素，即人物、时间、地点、事件的原因、经过和结果。要注意将串联材料的那条线索贯穿全文，以使文章的各个部分联结成一个整体。记叙文的线索主要有以下六种：以时间为线索、以空间为线索、以人物为线索、以实物为线索、以事件为线索及以作者的思想感情为线索。写记叙文要注意提炼主旨，一般来说，记叙文的主旨是唯一的，不要试图在一篇文章中表达两个或三个主旨。此外，还讲到记叙文的叙述方法、记叙文的人称，记叙文中记叙与描写、说明、抒情和议论的结合等。书稿中有许多写老师的文章，其中有一篇题为《作弊》的稿子便是不错的记叙文，全文如下：

考试快结束了，我百无聊赖地坐着。突然，后面的丁英戳了戳我，紧接着一个小纸团抛了过来，刚好丢在我的试卷上。

我吓了一跳，慌忙用手捂住小纸团，抬起头看了看，只见老师正背对着我朝另一个方向走去。我舒了一口气，小心翼翼地打开小纸团，发现里面写着："选择题，拜托！"

原来是这样！丁英她……想到这里，我再次看了看老师，只见他仍站在比较远的地方。于是，我摊开小纸条，照着答案抄起来。抄完了，我把小纸团握在手里，偷偷往后递去。正在这时，老师"神奇"地转过身来，几步走到我的面前，也不说话，伸出一只手，望着我。

我的脸"唰"地一下子就红了，将递出去的手缩回来，乖乖地把小纸团放到老师手上。

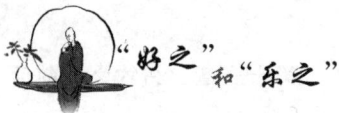

他看了看小纸团，又看了看我，还是什么话也不说，走开了。

考试依然继续。我懊恼地想："他会怎么处置我呢?"

放学后，我和丁英被老师留了下来。

"知道错了么?"他问。

"知道。"我和丁英齐齐小声答道。

"是在欺骗自己，还是在欺骗老师呢?"

沉默。

过了半晌，他又说道："成绩会比诚实更让你们觉得光彩吗?"

听到这里，我的眼泪就流下来了。再看丁英，脸上也是青一阵白一阵的。

"以前我的老师跟我说过一句话，我也同样送给你们：响鼓不用重锤敲。因为我相信，经过这次以后，你们会明白什么才是生命当中更有价值的。"说完，他转过身，一个人走了。

这一次，尽管没有受到任何"惩罚"，可老师的话至今仍刻在我的心里。它时时警醒着我，要我做一个诚实的人。

文章选择了学生学习生涯中犯禁的"作弊"一事为题材，很能吸引读者的目光，且用第一人称写作，因而更真实感人。后来有一次在深圳开会的时候，我见到这篇文章的作者，便谈起该文给我的印象。

"文章写两个学生在考试时试图作弊，结果被老师发现的故事。老师并没有采取过激的方法惩罚作弊的学生，却使学生认识到自己的错误，将这次作弊事件化解于无形之中。这个过程写得真实自然，令人感动。"我说，"作为记叙文，不但题材选得好，人物、时间、地点、事件的起因、经过和结果六要素齐全，人称、叙述方法的运用也很规范。"

"是吗?"他微笑着，很用心地听我的话，"这篇文章是为

《记叙文的题材》这一章节而写的。我写时，除了考虑要符合题材问题的设计要求，也考虑到六要素、人称、主题这些问题的处理。"

"更重要的是文章的主旨好。这套丛书通过范文来讲授写作知识，讲的多是文章的写作技巧。写作技巧是形式，是为内容服务的。所谓内容，就是文章的主题。从记叙文来说，讲题材也好，讲叙述方法也好，讲人称也好，前提都是主题要好。《作弊》一文就是如此。做诚实的人，对少年儿童来说，是一个永远不会过时的课题。这篇文章的这个主旨不是生硬地呈现出来，而是生动真实地表现出来的。老师是怎么让学生认识有关道理的？响鼓不用重锤敲，不用重锤，鼓为什么会响？因为它敲在鼓心上。'成绩会比诚实更让你们觉得光彩吗？'这句话敲在鼓心上，让学生的心灵震动，从而认识错误，认识到要做诚实的人的道理。"我说，"这篇文章的人物写得十分成功，'我'的紧张和心虚，老师的宽容与诲人不倦的态度，都写得生动而真切，栩栩如生。"

"你过奖了，文章写得并没有那么好。"他谦虚地说。

写记叙文，题材要广泛，形式要多样，布局要多变，文采要讲究，但前提是主题要正确。写文章要注重细节，写得入微，但不能秤斤注两，忘了主题。米不煮不成饭，芝麻不榨不出油。主题是要提炼的。写文章时，我们要把钢用在刀刃上，要在提炼主题上下功夫。在编辑《我的老师》时，我也跟其他年轻作者讲过类似的话。对这一点，他们也表示同意，但操作起来，却同认识之间有一定的距离。

有一天，有位作者交给我一篇题为《活得优雅》的文章。文章讲，下午茶时间，"办公室里只有我跟她两个人"。接着，讲起了"她"吃奇异果的情景。"她端坐在办公椅上"，"优雅地抽了一张纸出来，铺在办公桌上。纸的旁边，有一个日式风格的饭盒，里面装着一个奇异果和一个不锈钢汤匙"。她"左手轻轻地拿起奇异果，右手握着汤匙""快而准地从奇异果的顶端下了第

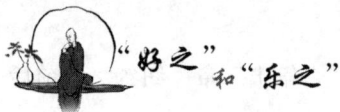

一'刀'。她先用大拇指按着果蒂，然后用汤匙熟练地转一圈，果蒂就乖乖地被取了出来，放在随时候命的纸上。接着是第二"刀"，"一块两厘米大小的果皮被取了下来，也是放在纸上"。绕着奇异果的表皮，第三、第四、第五刀下去，"那杏黄色的果肉已经露了出来"。然后，"她捏着奇异果的下半部分，不紧不慢地用汤匙取果肉""只见她合着嘴巴，轻轻地咬着，细细品尝，让每一个味蕾都裹满奇异果的汁"。吃完上半部分，汤匙又变身成为水果刀，很听她的使唤，把下半个奇异果的皮削得顺利而干净。好了，整个奇异果都吃完了，她先把汤匙放回饭盒，然后取出一张纸，轻轻地在嘴唇上按了按。文章进而讲到，"我"想起前些天看见的一个画面："他是一个卖水果的小贩。果摊的最里面放着几个熟透了的奇异果"。中午1点了，家人还没送饭过来给他吃，加上劳累了一上午，他饿极了。实在受不了了，他在衣服上擦了擦脏兮兮的双手，挑了一个最熟的、再不吃就烂掉的奇异果。他左手拿着奇异果，右手的大拇指跟食指稍微一捏，整个奇异果的皮就轻而易举地被撕掉了一大半。汁水随之像上了一天课的小学生，蹦蹦跳跳地从手背一直流到手肘，滴到地上。他稍稍弯着腰，迫不及待地张开嘴巴，像狮子大口大口地撕咬猎物那样，一口下去，竟咬掉了半个奇异果。他的槽牙快速地碾轧着果肉，三五下就吞了下去，可谓是囫囵吞枣。对比上面两件事之后，便是"我"的感想。文章写道，"我想起了'生存'和'生活'两个词，她显然是'生活'，下午茶时间，劳累了一下午，优雅地吃个水果，犒劳自己。我们也应该是'生活'，而不是'生存'，应该像她那样善待自己，优雅地活着。"

看完稿子后，我跟作者交流了一下看法。

"从记叙文的要求来看，这篇文章的结构脉络清晰，布局合理，'我''他''她'三个人称清楚，叙述方法得当，文字也通顺。"我首先作了一些肯定，"但是……"

"但是什么?"显然，他对"但是"这个词比较敏感。

"但是在主旨方面有些值得商榷的地方。"我说，"你要在这篇文章中表达什么样的主旨呢？"

"'要善待自己，优雅地生活'呀。"他说。

"优雅地生活，它的含义是比较广的。吃东西，不是生活的全部。吃东西的形式，每个人都不相同，在不同场合，吃法也不一样。'她'的吃法，是否算优雅，这先不去说它。"我说，"问题在于，'我'把'他'和'她'相比，说'他'吃东西是为了'生存'，不是'生活'，不像'她'那么'优雅'。然而，不'优雅'这不是他所想的，'他'也想跟'她'一样'优雅'。好的奇异果比坏的奇异果好吃，为什么他要选坏的那只来吃？为什么他吃前不把手洗干净？为什么不拿一张纸铺开来放奇异果来吃？这是受到他的生存条件限制的缘故。世界上许多生活在底层的穷人，他们的生活条件相当差，我们应当对他们寄予无限的同情，向他们伸出援助之手，而不是嘲笑他们不'优雅'。"

"'我'觉得没有嘲笑'他'呀。"他觉得有些委屈。

"'我'自己不觉得，但读者会'觉得'呀。"我说，"'我'的感情会从字里行间表现出来。写她吃奇异果，说她怎么'端坐'着；优雅地抽出一张纸来'铺开'切奇异果，'她''轻轻地'什么的，而写他呢，什么'脏兮兮'的手，'迫不及待地张开嘴巴'，'囫囵吞枣'什么的。由两人的形象，'我'想到'生存'和'生活'两个词的区别，这对谋求'生存'的人不就有点嘲笑的意味吗？自始至终，读者在文章中只看到'我'对'她'的欣赏，看不出对'他'的同情，故而作品也就显示不出其积极的意义了。"

"把关于'他'的一段删掉，怎么样？"他问。

"不将两人作对比，这好一些，但文章还是没有什么意义。她吃奇异果的事最多告诉人们，吃东西要斯文一些，不能给人们思想上的启示。"我说"不像早前我们提到的《作弊》那篇文章，作者提出要做诚实的人，荣誉比成绩重要这些观点，对人有启示

作用。好的文章，或者令人受到启示，或者令人受到鼓舞，催人向前，促人向上。"

作用。好的文章，或者令人受到启示，或者令人受到鼓舞，催人向前，促人向上。"

"你以前讲过，写记叙文最紧要的是主旨要正面。你这样一讲我就明白了。"他若有所思地说，"如果主旨不正面，不正确，在文章布局、写作方法上下多大功夫也是白费的，写作之前，一定要提炼好主题。"

"其实，不但写记叙文如此，写其他体裁的文章也如此。"我说，总之，"写文章，主旨居首。"

什么叫"催人向前、促人向上"？

就在跟那位作者谈论"主旨居首"问题后不久，我的高中母校东莞中学周年校庆。在校友们议论如何参与校庆活动期间，我收到同届校友翟锡昌同学给我发来的微信。翟同学在微信中写道："谢谢你60年前的鼓励！"微信附上我在1960年夏天高中毕业时给他写的毕业赠言的副本。赠言写道："倘若你是一颗珍珠，那么，就是不论在任何地方，也要发出你独特的光芒！"在高中阶段，我跟翟同学不是同一班，但平时多有接触。他学习成绩不错，物理科成绩尤好，被称为"物理大王"。原先估计，他考上大学是不成问题的，但由于成分和社会关系问题，结果是名落孙山。人家上大学去了，他到水泥厂当了一名工人。我的"毕业赠言"就是在这样的背景下写的。他的成分和社会关系问题是怎么一回事呢？据他说，他家五代赤贫，祖父年过40岁才娶妻。父亲16岁时被贩卖到南美洲智利做苦力，几十年后带了一些积蓄返乡，买了些田地由家人自耕和出租，自己则在香港同归侨合伙经商，生意失败后滞留香港。1957年，翟同学的哥哥当了右派。港澳关系及哥哥当了右派，这就是他当时的成分和社会关系问题。1985年落实政策后，这些问题已不复存在。他自己在水泥厂，工作表现良好。有一年，适逢水泥厂扩建，成立扩建办公室。厂里要物色一个既有文化又有能力的老实人处理日常事务，把他选中了。扩建完成后，他即调任厂工会干事兼专职教师。通过 3 年努力，130 名补课工人在全省初中文化统考中全部合格，取得毕业证书。他作为教师，获得地区政府表彰。不久，他被调到东莞市总工会工作。自此以后，他坚持自学、不断进步，后来当上了东莞市总工会的副主席。在他的前进道路上，"毕业赠言"给了他多少鼓励作用，他没有详谈。"发出独特的光芒"，他是在这条路上走着的。我把以上微信截屏转发给一些作者看。他们看后，说很受启发。有位作者看后写道："传递正能量的毕业赠言被保存了 60 年，可见这个鼓励对他多重要。"所谓"正能量"，也就是"催人向前、促人向上"的能量。毕业赠言与文章不同，但都是与别人（读者）沟通的一种形式，给人正能量是应该的。与人沟通，与读者沟通，形式是要讲究的，但内容更为重要，还是'主旨居首'。

在编辑《我写新作文》系列丛书选稿的时候，我们除了注意在写作手法方面把关，特别注意主题方面的审视。许多读者看过这套丛书后都说，除了学到写作知识，在亲情、友情、爱情、师情诸方面都获得了有益的营养。

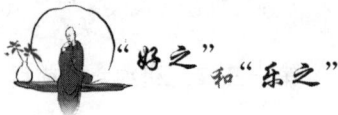

第十四章　为了读写困难的学生

我从美国旅游回来以后，继续参与关于读写困难问题的研究。

2008 年起，由香港教育局资助，以何万贯为总策划的香港教育研究所研究团队进行一项关于香港中学生语文能力问题的研究。研究目的在于，通过一套有针对性的语文能力测验，初步了解语文水平不同的中学以及同一学校中不同年级学生的语文能力。测验结果可供各中学的语文老师参考。他们可根据这一方法，结合学生平日语文学习上的表现，调整其课程、教材和教法，从而更好地提高学生的语文能力。测试的一个重要用意在于识别出有读写困难，也就是有读写障碍的学生，为他们提供语文学习上的支援。

有读写困难的学生是当时香港教育界所面对的一个重要问题。此前，教育部门的有关人士眼中，并不存在读写困难这一类学生。他们认为，一些学生读写成绩差，跟不上学习进度，是这些学生不用功的缘故。后来，国际上有关学者的研究显示，每 10 个学生中存在一个有不同程度读写困难的学生。香港的调查也显示，与其他国家与地区的情况相似。在这样的情况下，教育部门就要调拨资源解决读写困难学生的问题。问题要解决，首先要甄别出有读写困难的学生。过去，有关测试工具由生理学家和心理学家制定，可以测出一般的读写困难，没能有效地测出中文方面的读写困难。何万贯研究团队的这一研究，正适应了这方面的需要。

找到了"测试工具"

　　所谓能力，是指能成功地完成某种活动所必需的个性心理特征。能力分一般能力和特殊能力两种，前者指进行各种活动都必须具备的基本能力，如观察力、记忆力、抽象概括力等。后者指从事某些专业性活动所必需的能力。人的各种能力是有差异的。语文能力也可以说是一种语文修养，它指运用语言文字表达思想感情所具有的水平和所达到的程度，也包括对语言文字的理解和鉴赏能力。这种能力由语文知识、修辞技巧、表达才能以及对于语言美的创造和感受能力等许多因素融合而成，具体表现在听、说、读、写几个方面。在学校，语文科是帮助学生提高语文能力的一个专业课程。要达到教学目的，语文老师要因材施教，前提是了解每一个学生的语文能力。现在的问题是，怎么才能知道所教的每一个学生某个时段的语文能力处于什么样的水平线上呢？上述关于香港中学生语文能力问题的研究，目的就是解决这个问题：制作出一套测试工具，测试每一个学生的语文能力。

　　读写困难是一种最常见的特殊学习困难的表现，泛指阅读、书写及拼字方面的困难。一些学生，虽然有常规的学习经验，但有阅读和书写方面的特殊困难。一般来说，他们的记忆力较弱，讯息处理的速度也慢；他们的语音处理、视觉及听觉认知能力、专注力以及分辨左右、序列或组织能力较弱；他们容易忘记已学过的字，写字时经常漏写或多写笔画，把文字的左右部件掉转或写成镜像倒影。他们读写时较易疲倦，需要更多的专注力去完成读写作业，即使能认读文字，也未能完全了解文章的意思。在教学中，教师们有时会感到，这些学生听课和阅读的接受能力，让

人难以置信地差。有心理学学者认为，这些学生的智力正常，而他们在学习上的问题，并不是任何感官或脑部损伤引致。部分学生有读写困难，这是心理障碍；也有学者认为，此症并非疾病，也不是学习者智力低下或不健全，而是对常规教育的读写理解方式不能适应，爱迪生、爱因斯坦、毕加索等人就是读写困难患者。生理学家认为，任何精神现象都有物质的原因，任何心理障碍的原因都涉及生理因素。医学资料证明，人的大脑两半球有着严格的分工，左半脑掌控语言、理解力、逻辑思维、计算能力，右半脑则负责形象的感知和记忆、时间和空间的定位、音乐、想象、情绪和感情活动。因左脑病害引起身体右侧瘫痪的病人，左脑的各种语言（说话、书写、听觉、阅读）中枢也容易受到损害，因而病人往往同时患"失语症"。说话中枢（即运动性语言中枢）受到损害的病人，只能理解别人的语言，自己却无法与别人交谈，这称为"运动性失语症"。说话中枢受到损害的病人，听不懂病人的话，或答非所问，称为"感觉性失语症"。阅读中枢受到损害的病人，看到的文字只是一堆无意义的符号，对原来认识的文字毫无印象，称为"失读症"。书写中枢受到损害的病人，不能写字和绘画，这称为"失写症"。之所以会出现"失读""失写"症状，与大脑左半球内侧枕额脑回的损害有关。这种损害严重的会累及视觉，严重的可致同侧偏盲。事实上，失读症和失写症都是一种病症，就诊科室便是脑科。失读症和失写症能否治愈，愈后如何，取决于病灶的大小和性质、患者的年龄和总体健康情况。如果是完全性失读症、失写症，治疗效果不佳的，失读、失写的情况将持续存在。我们说的读写困难的学生，通常是指那些并非完全性失读、失写的学生。这些人除了适当的治疗，可以通过特殊的教学方式去帮助他们解决学习上的困难。国际学习障碍组织（IDA）解释，读写困难是一种神经心理功能异常，成因源于先天性神经系统发育异常或一些后天因素，有家族性遗传的倾向。它并非由缺乏动机、不适当教学技巧以及环境所直接造成。这样的定义是合适的。教育界把读写困难跟数学运算困难和语言困难列作学生的三大特殊学习困难。在三大特殊困难中，以读写困难最为普遍。

谈起读写困难，我想起了我读初中时的一位男同学。他身材比较矮小，为人腼腆，像小女孩似的。他的语文成绩不大好。老师叫他阅读时，他读得速度很慢，很不流畅。老师叫他概述课文的篇义时，他无法找出文章的重点。据班里的学习委员说，有一次，他看过这位同学的作文簿。在他看来，这位同学的作文写得不怎么样，比如内容比较贫乏，词汇不丰富，句子不通顺，每篇作文的篇幅也很短，达不到老师的要求。当时，我是学生干部，语文科学习成绩比较好，曾尝试帮助过他。

这位同学的爸爸是一位教师，据说，曾在"两广总督"手下当过教育厅厅长。新中国成立后，他怕被清算，便隐居起来。经人介绍，到我们学校附近的一个村来教小学。他是在美国某大学毕业的，以他的才能和原来的地位，大可以混个好职位，如今却来到乡下教小学，真是屈才了。但他教得很认真。有一段日子，他的学生填字格学写毛笔字。那时农村学校的条件很差，没有什么办公室。于是，他就把全班四十几个人写的字铺在床上，互相比较，看看哪些写得好，哪些写得不好，一一找出优缺点，然后跟学生讲解。他讲课讲得深入浅出，还用英语教他们唱歌……所以他的许多学生对他崇拜得不得了。但他也有受欺负的时候。有一次，他正在黑板上写字，听到课室后面传来说话声，便问："是谁在说话？"一个顽皮学生怪声怪气地说："你老爸，我。"当时他气得不得了。他是秃头的，瞪大眼睛在那里站着，豆大的汗珠从头上滚下来。但他并没有发脾气，更没有动手打学生。他的修养到了炉火纯青的地步了。

"老师出的作文题目，有关内容你不一定熟悉。"跟这位有读写困难的同学谈到写作文时，我说，"但你可以自己练习练习，写些你熟悉的人或物，写自己经历过的事。"

"是吗？"他咧着嘴，看着我，"我熟悉的，经历过的，我想不起有这样的事情。"

"怎么没有呢？你爸爸、妈妈，不是你熟悉的吗？你跟他们一起生活，不是经历过的吗？"

"是的。但这些，我在小学作文时都写过了。"

"写过了也可以再写的。那时写跟现在写不同。现在写，你可能写得比过去好，写得更详尽，写得更细致。人会进步，随着时光的流逝，同一个人也会有变化的嘛！"

"是吗？"他还是那样咧着嘴，看着我。

"有些你可能还没有写过的，比如你爸爸……"接着，我把前面那些故事跟他说了，"这样的事，你还没写过吧？"

"我没听说过。"他傻笑着。

"问问你的家人，问问其他熟悉你爸爸妈妈的人，可能还会有新的发现哩！"我学着老师对学生循循善诱的办法，引导他思考。

"好的。"他说。

"你问别人，要问得具体，写也要写得具体。"我说，"不要老是写'爸爸工作很努力'之类的话，要多写一些细节。写作文，最紧要的是写细节。你爸爸被一个顽皮的学生作弄，很生气，'豆大的汗珠从头上滚下来'，但忍着，'眼睁睁地在那里站着'，没有打那学生，这些都是细节。写了细节，就生动了。"

"是吗？"他很感兴趣似的。

"当然，除了写人，也可以写事，写些你耳闻目睹的新东西。"我说，"比如你原来生活在广州，现在生活在常平区的一个乡下，环境变化很大。你一定看到了一些过去没有看到过的东西，或经历过一些过去没有经历过的事情。"

"是的，过去在广州，不但牛没见过，连鹅也没见过。比鸡和鸭大的鹅，我是来到乡下才见到的。"他的话多了起来。

"那你就写一写鹅。"我接过他的话头，说，"写一篇关于鹅的作文，写好后给我看看，我跟你切磋切磋。"

"写一篇作文？"他说。从读书到现在，只有在作文课上老师出的题目他才写的。额外的作文，他从没写过。

见他有点为难，我便鼓励他说："不要紧的，这又不是正式的作文，你就试着写一写吧。"

"那好吧。"他勉强答应下来了。

过了几天，我正在课室外面散步，突然看见他在课室后面的树荫下向我打招呼。我走过去，他从裤袋里掏出了折起来的一张纸。"这是我的作文。"他有些不好意思。

"好，现在快上课了，下课后我再看。"我指了指教导处门口，敲钟的校工正向大铁钟的方向走。

作文写得不大理想，只有一大段，没有开头也没有结尾。写得不具体，错别字、语法毛病也很多。

晚上自修后，我约他谈心。我把他作文的优点和缺点都说了。

"你说的这些问题，我也觉得对。"他有些尴尬，"但自己写起来却掌握不好。"

"多练一下就行了。"我说。

"你除了班上作文，自己也练的？"他觉得奇怪。

"练的。有时间就自己动手写一写。老师说过，写作文跟做其他科的作业一样，要多练习。"我说，"这个关于鹅的题目，我也想拿来练一练哩！"

"好呀，你写好了，也给我看一看。"他迟疑了一下说。

"一定。"难得他有这个要求，我答应了。

有一天，放学时，我把我写的作文给他看。

他看完了，咧着嘴看着我。

"怎么样？有什么意见？"我问。

"很好，没意见。"他说。

"看你写得很有趣，可是我却写不出来。"他的声音很低。

"你就把自己觉得有趣的事写出来就是了。当然，首先要善于发现有趣的事情。"我说，"你见过什么有趣的事情呢？"

"我们家过去养过一只猫，很有趣。"他随口答道。

"那猫是什么样子的呢？"我问。

"那是一只黄色的猫。"他的兴趣来了，"头又大又圆，但耳朵较小，眼睛也是圆圆的，瞳孔晚上放得很大，白天则眯成一条线。"

"还有呢？"我追问下去。

"它走起路来一点声音也没有。有一次，盆子里放了几只小乌龟，它悄悄地走过去，圆瞪着眼，看了好半天。"接着，他便滔滔不绝地讲起那只猫的事。比如，它怎样跟一只皮球玩耍啦，它见到一只猫形的扑满后有什么反应啦，他自己如何喜爱那只猫啦，等等。

"你把讲的这些话写出来，就很生动啊。"我鼓励他。

"我试试看。"他说。

为了启发他更好地掌握语文知识，见到他，我有时会"考考"他一些词语。

"我说一个成语，你用成语后面的字为首，说出另一个成语，怎样？"

"好啊！"

"'气象万千'。"接龙游戏开始了，我说。

"……"他一时说不出来。

"'千方百计'就可以呀。"我只好给他代答。

有时，我说一个两字词，让他把词的两个字调过来，成为另一个词语。

"'愿意'。"

"'意愿'。"

"'力气'。"

"'气力'。"

"不错嘛。"我们两个都笑了。

我鼓励他多读一些书，不断练笔。过了一段时间，他在读、写方面，有了一定的进步。

这位同学可能存在读写困难的问题，但当时我并不懂得，也不知道那样帮助他是不是最有效。事实上，当时世界上少有学者对这个问题进行研究。近些年来，对读写困难问题的研究逐渐增多，对读写困难问题产生的原因、怎样帮助读写困难的学生等方面都有很多研究成果，如果运用这些研究成果从专业的角度评估和帮助那位同学，当然效果会更好，效率也就更佳了。

何教授对读写困难问题也有研究。这次的香港中学生语文能力问题的研究是这方面研究的延续。它的创意在于，找出一个识别读写困难学生的标准和方法。

得知参与这一研究可以甄别出有读写困难的学生，并对他们提供帮助，我便感受到它的意义。一个科学研究，乃至一切工作，从根本意义来说，都是为社会大众做贡献，为了帮助他人。法拉第和霍耳研究电磁感应，发明磁流体发电的方法，是为了帮助人们用大自然的力量取得电能。富尔顿发明轮船，是为人们出行和运输提供方便。天天忙于工作的医生和护士，是为了帮助别人战胜病魔。对于我们每一个人来说，生命的意义在于设身处地为他人着想，为他人提供尽可能多的帮助。我从事语文研究工作，不是为自己，而是为他人。如果我参与的工作能或多或少地帮助到一些人，令他们或多或少地变得更加优秀，那我就感到心满意足了。因此，当时我就决心以最大的热情投入到工作中。

在这一方面，何教授助人为乐的精神，对我也是很好的激励。在大学教学和研究工作之余，何教授自发地做了很多推广语文教育的工作，全部是义务的，大学从没有因为他做了这些工作，而减少他日常的工作量。每项工作，他都亲力亲为。参加语文学习活动的中、小学生非常多，每一次他都亲自以个别或集体形式指导他们。由于经费不足，发信联络、场地安排和会场布置

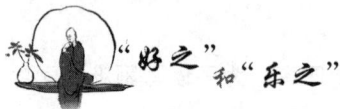

等工作，差不多都由他本人负责。平时，老师、学生和家长经常打电话来咨询，他都不厌其烦地向他们解释有关学习计划的具体内容和进度。有不少人打电话来询问有关子女学习中文的问题，虽然何教授不认识他们，但是仍然很耐心地给予专业的意见。可以说，由早上8时到晚上8时，每星期七天，包括公众假期，他都在工作。虽然不少是义务工作，但是他承担起责任，认真去处理。在他看来，所有任务都是自己的责任，没有义务和不义务的问题。有时经费不足，他便拿出自己的薪金。他说，推广中文教育，自己觉得乐在其中，多出一些力，贡献一些资金，又何必计较呢！他这种兢兢业业、助人为乐的精神，和我关于一切工作是为了他人的想法是完全一致的。

研究以分层（学校所属组别）和随机抽样方式，从全港三个组别的学校中选取12所中学，再从每所学校各选取中一、中三和中五学生各1班，被选中的这些班级的学生便是研究对象。

整个研究计划共有9份测验卷，包括写作、组词、改错、短句、阅读理解、阅读速度测验、抄写、默写、朗读。每份测验卷可以测试学生的一种语文能力，9份测验卷测试完成后，再综合得出一个学生总的语文能力。每份测验试卷，除测试内容外，列有测试要求、测试时限、评分标准。比如，写作测试卷的测验题目为看图作文。卷上有四幅连环画：第一幅，男童在看书；第二幅，女童对男童说话；第三幅，女童与男童意见不合，发生争执；第四幅，女童走开，男童跌倒，要求学生按照图意写一篇作文。具体要求如下：第一，讲述一个故事，令读者不看漫画也能明白故事的内容。第二，在故事中或故事后，要加上适当的描写、评论或抒发个人感受的句子。第三，字数，中一级学生写150～300字，中三级学生写200～400字，中五级学生写300～500字。第四，在写作过程中若遇到困难，例如执笔忘字，可尝试用其他字词代替，尽量把文章写完。第五，写作完毕，在卷上注明写作所用时间。第六，写作时限：30分钟。评分标准：全卷

100分，其中内容（包括命题）占40%，行文布局占40%，读后感（包括评论或抒发个人感受）占20%。内容方面，文章只要说出图意的4点内容，能记叙事情的经过，或适当加插评论、描写或抒情，不论字数，可以给予占总分20%的合格分数。其他8份测验卷，跟写作卷一样，各个项目列得清楚明确，也都经反复研究、修改后决定。

测验由9位研究人员负责监考、评分，采用SPSS系统和二元方差分析法来分析和研究数据。结果显示，语文水平高的学校的中一、中三、中五学生所取得的平均分在3个组别学校的学生中居于首位，其次为语文水平中等的学校，最后为语文水平低的学校。以学校为研究对象，测验成绩所反映出来的组词能力由高至低依次为中五、中三和中一。可见，根据学生的平均分，能区别学生所属的学校类别和年级。也就是说，以这两份测验卷作为工具测验一个学生，可以了解这个学生的语文能力。语文能力最差的级别的学生，就是语文成绩差的学生。然后，再对这部分学生进行甄别，对一些因学习不用功或由于其他客观原因而造成成绩差的同学，老师可给予适当的辅导，帮助他们赶上学习进度。把这些同学排除以后，剩余的就是疑似有读写困难问题的学生。根据读写困难学生的表现特征，结合老师的观察，然后对该生进行"读写困难"心理测试，就可以把真正有"读写困难"问题的学生甄别出来。

"语文能力最差"的同学是怎样甄别出来的？要准确地了解学生学习成绩的差异，在统计分析时，我们可审视每个学生在班中成绩的标准差。首先，我们把整体同学的平均分，例如72分转换为标准分100分。在常态分布中，距离标准分（100分）上下10分、20分、30分，差距分别为1个标准差、2个标准差、3个标准差。这个100分，等于0。同学成绩高于这个0一个标准差，我们可说他的成绩高于一般同学。若他高于这个0两个标准差，我们可说他的成绩高于一般同学甚多，他可算作成绩优异生

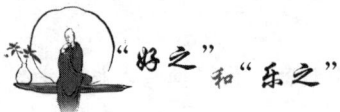

了。反之，就是成绩稍逊和成绩差的学生。我们所甄别出来的"语文能力最差"的学生，就是成绩低于标准分两个标准差的学生。

据统计，这项研究的信度系数（cronbach's alpha）比较高，说明研究的结论相当可靠。此前我们讲过，信度是指采用同样的方法对同一对象重复测量时所得结果的一致性程度，而用同一被试样本所得的两组资料的相关系数作为测量一致性的指标，则称为信度系数。信度系数高，则说明可靠性高。

在这个研究开展期间，我脑子里充斥着关于这些测验的事，有时也在"研究对象"外进行一些"非正式"的测试。以组词测验为例。测验卷分甲乙两部分，其中甲部要求在"道""发"等6个字的前面和后面加字组词，乙部要求用"留""温"等6个字组词，所组的词要符合汉语规范，词组得越多越好，目的是考核学生的组词速度，了解学生的词语丰富度。测验时限为12分钟，其中甲部6分钟，乙部6分钟，平均为每个字组词花1分钟。全卷不设定最高分数。凡能组成一个正确词语的，可得1分，组词越多，得分越高。组词出错，没有分数，也不扣分。在学习过程中，学生学习字词量能迅速增加，构词知识起了很大作用。组词能力的高低可以反映出一个学生的语文能力。因此，组词能力是语文水平的重要标志之一。实验证明，用这份测验卷作为工具测试一个学生，可以了解这个学生的组词能力。在广州，在课堂外，我也曾尝试用试卷，测验一些中学生的组词能力。

有一次，几个中学生在我们的宿舍大院里玩，我便想考一考他们。

"我给你们出一个'车'字，你们在前面或后面加一个字，组成一个双字词，看谁组得多。"我说。

"'泥头车'。"有个小家伙抢先答。

"泥头车"不是双字词，显然他答错了，但我没有马上纠正他，姑且把这作为"闲谈"的题目，然后扯归正题好了。

"泥头车，为什么把那种车叫作泥头车？"我问。

"那种车专门用来装泥。"他说。

"应该说装余泥，建筑过程中那种被清除出来的泥。"我说。

"为什么叫'泥头'？"他倒问起我来了。

"那是因为它没用，比如说菜叶、菜梗可以吃，菜头没用。"我说。

"那'人头'呢？有没有用？"他说，"菜市场上，鱼头比鱼身、鱼尾都要贵。"

"啊，你这小子，说得有趣，问题也提得很对，这说明你是一个肯动脑筋的人。"我说，"但我刚才出的题目，叫你组双字词，你却没动脑筋，组个三字词来了，答错题，应该得 0 分的。"

"是吗？"他显得有点狼狈。

"下面我们就来个正式测试吧。"我说，我就拿我们在香港的中学测试一份测验卷作工具，以相同的办法要他们组词，并讲清楚组词的方法。

测试的结果是，一个 73 分，一个 65 分，一个 52 分。我说："你们属于中等语文水平学校的学生。"

"你是高二级水平。"我根据测验的分数，对一个胖子说。

"你是初一。"我对一个瘦子说。

"你是初三。"我说的是刚刚答错题的学生。

"不对，我们都是初三的学生。"胖子说。

"你们都是初三的学生，但你测试得的是高二的成绩，这说明你的组词能力比较强啦。"我对胖子说完，又对瘦子说，"考了初一的成绩，说明你在组词能力方面还要进一步努力了。"

"我是阿婆拜神——钟钟地（中等）略。"那位答错题的同学一说，大家哈哈地笑起来。

"在你们 3 人中，胖子的组词能力比较强。组词能力在语文水平中占有重要的地位，因此你的语文水平也比较高。汉字有 5 万多个，用认识的 3000 多个常用字就可以组成几十万个词。认

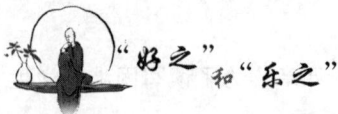

识几十万个词，不但读书没有困难，写作文遣词造句也会显得得心应手了。"我说，"从刚才测试的情况看，在同样的条件下，胖子组的词比较多，你为什么能记住那么多的词呢？"

"他喜欢语文，平时读的书比较多，看到什么新的词语，他都记下来。"瘦子代他回答。

"要组的词多，当然靠积累；除此以外，还要懂得一些构词法知识。"我说。

"构词法？"他们瞪大眼睛。

"所谓构词法，是讲词的构成法则，也指词的构成方法。"于是，我给他们简单地介绍了几种构词方法。一种是偏正式合成方法，比如"漆黑"，重点是讲"黑"，"漆"对"黑"起修饰作用，说明"黑"成什么样子，"黑"为正，"漆"为偏。一种是联合式合成，比如"道路"由"道"和"路"构成，两者意义相同或相近。一种叫支配式合成，比如"同意"，"同"对"意"起着支配的作用。此外，还有许多构词方法，但上述几种是常见的。按照词的构成方法去想，对组词很有帮助。按照几种构词法去想，给"车"字组双字词，可以组成偏正式的有"汽车""火车""马车""牛车"；支配式的有"车把""车手""车胎""车速""车站"，等等。

"有一次，我们给出一个'期'字，叫香港的中学生组词，有个学生组出了一个'期课'，他组的是一个词吗？"我问。

"'期货'，当然对啦，这是买卖货物和股票当中使用的词汇。"瘦子说，"听我爸爸讲过，'一手交钱，一手交货'，这些'货'叫'现货'。双方讲定价钱，在一定时间内交易的货，叫'期货'。"

"你脑子灵，有见解，但你听错了，那个学生所写的是'期课'，是'功课'的'课'。"我说。

"'期课'？我可没听说过。"他说。

"你呢？有没有听说过？"我问胖子。

"我也没听说过。"胖子说，"既然有'期货'这个词，我想'期课'这个词也应该有。"

"为什么？"我笑着注视他。

"商量好价钱，约定日子交的货叫'期货'，那我跟老师约定内容、约定日子上的课，那就应该叫'期课'了。"他没有笑。

胖子有时比瘦子聪明，有时却比瘦子笨。刚听完他的话，瘦子就提出反驳了："不对不对，我没有听说过'期课'这个词。"

"你没听说过，不等于没有这个词。这个词合理，就应该有存在价值。"胖子说。

"……"瘦子虽然觉得这个词组得不对，但也说不出理由。

"你呢？有什么看法？"我扫视了一下第三位同学。

他看看我，相视而笑，没有说话。

"首先，我们看看这个词是否真的'合理'。货物交易是一种买卖关系，老师和学生是教育和学习的关系，跟商品交易不同。老师给学生上课，是按照学校制定的时间表进行的，并不是学生跟老师互相约定的，所以'期课'这个词并不合理。既然没有由老师和学生约定上的课，那么'期课'这个词就没有存在的价值了。"我给他们做了解释。

"啊，原来是这么回事。"大家说。

"'期课'，这是一个生造词，是我们的同学生造出来的。"我说。

识别和弃用生造词，是规范汉语过程中的一个重要问题。我们规范使用的，大都属于汉语基本词汇，也有一些新造词，但不包括生造词。要求学生用所给出的一个字组成双字词，大都是基本词，即全民族使用最多、意义最明确，并为一般人所共同理解的词，比如用"期"字组成的"期待""期限"等；也有新造词，比如"期货""期票"等，它们是随着"期货""期票"等新事物的出现而新造出来的，正如"电视机""电脑"等新造词一样，它们多是一些名词。然而，生造词并不是新造词，因为它

307

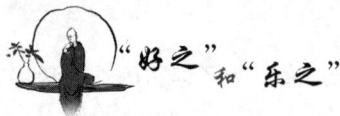

们是随意滥造出来的，它们并不切合实际需要，也不符合汉语的造词规律，所表达的意思也不清晰。21 世纪初，进入网络时代，许多网络"热词"都是一些生造词。2009 年到 2010 年，在中学生组词能力问题研究的基础上，何万贯教授写成《中学生组词能力》一书，于 2011 年由香港教育研究所出版，书中专门有一章谈生造词的问题，标题就叫《组构新造词，拒绝生造词》。

全部测试和研究完成后，2008 年，以何万贯为首的研究团队在香港中文大学教育学院香港教育研究所和课程与教学学系的支持下，为香港教育局成功研发出一套具备香港中学生常模的测量工具《香港中学生中文读写能力测验（教师专用）》试卷及《香港中学生读写能力测验研究报告》《香港中学生读写能力测验使用手册》等相关文件一套。

香港教育署曾制定《香港小学生困难行为量表》，以甄别包括读写障碍在内的有特殊学习困难的学生。教育署心理辅导组于 2000 年印发了《帮助有特殊学习困难的学童》的"教学建议"，供全港教师参考。除教育署、卫生署等政府机构外，社会上也有很多为有特殊学习困难学童提供支持的机构。这一套《香港中学生中文读写能力测验（教师专用）》语文能力测试系统，供中文老师使用，可以识别有读写障碍的学生，能更好地帮助这些学生提高语文能力。教育局官员认为，《香港中学生中文读写能力测验（教师专用）》是香港首套用以帮助教师及早识别可能有读写困难的中学生的评估工具，并具有诊断学生的中文语文能力，测试学生在阅读和书写方面的流畅度等功能。教师可根据学生在各卷测验的结果厘定跟进计划，及早为有学习困难的学生提供适切的辅导。此测验卷为学校提供了一套具有信度和效度的评估工具，让教师能快捷而又准确地了解学生的语文读写能力，对教育界是一项重要的贡献。

《香港中学生中文读写能力测验（教师专用）》，在供香港各中学甄别有读写障碍学生的过程中发挥了重要作用。在当初的预试中，共有 361 位中学生参加。结果表明，九个测验项目可用来解释学生间 67% 的个别差异；而学生在字词认识方面的成绩可用来解释学生间 34% 的个别差异。在中学展开较大规模的正式实验后，结果显示：学生在这九项语文能力测验中的表现，与预试结果相近。因此，《香港中学生中文读写能力测验〈教师专用〉》能有效地从不同角度测量学生的语文水平，从而甄别出读写困难学生。在语文能力测验中，这是一套有效的测试工具。香港各媒体广泛报道了这一研究成果。

这套测量工具，具有科学性和客观性。这是一项重要的研究成果。以前，只有心理学家才研究读写困难问题，以中文专家的身份从事上述研究工作，设计有关测试工具，在香港，何教授是第一人。

对症下药

2009—2010 年，我们在"香港中学生中文读写能力测验"研究的基础上，专门研究了如何对有读写障碍的学生提供帮助的问题。

中学语文老师利用《香港中学生中文读写能力测验（教师专用)》这一工具甄别出一些有读写障碍的初中学生后，亟须解决的问题是，怎样辅助这些学生，让他们可以在读、写方面的能力有所提高，跟上同班学生的学习进度。鉴及此，教育局特委托何万贯的研究团队，以学习认知心理学理论和语文教学理论为根据，通过实验的检定，对症下药，为老师设计一套可辅助这些初中学生学习阅读和写作的教材。

我们为这套教材进行了总体设计。

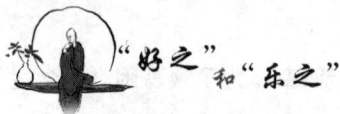

适用范围：本教材适用于中一至中三的学生，特别是中一至中三有读写困难的学生。

施教目的：在中一至中三的学生，特别是有读写困难的学生中使用本教材，目的在于帮助这些学生巩固在语文教学中所学得的基础知识，进一步提高语文水平。同时，增强他们学习语文的自信心，帮助他们养成阅读和写作的习惯。

施教模式：可以用课后小组或个别的方式进行教学。在正规语文课课内，老师也可以运用本教材。在运用时，老师可以决定其用途，比如用于学生课业，帮助学生温习功课，巩固所学，或用于增润、补充原有的教材以至衍生新的教材。

教材深浅：本教材以小学高年班学生或初中生应学的语文基本知识为编写根据。这些知识，初中的学生大部分已经学过，但是有的学得不好，有的记得不牢，因而运用起来会遇到困难，或者不大熟练。运用本教材，可以帮助他们巩固所学知识。除此以外，更主要的是，学生可以通过本教材，学到有关的技巧和策略。可以说，教材虽浅，学生受益却很大。

教材序列：阅读和写作方面各编十个单元。阅读方面，一是网上阅读，二是词语朗读，三是文章朗读，四是断句训练，五是时间线索，六是空间线索，七是标示语，八是因果说明，九是比较说明，十是主旨句。写作方面，一是框架和部件，二是错字别字，三是单字组词，四是词语搭配，五是语法知识，六是句子扩写，七是段落扩写，八是主题集中，九是叙事有序，十是表达方式。老师可以按这 20 个单元的顺序进行施教，也可以在教的过程中对这些单元的顺序另外进行安排，根据实际情况重新调配。老师可以全部进行施教，也可以选用其中一部分进行施教，如何安排，由各个老师自行掌握。

教材剪裁：在施教的过程中，要以校本为主。老师可以采用本教材，也可以在采用本教材的同时采用教育局出版的其他教材。与此同时，老师还可以自己设计有关教材，既可以自己全新设计，也可以对本教材重新剪裁，参照本计划的有关理论重新进行包装，由浅入深，分阶段设定目标，读写结合，并兼顾听说训练。

教学活动：本教材可用于课内或者课外的教学活动，但尽量不使用全班上大课的形式。以小组或者个别辅导的形式开展本教材的教学活动，可以帮助有关学生更好地集中注意力，增加成功感。在向学生讲授有关知识和指导他们做有关练习的时候，老师要给予正确的引导，同时要有耐性，尤其是对待有读写困难的学生，需要反复施教，反复引导，最后达到引导他们养成阅读和写作习惯的目的。

有读写障碍的学生为什么在语文学习中会感到困难呢？这是因为，这些学生视觉和听觉处理文字的能力较差，自信心不足，还有一个重要的问题是他们专注力不足。专注，是一种状态；专注力，是一种能力。有读写障碍的学生专注力不足，以致阅读能力、写作能力低下。我们编写的教材，要考虑到他们的专注力，更要有助于提高他们的专注力。要解决上述问题，就要采取各种策略，比如用较大的字体把关键词或概念标示出来，用有颜色的字体把文章的重点标出来，适当运用图画或图表加以说明，等等。最紧要的是，引导他们掌握学习的方法。这些策略运用得当，就能化难为易。

怎样引导他们掌握正确的学习方法呢？

在记叙文中，时间交换是一个非常重要的问题。时间顺序也是写记叙文最基础和最常用的一种叙事顺序。时间变换要根据事件的发展逐步进行。写作时可以借助时间变换来实现对事件叙述详略的把握，对于重要的环节加重笔墨，不重要的则一笔带过。时间变换往往有明显的标志词，这样可以使文章结构显得更加清晰，也能够使读者更好地理解文章含义。在阅读有关文章的时候，掌握好关于时间的词语，就能更好地了解文章的内容。教材中有这么一篇文章：

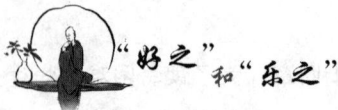

我们的校园

我们的校园很美丽，加上我们这些充满生机的学生，就显得更加美丽和有活力了。不信？你看：

早晨，同学们陆续到校，"叽叽喳喳叽叽喳喳"——声音由小变大，像小鸟从梦中醒来，慢慢地唤醒了整个森林——校园慢慢热闹了起来。上课了。琅琅的读书声从教室里传出来，在校园的上空悠悠回荡着。这时，小鸟叫得更大声了，"叽叽咕咕叽叽咕咕"，像在为同学们的朗读配上乐曲。

中午，同学们三五成群地凑在一起玩游戏。他们你追我赶，前呼后拥，有的飞奔到操场上踢球，有的荡秋千，有的踢毽子……这时候，热闹的校园就像一个俱乐部。同学们纵情玩乐，沉浸在欢乐的海洋里。

傍晚，放学了，同学们陆陆续续地离开学校，热闹了一天的校园逐渐安静了下来。随着夜晚的降临，我们的校园渐渐进入了甜蜜的梦乡。

这就是我们的校园。我们在这里学知识，学做人的道理，健康地成长，追求自己的理想。

在阅读这篇文章时，要求了解文章的大意，然后用笔画出文章中表示时间的词语"早晨""中午""傍晚"，了解不同时间内所含括的内容。掌握了该段落的时间架构后，可围绕该时间架构，以口述形式复述该段落文章的内容。复述文章内容时，可作适当的增减。同时，朗读文章 3~5 次，并用录音机录音。然后，学生须做下面的练习：

1. 根据本文所述，是什么让原本就美丽的校园更加有活力了？
   □小鸟

　　■学生
　　□秋千
　　□教室

2. 第二段所写"叽叽喳喳叽叽喳喳"，指的是谁发出的声音？
　　□吵闹的麻雀
　　□学校里的广播器
　　□从梦中醒来的小鸟
　　■清晨到校的同学们

3. 文章讲到，同学们会在什么时候玩游戏？
　　□早晨
　　■中午
　　□傍晚
　　□夜晚

4. 这篇文章赞扬了什么？
　　■校园的美丽和有活力
　　□校园的热闹
　　□校园的安静
　　□校园的宽广

　　一个学生只要用这个方法去阅读，记住"早晨""中午""傍晚"这几个有关时间的词语，要记住这篇文章的内容就不难了。

　　这套辅助教材为什么以"读写易"来命名呢？编写者在其《写在前面》中作了说明：

　　在有些人看来，读和写并非易事，而是一件十分困难的事

313

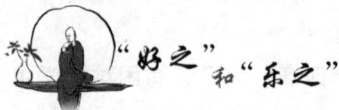

情。语文能力稍逊和有读写困难的同学更是如此。他们亲身感受到阅读和写作过程中的困难，教师要教导这些学生阅读和写作，更是倍感头疼。怎样帮助他们克服这些困难，变难为易，正是本教材编写者的一个出发点。

古人云："天下事有难易乎？为之，则难者亦易矣；不为，则易者亦难矣。"这段话说明，难和易并非绝对，易并非天生的易，而是从难转化而来。同样，易也可以转化为难，关键是"为之"还是"不为"。想办法去解决困难，难的问题解决了，也就变为易了。按照《读写易》教材去教导学生，并且掌握《读写易》教材中所讲的策略和方法，去解决读和写当中的问题，读和写当中的困难就可以逐步解决。这就是《读写易》当中"易"的一个意思。

《读写易》教材本身是不是"易"？这要从两个角度来看。《读写易》教材本身编写得简短浅易，一般的中小学生包括成绩稍逊和有读写困难的学生，按照教材认真学习，只要稍加努力，便可以达标。教材按初中学生的成长和经验来写，既配合他们的年龄，也切合他们的程度，掌握起来，并不困难。从这一方面来说，教材是"易"的。但是，这套教材是从阅读和写作策略的高度上来编写的，它不把语文学习视为工具训练，并不是支离破碎的练习题大杂烩，而是把各方面的阅读和写作有关方面要求统整起来，以求达至提高学生语文基本能力这一目的。要掌握这些阅读和写作策略，提高语文基本能力，却非易事。这就是"难"。所以，这套教材可以说是难和易的统一，既难也易。难和易既统一，也矛盾。怎样提高语文基本能力，转难为易，关键是运用好这套教材，运用好这套工具，建立短程学习目标，把操练和学习化为习惯。习惯养成了，基本策略和方法掌握了，熟练了，整个语文基本能力的提高就会化难为易。教材深浅易，掌握策略易，这套教材《读写易》也就变得名副其实了。

包括录像讲解在内的光碟《〈读写易〉初中中文读写辅导教材》由香港中文大学香港教育研究所研究及制作，香港特别行政区政府教育局于 2010 年出版。教材主要研究员：何万贯；研究计划委员：梁子勤、欧佩娟；教材设计及资料分析：何万宇、廖少霞、邓进深、孙裕华；网络系统设计：张英凡、何志云；网站美术设计：郑天兰；教材美术设计：陈婉佩；行政及联络：孙新华；视听监制：吕家雄。

初中中文《读写易》辅助教材公开发行以后，研究团队开始了小学中文读写辅助教材的研究和编写工作。怎样帮助那些有读写困难的小学生，让他们可以跟上进度，在读写方面的能力有所提高？怎样帮助家长支持有读写障碍的子女的阅读和写作？为此，我们编写了高小中文《读写易》及其"家长版"。

教材虽然叫"读写易"，但编写起来并不容易。有一次，编句群排列练习。

句群排列分两种，一种是顺序排列，第一个分句位置固定，其余分句必须依次按顺序排列，位置不可调动。如：

香港每年有两个花开最茂盛的季节/首先是每年的二三月/其次是四五月。

我的兴趣是下厨/做各种菜肴给别人吃/看到别人吃得乐滋滋的/我就心满意足了。

另一种是并列排列，第一个分句位置固定，其他分句位置可以调动。如：

吃自助餐时各取所需/有人爱吃糕点/有人爱吃肉类/有人爱吃蔬菜。

鱼缸里的金鱼是五颜六色的/有纯黑色的/有纯白色的/有红黑相间的。

并列排列句群，小黄给我写了几条：

汉字的结构方式有那么几种／例如象形／例如指事／例如会意／例如形声。

亚洲有"四小龙"／一是强悍的韩国／二是好玩的新加坡／三是繁华的中国香港／四是富饶的中国台湾。

玻璃柜里陈列着各种文具／有新型的削笔刀／有新潮的笔盒／有颜色多样的铅笔／还有娇小的橡皮擦。

妈妈有五兄弟姐妹／大哥是个殷实的商人／二哥是个发型师／弟弟是个牧师／妹妹是个补习社的导师。

我说这几条都编得不大好。比如汉字构成方式虽然有 4 种，但按习惯用法，先说象形，再说形声，然后说指事和会意，这 4 种方式的位置一般不适宜随便调动。又比如亚洲四小龙，一般先说作为国家的韩国和新加坡，然后说作为地区的台湾和香港，很少倒过来说的。同样，几兄弟，一般先说哥哥，然后说弟弟。

小黄听了，恍然大悟："我重做！"

接着，她写了几条：

放假了／我多么想去放风筝／我多么想去垂钓／我多么想去爬山／我多么想去滑浪。

等完成老师布置的暑期任务／我就要好好睡一觉／我就要好好吃一顿／我就要好好地玩个够／我就要好好地陪陪家人。

我对同学们依依不舍／我舍不得常常捉弄我的清清／我舍不得常常帮助我的诗诗／我舍不得常常鼓励我的琪琪／我舍不得常常指出我错处的文文。

"写并列分句比写顺序分句的句群要难一些。"我说，"重做

316

的这几条可以过关了。"

写并列分句句群，最简单的是写成排比句式。比如，开始的时候，有个撰稿员写了这么一些句子：

我喜欢吃一些味道特别的水果/比如杧果/比如榴莲。
春节的习俗有很多/例如贴春联/例如放鞭炮。
要身体健康/就要均衡营养/就要多做运动。
我喜欢画画/因为画画令我过得充实/因为画画令我有自信/因为画画令我受大家欢迎。
蝎子是可怕的/因为它神出鬼没/因为它有毒针/因为它样子古怪。
动物园里的动物真多/我想看熊猫/我想看大鳄鱼/我想看狮子。
圣诞节到了/琪琪希望有家人相伴/琪琪希望有朋友相伴/琪琪希望有同学相伴。

教育局相关工作人员在审议这些稿子时提出，太多这样的句式不好，小学生很少写这样的句子。根据教育局相关工作人员的意见，我对类似的句子进行了修改。

有位撰稿者拟了这么一道题：

同学们在课室里进行自由活动/聊天/在练习/看书/做游戏。

我说，这比前面那些排比句还差，因为后面的不是分句，而是一个词。我把它改成：

下午最后两节课是自由活动时间/一些喜欢音乐的同学在树荫下放声歌唱/操场是游戏爱好者的天地/植物园里活动着小园艺家的身影/三三两两的同学在校园的各个角落里聊天。

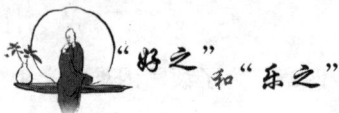

有这么一个例子：

故宫的城墙有以下四扇门/午门/东华门/西华门/玄武门。

我跟一位撰稿者说："你把这道题重做。"
一会，她改写成功了：

故宫是明清两代的皇宫/由几十个院落组成/有房屋九千多间/占地几万平方米/西南正中是午门。

"改出来的这一题，我觉得特别好。"我跟她说，"不但一点也没有那些'比如''比如'排在一起的影子，而且完全符合题目要求。我们应该多写这样的句子。"

她听了，很高兴。

"你再改一道题看看。"我指着这么一道题："香港的大树有很多/其中有榕树/其中有木棉树/其中有紫荆树/其中有桉树。"

她看着，想了好一会，翻看下资料，然后写出这么一个句子：

地处珠江口的香港/港湾水深/海岸线曲折/丘陵众多/平地很少。

我看了，十分高兴："改得好，把次品改成精品了。

《〈读写易〉初中中文读写辅导教材》《〈读写易〉高小中文读写辅导教材》及其"家长版"由教育局发到各学校后，不少学校的语文老师运用教材施教，反映很好。一些原先有读写困难的学生，在学习过程中不但学到了知识，还掌握了学习方法。他们说，其实，教材所讲的一些知识在语文课上曾经学过，但由于当时没有掌握好记忆的要领，对老师的话，自己左耳听右耳出，所以没有记住，现在学起来才会感到新鲜。在辅导课学习中，他们再次学习，会不会同样不能掌握呢？不会了，因为辅导教材中，讲到有关知识的同时又教会他们掌握这些知识的方法。比如，记住表示时间的词语去记忆记叙性文章的篇义，记住标示语去记住议论性文章的内容，等等。用这些方法去学习，就会记得比较牢固。专注力不足，是读写困难学生共有的问题。上述学习方法，也有助于他们更好地集中注意力。教材中，用粗体字把关键词语标示出来，把文章重点句子用红字标示出来，不时用图画和图表去说明问题等，都有助于他们在学习上集中注意力，从而提高学习效率。

"前测"和"后测"

为了检验对读写困难学生支援的效果，研究人员在一些学校选取一些学生进行测试。事前，对这些学生进行了"前测"，记录了他们的成绩，然后用所编教材对他们进行培训。经过一段时间以后，对他们进行"后测"，记录他们的成绩。接着，把他们前后测验的情况进行对比，看他们有没有进步。实验证明，这些学生通过培训以后，语文水平都有一定的提高。

怎样总结他们的进步情况呢？中间是有许多学问的。以"写作测验"为例。前测和后测都是同一题目：看图作文，限时30分钟，要求如下：

1. 按所提供四幅漫画的图意写作一篇短文。
2. 要求：
   （1）叙述整个故事。

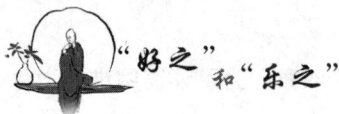

（做到读者不看漫画，通过阅读你的文章也能明白故事内容）

（2）在故事中或故事结尾，可加上适当的描写、评论，或抒发个人感受。

（3）字数要求：

小四级　写作　100~200字

小五级　写作　150~250字

小六级　写作　200~300字

3. 同学可按自己的作文能力来写作。若遇到困难，例如：执笔忘字，可尝试用其他字词代替，请尽量完成写作任务。

4. 题目自拟。

做写作测验总结的时候，我分析了整个写作测验的情况。本次写作测验，共有31名学生参加。培训前，让学生按四幅漫画的意思写一篇短文（前测），收回测验卷30份。学生经过八九个月的培训后，让学生按同样的四幅漫画图意作文（后测），收回测验卷22份。既交了前测卷又交了后测卷的学生，有如下一些变化：

学生编号	年级	前测作文分数	后测作文分数
1	小五	26	54
2	小五	47	67
3	小五	37	32
4	小六	46	53
5	小六	35	28
6	小六	56	65
7	小四	24	31
8	小四	3	22

学生编号	年级	前测作文分数	后测作文分数
9	小五	37	50
10	小五	12	51
11	小六	56	41
12	小六	51	43
13	小六	45	57
14	小四	34	43
15	小四	23	42
16	小四	14	22
17	小五	45	59
18	小五	28	50
19	小六	36	58
20	小六	28	26
21	小六	15	50
22	小六	30	34

通过前测和后测作文卷的比较，可以发现，通过培训，学生的作文能力有所提高，这主要表现在如下几个方面：所写作文错别字、漏字的情况有所减少；分段写文章的意识有所增强；偏离图意的情况有所减少；后测作文叙事的顺序安排比较好；写作的准确度和流畅度提高了。为了证明有关观点，对每个问题都是有全面的分析和典型事例的。比如，第一个问题讲到：

在前测作文中，出现错别字、漏字的情况比较突出。例如，8号学生在前测作文中的错别字、漏字有 14 个，错别字、漏字出现率为 34.1%。经过一段时间训练后，他认识的字多了，写作方

面也进步了。在后测作文中，错别字和漏字只有 4 个。比起前测来，错别字、漏字明显减少了，出现率由 34.1% 降到 4%。除 8 号同学外，还有许多同学的错别字、漏字下降率也比较显著。2 号学生在前测作文中，共有 4 个错别字："玩意"的"意"写成"竟"，"大盒子"的"子"写成"了"，"依依不舍"的"舍"写成"念"，"玩不成"的"成"写成"都"。在后测作文中，除了"依依不舍"的"舍"漏写外，再没有其他错别字了，在消灭错别字方面有了比较显著的进步。有的同学在前测作文中，把"西瓜"的"西"字加一横写成"酉"，在后测作文中得到了改正；有的同学在前测作文中把"桌子"的"桌"字写成"卓"，在后测作文中也得到了改正；有的同学在前测作文中把"兴奋"的"兴"写成"与"（繁体字"與"和"興"有点相似），在后测作文中懂得"高兴"的"兴"字的正确写法了。这说明，在培训中，学生从有关错别字单元中学到了有关知识。

学生在作文时，用空格表示不会写的字，我们称之为"漏字"。写了错别字，本质上属于"不会写"。基于这一点的考虑，故把错别字和漏字统计在一起。有关学生在前测、后测作文中错别字、漏字的情况是怎么样的？为此我们专门进行了统计，情况列表如下：

学生编号	作文字数		错漏字数		错、漏字出现率（%）	
	前测	后测	前测	后测	前测	后测
1	198	248	6	5	3	2
2	316	262	6	1	1	0.3
3	166	189	6	3	3	1
4	251	278	7	15	2	5
5	347	240	22	2	6	0.8
6	243	182	3	1	1	0.5

学生编号	作文字数		错漏字数		错、漏字出现率（%）	
	前测	后测	前测	后测	前测	后测
7	141	123	5	4	3.5	3.2
8	41	97	14	4	34.1	4
9	129	191	8	1	6	0.5
10	162	248	7	7	4	2
11	236	228	6	4	2.5	1.7
12	194	306	1	4	0.5	1
13	239	136	5	6	2	4
14	102	125	2	0	1	1
15	72	113	1	2	1	1.7
16	48	83	9	5	18.75	6
17	175	146	6	6	3	4
18	197	266	8	12	4.06	4.5
19	240	249	5	10	2	4
20	152	119	6	5	3.9	4.2
21	153	192	6	6	3.9	3.1
22	214	257	3	2	1	0.7
总计	182.55	194.45	6.45	4.77	4.87	2.46

　　从上述数字可以看出，在既交了前测卷又交了后测卷的学生中，有三分之二的学生作文错别字、漏字出现率有所降低。

　　要证明一个论点，最有力的证据是事实，而数量化了的事实则是最准确的事实。所以，语文研究跟其他科学研究一样，一定要搜集充分的数据，做到心中有数，文中有数。在这次总结报告中，写作测验有这样的统计，其他测验也有这样的统计。何教授看了以后很满意，说："量化工作做得好，实验总结显得很充

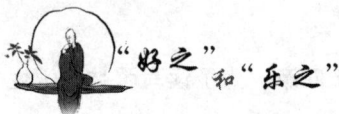

实。"中文教学，一般以经验教学为主，老师教完学生之后，便声称学生有了进步。何教授举办的所有教学活动，都采取实验形式进行。以科学的方法，验证实验结果。

在检测对读写困难学生支持效果的同时，我们这个研究团队也协助三水同乡会刘本章学校进行了有关项目的研究。何教授、何万宇老师和我都曾参与过研究。为了帮助有读写障碍问题的学生进行学习，该校在香港教育统筹局发展教育物件奖计划的资助下设计了一套名为《星愿小王子》的互动语文学习游戏系列，包括《星愿小王子》《星愿外传》《星愿历奇》等。在《星愿外传》的《星星失落之谜》中，有 17 款趣味性语文学习游戏，用有趣的角色扮演手法，通过生动的故事内容、细致的场景，用动画的形式，引导孩子们投入学习，不但具有教育性，而且富娱乐性。在《星愿小王子》中，不但游戏多元化，而且设有成绩记录系统，学生可以跳出传统的学习框框，在游戏中不知不觉地掌握有关语文知识，既训练了他们的专注力，也提高了他们的语文能力。该校设计的游戏由新怡互动创作有限公司制作出互动多媒体计算机光盘，出版后供各校使用。在上述互动游戏光盘出版以后，他们继续投入人力和物力，设计和制作新的游戏。我们觉得，让学生通过游戏来进行读写训练，是一个很好的方法。为了使游戏设计在理论指导下进行，我们结合游戏设计在有关学校进行了组词、扩写、阅读理解、看图作文等多项语文能力测试，在玩语文游戏前后进行前测和后测，对一些同学进行跟踪访谈，进行个案研究，在此基础上写出了研究报告。这种游戏设计和研究相结合的方式，受到该校校长和游戏设计人员的赞赏。

第十五章　特书香江

　　在参与研究计划的工作之外，我们还要不时继续为"每日一篇"网站或为其他用途写一些短文。我们把这作为一项任务，也作为不断学习的机会。如果把推行研究计划的工作看作"大"，把单篇文章的写作看作"小"的话，我们是做到了"大""小"结合的。

　　"每日一篇"网上的文章主要是给香港的中小学生读的，为它所写的部分文章要有一些"本土性"。写香港，是其主要内容之一。之所以写香港，除了"本土"这一原因，还因为香港有它的独特性。在第二次世界大战后的几十年间，香港以很高的速度走在世界新兴工业经济地区的前列，成为亚洲"四小龙"之一，获得了"东方之珠"的美誉，值得大书特书。"你们写的是小文章，大书谈不上，特书就可以。"有位朋友开玩笑地对我说。特书？我们过去写过六个100篇，香港也写100篇吧！"香港100篇，可以这样提，但100不是实数，表示多，越多越好。"何教授说。于是，从2008年起的一段时间，我和其他撰写员一起，写过许多有关香港的文章。不论历史的、现实的；政治的、经济的、社会的、生活的；记叙的、描写的、抒情的；篇幅长的、短的，如此等等，都有。

"龙子凤女网上送"

　　写这样的文章，虽然有点"驾轻就熟"，但我绝不马虎。为了写一篇不长的文章，我会查阅各种资料，有时还要到现场参观、采访，力求把文章写好。任何人做任何一件事都要认真。写作是把黑字写在白纸上的工作，要经得起无数读者的审视，要经得起时间的洗礼，更容不得丝毫马虎，更是要认认真真。我有时会觉得，笔下一个个的字，不是用笔写出来的，而是用心血孕育出来的。对其他撰写员，我也会给他们"灌输"这样的观念。

　　有一次，我和一位朋友准备写一篇关于荔枝角公园"岭南之风"景点的文章。荔枝角公园，我曾跟堂叔丽文夫妇去过。他们住在公园附近。据他们说，退休以后，他们天天上午到这个公园散步，这里简直成了他们家的"后花园"，对这里再熟悉不过。他们带我游览时，每个景点都给我介绍一番，如数家珍，其中当然包括"岭南之风"了。但已过了一些日子，印象已不那么深。现在，为了写文章，"带着问题"去，跟这个朋友再走一趟。

　　我们从旺角乘地铁荃湾线前往，在荔枝角站下车。

　　我们四处寻找通往荔枝角公园的出口，但遍寻不获。

　　"往荔枝角公园从哪个出口出去？"我们问一位女士。

　　"到荔枝角公园不应该从这个站下车的，要多坐一站，在美孚站下车。"她说。

　　我们只好再上地铁列车。到了美孚站，那里有通往荔枝角公园的出口。

　　"实地走一走，跟想象是不同的。"我说，"按我原先的想法，到荔枝角公园一定是从荔枝角地铁站下车。"

"说明我们原先的想法脱离实际。"朋友说。

"这样的例子很多。以前我只知道跑马地载德街前面是成和道，却不知道后面是蓝塘道。有一次我从成和道一直上，转蓝塘道一直走，便经过载德街的街口，然后直通跑马地加油站，才恍然大悟。"我说，"以前我一直以为，乐活道是在教堂前面一直往前延伸的，后来去实地走了一次，才发现事实并非如此。这条路在教堂后面的斜坡上，来了一个大约160度的转弯，顺山而上，方向跟我原先的想法大不相同。"

"人家是百闻不如一见，你讲的是百想不如一见。"他笑着说。

"是那么回事，想象是不能'凭空'的。亲自看一看最好。"我说。

出了美孚地铁站，转过两条隧道，我们进入荔枝角公园，看了其他景区之后，便直奔"岭南之风"地段。

眼前是一派园林景区的秀丽景象。园区的绿地面积据说有1万多平方米，水景有2600平方米，园区内的建筑物环绕中央水池向外延伸，以院落回廊布局，雕塑、瓦作等都具有岭南风格。假山的材料，也产自岭南。园内还有许多造型别致、具岭南特色的盆景摆设，为这个古雅的公园平添了几分生气。

景区内有"十景"，包括"桥廊画舫""有凤来仪""月起薰来""群星邀月""观云逐月""弈亭残局""流溪影月"等。我们不但每个"景"都认真看，连各个门墙壁上的雕塑也不放过。值得一提的是东门墙壁上的两组砖雕。其中一组描述八仙过海的情景。八仙过海是家喻户晓的神仙故事。相传铁拐李、汉钟离、张果老等八位神仙过海时，有的拿着玉板，有的拿着葵扇，各自施展法术，终于到达彼岸。常言道，"八仙过海，各显神通"，意思是"各有各的本领，各有各的办法"。这组砖雕，生动地刻画出这一生动活泼的场面，十分传神。另一组砖雕所刻画的是《水浒传》中36位英雄好汉的生动形象，正好和"八仙过海"那一

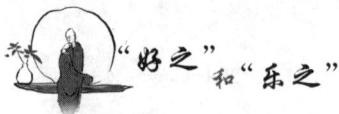

组砖雕相映成趣。那些英雄好汉除暴安良、劫富济贫时"各显神通"，他们的本领跟"八仙"的可不是不相伯仲？两组砖雕，人物形象刻画得栩栩如生，可以说是两组艺术精品。

经过现场游览，写起文章来就顺手很多了。从景区回家以后，我们就马上动笔。文章的题目叫《岭南之风　园林之宝》，开头交代了这篇文章的缘起：

因为某一出电视剧的热播，我们忽然对荔枝角公园第三期项目"岭南之风"产生了兴趣，于是欣然前往，一睹这个具有传统岭南建筑风貌的公园的姿彩。

文章写到"桥廊画坊"这个景时，与文章的开头作了呼应：

我们来到了一处桥廊，不禁惊呼："啊，就是这里了，就是这里了，电视剧那场戏就是在这里拍摄的了。"原来，这里是"岭南之风"十景之一的"桥廊画舫"。这个景点的桥廊造型，是仿照番禺余荫山房的"浣红跨绿"的格式建造的，桥廊起着分隔左右两边空间的作用，但桥廊左右两边是敞开着的，所以从视野上来说，左右两边并没有完全隔开。透过桥廊看左右两边的景色，别有一番风味。画舫用石料建成，上面船舱则用木料构建。舫的前半部两面临水，另一头与岸相接，像是一艘停靠在码头的船。人置身其中，就像站在船内一般，十分有趣。画舫位于桥廊轴线之南，从水榭南望，画舫和桥廊成掎角之势。舫内有罗叔重所书的一首诗："十里桃花五里桥，楼台夜夜可怜宵；苍茫楚泽春将老，呜咽秦淮水未消。岂与寻常论落拓，更无颜色不萧条；几曾买得东风笑，流涕三更玉管箫。"这首诗，大大开拓了这一景点的意境，丰富了景观的内容，令人回味无穷。

文章的结尾应该怎样写呢？"头难起，尾难落"，开头难写，结尾也是要颇费心思的。讲一下心情，写几句抒情的话？议论一番，讲几句哲理？最后，我们终于敲定结尾的写法：

"岭南之风"是香港首个以古典岭南风格为题而建的园林。一说及园林，人们自然就想起河北的承德、江苏的苏州以及广东的番禺、东莞和顺德。现在，香港也应该榜上有名了。拙政园和留园，并称"苏州园林两绝"。我想，"岭南之风"是不是也可以称作"香港园林一宝"呢？当然，从历史的长短这一角度来说，从名气来说，后者是无法跟前者相提并论的。

对这个结尾，我们还是满意的。

"岂止结尾写得令人满意，其实整篇文章都写得令人满意呀！"朋友说。

"满意在什么地方？"我问。

"叙述和描写都很真切，'香港园林一宝'这一评价也恰如其分。"他说。

"我觉得最好的是给人亲临其境的感觉。文章开头提到的'电视剧'叫《宫心计》，在香港人尽皆知，来到一处桥廊，作者不禁惊呼：'啊，就是这里了，就是这里了，电视剧那场戏就是在这个地方取景的了。'读者看到这里，也有同感，因而产生共鸣。"我说。

"给人身临其境的感觉，这个特点，不但在我们这篇文章中表现出来，在你所写的许多其他文章中都有所体现，其中有篇散文叫《夜景的'地位'》，就给我留下深刻的印象。"他说。

《夜景的"地位"》是亲戚朋友邀我到太平山观看香港维多利亚港夜景的情形。有"东方之珠"美誉的香港，它的夜景是迷人的，维多利亚港曾被列为世界"四大夜景"之一。而要欣赏维多利亚港的夜景，最佳去处便是太平山顶了。看夜景，就是亲戚朋友约我夜游太平山的目的。

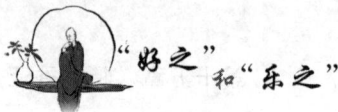

"我记得，里面写到，你们是坐山顶缆车登山的。在这过程中，大家有说有笑，你还叫亲戚在半山买套房子什么的。行至山腰陡处，缆车简直像被挂在悬崖峭壁上一样。这时，一个坐在前排的游客袋子里的苹果滚了出来，顺着车厢咕噜咕噜地往后滚，直滚到你们的脚下，逗得大家哈哈大笑。然后，写你们下了缆车，进了凌霄阁，看夜景。整个过程，写得很细致，真的令人有身临其境的感觉。"他说。

"看景，这身临其境很重要。文章讲，夜幕低垂，华灯初放，柔和的灯光勾画出一座座摩天大厦的轮廓。座座大厦线条分明，像是人工雕刻出来的图案，维多利亚港两岸各种各样的灯饰，轮船上的灯火以及海港中的倒影熠熠生辉，像繁星群集，像天女散花，像宝石在闪光，流光溢彩，蔚为壮观。这些景象，都是我在凌霄阁直接看到的。"我说，"因为我去之前就决定事后写篇文章，因此看夜景时便看得更加认真。"

"这篇文章的主题也很好。"他说。

主题是在文章的结尾段表达出来的：

我们都说，1997 年以后，香港要继续保持繁荣和稳定，保持社会制度不变，保持人们的生活方式不变。具体来说，需要"保持"的还有许多，如保持香港金融中心、贸易中心、航运中心的地位不变，等等。只要这些地位得以保持，香港维多利亚港这"世界四大夜景"之一的"地位"也就可保了。灯光璀璨、熠熠生辉的夜景，可以说是经济发达的一个反映，也是繁荣稳定的象征。

"这个主题，也就是这个想法，我也是在现场触景生情想起的，情从事生，理从事出。"我说。

"文章给人身临其境的感觉，这是由于作者身临其境，把自己所闻所感写出来，读者才有身临其境的感觉。"他说，"这大概就叫作者身临其境和读者身临其境的关系吧。"

"是的，《岭南之风　园林之宝》是我们作为作者亲临其境写的，读者也会有身临其境的感觉。"我说，"如果读者喜欢这篇文章，这可能就是原因之一。"

"那倒是。"他说。

"至于我们去荔枝角公园不是从荔枝角地铁站下车这个有趣的事，我觉得不应该浪费，可以另外写一篇专门记叙参观荔枝角公园的散文，给别的年级的学生阅读。"我说，"这篇文章由你来写。"

"好的，我来练练笔。"他很高兴地说。

说干就干，他三下两下就把稿子写出来了。

有一次，我和两个同学从港岛出发，乘坐港铁荃湾线，前往荔枝角公园。

当列车到达荔枝角站后，我们便下车了。可是，在站内的指示牌上，我们并没有找到通往荔枝角公园的出口。询问港铁职员，我们才知道荔枝角地铁站距离荔枝角公园比较远。前往荔枝角公园，应该在美孚站下车。于是，我们坐上下一班列车，来到美孚站。果然，我们出闸后，从 D 出口走了不到十分钟，就到达了。

原来，现在的美孚、荔枝角一带，昔日都叫作荔枝角。后来，港铁荃湾线开通，在荔枝角设置了美孚站和荔枝角站。慢慢地，原来的荔枝角就分成美孚和荔枝角两部分了。荃湾线设置的美孚站，跟荔枝角公园的距离近一些。

按照我们原先的想法，去荔枝角公园在荔枝角站下车，事实并非如此。由此看来，想象和实际有距离，办事是要遵循实际，而不是光凭想象的。

文章二三百字，可供小学三四年级的学生阅读。

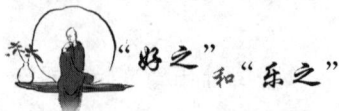

"其实我们可以就荔枝角公园写一大堆文章，除了来公园路上写一篇，整个公园的印象也可以写一篇；10 个景点，也可以各写一篇，分别供小学及初中各年级的学生阅读。"我说，"虽然同写一个公园，但写的内容不同，主题不同，手法不同，深浅程度不同，阅读对象不同，读者看了不会感到重复。"

"这是个好主意：一个题材，写一大堆文章。"他说。

后来，我和他以及其他的一些作者一起找了许多题材，从各个角度列出许多题目，分工合作，真的写出了"一大堆"文章。为了熟悉所写题材，我们有时会组织一些作者到香港"快闪"自由行，专门去有关地方参观一番。自 2003 年 7 月起，内地掀起自由行旅港的热潮，有些人参加旅行团访港，在香港逗留几天；有一些是"快闪"自由行旅客，当天来回。我们这些作者在港逗留不足一天，"闪得快"，但参观一两个地方，完全不成问题。

"广东的南方报业集团公司以'龙生龙，凤生凤'的滚动发展模式，培育出一批品牌报纸。我们写这些香港的文章，也叫'龙生龙，凤生凤'，生出龙子凤女网上送。"我笑着对朋友说。

"好的。多生一些龙子凤女。"他也笑了。

写香港的稿件，我们用的便是"龙生龙，凤生凤"的策略。由于"每日一篇"网站所需稿件多，又包括小学和初中不同层级的读者，所以写其他题材的稿件，也常常使用这个策略。

"环境保护问题就可以培育一些龙子凤女。"有一天，我跟小陈讲了这个写作背景后，对她说，"我们先拟一些题目。"

很快，一长串题目列出来了：空气污染、噪声污染、光污染、河流污染、海水污染、红潮、自然保护、废物处理、污水处理、生态保护、水质管制等等。当然，其中许多并非题目，而只是项目。比如自然保护便是一个项目，包括节约能源、减少二氧化碳排放、保护珍稀动植物等。这些"龙子凤女"又可以生出许多"龙孙凤孙"。即便是分出了题目，到写成文章时，题目也会变得比原先细。

"我们分工合作吧。"题目列出来后，我对她说，"你先找一个题目写一下试试。"

"我写一写'香港的光污染'这个项目。"她说，"我对这个问题感兴趣。"

"要注意选材，找一些有意思的材料，不要一般化。"我说。

"好的。"她说。

事后，她写了一篇题为《闹市区的光污染》的短文，全文300多字，可供小三、小四的同学阅读。

文章讲，夜游闹市区，会令人觉得光污染问题严重。闹市区各色各样的招牌以"光"为卖点。夜间街道亮度在 $100 \sim 200$ 勒克斯就合乎行人需要。招牌的亮度高一些未尝不可，但有些招牌的灯光却很"刺眼"。铜锣湾皇室堡外有个大型招牌被强大的射灯照着，光度达 1 万勒克斯，比一般行人视物需要高出 $50 \sim 100$ 倍，比国际标准高出 49 倍，说它"刺眼"一点也不为过。旺角创兴广场的一个招牌所用射灯多达 76 支，其刺眼的程度简直令人难以忍受。接着，文章讲了光污染的危害性。作者指出，"刺眼"是受污染的结果。招牌射灯过强的可见光，跟过强的红外线、紫外线、X 射线一样，都会造成电磁污染。这不但会损害行人的健康，而且会给附近居民造成困扰，造成直接的、间接的以至潜在的危害。从另一角度来说，如此使用招牌射灯很耗电，既浪费很多金钱，又间接排放了很多二氧化碳，同样不利于环保。最后，作者呼吁，希望商人在装置招牌灯具时，能够考虑到环境保护，顾及市民的利益。

"我们列题目的时候，列了光污染一项，你写成的文章，题为《闹市区的光污染》。你没有写整个香港的光污染，而只写闹市区的光污染，以小见大，从构思到写作，都是成功的。"我说。

接着，我要她写一写节约能源问题和减少二氧化碳排放问题。

不久，她交来了两篇稿子。

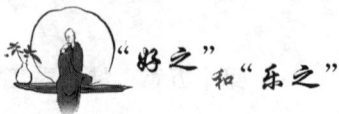

一篇叫《香港的熄灯运动》。文章讲，2008 年 6 月 21 日晚，地球之友主办了"6·21 夏至够照熄灯夜"，全港 121 栋建筑物从 8 点半起熄灯一个小时。许多市民也将家中的灯熄掉，以示支持。这可以说是香港最大规模的"熄灯运动"。为什么要开展熄灯运动？许多人都知道是为了环保。但熄灯为什么可以环保，他们却不是很清楚。其实道理很简单，就是因为熄灯可以节约能源。煤、石油的燃烧，全世界每年要消耗约 200 亿吨的氧气，排放约 180 亿吨的二氧化碳，严重地污染环境。少耗一些电，节约一些能源，不但为社会节约了财富，还可以间接少排放一些二氧化碳，使氧和二氧化碳保持平衡，使环境得到保护。"熄灯运动"的意义在于提醒大家，环保要每个人从自己做起。一个市民不是经营发电厂，怎样减少二氧化碳的排放，似乎跟他无关。但家里的电灯必要时就关掉，就人人都可以做得到。让我们在这一方面努力吧！

《香港的熄灯运动》这个题目当然要比《节约能源》这样的题目细得多，但无疑讲的是节约能源的问题，反映出节约能源这个主旨。

另一篇叫《碳汇知多少》。文章讲，香港有些航空公司出于环保因素的考虑，会代客人购买碳汇（Carbon Credit）。碳汇又叫碳信用额，是 1997 年 12 月通过的国际法案《京都议定书》所订定的一种环境问题补偿方案。方案规定，每个国家都有一定的碳汇额度，可以排放一定量的二氧化碳。排放量超过额度的国家要购买碳汇，而销售碳汇的钱就得用到森林保育工作上，以补偿排放二氧化碳所造成的污染。碳汇不单是国家与国家之间的事，个人也可以参与其中，购买碳汇。香港一些航空公司代客人买碳汇的做法，便属于这种性质。大气中氧和二氧化碳失衡，导致地球气候变暖，是一个全球性的重大环境问题。人类使用石油、煤、天然气后会释放大量二氧化碳，并消耗大量氧气，导致氧和二氧化碳失衡。森林进行光合作用产生氧气，消耗二氧化碳，是调节氧和二氧化碳平衡关系的主要媒介。所以，购买碳汇，把有关款项用于森林的保育工作，可以说是对环保事业的实际贡献。

作者没有在二氧化碳排放问题上大做文章，而是通过有关碳汇的知识去讲减少二氧化碳排放的问题，可读性大大增加。

从"光污染""节约能源""减少二氧化碳排放"到《闹市区的光污染》《香港的熄灯运动》《碳汇知多少》，我们可以看出"龙生龙凤生凤"从计划到产出的演变过程，培育"龙子凤女"的计划要有，但产出的"龙子凤女"怎么样，题目有什么变化，是要产出之后才能见分晓的。

写事例的"优越性"

2009 年 8 月初，何教授叫我给"每日一篇"网站写一篇法律问题的短文，每篇 750 字左右，以"包揽诉讼"为题材。那是写荔枝角公园之前的事了。他给我送来一篇新闻稿，作为参考资料。新闻指，张某于 2001 年向车祸伤者的母亲黄某提出可协助她索偿，更明言"不成功，不收费"。张某后来介绍卢某作为黄某的代表律师。张某与黄某达成协议后，黄某成功索偿，并缴付赔偿金的 25%，即约 86 万港元予张某作为报酬。任职索偿代理的首被告张某，被裁定串谋强行干预诉讼以及分享诉讼成果即包揽诉讼罪名成立，而本身是律师行合伙人的次被告卢某，则被裁定为串谋强行干预诉讼罪。

就以上一段新闻稿，可以改写成一篇记叙文，但我不想就此简单了事。为了加深对包揽诉讼这个法律问题的了解，我便找来了一些资料。

从这些资料中，我了解到有关包揽诉讼问题的几个要点。

"包揽诉讼"罪名源于中世纪的英格兰。为了防止贵族和官员干涉司法，英国专门规定了"包揽诉讼罪"，严禁任何与诉讼无关的人串谋强行干预诉讼和分享诉讼成果。这样做，除避免激发不必要的诉讼外，还被认为可以防止贵族压迫平民、富人欺压穷人，减少妨害司法的行为。由于普通法运作复杂，程序烦琐，没有专业法律人士的帮助，普通民众很难通过诉讼获得应有的救济。要打官司，离不开律师。但按英国传统，要由败诉方支付胜诉方的律师费。这个制度设计的初衷，是提醒民众审慎地提起诉讼，避免出现滥用诉权的情况；但某种程度上却不利于普通民众，因为高昂的律师费和败诉的风险，会使很多本来有理的当事人因为经济上处于弱势，不得不放弃司法救济。另外，司法很可能变成有钱人才能消费得起的游戏，这对以公平正义为使命的司法制度无疑是致命的伤害。时移世易，"包揽诉讼"罪名形成之时所考虑的公共政策因素，已经随着社会变迁而发生了变化。1967年，英国正式废除"包揽诉讼罪"，这给律师收费制度改革奠定了基础。经过近30年的争论和妥协，英国于1995年正式实施按条件收费制度，拓宽了普通民众向司法机关寻求救济的通道。

目前包揽诉讼在西方国家不违法。在那里盛行"索偿代理"收费、"与结果挂钩"的收费模式，换言之，有点像"风险代理"的收费模式，当然具体操作方法有所不同。在英格兰和澳大利亚，实行的是按条件收费（conditional fees）制度，即不胜诉，不收费。如胜诉，律师费外加收一定比率的附加费；在美国所实行的是按判决金额收费（contingency fees）的办法，同样是不胜诉，不收费；如胜诉，收取追讨所得的赔偿金额某个百分比的律师费。在这样的制度设计下，"索偿代理"便有了其生存的空间，因为他们给普通民众开辟了一条新路——诉讼不再是有钱人的游戏，而是主张自己权利的法宝；既然得不到政府的法律援助，为什么不去试试私人的"索偿代理"？反正提起诉讼不用承担败诉的风险，对方的律师费也有人买单；如果胜诉，也只是损失赔偿额的一部分而已。

在香港的律师收费制度下，普通市民要想寻求司法救济，只能寄希望于法律援助。然而香港的法律援助制度存在着内在的缺陷。在这里，寻求法律援助的市民必须通过案情审查和经济审查，才有资格获得民事诉讼法律援助。如果法律援助署认为市民提出的诉求或抗辩没有合理的成功机会，或者申请人的财务资源超过了法定上限，很可能丧失获得法律援助的机会。案情审查虽然阻止了一些不合理的诉讼，节约了司法资源，但也会将一些合理诉求拒之门外；经济审查虽然对社会底层人士关照有加，但大多数的中产阶层却成为两头不靠的"夹心阶层"，几乎得不到法律援助。对香港普通市民而言，司法机关虽然权威公正，但由于律师收费制度和法律援助制度的缺陷，高昂的诉讼费成为他们的"梦魇"，诉讼仍是他们不可承受之重，司法正义也"可望而不可即"。

早在两年前，香港法律改革委员会曾建议取消"包揽诉讼"罪，实施"按条件收费"制度，为穷人提供"进入法院大门的钥匙"，但受到法律职业团体的激烈反对。他们除担心出现滥诉的情形外，背后的担忧其实是自身利益可能受损：按照传统收费制度，律师胜诉由对方当事人支付律师费，败诉由被代理人支付律师费，"旱涝保收"，没有风险；一旦改成"按条件收费"，当事人的败诉风险就转移到律师身上，一旦对案情和胜算评估不当，很有可能白忙一场。因此，这些利益集团只同意改革法援制度，让政府和社会来承担高额诉讼费用，拒不接受新的律师收费制度。

在香港，由于"包揽诉讼"这一罪名仍被保留，律师采用按条件收费或按判决金额收费仍被严格禁止。如果香港首宗"包揽诉讼案"的终审仍然维持一审判决，那么可以预测，"按条件收费"制度的实施仍将遥遥无期。

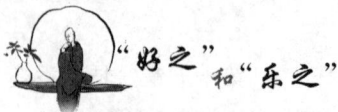

了解以上情况后，我觉得，香港有关包揽诉讼罪的法律规定，似乎在法理上有些不足。随着社会情况的变化，有合理化的可能，况且，案件还只是初审，终审结果怎么样还不清楚。总之，一切都不确定。

"我们不单纯讲这个案件，而给初中学生讲一讲包揽诉讼是怎么回事，让他们长一点法律知识。"我跟何教授说。

"现在有那么一个以包揽诉讼罪入罪的案件，大家都感兴趣，跟他们讲一讲这是怎么一回事也好。"何教授表示赞同。

"好吧。"我说。

我想，作为香港目前的一项法律，本来应该从正面去肯定它，说明它有什么好处，它怎么合理，等等，但具体到包揽诉讼问题，则要寻求另一种思路。我们要让读者对"包揽诉讼"问题有真正的理解，可以从历史、现状、发展趋势等方面客观地反映它的面貌。要对实际情况进行具体分析，要从实际出发，而不是从"本来应该"如此的逻辑出发。于是，我写成了这样的一篇文章：

关于包揽诉讼

2009年六七月间，本港首宗包揽诉讼刑事检控案件开审。案情是这样的：

黄某的儿子发生交通意外之后，作为索偿代理的张某和律师卢某主动提出给黄某打官司。结果，官司胜诉，黄某获得350万港元的赔偿，黄某也按照事前的协议，把86万港元，也就是所得赔偿金的25%给了张某和卢某作为报酬。后来，张某和卢某被揭发涉嫌包揽诉讼，先后被捕，案件择日开审。经过审理，张某被东区裁判法院裁定串谋强行干预诉讼以及分享诉讼成果罪成立，卢某被裁定一项串谋强行干预诉讼罪名成立，两人分别被判入狱16个月和15个月。

所谓包揽诉讼，是指任何人若本身不属诉讼中任何一方，却出钱替当事人打官司，包揽诉讼纠纷，并协议胜诉后分享胜诉利益。根据香港现行法律，包揽诉讼属刑事罪行，最高可判监禁7年及罚款。

在西方的一些国家，法律诉讼服务"按条件收费"或"按判决金额收费"，包揽诉讼并不违法。在美国打官司，诉讼者不胜诉，律师不收费；如胜诉，则收取所得赔偿金额的某个百分比的律师费，这就是"按判决金额收费"。包揽诉讼罪的法律规定源于英国，但随着社会情况的变化，英国已于1967年废除了这一法律规定，并于1995年正式实施"按条件收费"制度，也就是不胜诉不收费；如胜诉，律师费外加一定比率的附加费。

香港法律承袭了英国法律传统，但包揽诉讼罪的法律规定一直沿用至今天。两年前，香港法律改革委员会曾经建议取消包揽诉讼罪，实施"按条件收费"制度。建议者认为，在一些穷人付不起高昂的律师费，争取法律援助又受条件限制的情况下，实施"按条件收费"可以为他们提供"进入法院大门的钥匙"。但是，法律职业团体有关人士担心这样一来会引起滥诉情形的出现，因而激烈反对，致使该建议未能实行。

按目前香港法律，律师采用"按判决金额收费"的做法仍被禁止，包揽诉讼仍是犯罪行为。如果开头所讲的那宗包揽诉讼案的终审仍然维持一审判决，可能成为香港法制史上包揽诉讼案的标志性案例。

所谓"标志性案件"，也就是"先例"。香港的法律包括成文法和习惯法两部分。成文法是由司法机构制定的法律，习惯法则由判例累积而成。法庭在判案时，在没有成文法的条文可引时，就会参考先前的判例。在这一方面，法官不但受成文法的法律条文约束，而且受司法判断体制约束。上级法庭的判例可以约束下级法庭；除非有特别的理由，同级的法庭通常也互相采纳彼此的案例，这叫"司法先例制度"。在这一制度下，上述包揽诉讼案

件如果终审定案，这一法律"习惯"不被修改的话，以后别的法官遇到同样的案件，都会按这一"先例"来判，那是毫无疑问的。

因此，在香港讲法律，法律条文重要，案例也很重要。目前，香港有成文法23卷，判例汇编100多册。

为写香港法律稿，我请几个"每日一篇"的作者开了一个"神仙会"。

"写一些有代表性的案例，我看可以啦。"谈到为"每日一篇"写稿时，小张说，"就像中央电视台的'今日说法'栏目一样。"

"今日说法"是中央电视台综合频道的法治专栏报道栏目，以"点滴记录中国法治进程"为理念，以"重在普法，监督执法，促进立法，服务百姓"为宗旨，全力打造"中国人的法律午餐"。"今日说法"以群众身边的真实案例为切入点进行普法宣传，每日一案，很受欢迎。节目于1999年1月2日起每日中午12点38分开始在中央电视台综合频道播出，至今已有10多年的时间。

"光是法律，就可以跟"今日说法"一样每日一篇，但"每日一篇"不是法制栏目，数量不能太多，小一小二、小三小四、小五小六、初中四个组别各有二三十篇，合起来有100来篇便可。"小蒋说，"选一些最典型的案例，讲一些最重要的法律。"

"可以讲一些人们容易混淆界限的案例。比如邓老师在一篇文章中讲的房契写了妻子的姓名，房子实际是丈夫所有的例子就很好。"小林说，"在内地的法律却有所不同，房契业主栏写了妻子的名字，那房子就毫无疑问是妻子的。"

小林所讲的是我在《讲常理》一文中所举的一个案例：1973年，有个汽车司机买了房子，交了钱，刚好没有时间去办理手续，便由他的妻子代理，结果房契业主一栏写的是妻子的名字。后来，妻子背着丈夫把房子卖了，把所得款项据为己有。买方当事人在交易前见过那汽车司机，知道那司机在那房子居住，但没有问他有没有房子的业权，是否同意卖房子。当买方要汽车司机迁出房子时，司机拒绝迁出，于是打起了官司。本来，买方以为，自己与卖方"业主"达成协议，并已经付了楼款，胜诉是不成问题的。但出乎他意料，法庭最后判他败诉。因为，按照香港法律，那司机出钱而用妻子的名义买房子，他有一个信托上的权益。也就是说，他妻子不过是他的信托人，代表他在屋契上署名而已，房子的所有权仍然属于他。买方本来知道那司机在上址居住，应该弄清楚他的身份，弄清楚他是否拥有房子的权益，是否同意出售。他不弄清楚这些问题，便把房子买下，自己有疏忽。法庭判决之后，买方如梦初醒。房子是买不成了，至于他交的钱，当然可以向那司机的妻子追讨，但能否追讨成功，则是另一个问题。这一案件判决以后，地产中介公司在产权交易时，会要求卖方在合约中声明与什么人同住，同住者是否有该房产的权益等，以保障买家利益。

"对，这个案例讲的是香港的信托法。"我说，"根据信托法，如果某人不收取任何代价地将产业转入他人名下，那只不过是一种'信托转让'而已，某人还是该产业的'受益人'。"

"那象征式赔偿的案例也可以写。"小李说。

这个案例是这样的：有一对夫妇，是清水湾乡村俱乐部的会员。有一次，俱乐部的工作人员说，他们在活动时踩进地塘边，违反会规，要将他们的会籍暂停三个月，后来又说他们不符合会员条件，要取消他们的会籍。这对夫妇十分不满，因为他们并没有踩进地塘边，俱乐部工作人员只听个别会员片面之词，而不听他们的解释；他们的会籍是由亲属转让给他们的，完全合乎规定。他们提出民事诉讼，要求俱乐部赔偿他们被暂停会籍期间缺乏运动所造成的损失。法官查明真相后，判这对夫妇胜诉，每人获得象征性赔偿 1 元钱。

"俱乐部暂停那对夫妇一段时间的会籍，他们在这期间缺乏

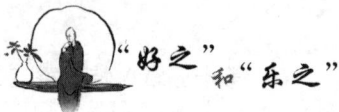

运动对健康造成的损失，当然是微乎其微的，所以法官只判被告方赔偿他们1元钱。他们并不在乎这1元钱，而在于这1元钱的赔偿，说明他们打赢了这场官司。"小李说，"一些人常会说，通过法庭讨一个说法，这说法就是谁胜诉。获赔1元钱，就说明他胜诉了。"

类似的案例，大家举了很多，提了很多建议，后来的许多文章都是根据这些建议写的。

案例是法律案件中的事例。书写许多事物，是可以通过写事例来表达的。从网上去查，写孙中山的故事有100多万条，每条一例。许多关于孙中山的故事书，讲的都是关于孙中山的一个个故事，也就是一个个事例。古往今来，有许多类似的名人故事书。我们过去在广州组织大学生写"六个一百篇"时所写的"古人智慧""古代名人""古代奇案"，也大多讲一个个的故事，一个个的事例。这次写香港，其中写到香港的人物，也大多不是做全面的介绍，而只是讲讲他们的个别故事，也就是列一列他们的个别事例，以适应小学生的阅读需要。

当然，事例有各种各样的写法。写案例，把一个案子的前前后后讲清楚；人物故事要写出时间、地点、起因、经过和结果，有时却不是非这样写不可。写小朋友玩，例子是很多的。打秋千、摇木马、划船、做游戏、玩水，如此等等。每一样，都可以写，问题是怎样写而已。比如，写在喷水池玩水，可以写小朋友在喷水池是怎样玩的，在玩水的过程中发生了什么事，为什么感到快乐，等等。可是，有位作者的写法却与众不同。他在《喷水池上的小孩》中写道，喷水池上的小朋友在注视着自己脚底下的水，却没有看喷出的水柱。这个小朋友当然没有想到，脚底下的水是怎么来的，后来又去了哪里？这一点，站在旁边的大人当然一目了然。大人的经历多，认识的事物多，知道的当然比小孩多。但是，我们不应该取笑小孩，因为那个大人大抵也经历过"什么也不懂"的阶段。他是从"什么也不懂"，到知道的事情少，然后到知道的事情多的。他是从小孩逐渐变成大人的。作者没有怎么写玩水的过程，而着重于写大人知道脚底下的水是怎么来的，后来又去了那里，而小孩却没有想到，从而说明"每一个人都是从小孩逐渐变成大人的"。这不但在写作手法上新颖，主题也新颖。

写事例，是从特殊反映一般的一个重要方法。香港的交通黑点很多。小陈所写题为《十大交通黑点之首》的文章，反映的就是这些交通黑点的情况。文章讲，弥敦道与窝打老道的交界处，是香港十大交通黑点之首。所谓交通黑点，是指在过去的一年，"发生 6 宗或以上涉及行人受伤的交通意外，或发生 9 宗或以上有人受伤的交通事故"的地点。弥敦道与窝打老道交界处，就是这样的一个地点。据统计，在 2007 年，这里共发生 26 宗有人受伤的交通意外，可见十大交通黑点之首"名不虚传"。文章分析，究其原因，一是因为安全岛不安全。增设安全岛，本来是为了方便未能及时在行人过路灯由绿灯变成红灯之前穿过马路的行人，给他们提供一个暂时躲避车辆，等待绿灯亮起再过马路的安全的地方。上址的安全岛，不但面积小，行人多的时候挤也挤不下，而且缺少防撞栏，实在不怎么安全。二是行人过路灯灯色转换的时间太长，行人往往要等 72 秒才能等到绿灯，方可过马路。结果，有些人等不及，也就酿成意外。文章最后指出，要为这十大交通黑点之首"洗脱污名"，除了政府有关部门要做好本分，修订有关管理办法，行人也要多加留意。文章讲的弥敦道与高打老道交界处这个交通黑点的情况是其他交通黑点情况的反映，为什么会成为交通黑点？怎样洗脱交通黑点这个"污名"？在处理其他交通黑点问题的时候，都可以从"为首"这个交通黑点吸取经验教训。

看来，写事例，不但容易找题目，而且显示出这种写法有许多优越性。

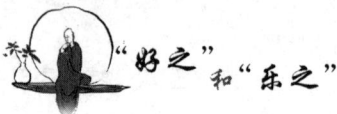

"粒粒皆辛苦"

写香港，从社会到经济到政治，什么都写，除了前面提到的风土人情、法律，关于廉政问题，所写也比较多。各个年级有关廉政方面的文章，我记得写过100多篇。在这些篇章中，有长有短，有记叙有描写，有议论有抒情，有一蹴而就的，也有经过酝酿的。

有一次，我和一位作者看到关于凤眼莲的资料，想写一篇赞颂廉政公署的文章，供学生阅读。

凤眼莲，又名水浮莲、水葫芦、布袋莲，它几乎在任何污水中都能生长，并且在这些污水中吸附和分解各种污染物质。从生活污水中的有机污染物到工业废水中的重金属、稀土元素，以至从农田流入的农药污染物，它都能一一加以处理，具有一种净化的功能。凤眼莲的这种功能，令人想到香港的廉政公署。廉政公署着力惩治贪污，经过多年的努力，令政府和私营机构变得比较廉洁。在这个过程中，廉政公署所起的便是对社会的净化作用。因此，通过写凤眼莲去赞颂廉政公署，倒是一个不错的主意。

然而，凤眼莲的"名声"并不太好。它原产于南美，后来被引进中国。凤眼莲以每周繁殖一倍的速度生长。由于繁殖速度快，如果管理跟不上，大量的凤眼莲便会很快覆盖水面，不但影响交通，而且遮住了阳光，影响水底生物的生长。滇池、黄浦江等著名水体，都曾出现过凤眼莲泛滥成灾的情况。在一些地方，泛滥成灾的凤眼莲，会封锁河道延绵数公里，消耗巨资也无法根治。因此，它往往被称作危害极大的外力入侵物种。"赞扬"凤眼莲，这说得过去吗？

我们在讨论后，觉得凤眼莲之所以有这个"恶名"，是因为我们没有好好利用它而已。除了可以供人欣赏和净化水质，凤眼莲还有许多用途。它是很好的造纸原料。在一些国家，人们用凤眼莲制造写字纸、广告纸和卡片纸，节省了大量木材。它作为饲料，可以喂猪喂牛。据科学家的研究发现，凤眼莲是一种可供食用的植物，含有丰富的氨基酸，包括人类生存所需而又不能自身制造的 8 种氨基酸。它的味道像小白菜，是一种正宗的绿色蔬菜。除了它的根部，全身都可以吃。爆炒凤眼莲、汤煮凤眼莲，味道都很不错。用它制成的饮料，曾在武汉上市 10 万多瓶，一抢而空。凤眼莲还可以提炼出一种食品添加剂，加工成药品，用来治感冒。另外，凤眼莲和人、禽、畜的粪便一起进入沼气发生装置，加压用水除去沼气中的二氧化碳，就成了绿色天然气。人们不是担心将来吃的问题、能源问题、资源问题吗？所有这些，在凤眼莲身上简直可以取之不尽，何愁它泛滥成灾呢？

撇开以上这些暂时还没被人们充分认识的优点不说，光是它的净化功能就值得大书特书了。

在对凤眼莲有了全面认识以后，我们就着手写有关廉政公署与凤眼莲的篇章了。既写了适合中学生看的，也写了适合小学生看的。以下是供小学三四年级学生看的一篇：

净　化

提起凤眼莲，我不期然地会想到香港的廉政公署。

在池塘边，常会看到水面漂浮着一大片水生植物。

这种水生植物长得很奇特。它的叶子呈卵形，叶柄的中间部分鼓起，犹如一个乒乓球。紫蓝色的花开得倒也灿烂，根须是灰黑色的，犹如一把胡子。这就是凤眼莲。

凤眼莲除了做猪的美餐外，还有一个鲜为人知的用途，就是净化污水。科学家研究发现，凤眼莲特别钟爱汞、镉、砷、汞一类有毒物质。因此，如果水里含有这种物质，它便会迅速地将其

"吃"掉，并储藏于体内。此举为科学家拍手称快。因为，这类有毒物质对人类有害，不把它们从污水中除去将影响深远。

凤眼莲是净化污水的能手，廉署则是净化社会风气的能手。在社会上，或多或少地存在着舞弊、收受利益、贿赂、贪污等风气。廉署就是凤眼莲，它驱逐坏风气，净化社会环境。正气在上升，坏风气日趋减少，我们活在一个司法公正、公平竞争、廉洁自持的社会中，这得归功于廉署的净化本领。

我们要赞美凤眼莲，更要赞美社会上的凤眼莲——廉政公署。

几个参与过写"每日一篇"文章的作者说，《净化》一稿写得好，问我们是怎么写出来的。

"不断酝酿的结果。"我用的是本节开头所写的那句话。

"怎么酝酿？"有个同学问。

"元朝胡祇遹在《阳春曲·春景》曲中所写的，'残花酝酿蜂儿蜜，细雨调和燕子泥'。蜜是蜂儿在酿，筑巢的泥是燕子在调，文章靠作者来酝酿。"我说，"酝酿的功夫是思考的功夫。写作不是一项机械化的活动，而是一项心理和生理的活动，是一个思维过程。写得好，就是想得好。"

我把前面所述这篇文章的"思维过程"跟大家说了一遍，然后说："开始，我们看到凤眼莲的资料，想写一篇赞颂廉政公署的文章。后来，想到凤眼莲的'名声'不大好，便有些犹疑，但讨论后觉得，这不好的'名声'是由于人们对它缺乏了解而引起的，应该予以消除。最后想到，撇开它那些还没被人们充分认识的优点不说，光是它的净化功能就值得大书特书。于是决定动笔，这里讲的是构思阶段。至于写作和修改阶段，许多问题也是经过反复思考的。有位学者讲过，从思维到文字，有一个不断凝聚、不断清晰、不断条理化，以致不断精巧的过程，事实确是如此。"

"'写得好，就是想得好'，这说得有道理。"小蒋说，"好的文章都是深思熟虑后写出来的。有些人写文章似乎一蹴而就，这只是表面现象，作者在一蹴而就之前，一定深思熟虑过。酝酿的过程不可或缺。"

所谓深思熟虑，是指思和虑都要经过由浅入"深"、由生到"熟"的过程，中间往往要经过多次的反复。我们不但从凤眼莲的角度，经过反复的考虑；从廉政公署的角度，也经过反复的考虑。香港廉政公署从1974年2月以后，便以贪污罪逮捕了数以百计的警官和政府各部门的官员，办理了数以千计的私人机构贪污贿赂案件，"将恐惧感深深地打入贪污者心灵"，使政府机构和私人机构更为廉洁。表面看来，廉政公署只是一个反贪机构，在反贪方面取得了成绩，但认真分析，仔细开掘，把廉政公署的功能和整个社会联系起来进行分析，我们就可以发现它更加重大的意义。廉政公署为保证反贪污信息能广泛迅速传播到社会中去，会透过大众传播媒介进行宣传。它经常提醒市民注意贪污事件，一方面增强了市民打击贪污的信心和信念，另一方面知道不但受贿犯法，行贿同样违法，从而培养了高度的道德标准和公民责任感，培养起正确的社会价值观，特别是廉洁的金钱价值观，减少了社会上的犯罪行为。在宣传中，廉政公署强调正义、廉洁、诚实、责任感、体谅他人、为他人服务的重要性，令社会人士降低追求名与利的"积极性"，树立起对物欲的正确观念，这有助于创造一种良好的"社会气候"。与此同时，廉政建设，引起了一系列"综合效应"，带动了行政、立法、监察机构的制度化建设。香港政府推行公务员制度，实行了有名的"六大机制"：公开考试和择优录取的竞争机制、激励守法和考核奖惩机制、恪尽职守的职位制约机制、增强公务员公务意识的训练机制、足以养廉的物质机制、规范行为的道德机制，从而促进和保证了行政的廉洁。这一切保障良好社会环境的制度的出现，都与廉政公署的净化功能有关。这种社会功能，意义十分重大，应该大力点赞。

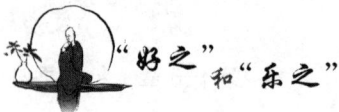

"你们写一篇文章，写的过程不计，光是构思过程就想那么多，很不简单。"小李说，"我们不同，往往找到一个题目，拿起笔来就写，想到哪写到哪。现在看来不行。像你说的，先要酝酿，要进行思维，一方面把文章写好，另一方面在这过程中培养思维能力。"

"写作是一个心智活动过程，人的写作能力的差异归根结底是思维能力的差异。"我说，"写作能力可以分为基本能力和专业能力两部分。前者包括观察能力、分析能力和综合能力、联想能力和想象能力，后者包括审题能力、立意能力、布局谋篇能力、文字驾驭能力和修改文章的能力等，这两种能力的根基就是思维能力。要在培养思维能力上下功夫。"

任何成就都是刻苦劳动的成果。刻苦劳动，既包括体力劳动，也包括脑力劳动。脑力劳动的刻苦，集中表现在思维上。要多想苦想，才能成就一番事业；只有在思维上下功夫，才能写出一篇好作品。

这次谈话以后，大家写稿时就更注意在思维上下功夫了，稿件的质量也开始逐步提高。至于写香港的稿件，内容则涉及各个方面。涉及自然地理的，比如万宜水库啦，后海湾啦，狮子山啦；涉及行政区域的，比如香港岛、九龙、新界、离岛啦；涉及地名街道的，比如土瓜湾、调景岭、西洋菜街啦；涉及考古文物的，比如宋王台、炮台山、旧钟楼啦；涉及名胜景观的，比如维港、宋城、桥咀啦；涉及著名建筑的，比如凌霄阁、太古城、交易广场大厦啦；涉及生活习俗的，比如饮茶、太平清醮、抢包山啦，从经济基础到上层建筑，从政治到经济，林林总总，不计其数。这些文章适应不同年级同学需要，写得有长有短，但所费心机，也都不小。

有一次，也是这几位写稿大学生作者聚在一起，又谈起动脑筋写稿的事。

"作文到半夜，汗水化作墨，谁知纸中字，粒粒皆辛苦。"蒋同学模仿古人，吟出这么几句诗。

"吟得好，是这么回事。"小李说。

"好呀，我想办法转告'每日一篇'网站的读者，让他们在享用网上'盘中餐'时，记住作者的辛劳，珍惜这学习的机会。"我说。

第十六章　把　关

2012 年第四季度起，为《明报》下属出版机构世华网络控股公司编辑小学教科书，包括印刷版和电子版。

出版社根据需要，聘请专业人才，组成了编辑团队。何教授和我是顾问团队的主要成员。资料的撰写主要由湖南的那些作者负责，他们过去为何教授的教育研究做了一些工作，撰写"每日一篇"的部分文章等，已积累了一定的经验。准备工作就绪以后，2013 年 4 月中，顾问、编辑、写作三个团队在深圳召开协调会议，布置了任务，明确了分工。

从 2012 年 12 月上旬起，写作团队撰写的一个个单元的稿子送来，我作为顾问团队的一员，主要任务是从头到尾修改一遍，做的主要是"把关"工作。定稿以后，再送编辑团队处理。

"瓜田李下"及其他

把关，首先是从大的方面着手，比如这篇课文的功能如何，包括课文内容是否选得合适，深浅程度是否适合小学生阅读，篇章的写作手法跟单元要求是否一致，等等，都要慎重考虑。

　　小四一个题为《相处之道》的单元，选用古文精句讲述待人接物的原则。第一课《君子成人之美，不成人之恶》讲小刚和浩峰得到溜冰赛双人赛冠军，两人都想把遥控飞机玩具这件奖品据为己有，并为此争执不下。结果，一个人拿了遥控器，一个人拿了飞机模型，两个人都玩不成。小刚通过爸爸的教导，认识到孔子所讲的"君子成人之美，不成人之恶"这句话的道理，主动把手上的遥控器交给浩峰，并向他道歉；对方也拿出了飞机模型。他们决定，奖品归两人共有，"两人不仅分享到玩遥控飞机玩具的乐趣，在往后的溜冰比赛中也合作得更好了"。第二课是《己所不欲，勿施于人》，课文讲，李倩生日那天，爸爸、妈妈带她到茶餐厅喝茶时，侍应不小心，把果汁溅到李倩的妈妈身上，把白裙子弄脏了。李倩原以为妈妈会责备那个侍应，但妈妈没有这样做。当李倩事后表示不解时，妈妈说了"己所不欲，勿施于人"这句话的道理，说自己犯错误之后，都希望得到别人的谅解，而不是严厉的训斥。自此以后，李倩时刻记住这句话，并学会了常常为他人着想。渐渐地，同学们都觉得和李倩相处很开心，李倩的朋友也越来越多了。这两篇课文都没有问题，问题出在第三课。第三课题为《瓜田不纳履，李下不正冠》。课文是这样的：

　　甜甜住在乡下，邻居家的院子里种了两棵石榴树。每到秋天，树上都挂满了石榴果。红红的石榴果衬在绿叶间，远远望去，像是一幅美丽的画，很是惹人喜爱。

　　甜甜很喜欢这幅美丽的图画。每天放学路过邻居的院子时，甜甜都不禁停下脚步，一个人静静地欣赏着。微风吹过，她仿佛看到石榴树在向自己招手，石榴果在朝自己微笑。她还仿佛看到了一颗颗晶莹剔透的石榴籽，闻到了一股股沁人心脾的清香。多么让人陶醉啊！

　　甜甜的举动被爷爷发现了。一天，正当甜甜站在那里观赏石

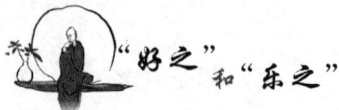

榴果的时候，爷爷来到了她的身边。"甜甜，你看什么看得这么入神呢？"爷爷问。"爷爷，您看，这一个个石榴果红彤彤的，是不是很漂亮呢？我觉得它们美得就像一幅画。"甜甜手指着石榴树。爷爷点了点头，然后语重心长地对甜甜说："石榴树的确很漂亮，可是你不能每天都站在这里看着它们。有这样一句古话：'瓜田不纳履，李下不正冠'。意思是说，人在经过瓜田的时候如果弯腰提鞋子，别人会怀疑你想偷瓜；经过李树下的时候如果举手端正帽子，别人会怀疑你想偷李子。所以，人在经过瓜田时不可弯腰提鞋子，走过李树下不要举手端正帽子，以免受到别人的怀疑。同样的道理，假如我们总是站在这里的话，难免被别人误解为想去偷摘院子里的石榴果。你明白了吗？"

甜甜觉得爷爷的话有一定的道理，便和爷爷一道回家了。

一天，看完这篇课文后，我跟何教授说："一个小孩子站在邻居家院子外面欣赏一下里面的石榴果树，爷爷就指她会被误解为想偷院子里的石榴果，这太过分了吧？'瓜田李下'不行，远观石榴树不行，那小孩子还有什么事可以做？"

"作者是想跟学生'讲解'一下'瓜田不纳履，李下不正冠'那个古训。"何教授说。

"那古训似乎'不足为训'。"我说，"'瓜田不纳履，李下不正冠'，那议会的议长就要要求议员把嘴巴挂在会场门口了。"

"什么把嘴巴挂在会场门口？"何教授有点不解。

于是，我给他讲了那个故事。

某议会开会时，有个老议员用拐杖打人。针对此事，有人提议以后开会时，所有进场的议员都要把拐杖挂在门口。议长听了，感到有些为难，如果把这个问题进行表决，无论结果如何，总是不愉快。于是急中生智，笑着说："如果为了防止不正当的动作就把拐杖挂在会场门口，那嘴巴也该挂在会场门口，手脚也该挂在保管处。"

"拿了拐杖，会被怀疑会伤人；看一下果树，会被怀疑偷果子，似乎说不过去。"讲完故事后，我说。

"把瓜田纳履，李下正冠跟盗窃联系起来是有点那个。"何教授笑了笑，说，"但这篇文章是一个作者费了很大劲写出来的，现在不用它，似乎不大好。"

"约了的稿，由于各种各样的原因，最后没有用上，我们过去在报社常常碰到，不要紧的，如果过意不去，给他些稿费就是。"我说，"不能因为约了稿就把不适合的课文编入课本。细想起来，不但课文有问题，把'瓜田不纳履，李下不正冠'作为'相处之道'去灌输给学生也不大好，小孩子天真无邪，天不怕地不怕，应该培养他们成为坦荡的勇士，不应该令他们怕这怕那，成为谨小慎微的懦夫。那样的人将来有什么出息？"

"那选一句什么古文精句好呢？"他问。

"我想想看。"我说。

后来，我找了清朝学者金兰生所编《格言联璧》中的一句话："听其言，必观其行，是取人之道。"并写出一篇短文。文章讲，嘉欣和"我"决心坚持体育运动，并约好一个星期抽3个晚上去运动，跑步30分钟。第一次，两个人都参加了，"虽然跑得有点累，但我们都很开心"。第二次，嘉欣借口"跑步后，肌肉酸痛"，不跑了。第三次，嘉欣参加了，但跑了十几分钟，有朋友来找她，她便中断跑步，陪朋友玩去了。文章最后写道：

我继续跑完剩下的十几分钟之后，回到了家里，有点泄气的样子。爸爸见了，了解原因之后，对我说："清朝学者金兰生编著的《格言联璧》里面有这样一句话：'听其言，必观其行，是取人之道。'意思是，听一个人说话之后，要看看这个人的行动是否跟说的一样，这是选择人才的方法。选择人才如此，对待朋友也应该遵循同样的道理。如果朋友言行一致，说到做到，你应该向他学习；如果朋友言行不一，你可以试着指出来，看朋友是

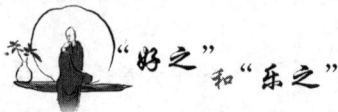

否改正了。如果改正了，你应该鼓励他；如果他没有改变的迹象，那就严格要求自己，不要被对方的不良行为影响了自己。"

我听了爸爸的话，说："我明白应该怎么做了。"

何教授说，稿子写得不错，便把"瓜田"一文换了下来。

小三有篇自习课文，题为《做个孝顺的孩子》，讲的是人们熟知的黄香的故事。黄香是个孝顺的孩子，为了让父亲睡得好，夏天用扇子把床上的席子扇凉，冬天先把被窝睡暖，再让父亲上床睡觉。课文用这个例子说明，作为子女，应该孝顺父母。撰稿者在文后的"词语解释"中对"孝顺"一词作了这样的解释："孝顺指尽心奉养父母，顺从父母的意志"。为了说明孝顺父母是一种传统美德，还附上古代"二十四孝图"等资料。撰稿者希望学生借着这篇课文，学习到"孝顺"这一传统美德。

"孝"是古代的一种道德规范，在现代的香港，要不要提倡孝顺这种道德呢？要不要在小学的教科书中教导学生要以"孝顺"作为为人处世的一个准则呢？刚看这篇课文和对这篇课文的解读资料时，我是有些把握不准的。大家知道，"孝"在内地曾经被视为"孔孟之道"的核心道德价值被批得一塌糊涂，相当长时间，"愚孝"跟"愚忠"一样，被人们所唾弃。最近这些年，又来了个一百八十度的大转弯，大力提倡"孝道"。有这么一些学校的校长、老师，还规定学生回到家里要给父母洗脚、叩拜。在香港，如果叫小朋友帮父母"凉席""暖席"，或者叫他们给父母洗脚、叩拜，会有什么效果呢？

我想先要弄清楚"孝顺"这个概念。既然"孝"是孔孟之道，我们就来看孔孟，特别是孔子怎么说的。据《论语》记载，孔子的弟子常常问他什么叫"孝"，孔子在不同场合的回答是不一样的。他在回答子游时是这样说的："现在所谓的孝子都说能养活父母就行了。然而，狗马都能得到饲养，如果不按礼去孝敬父母，那和饲养狗马有什么区别吗？"对子夏，孔子说："当儿子的要做到孝，最难的是对父母和颜悦色。仅仅是有了事，儿子替父母去做，有了酒饭，让父母吃，而脸色却很难看，难道能认为这就是孝吗？"答孟懿时，孔子说："孝就是不要违背礼。"樊迟问他："不要违背礼，那是什么意思？"孔子说："父母活着的时候，按礼侍奉他们，父母死了，按礼埋葬他们，按礼祭祀他们。"不管在什么情况下，孔子都没有给孝下过一个准确的定义，他只是力图说明，不仅要以形式上的礼侍奉父母，而且要在内心里按礼孝敬父母。所谓礼，泛指奴隶社会或封建社会制定的社会规范和道德规范，以及与此相联系的礼节、仪式。它的特点是等级制。奴隶主尊，奴隶卑；男尊，女卑；父尊，子卑，这就是等级制。因而，孝以父尊子卑为前提。因此，孔子在另一场合谈到"孝"时说，看一个人，当他父亲在世的时候，要看他的志向；在他父亲死后，要看他的行为，三年不改变父亲定的那一套规矩，这样的人可以说是孝了。在现代的香港社会，孔子时代的孝当然是提倡不得的。

任何传统的观念都有它产生的背景，都有它特定的内容，也都有它演变和发展的历史。仁、义、礼、智、信等，古人用，今人也用。但今人用这些概念，已跟古人有所不同。因为在新的历史条件下，人们已经给了这些概念新的含义。比如"礼"，我们今天讲的"礼"，绝不等同于孔子时代的"周礼"。"礼"如此，"孝"亦然。那些认为孝者，要表现为父尊子卑，要顺从父母的意志，或者一定要天天向父母叩拜，买个木盆回家，天天给父母洗脚，那是"食古不化"，因为如今时代不同了，已经不兴那一套了。我们前面那篇课文讲的"孝"已经不是当年的"孝"，而是"孝顺"的"孝"了。传统文化中除了许多精华，由于历史和时代的局限，难免也存在一些糟粕。对此，我们应当采取科学的态度，是精华的就吸收，是糟粕的就抛弃。对古代文化遗产不采取分析的态度，或者简单地否定，或者不批判地兼收并蓄，都不是科学的态度。对于优秀的传统文化，我们不但要把它继承下

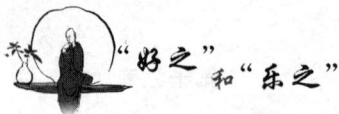

来，而且要给它赋予新的内容，加以发展。那么，在今天，我们应该给"孝顺"下什么样的定义呢？本课资料撰写者采用的是一本辞典上关于"孝"的说法，把"孝顺"解释为"尽心侍奉父母"，这未尝不可；但同时把"孝顺"解释为"顺从父母的意志"，我认为就不那么妥。既然在当今时代，人与人的关系是平等的，父母与子女的关系当然平等。要子女"顺从父母的意志"，那还有什么平等可言？"顺"是相对于"忤逆"而言的，我们要"顺"的应该是父母的"心意"，而不是"意志"。"意志"是决定达到某种目的而产生的心理状态，往往由言语和行为表现出来。孔子说，父亲死后，三年都不能改变父亲定下的规矩，正是父亲意志的表现。"心意"则不同，它指的是对人的"情意"。对父母的情意，我们要"顺"。换句话说，对父母，我们要尊敬，也就是所谓的"孝敬"。所以，最后我把课文后的"词语解释"中的"孝顺"解释为"尽心奉养父母，尊敬父母"。无疑，作为子女，"孝顺"父母，"尽心奉养父母，尊敬父母"，"孝顺"，是应该具备的道德。如果子女是未成年人，还没有能力"尽心奉养父母"，但起码也应该做到"尊敬父母"。"孝"以"敬"为核心，对父母，任何时候都不能"失敬"。想到这里，我就觉得，把《做个孝顺的孩子》作为小三的课文，完全正确。

处理完稿子，吃饭时间到了。

卫红在厅里喂三岁半的小孙子吃饭。小孙子说："我是一只小鸟，飞到外面找东西给你吃。"说着，两手伸开，像小鸟似的，"飞"到饭桌边。这时，他妈妈正在吃饭。他说："老板娘，我跟你买东西。""买什么？""豆角。"他妈妈用公筷从菜碟里夹起一条豆角，放到他的碗里。他拿着碗，伸开一只手，"飞"回卫红身边："给你送食物来了。"卫红用公筷，把豆角夹过来，他又"飞"回饭桌旁，又接了一条过来。晚上，到广州"63层"大厦一家饭店吃饭。我们正在吃的时候，卫红的朋友珠姐一家也来了。人太多，他们在走廊里加上桌子，正在点菜。小孙子跟珠姐是熟悉的，称她"姨婆"。小孙子见他们桌上没有饭菜，便对卫红说："姨婆她没有饭吃，我送一碗饭给她。"说着，把桌上的一碗饭送过去："姨婆，这饭是给你吃的。"珠姐见此情况，十分高兴。走到我们这边来，对卫红说："你们的小孙子多乖，怕姨婆饿着哩!"

"他很小，但孝顺，懂得关心人，不错。"卫红说。

设题和答题

课本的质量体现在各个方面，除了课文要选得正确，设题和答题方面也不能有错。

不论什么题，基本要求是题目要设得正确、准确，答案要答得正确、准确，如果题目设得不正确、不准确或者答案不正确、不准确，甚至设题和答案都不正确、不准确，就会误导学生，不但起不到教材应有的作用，而且会起反作用。一个单元在第一课的设题中，就存在这方面的问题。

为了分析设题，现在先把课文介绍一下：

每个人都希望过着快乐的生活，但怎样的生活才能使人快乐呢？答案有点令人意外。

一项名为"世界快乐地图"的调查结果显示，全球受访的170多个国家和地区中，不丹快乐指数位列第八，美国排名第十七，而中国香港只排第六十三位。香港较为富裕，因此人民生活水平比较高，然而快乐指数却排得很靠后；相反地，不丹的富裕程度虽然远远不及中国香港，人民却生活得更快乐。由此可见，财富的多寡不一定跟快乐成正比。

"好之"和"乐之"

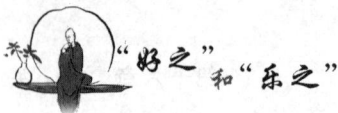

不丹是个经济不发达的小国，但人们生活简朴，知足常乐。他们虽然没有富足的物质享受，但却拥有丰富的文化生活，人们内心感到非常充实。不丹的自然环境优美，很少受到污染。不丹政府不刻意追求经济增长；为了保护环境，宁可放弃经济效益。它又重视人与人之间的平等，为人民提供较为完善的福利制度。这一切，都让不丹人民的生活无忧无虑，心情舒畅。

那么，为什么中国香港的快乐指数不高呢？曾经有机构进行过调查，访问了1500名15岁及以上的香港人，超过50%的受访者表示感到生活有压力。当中约40%的受访者表示压力来自繁重的工作，而工作时间长也令他们与家人的相处时间减少，导致彼此的关系变差。

从不丹人民的生活情况和香港的调查结果可以得知，快乐并不单是由金钱来决定的。健康的心态、良好的家庭关系、美好的自然环境等，都是活得快乐的重要因素。

课文的"齐来讨论"栏设有若干题目，其中的第二题是这样的：

根据课文第2段的内容，回答下面的问题。

（1）根据"世界快乐地图"的调查结果填写下表。（内容理解）

国家/地区	排名
不丹	八
美国	十七
中国香港	六十三

（2）按上表内容，圈出正确的答案。（深层理解：写作技巧）
作者运用了数字/定义/举例说明的方法，通过列出不同国家

358

和地区的排名，说明了<u>不丹</u>人比<u>美国</u>人和<u>中国香港</u>人生活得更<u>快乐/不快乐</u>。

（3）这种说明方法有什么好处？（深层理解：写作技巧）

运用数字说明的方法，列出与主题相关而又准确的数据，可以增加文章的说服力。

什么是数字说明呢？

用数字来说明事物的特征或本质的方法，叫作数字说明。比如一篇题为《鲸》的文章。有一段讲："鲸是很大的动物。"接着，作者用数字来说明："最大的鲸有30多万斤重，最小的鲸有四五千斤。不久前有人捕获了一条8万多斤重的鲸，有17米长。"这，就是数字说明。它用数字去说明鲸有多大。

我们现在回过头来看课文的第二段：

一项名为"世界快乐地图"的调查结果显示，全球受访的170多个国家和地区中，不丹快乐指数位列第八，美国排名第十七，而中国香港只排第六十三位。香港较为富裕，因此人民生活水平比较高，然而快乐指数却排得很靠后；相反地，不丹的富裕程度虽然远远不及中国香港，人民却生活得更快乐。由此可见，财富的多寡不一定跟快乐成正比。

这一段的段义是最后一句话："财富的多寡不一定跟快乐成正比。"也就是说，第二段要求说明的是"财富的多寡不一定跟快乐成正比"这个结论，并没有要求说明不丹比美国和中国香港快乐指数高，也没有要求说明不丹人比美国人和中国香港人生活得更快乐。既然这一段文章并无要求说明上述问题，怎么谈得上用数字去说明呢？设题所要说明的问题跟这一段话所要说明的问题并不一致，这是一方面。另一方面，严格来说，什么叫数字？"170"是一个数字，但"第八""第七""第六十三"这些序号

并非数字。比如体育比赛，头几名得奖者有时叫"第一名""第二名""第三名"，有时叫冠军、亚军、季军；家里几兄弟，排行第一的叫老大，排行第二的叫老二，排行第三的叫老三。所有这些，都是序号，不是严格意义上的数字。按照《现代汉语词典》的解释，序号是表示次序的号码，数字是表示数目的符号。一个表示"次序"，一个表示"数目"，我们不要把它们混为一谈。也就是说，编者不但设题所要说明的问题跟该段课文所要说明的问题不一致，而且所说"数字说明"的序号并非数字，故可以认为，这一道题设得不正确，答案也不正确。

因为这一段的目的是要说明"财富的多寡不一定跟快乐成正比"这一句话，所以我们尝试把第二题设为比较说明的题目：

根据第二段的内容，做下面的练习。

（1）根据"世界快乐地图"的调查结果以及不丹和中国香港的情况，在下面表格的横线上填上适当的词语。（内容理解）

国家/地区	快乐指数排名	财富的多寡	不丹与中国香港比较	说明的道理
不丹	第八	不及中国香港	财富远远不及中国香港，但快乐指数高	财富的多寡不一定跟快乐成正比
中国香港	第六十三	较为富裕	比不丹富裕，但快乐指数低	

（2）按上表内容，圈出正确的选项。（深层理解：写作技巧）

作者运用了比较/定义/举例说明的方法，通过列出不丹和中国香港的快乐指数排名和财富多寡的情况，说明了财富的多寡不一定跟快乐/不快乐成正比。

因为全篇课文只有本段提到美国的排序，其他段落并未再提美国，所以我们不理会"美国排名十七"这句话，不把美国跟不丹做比较，而只把中国香港跟不丹比较。比较说明是本单元的目标之一，这样改，既符合这一段段义的要求，也符合这一单元的目标要求。我们不是要求学生列表，只要求他们给在横线上的空格填字，对于一个小四学生来说，应该可以做到。

"齐来讨论"的第四题，也有这方面的问题。请看：

请细阅课文第三、四段，然后填写下表：（内容理解）

比　较

不丹的生活情况	中国香港的生活情况
·生活　简朴　，人民不会刻意追求物质享受　。 ·政府重视环境　和文化　，又为人民　提供完善的福利制度，让人民生活无忧。	·　繁重的工作　带来压力。 ·工作时间长，令　家人之间的关系变差　。

✍

说　明

健康的心态、良好的家庭关系、美好的自然环境等，都是活得快乐的重要因素　。

乍一看来，上表似乎没有什么问题，但细心推敲一下，问题还是存在。从课文来说，第三段讲的是不丹人快乐指数高的原因，第四段讲的是中国香港快乐指数低的原因。这两段文字把不丹和中国香港不同的情况分别列出来，但也仅仅是分别列出来而已，实际上并没有说明"健康的心态、良好的家庭关系、美好的环境，都是活得快乐的重要因素"这个结论，因为这个结论是在

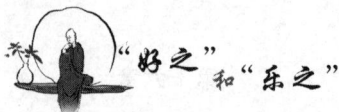

第五段才写出来的。设题的时候编者为什么没有指出"第三、第四、第五段"说明这个结论,而是说第三、第四段说明这个结论呢?这样设题,算不上正确和准确。事实上,就算讲第三、第四、第五段说明这个结论也不算正确和准确,因为上述结论是全篇文章所得出的结论,不光是第三、第四、第五段所得出的结论。如果从这一角度来看,可以说,上述结论是整篇文章通过中国香港和不丹情况的比较得出来的。但这样一来,比较说明就是整篇文章的写作手法问题,而不仅是第三、第四、第五段的说明方法问题了。

讲完第二题和第四题,我们再回过头来看一看第一题:

1. 第一段有什么作用?(内容理解)
●A. 向读者说明本文的主题。
○B. 向读者提出问题。
○C. 说明每个人都希望快乐地生活。
○D. 指出很多人都活得不快乐。

按照编者所说,这一题的正确选项是 A。编者在概括《快乐知多少》这篇课文第一段的段义时,也是这样概括的:"引出本文说明的主题:什么样的生活才能使人快乐。"事实上,这样去概括段义并不妥当。本文的主题是:"快乐并不单是由金钱来决定的。健康的心态、良好的家庭关系、美好的自然环境等,都是活得快乐的重要因素。"这个主题是在文章最后一段才出现的,并没有在第一段中出现,怎么能说这一段"引出了本文说明的主题"呢?原先定课文的时候,这一段的段义是这样写的:"提出问题:什么样的生活才能使人快乐?"我们觉得这样去概括会准确一些。因为事实上这一段只是提出问题,并无答案。"答案有点令人意外"这句话,并非答案。可能有人会说:"文章开头提出问题，像一篇议论文。"事实上，本文是一篇随笔。随笔是散文的一种，分议论性、说明性和叙述性、描写性两大类别。因此可以说，本文是一篇议论性、说明性的散文。它开头提出问题，中间通过不丹和中国香港具体情况的分析和议论，在结尾得出结论。按这样去理解，第一题的正确选项就不是 A，而近乎 B 了。所以，这一道题的设题和答案也存在不正确、不准确之处。

还有，编者在第一道题说这一段是向读者说明本文的主题，可是，在第六题当中却有了相反的说法，第六题的问题是："本文的开首和结尾运用了哪种写作手法？"答案说道："作者在首段先提出了'怎么样的生活才能使人快乐？'的问题，然后在末段再提出答案。"编者一会儿讲课文首段是要向读者说明本文的主题，一会儿说"作者在首段先提出了'怎么样的生活才能使人快乐？'的问题"。这不是自相矛盾吗？

设题，除了题目要设得正确、准确，答案要正确、准确外，需要注意的另一个问题是，要把设题和相关内容编得简化些、浅显些，使它更加适合小四学生的理解水平。从写作团队送来的稿件来看，这个单元的内容显得比较艰深，加上教学目标要求太多，都可能会令学生感到难以应付。学生过去接触的说明方法比较少，现在一下子要他们掌握什么叫说明方法，还要掌握什么叫比较说明，什么叫数字说明，要求是否太高？如果讲少一点，比如只讲比较说明，或者只讲数字说明，是否好一些？按照原来计划，只讲数字说明就可以，并无比较说明，这一点是不是可以回过头来考虑一下？我们觉得，根据课文的情况，本文的目标以比较说明为宜。比如第一课，除了第二段的序号外，其中涉及数字的只有第四段。里面讲到一项调查显示，在受访的 1500 名港人中，超过 50% 的受访者表示感到生活有压力，当中约 40% 的受访者表示压力来自繁重的工作。在这里，"50%" 和 "40%" 是两个百分比。所谓百分比，是用百分率来表示两个数的比例关系的，跟我们一般说的数字也有所区别。如果它们与其他数字同时

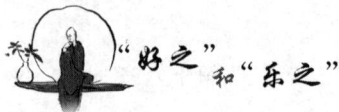

出现，用它们来说明一个事理，这未尝不可。但作为小四学生，跟他们讲数字说明时，最好像前面所提"鲸"那样的用具体的数字，让他们容易理解。鉴于以上原因，我们建议本课以比较说明作目标为宜。当然，如果一定要以数字说明为目标，那也未尝不可，改一改课文就行。1500 人的 50%，改成 750 人就可以了。当然，行文上也要做一些修改，令说明者和被说明者的"身份"更清晰。以什么作为单元目标为好，还要考虑与其他单元"平衡"的问题。不论以比较说明还是数字说明为目标，题目都应该设得浅显些，甚至比较说明和数字说明这些专有名词也不要出现，让大家知道在说明的过程中，可以用比较的方法，可以用列举数字的方法，知道个大概就可以了。

说明手法如此，其他问题也如此。第一课的语文基础知识讲到要认识连词。请看：

现时的数量比 150 年前增加了 1000 倍，但今天大部分人的阅读速度，还是停留在 100 年前的水平。

这个句子由两个分句组成，这两个分句是通过"但"来连接的。"但"是连词，连词的作用是连接词语、句子或段落。

连接词语的连词有：跟、和、同、及、或等。
连接句子或段落的连词有：因为、所以、虽然、但是、如果、不但、而且、因此等。

按照现在这个教材的要求，一个 4 年级的学生要认识所有的连词，包括连接词语的连词、连接句子和段落的连词，一大串，学生可能受不了。而且，4 年级把所有连词全学了，5 年级、6 年级还学什么？中学还学什么？其实，没有必要一下子要求学生掌握太多的连词，一课书掌握一个，最多是两个、三个就可以了。

　　还有一个文章主题的问题。

　　第二课的《阅读有法》，原来的题目叫《增加阅读量》，编者把它改为《阅读有法》。原来的题目跟课文的内容是一致的。第一段，讲什么是阅读量；第二段讲不同的人需要不同的阅读量；第三段讲现代社会的阅读资源同现代人阅读准则之间的矛盾，也就是阅读资源跟人的阅读量之间的矛盾；第四段是讲寻找提高阅读效率、增加阅读量的阅读方法；第五段讲循序渐进地增加阅读量，就能吸收更多知识，拓宽视野。也就是说，全篇文章各个段落，都是围绕增加阅读量这个中心来说的，并非围绕着阅读方法来说。如果改为《阅读有法》，这篇文章就走题、离题，变成一篇不及格的文章了。不错，中间有个段落讲阅读方法，但它应该从为了增加阅读量而选择合适的阅读方法这个角度来讲，不是一般地讲阅读方法有哪些。阅读，从不同的角度来分，可以有不同的方法，比如从有没有发声这个角度来说，可以分为朗读和默读；从阅读效率来分，可以分为泛读和精读；从阅读速度来说，可以分为浏览法、略读法、跳读法、速读法，如此等等。如果以《阅读有法》为题就应该把阅读方法作为写作重点，而不应该把写作重点放在阅读量上。鉴于以上原因，我们还是把《阅读有法》这个题目改回《增加阅读量》为宜。这样去改，不但切合题义，而且跟编者在文后所设的题目比较一致。编者在文后设计了8个问题，其中有6个是讲阅读量的，只有两个讲的是阅读方法。

　　在处理课文或其他栏目数据的时候，当然有很多因素要考虑，但其中一个重要问题是文章的内容跟题目是否一致，是否切题，有没有走题、离题现象。不切题的，要改为切题；有离题、走题现象的，要加以改正。课文如此，辅助教材也如此。在"知识万花筒"中，有一篇叫《无烟国家不丹》的资料，全文有两段，第一段讲不丹是世界上唯一的禁止卖烟的国家，讲到它是怎么禁烟的，还讲到不丹人现在的吸烟状况；第二段讲不丹是一个重视环保的国家。一篇题为《无烟国家不丹》的资料，怎么有一

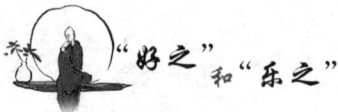

半篇幅讲到环保问题上去了呢？这一段讲道："全国只有一个机场，没有铁路，森林覆盖率达72%。"这跟不丹禁烟有什么关系呢？"不丹政府还规定每年6月2日为全国植树日，要求所有公民都参加植树，绿化祖国"，这难道也是吸烟问题吗？所有这些关于环保的问题，都跟这篇文章的主题无关，属于离题、走题的部分，应该删去。删去环保问题部分后，把第一段的内容分成几个段落来写，就可以成为一篇主题集中的文章。《无烟国家不丹》这个标题里面的"无烟"两字改为"禁烟"更为准确，因为不丹只是禁烟，并非完全无烟。不丹国内禁止卖烟，但有些烟民可以从国外进口香烟，只不过要交重税而已。这种抽重税烟的烟民，占全国人口的1%，所以不能说不丹"无烟"。关于《无烟国家不丹》这篇资料，还涉及抄袭问题，下面再讲。

不论阅读也好，写作也好，聆听和说话也好，所写的教材和引用的资料，都要贴近学生的实际，令学生容易理解，也能引起他们的兴趣。在这一方面，本单元也存在一些问题。以写作来说。第一课的"写作园地"，目标是运用说明的方法写作。题目要求："假设你是植物学会的会长，正为校报写一篇文章，介绍一种香港常见的树木。试以《香港的＿＿＿＿＿树》为题，写作一篇说明文。(字数约400字)"。以这样的题目要求学生写作未尝不可，但作者所推荐的"常见树木"是"酒瓶椰子"，这就令人觉得有些奇怪。香港的常见树木很多，比如紫荆树、榕树、木棉树等。至于"酒瓶椰子"，不但很多小四学生没有见过，就算很多成年人也不一定见过。严格来说，这种"酒瓶椰子"说不上是香港的常见树木。既然题目是"常见树木"，为什么不引导学生去写一写前面说的常见树木，而去写这种不常见树木呢？"酒瓶椰子"是什么？学生要上网或者在书本上搜寻有关资料，木棉树、紫荆树这些学生天天能够见到的树木，问一问家长或者老师就能写，而且可以用有自己特点的话来写，何乐而不为？写说明类的文章如此，写描写、记叙之类的文章更是如此。让学生写自己熟悉的东西。从网上抄来一些数据，那有什么意思？相反，学生写自己熟悉的东西，他有自己的见闻，有自己的真情实感，容易写出好文章。当然写酒瓶椰子也不是完全不可以，把题目中"香港常见的树木"中的"常见"两字删去就是了。

暴雨与彩虹之类

另一个要把的是事实关。

有一篇题为《七色彩虹》的课文，讲明明一家人雨后在阳台观看彩虹的情景。文内的"妈妈"说："是啊，只有暴雨过后，才有机会欣赏彩虹呢!"这种说法与事实不符。彩虹是阳光射入水滴，经折射和反射而形成在雨幕或雾幕上的彩色圆弧。只要有阳光、水滴、雨幕或雾幕，不一定在暴雨过后，就是在小雨过后，也可以有机会看到彩虹；即使没有下过雨，也有机会看到彩虹。因为明明一家人所在的地方没有下过雨，别的地方可能下过雨，或者符合有阳光、有水滴、有雨幕或雾幕这几个条件。事实上，不只阳光，月光也能在雾或雨幕上形成彩弧，称为"月虹"。不过这些彩弧近乎淡白色，色彩没有"日虹"那么鲜明而已。所以，文中"妈妈"的那句话应改为："是啊，暴雨过后常常会有机会欣赏到彩虹哩!"还有，文中的"明明"有那么一句话："彩虹啊彩虹，以后我不再害怕打雷和暴雨了，因为雷雨过后，我可以和你再见……"雷雨过后有可能出现彩虹，但不一定。明明和彩虹再见的愿望，也不一定在雷雨过后就能实现，所以应把那句话中的"可以"改为"可能"，有"可能"和彩虹"再见"对小孩子来说，也可以说是一种鼓舞吧。

对"可能"情况的估计，往往会出现语言表达上不准确的情

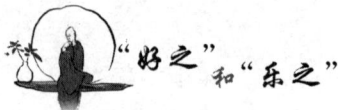

况。比如，一篇课文题为《雨中花》。"雨中花"是指伞。课文后有一道思考题："雨中花为什么只有在下雨天才开？"答案为："因为只有下雨天，人们才用雨伞。"这样表达就不准确。虽然伞有雨伞和遮阳伞之分，但一般人大多是一伞两用，在炎热的夏天，也常用雨伞来遮挡阳光。因此，题目和答案中的"只有"应改为"大多"。

小一有一篇题为《早晨》的课文写道：

> 沿着小路往前走，
> 有个公园在尽头。
> 绿树高高麻雀小，
> 青草密密露珠圆。
> 早晨空气最清新，
> 齐做早操更精神。
> 一年之计在于春，
> 一日之计在于晨。

"早晨空气最清新"一句与事实不符。在公园里，白天所有植物进行光合作用，吸入二氧化碳，呼出氧气，说"空气最清新"没问题。植物在晚上是不进行光合作用的，跟动物一样，吸的是氧气，排出的也是二氧化碳。过了一个晚上，到清晨时应该是空气最污浊，也就是二氧化碳浓度最高的时候，怎么能说最清新呢？在第一次看这篇课文时，觉得不对劲，但没有改它，到送审前，还是把这个句子改了，改成"太阳出来空气好"。太阳刚出来，光合作用开始，虽然氧气还不够多，但会逐渐增多，做早操应该可以了。

在课文和辅导材料中，有些地方把概念混淆了。比如"中国"和"中华"这两个概念，相当多的作者分不清。有的把"清朝政府"称作"中国清朝政府"，有的把"南宋"写作"中国南宋时期"等。这些写法都是错误的。古时候，"中国"一词是"中央的国家"的意思，并不是国家名。自汉朝开始，人们常把汉族在黄河中下游地区建立的王朝统称为"中国"，而不是具体指哪一个王朝。作为正式国名，"唐朝"就叫"唐"，"清朝"就叫"清"，"南宋"就叫"南宋"，而不是叫"中国"。真正以"中国"作为正式国名简称的，是孙中山领导辛亥革命推翻了清朝，建立中华民国以后，现在"中华人民共和国"也简称"中国"。鉴于以上的基本知识，有些提法就要修改。比如"从前中国东汉有一个官员，名字叫作黄香"；"张僧繇是中国古代的一个画家"；"在很早很早的春秋时期，中国有一位著名教育家叫孔子"；"李白是中国唐代浪漫主义诗人的杰出代表"，都应删去"中国"两字。"中国文化博大精深"，应改为"中华文化博大精深"。古代华夏族、汉族多建都于黄河流域，"在四夷之中"，所以称作"中华"。"其后各朝疆土渐广，凡所统辖，皆称中华"（《辞海》），所以"中华"这个概念是统指"各朝"的，现在所提的"中华"，便是指中国。"中华文化"的提法便是一例。类似提法还有"中华民族的优秀传统"等。在写稿时，有些作者对这些名词不但写法比较随便，而且随意简化。在一个单元的稿子中，出现了"中化"一词。"中化"是什么呢？我问一个学生。"'中华文化'嘛!"对方说。"哪能这样简化？"我说，"汉语的词、词组是固定的，是规范化的，不能随便改的，你总不能把'一知半解'这个词简化成'一半'吧?"他听罢，不好意思地笑了起来。

有一些提法，属于事实上的不准确，需要修改。在小三课文《电邮》中的有关资料是这样的：

"电邮"和"书信"都属于"信"的家族，是一对好兄弟，但它们还是有区别的：

传递方式不同，书信需要邮递员派递，电邮使用网络发送。

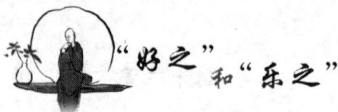

电邮的发送速度快，书信的发送速度慢。

电邮的成本低廉，书信的成本高。

同一封电邮可以同时发送给多个人，而书信不能。

电邮除普通文字内容外，还可以发送其他附件，书信不能。

"书信能否像电邮一样同时发送给多个人？"我问身边一个常使用电邮的人。

"不能，书信要写上对方姓名的，怎么能送给多个人？"

"电邮一般也是要写对方姓名的，跟书信没有什么不同，但因为电邮有电邮地址和姓名，有些人发电邮时就不写对方姓名了。"我说，"再说，书信也一样有不写对方姓名的，比如作家协会来信叫我参加新春茶话会，信的抬头就写'作家协会会员'，没有写我的名字，同一封信给所有作家协会会员同时发。"

"那倒是。"

"所以，这里讲的电邮与书信的 5 点区别，只有前面的 3 点能成立。"我把教材上所写的 5 点关于电邮与书信的区别给他看，"后两点不能成立。刚才讲的，第四点不能成立；至于第五点，因为书信同样能发附件，所以也不能成立。"

结果，我把这两点删去，这样一来，表达就较为准确了。

有篇小二课文要求学生做作业："你知道金鱼的特征和习性吗？试通过互联网搜寻有关金鱼的资料，然后填写表格。"表格有两栏，"特征"和"习性"。"特征"一栏的参考答案是"眼睛突出，尾巴长，没有胃部"。习性一栏的参考答案是"在水中生活，不用睡觉，记忆很短暂，为 1~3 分钟"。看完这些"参考答案"，究竟所说有没有根据，我也没有把握。"金鱼没有胃部吗？"我问身边的人，没有一个人能回答。"金鱼不用睡觉？"也没有人能肯定。"有些动物是站着睡觉的，晚上金鱼在水中不动时，或许是在睡觉哩！"至于记忆很短暂这个问题，有人说："我自己的记忆能保存多久都很难说，谁知道金鱼有没有记忆力，记忆能保存多久?"最后,我在网上查了一下,根据一些资料,把"特征"一栏的"参考答案"改成"体形短而肥;尾鳍分为4叶;颜色多样。金鱼有很多种,每种体形有所不同,主要的体形似鲫鱼的金鲫种,体形似'文'字的文种,眼睛突出的龙种,体形似鸭蛋的蛋种"。而"习性"一栏则改为:喜欢群体游动,喜欢干净的水,不可多喂食,喜欢较温暖的环境,各种金鱼可以混养。

一天,我叫助理小陈改一篇关于瓦特的文章。文章中有这么一句话:"瓦特……围绕水蒸气的推动力做了各种实验,结果他成功改良了蒸汽机。"她大笔一挥,把"蒸汽机"改成了"蒸气机"。改完以后,她便笑嘻嘻地来考我:"你说'蒸汽机'的'汽'应该是'空气'的'气'还是'汽水'的'汽'?"

"我想,跟'水'有关的'汽'应该用'汽水'的'汽'。"我说,"'蒸汽机'是利用'水蒸气'产生动力的发动机,跟水有关,所以应该用三点水的'汽'。"

"应该是应该,实际是怎么样,要查一查才知道。"她神秘地说。

看来,这家伙查过字典了。

关于瓦特的那句话,有两个词,一个是"蒸汽机",一个是"水蒸气"。小陈改了"蒸汽机"的"汽","水蒸气"的"气"却没有改。在我的印象中,"水蒸气"也跟水有关,也应该用三点水的"汽"。这个"印象"对不对?于是找来《现代汉语词典》,先查关于"水蒸气"的条目。关于"水蒸气",词典是这样解释的:"气态的水。常压下,液态的水加热到100℃时就开始沸腾,迅速变成水蒸气。也叫蒸汽。"

"'水蒸气'居然不用三点水的'汽',而用'气体'的'气'。"开始我有点愕然,但认真看一下这个条目,我一下子就明白了。"水蒸气"是气态的东西,它是"气"无疑,"水蒸气"有个"水"字,就已经让它和水有关了,如果又用"汽",就类似有重复累赘的毛病了。"水蒸气也叫蒸汽",也就是说,水蒸气

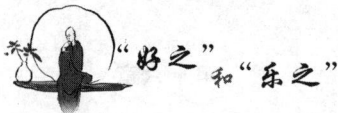

等于蒸汽,那么,蒸气机等于蒸汽机。我们平时并不把那种发动机叫"水蒸气机",而叫"蒸汽机",所以应该用三点水的"汽"。我接着查了"蒸汽机"条目,果然如此。

"'蒸汽机'的'汽'是用'汽水'的'汽',不应该改用'水蒸气'的'气'。"我把小陈叫来,对她说。

"'水蒸气'这个词用'气体'的'气','蒸汽机'却用'汽水'的'汽',学生看了会不明白。"她一边听我说,一边走开。

我把她叫住,说:"现在不说学生,你自己明白了没有?"

她站住,没有作声。

"'蒸汽机'本来应该写作'水蒸气机',现在不这样写,写作'蒸汽机','蒸汽'就包括'水蒸气'的意思,明白了吧?"我说。

"那为什么不能干脆就写成'蒸气机'?"她问。

"'蒸汽'是说明这种机器是由水蒸气发动的,但如果写作'蒸气机',那么这种机器就可能不是由水蒸气发动,而是由石油气、煤油气发动,因为汽油、煤油这些东西都可以'蒸'成'气'。"我一边说,一边翻出字典"汽"的词条,把"汽灯"这个条目指给她看。

"'汽灯'是灯的一种,点着后,利用本身的热量把煤油变成蒸气,喷射在炽热的纱罩上,发出白色光。"我说,"这里说的'蒸气'便是煤油的蒸气,而不是水的蒸气,如果'蒸汽机'用'气体'的'气',就把这些不同地方所使用的不同'蒸气'混淆了。"

"我明白了。"她笑着说。

"刚才说的'汽'和'气'字的使用,我们是从事实,也就是从知识的角度来分析的,从用字用词的角度也有使用是否恰当的问题,属文字上的毛病。"我想起写"六个一百篇"跟撰稿者讨论一些文字不通的现象时,她也曾参与,现在想就稿子中的相同问题再跟她从新的角度探讨一下，"文字上的毛病，反应出作者知识缺乏，原稿上的例子有很多，把它们列出来加以分析，可以做教材。"

"有什么有趣的例子？拿出来看看。"她在椅子上坐了下来。

看稿时，我常常记下那些例子。我从抽屉里拿出了记着这些例子的纸。

"他知足常乐，从来不跟别人斤斤计较。"我指着这个句子问她："这个句子有什么毛病？"

"乍一看，似乎没什么毛病。"她说。

"使用'从来'的两个分句，按理是顺承关系，是在意义上顺承着说下去的。然而，'知足常乐'与'不跟别人斤斤计较'是独立的两件事，在意义上并无顺承关系，因此'从来'为错用，应改为'也'。"我说。

"这是用词不当的句子咯。"她说。

"句子用词不当，写的人也缺乏知识。"我说。

"为什么这样讲？"她有点不明白。

"作者由于缺乏语法知识，所以才会写出这样用词不当的句子。"我说，"在语法知识中，关于关联词所表示的各种关系，是讲得很清楚的。"

接着我们一起分析成分残缺的句子：

"蜘蛛不是昆虫，而是动物。"这是一个句子。

"'动物'一词前面应加上'节肢'两字。"小陈一见上面这个句子就说，"写出这样的句子是由于缺乏动物学知识，蜘蛛属节肢动物，我读初中时就学过啦。"

"有机构访问了1500名年龄15岁及以上的香港人。"有这么一个句子。

"'机构'是不会'访问'的。这个句子主语残缺，应在'机构'后面加上'的工作人员'，让'工作人员'当主语。"我说，"访问的主体是什么，这属于常识范畴了。"

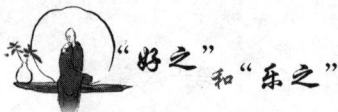

另有这么一个句子："古代有许多关于廉洁的故事，请你到图书馆或上网查一查，然后将你的故事讲给同学们听。"

"这句话在逻辑上有错误。"我说。

"这句话不怎么通顺，我感觉得出来，这只不过是语误问题，怎么是逻辑错误呢？"她说。

"在逻辑上这叫混淆概念。请你去查的是'关于廉洁的故事'，要你讲给同学们听的，变成'你的故事'了，所以我们说这个句子混淆了概念。"我说。

"'你的故事'应该改为'你搜集到的故事'，令前后的概念统一。"我补充说。

"树林是种植了大量林木的土地。"

"这个句子又是什么逻辑问题呢？"她指着上面的句子。

"这个句子的问题是判断有误。"我说，"树林是种植了大量林木的土地，这是一个判断句，判断主词'树林'是判断句的主语，谓语是说'树林'什么，而'是''则'为判断的联系词。在这个句子中，'树林是……土地'显然是判断错误。原句应该改为'树林是成片生长的树木'。"

"我明白了，上面两个例子，从语法角度看，那是搭配不当的问题，讲到为什么不当，哪里不当，是因为犯逻辑错误。"小陈说。

"是这么回事。你说搭配不当，人家问为什么，你要讲出原因。"我说。

"你在这里讲的也是知识问题。"小陈说，"我们应该懂得逻辑学知识。"

"对，对。"我说。

生活是作者写作取材的源泉，知识则是作者笔耕的土壤。土壤贫瘠，长不出好庄稼；知识贫乏，就写不出内容丰富的好文章，就是写一个句子也容易出错。不管从事哪一种工作，都要用知识丰富自己的头脑，用知识把自己武装起来。知识可以变成力量，知识可以变成能力，知识可以变成财富。

三易其稿

在小六的传记单元，有一篇题为《林肯》的传记，按要求，全文900字，其内容如下：第一，开头，人们怀念林肯，不仅因为他为国家做出种种贡献，更因为他身上的很多精神和处世哲学，值得后人学习；第二，林肯用自己的成就、成功诠释了他自己"好学者必出大器"这句名言；第三，林肯有着"人生最美好的东西，就是他同别人的友谊"的胸怀，把政敌变成朋友；第四，林肯在一次次失败面前无怨无悔；第五，结尾，记住林肯"自己决心成功比其他什么都重要"这句话。

作为一篇900字的传记，应该勾画出林肯一生的轨迹，肯定他的主要成就，并对其作出恰当的评价。原课文没有在这个焦点问题上着力，把笔墨都花在林肯的处世哲学上了。如果作为议论文，让学生学习一下林肯的处世哲学，这未尝不可；但这里对学生要求的是"认识传记"，显然是重心旁移了。何教授在文章的批语中说："邓先生，下文请你大刀阔斧地修改，因为本文没有说明林肯解放黑奴的历史意义。"因此，我决定重写这篇课文。重写的内容如下：第一，文章开头：指出林肯是美国第十六任总统，是美国历史上最伟大的人物之一；第二，概述林肯的主要经历；第三，林肯如何维护联邦统一，废除奴隶制；第四，林肯指挥的南北战争转败为胜；第五，林肯的历史贡献：维护联邦统一和废除奴隶制的意义；第六，结尾。

关于解放黑奴的历史意义，那段文章是这样写的：

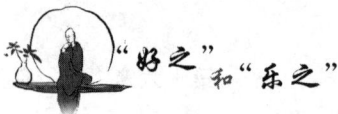

南北战争结束后不久，南方的奴隶主阶级对林肯恨之入骨，指使歹徒暗杀林肯。他被刺身亡，时年 56 岁。林肯虽然去世了，但他所创造的历史，开辟了美国社会的新时代。林肯带领美国人民维护了国家的统一，废除了奴隶制度。原先，在实行奴隶制度的美国南方，奴隶主阶级和奴隶阶级严重对立，奴隶是奴隶主的财产，没有自由，可以被奴隶主出售、任意鞭打和谩骂。在奴隶主的残酷剥削和压迫下，奴隶对生产毫无兴趣，整个生产力无法进一步发展。南方的奴隶制度被废除以后，不但促进了美国联邦政府在南北战争中的胜利，而且使美国的整个社会踏入资本主义制度，生产力得到巨大发展。

作为一篇小传，这样写，取材比较全面，但对小学生来说，显得有些艰深。何教授也说："生产力"之类的词语太专业，小学生不容易明白。于是，在修改时，我着力把文章改得浅白一些，不但把上面说的段落做修改，其他段落也做了修改。最后，全文改成下面的样子：

林肯（1809—1865）是美国第十六任总统，是美国历史上最伟大的人物之一。

林肯出身于美国肯塔基州的一个贫困家庭，9 岁就失去了母亲。为了维持生计，他做过摆渡工、乡村邮递员、土地测量员，也当过伐木工和水手。

林肯是一个很有抱负的人。1831 年 6 月的一天，他和几个水手来到南方城市新奥尔良。当时，一些人贩子从非洲拐骗和劫掠了一批批黑人到美国贩卖，被买的黑人就成了主人家的黑奴。黑奴在美国各州都有，但主要集中在美国南部的种植园。在那里，黑奴被奴隶主驱使，种植棉花、烟草、稻米等，过着非人的生活。在新奥尔良奴隶拍卖市场上，林肯看到一个个黑人奴隶光着身子、戴着脚镣手铐站在那里，正在被奴隶主拍卖。那些买主对待这些奴隶就像对待牲口一样。为了确定价钱，他们不但一个个仔细打量这些奴隶，而且要摸摸奴隶的肌肉，看是否结实，将来做工是否有力气。奴隶的主人为了防止奴隶逃走，用一条条的粗绳把自家的奴隶串在一起。这些奴隶稍有不听话，主人就用皮鞭打他们，或者用烧红的铁烙他们。在拍卖会上，一个个奴隶被人买走。有的一家子奴隶，做丈夫的被一个奴隶主买走，做妻子的被另一个奴隶主买走，他们的子女却被第三个奴隶主买走，从而骨肉分离。看到这种情况，林肯非常愤怒。他说："这种奴隶制度太令人痛恨了，等将来有机会，我一定要把这种制度彻底推翻。"

要实现自己的抱负，并非那么容易。林肯经过了一连串的挫折和失败。他竞选州议员，失败了，但他不气馁，继续参加竞选，并且通过自学，成为一位律师。之后，他又经历过国会议员竞选失败、参议员竞选失败、副总统竞选失败。他说："我们关心的，不是你是否失败了，而是你对失败能否无怨。"他又说，"永远记住，你自己决心成功比其他什么都重要。"在一次次失败后，他又一次次站起来，终于在51岁时当选为美国总统。上任后不久，他就起草法案，废除奴隶制。

林肯要废除奴隶制，受到了南方奴隶主的激烈反对。他们互相勾结起来，发动了内战，反对林肯。面对强大的奴隶主势力，林肯决不妥协。他指挥军队，坚决反击这些奴隶主。那些被宣布成为自由人的黑人奴隶，则起来支持林肯。他们纷纷逃离奴隶主的军队，转投林肯的军队。经过激烈的战斗，林肯指挥的军队节节胜利，终于把奴隶主打败。

林肯的抱负实现了。美国的奴隶制被废除了，真正实现了人人平等。

何教授看了，复电邮说："改得很好。"

课本上最后定稿的《林肯》这篇课文，三易其稿，为的是

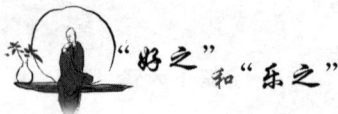

"质量"二字。至于我自己动手写的其他课文，更是反复修改，推敲而成。高年级的课文像《人生三宝》单元中的《论科学态度》《论体育精神》《论艺术修养》这组文章，我都是翻看了大量资料，反复酝酿，反复修改而成的。

低年级的课文，不但要求内容和形式好，并且字数少，写起来更是要花不少工夫。比如《十斤黄金》：

东汉时，一个叫黄密的小官，想得到上司杨震的欢心。于是，他夜里带着十斤黄金去见杨震，说没有人知道，叫杨震放心收下。

杨震说："天知，地知，你知，我知，怎么说没有人知道？"

王密听罢，很惭愧，带着黄金走了。

又比如，《知足常乐》：

东汉的李广，知足常乐。

他一年的俸禄只有二千石，扣除日常开支，就所剩无几了。

但是，李广却很满足，很开心。他认为，这样就已经足够了，并不需要大富大贵。

李广为官清廉，从来不利用职权为自己谋取钱财。

短文章难写。上述这些短文章，开始都是写得稍长，后来一次又一次地压缩而成的。这花的又是另一种工夫了。

文章的质量要求，要考虑到课本的特点。

小三有一课《父子情》是这样写的：

吃过晚饭后，我们一起在客厅欣赏电视节目。正当大家聚精会神地观看的时候，电视机忽然坏了。我们感到很扫兴。

弟弟不禁埋怨说："糟糕！演奏会刚刚开始，真可惜！快找人来修理!"

　　妈妈提议打电话给舅舅,向他请教。爸爸打了电话,就按照舅舅的意见,先检查电流传送是不是出了毛病,随后又查看电路结构。不料尝试了很多次,电视机依旧保持沉默,爸爸不得不放弃了。

　　弟弟看见爸爸刚才全神贯注地投入工作,而今又满头大汗的样子,心中有点儿不好意思,想不到爸爸竟然轻松地说:"依靠运气不一定有收获的啊!我令你失望了,真抱歉!"

　　"不,爸爸,我看见你花费了这么大的气力,真过意不去呢!虽然我看不到电视节目,但看见爸爸认真工作和全身心投入的神态,那比看什么节目的收获还要大啊!"弟弟情不自禁地说。

　　因为这一课的单元教学目标是让学生掌握记叙文的写作手法,了解记叙的要素时间、地点、人物,因此课文的记叙特点要更为明确。为此,决定在课文中把地点写得更明显一点,并且加上表示记叙时间线索的词语或短语:第一段在"吃过晚饭后"加上"还不到7点",并在"我们一起"后加上"在客厅";第二段在"正当大家聚精会神地观看的时候,电视机忽然坏了。我们感到很扫兴"另起一段,并在段前加上"8点刚过"。原第三段在"爸爸不得不放弃了"前加上"到9点的时候"。为了使时间线索的链条完整,原文后加一段"我们看不上电视节目,便坐在客厅里聊天,到9点半了,才各自回房休息"。这样改,完全是为了教学需要。

　　类似这样的情况很多。

　　在编送审单元之前是有个模板的。模板《阅读理解》这一栏,编者要求作者注意四个大问题,一是每篇课文至少拟12道问答题(1. 由浅入深;2. 涵盖多种类型;3. 配合单元目标),但本单元一共只拟了7道题,连填充题里面的小题都算上,只有6道问答题。这6道问答题中,第一题涉及段义,在课文的语句里

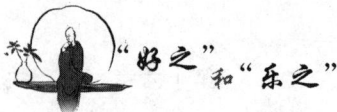

找不到答案的，不能说浅，说它深也不冤枉。第二题、第三题上
面分析过，不用再说。第五题、第六题讲写作手法，第七题讲体
会，也都是在课本上找不到现成答案的，也很深。也就是说，这
个单元的设题是"由深到深"，不是"由浅入深"。其实，模板中
所设的许多题都是很好的。比如《父子情》一课，第一题"晚饭
后，一家人一起做什么？"答案是"一家人一起看电视节目"。第
二题"我们为什么感到扫兴？"答案是"因为电视机坏了"，下面
跟着附上选择题的四选一。以上是"表层理解"的题目。答案，
课文中有句子会讲到，学生看了，不用想来想去，不用分析就会
答的。如果要想来想去，分析来分析去，还不一定知道答案的，
那就不是"表层理解"，而是"深层理解"了。本单元第一课
"齐来讨论"第一题，"第一段有什么作用？"明明是要人想来想
去，分析来分析去才能找到答案的题目，怎么把它列作"表层理
解"呢？再看编者要求"作者注意"的第二个问题：在12个问
题中，选取其中6条，附上多项式选择题，四选一（1.由浅入
深；2.涵盖多种类型，配给单元学习目标），结果作者也不"注
意"，这种既有问答题答案又有选择题选项的题目却一题也没有。
编者要求作者在每个题目下面注明学习目标的代号，在本单元中
也没有注明。

　　规范化还包括栏目名称。作为书稿，定什么栏目，栏目下面
有什么项目，要统一，不要随意而为。当初已经在模板上定好了
有什么栏目和项目，现在应该按照模板去做。比如模板中定下的
"阅读理解"这个栏目，在本单元就变成几个名称，第一课叫"齐
来讨论"，第二课叫"想一想"，第三课叫"做一做"，这不
但跟模板不统一，而且在一个单元内也不统一，需要规范一下。
我们讲过，"阅读理解"的名称是暂定的，可以更换，撰稿员可
以发挥想象，想出一个比较好的、大家都愿意接受的栏目名，知
会我们，我们再找个时间"齐来讨论"，然后作出定夺，不能个
人觉得什么名称可用就用了再说。像"想一想"这样的栏目名，

不但不切合栏意，而且一般化，早前我们为朗文出版社编订的中国语文课本，有个类似的栏目名，叫"想深一层"。这样的题目，就不一般。

字词学习是小学语文教育的基础。学生在小学阶段，要掌握多少词语？这一直是教育机构和语文老师关注的问题。1990 年，香港课程发展议会公布《小学中国语文科课程纲要》，附录《小学常用字表》，列出 2600 个字；1996 年，香港教育署公布《小学教学参考词语表（试用)》，收 6765 个词语。这些材料对香港小学中国语文教学起了重要作用：增加了字词教学的规范性和针对性，为语文教师、课本编辑提供了参考依据。

何万贯等四位教授于 1990 年得到语文基金委员会拨款港币400 万元，用于《确立小学生中文基础能力之教材的编制研究计划》，广泛研究了来自内地、香港和台湾的资料，包括词频字典资料、小学教科书资料，综合各地有关常用词的研究结果，参阅语科总量达 4178049 字，然后经过多轮筛选，得出 9858 个"基要词"，利用统计和调整母数的方法，他们一一算出了这些基要词的常用度。

研究团队为各个基要词作出了分析和界定后，再按其主要特性分级，然后到小学生中做实验研究，验证各年级所学词语的可行性，接着按基要词的分布编写教材。

考虑到小五及小六两个年级的学习情况有别于小一至小四，所以教材编至小四为止。每一年级的课本分上下学期，每一学期两册，全年共 4 册，4 个年级合共 16 册。小一、小二年级每册 11课，全年合共 44 课；小三、小四年级每册 13 课，全年合共 52课。每篇课文都定出教学目标，目标分"常规性教学"及"重点教学"。"常规性教学"包括理解教学、阅读教学及字词教学，"重点教学"则包括 7 个不同的项目，每课预设一至两项。除课本外，还提供教师手册和习作编写原则说明书，以供使用者参考。现在，新的一套语文课本以这套教材为蓝本，删去不适合的

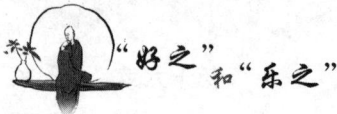

教材，增加多个教学范畴的教材，以符合教育局最新的中文科课程指引的要求。然后，在这基础上编撰五年级至六年级的教材，并把一年级至六年级的教材全部转编成电子教科书。

这套课本的设计紧密配合了教育局小学语文科课程大纲的要求。小学生要为语义学习打下良好的基础，掌握常用词语是一个重要环节。这套课本的特点在于根据小学每一个年级的学生应掌握的词语数量进行编排，每篇课文所选用的新词都有来历，每个年级的学生应该掌握的词语，学生通过学习都能学到手。学到了这些常用的词语，特别是掌握了有关概念的常用词语，同学们就能更好地阅读，更好地写作，逐步提高语文水平。

为了达到上述两项要求，这套课本在课程设计和词语安排方面采取了如下方法：

1. 一些词语在课本中以网络形式呈现。这样设计的好处是，学生在学习时，一个词语在长期记忆系统中激活，其他相关的词语都会在脑海中呈现，因而记得更牢固。

2. 各课之间的词语有密切的联系。这样设计的好处是，在前面课文中出现过的词语，隔若干课后又会重新出现，可以增加学生对同一词语的接触次数。

所谓电子书，就是必须通过特殊的阅读软件，以电子文件的形式，通过网络下载至常见的平台，例如个人计算器、笔记型计算器，甚至是个人数字助理、手机，或是任何可大量储存数字阅读数据的阅读器上，然后进行阅读的书籍。这是一种传统纸质书籍的替代品。电子书一般不是纯文字，而是添加了许多多媒体元素，诸如图像、声音、影像，这在一定程度上丰富了知识的载体，而且是可以实现丰富性。由于互联网的快速发展，致使传统知识电子化的速度加快。现在除了比较专业的古代典籍，大部分传统书籍都已上传到互联网。这使电子书读者有近乎无限的知识来源。编电子书，对我们来说，是一个新的挑战。

虽说教材小一至小四课文有一套研究性的课文作基础，但现在教材以单元来编写，原来能用的课文并不多，小五、小六的课文更是需要全部更新。至于与课文配合的资料，编写任务真的十分繁重。有些篇章易了多少次稿？全套课本花了多少心血？真是很难计算。

2013 年 7 月，是教科书的送审时间。作为顾问团队的第一阶段工作已经完成，稿件已全部送到编辑部。由于时间有限，编辑工作一时无法完成，要到下一年度送审。送审前，出版社先要编社会科的教材。之后，语文教科书怎样定稿送审，我们就不再跟进了。

在编撰《朗文中国语文》这套中学语文课本之后，编写这套小学语文教科书，对我们是一个全新的体验，也是一次在实践中学习的机会。学习，学习，学习！这是我们一生的神圣使命。只要我们还活着，我们就希望有新的实践，在新的实践中创造成绩，同时，学习到新的本领。

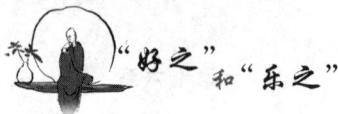

第十七章　推敲的功夫

从 2014 年 10 月开始，何教授在网上推行"每日一词"学习计划，帮助小学生每天学习一个词语。

香港教育局出版了《小学常用词语》（课程发展处，2004）一书。按照该书的统计，小学生第一学习阶段（小一至小三）学习的词语有 5004 个，第二学习阶段（小四至小六）有 4836 个。其中，两字词语分别有 3687 个和 3450 个。所谓学习，是指学生在课本中接触这些词语。有些单义词，在课文中学习过，学生可以基本掌握，但一些多义词，当它在课文中出现时，老师只讲授与课文内容有关的词义，其他词义就往往有所忽略。讲授过的词义，因为只学习过一次，印象也不一定深刻。有见及此，研究团队"每日一词"学习计划推广处邀请了几位资深中文老师和学者按小学1~6年级的学习程度和课程要求，将有关词语分为 6 个等级，分别从各级中选取 192 个词频高的词语，供学生学习。

"一下"和"一口"

为了更好地使学生通过"每日一词"学习计划去学习词语，

需要根据《现代汉语词典》和多本其他通用词典，结合香港小学生的知识和语文水平，编写成《活学小词典》，放在网上，供同学们参考。在网页推出前，何教授开始找人进行词典的撰写工作。这本书对词语是这样处理的：如果是单义词，就写出词语的那个唯一的解释，然后就这种解释分别造 3 个句子；如果是只有两种解释的多义词，就分别写出两种解释，然后分别造 3 个句子，其中两个句子的词语是同一种意思的；如果是有三种以上意思的多义词，就选取最常用的 3 种解释，并分别造句。除了注释和造句，编者还给词语作了普通话注音，让学生知道词语怎么读。同时，还对每一个词语的词性作了标注，以便学生了解。以"文章"这个词为例：

文章 wén zhāng

①你还记得当时那篇文章的内容吗？（名词，"独立成篇的文辞或者文字"的意思）

②他姐姐说的那番话是别有文章的啊！（名词，"暗含的隐晦的意义"的意思）

③你还不知道他，肚子里的文章多着哩！（名词，"主意、计谋"的意思）

2014 年 8 月开始，何教授托我对撰稿者交来的词典初稿进行修订。《活学小词典》所收的，是小学生应该学习而且是词频高的词语，解词通俗化，所造句子的内容也切合小学生的学习程度。有了初稿，按理说修订起来不会感到困难，但认真做起来并不容易。

在修订过程中，对每一词条，都要反复推敲，真正做到"一字不苟"。下面是一些例子。

"一下"这个词，原稿写的是三个句子：

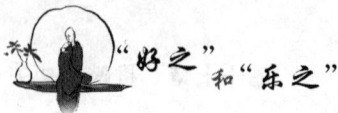

他不小心推了我一下。（数量词）

等一下，我还要一会儿。（副词，"一会儿"的意思）

他的心一下就冷了。（副词，"突然"的意思）

第一句，没有错，这里的"一下"确实是数量词，用在动词后面，表示做一次或者试着做的意思。

第二句，这个句子不通，应改为"等一下，我还有事"。在这里，"一下"是副词，表示短暂的时间。

第三句，表面看来似乎没有问题。

我正准备为这个句子"放行"的时候，小陈说话了。她说，这个句子中，"一下"是个副词，没有错，但词典上讲，"一下"作为副词，只有"表示短暂的时间"的意思，并没有"突然"的意思。

文字上的问题，不能以推论定是非，应该以字典、词典之类的工具书作根据。

我拿过词典一看，"一下"共有两种词性，一是数量词，一是副词。作为副词，词典举的例子是："灯一下又亮了"，"这天气，一下冷，一下热"。同时注明，"一下"也说"一下子"。也就是说，"一下"作为副词使用时，只表示短暂的时间，并没有"突然"的意思。

"词典是这么讲的，我们就按词典的指示办吧。"我说，"把第三个句子'突然'改成'表示短暂的时间'便可。他的心一下就冷了，句子中的'一下'其实表示的便是短暂的时间，并非表示突然。"

"对。"小陈说。

"一口"这个词，原稿写的是这么三个句子：

小狗就突然咬了我一口。（数量词）

他嘴巴里含了一口饭。（形容词，"满口、满嘴巴"的意思）

警察一口咬定东西是他偷的。（副词，"毫不犹豫地"的意思）

粗略一看，三个句子也似乎没有问题。但吸取了此前的教训，还是问正在查字典的小陈。"怎么样？"

"第二个例子有问题。这里的'一口'不是形容词，而是名词。"她说。

"'一口的饭'，'一口'是修饰'饭'的，怎么不是形容词？"

"词典是这样说的。"她送过词典来，翻开的正是"一口"的条目。

我看了该词条。词条讲，"一口"解作"满口"时，是名词，如"一口的北京话""一口的新名词""能说一口流利的英语"。"一口饭"的"一口"应该是名词。

"'一口饭'的'一口'似乎是形容'饭'的，其实不是。'饭'可以是'香喷喷的''软硬适中的'，诸如此类，但'一口'并非'饭'的样子，所以不是形容词，而应该是名词。"我说，"名词作定语修饰中心词，这样的例子很多，比如'我的家''我们的香港'等。"

"看来第一个例子'小狗就突然咬了我一口'中的'一口'也不是数量词，而是跟第二个句子一样，是名词。"我说，"第二个例子'他嘴巴里含了一口饭'，改一个说法是'他嘴巴里含了饭一口'，那不跟第一个例子一样？""是啊！"小陈说，"几乎被它骗过了。"

像这样的例子，还有很多。"小明写得一手好书法"，"一手"，原来写稿的人认为是数量词，我们通过分析和查证，认为这是名词，指的是一种技能或本领。"今天我一早就起来了"，"一早"，原写稿人认为这是副词，其实是名词，"清晨"的意思。我们在编写词典时，每一个词在每一个句子中的词性，都经过反

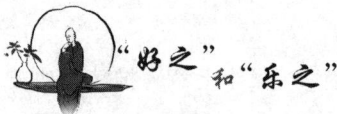

复推敲。至于词语解释和造句，更是多番斟酌，费了不少心血。

"文字工作是一种细活，好比在头发丝上雕刻，粗心大意不得。"我对小陈说。

"在头发丝上可以雕刻？"她问，"我还没见过。"

"我见过。20世纪80年代我在报社工作时，一个叫丁治中的雕刻家在广州举办小型微雕艺术展览，我曾看过他现场表演。"我说，"他把一根头发固定后，用一把比绣花针还细的特制刻刀，借助放大镜来刻。他凝神运气，从容吐纳，手指微微颤动，几分钟之后，一幅配诗的山水画便刻成了。"

"他这技艺，真了不起。"小陈说。

"有一件《万里江山》发刻，是他的得意之作。在一根不到两厘米长的白头发上，他竟刻绘出了万里长城、黄山云海、长江三峡、桂林山水、华山北峰、苏州虎丘、泰山玉皇顶、黄果树瀑布、北海公园白塔，以及上海、青岛、太湖等山水风光12外景色，在放大镜下，画面上的每一景不仅清晰可辨，而且设色有致，五彩斑斓。"我说，"这工作多么精细，可想而知。"

"你讲他的技艺，目的是说，我们要学习他那种精雕细刻的精神，做好文字工作吧。"小陈笑着说。

"对，对。"我说，"在一根头发上雕刻，对我们来说很难，但丁治中几分钟就能在上面雕刻出一幅配诗的山水画，对他说又很容易，这叫难中有易；我们编的《活学小词典》，有一些现成材料，似乎很容易，却因为'一下''一口'什么的费了很多精神，这叫易中有难。我们学习丁治中精雕细刻的精神，就是要把这易中有难的事情做好。"

任何事情都有矛盾着的两个方面。困难的事情既有困难的一面，也有它容易的一面。在看到困难一面的同时，又看到它容易的一面，就不会被困难所吓倒，对克服困难充满信心，从而取得较好的成绩。在从事比较容易的事情时，也要看到它困难的一面，不是轻描淡写，而是小心谨慎，把工作做到实处。

　　我们把编写《活学小词典》所碰到的困难以及如何克服困难的情况，写在"每日一词"网页的前言中，目的是告诉大家，每个词语在每个句子中如何运用，它的意思是什么，词性怎么定，都是可以说出理由的。同样，同学们在学习这些词语的过程中，也要充分理解每一个词语。这个词语在这个句子中为什么这样使用，为什么应该这样解释，为什么这样给它定词性，我们都要追根溯源，把理由弄清楚。这叫作"知其然，知其所以然"。

　　鉴于原来所撰写的《活学小词典》初稿的毛病比较多，加上有了一些新的构思，所以何教授要求我们撇开原稿，重新撰写。虽然造句比较简单，但要查词性，跟造句子要对得上，很花时间。我觉得有点麻烦，不如写文章省事。我有个蹩脚的比喻，词语的研究好比警察搜证，要一环一环地形成证据链，要做许多琐碎的工作；"写文章，好比法庭上法官的结案陈词"，令人有在高速公路上开车的感觉。于是，我把撰写词典初稿的一些任务交给小陈。她造的句子通顺，查证又细心，这工作完全可以胜任。这段时间，如果写一些短文，我也找小陈，目的是让她锻炼锻炼。这时候，她就会说："文章就你写吧，你笔翰如流，操翰成章，'潦'两下，文章就出来了。"我说："你可以锻炼锻炼呀。"她便说："那好，我来锻炼，你来造句、查词性。"这时候，我只好说："好，好，文章我写。"

"前一向"和"后一向"

　　2014年9月15日，小陈把她写好的一沓初稿送给我。其中有"一向"这个词。"一向"有两种词性，一是副词，"一直、向来"的意思，"我一向看不惯你的行为"，"浩仔一向勤奋，从

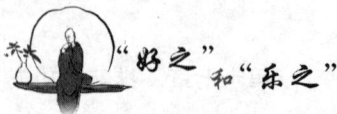

来没有人说他懒惰的",这些句子都没有问题。二是名词,"表示过去的一段时间",下面是两个例子:"我这一向很忙","前一向,荔枝大量上市,而现在则是吃龙眼的日子"。我看了,在旁边写上两行字:"有这样说的吗?'一向'就是'一向'了,似乎没有'前一向''后一向''这一向'的。"

她看了。过了一会,她拿着一本词典来找我:"词典上有'前一向''后一向'这说法的。"

我拿过了一看,里面的第一项说,"一向"是名词,指过去的某一段时间,比如"前一向雨水多(指较早的一段时期);这一向的过程进度很快(指最近的一段时期)"。第二项,"一向"是副词,一是"表示从过去到现在",比如"一向俭朴、一向好客",二是"表示从上次见面到现在",如"你一向好哇!"

"既然'一向'是表示'从过去到现在',怎么又'指过去的某一段时期'呢?"我有些不解。

"多义词就是有几种不同意义的嘛。"小陈说。

"多义词也不能有两个相反意义的呀。一会说'一向'包括过去和现在了,一会又说'一向'是讲过去,自己打自己的嘴巴嘛。"我说,"你找《辞海》来看看,看《辞海》是怎么说的。"

于是,小陈找到了《辞海》,翻到了"一向"这个词条。查字典、词典,词条一翻就到,就像卖肉的人切猪肉、牛肉"一刀准"一样,这是她的"绝活"。

《辞海》"一向"这一条目列有6种解释,一是"一直、向来",例子是范康的《竹叶舟》第三折:"一向流落在外"。二是指过去或最近一段时间,例子是宫天挺《范张鸡黍》第一折:"哥哥这些话,我也省的,这一向我早忘了一半也。"这两种解释,同前面那本词典的解释是一致的。接着,我看了看"一向"其他的四种解释:一是同"一晌"、一霎时、一会儿的意思,如"他家本是无情物,一向南飞又北飞"(薛涛,《柳絮》)。二是一味的意思,如"自是君恩薄如纸,不须一向恨丹青"(白居易,

《昭君怨》）。三是一片的意思，如"风翻荷叶一向白，雨湿蓼花千穗红"（温庭筠，《溪上行》）。四是指同一目标的意思，如"并兵一向，匪朝伊夕"（南史，《虞寄传》）。

看完"一向"的所有解释，我说："一个词有什么用法，是从长期实践中总结出来的。自古以来，有人把这个词这样用，有人把这个词那样用，后来大家也跟着，有的这样用，有的那样用，约定俗成，就成定例了。词语的多义，有时候就是这样来的。"

"那么为什么有了'一向'，又来个'前一向''后一向'，弄明白了吧？"她问。

"这容易明白。'一向'可以解作'一直、向来'，同时又可以解作一会儿、一味、一片等，这两种解释可以说是风马牛不相及，既然都是'一向'的意思，为什么不可以同时指过去的某一段时期和最近的一段时期？虽然过去的某一段时期和最近的一段时期表面看来是有点矛盾，但这不是根本矛盾，只是种属关系而已。"我说。

"你以前没有这样用过？"她问。

"没有，在我印象中，'一向'就包括过去和现在。现在重新学习，知道了，就是一个收获。"我说。

"我要学习，你也要学习？"

"怎么不用学习？白首穷经，活到老学到老嘛。目前在工作的过程中，我一直都在学习，以后'一向'还要不断学习。"

这说的不是假话，每推行一个教学计划，每做一个研究项目，我都会学到许多新的东西。

之前讲过，我们的工作从拟题开始。对我来说，拟题是一个学习过程，有的是重新学习，有的是从头学习。比如，拟找重点句的题目，就要从头学习。

找重点句，也就是找出一个段落中的重点句子。比如：

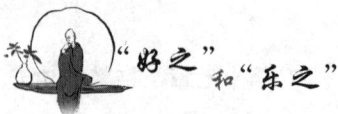

　　学习要有兴趣。对学习毫无兴趣的人，就算让他学最简单、最容易的知识，他也无法学好。反之，如果一个人对所学的学科感兴趣的话，就算再复杂、再难，他也一样能应付。

　　"学习要有兴趣"，就是这个段落的重点句。

　　在此之前，我脑子里是没有重点句这个概念的。我上学的时候，老师似乎没跟我们讲过，后来虽然长期从事文字工作，也没考虑哪个段落应该有重点句。于是，我拟这种题目之前，也要先进行学习。

　　此前拟写作方面的题目，学的是写作学，现在拟找重点句之类的题目，属于阅读学。于是，我又认真地看了一些书，掌握阅读学的基本知识，特别是关于阅读策略的基本知识。

　　阅读是一个过程，包括辨认字词和将字词解码的低层次阶段，以及将字词汇集和综合成命题和将命题联系以组成一连串观念的高层次阶段。也就是说，我们在阅读的时候，既要弄清楚字词的意义，又要了解阅读材料中所阐述的有关观念的内容，同时要掌握整篇文章的意义。理解组成文章的词的意义，叫"字词提取"。掌握句意，叫"命题编码"。在掌握段落意义的基础上理解整篇文章的意义，叫"篇章整合"。在以上几个"认知因素"中，有个传递资源如何分配的问题。"字词提取"消耗的传递资源多，接下来的"命题编码"和"篇章整合"可利用的传递资源便相应减少，就影响对句意和篇意的理解。所以，我们要运用各种阅读策略，使传递资源能够合理分配，以求达到提高阅读效率的目的。找重点句，就是掌握段意的一个策略。

　　每个段落，代表着文章表达的一个步骤。段落是为表达内容服务的，每个段落只包含一个中心意思，而且这个意思必须完整。一个段落的中心意思，由它的重点句决定。在一个自然段中，有许多个句子，一般只有一个重点句，其他句子都是围绕这个重点句来发挥的。把这个重点句找出来，也就找出了这个段落的中心意思，找出了段意。大多数的重点句在段首或段尾。我们在看一段文章时，只要看一看段首或段尾，找出重点句，就可以找出段意。当然，有些段落可能没有完整的重点句，那就用综合的方法梳理出重点句，从而得出段意。找重点句，确实是掌握段意的很好的策略，懂得这个策略，在阅读时确实可以节省很多"传递资源"。

找重点句的方法，是香港的中一学生应该掌握的。我拟了许多这方面的题目，有的如前面的例子，重点句在段落开头；有的重点句则在段末：

湛蓝的天空，洁白的云朵，五彩的小花，葱翠的山峦，清澈的小河，活泼的小动物，我们所见的这一切，构成一幅美丽的图画。这是大自然的一角。大自然的一角就这样美丽，那整个大自然不是美如仙境了吗？不错，大自然是美丽无比的。

掌握段义有策略，同样掌握词义、句义、篇义，也有许多有趣的策略。比如词义。在阅读时，学生碰到一些生词，要了解其词义，可以去问老师，也可以去查字典。但老师不一定在身边，词典不一定在手。事实上，有些字词不问老师，不查词典，也可以透过上文下理把它的意义推测出来。这是因为，文章中的许多词语，往往同文章其他部分的文句意思相关联。它们互相联系起来所表示的意思，同我们不熟悉的这个生词的意义相同。这里说的上文下理，学者称之为"脉络线索"。从上文下理相关字义、词义推测出有关生词的意思，叫作"同义推测"。

怎样利用脉络线索进行同义推测呢？我在编写有关学习资料时曾经用过下面的例子：

他 喝得大醉 ，孤零零一个人， 在大路上 颠踬着， 几乎摔倒

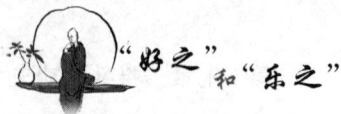

在一个水坑里。

对于"颠踬"这个词，如果不懂得它的意思，便可以利用脉络线索进行词义推测。先从"在大路上"去推测，可以知道这个词是形容走路的样子，再加上"喝得大醉""几乎摔倒"，便可以推测出"颠踬"是指"走路时东倒西歪的样子"的意思。"走路时东倒西歪的样子"与"喝得大醉"的人"在大路上"走着，"几乎摔倒"的样子基本相同。

但是，词语、词组或短句在"脉络线索"中的这种联系并不是一成不变的。有时，它们之间并无"同义"的联系，而是有着"反义"的联系。这种联系，主要出现在文义有对比意义的句子和句群中。根据这种反义联系，我们可以从上文下理进行反义推测。例如，鲁迅的《记念刘和珍君》中有这么一句话：

我平素想，能够不为势利所屈反抗一切有羽翼的校长的学生，总该是有些桀骜锋利的，但她却常常微笑着，态度很温和。

我们在阅读这句话时，如果不明白"桀骜"这个词的意思，就可以从上文下理进行推测。从文中的"但"字可以看出，句子所表达的是对比、转折的意思，由此可知"桀骜"的意思同"温和"相反，应该是"暴烈"的意思。

除了"同义推测"和"反义推测"之外，还有其他一些认识词义的方法。这些知识，是我读书时所未曾听说过的。这也难怪，我接受中学教育和大学教育，是三四十年前的事。在那之后这三四十年间，科学发展日新月异，语文教学理论有了长足的发展，有些该懂得的知识我却不懂得，也就不足为怪了。

"当年我们在学校读书的时候，课本上遇到一个生词，老师给予解释，才知道这个生词的意思。现在香港的中文老师，教会学生辨析新词的方法，学生碰到新词，自己就会解释了。"我讲述了上述的学习过程后，对小陈说，"而我，是在拟题的时候学会的。"

"掌握词义、句义、段义、篇义这些策略，我在校读书时也没有学过。"小陈说。

"老师一个个词、一个个句子、一个个段落、一篇篇文章地教我们了解它们的意义，我们跟着去学，这是不够的，要紧的是要掌握方法。"我说，"这个道理，我也是在工作中逐渐明白的。"

"哦。"小陈陷入沉思。

"不但语文知识的学习不会完结，日常生活上的学习也不会完结。"我说，"我是最近才学会洗头的。"

"最近才学会洗头？"她感到好奇。

"是呀，洗头，你会不会？"我问。

"那还不简单？把头发洗湿，抹上洗发水，用手挠头发根，把脏东西洗干净。"她说，"洗完后抹上护发素，冲一冲水。"

"你这样洗头是有问题的。我最近看了一份资料才明白，洗头很有学问。首先，洗头前先要用弄湿的梳子梳头，令附着在头皮的污垢和灰尘浮于表面，才能在洗干净头发的同时洗干净头皮。抹洗发水前，先要用温水冲洗头发和头皮一分钟以上，随后，将洗发水倒在手心，加水打出泡沫后再抹在头发上，彻底洗干净头发。洗头时不要用指甲挠头皮，因为指甲中有许多细菌，挠破头皮会诱发感染，化学物质容易渗入和堵住毛囊，所以护发素要沿着耳朵附近经发尖方向涂抹发梢，不要使护发素碰到头皮。同时，护发素一定要冲洗干净，因为残留的护发素容易混合灰尘，黏附在头皮上，堵塞毛囊，引发炎症。"我说，"我们以前洗头，看来方法都没有完全对。"

"是这么回事。"小陈说。

"最近，电视上有个健康讲座，题目叫作《60岁开始重新学走路》，学走路是小孩子的事，60岁还要学？不错，走了几十年路，但走得不一定对。我们走路时，往往姿势不正，就要纠正，

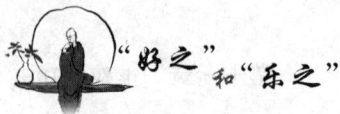

至于有益健康的走法，比如高抬腿走，后踢腿走，变速走等，更要从头学起了。"我说着，小陈笑了。

人要终身学习。学习这个词，和生活、工作这些词是紧密联系在一起的，你中有我，我中有你。人要生活一辈子，工作一辈子，就得学习一辈子，生命不息，学习不止。

"微弱的"和"尊严的"

自此以后，碰到我自己以为是错用词语的地方，也不会轻易作出判断，而是查查字典再说。有一次，在修订"微弱"这一词条时，摆在面前的是三个句子：

忽然，这里静得连微弱的呼吸声也听得清清楚楚。（形容词，指又小又弱）

这个时候，我仿佛听到了奶奶那微弱的说话声。（形容词，指又小又弱）

如今，他那微弱的身躯，又怎么受得了这般对待？（形容词，指虚弱、衰弱）

第一个句子，以"微弱的"修饰"呼吸声"，第二个句子，以"微弱的"修饰"说话声"，都没有问题，我们平时都是这样搭配的。

第三个句子，用"微弱的"去修饰"身躯"，我就觉得不妥。"微弱的"除可以修饰声音之外，也可以修饰"灯光""光线"等，但应该不可以修饰"身躯"。与"身躯"搭配，可以用"虚弱""衰弱""孱弱"，我平时一般不会用"微弱"。但我不忙于否定它，而先去查一查词典。翻开词典，得知撰稿者这一例的解释和所造的句子正是来自这部词典。它举的例子就是"微弱的身躯"。这时候，我就知道当初的"觉得"错了。类似的例子很多。我以前知道，"火力"是指炸药发射、投掷或引爆后所形成的杀伤力和爆破力，比如"这种炮火力大"。也知道是指石油、煤、天然气等从燃料所获得的动力，比如"这种炉子火力强劲"。但我不知道"火力"有时是指抗寒能力，比如"年轻人火力旺"。我以前知道"火气"这个词可以用在年轻人身上，"年轻人火气足，不怕冷"，这个"火气"是指人体中的热量。"人体中的热量"足不足，跟"人的抗寒能力强不强"是两码事，在什么时候用哪个词，要分清楚。"个子"指人的身材，比如"高个子"，以前常用。"个子"还有什么用处？很少注意到。原来，某些捆在一起的条状物也叫个子，比如"谷个子""麦个子"等，这个用法也是我新学到的。跟"个子"差不多的"个儿"，比如"他个儿高大"，这是常用的；它的另一用法却很特别，比如"跟我下象棋，你还不是个儿"，这里的"个儿"解作"够条件的人"。这是方言，过去我也没这样用过。"交通"一词是指运输手段和运输方式的总称，比如"这个城市到处交通挤塞"，这是我过去常用的。其实"交通"还有结交、勾结的意思，比如"这种交通权贵的行为，是令人无法容忍的"，这种用法也是我新近学到的。

有一次，修订"尊严"这一词条时，面前摆着的是三个例子：

尊严的讲台对老师来说很重要。（形容词，"尊贵庄严"的意思）

王老师既尊严，又能对学生循循善诱，因而获得学生的好评。（形容词，"庄重而有威严"的意思）

民族的尊严不容忽视。（名词，"可尊敬的身份或地位"的意思）

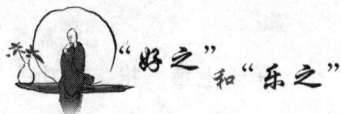

乍一看我就觉得第一例有问题，国家可以讲尊严，民族可以讲尊严，讲台怎么可以讲尊严呢？一查词典，确实可以，词典中举的例子就是"尊严的讲台"。

有一次，修订"浓郁"这一词条，面前摆着的也是三个例子：

喜欢音乐的美芝对音乐之都维也纳有着浓郁的感情。（形容词，"色彩、情感、气氛等浓厚"的意思）

店铺里浓郁的蛋糕气味，吸引了很多人前来光顾。（形容词，指气味浓重）

这座山上有一片浓郁的枫树。（形容词，"浓密、繁密"的意思）

看后，觉得第三例有问题，因为我认为，不能用"浓郁"去形容树。在浓郁前加上"树叶"，这样更合理些。但我没有加，而去查《现代汉语词典》。词典在"繁密"的词义下有一个例子："浓郁的松林"，这跟"一片浓郁的枫树"是一个用法。"松林"可以称"浓郁"，"一片……枫树"当然也可以用"浓郁"去修饰了。

当初，我觉得"身躯"应该用"瘦弱"等词来修饰，不应该用"微弱"来修饰，事实上却可以用"微弱"来修饰；当初我觉得"国家""民族"可以讲"尊严"，而"讲台"不应该称"尊严"，事实上词典上却有"尊严的讲台"这一提法。我觉得"浓郁"一词应该用来形容"树叶"，而不应该用来形容"树"，事实上却可以。类似这样的事情给我们以什么样的启示呢？我们平时常常会想，事情应该这样，不应该那样，那是按一般道理来想的，然而在实际生活中，不合乎"一般道理"，你说"应该"这样，而它实际上另一样的事情却屡见不鲜。在城乡建房子，一般都是一座座方方正正，街道纵横的，但在滇川两省交界纳西地区的俄亚大村，全村 198 户人家的房屋依山而建，一栋栋连成一个整体，形成蜂巢形状，人称蜂巢古寨。在这里，每一家的屋顶都是后面一家人的晒场，随便走进一个家庭，你就能通过露台、楼梯、墙垣抵达村子里任何一家。冰洞，一般是冬季结冰，可是神农架的冰洞却相反，冬季无冰，夏季却结冰。天气越热，它里面结的冰柱就越多，越大。在一般人看来，植物是用叶子进行光合作用的，可是生长在沙漠地区的梭梭树，却用嫩枝进行光合作用。事物是丰富多彩的，有些事物有时会有一定的格式，有时可能没有；有一般，就可能有特殊，有例外。我们任何时候都没有权利以"应该""不应该"为借口，否定它的存在。不然，我们就不用对事情进行具体分析，而要事物"迁就"我们的头脑了。

　　话说回来，我们平时在写作的时候，一般都会按合乎"一般道理"的原则去遣词造句，一些过于"例外"或者"另类"的搭配，虽然合法（语法），却很少使用。我曾问过多个当年在报社当编辑的旧同事，他们都说，一直以来，他们都把"一向"作副词用，几乎没有把它作为名词，说"前一向怎么样""后一向怎么样"的。他们也一般用"虚弱""衰弱""孱弱"去形容"身躯"，而不会用"微弱"去形容。他们一般用"尊严"去形容人和国家，很少用来形容讲台。这样的例子，我们还可以举出很多。"朝代"一词，是指建立国号的君主统治的整个时代，比如明朝、清朝，明代、清代等。但也有例外的用法。明朝顾秉谦、黄立极、冯铨等编撰的《三朝要点》，里面讲的"三朝"是指明朝中的万历、秦昌、天启。近代作家许啸天的《明宫十六朝演义》中的"十六朝"，是指明朝洪武到崇祯共 16 个皇帝当政的时期。这些"例外"的用法，是"语法史"上存在的事实，却很少有人跟着使用；我们这些当编辑的，也很少跟着使用。汉语词汇十分丰富，选词的自由度是相当高的，我们倾向于采取普通的用法。

"好之"和"乐之"

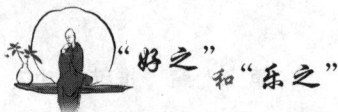

在编撰《活学小词典》的时候，我们特别注意词义的丰富性。在词典中，我们很少选用单义词。多义词也尽量选用有三个不同词义的词。一个词有三个词义，可以令学生在学习时有所比较，加强学习的兴趣。但是，小学生平时学习的词，有两个词义的词比较多。在这样的情况下，我们便努力去"寻求"它的第三种词义，令一个词在三个句子中有不同的意思。另外，一个词的词义比较多，常用的只有两种，要不要列出第三种，也要用心思考。

有一次，修订"纵横"一词，撰稿者只写了两个词义方面的例子：

这半个月来，他纵横半个欧洲，游历了很多地方。（动词，"奔驰无阻"的意思）

沙滩上，小路纵横，通往各个方向的都有。（形容词，指横一条竖一条的）

看后我觉得，"纵横"一词还有另一方面的意思可以写：

他写的文章气势磅礴，笔意纵横。（形容词，"奔放，无拘无束"的意思）

同样，"学问"一词，撰稿者只写了两组例子。

张教授是一位很有学问的学者。（名词，"知识、学识"的意思）

物理学是一门学问，要把它学精学透不容易。（名词，"能准确反映客观事物的系统知识"的意思）

修订时，我另外加了一例：

学问，学问，学就要问。（名词，"学习，问难"的意思）

当然，弄清词义，这是前提。有一次，在写"意味"这一词时，原稿写了两个例子：

暴风雪天气持续，我看到旅行计划泡汤了的意味。（名词，指所包含的意思）

人们都说，这个女星有点文学青年的意味。（名词，"情调、趣味、风情"的意思）

看过后，我认为"意味"指"所包含的意思"不大准确，应该是"含蓄的意思"，于是我把前面的例子改成：

他说话尖酸刻薄，常带着讽刺的意味。（名词，指含蓄的意思）

后面的一个词义，可以分成两个意思：

坐在瀑布边，听潺潺水声，看水花飞溅，意味无穷。（名词，指趣味）

人们都说，这个女星富于文学意味。（名词，"情调、风情"的意思）

这样一改，词义就显得更为丰富了。

通过"每日一词"学习计划学习词语，学生接触同一个词语的次数会比较多。

第一，句子在计算机屏幕逐个呈现的时候，学生就需要结合每个句子的上文下理去理解一个词语的意思。这个时候，学生就

需要看看屏幕右面的"活学小词典"。学生了解了该词语的意思，看完这三个句子，在做练习时就可以根据上文下理，判别句子中标识红色的词语的词义了。这样一来，学生就接触了同一个词语3次。

造句：
①你还记得当时那篇文章的内容吗？（答案①）
②他姐姐说的那番话是别有文章的啊！（答案③）
③你还不知道他，肚子里的文章多着哩！（答案③）

第二，在逐个句子做完练习后，屏幕会同时呈现三个句子，让学生分别判断同一个词语在不同句子中的词义。在这个过程中，学生又接触了同一个词语3次。

造句：
①你还记得当时那篇文章的内容吗？（答案①）
②他姐姐说的那番话是别有文章的啊！（答案②）
③你还不知道他，肚子里的文章多着哩！（答案③）

第三，翌日，计算机屏幕会呈现昨天学过的词语，让大家做有关练习，以巩固对有关词语的认识。在这个过程中，学生又接触了同一个词语3次。

①要写出一篇好文章来，确实不容易啊。（答案①）
②你没听出她话语里面的文章吗？（答案②）
③妈妈决定先去找舅父商量，因为他是一个肚子里有文章的人。（答案③）

第四，在星期日，屏幕会呈现整个星期所学的六个词语，让大家做有关练习，目的在于巩固和加深对一个星期所学词语的认识。在这个过程中，学生又接触了同一个词语3次。

第五，在第五个星期的测验周期间，我们要评估学生对过去4星期内学过的24个词语的学习情况。学生要在新句子中的空格处先填上适当的词语，然后判别其词义。在这个过程中，学生又接触了同一个词语3次。

总起来说，每个学生先后接触了同一个词语15次。每接触一次，大家脑子的长期记忆系统中便会留下该词语的一道痕迹。接触15次之后，所留下的痕迹便非常深刻。在不断的接触和提取中，随着学生对该词语的记忆越来越深刻，提取时就会一次比一次顺利。这对学生将来的阅读和写作，会很有帮助。

学生只要按照以上方法去做，便可以有效地学到有关词语。如果能够有恒心，长期参与"每日一词"学习计划，一星期便可以学习到6个词语，4星期就学习了24个词语，全年40个星期，就一共学习了219个词语。从小一至小六，便学习了1334个词语。通过学习、测验、反复练习，学生能够更准确地认识词语，运用词语的能力也会得到提高。在参与"每日一词"学习计划时，学生除了可以参考屏幕右面的"活学小词典"，还可以查阅其他词典，了解一个多义词的其他意思。慢慢地，学生就会养成查词典的习惯，这对学生的学习也很有好处。由此可见，参与"每日一词"学习计划，对学生来说非常有意义。这里说的跟词义的反复接触，也属"多读多写"中"多"的范畴，"一回生，两回熟"，跟一个词语接触得多了，自然就会"熟络"起来。

《每日一词》网页，在学生的个人档案中，详细记录了学生每天上网做练习的情况，包括学生学了哪个词语、接触了该词语多少次、成绩怎么样等。这些数据，都可帮助老师对同学、家长对子女学习词语情况进行了解。

第十八章　教与学

除了研究报告、专题论文、"每日一篇"篇章的写作，我们有时还有其他的一些写作任务。有些教与学方面的写作，给我留下比较深的印象。

教与学所面对的，这里所讲，主要是"小作家网上培训计划"的培训对象，有时也包括何教授在大学教授的学生。

为"小作家"而写

提高语文水平，要多读多写。多写，不是盲目地写，需要给他们以引导。2013—2014 年，按照"小作家"培训的要求，我们不时要为"小作家"写一些文章，或在月刊上发表，或在讲座上讲评。所写的文章，不讲理论，而是提供一些实例，可以说是提供"范文"。

范文首先要有针对性。写文章要做到主题集中。在一篇文章中，主题要尽量单一、集中、明确，抓住要点，把中心思想写深写透，而不要企图在一篇不大长的文章中解决很多问题，不着边际。为了帮大家弄清楚什么叫主题集中，我们以《我的老师》为题，写了两篇文章，一篇是主题不集中的，一篇是主题集中的，让大家通过对比来加深认识。

主题不集中的一篇是这样写的。第一段讲陈老师是我们的班主任，给我们上语文课，今年40来岁。这是文章的开头，没什么问题。第二段讲陈老师有一双锐利的眼睛。他上课的时候只要扫视一下大家，就马上知道哪个同学在认真听课，哪个同学在搞小动作。记得有一次，在上课的时候，陈老师让我们一边听课一边把重点抄下来。抄着抄着，我觉得无聊，便在一页纸上面画漫画。才画了几笔，忽然间，我发现陈老师逼人的眼光，像在问我："这一堂是语文课而不是美术课噢，对吧？"我顿时觉得很不好意思。文章作者写道："我发现，跟纪律、言语一样。老师逼人的眼神也有一种无形的鞭策力量。"看到这里，我们要明白，什么叫作文章的主题？所谓主题，是指文章内容所表现或说明的最主要的思想。上述那段文章最后"跟纪律、言语一样，逼人眼神也有一种无形的鞭策力量"这句话，便是文章的主题。文章第三段讲，陈老师很懂得包容学生，哪个同学犯了错，他都会帮助改正，从不横加指责。有一次，两个同学争吵，互相撕烂了对方的课本。陈老师教导他们不能这样做，引导他们互向对方道歉，和好如初，自始至终态度都很好。这段没有表达什么思想，所讲是文章的内容。第四段讲，陈老师知识丰富。他充分了解各方面的材料，上课的时候会滔滔不绝地把所了解的都讲给学生听，给学生传授了很多知识。有一次，他给我们讲到茉莉花，不但讲到茉莉花的习性、花期，还讲到茉莉花的花语、药用价值、经济价值、相关诗词等，非常详细。因此，我们非常佩服陈老师。传授丰富的知识，可以令人大开眼界。这后一句，"传授丰富的知识，可以令人大开眼界"也是文章的主题。第五段讲，陈老师善于用循循善诱的方式教导学生，启发学生思考，使学生把知识学得更牢固。比如，记叙文的要素，他就用提问方式，一步一步引导我们认识，使我们留下深刻的印象。这一段是写文章的内容，并无

表达主题。第六段讲，陈老师教学态度很认真。每一次，对同学的作文，陈老师都批改得很认真。大至作文主题，表达方式的毛病，小至一个错别字也不放过。有一次，我把"迁徙"的"徙"字的右边部分写成了"步"字。其实，"徙"的右边部分跟"步"字非常相似，只要批改时马虎一些，就不会发现写错，但陈老师偏偏发现了。他把那个错字圈出来，并且在旁边端端正正地写了一个"徙"字，生怕我看不清楚，下一次又写错。帮人改正错误也好，自己改正错误也好，最需要的是认真的态度。这最后一句，"帮人改正错误也好，自己改正错误也好，最需要的是认真的态度"也是主题。文章结尾段："陈老师是一个好老师。""陈老师是一个好老师"，是这篇作文的内容，而不是主题。也就是说，这篇文章全篇似乎没有主题，但通过文章第二、第四、第六段表达了这篇文章的主题，这样的主题有三个，犯了"多主题"的毛病。

所写主题集中的同题作文，就把上述三个段落表达主题的句子删去，然后在结尾段把全文的主题写出来：陈老师是一个对教育事业满腔热情的好老师。他工作热情，因而教学工作取得优异的成绩；他待人热情，因而得到同学们的喜爱。热情，是一个人在工作中和待人接物过程中的积极态度。"热情，是一个人在工作中和待人接物过程中的积极态度"这句话，便是文章的主题。

许多初学写作的同学不了解主题要集中这一原则。他们写的一些文章，有的没有明确主题，有的有多个主题，有的在写的过程中走了题，等等，这都违背了主题要集中这一原则。

这跟他们的认知有关。

有一次，有位在网上学习的"小作家"问我："有没有作家写过多主题的作品？"

"有。"我说，"内地当代著名作家王蒙的《风筝飘带》便是一部多主题的小说。它借鉴意识流的手法，以女主人公素素的心理活动为经线，记叙了她和佳原这对热恋中的年轻人生存的艰难，以及对美好生活的孜孜追求，既深入反映出 20 世纪 70 年代末一些年轻人的心灵世界，也涉及代沟所造成的两代人的隔阂，评论界认为，这是一部多主题的小说。"对这部多主题小说，在文学界和读者中有不同反响，有人说作者敢于探索，是'第一个吃螃蟹'的人，希望对他的尝试加以分析研究。有人却不以为然，说看不懂他的思路是什么，真正的主题是什么，令人摸不着头脑。"

"人家作家都可以写多主题的，为什么我们一定讲主题要集中呢？"他有些不解。

"我们讲主题集中，是就一般文章来说。《风筝飘带》是一部中篇小说，所写内容复杂，跟我们通常所写的文章有所不同。"我说，"即使一般的文章，有人要写成表达多主题的，也不会有人禁止。我们讲主题要集中，跟写文章的很多原则一样，是总结了许多前人的经验提出来的。但文章作法不是法律，并没有说不许大家写多主题的作品。比如，我们讲永动机是无法制造成功的，并不妨碍有人去制造一下试试。最后不成功，说明此路不通。比如写多主题的文章，如果读者不欢迎，慢慢地，就没人那样写了。"

"那无主题的文章也可以试试写了？"他得意地笑了。

"当然了。其实，不用你试，此前很多人都试过的，文学作品、艺术作品都有人试过。"

我给他讲了一个故事：元朝初年，京城里有人画了一幅画让人猜，上面是一个赤脚的妇人，怀抱着一只西瓜。上元节晚上，朱元璋出行，看见这幅图画，马上认定这是针对他家马皇后的，怀抱着西瓜的妇人赤脚，即是映射淮西的宿州人马皇后打赤脚。于是，"漫画家"被逮捕和问罪。

"那画家画了一幅没主题的画，不但一般人看不懂，还得去坐牢，这多不合算。"我说。

他伸伸舌头，不说话了。

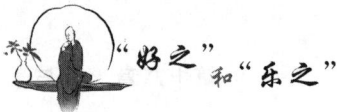

"写无主题的作品要坐牢，这不过是极个别的例子。"我说，"事实上，写这样的作品不但对自己无益，对读者也无益。写一大篇东西，博士买驴，废话连篇，读者看了，不知所云，不得要领，只能白白浪费阅读时间。"

主题不但要集中，而且要正确、鲜明、新颖，我们都会分别写文章加以引导。

主题不是空洞的，它要通过题材来表达。选择什么样的题材？我曾给一些年轻作者推荐了意大利作家瓦萨里写的《达·芬奇逸事》。

乔吉欧·瓦萨里，是意大利文艺复兴时期的作家，也是著名的画家和建筑师。他曾周游意大利各地，搜集米开朗琪罗、达·芬奇和拉斐尔等人的事迹，为这些著名艺术家写下了具有极高艺术价值的传记。《达·芬奇逸事》记述了达·芬奇的生活事迹和创作活动，展示了这位伟大的艺术家多才多艺、学识渊博，对艺术精益求精以及不为庸人所扰的艺术家风格，使我们读了以后，对这位伟大的艺术家有了更深的了解。善于抓住生动的典型事例作题材，是《达·芬奇逸事》的一个显著特点。为了表达达·芬奇对艺术精益求精的态度，作者不是空洞地议论，也不只是用一些概括性的语言去陈述，而是抓住一个个生动的事例，进行淋漓尽致的描绘。达·芬奇为一位农民的盾牌画盾面，就是一个生动的事例。达·芬奇接到盾牌后，发现其形体凹凸不平，制造得很粗糙，就先把他放在火上烘直，接着交给一个车工，细细加工，然后在盾面上涂了石膏粉，仔细调匀，再思索以什么为主题。选定以麦杜萨的头颅为题后，他在自己的房子里放了许多丑怪动物，把各自的特点加以改造综合，绘成一只万分恐怖的妖兽。这时，他房子里的那些动物尸体，已经发出恶臭难闻的气味了。妖兽画得非常逼真，他父亲来观看时，"不知其中底蕴"，竟吓得"惊惶退却"，转身逃走。看了作者对这个生动事例的描写，读者对达·芬奇艺术创作中精益求精的精神和他的艺术才能，留下深刻的印象。

在安排文章结构方面，怎样拟定写作提纲，怎样划好层次段落，怎样巧设过渡照应，怎样写好开头和结尾等这些大家关心的问题，我们也曾给"小作家"写过一些参考范文。以怎样写结尾来说。"头难起，尾难落。"尾怎样落，有各种不同的方法。把戏要耍，各有玩法；名酒好饮，各有酿法。同样的文章，前面段落的写法相同（或略有不同），结尾段落写法可以不同。用同一种表达方式，也可以引出不同的主题。同样是记叙，可以从这一方面记叙，也可以从那一方面记叙。同样是议论，也可以从不同角度议论，从而引出不同的主题。从理论上说，同样一篇文章，结尾可以用很多种不同的写法去写，引出无数的主题。下面两个示列，则从表达方式上去写作不同的结尾，前两段用记叙手法，结尾段则用不同手法。

题目：《学骑自行车》

1. 学骑自行车

（1）我很想学骑自行车，于是央求爸爸教我。爸爸很爽快地答应了。他说，一定要教会我踏自行车。

（2）这天，我早早起床，迫不及待地拉着爸爸来到练习场地。爸爸先自己骑到自行车上，向我示范他是怎么踏的，又告诉我应注意的地方。然后，他让我骑到自行车上，他自己扶着后座，让我尝试一边用双手握好车把，一边用双脚踏自行车。刚开始的时候，我手脚不能协调好，顾得把握车把来，却顾不得踏自行车。结果，自行车有时向左倾侧，有时向右倾侧，总不能取得平衡。我骑在自行车上，害怕会跌倒，口中不停地叫爸爸要扶好自行车。爸爸鼓励我说："没事的，认真去学，不要怕跌倒，就能学会的。"爸爸的话给了我信心，我于是放胆去踏。跌跌撞撞几次之后，我似乎掌握了其中的技巧，手脚开始协调了，但仍然骑得不够稳当。我没休息，继续不停地踏。爸爸说："是了，是

这样的了，加油！"我扭转头一看，原来这时爸爸并没有扶着自行车的后座啊。我不需要爸爸扶着后座，也能踏自行车了。我心里真高兴！接下来，爸爸完全放手让我自己踏自行车，他只站在一旁，一边看着我踏，一边说要注意什么，小心什么之类。经过一周的练习，我终于掌握了有关方法，能够顺利地踏自行车了。

（3）这次学车的经历，让我深深体会到，爸爸对我的爱是难以用笔墨来形容的。我就是在父爱的包围下，学会了踏自行车，也学会了珍惜和父亲相处的日子的。

（记叙学自行车的体会）

【提示：本文属于记叙学骑自行车的过程和体会的文章。结尾一段文字有点像议论，但实际上是记叙"我"的体会。这同结尾用议论的手法写并不相同】

2. 学骑自行车

头两段与前文相同，结尾段可以这样写：爸爸，谢谢你教会我踏自行车！事实上，你何止教会我踏自行车呢？在每一件事情上，你都在旁边教我、引导我。我成长的每一步，都记录着你的辛劳。

（抒发对爸爸的感情）

【提示：本文属于借学骑自行车这件事去抒发对父亲感情的文章。】

3. 学骑自行车

头两段也与前文相同，结尾段为：

如果我学骑自行车的时候，总是依赖爸爸扶着后座才能使自行车取得平衡；如果爸爸总是不放手，我就不能学会踏自行车了。学会踏自行车这件事如此，其他事也如此，总不能永远靠别人扶着走路。

（议论通过学骑自行车而懂得的道理）

【本文属于通过记叙学骑自行车这件事，论述了"总不能永远靠别人扶着走路"的道理】

4. 学骑自行车

前两段也与前文相同，结尾段为：

在回家的路上，爸爸推着自行车，我走在他的旁边。我不时偷偷地看一眼爸爸的脸。这是一张怎么样的脸呢？要说多皱纹，那是肯定的，爸爸已经不年轻了。可是，我并不嫌弃爸爸多皱纹，因为每一条皱纹，都是爸爸教会我一种本领的印记。再偷偷地看一眼，只见落日的余晖洒在爸爸的脸上，那皱纹随着爸爸的一颦一笑而跳动。这时，爸爸显得更英俊了。

（描写爸爸的脸）

【提示：本文记叙爸爸教我踏自行车这件事后，描写了爸爸脸上的皱纹，抒发了对爸爸教会自己本领的感激之情】

5. 学骑自行车

前两段与前文相同，结尾段为：

这件事，让我明白了，哪一种本领都需要认真去学，才能掌握得到。就像自行车，看别人踏，你会觉得轻松自在；换成自己去踏，就觉得难了，因为你还没有掌握这种本领。

（记叙踏自行车的体会）

【提示：同样讲体会，但体会与第一篇不同】

在写作怎样开头和结尾这些短文的时候，我参考过很多文章。在这些文章中，给我印象最深的是法国作家沙尔·波特莱尔的《穷苦人的眼睛》。在文章里，作者描述了这么一件事："我"和"我亲爱的"到一家新建的咖啡馆去，一个40来岁的穷苦人和他的两个小孩在门外欣赏这间咖啡馆。他们虽然衣衫褴褛，神情却十分严肃，注视着这崭新的咖啡馆，共同欣赏着。只是由于

年龄不同，欣赏的程度也稍有区别。父亲的眼睛在说："真漂亮！真漂亮！好像这可怜世界的金子都镶在这墙上了。"男孩的眼睛在说："真漂亮！真漂亮！可这房子只有和我们不同的人才能进去。"至于最小的孩子的眼睛，都已经看得入迷了，只表现出一种深深的愚蠢的快乐。歌儿里说，愉快使人心地善良，感情温柔，这对这天晚上的我来说可是说对了。我不仅被这一家人的眼睛所感动，而且我还为那些比我们的饥渴更大的酒瓶和酒杯而感到有些羞愧。"我"转过头来看着"我亲爱的"眼睛，"我"想从中发现"我的"想法，"我"探测着她这对美丽的眸子，这双奇特的充满柔情的蓝莹莹的大眼睛，爱神在这里居住，月亮神赋予它们灵感……可这时，"她"对"我"说："这些人像车门似的大眼睛真使我难受，你不能请店老板把他们从这里撵走吗？""我"被那一家人的眼睛所感动，而"我亲爱的"却因看到那些眼睛而感到"难受"。"我"原来以为在"我"和"我亲爱的"之间，"我俩所有的想法都是属于我俩的，我俩的心灵从今以后只是一个"。事实却给了"我"截然不同的回答。作了这样的叙述后，作者在文章的结尾写道："我美丽的天使，人与人之间多么难以互相理解，思想是多么难以沟通，即使在相爱者之间！"本文通过对"眼睛"的描述，揭示了这样的主题："如果观点不同，就不能做到互相理解，互相知心，就谈不上有共同的语言。"上面所说的主题，是在文章的结尾点出来的。可以说，这篇文章的结尾是写得相当好的，因此我会推荐给一些小作家看。

　　表达方式方面的写作示范，我们采用同样的方法，也就是用不同表达方式写一组同题作文，题目是《时钟》。用记叙、描写、抒情、说明四种表达方式各写一篇，然后用上述四种方式合起来写一篇，每篇 500 ~ 600 字。要写好这么一组文章，并不那么容易，以用记叙手法为例。我约了一位作者撰写。12 天后，他交来如下的稿子：

时　钟

每当看到挂在客厅的那个布谷鸟时钟，我就会格外珍惜时间。一寸光阴一寸金，寸金难买寸光阴，时间是很宝贵的。

那一年我刚上五年级，爸爸从外地买回来一个时钟。时钟一"进"我的家门，就引起我极大的兴趣。这是一个布谷鸟钟，木屋形状，上面雕有精致的人物、水轮、动物等。最让我感兴趣的是，只要时针指向整点或半点，在时钟上部的小门就会自动打开，一只"布谷鸟"弹出来。时钟发出"咕咕"的声音后，就会播出清脆悦耳的音乐。

爸爸安装好时钟后，就用手拨动钟盆上的时针和分针，调准时针表示的时间。我暗暗地想，等爸爸妈妈都不在家的时候，我就偷偷地玩玩这个有趣的时钟。

在一个星期六的上午，爸爸妈妈都有事出去了。我便开始实施我的"阴谋诡计"。我站在沙发上，举起手，用手指把时针转到三的刻度，再把分针转到十二的刻度。分针刚指向十二的刻度，小门打开，小布谷鸟弹出来。"咕咕"几声之后，音乐响起，水轮转起来，木屋上的人物在旋转着跳舞。真好玩！我又连续试了好几遍，觉得还不够过瘾！正当我想再玩一遍时，发现时针转不动了。我想用力转，又怕弄断时针。我又拉了一下松果锤，再转时针，可是仍然转不动。我知道，我把时钟搞坏了。（交代时间、地点、事情的起因和经过）这时，爸爸回来了。我走到爸爸跟前，低着头对爸爸说："爸爸对不起！我把时钟弄坏了。"爸爸说："孩子，爸爸真的有点生气。这不是因为你把时钟弄坏了，而是因为你在浪费时间。时钟的分针每走一圈，就代表一个小时过去了。一个小时过去了，再也不会回来，你的生命就少了一个小时。你可以利用这一个小时，做更有意义的事情。"听爸爸讲完，我的眼泪就掉下来了。爸爸的话让我懂得了时间的宝贵。（交代事情的结局）从此以后，我便懂得了要珍惜时间。时钟，

在时时刻刻提醒我，时间一去不复返，莫等闲，白了少年头，我会好好利用每分每秒，不会虚度光阴。（讲体会，结局的延伸）

这个初稿是用记叙手法写的，这一点大体符合作文的要求。第一段是倒叙，第二段是顺叙，用的都是记叙手法，这也对。"这是一个布谷鸟钟，木屋形状，上面雕有精致的人物、水轮、动物等。"这个句子，其实也是叙述，而不是描写。描写是描写事物的"样子"，但并非讲到"样子"的句子都是描写。上面那个句子，是用叙述的方法讲"样子"的。第三段有些句子是描写句。我们讲写作手法，是从一个段落来说的。在一个段落里，可能有一句是描写，还有一句说明，这一段落是运用多种表达方式了。事实上，个别句子虽然运用了别的表达方式，但整个段落运用的还是叙述手法。这篇文章的问题不在于运用的表达方式对不对，而是文章的内容有不当之处。弄坏了钟，跟懂得珍惜时间扯不上关系。小孩玩一玩，这样上纲上线过于牵强。当时小孩把分钟转了一圈，并不代表"一个小时过去了"，更不代表小孩的生命就少了一个小时。

听了我的意见后，作者把作文做了一些修改。修改了几次，都不大符合要求，最后我自己动手，把稿子改成如下样子：

时　钟

看着挂在客厅的那个布谷鸟时钟，我不时会想起刚购进这个时钟时的情景，想起爸爸教导我的有关做人的道理。（倒叙）

那一年，我刚上小学五年级，爸爸买回来一个时钟。时钟一进家门，就引起我极大的兴趣。这是一个布谷鸟钟，木屋形状，上面雕有精致的人物、水轮、动物等。最让我感兴趣的是，只要时针指向整点或半点，在时针上部的小门就会自动打开，一只"布谷鸟"就会自动弹出来，时钟发出"布谷布谷"的声音后，就会播出清脆悦耳的音乐声。爸爸安装时，我便寻思着，找机会

摆弄摆弄这个咕咕钟。(顺叙)

在一个星期六的上午，爸爸妈妈都有事出去，我便实施我的"计划"了。我站在沙发上，举起手，用手指把时钟针转到三的刻度，再把分针转到十二的刻度。就在这时，小布谷鸟弹了出来。"咕咕"几声之后，音乐响起，水轮转起来，木屋上的人物模型在旋转中跳舞。真好玩！我又连续试了几遍。正当我想再玩一遍时，发现时针再也转不动了。弄坏了时钟，我不知如何是好。因为害怕爸爸知道了会责骂我，所以跑回自己的房间躲了起来。爸爸回家了，我装作不知道。(交代时间、地点、人物、事情的起因和经过)

但是，纸是包不住火的，爸爸回来后，很快就知道了这件事。他猜透了我的心事，在我的房间外面说："弄坏了钟躲起来也不是办法呀！"我一听，脸"唰"地一下子红到了耳根。我慢慢把门打开了，呆呆地站在爸爸的面前。他见我低着头，不吭声，继续说："东西弄坏了就要说自己弄坏的，要告诉爸爸妈妈，自己有办法就自己负责修理，自己没有办法，让别人帮你。"说完三下两下就把时钟弄好了。(交代事情的结果)

我现在已经是中学生了。小学时的事，很多已经淡忘，但这件事我却记得很深刻。通过这件事，父亲教会了我一个做人的道理：遇到问题要敢于面对，敢于承担责任。(讲体会：结果的延伸)

显然，文章修改后变得合情合理，线索更加清晰了。

以上是《时钟》的记叙文。《时钟》的描写文、说明文、议论文，各写一篇，也都经历这样的写作过程，很不容易。正如前面所讲，所谓记叙文，并非全记叙，里面既有描写、议论，也有抒情，不过总体来说，用的是记叙这种表达方式而已。描写文、议论文、抒情文，也大体如此。一篇文章的体裁，由它主要使用的表达方式来决定，但有主必然有次。一篇好的文章，总要灵活

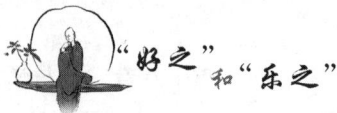

运用各种表达方式，不会只使用一种手法。

布封是 18 世纪法国著名的博物学家和散文作家。他写的长达 36 卷的博物学巨著《自然史》，是一部自然科学巨著，也是一部文学巨著。它语言优美，不乏艺术、形象的描绘，具有很高的文学价值。在《自然史》中有许多动物素描，属于描写文，但除了描写，也巧妙地运用了其他的表达方式。其中一则，在描写了马的形态特征、生理功能的同时，赋予马某种人格，歌颂了它们各种高尚的品格。除了赞扬马的外表美，还大赞其人格美：驯马是忠勇屈从的形象，野马是自由的象征。在所有的动物中间，马是身材高大而身体各部分又配合得最匀称、最优美的。作者写道，如果我们拿它和比它高一级的或低一级的动物相比，就发现驴子长得太丑，狮子头太大，牛腿太细太短，和它那粗大的身躯不相称，骆驼是畸形的，而最大的动物，如犀和大象，都可以说只是些未成形的肉团。这是叙述。作者说，马"和人分担着疆场的劳苦，同享着战场的光荣"，"有无畏的精神"等，这是议论。作者以细腻的笔法，把马的精神、举止，栩栩如生地刻画了出来。写驯马时，作者说，"它们也总是带着奴役的标志"，"并且还时常带着劳动与痛苦所给予的残酷痕迹；嘴巴被衔铁所勒成的皱纹变了形，腹侧留下一道道的疮痍或马刺刮出一条条的伤疤"，"它们浑身的姿态都显得不自然"。这是描写。写野马，作者写道，"它们行走着"，"它们奔驰着"，"它们避免和人打照面，它们不屑于受人照顾"，一幅"既不受拘束，又没有节制"的野马图便呈现在读者面前，作者对马的赞颂之情也溢于言表。

写完各种文体的《时钟》后不久，何教授以《时钟》这个题目，组织一所中学中三学生作文。在布置作文作业时，给他们讲授了利用各种表达方式所写《时钟》作文的情况。讲解了各种表达方式如何灵活运用，然后由他们自己写作。作文写出来后，从中选出一篇比较优秀的，由何教授去给他们授课，讲评。那篇比较好的作文，是作者结合自己的实际情况写的：作者的爸爸买了一个时钟送给作者，并把他挂在作者的房间里，告诉作者要多看时间。当初，作者在浪费时间时，需要爸爸指着墙上的时钟提醒："你看看，现在几点了？"后来，作者不用爸爸提醒，便能自觉地通过"时常望望墙上的时钟所显示的时间"，结合自己生活中的经验，体会到时间的可贵，从而更好地珍惜时间和充分地利用时间了。作者所表达的上述主题是鲜明的，清晰的，集中的，选材也较为恰当。从结构来看，线索也比较连贯、完整，有呼有应，顺理成章。如果开头能直入主题，结尾能减少重复累赘的毛病，那就更好一些。

写篇论文给一个学生看

那是为"小作家"写辅导文章之前的事了。2007 年初的一天，何教授跟我说："有一个硕士研究生写了一篇论文，我给他一个 B 分，他很不乐意，说他所有的功课都是 A，这篇论文也应该是 A，现在这个 B 对他有很大影响，要求改为 A。"

我说："你帮他改了吗？"

他说："当然没有，他的文章写得确实差。"

我问："是个男学生还是女学生？"我不知道为什么会提这样的问题，但既然问题提出了，便很认真地听他答复。

他说："是个女学生，她到办公室来找我谈，哭哭啼啼的，弄得我没有了办法。"

我说："你准备怎么办？"他明明说弄得他"没有了办法"，我偏偏去问"你准备怎么办"，像是明知故问，但事实上他不是没有办法，而是想出了一个解决办法。

他说："你帮我写一篇评语，评一评她这篇文章，同时找其

中几个段落分析分析她行文方面的毛病。另外，运用她的一些资料，用同样的题目写一篇论文，给她看看什么样的论文才是 A，让她心服口服。"

"给她的论文写个评语，或者找她论文中的一些段落分析分析，这是可以的，但另外给她写一篇论文，真的有必要？"我说，"她既然可以把一篇不好的论文当作好论文，那我们另外给她一篇好的论文，她不一定会服你，说你认为你那篇好，她却认为她那篇才好。"

"不会的，我们会给她分析，我们这篇论文论点是什么，论据是什么，运用了什么论证方法。这样的论文当然就好。"何教授说，"她那篇找不出有关优点，当然就不好，是非总有个标准。"

"一个学生写了一篇不好的文章，当老师的却要写一篇好的文章让她进行对比，我觉得这个方法虽然很好，但不宜提倡。如果对每个学生或者相当一部分学生都这么办，谁写不到好文章就写篇文章给谁看看，那这个老师就没法当了。"我说。

何教授笑了笑，说："那怎么办呢？我已经答应人家了，不这样办，没法交差。"

他这么一说，我真的感到为难了。当老师的总不能出尔反尔，于是只好妥协了。况且，教育方法有许多种，上大课，一对一，便宜行事，只要从实际出发，是没有不可以的。事实上，只要教学资源足够，"一对一"会比上大课更切合实际，效果会更好一些。

其实，我了解何教授的想法。平时，何教授所举办的各种教学活动，有别于一般老师。不少老师举办教学活动时，只选取那些成绩优秀的学生参加。而何教授举办的活动，让成绩好的学生、成绩中等的学生和成绩不好的学生都参加，确保学生通过活动都有不同程度的进步，并以实验数据支持。孟子"得天下之英才而教育之，三乐也"，何教授主张"得天下的好生、中等生、差生而教育之，一乐也"。他认为，只要教学得法，不但好生、中等生可以成材，而且差生也可以成材。他的这一想法，贯彻到教学研究中，也贯彻到日常的教学实践中。什么叫"教学得法"？其中一个要点是教学要有针对性。好生有好生的教学方法，中等生有中等生的教学方法，差生有差生的教学方法，不能千篇一律。同样是差生，这一差生与彼一差生情况不同，教学方法也应有所不同。"一对一"教学效果之所以好，是因为教学方法完全针对一个人的情况制定，完全切合实际。前面所讲那位硕士生，各科成绩都是 A，应属成绩好的学生，但成绩好的学生也有差的方面，议论文的写作就是她差的方面，也就是她的弱项。为了帮助她改变这一弱项，写篇论文给她看看，未尝不是一个好办法。

为了确保好生、中等生和差生通过学习，成绩都有所提高，何教授不断革新教学方法。比如，对学生的作文，除了在作文簿上作常规批改，还推广过符号批改和录音批改。叶圣陶 1980 年在语文杂志发表的论文中指出，一些老师对学生作文的常规批改，效果不大好，往往会徒劳无功，因而提出符号批改作文的方法。这是他的经验之谈，没有验证过。何教授却专门做了一个符号批改作文的实验。方法是在传统的精批细改之前，老师先复印学生的作文（副本甲），接着在正本上精批细改；在符号批改之前，老师先复印学生的作文（副本乙），在正本上作符号批改，然后由学生按照符号的批示进行修改，最后把修改后的作文交给老师。结果证明，副本甲，学生都不能修改老师曾经改过的地方；副本乙，学生大多能修改老师用符号批改的地方。SPSS 统计结果证实，符号批改作文的效果显著。用录音批改作文，也有它的优越之处。老师批改一篇作文大概用 15 分钟，红色的字有50～150个。录音批改，每分钟可讲200字，10 分钟可以讲2000字。在录音中，老师不但可以批改学生的错字错句，还可以针对整篇文章的思路发展以至结构等向学生提供修改意见。何教授先后在香港和内地进行用录音批改作文的实验，结果显示，参与实

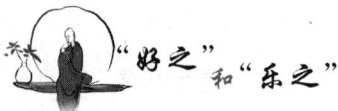

验的学生，作文成绩有显著的进步。想起何教授有关教育问题的想法，想起他符号批改、录音批改这些有效的教学方法，我对他"写一篇论文给一个学生看"这一教学举措也就心领神会了。

决心下了，就是行动。首先是为这位硕士研究生的论文写一篇评语。

怎样保证这篇评语的质量？我想起何教授一项关于作文批改质素问题的研究。

有一次，何教授跟我说："整理一篇资料，该怎样从作文卷中老师的批改情况判断其批改质素。"

我说："怎么这样讲？"

他说："目前教育部门的人也好，校长也好，家长也好，在看老师批改的作文卷时，往往只从作文卷中老师所写红字的数量来判断老师对作文的批改质素。他们拿起作文卷一看，老师的红字写得多，便说这个老师批改得好；如果红字少，就说这个老师批改得不好，甚至说他不负责任。事实上事情并非如此。"

我说："你所说的这种情况确实存在，因为红字的多少只是现象，我们只能透过现象看本质，看他具体批的内容是否正确，对学生的作文有没有针对性。"

他说："对，红字多有时说的都错，红字少说的都对，这当然可以分出好坏，但有时红字多，有些地方对，有些地方不对，红字少的也是这种情况。面对这两种作文卷，有时候就要进行分析。"

我说："对具体情况可以进行具体分析。在一般情况下，事物的本质通过分析都是可以认识的。"

他说："类似红字问题的，还有很多问题，比如关于批改粗略的问题、关于是不是要精批细改的问题。有些人主张，对学生的文章要精批细改，不但要指出思想、布局谋篇方面的缺点，而且要指出遣词造句方面的问题。总之，批改得越细致越好，不然就会被人认为是粗略。但另外一些人却认为，对学生，特别是成绩不大好的学生的作文，批改的时候要以鼓励为主，对他们作文中的毛病，不要太挑剔，不然就会令他们对作文产生恐惧。究竟是精批细改好，还是粗略一些好？哪一种批改方法叫作质素好？这也需要分析。"

我说："你所讲的，是对作文批改的两种意见，在理论上这两种意见都有正确的地方，也有不全面的地方，但都可以做出客观的分析。"

他说："我们先提出这个问题，因为在教学界从没有人提出过这个问题。作为提问题，我们是第一个，至于如何解决，我们以后再研究，再写一篇文章。"

于是，我花了一些时间，终于把资料整理出来了，从作文卷中老师所写红字的数量、批改的粗略、精批细改以及批改的目的和方法等方面分析了批改质素方面的问题，指出在批改方面的一些模糊领域。资料整理出来以后，他说："很好，目的已经达到了。"

不久以后，何教授就这个问题开展了一项专门研究。根据研究的结果，写出了关于语文老师对作文批改质素、判断能力问题的研究报告，这件事于是告一段落。

上述研究是针对中学生的作文批改问题的，对大学生的作文批改当然也适用。学生的作文有质素问题，老师的批语也有质素问题。质素的高低不在于红字的多少（篇幅的长短），而在于内容。

那位大学生所写的是"中国语文教育文学硕士课程"《说话和写作教学理论与中文教学》课的"专论作业"论文，题目叫《如何提高学生的写作动机》。论文分几部分：引言、分析架构、动机、影响学生写作动机的因素、提高学生写作动机的方法、结语。这篇论文存在什么问题呢？首先，在该论文中，找不出鲜明的中心论点。一篇论文必须有一个中心论点，如果能论证的问题比较复杂，无法通过一次论证去推出中心论点，那就要分层论

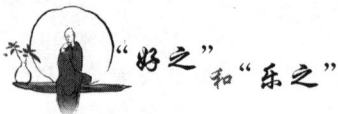

证，也就是说在中心论点之下设几个分论点，先论证推导出分论点，再把分论点作为论据，通过论证，推导出中心论点。也就是说，论点是议论文的灵魂，议论文的标志，没有了论点，议论文就不成为议论文了。这位研究生所写的论文，其要害就是没有论点，也找不出鲜明的分论点。文章虽然在开头就提出探讨从6个方面提高学生写作动机的问题，包括写作任务的布置、情境的创设、写作时的指导、评估及回馈、日常教学的配合及其他，但却没有一个观点把这6方面统起来。作者所列的6个方面只能作为资料的分类，并不能作为中心论点。其次，既然没有鲜明的论点，当然谈不上论据是否充分的问题。文章列举了不少学者的理论，但不等于这就是论据。论据是证明论点的理由和根据，由于文章本身没有论点，所以这里所列学者的有关理论，只是纯粹学者观点和材料的罗列，并没有担当起论据的角色。如果这篇论文有自己的论点，这些观点和材料当然可以作为论据，但光用别人的论据去证明自己的观点并不足够，还必须有事实材料，用事实来论证论点。最后，在议论文的写作过程中，为了阐明论据和论点的关系，需要运用适当的逻辑推理等方式进行论证，比如归纳论证、演绎论证和类比论证等。该论文由于缺乏必要的论点和论据，当然也谈不上很好的论证了。

"她这篇东西摘录了许多学者关于动机问题的观点和材料，可以叫专题文摘，是一篇资料性文章。"我说，"报刊理论版经常会登一些学术动态之类的资料，就属于这一类。不过报刊的学术动态专栏多数摘近期出现的学术观点和材料，而这位学生所摘是历来有关的学术资料，并不受时间限制。"

"说它是一篇资料性文章而不是论文，一点都不错。我给她B分，原因也就是在这个地方。"何教授说。

"对于一个硕士生来说，这样的论文给个B分已经太高了。如果我阅卷，严格起来，可能会给她个C分。"我说，"你给她B，还不服气？"

"她之所以不服气，可以说是缺乏专业知识的缘故。除了写作水平低，她还缺乏文章体裁方面的知识，不知道论文是怎么样的。"何教授说。

"她也可能太看重分数了，明明无理也千方百计力争。"我说，"对她的论文做一番分析，让她明白问题在什么地方，让她'心服口服'也好。"

于是，我把上述观点整理出来，形成对该论文的评语《对〈如何提高学生的写作动机〉一文的意见》。

写这篇评语，既要把问题点出来，又要说得比较婉转，不能伤了她的自尊心，所以十分讲究表达方式。

给她写的同题论文《如何激发学生的写作动机》一文，提出了这么一个问题：如何激发学生的写作动机？文章指出，帮助学生增强写作兴趣，是激发学生写作动机的根本途径。这个回答就是这篇文章的中心论点。为了证明这个中心论点，文章列出了3个分论点，那就是：第一，兴趣属于内部动机，是一个人沉迷于写作的动力；第二，兴趣属于"天赋的心理需要"，但也可以后天培养；第三，写作兴趣可以在多读多写过程中逐渐增强。在论证过程中，文章把观点展开，既讲了为什么，又讲了怎么办，令文章的内容显得更充实，例如，在讲"兴趣属于内部动机，是沉迷于写作的动力"这个观点时，又讲到在激发学生内部动机的同时，也要注意激发外在动机。在讲写作兴趣在多读多写过程中逐渐增强这个观点时，又讲到帮助学生克服困难，排除其激发写作动机的障碍：既要具体地帮助学生克服困难，更要帮助他们树立对困难的正确态度，又讲到帮助学生学会聚材，为提高写作动机打下基础：阅读是聚材的重要途径；既注重"读万卷书"，又注重"行万里路"。

论文的写作不能马虎，因为是给人家写范文的，既要论点鲜明，新鲜而又有意义，又要论据充足，不但要有理论方面的论据，而且要有实际方面的论据，同时又要恰当地运用各种论证方

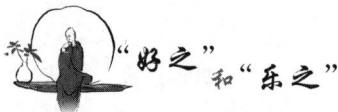

法。但不管怎么样，8700多字，任务终于完成了。两份东西交到何教授手上，他表示很满意，说准备交给那位硕士生，"要她认真看一看，想一想，一个星期以后再来找我，谈一谈想法"。他后来跟我说了事情的结局："那位学生很满意，说她想通了。说完，她指了指自己的脑袋。"何教授说。

"她是怎么想通的呢？"我想知道得详细一些。

"不怕不识货，就怕货比货，他说就是通过两篇文章的对比才想通的。"何教授说，"我们那文章，她反复看了许多遍，觉得它论点鲜明，论据充足，论证有力。关于论点，她的体会最深。文章的论点是什么，不是空口说白话，必须用表示判断的句子表达出来，而且句式要严谨简洁，不能拖泥带水。在示范文章中，这些句子都用粗体字标示出来，非常醒目，而在她自己的文章中，却没有这样的句子，如果要她用粗体字标出来，她也不知道标哪一句好，因为她写的时候就没有论点。"

"那我们这个办法对那硕士是很有帮助的咯。"我说。

"当然，当然，到了时候就开花，到了时候就结瓜，多一分耕耘，多一分收获嘛。"何教授高兴地说。

"你这次的做法一定令她印象深刻。当年箫炳基教授教你拟题的事令你念念不忘，多年后写文章把这件事记叙下来。"有一次，我跟何教授再谈到这件事时，这样说："你为一个学生写论文这件事，你的学生感受得可能更为深刻，多少年以后，她当了老师，可能仿效你这么做，把这种'一对一'的教学方法传之久远。"

"是吗？"何教授笑了。

"好的东西自然会有人传承下来的。"有一次，我跟一位朋友谈到何教授"一对一"的教学方法时，很有感慨地说。接着，给他讲了个故事：

在一个风雨交加的晚上，一个名叫郝仁的年轻人因为汽车抛锚被迫滞留在郊外。正当他万分焦急的时候，有一位骑马的男子

424

正好经过。见此情景，骑马男子二话没说，便用马帮郝仁把车拉到小镇上。当郝仁拿出钱酬谢他时，这位男子说："这不需要回报，但我要你给我一个承诺，当别人有困难的时候，你也要尽力帮助他。"于是，在后来的日子里，郝仁主动地帮助了许多的人，并且每次都会把那位骑马男子的话转述给得到他帮助的人。许多年后的一天，郝仁被洪水困在一个孤岛上，一位勇敢的少年冒着危险救了他。当他感谢那位少年时，少年也说出了郝仁那句话："这不需要回报，但你要给我一个承诺，当别人有困难时，你也要尽力帮助别人。"

"郝仁做的事和何教授所做的有些不同，但好的东西会被传承下去，这个意义是一样的。再过若干年，何教授这一教育方法不可能重复实施到他身上来，但实施在他的后代某个人身上却是有可能的。"说完这个故事，我说。

"何教授似乎没叫那女大学生传承这一做法啊！"我的朋友笑着说。

"知识分子做事，不要你什么都讲到明的，他会自己'发挥'的嘛！"我说。

"翻新"

有一次，何教授给我传来了一份关于《由孔融让梨引发的思考》的资料，叫我考虑是否写一篇文章。资料称，孔融让梨是一个妇孺皆知的故事，然而孔融让梨的行为在当代却受到了人们的质疑。网上曾有人发出这样的帖子：某小学在上语文课时，老师讲了"孔融让梨"的故事，然后要学生写出孔融让梨的动机。在交上来的答卷中，学生指出孔融让梨出于各种动机，主要可分成

四类：梨烂了；当时孔融正好牙疼；为了叫拿梨的人帮他做作业；为了要成名。发帖网友还给出第五种理由：因为孔融还有一箱梨。从上面的例子我们不难看出，在现在的一些孩子眼里，孔融让梨的行为是不可思议的。因为根据他们有限的生活经验来看，自己是家庭里当之无愧的小皇帝，什么好吃的、好玩的不都是优先享用？还需要"让"吗？

"孔融让梨"的故事是千古美谈，人人都看到那个"让"字，觉得"让"是美德。人人都让，不就天下太平了吗？但有人认为，其实这是太理想化的想法。人性是"贪"的，"让"是违反基本人性的，是不自然的举动，人人都"让"是不可能的。西方精神讲求的是"平分"。严格讲，"平分"不是不贪，只是公平。其意义是，既然双方都贪，那就一人一半。以这种精神来看，"孔融让梨"应该说成孔融分梨才对；只分一半给兄弟而不是全部给兄弟，那就符合人性了。平分，那是凡夫俗子也能做得到的。竞争，是来自西方的主张，跟华夏文化所主张的礼让是矛盾的。

何教授在电邮这份资料的同时，也寄来了几篇质疑孔融让梨精神的文章，建议我考虑一下有什么新的角度可以写一写。他举例说，比如有人讲，孔融让梨这样的故事会让小孩子失去"童真"，这个角度是否可以写？

我首先认真研究了有关资料，然后开始考虑这个问题。孔融让梨的故事原本出自《三字经》："融四岁，能让梨。"孔融4岁的时候怎么样让梨，历史上没有记载。在当代，则有人把孔融让梨的故事演绎成如下的情节：孔融有五个哥哥，一个弟弟。有一天，一家人在家里吃梨。大家让孔融先拿，孔融就挑了一个最小的。他父亲见了，心里很高兴，觉得这个小孩才4岁，可是却很懂事，实在不简单，于是故意问他："为什么你只拿小的，而不拿大的呢？"孔融回答说："我年纪小，应该拿个最小的，大的留给哥哥吃。"父亲又问他："你还有个弟弟呢，弟弟不是比你还小吗？"孔融说："我比弟弟大，我是哥哥，应该把大的留给弟弟吃。"父亲听了，哈哈大笑道："好孩子，好孩子，真是一个好孩子！"

孔融4岁，知道让梨，上让哥哥，下让弟弟，当然也让父母，大家都称赞他。我想，孔融之所以值得称赞，就是因为他懂得"让"。孟子说："恻隐之心，仁之端也；羞恶之心，义之端也；辞让之心，礼之端也；是非之心，智之端也。人之有四端也，犹其有四体也。"（《孟子·公孙丑上》）孔融的"让"就是孟子所讲的"辞让"。辞让之心，属于"礼"的"端绪"、萌芽。如果没有"让"，讲"礼"就是一句空话。试想一想，假如孔融平时很讲礼节，见到哥哥都认真打招呼，但是有梨子要争最大的，有玩具要争最好的，有衣服要争最漂亮的，那孔融还有什么"礼"可言，我们还可以说他是一个懂礼的小孩吗？孔融如此，社会上其他人也如此。我们时常可以看到这样的事例：在一条狭窄的道路上，一个司机给另一个司机让路；在公共汽车上，一个年轻人给有需要的人让座；在官场上，甚至可以见到一些当权者让贤、让位，如此等等。通过这些现象，我们不都可以体会出"礼"的含义吗？

有些人觉得，家长向年纪这么小的孩子灌输这样的礼让观念似乎不合适，这会令一个小孩子失去童真。我想，什么叫童真？当然，有些人在小小年纪时争吃争玩，这未尝不是一种童真，但孔融小小年纪却懂得让，连他父亲也觉得他懂事，有礼貌，从而觉得他很可爱，这何尝不是一种童真呢？问题不在于有没有童真，而在于哪种童真好。《三字经》里面讲："人之初，性本善，性相近，习相远。"就是说，人们出生的时候可能情况差不多，都会有争吃争玩这样的天性，但是由于"习"与"不习"的关系，有些人变得越来越懂礼，有些人则相反。之所以如此，这同家长有没有对孩子实施早期教育很有关系。有些人从小向孩子灌输正确的观念，教导他们懂礼，习惯成自然，懂礼的好习惯就会

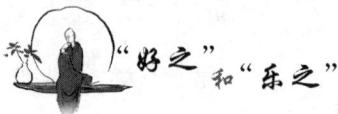

形成。如果到他们年纪很大才实施这样的教育，效果往往会差得多。"养不教，父之过"，教，应该从小孩开始。当然，对小孩实施教育，应该跟对大人的教育有所不同。我们不能跟小孩讲长篇大论的大道理，大讲特讲孔夫子仁、义、礼、智、信那么一套，但跟他们讲"让"，让哥哥，让弟弟，这是完全应该的。4岁就教他们礼让？这里的问题不在于在他们几岁的时候教他们，而在于要不要教他们懂得礼让。孔融天资聪敏，4岁之前就可以教，有些人可以5岁、6岁的时候才教，总之是要教。不教，让他们一直"童真"下去，行吗？

因此，针对质疑孔融让梨精神的言论，我们写的文章除了讲上述观点，还要强调孔融让梨的故事所体现出辞让这一良好品德，直到今天还有其积极的意义。树立礼让的道德观念，关键在于提高对树立这种观念重要性的认识。孔融让梨的故事，不但应该跟小孩讲，而且应该跟大人讲。作为礼的一部分的辞让品德，是人与人之间关系的调节剂。我们平常讲："退一步海阔天空"，这讲的就是"让"。有人认为，当今时代，我们只应提倡"分享"，而不应该提倡"让"。其实，"分享"本身就是一种"让"。我们前面所引的故事讲，有多个梨子，孔融自己挑一个小的，让其他人吃大的，这不就是"分享"吗？当然，孔融让梨的故事还可以有其他演绎方法。比如他只有一个哥哥，没有弟弟，父亲给他一个梨，他把梨切开，半只让给哥哥，自己吃半只。或者梨子切开了，父亲叫他吃大的一半，他却把大的一半让给哥哥，自己吃小的一半。以上都是"让"，也属于分享。又比如，孔融7兄弟，只有6个梨，孔融自己不吃梨，让其他人吃，这也是"让"，我们姑且称它"全让"。"让"的形式有很多，如何"让"，这由当事者根据当时情况而定，但"让"的精神同样可贵。有人说，分配应该平分，你一半，我一半，这样才公平。其实，讲礼与讲分配，是两个不同的范畴，辞让和平分也是两个不同的概念。在谈到分配的时候，我们要讲公平；在讲礼的时候，我们要讲谦让，两者并无冲突。有些朋友将辞让和竞争对立起来。有的人认为，在当今社会应该提倡竞争，而不应该提倡辞让；有的相反，认为只应该提倡辞让，而不应该提倡竞争。以上两种观点，都有偏颇之处。讲辞让和讲竞争，其实也无冲突。我们再把开头孔融那个故事演绎一下。那些梨子是孔家自己的果园生产的，为了使这个果园生产出更多的梨子，孔融（长大了的孔融）和他的兄弟可以想办法或者出力气去增加水果的产量，这时，他们在出力多少、献计多少这些问题上就可以竞争，看谁有办法，看谁出的力多。他们在吃梨的时候互相辞让，在为增产梨子的问题上互相竞争，这不就把辞让和竞争统一起来了吗？其实，辞让和竞争，两者缺一不可。没有辞让，社会就没有良好的道德；没有竞争，社会就不可能继续发展。一个社会要发展，就要鼓励人们的工作热情，开展竞赛，看谁出力多，献计多，而不能只讲辞让。当然，在任何竞争环境下，人们也不应该丢掉辞让这一品德。总而言之，孔融让梨的故事，是一个好的故事。这个故事所说明的道理，值得人们去认真思考。孔融的行动，至今还值得人们仿效。

"这样写，是否角度不够新？"我讲述上面看法时，何教授问。

研究工作也好，写作活动也好，何教授都十分强调个"新"字。

有一次，他把一大沓文字稿交给我，上面有1000多条成语，说要编一部成语小辞典。成语条目是从台湾出版的一本词典书上来的，原来有类别。他说，我们自己重新分类。我看了一遍，成语原来以笔画次序来编排，找一些成语词典来看，也大概如此。我想，要分类也不难，于是我按通常用法，把它们分成十几项：自然和环境，军事和政治……我把目录交给他，跟他商量。他说，按自然和环境、军事和政治这样去分类，比较一般，不适合学生用，是否可以按写作需要来分，搞一个写作成语小词典？原来他说要分类，但没说清楚，这么一说，清楚了，我便重新分：

时空，风景，事件，人物外貌和性格，人物心理……这次分类，他比较满意。"这样一来，可以供学生写作文时使用。"他说，"这是一种新的分类法，以前编词典，似乎没有人这么分类过。"

何教授不但强调编辑、写作要有新意，而且强调讲话也要做到有新意。有些学校在举行什么典礼时，会邀请他出席并讲话。当有关学校的校长打来相邀的电话时，他总会说："我不能马上答应你。我要想一想有什么新的话要讲。如果有，我定会讲；如果没有什么新的话，我就不勉为其难了。我会尽快答复你。"然后他会考虑几天，再做出决定。事实上，他每次这样的讲话，都是一篇有新意的文章，能给听者以有益的启示。在一些中学、小学生的毕业典礼上，他曾经几次以作文为题发表演说，表示了对学生的祝福和期望。每次以作文为题，容易"老生常谈"，而他的讲话却努力避免出现这个毛病。例如，某校举行毕业典礼，他用《通过修改，写一篇出色的文章》作为题目发表讲话，意思是，希望毕业学生像通过修改，把文章写得更出色一样，不断修订自己的人生目标，将来为社会做出更大的贡献。他讲，为什么要把人生目标的修订比作文章的修改呢？这是因为，人生目标和文章一样，都是一个不断完善的过程。许多好文章都是改出来的，一蹴而就的成功作品很少。然后讲，古人说："志当存高远。"但是，一个人志向的"高"和"远"并不是一出生就定下来的，而是通过不断修订才能确定的。志向本来不"高"、不"远"的，可以通过修改，使它变得"高"和"远"。接着讲，要修改好文章，首先要找出文章的缺点；要修订好人生目标，首先要发现人生目标的不完善之处。最后讲，文章的修改和人生目标的修订既有相同的地方，又有不同之处。文章的修改可以在纸上完成，人生目标的修订就要通过实践来体现。"现在大家已毕业，开始了人生目标的另一个新起点。面对新的环境，面临新的情况，这是一个关键的时刻。我希望在这样的情况下，大家对自己过去写出来的文章初稿，作出满意的修改，让它展现出崭新的面貌，让'读者'有个惊喜。"他在讲话中这样说。过不了几天，又有一所学校的毕业典礼邀请他讲话了。他讲的题目是《设计好尾段，把下一篇文章写好》。他说，"设计好尾段"，是作文布局谋篇的首要任务之一。你们已经小学毕业，好比刚写完了一篇文章，不久，你们就要进入中学，开始写下一篇文章。在写这一篇文章之前，就要做好布局谋篇的工作，特别是设计好"尾段"。在今后的 6 年里，要争取什么样的成绩，达到什么样的人生目标，应该有一个部署，这就是"尾段"的设计工作。老师不是经常对你们说，好的文章结尾大都是"点睛之笔"吗？你们为自己设计好这 6 年最后要实现的目标，这就是"点睛之笔"。或许有的同学会说："中学有 6 年时间，未进中学之前就要设计好'尾段'，似乎有点言之过早。"事实并非如此。大家都听说过"成竹在胸"的成语故事。北宋有个画家叫文同，最擅长画墨竹，平时他经常观察竹，把不同地方的竹在不同时间的形态、特点深深记在脑海中，要画竹了，脑子里的资料就自然浮现，因此画起来十分顺手，一挥而就。大诗人苏轼因此说他"故画竹，必先得成竹于胸中"。文学家晁补之也说"与可（文同的字）画竹时，胸中有成竹"。这就是"胸有成竹"这个成语的由来。人们用这个成语比喻事先有成算。这里所谓的"成算"，其实在作文中主要就指尾段。画家要画好画，需要胸有成竹，同样，要写好作文，也要胸有成竹。写到哪里算哪里，写尾段的时候匆匆收场，或者画蛇添足，都不会写得出好文章。所谓成竹在胸，就是要写好提纲，包括设计好尾段。俗话说，"编筐编篓，重在收口"。设计好尾段，就是把"筐篓"的"口"收好。这些，就是何教授讲话的新意。

　　强调"新"，这是何教授治学的一个原则。现在，面对我关于孔融问题的观点，对以这种观点写出的文章，"是否角度不够新"的担忧，那是很自然的。

　　对此，我也反复地进行了思考。写文章讲究个新字，要标新

立异，题材要新颖，主题要尽可能出新意，写的角度也要新。文学创作要讲求新，所有艺术创作都要讲求新，不可千人一面，陈陈相因。西班牙的巴塞罗那是建筑师高迪作品的博览会。有人说如果你一生只有一次旅行机会，最好选择到巴塞罗那看看高迪的作品。高迪的作品独树一帜。其他建筑大多是直线的，高迪的作品几乎完全是曲线。高迪说，直线属于人类，曲线属于上帝。但我觉得，是不是非要人直我曲，那才叫新呢？有些建筑，比如纪念馆、博览会等，"曲线"运用得好，没有问题；如果是住宅，都要曲线，那就有问题了。除非我们的床铺都要做成"曲"的，全家人都要"曲"着身子睡。有时"曲"是创新，有时"曲"是胡闹。有人说高迪是个了不起的建筑师，有人说他简直是个疯子，原因大概就在这个地方。最近，有人对孔融让梨的故事提出了疑问，并且把这看成是"反向思考"，是创新，事实果真如此吗？在这个问题上，我们需要独立思考。

这是我的想法，要不要把这想法如实跟何教授讲呢？这是需要考虑的一个问题。有过合作写作经历的人都知道，有的人，特别是如果他是你的上司，提出一个设想的时候，你是不能提出否定意见的。你认为这样好一些，他认为那样才好，结果只能按照他的意见来写。何教授则不同，他能虚心听取别人的意见，从善如流。在过去多次合作中，我都能感受到这一点。于是，我毫无保留地说出了自己的想法。

"平时，我们强调要新颖，这一点是肯定的，但新颖得有个前提，那就是正确。"我说，"本来，正面讲述孔融让梨精神的意义，是缺乏新意的。但我这篇文章针对当前社会上质疑的声音来写，有针对性，就显得新了。我把我的这种写法叫作'翻新'。"

何教授笑了。

接着，我还跟何教授谈起那些质疑孔融让梨精神的人的思想方法问题。我讲，现在社会上有些人喜欢就一些古典作品提出疑问，认为这可以表现自己善于反向思考的能力，其实这些都毫无意义。比如,《愚公移山》的故事,有人提出各种疑问:"为什么不搬家,要移山?""子子孙孙做下去,儿子孙子会做吗?"中学生为了活跃思想,这样讲讲是可以的,但写成文章,人家会觉得他们幼稚、无稽、钻牛角尖。面对困难,需要愚公移山这种精神,明白这一点就够了。你反驳,除非你不要那种精神。孔融让梨的故事也一样,我们明白这个故事的寓意就可以了,不必过多挑剔。

何教授对我的看法表示赞同。

我们写孔融让梨这篇文章,在让读者了解我们的想法的同时,也了解我们怎样想。如果读者是学生,这一点尤其重要。要教学生学会写作方法,更要教学生学会思考方法。

第十九章 笔下"莲岛"

"每日一篇"有供澳门中小学生阅读的网页，所以也要写一系列人称"莲岛"的澳门"本土"的文章。2014 年前后，曾经有几段时间专门写澳门，每次百十篇。

跟写香港一样，所写澳门，论体裁，包括各个门类；写历史，从古至今；写地理，遍布各个角落。怎么写，也颇费脑筋。

抓特点

写澳门的地理风貌、名胜古迹、旅游景点，注意抓住特点。

澳门有个螺丝山公园。怎么介绍这个公园呢？我决定用游记的方式去写，题目就叫《游螺丝山公园》，用小朋友第一人称去写。开头第一段就是：

星期天，爸爸、妈妈和我一起去游螺丝山公园。

接着，文章交代了公园的地址和几个名称：

　　螺丝山公园建于螺丝山，所以叫螺丝山公园；因它又建于马交石范围，故又称马交石公园；传说曾经有俄罗斯人在公园的山上隐居，因而又称俄罗斯公园。一个公园有三个名称，那倒是挺有意思的事。

　　作了简单交代以后，就写公园的特点了。我是通过景物描写和语言描写去写的。

　　天高气爽，我们一早就来到螺丝山公园了。一入正门，我们就见到几棵高大的刺桐树。这时正是冬末春初时节，刺桐树正在开花呢。满树鲜红的蝶形花，与翠绿的叶子相互映衬，十分好看。

　　"那棵最大的刺桐很有名气，它是澳门两棵最大的刺桐之一。"爸爸向我们做了介绍。

　　"那它应该算是一棵很古老的大树了。"我说。

　　"那倒是，"妈妈说，"在这里，古老的大树还多着哩。"

　　果然，放眼一看，正门平台左侧路边正有一棵。

　　"那应该是蒲桃树，我们屋苑小湖旁边就种了蒲桃。"我抢着说，并指向那棵树。

　　"不错，是蒲桃树，但它跟我们屋苑的蒲桃有些不同。"爸爸说，"这是海南蒲桃。"

　　在这些描写之后，继续写到，说话间，大家又看到一棵古老的假菩提榕。后来，又看到几棵假苹婆树、一棵樟树，还有不那么古老但也很高大的树，比如朴树、潺槁树、罗望子树等，不胜枚举。

　　写过公园的树木之后，便写公园的道路了。文章讲，参观时，我们走的是回环主径。主径之外，支道纵横，路路相通，"好像蜘蛛网一般"。园中不但树多，花草也多，正是：全园尽

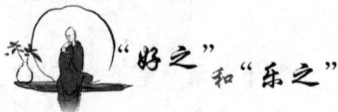

绿，处处清幽。

我们依着公园的路径盘旋而上，一直走到螺丝山的山顶。那里建有一个螺旋形的人工眺望台。从那里往下望，黑沙湾区以及渔翁街一带的景色尽收眼底。

从山顶下来，我们去看了看儿童游乐场。游览结束之前，我们进入离大门不远处的一间餐厅，坐在那里一边饮茶，一边吃着葡式美食，一边欣赏风景。

以下便是关于螺丝山公园特点的总结了。文章也是通过语言描写的方法去写的。

"你们看这个公园有什么特点？"爸爸突然向我们提出了这么一个问题。

"特点？古老大树多。"我说。

"还有，公园依山而建，道路从山下回旋到山顶。"妈妈说。

"你们说的都对，还有没有其他呢？"爸爸像是一位课堂上的老师。

"它是乘凉的好地方！"我像突然发现新事物似的，兴奋地说，"树下、路旁，公园每个角落都摆放着乘凉的椅子。可以说，园中的椅子多不胜数！"

"对了，这是澳门最多乘凉椅子的公园。"像看到一张好答卷似的，爸爸说，"你能发现这个特点，说明你肯动脑筋，很好。"

得到爸爸的赞赏，我很高兴。爸爸又说："古老大树多，公园依山而建，乘凉椅子多。这是螺丝山公园的三大特点。掌握了这三个特点，我们对这个公园的印象就更深刻了。"

最后，是点题：

是的，掌握特点，是了解事物的一个重要方法。

文章是写一个公园，但不简单地作介绍，而是从思想层面上去总结游公园的意义，这可以令读者从中受到启发。

"写时注意抓特点，你也试试看。"我对小黄说。小黄肄业于华南农业大学，学的是农科，但对语文却很感兴趣。我要她写一些小一至小四学生阅读的篇章，每篇 100～500 字。

"写些什么呢？"她问。

"你最近不是写澳门的宗教和公共建筑吗？公共建筑写过很多了，继续写教堂建筑吧。"我说。

澳门的宗教和公共建筑的南欧风格，涵盖了古希腊、罗马、文艺复兴、巴洛克、新古典主义等不同时期的建筑式样，并且糅合了阿拉伯伊斯兰建筑的风格。

"教堂建筑也写过很多篇了。"她说。接着，她细数了起来，"被称为澳门天主教'少林寺'的圣若瑟修院圣堂，巴洛克建筑风格的代表建筑圣母玫瑰堂，具葡萄牙修院特色的圣母雪地殿教堂，左右双塔配合高耸塔尖的主教堂座堂。"

"还有什么教堂没写过呢？"我问。

她皱着眉头想了一想，说："有一个圣雅各伯小堂，它在圣地亚哥酒店里面，是澳门最小的教堂。"

"澳门最小的教堂，这可是它的特点呀。"我说。

"它还有个特点哩！"她笑着说。

"什么特点？"我问。

"教堂里摆设着圣雅各伯神像。"她说，"据说圣雅各伯是当年澳门的卫士，保卫澳门，尽忠职守，民间流传着不少有关他的故事。"

"这个教堂可以写。"我说，"重点不是写他的建筑特色，而是讲它里面的神像。"

于是，她构思以后，写了这么一篇题为《澳门卫士圣雅各

伯》的短文：

在圣雅各伯小堂里面，摆设着一尊显眼的神像。那是谁的神像呢？正是澳门卫士圣雅各伯。

圣雅各伯神像身披斗篷。他左手拿着白色的盾牌，盾牌上有一个金色的十字图案；右手高举并握着佩剑。这是一个抵挡入侵者的形象。他保护着自己的土地，显得十分威武。

人们为什么要供奉圣雅各伯的雕像呢？据说，当年为了保卫澳门的安全，圣雅各伯作为保卫澳门的卫士，坚持天天在城里面巡逻。因为经常走动，他的靴子总是沾满泥尘。人们为了纪念他保卫澳门城尽忠职守的精神，便塑造了他的雕像，供后人朝拜。

圣雅各伯小堂是澳门最小的教堂。它现在属于圣地亚哥酒店的一部分，常用作举行婚礼仪式。参与婚礼活动仪式的嘉宾，都会怀着崇敬的心情，瞻仰圣雅各伯神像。

"符不符合你的要求？"她把稿子交给我时，这样问，然后自己答道，"教堂小，摆设澳门卫士圣雅各伯的神像。"

"是的，这两个特点写出来了。你这篇文章，从写作角度看，有一个特点。"

"什么特点？"她问。

"没有写教堂的建筑。"我说，"写其他教堂都写教堂建筑的模样，教堂入口怎样，广场怎样，石阶怎样，正面怎样，大堂怎样，祭台怎样。你这篇文章写教堂里的一尊神像，在神像上做文章，完全不在教堂建筑上着墨，这就是特色。"

"是吗？"她说，"神像不是宗教上的人物，而是被称为澳门卫士的圣雅各伯，我觉得与众不同。"

教堂是基督教三大流派（天主教、基督新教、东正教）举行弥撒礼拜等宗教活动的地方，教堂建筑分为四个等级：总主教/大主教所在的圣殿（大殿）、教区主教所在的座堂、传道区（牧区）所在的圣堂和有驻堂神父的小堂。圣雅各伯小堂是教堂中最低的一级。除了天主教有圣像和圣物供信徒朝拜外，其他教派是没有的，天主教教堂摆设的一般是耶稣塑像和被称为圣母的玛利亚的塑像，圣雅各伯小堂摆设的澳门卫士的塑像，在其他地方是很少见的。

特性与共性是相对而言的。有些事物在一些人或从一个角度来说是普通的，可是在另一些人或从另一个角度来看就特别。比如，我们所写的《马介休菜式》就是一个例子。在澳门，马介休菜是葡式餐厅必不可少的菜式，是顾客喜爱的葡国菜式之一。马介休是用盐腌制过的黑色鳕鱼。它常常与薯条配搭，用煎、烧、煮、焖等方法烹调。在澳门，比较受欢迎的马介休菜式有薯丝炒马介休、马介休炒饭、炸马介休球等。马介休有这么一个来历：很久以前，一些葡萄牙海员航行经过挪威海时，见到海中的一群鳕鱼。他们捕捉了一些鳕鱼，用盐腌制起来。经过腌制的鱼，即使不马上食用，也不会变质，很适合在航海时食用。渐渐地，他们发现，经过腌制的鳕鱼存放的时间，可长达一两年。更让他们惊喜的是，把腌制的鳕鱼放在水里泡，冲淡了它的咸味后，鳕鱼的肉质竟然像鲜鱼那样鲜美。从此，葡国人便喜欢食用马介休鳕鱼。在葡国，马介休有1000多种吃法。除了作为日常食用菜式，天主教还把马介休菜列为平安夜斋戒的食品之一。这马介休菜式，在天主教信徒和葡裔人士看来，那是普通的事物，但在其他人看来却很特别。"每日一篇"网站的文章的读者比较广泛，除了澳门的读者，还有香港和内地的读者，他们看了都很感兴趣。

在为"每日一篇"写好关于马介休菜式的文章后不久，有位刚从澳门自由行回到广州的朋友来访。我问他去澳门的葡萄牙餐厅吃过西餐没有。

"有。"他说。

"吃的是正宗葡国菜，还是澳门的葡国菜？"我问。葡国菜是葡萄牙的正宗菜式，当初葡萄牙殖民者来到澳门，渴望吃到家乡

菜，受运输和保鲜条件的影响，厨师便设法使用替代品，如用椰子汁代替鲜奶，用土产香肠代替西班牙香肠等，把葡萄牙和广东的菜式烹调方法结合起来，创造出一种与正宗葡国菜有所区别的菜式，叫"澳门葡国菜"。

"是澳门葡国菜。"他说，"现在澳门葡国菜菜馆经营的大都是澳门葡国菜，很少有正宗的葡国菜了。这种澳门葡国菜也适合我们的口味。"

"那你有没有吃过马介休？"我问。

"马介休？"他好奇地问，"没有，马介休是什么样的菜？"

我把我们写的《马介休菜式》这篇稿子给他看。

"'经过腌制的鱼'，这不就是咸鱼吗？"他看完稿子后说。

"对，一种葡萄牙咸鱼。"我说，"但它是名副其实的西餐菜，煎、烤、闷、烧，都美味可口。"

"那我下次去澳门游时一定试一试。"他说。

"看来，有特点的东西能引起人们的兴趣。"我说，"即使像马介休这样一个菜式。"

"澳门还有什么有特点的东西，或有特点的地方？给我介绍介绍，下次去澳门时也去开开眼界。"他说。

"凉茶铺，有没有去过？"我说，"有一家大声公凉茶铺，很有特色。"我翻出小黄写的《历史悠久的凉茶铺》给他看，全文500多字，是给小三、小四的学生看的。

文章说，在卖草地街的一个角落，有一间凉茶铺。"它虽然不起眼，却很有名气。"

这间凉茶铺有一个特别的名字——"大声公"。凉茶铺创始人吴老板的嗓门很大，街坊们给他起了个绰号"大声公"，于是他开办的凉茶铺也随着他的绰号被称为"大声公凉茶铺"。

接着，便介绍该凉茶铺的特点。文章说，大声公凉茶铺店面狭窄，门楣只能铺三片瓦片，有的老街坊便又称它为"三片瓦"凉茶铺。店铺内的空间十分狭小，只能站几个人。虽然如此，里面的布置却很讲究，店内的墙上还贴满了各种新闻简报，顾客买凉茶的时候，可以顺便了解时事。

文章说，大声公凉茶铺的凉茶质量是得到澳门人的普遍认可的。大声公凉茶铺主要售卖两种凉茶：外感茶和菊花茶。外感茶又称为二十四味。它被称为二十四味茶，不是因为它真的由二十四味草药熬制而成，而是因为熬制这种凉茶需要的草药比较多而已。外感茶带有微微的苦味，具有清肝解热的功效。菊花茶则有淡淡的甜味，带有菊花的清香，能清热解毒，是人们比较常饮的凉茶。为了得到优质纯正的草药，老板会亲自到炮台山等山头采摘，有时还会亲自到中山等地采购。无论草药的入货，还是凉茶的熬制，质量都有严格要求。在澳门，大声公凉茶铺可以说是有口皆碑。

最后，文章指出，大声公凉茶铺创立于清朝，至今约有两百年历史了，是少之又少能保存到今天的清朝店铺。"这间凉茶铺不仅为人们提供优质的凉茶，还告诉人们一个道理：信誉能让一间店铺长久地经营，并且经久不衰。信誉是无价的。"

"'三片瓦'凉茶铺，很有特色的，要不要去探秘一下？"待他看完文章后，我问。

"有兴趣，有兴趣。"朋友满怀热情地说，"'三片瓦'，可见那铺面地方的珍贵，到那里站一站也好，何况可以喝上一杯二十四味哩！"

"是的，游澳门，固然要游一游大三巴、松山、旅游塔这些著名景点，但也不要忽略大声公凉茶铺、小缅甸鱼汤粉、汉记咖啡店、草堆街、望厦村这些去处。"我说。

"什么什么？说慢一点，我要记住，制订下一次澳门旅游的计划哩。"他表现出很认真的神气。

于是，我简明地一一给他做了介绍。

"嘉路米耶圆形地，有很多缅甸华侨开办的食店。因此，这一带被称为'小缅甸'。'小缅甸'的食店，有一种远近驰名的缅

甸美食，那就是鱼汤粉。"我首先给他介绍"小缅甸"鱼汤粉，
"'小缅甸'的鱼汤粉，是鱼汤浸泡的米粉。米粉充分吸收鱼汤的
鲜味，吃起来十分可口。鱼汤一般以塘鲺鱼的肉为主要原材料，
再加入生姜、香茅和炒过的马豆熬制。生姜和香茅有去除鱼腥味
的作用，炒过的马豆则会使鱼汤的香味更浓郁。

"除了这几种食材，鱼汤还加入了一种特别的配料，那就是
切成片的香蕉树树干。"我说。

"香蕉树的树干可以食用吗？"他迫不及待地问。

"香蕉树不是真正意义上的树，而是一种草本植物。它的树
干也不是茎，而是一层层环抱着的叶梢，被称为假茎。假茎的中
间部分比较嫩，可以食用。"我说。"熬制鱼汤时，加几片香蕉树
假茎，调制出的鱼汤就会有独特的鲜味。"

"鱼汤粉这样的美食，下次到澳门时一定到'小缅甸'去品
尝。"他说。

"在路环半岛的一条乡间小路旁，有一间咖啡小店，叫汉记
咖啡。它地处偏远，却吸引着许多食客慕名而至。"接着，我便
给他介绍汉记咖啡店了，"它以手打咖啡而闻名。"

这家咖啡店的前身是一家破旧船厂，中间有一些褪色的木梁
支撑着，外围用一些铁皮遮挡，十分简陋。虽然如此，店内却很
宽敞。店铺的天花板很高，吊着几台已经生锈的三叶吊扇。吊扇
下摆着几张陈旧的桌子和一些色调暗淡的凳子，显得十分古朴。
据说，这里平常都是坐满客人的。

"手打咖啡，名字就很特别。手打咖啡，怎么打法？"他问。

"其实，是这样的。手打咖啡的调制过程有一个手打的环节。
调制咖啡时，他们首先在杯子里加入速溶咖啡粉，接着滴入少许
水，然后不停地搅拌。不是随意搅拌两下就可以了，而是一直搅
拌，直到打出泡沫为止，这就是手打的环节。咖啡泡沫出来后，
加入热水，一杯热腾腾的'手打咖啡'就可以上桌了。"我说，
"到时你一定要去试一试这种咖啡的口味。"

"一定一定。"他一说完，又迫不及待地问，"草堆街呢？"

"草堆街是位于澳门半岛中部的一条古老街道。这条街西端由十月初五日街起，东至大三巴街口的卖草地街。虽然总长度只有320米，草堆街却是澳门最繁华的商业街道之一。"我说。

接着，我给他看了"每日一篇"的一篇文章。文章讲，草堆街最初是村民放置草堆的地方，后来，在城市不断扩展的过程中改建成街道，并被命名为"草堆街"。草堆街曾经是一条远近闻名的卖布街，街道两旁全是卖布料的商铺。后来，人们大都买现成的衣服，买布裁衣人越来越少，做布匹生意的商铺也越来越少，最后只剩下其中的一间了。现在，草堆街两旁各色各样的商铺，其中有数码产品商铺，有化妆品超市，有鞋店，有首饰店，还有古董商铺。旅客到澳门旅游，一般都会到草堆街逛一逛，选购心仪的商品。这里的几家化妆品超市的收银台前总是站满了人。人们到澳门购买的大多数化妆品，都来自草堆街。

文章只有300多字，他一下子就看完了。

"草堆街云集了大大小小的商铺，是旅客到澳门购物的主要商业区之一。"他说，"看来我非去不可了。"

"我们为'每日一篇'写了一篇500字的短文，叫《望厦村》，介绍了这条古老村子的情况。"我把这篇短文递给他。

在澳门半岛北部，有一个古老的村落，名叫望厦村。

望厦村位于望厦山附近，其所处的地理位置是早期内地通往澳门的必经之地。澳门与珠海拱北之间的关闸，距离望厦村不远，从澳门各个地区进入拱北，就要经过望厦村。所以说，望厦村在早期对澳门与内地的交通起着重要作用。

据说，从前望厦村有很多由福建厦门迁移而来的村民。这些来自厦门的村民为村落取名"望厦"，表达遥望厦门的意思，以此寄托对家乡的思念。另外"望厦"与"旺厦"谐音，表达的意思是："移居澳门后，可以兴旺厦门。"

望厦村历史悠久。根据考证，其开村年代可追溯到明朝1386

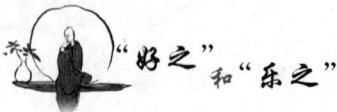

年。刚开村时，望厦村只居住着赵、何、沈、黄、许等姓氏的500多余户人家。村内只有20多条里巷，后来村落逐渐发展，人口越来越多，里巷增加至130多条。现在，澳门的建设向现代化发展，望厦村昔日的村落风貌已经不存在。然而，普济禅院附近，仍存留着望厦村的小部分街巷建筑。取代古老望厦村落的，则是改建后的望厦新村。

望厦村建有一些古老的寺庙，除普济禅院外，还有莲峰庙、观音古庙、城隍庙等。莲峰庙建于明朝年间，是清朝时期钦差大臣林则徐向澳葡官员申明禁烟立场的地方。后来，莲峰庙建有林则徐纪念馆，纪念林则徐。普济禅院原名观音堂，建于明朝末年，由福建人出资兴建，曾经是清政府与美国签订《中美望厦条约》的地方。这些寺庙的庙龄在一定程度上反映了望厦村历史的悠久。

"这是古老村落换了新装，也值得去看看。"他说。

做背景

由于写的篇章太多，许多景点都写过了，有什么办法可以写下去呢？办法有了：不是反复地写一个景点，而是以某一景点做背景，写澳门人各种各样生活上的事情。由于故事的背景是澳门，活动的人物也是澳门的，所以这都是地地道道的澳门篇章。

澳门有个二龙喉公园，面积广阔，占地约3万平方米。这里除了有种类繁多的植物供游人欣赏，还有一个动物园区。我们曾在篇章中从总体上进行介绍，也有篇章专门讲述它的演变过程。还怎么再写呢？我和小黄商量，决定以《一堂快乐的写作课》为题，记述一次写作活动。文章的开头是这样写的：

　　为了更好地指导同学们写状物类的文章，李老师带领大家参观二龙喉公园。

　　文章重点不在介绍公园的情况，而在介绍那堂写作课。一开始，文章就讲同学们到了动物园区的情形：同学们对动物很感兴趣。看到动物时，大家都显得十分兴奋，欢天喜地地互相谈论。动物园区因为同学们的到来，显得更加热闹了。
　　文章接着描写老师和学生观察动物的过程。

　　"看，那边有些猴子呢!"小强高声地喊着。
　　老师说："你们在观看动物时，要仔细观察它们的外形、动作，思考一下它们与其他动物有什么不同的地方，把看到的和想到的，写在本子上。"
　　"老师，我看到黑叶猴，浑身的毛都黑漆漆的，这算不算外形特征?"小星问。
　　"当然算了，你可以记下来，回去写进你的文章里。"老师说。
　　"老师，我观察到黑叶猴非常瘦，几乎没有肉。"
　　"是的，这是黑叶猴的体形特征，也可以写进你的作文里。"
　　"老师……"
　　同学们七嘴八舌，议论纷纷。
　　"同学们，可不要光说，还要用笔记录下来。"看到同学们在兴致勃勃地讨论着，老师很高兴。看来，让学生亲身来观察、体验，积累写作材料，还是很有好处的。
　　过了一会儿，老师又跟同学们说："描写一种动物，除了可以描写它的外形、动作特征，还可以描写它的生活习性，如吃、喝、睡等。我们可以观察一下猴子吃香蕉的动作，把吃食的过程写下来。"

同学们又来兴致了。小强抢着说："那猴子自己剥开香蕉，把香蕉皮往外一扔，便大口大口吃起来了，一点都不文雅。"

"就像饿了几天似的。"小星接着说。

文章以对话结尾：

"看来同学们的观察力还不错。观察之余，你们也可以逗逗它们玩，同时把你们逗它们玩的过程记录下来。回家后，就把记录的材料整理一下，把动物的外形、动作特征和生活习性，还有你与动物之间发生的小故事写成一篇文章。明白吗？"

"明白！"同学们异口同声地回答道。

以澳门地方为背景，反映的是澳门人的生活，包括学生的生活。这样写的好处很多。最明显的好处是，它在帮助读者了解澳门环境的同时，可以帮助读者了解澳门的政治、经济、社会状况和澳门人的生活。有一篇题为《旅游塔"赛诗"》的篇章，写一个学生全家到旅游塔游玩的情景。他们来到旅游塔的观光层上，全方位观看澳门的城市风光。"我"极目远眺，澳门、珠海的景色尽入眼帘。站立在如此高处，看到如此遥远的景色，不禁想起王之涣的诗句"欲穷千里目，更上一层楼"。突然，"我"有了一个主意，挺起胸膛对"哥哥"说："哥哥，敢不敢跟我比拼比拼，看谁积累的诗歌要多一些？""怎么比呢？""哥哥"来了兴趣，便问道。"我们现在在 223 米的高空，站在高处，就说说诗人描写高处或在高处创作的诗句吧。""我"提议，又继续说："我先来，欲穷千里目，更上一层楼。""高处不胜寒，起舞弄清影。""哥哥"慢条斯理地说。"危楼高百尺，手可摘星辰。不敢高声语，恐惊天上人。""我"说。"会当凌绝顶，一览众山小。""哥哥"像诗人一样，随口吟出。这时，"我"有点着急了，冥思苦想，却想不出来，支支吾吾地说："高……""'不畏浮云遮望眼，只缘身在最高层'。这句诗出自王安石的《登飞来峰》。""哥哥"看"我"想不出来，便说道。"爸爸"一直在旁边，看着"我"和"哥哥"的比赛。等"哥哥"说完，他笑眯眯地说："看来，你们的诗歌积累还是可以的哦。这一次小比赛没输没赢，哥哥年龄大，积累的诗歌多一些是应该的。""我"听了，高兴地说："爸爸是最公正的裁判了。""哥哥"也笑了。"妈妈"看我们一副乐融融的样子，说："你们是'三个男人一台戏'啊，真热闹！走吧，我们去铺设了特制玻璃的地方走走，测测你们三父子谁最胆小。""妈妈"是我们家唯一的女性，也是最有号召力的人，接下来，我们便听从她的"命令"，"转移阵地"了。

像这样的篇章，既可以令读者了解旅游塔的景象，又可以了解澳门人在文化生活中喜欢古典诗词、热爱传统文化的情况，比单纯写景观，意义要大得多。

许多游记，把介绍景点和抒发观感结合起来，也可以归入以澳门为背景的这一类篇章。

供初中学生阅读的《古道之行》，写"我"和几个好友在路环岛的路环石面盆古道郊游的情景。山势陡峭，古道曲折。他们边走边聊，享受行山的快乐。他们见到了两块古老而特别的大石"蟾蜍泊岸""美鲸闲卧"，参观了著名景点"石面盆"等，对途中所见都有详细的描述。走累了，他们就停下来歇息一会，聊聊天。张琳说："据说，在很久以前，这条古道是连接黑沙村和路环村的交通要道，两个村的村民来往都要经过这条古道。""我"说："是啊！这条古道布满前人的足迹。现在，古道已失去昔日的繁盛，来往的人越来越少了。"赵强说："以前交通不发达，人们从一个地方到另一个地方，往往要跋山涉水，长途跋涉。遇上天气不好，那就更难了。现在我们行走这条古道，就可以体验到古人出趟门有多辛苦了。是吧？""我"说："那时候，出行只能走路，有条件的，可以骑马，或者以马车代步，但速度都不快。现在就不一样了，汽车、火车、飞机等发达的交通工具，大大方

便了人们的出行。"张琳说："可是，事物是有两面性的，这些交通工具方便了我们出行，可也污染了我们生存的环境。你看这古道，没有汽车行驶，环境多美啊！""所以，我们一方面要考虑发展交通和其他各项事业，另一方面要考虑保护好环境，把发展和保护环境统一起来。"赵强说。

这可以说是一条以"石面盆"古道为背景的小型讨论会，主题是发展交通和环境保护要统一。

我曾跟其他记者朋友采访过澳门的一些文化机构，留下深刻的印象，因此特别为"每日一篇"写了不少以大学、博物馆、科学馆等文化机构为背景的篇章。供初中生阅读的《看童话读本〈小王子〉》，写的是一个周末"我"和好友陈晨到河东图书馆新大楼三楼阅读的情况。到了三楼后，他们在靠近玻璃窗的位置坐下，打开借阅的书籍，津津有味地读了起来。周围很安静，"我们"很快就沉浸在书的世界中。"我"借阅的是陈晨推荐的童话读本《小王子》。小说的主人公小王子，是一个来自其他星球的小人儿。一天，他离开自己的星球，到各个星球探访。在探访过程中，他遇到了国王、爱慕虚荣的人、酒鬼、商人、点灯人和地理学家。最后，他来到了地球上的撒哈拉沙漠，遇到了一名因飞机故障停留在沙漠上的飞行员，即故事的叙述者。小王子在第一个星球遇到的是国王。国王是一个专制独裁的人。为了时刻保持自己的权威，他总是对身边的人发号施令。小王子想打哈欠，国王就命令他打哈欠。小王子打不出哈欠来，国王就命令他"忽而打哈欠……忽而……"。虽然如此，国王下的命令很多时候都是理智的。国王常说："如果我叫一位将军变成海鸟，而这位将军不服从我的命令，那么这就不是将军的错，而是我的错。"国王让小王子留下，当他的大臣。小王子没有答应，离开了这个星球。小王子在第二个星球遇到了一个爱慕虚荣的人。这个人见到小王子，就让小王子拍手，然后他便脱帽致意。他总是觉得别人是他的崇拜者，钦佩他。小王子待了一会儿，便离开了。小王子在第三个星球遇到了一个酒鬼。小王子问酒鬼，为什么要喝酒？酒鬼说，为了忘记。小王子又问，为了忘记什么？酒鬼说，羞愧。小王子继续问，为什么羞愧？酒鬼说，喝酒。既然是为喝酒而羞愧，为什么又要喝酒呢？小王子十分疑惑，又离开了。小王子在第四个星球遇到了一个繁忙的商人。商人总是不厌其烦地计算天上的星星，他把星星的数目写在纸条上，放进抽屉里。他认为，这样一来，那些星星就全被他占有了。和商人一番对话后，小王子也是闷闷地离开了。小王子在第五个星球遇到了一位点灯人。这位点灯人比前面一些星球的人值得尊敬。点灯人早上熄灯，晚上点灯，如此重复、单调地工作着。小王子和点灯人聊了一会儿后，觉得点灯人是可以成为他朋友的人。小王子想，只可惜他的星球只能住一个人，不然可以叫点灯人到他的星球。接着，他离开这个星球了。小王子在第六个星球遇到了一位地理学家。从地理学家口中，小王子知道了一些地理知识。地理学家建议小王子到地球去看一看。小王子便到了地球，遇到了飞行员。小王子和飞行员成了好朋友，共同探讨什么是“真正的爱”这个问题。小王子想起了自己星球上一直陪伴他的那株玫瑰花，每天他为玫瑰花浇水，玫瑰花被他“驯服”了。玫瑰花即使有时候会任性撒娇，小王子还是会包容它。在各个星球访问时，小王子也会不时想起这株玫瑰花。小王子对玫瑰花的真挚情感，就是“真正的爱”。“我”沉浸在故事情节中，陈晨打断了“我”的思路，说：“这本书怎么样？”我说：“富含哲理，难怪说它是给大人看的童话。看了后，我有很多感悟。”陈晨说：“我们一起讨论一下吧。”我说：“好。”于是两人小声地讨论起来，整篇文章讲的是童话《小王子》和它给两位读者的启示。这一阅读活动是在河东图书馆进行的，以这个图书馆为背景。

　　像《一堂快乐的作文课》《旅游塔“赛诗”》《古道之行》以及《看童话读本〈小王子〉》一样，以澳门的景点作背景，反映澳门人特别是澳门学生生活的文章还有很多。比如，《观察乌龟》

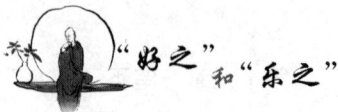

以澳门大学的龟池为背景，写学生细致观察、认真学习的良好风气。《可爱的大熊猫》以石排湾郊野公园大熊猫馆为背景，反映了同学们对大熊猫的喜爱之情。《去烧烤场的路上》以九澳水库郊野公园为背景，写几个同学在"我等你广场"集合，然后在去烧烤场的路上的对话。通过对话，向读者传达了九澳水库郊野公园有哪些独特树木的信息。如此等等。这样一来，写澳门，内涵就变得丰富了。

记新闻

澳门发生的新闻，也是写作的内容。2013 年 11 月 5 日，澳门大学新校区举行启用仪式，新校区正式投入使用。我们便以此为题材，写了一篇短文。短文介绍了启用仪式的情景，接着介绍了新校区的地址和总体状况。文章说：

澳门大学新校区位于内地珠海经济特区的横琴岛，占地面积为 1.09 平方千米，比旧的校区约大 20 多倍。

新校区虽然在珠海的横琴岛，但是将会受澳门法律管辖。澳门大学的 1 万名学生和教职员工将由旧校区搬迁到横琴岛新校区，他们不用接受常规的出入境检查，可以通过海底隧道全天候直接进入新校区。海底隧道连接澳门和横琴岛，车程只需一分钟左右，师生可以从澳门快速进入新校区。

然后，文章介绍了新校区的设计：

澳门大学新校区坐落在青山绿水、山海交融的横琴岛，带给师生更优美、宁静的学习环境。新校区由中国工程院院士何镜堂建筑师主持总体设计。他将岭南水乡特色和南欧风情融入整个校区的设计中，打造出充分体现生态美的、具有中西荟萃特色的优美校园。新校区内有三个大岛和一个大半岛。各岛屿被海水环绕，相互之间有桥梁连接。在岛上，中央教学楼、图书馆和八个学院的建筑楼错落有致地分布，方便师生的学习和生活。

最后，文章指出：

新校区拓展了校园学习和生活的空间，将使澳门大学步入新的纪元。

澳门不时举办各种民间活动，这也是可以写的新闻题材。比如《苦难耶稣圣像巡游》，便属于这一类。澳门每年都举办一次苦难耶稣圣像巡游活动。苦难耶稣圣像巡游，澳门居民称为圣像出游、出大耶稣、出圣像。它起源于 16 世纪的南欧，在葡萄牙国内盛行，自澳门成立天主教教区后传入澳门。巡游一般在每年的二月份或三月份进行，这时正是耶稣受难日前的 50 天左右。巡游连续举行两天。在第一天，教徒们抬着耶稣背着十字架的圣像从圣奥斯定教堂出发，一直游行至主教座堂，并把圣像留在主教座堂。第二天，教徒们从主教座堂抬着圣像出发，进行苦路公拜。苦路即是耶稣走过的十四处苦难路途。行程设立 7 个站，每个站都举行纪念仪式。完成所有行程后，教徒们把圣像送回圣奥斯定教堂。游行的路线一般会经过主要的旅游景点和旺区，如议事亭前地、玫瑰圣母堂前、水坑尾等。巡游活动场面盛大、热闹非凡，常常吸引街上的行人驻足观看。这个活动展现出浓郁的宗教气息，每年都吸引了世界各地的教友和游客一同参与。这一个活动的举办，体现出澳门对多元文化的包容。与苦难耶稣圣像巡游一样，每年一度举行的澳门艺术节，我们也写过报道。2014 年

农历四月初八，澳门举行舞醉龙活动，我们在篇章中也有所记叙。

"每日一篇"网站和报纸不同，我们写的新闻稿，它不是即日刊登，所以写的即使是新闻，到网上刊载时也已经是"旧闻"了。鉴于这个原因，我们也会写一些旧闻。比如供小三、小四学生阅读的《龙环葡韵》便属于这一类。龙环葡韵位于凼仔海边马路，俗称澳门住宅博物馆。龙环葡韵原来的建筑物建于1921年，是五座翠绿色的小型别墅。当初，这些别墅是葡萄牙高级官员的官邸，也是一些土生葡人的住宅。澳门回归以后，其中三座别墅改建成住宅式的博物馆，它们分别是"土生葡人之家""海岛之家""葡萄牙地区之家"。另外两座别墅则变成展览馆和迎宾馆，用来举办展览、讲座和接待宾客。博物馆及其附属的展览馆和迎宾馆，于1999年11月开始，正式对游客开放。博物馆的名字"龙环葡韵"颇具诗意。100多年前，凼仔的名字是"龙环"。博物馆位于凼仔，博物馆建筑具有葡国的风情，因此称为"龙环葡韵"。"龙环"和"葡韵"合起来，充分表现了澳门文化与葡萄牙文化交融的特色。1992年，组成龙环葡韵的五座楼房被澳门文化界评为具有建筑艺术价值的建筑群。通过参观龙环葡韵博物馆，我们不但可以了解土生葡人的文化，同时还可以欣赏具有艺术价值的建筑，可谓一举两得。澳门住宅博物馆成立时，此事是作为新闻报道过的，我们写的是"曾经的新闻"。

在写澳门篇章的这一段日子里，我们写的是澳门，谈论的也是澳门。有一次，我跟一位朋友小郑谈起了这个话题。

"我当初对澳门的印象，是看香港著名作家舒巷城的小说《记住，不要赌!》留下的。"我说，"大家知道，澳门是一个著名的赌城。这篇小说，讲的是一对新婚夫妇到澳门度蜜月时在赌场经不住赌博诱惑的情况。"接着，我给他讲了故事梗概：这对新婚夫妇，男的叫潘文，女的叫彩薇。他们在澳门南湾的一家酒店安顿下来后，便开始逛街。走呀走呀，一抬头，就见到了那占地甚广、漂亮壮观的葡式大酒店，里面设有规模宏大的"娱乐城"。他们决定到里面看一看，但商量好，"只看一下，不要赌!"在里面，他们看到吃角子老虎机、彩票、轮盘、二十一点、骰子……各种"娱乐"任君选择，但他们"忍得住"，"没有下手玩"。从酒店出来，他们从南湾、西湾兜圈子到市区走了一圈，晚上便到赛狗场观光，并且又约定"不要赌，记住! 看看就好了"。赛狗场万头涌动，人声鼎沸，非常热闹。灯光闪闪的巨型电算机吸引了他们。他们一边观看，一边讨论。在一场就要开始的时候，彩薇突然说："这一场，我要买就买1号和4号。"只是讨论，他们并没有玩。结果跑出的竟然是1号和4号。潘文问："你怎么想到这两个号的?"彩薇说："我们家的门牌是14号嘛!"潘文感叹"错过"了，说："假如刚才买20元1号搭4号，便赢574元，不但够免费游澳门，而且可以买许多礼物回去了。"听潘文这么一说，彩薇也后悔起来："早知道，就买它20元玩玩。"结果呢，这一夜，他们不只看，而且赌。"玩了一个痛痛快快的晚上，才输了120多块钱，也算不了什么"。不知怎的，在回旅馆途中，他们又"顺路"到那大酒店的"娱乐城"去"瞧瞧"，而且"认为既然来了，就该趁趁这个赌场的热闹"，结果赢了20多元。到了这一天晚上再去"娱乐"，心想"一定能够赢"，结果，他们"买大的时候开小，买小的时候开大"，输得一塌糊涂。假期最后一天，他们带着"翻本"的念头，决心再赌一把，结果身上的钱全输光了，彩薇把钻石戒指当了，所得的钱也输光了。在回香港的船上，潘文还暗暗地想：下一次"重来"，大概有机会"翻本"赎回那只钻石戒指吧?

"舒巷城这篇小说充分反映了人们那种赌博心理，决定不赌，但经不住诱惑，还是下注了，从获了小利，又想搏大，到全盘皆输，又想翻本。就那么回事。"小郑说。

"其实，十赌九输，这是经验之谈。下决心一夜暴富或'翻本'的很难做得到。"我说，"我认识香港某个公司的职员，他有

一次到澳门赌场玩角子机，中了大奖，赢了 10 万多元，高兴得很。他想，这次赢了 10 万元，争取下次赢 100 万元，不断去赌，结果不但原先得来的 10 万元全部输掉，还欠了一大笔赌债。"

"这种赌博令人万劫不复的故事，人们听得多了，但一些人还是沉迷于此，澳门也因此吸引了不少赌客。"小郑说，"人们一提起澳门，脑海中自然就出现赌城的形象，想起'赌王'的故事。"

"但我们这一段时间为'每日一篇'写了大量关于澳门的文章，却没有一篇是写到赌城的，连一个赌字都没有写过。写澳门特点也好，做背景也好，写新闻也好，全不涉赌。"我说。

"哦?"小郑有些疑惑地看着我。

"一者讲赌，'儿童不宜'；二者，我们是要告诉读者，目前的澳门并非'以赌唯一'，而是朝着多元化的方向发展。除了赌，澳门还有许多好玩的地方，有许多好看好吃的东西。"我说。

"我很欣赏你们对澳门这种观察角度，也很欣赏你们为读者着想的做法。"小郑说。

"为读者着想"，这是每一个作者在写作前必须确立的主导思想。写作不是作者个人的事情。作者写作，是通过他的作品与读者群体的成员进行沟通，让这个群体的成员了解自己的所见、所闻、所想，从而受到启发，受到感染。这，就是我们常说的作品的社会功能。要让作品的社会功能得到充分发挥，每个作者都要增强读者意识，要考虑读者的需要，写作前要多为他们设想。

第二十章　星期日

2015 年 9 月的一个星期日，我约了几个朋友上午 10 点茶聚。这一天我起得特别早，因为出发前还有写作任务。人家是 5 天工作制，我是 7 天工作制，休息日也不停工的。

导读古诗词

早上，我要把《诗歌串讲》的稿子再修订一下。

从 2013 年初就开始了，在推广《每日一词》的同时，我们在编写中小学生的古诗学习教材。此前，何教授约人撰写了《古诗鉴赏》的初小版、高小版、初中版和高中版，我负责这些稿件的编辑工作。在此基础上，后来又编写了《读一些古诗》和《诗歌串讲》两种版本。主要目的是为中小学生导读古诗词。

之所以要导读，我是有切身体会的。

有一次，我正在编写王之涣的《登鹳雀楼》的"赏析"材料。诗的前面，附有该诗的写作背景：

鹳雀楼位于山西省永济市。由于此楼位于黄河岸边，加之结

455

构奇特、楼体壮观、气势雄伟，吸引了无数文人雅士来这里游览，并留下了众多华美篇章。王之涣正是在一次游览中写下《登鹳雀楼》这一著名诗篇的。这首诗在同类诗中最具盛名，一代代流传下来，成为不朽之作。

"所谓'著名诗篇'，'欲穷千里目，更上一层楼'，在我们今天乍一看来，也算不了什么嘛。"有位小青年看到上述文字时，这样说。

他的话，并没有使我吃惊。《登鹳雀楼》这首诗真正的"文言"成分不多，不用今译也很容易理解。如果一定要今译，可以翻译为：

夕阳依着山峦缓缓沉落，波涛汹涌的黄河向大海流去。若想看尽千里风光，那就要再登上一层楼。

在今天，登高才能望远这个道理，许多人都懂得；这么几句诗，似乎"算不了什么"，许多人都可以写出来。事实上并非如此。

"为什么你会认为'欲穷千里目，更上一层楼'这两句诗算不了什么呢？"我问。

"不为什么，我是觉得。"小青年说，"这是直觉。"

"直觉，文雅点说，这叫感性认识，用你的说法，叫'乍一看来'的认识。"我说。"人的感性认识，只能认识事物的表面现象，不能认识事物的本质。要真正认识这两句诗好不好，好在哪里，需要理性认识。"

"理性认识？"他问。

"是的，从感性认识到理性认识，这是认识上的飞跃。"我说。

要小青年认同，需要具体分析。我请他看我们"赏析"中所写的对这两句诗的分析。

　　"欲穷千里目"，这句诗表达了诗人的一种意愿，便是要看尽千里景色。但是，望到了"白日依山尽"和"黄河入海流"构成的壮美景色，并不是诗人的最终目的。陶醉在眼前的景色之中，一般人会流连忘返，止步不前。然而，诗人却并非如此。他觉得，只是把眼光局限在眼前的景物中是不够的。他要打开更广阔的视野，把目光投向更遥远的地方，看到更加开阔、更加远大的景象。这是诗人的志向。志向也是想法的一种，但这只是想法，还没有成为现实。要实现这一想法，应该怎么办呢？"更上一层楼"，"更"的意思是"再"，整句诗的意思是："再登上一层楼"，上一句"欲穷千里目"，诗人为我们设了一个谜；这一句"更上一层楼"，诗人为我们揭开了谜底。登高才能望远。再上一层楼，人所处的位置更高，视线也能射向更远的地方，自然就能望到更加广阔的景象。"更上一层楼"是人的实际行动。只有通过这个实际行动才能实现"穷千里目"的"欲"。作者的"欲"其实不只在于"穷千里目"，实际上包含着作者的人生理想和志向。而"更上一层楼"也不单单指再登上一层楼的意思。它的内涵非常广，既指要站得高，看得远，高瞻远瞩；也指不断创新，按照形势的发展不断寻找新的方法；也指要有坚持不懈的努力、坚韧不拔的意志，如此等等。这两句诗旨在说明，一个人要实现人生的理想，要在事业上获得成功，就必须以积极进取的人生态度，努力拼搏。

　　小青年看到这里，我说："从科学的观点来说，要穷千里目，有许多好方法，比如借助天文望远镜，一点也不困难。但无论科学如何发展，登高望远是最基本的方法。而且，王之涣在这里讲的不是科学，而是人生哲理。这个人生哲理的意义，是不受时间限制的。这两句诗至今还被人们广泛引用，就是这个原因。"

"听你这么一说，王之涣确也算不简单。"小青年说。

"诗歌反映生活，要求高度集中概括，抓住生活中最激动人心的事，用精粹的语言，集中地加以艺术的概括，抒发丰富的感情，创造清新的意境，从而感染读者。'欲穷千里目，更上一层楼'，只有10个字，却概括了非常丰富的内容，而且激情托意，表现出一个深刻的人生道理，这是很不容易的。"我说，"千万不要忘记，这是唐朝的诗人写的。在他之前，还没有人从这样的角度，写过这样的一首诗。在那时候能写出这样的诗，不是'算不了什么'，而是很不简单的事情。"

"作为唐朝时候的人，他的思想境界确实高。"他说，"王之涣受壮丽山河的启发，悟出深刻的人生哲理，简短的两句诗，把哲理与景物融合得很自然，令人佩服。"

"这首诗不但思想境界高，而且写作手法上也很有特色。"我说。接着，我便给他看"赏析"中所写对《登鹳雀楼》前两句诗艺术特色的赏析。

首先是第一句：

"白日依山尽"，这句诗描绘的是一幅黄昏落日图。诗人登上鹳雀楼，极目远眺。他眼前呈现出这样的一幅图景：那橘红色的落日正在远处山峦的旁边，一点一点地落下，仿佛一个害羞的大姑娘红着脸，想要躲到山的后面，让山峰一点一点地把自己遮住似的。它最后隐没在山的后面了。这句诗寥寥五个字，让我们感受到的不是一个固定不变的图景，而是一个运动着的画面。诗人是运用景物的动态描写手法写这句诗的。动态描写就是对景物运动状态的描写。景物不是静止不动的，往往处于运动状态。成功的作者，不但善于写出景物的静态，更善于把景物的动态描写出来。"白日依山尽"这句诗，写出了夕阳落山的动态，表现出太阳自上倾斜而下的运动方向。这样去描写，整个画面就生动起来，也更具感染力了。

然后是第二句：

"黄河入海流"。站在鹳雀楼上，大好河山尽收眼底，诗人王之涣除了可以望到远处的落日和群山，还可以看到眼前的黄河。那波涛汹涌的黄河，气势磅礴，犹如一条健硕的巨龙般向前奔腾咆哮。面对此情此景，诗人不禁想到波澜壮阔的大海。流速如此迅猛的黄河是要向大海流去啊！它的去势难以阻挡，仿佛谁也挡不住它要流入大海的决心似的。"黄河入海流"，这是对景物的动态描写。"黄河"与上一句诗的"白日"相对应。黄河向东运动，蜿蜒曲折；落日向西运动，倾斜而下。两种景物在天地之间交相辉映，相映成趣，形成壮阔美丽的画面。其中"尽"和"流"凸显了景物的动态，使我们感受到了大自然的灵气。诗人先描写落日再描写黄河，他是采用了什么样的观察方法呢？前面提到的落日，是在西方的远处；黄河在眼前，黄河所要流入的大海在遥远的东方。诗人的观察点是在鹳雀楼，一直没有改变。根据景物方位的变化，答案显而易见，诗人采用由远至近，再由近至远的观察方法，这也是我们要学习的描写景物前的一种观察方法。这种观察方法可以使描写的景物更有层次感，更为全面。

"你们这里分析的动态描写的手法，确是这么一回事，写出动态，就生动了。"看完这两句诗的分析，小青年说，"还有你们讲到的观察方法，也很有道理。"

"你讲我们在分析，这就对了，要理解这首诗，就要进行思维。分析是思维的基本方法之一。"我说。

议论一番之后，我请小青年看我们对全诗的分析：

这首诗如果单是写景，只是描绘鹳雀楼周围的景观，就会显得平平无奇。然而，诗人并没有这样做。他在前两句写景，在后

两句说理，写景是为说理铺路，而且所说的理耐人寻味。这样一来，就将整首诗的层次提高了。诗人用浅显的诗句表现出他广阔的胸怀和积极进取的人生态度，说明了一个人生的大道理，升华了整首诗的境界，使诗篇不同凡响。

"我们不得不佩服人家，向人家学习。不服气，是没有用的。"我说。

"问题出在我当初所说'乍一看来'这几个字上面。粗粗一看，得个表面印象。要真正认识，就要像你们一样，去认真分析，对作品有深入的研究。"他说。"看来古诗里还是有许多东西值得我们学习的。"

"不错，这些古诗不但有东西学，而且应该学。"我说，"据说，在今年的新版教材中，内地有的省市一年级上学期语文课本中的8首古诗词被悉数删掉。有人认为这做法不大妥当。"

通过跟那位小青年议论《登鹳雀楼》这件事，我感到，需要引导年轻人学习一些古诗词。至于怎样引导，也需要有所研究。

原先何教授送来的《古诗赏析》初稿，分初小版、高小版、初中版、高中版。在这些稿中，每首诗除注解外，有如下项目：作者介绍、写作背景、翻译（字字对译、逐句意译）、全诗意译、赏析、主旨、应用、阅读理解。项目很多，面面俱到，重点是什么，对学生来说，特别是小学生来说，难以掌握。另一方面，每一个项目都是一个格式，看起来也显得比较呆板。以杜甫《春望》这首诗来说。

这首诗是这样的："国破山河在，城春草木深。感时花溅泪，恨别鸟惊心。烽火连三月，家书抵万金。白头搔更短，浑欲不胜簪。"

对诗的赏析，原稿多是一些坊间司空见惯的话。比如"这首诗前四句写山河破败的景象，尽是感慨，后四句写亲人离别之情，充满哀伤"，"诗开头的前两句表面上是写景，实际上是抒情"，"'家书抵万金'一句，表现了诗人盼望与家人联系上的迫切感"，"最后两句写诗人自身的状况，一幅白发老者搔头解愁的图像出现在读者面前。"最后文稿总结道："这首诗充分运用了借景抒情、托物言志、融情于景、移情于景等表现手法，语言精练，韵律谐美，感情沉郁悲壮。"

这样写，当然没有错，但我们觉得跟小孩子讲诗歌不能抽象地说教，给他们讲一些概括起来的大道理，而要具体分析，尤其要耐心引导。这一方面，我们在编《朗文中国语文》课本时已有过切身体验。比如，中一课本选进的《敕勒歌》，当初在撰写赏析类文字时是强调这一点的。对于如何了解这首诗的特点，不但有解说，还设了一些题，加以解答，其中有一题是这样编写的：

试根据文章内容，回答下列问题：
在诗中，你可以想象出一幅什么样的图画？
答：一幅辽阔、富饶、壮美的草原图画。
诗人是如何将这幅图画表现出来的？
答：诗人运用了贴切、生动的比喻和富于音乐美、节奏美的诗句将这幅图画表现出来。
这幅图画能带给你什么感觉？
答：明快宽广、意气昂扬、生机勃勃的感觉。
诗中蕴含了什么样的情感？
答：对大自然的向往，对自由美好生活的渴望。
综合前面几点可以看出，这首诗有什么特点？
答：沉郁的抒情性、优美的意境、强烈的音乐感。

这样通过分层次地引导，对于学生来说，这首诗的意境就容易理解得多了。

吸取了过往的经验，我们在这次编写稿子时不但做到在通俗上用功夫，而且做到在引导上下功夫。《春望》一诗，我们在

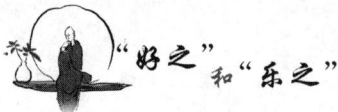

"助你鉴赏"这一栏目中，讲到这首诗如何借景抒情时是这样写的：

　　本诗的主题是：通过安史之乱中长安破落荒芜景象的叙述和描写，表现了作者忧国忧民、思念家人的心情。大多数作者写诗，都是为了抒发自己的情感，本诗作者也如此。然而，作者如果凭空抒发自己的感情，像写上"我多么忧国忧民呀""我多么思念家人呀"之类的句子，就会显得空洞、抽象，无法产生震慑人心的力量，读者就不会产生共鸣。为了避免出现这种情况，本诗作者在抒发自己的感情之前先写景，写出景物的特点，渲染出景物的情调，然后借着景物抒发自己的感情。这样一来，就可以做到融情于景，情景交融，从而产生感人的力量。

　　从下表可以看出，本诗作者是这样借景抒情的：

诗　　句	景物的特点或情情	作者借景所要抒发的感情
国破山河在，城春草木深	长安被攻陷后破败荒凉的景象	悲凉、沉痛、忧国忧民
感时花溅泪，恨别鸟惊心	鸟语花香，本是美景，但由于心情不好，作者见花却落泪，听鸟叫却心惊	因时局和家人被迫离别而伤感
烽火连三月，家书抵万金	一幅战争的图景：战火频繁，家人离散，杳无音信	盼望与家人联系上的迫切心情
白头搔更短，浑欲不胜簪	一幅期盼家人团聚的图景：作者想知道亲人的情况而搔头发，头发都快掉光了	心烦意乱的内心世界和悲哀的感情

　　本诗借景抒情的特点是真挚自然。作者所表达的是真情实感，是自然流露出来的。从"感时花溅泪，恨别鸟惊心"这两句诗中，我们便可以窥探到作者感情自然流露的过程：

花→看花→感时→溅泪→

鸟→看鸟→恨别→惊心→

}伤感

这是关于借景抒情手法的分析。在讲到这首诗的修辞手法时，有关对偶句的运用、拟人法的运用等问题，也采用各种引导的方法，令学生产生兴趣，以提高学习效率。我觉得，这种方法很好。

从古诗中学习，这是我们编写这套教材一个非常明确的目标。

学什么？首先当然是在思想上从古诗中吸取营养。以王维的《山居秋暝》来说。"空山新雨后，天气晚来秋。明月松间照，清泉石上流。竹喧归浣女，莲动下渔舟。随意春芳歇，王孙自可留。"王维的山水诗很有名，《山居秋暝》就是他最具代表性的山水诗之一。诗的第一、第二句勾勒出了山居秋色的总图景，营造出清新淡远的氛围，然后细细描绘出这个总图景内不同的优美景致，呈现出来的是一幅清新自然的秋景图。泉水、青松、翠竹，写景状物都给人生气勃勃的感觉。它既写景，也写人。"竹喧归浣女，莲动下渔舟"。浣女在竹林中欢笑归去，渔船在河道上悠然行驶。这样的生活场景触动了诗人。在大自然的怀抱中安静悠然地生活，是诗人一直向往的理想生活。理想的生活变成眼前的现实，令诗人不禁概叹"随意春芳歇，王孙自可留"，意思是："任随春天的芬芳消逝，我自然选择留在山中生活，山中的美景和淳朴的民风是我深深喜爱的。""王孙"是指贵族子弟，诗中指的是诗人自己。《楚辞·招隐士》："王孙兮归来，山中兮不可久留！"意思是，"'王孙'不会长久地留居在山中"。诗人却恰恰相反，决然留在山下。"松间"的"明月"，"石上"的"清泉"，竹林里的"浣女"，河水上的"渔舟"，这些景物都非常协调，非常优美。这些美直接冲击诗人的心房，使他不得不产生执意留下

的念头。读完全诗，我们就可以充分理解诗人的心情。本诗描绘了傍晚时分，秋雨后山林美丽的风光和山居村民的淳朴风尚，表现了诗人高洁的情怀和对理想生活状态的追求，以及远离尘嚣、继续隐居的愿望。本诗就像一幅清新秀丽的山水田园画，又像一支悠扬恬静的优美乐曲，带给读者不一般美的享受。我们在学习本诗时，应尽可能感受诗句的美感，感悟诗人的情怀，提升个人对美的感受能力。此外，我们还要学习诗人的思想境界和高尚的情操，修炼自己的心性，不过度追求名利，保持一颗纯美的心灵，无论遇到什么都不浮躁，而保持内心的宁静平和。有的同学或许会认为，什么感悟某种情怀，学习什么思想境界，修炼自己的心性，讲的都是年纪大的人的事情，似乎与自己无关。事实上并非如此。知识要从年少时开始积累，身体要从年少时开始锻炼，品格同样要从年少时开始磨炼。如果年少时就以追求名利为目标，而不加以纠正，长大以后怎么可能有崇高的精神境界呢？

　　看到上面的分析和总结，学生就不会觉得古诗在思想层面上没有什么可以学习的了。有的同学说，从古诗中学习的东西，"用得着"。

　　像王维的《山居秋暝》一样，在每一首诗的分析材料中，我们都注意引导读者去想一些问题，从中受到教育。前面讲到的杜甫《春望》这首诗，通过描绘安史之乱中长安的破落荒芜景象，表现了诗人忧国思家的感情，写得十分成功，一直被人们广为传诵。诗中"家书抵万金"这一句，更是被人们反复引用。这说明，成功的作品，生命力是旺盛的。通过学习这首诗，我们可以深切体会到诗人在战争年代悲痛的心情。相比起战争年代人们处于水深火热之中的生活，我们现在的生活是多么的安稳。相比起战争年代家破人亡、妻离子散的惨况，我们今天家人团聚在一起是多么幸运。两相对比，我们要珍惜眼前的安稳生活，珍惜我们所拥有的一切。所谓珍惜，不是凭空说的，要用行动去证明。说要珍惜眼前的亲人，就要有所表现。比如对长辈要尊重，同辈间要互相爱护，对晚辈要关心。亲人在一起时要嘘寒问暖，不在一起时要经常打个电话，互通信息，如此等等。这样一来，我们不就从这首诗中吸取了思想上的营养了吗？

李白的《送友人》也是一个例子。

李白虽然有着洒脱不羁的气质和孤傲独立的性格，却能交天下友。与他结交的朋友很多，可以说是遍布全国各地。因为各种原因，与朋友分别是经常遇到的事，所以他的作品中不乏送别诗。他的送别诗感情真挚，流露出对友人的深情厚谊。《送友人》就是这样一首送别诗。"青山横北郭，白水绕东城"，能看到"北郭"和"东城"，说明诗人已把友人送到城门之外了，然而诗人不忍心友人离开，还是依依不舍，与友人并肩而行，一边感受彼此的友情，一边欣赏眼前的美景。在触景生情的情况下，诗人终于按捺不住心中对友人的关切与不舍之情，要把心里话一下子倾诉出来。"此地一为别，孤蓬万里征"，诗人对友人的深切关怀之情，溢于言表。"浮云游子意，落日故人情"，更是表现了诗人对友人的眷念之情。无论多么不舍，友人终究要离别而去，于是诗人让自己的心情平复下来，与友人挥手道别。"挥手自兹去，萧萧班马鸣"挥手作别后，友人的身影渐渐远去，只剩下诗人伫立在原地；载着友人的骏马似乎也懂得两人的心情，发出萧萧的长鸣声。借着马叫声，诗人渲染出内心的那股浓浓的不舍之情，显得非常真挚。通过以上分析，可以归结到：这首诗通过对一系列环境的描写、渲染，表达了诗人与友人的依依惜别之情。这是本诗的主旨。接着，我们提出问题，并作出回答：从这主旨中我们可以体会到什么呢？那就是友谊的可贵。伟大的生物学家达尔文讲过："讲到名望、荣誉、享乐、财富等，如果拿来和友谊的热情相比，这一切都不过是尘土而已。"世间最美好的，莫过于有几个志同道合的知心朋友了。李白是个很重视友谊的人。他有很多好朋友，平时相聚的时候，互相切磋，共同进步；朋友与自己别离了，依依不舍，表现出一片深情。《送友人》这首诗，就是

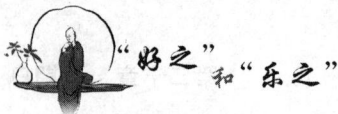

他这种真情的表露。我们要从他对待朋友的真挚感情这件事情上受到启发，同我们自己的朋友相处好，让友谊之花长存。学习这首诗后，我们不妨想一想，自己有哪几个真正知心的好朋友？跟他们相处得好吗？有人说，友谊是慷慨的母亲，它时刻准备舍己为对方，而且完全出于自愿，不用他人恳请，你做到了吗？有人说，真正的朋友应该说真话，不管那话多么尖锐。你对朋友讲真心话了吗？有人说，要想吸引好的朋友，必须要有好的品性。自私、小气、妒忌、不喜欢成人之美的人，是不会获得朋友的。如果你朋友少，那是什么原因呢？如此等等。好好想一想，有利于我们获得友谊和巩固友谊。李白跟朋友依依惜别时情感那么动人，那是他平时和友人相处感情积累的结果。我们说《送友人》这首诗对我们启发，就是说我们可以从李白与友人惜别这件事上去想更多的东西。

在思想方面可以学，在写作技巧方面也可以学。比如，《春望》中"感时花溅泪，恨别鸟惊心"使用的拟人手法，我们就可以好好学习使用。所谓拟人法，就是把动物、植物和没有生命的东西人格化，使它们具有人类的思想感情和行为方式的修辞手法。运用这种手法写的文章会更生动有趣，能够更好地吸引读者。用什么办法学？其实做起来很简单，把想写的东西当作人去写就是了。再说《送友人》。我们可以从中学习什么写作手法呢？这首诗的写作技巧，有三点比较突出。一是对偶句的使用，一是比喻的修辞手法，一是状物抒情。这三种技巧，我们都可以学习运用。怎么学？不妨先从模仿开始。以比喻修辞手法来说。作者把"浮云"比作"游子意"，把"落日"比作"故人情"，我们可以尝试把"浮云"和"落日"作一些相同类型的比喻。作者把"浮云"比作"游子意"，把"落日"比作"故人情"，这些都是正面的。如果把"浮云"和"落日"比作负面的东西，是否可行呢？可以试一下。模仿完了，我们就可以放开手脚，自己找本体、喻体和比喻词，作全新的比喻了。多写是学习写作的根本途径，比喻手法的运用，属于写作范畴，只要多写，定能掌握得好。

讲学习写作技巧，就是要像讲《春望》《送友人》一样，不但要讲可以学什么，还要讲怎么学，甚至讲具体步骤。回过头来再说《登鹳雀楼》，我们在写作方面可以从这首诗中学到什么呢？在这首诗中，诗人先描写落日，再描写黄河，采用由远至近，再由近至远的观察方法，使观察到的景物描写得更有层次感。平时，我们同样可以运用这种方法。在学习时，我们也可以用登楼的方法，一步一步地来。比如先学由远至近的方法，观察后写一首诗；然后学习由近至远的方法，观察后又写一首诗。最后学习由远至近再由近至远的方法，观察后又写一首诗。这样逐步学习，就会记得比较牢固。学生只要按上面所说，具体地学，古诗中的各种写作方法就能学到手。

把稿子该修订的部分修订完，时近 10 点，便准备赴约茶聚了。

茶　聚

我们约的茶聚地点是广州海珠区的一间茶楼。那是一个园林式的茶楼，光顾的人很多。我们从番禺区丽江花园出发，卫红说："我已经请郭先生早点去占位了。"到茶楼时，只见那里人山人海，等候着叫号入座。卫红找来找去，却不见郭先生，于是打电话给他。

对方说："正在路上，我以为不用那么早去轮候呢。"

柜台旁的服务员在那里派筹，正在派的是 275 号。"现在轮到几号进去了？"我问。

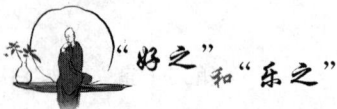

"120 号。"对方回答。

许多人正在轮候。有一个说："我 9 点已经来到，一个多钟头还没有轮到。"旁边一个人说："现在在饮茶的人，都是 8 点多钟就来的，他们一般是派一个人来轮候，其他人再到，现在快到 11 点了，一些桌子是两个人看着，饮茶的'集体'还没有来。按这样的速度，轮到我们饮茶时，起码下午一两点了。"

"茶市什么时候截止？"我问服务员。

"11 点以后开饭市，茶市就结束，不能再饮茶了。"对方答。

听她这样讲，卫红马上对我说："我们到海珠广场的茶楼看看吧。"我点头表示同意。于是她马上打电话给郭先生和其他朋友，叫他们到海珠广场华侨大厦的酒楼。

我们乘的士赶到华侨大厦，先到 2 楼的一家酒楼，那里轮候的人也很多。卫红要了一个筹，那是"大台"（大的台桌）57 号，茶楼里只有 10 多张"大台"（大的台桌），要轮两遍才可以轮到我们，起码要等两三个钟头。于是，我们把筹装进口袋，再去寻找第三家。

我们上了大厦的另一层，找到了一家潮州酒楼，那里食品价钱比较贵，其他酒楼每位茶钱只要 3.5 元，这里要 6 元，也比其他酒楼贵得多，所以轮候饮茶的人比较少。我们等了一会，要了一张大桌子，再通知其他人。

"饮一次茶，费那么大的工夫，真是不值得。"我说。

"是这样的了。很多人退休以后没有什么嗜好，天天来茶楼，所以很多茶楼很难找位。"卫红说，"今天是星期天，除老人家外，许多人是一家子来饮茶的，所以人特别多。"

另外几位朋友先后到了，点了茶。

话题也是从饮茶开始的。有位朋友谈到这个星期到茶楼饮茶的经历："星期一中学时候的同学茶聚；星期二单位的旧同事茶聚；星期三老乡茶聚；星期四大学时的同学茶聚；星期五几位特别友好的朋友茶聚；星期六，一家子茶聚；今天星期日就来这里茶聚了。"

有位朋友说："你是一星期天天去茶楼了。"

当然不是每个人都喜欢泡茶楼。有喜欢逛马路的，有喜欢逛商场的，不论买不买东西，每天都一个商场一个商场地跑。当然也有喜欢唱歌的，每个社区都有老人活动的地点，人们可以唱歌和跳舞，随意参加。

喝过两杯茶后，开始点点心：烧麦、虾饺、萝卜糕……

"不要太多肉，多要一些素的，量也不要太多。"有人提议。

"那当然，现在很多人都说饮食要清淡，不要吃得过饱，这对健康有益。"老李说，转而问我，"你也赞成吧？你是很讲究健康饮食的。"

"当然啦，我是有'节约基因'的嘛！"我笑着说。

那是 20 世纪七八十年代的事了，那时风行用公费吃喝。有一次，我到一个区政府去采访。在区公所的饭堂当厨师的舅父跟我讲起吃喝风的问题。

"一些当官的除了在外面大饮大食，也常常在这里开小灶。"他说，"如果你在区里、县里当个官，也可以……"

"我命里注定不能吃太多大鱼大肉。"我笑着回应。

"'注定怎样'，你也如此迷信？"舅父有些不解。

"这不是迷信，是有科学根据的。"我说，"人的生活状况，比如有多长的寿命，身体好不好，这都是人体内的基因决定的。基因里面有人的遗传密码。科学家发现，经过许多代贫困生活的人会有一种基因，专门积攒热量能力，平时吃得并不好，却会把一些热量能力积攒起来，以便吃不上饭时使用。这种基因叫作'节约'基因。这种人如果大饮大食，吃大鱼大肉，喝大量的酒，就会把大量的热量积攒起来，引起代谢障碍，便会得糖尿病、痛风病、高血脂病等。这些都是富贵病，治不好的。"

"你家历代都是农民，有这样的基因不足为奇。"舅父信我的话了，"其实这样大吃大喝，对个人没有好处，对社会也没有好

处。据说，现在全国人一年饮的酒可以装满杭州西湖，这数据很令人害怕。不大吃大喝，可以节约很多酒，许多肉。"

听我讲完我跟舅父的这段话以后，大家热烈地议论了起来。

"不论有没有'节约基因'，我们都不敢餐餐大鱼大肉。年纪大了，尤其要注意，不然，高血压、高血脂、糖尿病这些毛病就要找上门来。"郭先生说。

"我们年轻时，社会上物质缺乏，我们想多吃都不能多吃；现在社会上物质丰富了，可以多吃却不敢多吃。"梅先生说，"其实一个人吃的喝的，都有一定的量。没有一定的量，会营养不良，损害健康；同样，吃得太多了，超过一定的量，也会损害健康。"

"你说得对。中国居民膳食指南讲的，一个人每天吃油不能超过30克，食盐不超过6克，鱼、禽、肉、蛋等动物性食物125~225克，奶300克，豆类50克，蔬菜300~500克，水果200~400克，谷物250~400克，这些就是界限。"老张说的是当时中国居民膳食指南的标准，该指南于2016年已作了修订，"每天吃肉125克为适量，你吃500克，就是过量了。"

"人每天吃肉的标准是125克，商纣以酒为池，以肉为林，为长夜之食，天天吃那么多肉，喝那么多酒，不短命才怪。"老黄说。

"你讲的是'酒池肉林'的故事嘛。"老张笑着说，"我们要引以为戒。"

"你不'戒'也得'戒'。"老黄不禁笑了起来，"你有那么多钱，弄那个'酒池肉林'吗？"

话题忽然转到股票上。

"你买股票，最近收获不少吧？"刘伯问李叔。

"嘿嘿，就是那么回事。"李叔说，"不给套牢就算好了。"

"买股票可以算是很好的投资。我最近看过一篇资料。里面讲，1965年，投资292美元买麦当劳股份，2003年值180万美

470

元；1980 年投资 5000 美元买可口可乐股票，2012 年值 60 万美元；2000 年投资 10000 美元买"苹果"股票，2012 年值 200 万美元。按这样去投资，你早就发达了。"刘伯说到这里，对李叔开玩笑地说，"1965 年，你还年轻，可能没有 292 美元买麦当劳股份；2000 年，你已经退休，买了'苹果'也好，现在有 200 万美元身价，成大富翁了。"

"别说那时候我拿不出 10000 美元买'苹果'，就是拿得出，那时我们也买不到美国的股票。"李叔说，"那时我买的是国内的股票。"

"中国股票跟美国股票不同。"他们的谈话引起了我的兴趣，于是插话道，"我从一个电视节目上看到，有一位经济学家对中国股市和美国股市作了研究。他说，中国的股市大概是 1990 年开始发展的，1992 年的股票开始变得多起来。假如 1992 年我们用 1 元钱去投资的话，到 2014 年是 1.5 元，这 1.5 元很大程度上还来自 2014 年股票的上涨，如果你只看到 2013 年的话，那 1 元钱经过了这么长时间，还是 1 元钱，就是它实际上的购买力还是 1 元钱。1992—2014 年，美国股市的回报是 1 美元大概接近于 2.8 美元。"

"怪不得我老赚不到钱了。"没有等我继续说下去，李叔就按捺不住了，"为什么呢？"

"那位经济学家讲，那是因为在美股市场上，机构作为主要的投资者，价值投资是主要的投资观念；中国股市则不同，散户占了 90%，价值投资不大。"我说，"所以，要在中国股市赚钱，要下更多的功夫，不像美国人，买了'可口可乐'或者'苹果'，坐在那里等回报就可以。"

"怪不得那些股评专家老是强调什么'政策市'了。"李叔说，"据他们分析，中国 A 股分为两种，一种叫'资金市'，一种叫'政策市'。国家出什么政策，对应的板块和概念就会随之大涨，这叫'政策市'。市场主力资金运作哪个板块个股，哪个板

块个股就大涨，这叫'资金市'。说什么要及时抓住政策方面的消息，要有较高的敏感度，我们怎么能做到？人家是通天的，内幕消息早就知道，于是趁低买入，到我们知道消息时，那股票已经涨起，我们再买，还怎么赚？人家知道哪些是'妖股'，甚至'妖中之妖'的个股，所以赚得盆满钵满。"

"怪不得你赚不到钱了。"我说。

"你也有买股票？"刘叔问我。

"我买一些，不过我的目的是体验一下股市的生活，不在乎赚不赚得到钱。"

"体验股市生活？"刘叔有些不解。

"我们搞写作的，工、农、商、学、兵的生活都要熟悉。股市是经济领域的重大事项，我当然也要熟悉一下。"我说，"股票怎么买入、怎样沽出都不知道，写到股票时怎么办？所以我要进入股市，看看究竟。"

"那你有什么体验？"李叔问。

"体验有许多，一言难尽咯。"我说，"其中有个感觉是，股市难以预测。"

"怎么说？"他有些好奇。

我给他举了一个例子。我去年即 2014 年盯着一只股票，它的股价在一个幅度之间反复震荡，今天涨一两元，明天降一两元那样子。3 月 27 日，它处于低位，我想买它几千股，等它"上"时沽出，可以赚几千元。但大概很多人在这时都想"低买"，我打了几次电话到证券公司落盘都打不到，午睡时间到了，下星期一再说吧。星期一是 30 日，开盘就走高，比 27 日每股升了 3 元，且不断走高，收市时又升了 12 元。价这么高，不想买了，31 日一开盘，又升了 2 元，更加不想买了。4 月 1 日，没升，想等它跌，4 月 2 日，它不跌，却又升了 1 元。接着是清明节放假，假期结束，这个股票每股狂升 6 元开市，升 24 元收市。接下来的几天，一天多则 30 元，少则 10 多元，天天涨。我想买入，已经无从下手。

讲完这个例子后，我说："是不是难以预测？这些天似乎什么事都没有发生过，这个股票却不断地涨。这段日子，它是一路上涨。有时有些股票却好像一条直线那样往下跌，而且都是好股往下跌，令持股者没有任何逃跑机会。有人说，好的赌场比股市好对付，讲的就是这种情况。"

"这种情况，我也经历过。"李叔说。

"那股从 3 月 30 日起连续的升，但也不是不断狂升下去，到 6 月 19 日它便开始下跌了。据说如果 2014 年低位买进这一类股票，2015 年 6 月 19 日前沽出，可以赚 1 倍以上。如果 2015 年 6 月 19 日才买进，就要亏 50% 以上。"我说，"这些过程都令我印象深刻。"

"那你就看看，得个印象，体验生活吗？你买的股票有没有赚钱？"

"因为我花很多时间在写作上，关注股市少，所以狂升狂跌的'政策股'很少买，我是从投资的角度买股票的，所以我买的都是国企股，等于给他们投资，他们赚了钱，分一点给我。"我说，"比如，我最初是 2009 年买入 2100 股保险类的股票，每股作价是 27.99 元，投资 58957.46 元。第二年，股价跌了，每股 23.86 元之时，我再买入 1000 股，再投资 23860 元，这时我持股 3100 股，拉平以后，股价是 26.715 元。我就放着不动，到 2015 年，股价 38.15 元之时，我全部沽出，取回资金 118265 元，除去成本，获利 35447.54 元。6 年时间，赚了 3 万多元，这叫小有斩获。在这段时间炒仙股、妖股的，可能获利几十万。"

"他买这股票，赚不到什么钱的。如果把钱用来供房子，那可以获利 10 倍 8 倍。"卫红插嘴说。

"那倒是。我住的一个小区，2000 年的时候 10 万元就可以买一套小三房一厅，现在可以卖 80 万一套。当时买一套，现在卖出，就可以赚 70 万元。"我说，"市区内，当时几十万一套的，

现在升到几百万元一套了，所以人们说买'砖头'最赚钱。"

"前些年，很多人买了好几套房子的。有个工程师，退休后给人修电器什么的，赚了一些钱，作首期供了一套，然后出租，用租金加一点炒更钱再供一套，据说一共供了 8 套房子。如果现在把房子卖出去，他成大富翁了。"老陈说，然后转向我，"你那时候也不知道供它一套两套，那可比买股票强。"

"我没动那心思。股票是买一点玩玩的，房子也想过多买一套，没落实。够住就行了，不是为赚钱的。"我说，"我这人，对吃呀喝呀的需求不高，对金钱、物质的欲望也不那么强烈。"

"我们这样的年纪，不要考虑赚钱的事了，况且，市场有风险，投资需谨慎，特别是买股票这些高风险投资，已不适合我们这些老年人了。"老黄说着，转向老易，"你是帮儿子投资买房的吧？你现在是住着儿子买的大房子？"

"是的，在碧桂园那边。"老张代老易回答，"那房子买时是 70 万元，现在已经值 200 多万元了。"

说老易全力支持儿子投资，那一点不假。本来儿子住得不错，为了支持儿子投资买第二套房子，老易除了把自己的大部分积蓄给了儿子，还把自己原来住的房子卖了，把所得款项给了儿子作首期，供了碧桂园这套房子。当时有人劝他，自己的那套房子虽然小一些，但所处位置不错，还有电梯，自己用来养老挺好。他不听，最后还是卖了，买了碧桂园这套房子。这套房子虽然大，但没有电梯，他当时年纪还不是很大，住起来还没什么。儿子买房赚了，他心里还是很高兴。

"虽然涨价了，你不卖出去，还不是住房一套？"老黄说，"没有电梯，年纪大了，总会不大方便。"

"到时我就搬去跟儿子同住。"老易说。

"跟儿子同住也有不方便之处。"老黄说。

"到时再说吧。"老易说。

"到时，有些话不好说的。"老黄说。

"老子跟儿子有什么不好说的?"老易有些不服气。

光阴似箭,"时",很快便"到"了。

住进新居后不久,老易得了一场病,上下楼梯不方便,搬了去跟儿子同住。儿子不同意他请保姆,他又不想包下全部的家务,很想搬出去住。他看到一个广告,说某发展商在某区准备建一个养老院,交10万元赞助费可以住下一套房,于是他跟老伴一起交了20万元,养老院建好后便住了进去。但养老院跟原先广告所说不同,每月要另外交很多的费用,而且没有人照顾。这时他老伴生病了,需要人照顾,不得不搬去另一家养老院住。他要不时请假去探望。

"你现在两公婆住在两家养老院,多不方便?"人家对他说,"要是你原来那套有电梯的房子不卖,那多好?"

目前的情况,当初老易的确没有预料到。

这次饮茶时,大家讲起老易的情况,说老易应该如何如何,你一句他一句的,议论了好一会儿。

"老黄当初的说法有一定的道理,我不再说了。再从投资的角度看,你也不宜把退休用的钱甚至自己住的房子卖掉,让儿子去买第二套房子。"我对老易说,"你的儿子已经有了一套不错的住房,收入也不错,如果想进一步发家致富,可以凭自己的努力,你不必倾尽所有,给他太多。"

"儿孙自有儿孙福,不为儿孙作牛马。"老黄说。

"古代有个疏广,在朝廷做大官,任太子太傅,退休时皇帝和太子给了他很多钱。他除自己养老所用外,回去把钱资助了众乡亲,都不留给儿子。他说,家里有'旧田庐',他们勤力其中,足以'供衣食','与凡人齐'。他认为,给儿子钱太多,儿子'贤而多财,则损其志;愚而多财,则益其过',没有什么好处。"我说,"疏广的做法,有其道理。"

快乐指数

"你现在是抱子弄孙为乐咯。"梅先生对卫红说。卫红现在在家帮忙带孙子。

"乐什么？你不知我这孙子多淘气。"卫红说。接着，她讲了两件事。

有一次，她带着孙子去坐地铁，快到站了，叫他准备下车，他不听，从一个车厢跑到另一个车厢，跑得远远的。卫红追上了他，列车停了，把他拉下车。卫红很生气，拿着手袋向他拍过去。孙子站着，他不但没哭，还说："奶奶，你多打几下吧，出出气，我不跑，也不哭。"弄得卫红哭笑不得。

2014年暑假后，孙子6岁半，上小学了。开学的第一天，他跟一个小朋友玩耍时，把对方碰倒了，对方哭了起来。要知道，这个时候，一个小孩上学，当父亲的母亲的或者爷爷奶奶都站在学校门口"侍候"的。正在"侍候"那个小孩的父亲见自己的小孩哭了，连忙赶上前来，说我的孙子打了他，要去医院验伤。到学校旁边的市中医院门诊部检查，医生说没什么事，不用验的。那人张牙舞爪地说："我的孩子哭了，说很痛，一定要去验。"卫红说，那就去正骨医院验吧。于是两个大人、两个小孩乘的士去了正骨医院，医生检查了，说没事。那人坚持要照X光检查。卫红说："你要照就照吧。"拍了X光片，结果没事。检验费是卫红出的。"是没事吧，如果他有事，骨折什么的，他站都站不起来，哪有现在这么精神？"卫红说。那人还是很不情愿说："小孩子说很痛，应该有事，不验一下怎么行？"见他那样子，卫红不客气了："你张牙舞爪的，对我的孙子那么凶，我应该带孙子去'检

476

验'一下，有没有受到你的恐吓。"那人自知不对，便不作声了。

　　说完上面两件事，卫红说："什么'弄孙为乐'，咸甜酸苦辣，自己心里清楚。"停了一停，她又说，"当然，也有真正乐的时候。孙子现在上小学二年级了。前几天，从学校出来，我去接他，他对我说，'我今天专心听讲，坐在凳子上听老师讲话，一动都没有动过。我放过一个屁，屁把我沾在凳子上了'，说得我乐了起来。"

　　"你呢？还是乐在文字中了。"老张对我说，"但年纪大了，不要这么辛苦，要多休息。"

　　"我是乐在语文中。乐了，不觉得辛苦的。"我说，"当然，我会注意休息。"

　　我用"乐在语文中"这句话来形容我的生活，那倒是十分恰当的。《论语·雍也》中有这么一句话："知之者不如好之者，好之者不如乐之者。"意思是说，懂得它的人不如爱好它的人，爱好它的人不如以它为乐的人。这些年来，我以语文作为贡献社会的工作。我不但了解语文，喜欢语文，而且以语文工作为乐趣，这就是我做了几十年语文工作却没有感到厌烦，退休以后还孜孜不倦地从事语文工作的原因。近年来，我进入了教育领域，从事语文教学问题的研究。从事语文工作本来就是乐事，能够为教育事业尽一份力，更加是乐上加乐了。2016 年，何教授在香港中文大学退休，受聘于明爱专上学院任人文及语言学院院长后，我又随他到该院从事了有关帮助香港少数族裔学生学习中国的问题研究。从事研究工作前后近 20 年了，可谓 20 年如一日地快乐。直到 2018 年 8 月，我辞掉了所担负的工作，一边休息一边整理和出版自己的作品，仍然是笔耕不辍。继 2010 年出版《求坡集》和 2012 年出版《"挑水"和"蓄水"——往事漫忆之一》后，2017 年出版了《"一周谈"和"一夕谈"——往事漫忆之二》，2020 年出版了《求坡二集》和《寻找桂花果》。如果从 1957 年开始在报刊上发表作品计起，我与文字工作快乐相伴已经足足一个甲

子了。

"好比我们那次去兰圃寻找桂花果一样，虽然要花费力气，却很快乐。"我说。

"寻找桂花果?"老张好奇地问。

那是几年前的事了。一个星期六上午，《活学小词典》编辑告一段落，跟一班参与各项写作任务的青年朋友去逛广州兰圃公园。

兰圃公园位于广州越秀北路，与越秀公园相对。它原来是一个标本植物园，1957 年以后，专门培育兰花，名为兰圃，以后不断扩大，成为一座名园。园内建筑仿苏州园林风格，堆山砌石，长廊水榭，溪池瀑布，小溪石桥，风景秀丽。那里种植着大量兰花，大荷花素、大风尾素、卡特兰、石斛兰等名贵稀有品种都十分吸引人。除了兰花，还有许多名贵花卉。我曾去游览过，留下了深刻的印象。

这次去兰圃，除了跟大家一起观赏兰花，很想去看看桂花果。

桂花也叫木樨或者木犀，秋季开花，花很香，黄色或黄白色。我常常见到桂花，可没见过桂花果。前些天听人讲，广州的兰圃有桂花结果了，我决定去看个究竟。

早上 9 点钟我们就进了园，园内一个游人也没有。我们一路欣赏各种兰花，一直走到中心地带，才见到几个园内的工人。

"听说这里有桂花结果了，在哪里?"我问她们。

"有桂花结果? 我天天在这里工作，没有听说过啊。"一位中年女工一脸茫然。

"那什么地方有桂花树? 我们去看看。"我说。

"前面那家茶室，门口有几棵桂花树，你们去看看吧。"那女工说。

我们走到了那家茶室门口，发现有几棵桂花树。我们一棵一棵地搜索了一遍，不但不见桂花果，连桂花也没有。

我们走进茶室，里面有个女服务员，问她同一个问题，她也一脸茫然，最后她说："近大门那边，有个桂花山，不如你们去那边看看吧。"

到了一个小山坡，那里种了许多桂花树，大概就是桂花山了，但我们一棵一棵地看去，还是找不到什么桂花果。这时候，有几个游客进来了，也是来找桂花果的，于是我们跟他们结伴一起寻找。

一个在水塘打捞垃圾的工人对我们说："你们到芳华苑那边看看吧，那里还有好多桂花树。"

我们走在前面，其他游客随后。

路上见到一个办公室的牌子，便进屋内打听。

"桂花结果？有啊。"一个女工作人员听了我们的问题之后，说，"这没什么新鲜的，我们办公室后门的几棵桂花树就结过果。前些时候，青绿青绿的，后来熟透了，就变成紫色，掉了下来。"她带我们到办公室后门，在几棵桂花树上细心寻找，果然找到了一颗。

"现在就只有这么一颗了。"她把果子摘了下来，交给了我。我如获至宝，收下了这宝贵的礼物欣赏一番后，转交给身后的小陈助理。

这时候，其他几个年轻朋友小黄、小林、小蒋等也跟上来了，大家高兴地把玩这唯一的从桂花树上摘下来的小小的果实。

我跟那位工作人员聊了起来。

"我们是听到了这里桂花树结果的消息，前来参观的，可是你们园内的工作人员似乎不知道这么一回事。"我说。

"我们天天对着这些植物，它们开花结果，我们都不会当一回事的。"她说。显然，"不当一回事"，跟我讲的"不知道这么一回事"不同。

"可是，桂花结果是个新鲜事，虽然你们见过，但社会上很多人都没有见过，或许大都会前来看一看。"我只好顺着她的话

来说了，"你们应该把这作为卖点，在公园门口贴出桂花结果的照片，并且写上文字说明，引导游客前来参观。这么一来，你们兰圃的游客一定会大大地增加。"

"桂花结果，我过去见过，只当作平常事，怎么没想到利用桂花结果的讯息专吸引游客这么一些主意？"她说。

"这是新鲜事。"我说，"比如你们这里大量种兰花，有没有见过兰花结果？"

"有啊！"我是作"比如"说的，可是她竟兴奋起来，指着办公室门口的一棵棵兰花说："这些兰花都结果了。"

我一看，果然一排排兰花都结了果，我连忙招呼大家："快来看，快来看！"

从兰圃回来，我查资料得知，不少兰花都会结果，果实呈圆柱状，叫兰荪。一个果子有几万甚至几十万颗种子，但这些种子发育不全，像灰尘么小，播种大多不能成活。一般兰花采用分株的方法繁殖。这一来，我又增长了知识。

看完兰花，我们便循着一条小路，准备走到兰圃的大门，然后回家。

"我以为可以看到许多桂花果，结果只看到这么一个过气的小不点。"小陈把玩着那小小的棕色的桂花果。她不甘心，一边走，一边寻找，希望有新的发现。我和其他几位年轻人急着回家，加快了步子，便走到她的前面几十米的地方了。

正走着，只见小陈在后面惊喜地大叫："这里有许多桂花果！"

我们循声往回走，只见小陈对着一棵桂花树，"咔嚓咔嚓"地拍照片。她一边拍，一边说："很多，很多，真的很多！"

我走上前，一看，只见桂花树上结满了果子，有熟透了的，有半熟的，大部分还没有成熟，青青的，一串一串的。见了此情此景，我禁不住满心欢喜，其他人也不禁欢呼起来。

"哦，你终于赢来'大丰收'！"我说。

"'踏破铁鞋无觅处，得来全不费工夫'！"她显得十分高兴。

后来，我曾以《寻找桂花果》为题，写了一首诗：

晴朗的天空万里无云，
公园的花间一片宁静。
桂花的果实在哪里？
我在叶腋间寻找不停。

一清早，我就来到这里，
伴随着动人的鸟雀声声。
桂花见过，桂花香闻过，
桂花有果只曾在坊间听闻。

我找遍东南西北角，
拨遍每一桂花树丛，
我一定要把你寻找到，
哪怕从清早一直到黄昏。

在一棵茁壮的桂花枝上，
一颗颗晶莹的果实放出亮光。
我把她托在手心，
好好地欣赏，
好好地想象。

茶聚时，我讲起了那天寻找桂花果以及写《寻找桂花果》这首诗的过程后，说："从到公园寻找桂花果，到写《寻找桂花果》这首诗，快乐一直陪伴着我。"

从公园寻找桂花果，到写出《寻找桂花果》这首诗，为什么会"快乐一直陪伴着我"呢？公园办公室的一位女工作人员看桂

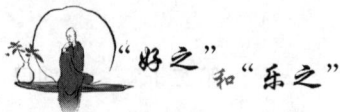

花果，"觉得没什么新鲜的"，认为它只是一种"青绿青绿的"小果实，熟透后"变成紫色"，形态有所不同而已。其他游客，也只不过在旁边看看热闹，没有什么表示。我则不同，我有着强烈的写作意识，在寻找桂花果的过程中会有意识地从写作角度去考虑问题，在关注桂花果的形态之外，还注意捕捉写作的材料，特别注意寻找的过程和细节。我问园内的女工哪里有桂花果，她们竟然说没听说过园内有桂花结果这回事，几经周折，一个女办公室工作人员才给我们找到一颗。我想到，这一颗桂花果得来不易，应该很好地珍惜。这期间，每个人、每个环节、每句话以及自己的每一个想法，我都记得清清楚楚。灵感突然袭来，我觉得，这寻找桂花果的过程很有诗意，可以写一首诗。这"觉得"，可以说是一个发现，正如探测人员发现一个金矿一样，免不了会带来一阵兴奋，"快乐之情溢于言表"。接着会想，要写一首诗，该怎样写呢？把材料捉住，把灵感捉住，把自己当时的想法捉住，立即记录下来，回家之后进一步构思，挥毫成篇。诗写成之后，自己反复诵读，觉得还可以，也体现了类似农民收获之后的一种快乐。从寻找桂花果到诗的写成，写作意识一直支配着我，而写作意识则产生于写作兴趣。写作兴趣就是对于写作的爱好，就是从事写作活动所体验到的愉悦情绪和向往意愿。写作兴趣包括观察兴趣、构思兴趣、书写兴趣、修改兴趣，概括起来就是把思想变成文字的兴趣。

"寻找写作资料，是一个过程，我便乐在过程中。事实上，这个过程不但包括寻找写作资料，还包括诗的写作和修改，所以随着过程的延长，我的快乐也逐渐地增加。"我做了补充。

"你去公园寻找桂花果，写诗，当然乐啦！但你说现在编写教材，写'每日一词'，专门在家里编写，不用去逛公园，还乐什么？"老黄说。

"不去公园寻找资料，但却要到图书馆、互联网寻找资料；爱吃萝卜的不一定爱吃梨，不寻找桂花果，但可以找到别的果

482

子，比如苹果、龙眼、荔枝什么的，只要是有益于社会的，在这个过程中，同样可以找到快乐。"我说。

"首先你要对桂花果、苹果、龙眼、荔枝有兴趣，'喜欢'。"老张说，"正如你所讲，这是内部动机嘛！"

我在《"挑水"和"蓄水"——往事漫忆之一》中讲到，我乐观，比别人"少了许多烦恼"。这是为什么呢？关键在于两个字："喜欢。"也就是说，是由于我"喜欢"语文工作，而不是为当官、为待遇而做文字工作。"喜欢"，属于动机的范畴。动机分为本质动机和非本质动机。本质动机也叫内部动机，属于"天赋的心理需要"，比如兴趣、愿望、理想等。也就是说，当一个人喜欢从事某一种活动的原因只是由于这一活动符合他的愿望、理想，或者是由于他对这种活动有"兴趣"、感到"满意"、"愉快"或"喜欢"，而没有其他外在的原因时，这种潜在的内部力量，就是内部动机。非本质动机也叫外部动机。它是指一个人由一些外部诱因而引起的"心理需要"，比如由想得到某个"级别待遇""实际的奖赏"或者"避免受罚"等因素引起的动机便是非本质动机。一个人由于受本质动机的驱动而去工作，还是受非本质动机驱动而去工作，其行为形态是完全不同的。为了官阶、待遇、金钱等物质利益而去工作，心理上总有一种"得"与"失"的计算。我"失去"了多少，付出了多少，就要"得回"多少，如果付出得多了，得回得少了，就会产生不满情绪。在这世界上，不如意事十常八九，"得失平衡"这样的情况总是很少的，因而烦恼自然也就多。为了向上爬，有的人阿谀奉承，伤了自己的尊严；有的人为了某种利益而耍手段，伤害了别人，也伤了自己的人格。在这些过程中都会带来不少烦恼。一个人由于兴趣而去从事某一工作，情况就会完全不同。由于他对这份工作有特殊的兴趣，即使待遇差、工资低，他也会乐于接受，他的大脑中会充满关于这一工作的资讯，每时每刻都沉迷于这一工作，即使受苦受累也乐此不疲。因为他是求之于一己心理上的发展，中

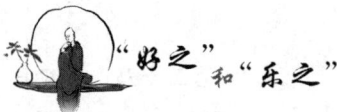

间没有得与失的计算，所以他们一般会比较快乐。内部动机是一个人沉迷于工作的动力，我喜欢文字工作，沉迷于文字工作，忘记了得与失，烦恼自然就少了。老张所讲"喜欢"，"内部动机"，指的就是我写的这段话。

"你不喜欢桂花果、苹果、龙眼、荔枝，不要紧，可以喜欢枇果、凤梨、橘子，总有一样是你喜欢的吧，找一样你喜欢的，并且把这些东西的获得变成你的职业。"我说，"由于各种各样的原因，有些人从事的职业不一定是自己的兴趣，这不要紧。兴趣并不完全是天赋，它可以后天培养。在工作过程中，你感到那份工作的社会意义，明白到这项工作涉及许多学问，发现它的许多兴趣点，你就会培养起对它的兴趣，着迷于它，干一行，爱一行，在自己的岗位上做出有价值、有意义的贡献，工作的非本质动机无形中转变为本质动机，也就会经历'知之'—'好之'—'乐之'的过程了。"

"那这么说来，如果工作需要我寻找桂花果，那我也可以以此为乐了。"老黄笑着说。

"没有什么不可以的。你有一定的写作能力，下功夫，也一定可以成材。只要功夫深，铁杵磨成针。开始时可能辛苦点，磨成针后就甜了。总之，最后是'乐之'就好。"我说，"以'乐之'的态度从事工作，那你的快乐指数就可以大大提高了。"

"快乐指数？"老黄对此很有兴趣。

"2011 年，一项名为'世界快乐地图'的调查，用快乐指数来比较受访国家和地区人们的快乐程度。"我说。在为世华网络控股公司编小学语文课本时，有篇课文讲的就是这个问题。据记忆所及，我给他介绍了情况。调查结果显示，全球受访的 178 个国家中，香港人的快乐程度排名第六十三名，位于受访国家中间稍偏前的位置，而排名最前的国家是丹麦。分析指出，财富的多寡不一定跟快乐成正比。举例来说，美国挤不进十大，只排第十七名，美国人过去 50 年财富增长 3 倍，但没有更快乐。相反，不丹人的人均收入只及香港人的1/24，但是排名第八，不但超过美国，更远超中国香港，名列亚洲第一位。不丹是个快乐的小穷国。在那里，人民不刻意地追求物质享受，知足常乐。人们生活简单，但是拥有丰富的文化生活。不丹全国禁烟，禁胶袋，人们重视环保。在那里，政府为所有人提供完善的基本福利，人民生活无忧无虑。不丹政府曾因为不希望环境及文化受到破坏，宁可放弃经济效益，减少旅客入境，也要让国民生活得快乐。至于世界最快乐的国家丹麦，人们不但注重物质生活，而且喜欢享受文化方面的悠闲生活，在那里，国家也有完善的福利制度，并且重视平等，人民生活得快乐满足。介绍完情况，我说："一个国家和地区有个快乐指数，一个人也有个快乐指数。澳洲人的快乐指数排名第九，在那里，快乐指数高的人追求的是全方位的快乐，每天有8小时放松休息，8小时随意享乐，8小时寓工作于娱乐。按照这个模式，8小时放松休息，包括睡觉，快乐是不成问题的。8小时从事自己感兴趣的工作，'寓工作于娱乐'，也不成问题，至于'随意享乐'的8小时，主要还是放在从事自己感觉有兴趣的事情上，这样一来，一天24小时基本上都过得快乐，那么快乐指数是不是很高？"

"对，对，我们都要这样去提高快乐指数才对。"老黄说，"说不丹人快乐指数高，心态很重要。他们知足常乐，这就是心态。"

"没有这个心态，就很难快乐起来。"我说，"工作只是人生的一部分，每个人的人生际遇是不同的。有人才能并不怎么样，但碰到了百年不遇的机会，成就了一番事业，因而很快乐；有些人有才能，但境遇不好，百巧千穷，如果心态好，同样可以快乐。"

"我是比上不足，比下有余。我才能一般，没有你讲的前面那种人的幸运，又没有你说的后面那种人的霉头，虽弊车驽马，也算饱食暖衣。至于所从事的工作，也还可以。"老黄说。

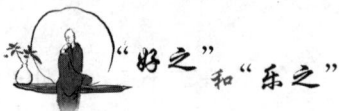

"我们说从事有兴趣的工作，感到快乐，说的是人的内部动机。心态，属世界观的范畴。内部动机跟世界观是一致的，比如我从事感兴趣的事情就感到满足，至于物质报酬是否高，职位是否高，并不在意，这就叫内部动机与世界观一致。至于知不知足，什么叫足，每个人情况不大相同。"我打开手机，点开一条微信对他说："有这么一个统计，世界上每 100 个人当中，77 个人有自己的住房，23 个人没有居住的地方；63 个人能吃饱饭，15 个人营养不良；87 个人有干净的饮用水，13 个人没有；75 个人有手机，25 个人没有；30 个人能上网，70 个人没有上网的条件；7 个人能享受大学教育，93 个人没上大学；83 个人识字，17 个人是文盲。这样一比，那些有地方住、有干净水喝、能吃饱饭、能上网、读过大学的人，就应该知足。"

"这要看跟谁比了。有饭吃、有衣服穿，跟没饭吃、没衣服穿的人相比，他会知足。但是，有些人跟生活好的人比，跟资本家比，他就不会知足。"老黄说。

"那叫人心无厌足，那就没有快乐的时候。"我说，"还有，八尺的命难求一丈，世界上的 100 个人中能活过 65 岁的，只有 8 个人。你今年 80 多岁了，知足啦。"

"知足知足。"他说，"所以，我无论快乐指数、幸福指数都是很高的。"

"那就好。"我说，"但要记住，知足和满足是两回事。你 80 多岁了，知足，但你不要满足，你要争取活 100 岁、200 岁，'自信人生二百年'嘛！"

"好的！"老黄说，"'二百年'，我还是做我喜欢做的事，你继续以文字工作为乐，贡献社会。"

附　录

邓进深写作简历年表

1940 年 8 月 17 日出生于广东省东莞县（现东莞市）水蔡乡（现属大朗镇）土地坑村。

1948 年，进本村私塾学校读书。

1950 年 10 月，随堂叔父到广州，就读广州市越秀区第一工农夜校。

1951 年初，到广州市第三十二小学（现在的中山四路小学）三年级当插班生。

1952 年春，在东莞县水蔡乡沙塘围小学插班，读四年级。

1952 年 9 月至 1954 年 8 月，在水蔡乡培兰小学读高小。

1954 年 9 月至 1957 年 8 月，在东莞常平初级中学读初中。

1957 年 6 月 30 日，童谣《阿妹大》《新媳妇》在《东莞俱乐部》期刊发表，这是作者"第一次被铅字印了出来"的作品。

1957 年 9 月至 1960 年 8 月，在东莞中学读高中。在学期间，在《东莞日报》《东莞俱乐部》期刊、东莞广播站、《广东青年报》等发表诗歌、散文、通讯等稿件，被东莞日报社、东莞广播站评为优秀通讯员。

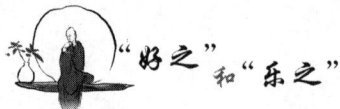

1958 年 6 月，《万盏红灯哪盏亮》《大萝卜》被选进中国音乐家协会广东分会主编的《新弦》歌词选辑出版。

1958 年 12 月，《大萝卜》《南瓜上面捉迷藏》被收进《广东民歌》一书，由广东人民出版社出版。

1959 年 7 月，《大萝卜》被收进《广东儿歌》一书，由广东人民出版社出版。

1960 年 9 月至 1965 年 8 月，在中国人民大学新闻系本科学习。在学期间，在《中国青年报》《北京日报》《北京晚报》等报刊上发表杂文。

1965 年 9 月至 1971 年 4 月，在中国青年报社任思想理论部记者与编辑，后任评论部评论员。1965 年 10 月，参与王杰英雄事迹的采访报道，合作撰写通讯《革命青春的赞歌》。

1969 年 4 月至 1971 年 4 月，在设于河南省的共青团中央五七干校学习。

1971 年 4 月至 1985 年 12 月，在南方日报社任第三采编组编辑和理论部编辑、主任编辑。在《南方日报》《羊城晚报》《中国青年报》《湖南日报》《广东青年》等报刊发表杂文。《从订书匠到科学家》获南方日报社优秀稿件奖，《活力的源泉》获"学理论，谈改革"征文二等奖。

1983 年 9 月，杂文《踏破铁鞋》被收进《让生命之星闪闪发光》一书，由广东人民出版社出版。

1984 年 5 月，《历代名人日记选》由花城出版社出版。

1985 年 12 月至 1993 年 4 月，在新华通讯社香港分社任副处长、主任编辑、副编辑主任。编辑工作之余，在《大公报》《文汇报》《南方周末》等报刊发表文章。

1990 年 8 月，《探险·历险·冒险——世界探险家传奇》由花城出版社出版。

1990 年 11 月，《帮你提高思维能力》由吉林教育出版社出版。

1991 年 5—6 月，答《青少年日记》期刊特约记者张文华问的专访《把日记写得有光彩》及"把日子过得有意义，把日记写得有光彩"题词在《青少年日记》1991 年第五期、第六期发表。

1992 年 10 月至 1993 年 2 月，在《淮阴日报》开辟"走出去"专栏，发表"港澳一瞥"系列短文。

1993 年 4 月至 1994 年 7 月，创办由广东省外经贸委和南方日报社主管的《海外市场报》，任主编。

1995 年 9 月至 1996 年 6 月，任南方日报社新闻研究所所长。

1995 年 6 月，"世界著名作家作品大系"《世界著名作家代表作》《世界著名作家成名作》《世界著名作家处女作》由广西民族出版社出版。

1999 年，"中国语文多媒体系列"《中国文化知识》光碟及印刷版由迪威多媒体有限公司和香港中文大学出版社出版。

2000 年 10 月至 2016 年 5 月，任香港中文大学教育研究所特约研究员，协助何万贯团队进行语文教学研究。

2000 年，参与由何万贯、欧佩娟主编的《关心社会　坐言起行"飞鸽行动"计划文集》的编辑工作。

2001 年 9 月，何万贯创办"每日一篇"网上阅读计划，作为网站的工作人员之一，负责组稿和撰稿工作。

2001 年 6 月至 2002 年 3 月，参与香港中学语文课本《朗文中国语文》的编撰工作，《课室里的春天》被选入该课本作"精神篇章"，由朗文香港教育集团公司培生教育出版社亚洲有限公司出版。

2002 年 3 月至 2003 年 9 月，参与何万贯主编的作文技巧多媒体系列《高中作文技巧》的文字编撰工作。

2008 年至 2009 年，参与何万贯主编的"我写新作文"系列丛书的编辑工作。该丛书包括《我的母亲》《我的父亲》《友情如海》《爱情如蜜》等，由商务印书馆（香港）有限公司出版。

2008 年至 2012 年，参与何万贯研究团队关于读写障碍问题

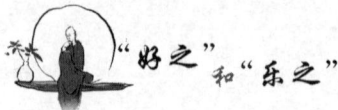

的研究，制作出一套香港中学生中文读写困难测量工具《香港中学生读写能力测验〈教师专用〉》及相关文件《香港中学生读写能力测验使用手册》《香港中学生读写能力测验多媒体教学示范DVD》等，为读写困难学生编写了名为《〈读写易〉初中中文读写辅导教材》及《〈读写易〉高小中文读写辅导教材》及其"家长版"等光碟。

2010年11月，《求坡集》由花城出版社出版。

2012年9月，《"挑水"和"蓄水"——往事漫忆之一》由花城出版社出版。

2012年12月至2014年9月，为世华网络控股有限公司编写小学语文课本的印刷版和电子版。

2014年8月至10月，参与"每日一词"学习计划网上《活学小词典》的编撰工作。

2014年11月至2015年9月，编撰由何万贯主编的《古诗鉴赏》初小版、高小版、初中版、高中版及《读一些古诗》《诗歌串讲》。

2016年5月至2017年10月，参与何万贯教授主持的香港明爱专上学院有关帮助少数族裔学生学习中国语文问题的研究。

2017年10月，《"一周谈"和"一夕谈"——往事漫忆之二》由花城出版社出版。

2020年10月，《寻找桂花果》由吉林文史出版社出版。

2020年10月，《求坡二集》由吉林文史出版社出版。